里村欣三の風骨

SATOMURA Kinzo

小説・ルポルタージュ選集
全一巻

大家眞悟 編著
OYA Shingo

昭和11年、故郷（現備前市）の三石索道や耐火煉瓦製造所で働いていた頃の里村欣三
（里村欣三顕彰会蔵）

論　　　　創　　　　社

はじめに——本書の成り立ちと凡例、差別語、戦争文学

徴兵忌避者、プロレタリア作家として出発し、のち従軍作家となって戦場を駆け廻り、フィリピンのルソン島で被爆死した作家里村欣三。その波乱に富んだ人生の軌跡について、今日ではある程度解明され、理解が進んできています。だが、作品に対する理解はどうでしょうか。

里村欣三には、高崎隆治先生が編集された労作『里村欣三著作集』全十二巻（一九九七年、大空社）があります。刊行された里村の著作原本を写真製版により復刻したもので、長編作品はあらましこの『著作集』に収載されています。『著作集』のうち第十～十二巻（短編創作集、戦記・エッセー集1、2）は、雑誌や週刊誌から里村の作品を拾い集めた貴重な集成であり、その功績はたいへん大きいものがあります。しかしながらこの『著作集』を架蔵している図書館数はそれほど多くない上に今日では既に絶版となっており、そればかりか、実はこの『著作集』に拾遺された作品に倍する中短編小説や論考が、なお手つかずに未収載のまま取り残されています。こうした事情により、せっかく『里村欣三著作集』全十二巻を擁しながら、里村欣三の作家的輪郭は十分に認識されず、わずかに「苦力頭の表情」など数作が流布するのみで他の作品は顧みられず、半ば忘れられた作家のような形で今日に至っています。

「ただ一冊の本で里村欣三の作家的輪郭、相貌を示したい」、このひそかな願いを私は長い間持ち続けてきました。それは、実際の里村欣三の作品が、「苦力頭の表情」などを通して一般にイメージされているものとは大きく異なり、実に豊かな広がりと連続性を持ちながら、人生の終末に至る戦争文学の中

にまで続いている、そのことを知ってもらいたいという願いに他なりません。本書を手にされた方は、きっと里村欣三に対して今まで持っていたイメージとは違う、その落差に驚かれることと思います。

本書に収載した里村欣三の作品の、その取捨選択が是であるか、非であるか。もちろん他作品を採録する余地はあった訳ですが、しかしこうした問いが不問になってしまうほどに、本書には里村の作家的相貌、骨格がはっきりと立ち現われて来ています。忌憚なく言えば、作家自身が本書の中に身を現していると思います。本書を絶対の自信をもって里村欣三に関心をお持ちの皆様の前に提示できることをたいへん嬉しく思っています。

ただし本書は作家里村欣三の「全貌」を表すものではありません。特に「兵乱」や「兵の道」、「熱風」「監獄部屋」（のち「光の方へ」と改題）などの中長編小説、ルポルタージュや「青天白日の国へ」「日本社会運動スパイ物語」などの論考、また多くの短編小説、随筆、雑記、児童向け戦場譚など、収載しきれていないものがたくさんあります。「全貌」を知るためには「全貌」を見る必要がある。しかし、それは不可能です。本書は「全貌」に通じる七〜八〇％の要素、里村欣三の作家的相貌を知るという意味ではほとんど揺るぎない骨格作品を収載しています。もとより「全貌」ではないが、「これが作家里村欣三だ」と言って間違いない、一冊で表すならこれしかない、そういう作品集となっていると思います。

本書の構成は物語の「起承転結」に準じて、「起承展転輾《テンテンテン》結」として章立てました。「起」は始まりの章、「承」はその結果としての満洲放浪関連作品、続く「テン」のうち、最初の「展」は伸びる、発展する意でプロレタリア作家時代の作品、「転」はそこから動揺し転向する時期の作品です。「輾」は輾転反側、めぐる、ころがすの意で、輜重車を曳いて中国戦線を転戦した時代、最後の「結」はマレー戦線報道従軍とその後の北千島、中国河南戦線・湖南戦線の報道従軍作品をまとめて収載しました。掲載順序は作品の発表年代順に近いものですが、内容の関連性によって多少前後しています。それぞれの作品は単体としても面白く、興味のあるところから随意に、読み進んでいただければよいと思います。

凡例について

次に凡例ですが、本書は読者の可読性を考慮して、原文の旧漢字を新漢字に、旧仮名遣いは現代仮名遣いに改変して採録しました。しかし一方で、原文の元の姿を類推し、そのニュアンスを味わえるように、以下の方針で編集しています。

一、採録は初出誌を基本に、後に単行本等に再録されたものがある場合はそれを参照して校正しました。

一、旧漢字は新漢字に変えて採録しました。ただし、「聯」は「連」の旧字と見なされていますが、作品内で使い分けしている場合もあり、「聯」については「連」に変換せず、原文のまま採録しました。

一、旧仮名遣いは現代仮名遣いに改変して採録しました。「買ひませう→買いましょう」「歌はう→歌おう」「言ふ→言う」「ぐひッと→ぐいッと」「ちあんと→ちゃんと」の類です。

一、送り仮名は底本に依拠し、改変せずにそのまま採録しました。例えば「帰へる」は「帰える」とし「帰る」とはしませんでした。「新らしい」「必らず」「温かい」等、今日の用法からは違和感がある送り仮名も、改変せずそのまま採録しました。

一、「ざ」行と「だ」行の遣い方が、今日とは大分違っています。原文では「先づ」「二十円ぢゃ」「ぢろッと」「おづおづした」「たづねてみる」等となっていますが、これを「先ず」「二十円じゃ」「じろッと」「おずおずした」「たずねてみる」等には改変せず、原文のままに採録しました。

一、「小使銭」「気嫌」「自働車」「結極」「殺倒」「感違い」等、今日では誤用と見なされかねない用語や「太蒜（大蒜）」「太砲（大砲）」等の語も改変せず、原文通りに採録しました。但し一部の文字にはルビ位置に（）を付けて今日の用法を示しました。また「半纏、絆纏、伴纏」「猿股、猿又」「埃り、埃」「格恰、恰好」「泥鰌髭、鰌髭」「お牧婆、おまき婆」「痒いくて、痒くて」等、文章の前後で違う文字、用語が行われている場合も、統一せず原文のままとしました。

一、ルビについては原文を参照して付しましたが、難読文字については過度にならない程度に編者が独自に付したものがあります。また「ヤッチャ場《（青物市場）》」や「カルボ《（蝎甫＝遊女）》」「大宮島《（グアム島）》」のように、ルビ位置にある（）付きの語は、親文字を簡易的に説明するために編者が施したもので、原文には無いものです。

一、会話文のカッコは『』で表記された作品もありますが、「」で統一しました。また、作中に引用されている歌謡は、その前後に空白行を入れて採録しました。

以上、原文のニュアンスを保ちつつ、今日の、また将来の読者の可読性を考えて採録しています。比較的時宜にかなった方法ではないかと考えています。

差別語、侮蔑語

作品を読み始めていただく前に、作中の差別語や不適切な表現について考えておきたいと思います。里村の作品には、「ヨボ」「琉球」「土人」「ニイコ」「チャンコロ」「鮮農」ばかりではなく、「合の子」「毛唐の淫売」「牛殺しの商売」「駕かきの雲助」「回教徒特有の惨虐性」「支那人特有の口臭と体臭」等、挙げればもっと多くの差別語や不適切な表現が含まれています。

大正期から昭和戦前の社会意識に規定されたこれらの言説は、今日の人権尊重、反差別意識からは許容できないものがあると思います。殊に「十銭白銅」という昭和四年の作品で、お君という「額のさし狭った、生涯幸福に恵まれそうもない不幸な相」の虐げられた少女が、「寒さに打ち顫えている乞食娘を夜店の帰りに見つけて、その娘に身ぐるみ着物をぬいで呉れてしまった」のだが、それを責める雇主に対し、「恐ろしい朝鮮人にふんづかまって、着物を剝がれてしまった」とつく嘘の言い訳など、弱者が他の社会的弱者を差別する関係、被差別を民族差別に転嫁するみじめな関係が描かれています。差別の単純でない位相を知らせるために里村が「わざと」差し挟んだ文章なのかと疑わせるほどの、疑問の残る文章だと思います。

「暴風」という昭和三年の作品では、こうした社会的差別よりもさらに厳しい、人格を打ちのめすような、個人の身体、容貌に対する侮蔑語が現れます。「斜視」で「扁平足」、「厩《うまや》」のように臭う「お兼」や、「せむし」の「藤さん」など、体つきや容貌に関する差別語、侮蔑語が容赦なく吐き出され、そうした身体的特徴が地主「山政」の家庭内において、彼らが農奴同様の隷属に甘んじるファクターになっていることが描き出されています。「暴風」には、こうした中国地方の農村における半ば封建的な、他者を支配するための差別、卑小な自己満足を得るための侮蔑が描かれている一方で、もう一つの、弱者同士の中の対立と連帯、人間関係の微妙な揺れ、感情と行動を描いた場面が登場します。

「ね、藤さん、あんたは一体幾つだね……?」

彼の眼がギラリと光ったと思った。するといきなり、私の言葉が終りもしないうちに、彼は力任せにポカッと私を殴ぐりつけたのだ。

「馬鹿にすんな! 馬鹿にすんな!」

そして涙をポロポロとこぼしながら、彼は歯を喰いしばって口惜しがった。

「せむし」の「藤さん」が「私」に差別されたと感じて反撃する場面ですが、ここには身体的特徴がしばしば人格に結びつけられて攻撃に晒される、その瞬間を生々しく捉えた里村欣三のビビットな感受性と、「藤さん」の叛逆=被差別者の反逆を是認する受容が示されていると思います。

作品「暴風」における「私」は「下男奉公」の身であり、「せむし」の「藤さん」とは「枕を並べて寝」る関係にある。被差別者と同じ地平に立って、そこから彼「藤さん」を見ている。里村の描く「私」は、他者を貶めて自己満足の快感を得ようとする卑小な男ではない。他者を支配したり、利益を得ようとはしない。差別語、侮蔑語が羅列されるその言葉の向こうに、理不尽なものに対する被差別者の怒りをそのままに受け止めようとするビビットな感受性と、彼らの反逆を受容する「私」が居ると思います。よく知られた作品「旅順」(昭和六年)で、「私」が関東軍倉庫の地下室でポンプを汲み続ける老苦力に、「おかみさんはあるかね……?」と「何の気なしに、こう尋ねると、老人は不意に猛り立って、垢だらけな瘠せた腕を猿のように伸ばして私の胸倉へ摑みかかった」その老苦力の怒りを、理解できないままに受け止めようとする感受性と受容、それと同質のものがここにもあると思います。こうした受容こそ連帯への契機であり、特筆すべき里村欣三の「眼差し」ではないかと思います。「牛殺しの商売」「駕かきの雲助」「回教徒特有の惨虐性」等の差別語のある作品「回教部落にて」（昭和十六年）においても、他者である彼ら回教徒を「ちょうど昔の富川町で立ん坊が人夫買いの親方を待つように、彼等も終日広場にしゃがんで買手が現われるのを待っている訳であった」とし、昔日の自身の姿に引き寄せて彼らを見ています。

本書収載の作品「怪我の功名」（昭和十五年）や「洪水」（『北ボルネオ紀行 河の民』抄、昭和十八年）では「土人」という言葉が現れて来ます。「土人」という言葉は古く『風土記』や『続日本紀』にも登場すると言われますが、当初「ところのもの」「土着の人」の意であったものが、明治期以降、外地との交接が増えるに従い、「土着」という言葉の中に「未開」「原始的」「進化していない」などのニュアンスを見出して、植民地や辺境の人々を見下す差別語の側面を持ち始めます。同時にこの「土人」という言葉は差別語ではないのかという疑問、反差別意識が大正時代には既に生じてきています。「怪我の功名」では、哀願する中国人老婆の姿を「両手を上げ、土人の礼拝のような物々しいお即頭」と表現しており、言挙《こと》げて言えば差別的な表現と言えると思います。「洪水」中には「土人」表現が繰り返し見られますが、こちらは「先住民」の意で、他者を差別する関係の中で使われてはいないように思います。言葉は歴史性と社会性を持っており、単に発語者の主観的なニュアンスの問題ではないけれども、差別語、侮蔑語を考える場合、言う者と言われる者の関係がどういうものとしてあるのか、というところに大きなポイントがあると思います。里村の作品の中に差別語、侮蔑語が溢れていながら、根本のところで（一部を除き）その差別性を感じさせないのは、この関係性の描かれ方ゆえではないかと思います。

作品中の差別語、侮蔑語が無条件で許容される訳ではありませんが、例えば中公文庫の『河の民』では「土人」を「原住民」、「苦力」を「人夫」、「支那人」を「中国人」あるいは「華僑」に、「部落」は「集落」、「内地」は「日本」など但し書きのない言い替えが随所に行われています。しかしこういうまやかしの対処方法ではどこをどう改変したのか、例示することさえできないのではないかと思います。

本書では差別語、侮蔑語の言い替えや改変は行わず、そのまま収載しています。たとえそれらの差別語が時代的制約の中のものであるとしても、不快に感じる方が居られるかも知れませんが、言い替えたり改変したりすることが正しい処置とは思えず、結局、作品の持つ歴史性、差別性に留意しつつ、そのまま読み込んでいく以外に方法はないように思われます。ご了解をお願いしたいと思います。

戦争文学

最後に、里村欣三の「戦争文学」について書いておきます。里村はプロレタリア作家として社会的弱者に同情と連帯の気持ちを持って出発しましたが、のちに転向して従軍作家となり、ファシズム、軍国主義の翼賛に加担、最後はフィリピンの戦場で被爆死してしまいました。この外形的な人生の軌跡に従って、「里村は従軍作家であった」ということを否定的な意味で使う方がおられます。里村のプロレタリア文学時代の作品に価値を認めながら、その後の「戦争文学」はその一切を無視あるいは否定する方もおられるようです。

大正十年の雑誌『種蒔く人』から『文芸戦線』『戦旗』へと続く昭和初年代のプロレタリア文学運動

は、社会変革を目指す政治闘争と結びつきながら、過酷な労働、社会の諸矛盾、反戦、貧困、他者の苦しみに目を向け、そこをテーマに作品を創出しました。雑誌の相次ぐ発売頒布禁止処分や治安維持法による弾圧で運動は壊滅させられたけれど、プロレタリア文学運動が残した作品を読めば、真っ当な、優れて人間的な、偉大なムーブメントであったことが分かります。『文芸戦線』派の主要な書き手の一人であった里村欣三を指さして、「かつて社会主義を信奉したアカであった」というような、内実を伴わない批判は、作品を読まない人間の、こころ貧しい妄言に過ぎないと思います。

　しかし一方、プロレタリア文学運動時代の作品を高く評価するその裏返しとして、里村が残した「戦争文学」が過小評価され、顧みられない、今日の残念な状況があります。「戦争文学」は翼賛文学であり、否定すべき対象である。里村欣三の「戦争文学」もまた同様に否定すべきものに違いない。平和を願い戦争に反対する純真な気持ちが、戦争文学、翼賛文学を否定する気持ちに無意識に結びつき、読まない前に否定している、そんな残念な、誤った認識が往々にして見受けられるように思います。しかし里村の場合にはそれは根本的におかしい誤った見方、改善すべき認識であると思います。その理由を挙げてみます。

　里村欣三の「戦争文学」を俯瞰すると、大きく三つに分類することができると思います。一つは、自身が通信隊の輜重兵として二年半を転戦した中国戦線での体験を捉え返した作品群です。本書に抄録した長編『第二の人生』では、「どのようにして立派な兵士になるのか」という自己葛藤、プロレタリア作家であった過去からの「転向」が主要なテーマとなっています。収載しなかった長編『兵の道』もやはり葛藤しつつ宗教（日蓮正宗）に傾斜していく兵士を描いた作品です。このように里村欣三の中国戦線における「戦争文学」は、「転向」の葛藤を通してプロレタリア作家時代の自己、あるいは作品と分ちがたく結びついており、相互に照射し合う関係の作品群であると言えます。こうした葛藤を顧みないでプロレタリア文学期の作品を評価することは不全なものだと思います。同様に、里村の代表作とされる「苦力頭の表情」で示した国境を越える労働者の連帯が、どのような眼差しとなって中国戦線の戦場の民衆に注がれているのか、いないのか。本書に収載した「獺《かわうそ》」や「回教部落にて」などは、ところどころにプロレタリア文学時代の回想が挟み込まれています。プロレタリア作家時代の作品を振り返るために欠かせない、不可分の存在として、この期の「戦争文学」は位置していると思います。

「戦争文学」の二つめの範疇は、報道班員として徴用されマレー戦線に従軍した時期（昭和十六年末から十七年末）の作品群です。報道班員は軍から給与を貰う徴員であり、戦場の第一線に立って兵士とともに行動する「ペンの兵士」です。自身が生死の関頭に立って戦闘の経緯を描こうとするのですから、必然的に敵味方の区別は峻烈となり、他者への思いやりは薄く、戦場描写は血なまぐさくなります。そして勝利、翼賛が大きな位置を占めてきます。朝日新聞に連載した『熱風』（昭和十七年）や、『陸軍報道班員手記　従軍随想』（昭和十八年）に収載された諸作品などはこの傾向の作品で、本書収載の「歴史的会見を見たり」もその一例かと思います。しかしこれとても無駄な文学ではないと思います。翼賛ではあっても、無かったことにはできない兵士の行動、彼我の呻吟が同時代的に記録され、今に伝えられています。

この範疇の最末期に、本書に抄録した「洪水」＝『ボルネオ紀行　河の民』が書かれます。豊かな自然描写、溯航の困難に立ち向かう苦力の漕ぎ手たちへの信頼。「ボルネオの隅々を旅行して、ボルネオの正しい事情を世間に伝えて貰いたい」というボルネオ軍司令官前田利為中将の遺命に、里村の心がまっすぐに反応した特異な紀行文です。

昭和十七年末にマレー戦線から帰国した里村は、以後、新聞社や軍報道部から委嘱され、昭和十八年の北千島、十九年夏の中国河南・湖南作戦、最後は昭和二十年二月、フィリピン・バギオの前線で報道従軍中被爆死します。この時期を第三の範疇として考えてみますと、マレー戦線の作品群とは異なる特徴があるように思います。マレー戦線は勝ち戦さでしたが、それ以降は後退戦であり、このことが影響しているのかも知れませんが、「戦争の翼賛が同時に反戦文学である」という論理矛盾するような二面性を持つ作品が生まれてきていると思います。本書に収載した「アッツ島挿話」はその一例で、戦場の兵士に密着取材して、その純真な行動を賞賛し翼賛しようとするその文字、表現が、戦争の過酷さ、強いられた兵士の行動のあまりの傷ましさゆえに、結果として反戦を訴えるものになっている、そういう作品があります。本書収載の里村欣三の遺作「いのち燃ゆ」も、「翼賛であると同時に反戦」という構造を内包する作品だと思います。「戦争の翼賛が同時に反戦である」ことが成り立つためには、深く戦場の兵士にコミットしなければならず、軍報道部から信頼を得、情報の提供を受け、取材できる位置に立たなければなりません。それは単なる徴員の立場を超えて、軍報道部の広宣の一翼を担う行為であり、軍報道部との親和、協調の先に、戦局が逼迫する死地フィリピンへの報道従軍の要請がありました。里村の、フィリピン・バギオにおける最前線への飛び出しと取材中の被爆は、内と外のある種の必然性をもって生起した事態だと言えると思います。

このように里村欣三の「戦争文学」は、「翼賛文学＝否定すべき対象」という単純な認識では捨象できない多様なモーメントを孕んでいると思います。本書に収載した「戦争文学」作品を読んでいただければ、プロレタリア文学時代の作品にも増して、豊かな示唆に富んでいることが明らかになるだろうと思います。翼賛と反戦、正反相半ばする作品だとしても、私たちはその中から戦争を知り、何ものかを摑み取ることができると思います。

本書刊行に際し、私の尊敬する田原隆雄先生（里村欣三顕彰会会長）から熱い励まし＝推薦の言葉をいただきました。田原先生は日生町町長であった往時、マレー戦線で里村と生死を共にした写真家石井幸之助氏を東京に訪ね、その真摯な石井氏の言葉に、里村欣三を顕彰する意義を確信され、里村のブースを含む加子浦《かこのうら》歴史文化館の建設に尽力されました。地元コミュニティーセンターでの顕彰文学碑建立、生誕百十年記念講演会、記念誌『里村欣三の眼差し』（吉備人出版）の刊行など、以後も一貫して顕彰活動の中心になって活躍されてきましたが、私が田原先生を尊敬するのは、そうした活動が全くの公平無私、損得利害のらち外で行われてきた、と感じるからです。わが故郷を愛する、その気持ちだけが田原先生の中にあるのではないかと思います。「里村欣三顕彰会推薦」というキャッチは本書にとってありがたいものですが、それ以上に、無私で行われている顕彰会活動にいささかなりともお役に立つことができる、そのことの方がずっと嬉しいことです。

里村欣三の作品がいつまでもこころある人々の中で読み継がれていく、その一端を本書が担うことができればこれに過ぐる喜びはありません。

なお、巻末に「テキストの周縁から」と名付けて、作品をめぐるあれこれを書いておきました。

〈大家眞悟〉

推薦の言葉

里村欣三顕彰会会長　田原隆雄（岡山県備前市長）

『里村欣三著作集』（大空社、一九九七年）を編纂された高崎隆治先生は、「誰にも親切でだれにも優しく、人間性あふれる里村作品は、この美しい自然とふるさとの人情から生まれたのだ」と表現されています。私どもは、里村の郷里　岡山県備前市日生町寒河に生誕百年を記念した文学碑を建立しました。その説明文には、この言葉を引用して石に刻み、郷土の誇りとして除幕式で披露いたしました。

また、里村の母校である福河小学校（現備前市立日生東小学校）は、毎年『卒業生／夢・志文集』が発刊されますが、里村欣三顕彰事業として子供たちの将来の夢を宣言する文集に協賛支援しております。

この度、大家眞悟氏（『里村欣三の旗』〔論創社、二〇一一年〕著者）が、前述の高崎先生編纂の『里村欣三著作集』に未収載となっている作品を追い続けられ、その集大成として、作家里村の実像を一冊の本として紹介したいとの意欲的挑戦に敬意と感謝を申し上げます。

私は、図らずも二〇一七年四月、岡山県備前市の市長に就任することになりました。里村欣三のふるさと岡山県東南端に位置する日生町は、合併で備前市となりました。備前市は庶民のための公立学校として現存する世界最古の「旧閑谷学校」を有する町です。

旧閑谷学校は、江戸時代・寛文一〇年（一六七〇）岡山藩主池田光政によって創建された、岡山藩直営の庶民教育のための学校・学問所です。国宝の講堂をはじめ、聖廟や閑谷神社などほとんどの建造物が国の重要文化財、資料館は登録有形文化財に指定されています。特別史跡旧閑谷学校は、熊沢蕃山の献策により、池田光政侯が建立され今に残る国宝であり、世界に誇る日本遺産認定の第一号として認定されています。また庶民のための日本最古の学校として、世界遺産登録を目指しています。私は、美しい景観や建築物としての貴重さもさることながら、何故この地に何のために建立され、何が学ばれていたかこそが重要ではなかろうかと思いを馳せます。当時の徳川幕府は朱子学を国教としており、そのような中で、熊沢蕃山の進言により閑谷学校は建立され、表向きは朱子学としながらも、陽明学的熊沢蕃山の知行合一の学風を今に伝えるに至っております。

熊沢蕃山は、著書『大学或問』の中で、時代に対する強い危機意識と実践的な打開策を述べています。武士、とりわけ君主の責務に対する深い洞察、治山・治水論など具体的提言、農兵論の展開と貿易振興、大名財政を圧迫している参勤交代の緩和等々を論じました。当然、鎖国制度など幕藩体制社会の根幹に関わる施策が含まれ、その内容が幕府にとって不都合であったため、幕政批判のかどにより備前岡山藩から追われ、蕃山は下総古河に幽閉となりました。しかしながら時代の要請から、次の世代の荻生徂徠・頼山陽・横井小楠等に影響を与え続け、倒幕派志士のみならず、幕藩幕臣にさえも大きな影響を与えたと伝えられています。山田方谷や大鳥圭介等の活躍は、その一例でもあるといえます。

有為な多くの人材を輩出した閑谷学校と里村との直接的関係は見当たりませんが、長年にわたって醸成された閑谷の風土の中に生まれ育った里村の生き方の中には、閑谷の気風が色濃く影を落としていることは間違いありません。その点は、高崎先生が「誰にも親切でだれにも優しく、人間性あふれる里村作品はこの美しい自然とふるさととの人情から生まれたのだ」と明言しておられます。また正宗白鳥はじめ、柴田錬三郎、藤原審爾等多くの文学者を生んだ備前市とも無関係とは言えないと思えます。

浅学菲才の身、里村文学の論評を語る資格は持ち合わせておりませんが、里村を単なるプロレタリア作家、戦争文学者としてのみ捉えるべきでないことは、容易に理解できます。大家氏の徹底した里村作品の追跡の中から、「これが作家里村欣三だ……」と確信をもって本書を編集されたご努力に敬意と感謝を申し上げます。

昨今の力だけが正義かのような国際情勢の中で、本書を手にされた読者には、人として進むべき道を考えるための一助となることを祈念いたします。

また、時代に翻弄されながらも、ペンを執り真実を描き続けた里村を郷土の誇りとし、推薦の言葉といたします。

里村欣三の風骨——小説・ルポルタージュ選集　全一巻◇目次

はじめに――本書の成り立ちと凡例、差別語、戦争文学　i
推薦の言葉　里村欣三顕彰会会長　田原隆雄　xiii

起――出発

村男《むらお》と組んだ日　5
富川町から　13
思い出す朴烈君の顔　29

承――放浪

放浪病者の手記　37
シベリヤに近く　61
河畔の一夜　75
苦力頭の表情　81
放浪の宿　95

旅順　119
国境の手前　127
濃霧《ガス》　139
痣《あざ》　153

展——プロレタリア作家

疥癬　163
動乱　185
娘の時代　213
暴風　231
佐渡の唄　251
十銭白銅　275
売り得ない女（「東京暗黒街探訪記」第十章）　291
古い同志　301
襟番百十号　313

転——動揺

北満の戦場を横切る　329
戦乱の満洲から　355
凶作地帯レポート　373
満洲から帰った花嫁　397
支那ソバ屋開業記　413
苦力監督の手記　425

輾——中国戦線

第二の人生（抄）　465
怪我の功名　501
獺《かわうそ》　523
マラリヤ患者　533
回教部落にて　549

結——従軍作家

月下の前線にて　567
歴史的会見を観たり　573
閣下　585
洪水（『北ボルネオ紀行 河の民』抄）　609
ミナミノ　ヒカル　ムシ　623
北辺の皇土　627
アッツ島挿話　637
大空の斥候　659
美しき戦死　671
いのち燃ゆ　681

テキストの周縁から——解題に代えて　703

あとがき　772
里村欣三発表作品リスト補遺　776

里村欣三の風骨——小説・ルポルタージュ選集　全一巻

起

――出発

村男《むらお》と組んだ日

……深い睡りからふと眼が醒めた。眼覚時計の鳴ったのに気付いた様でもあり、気付かない様でもある、ぼんやりした意識の中から……。

時計を見るのさえ物憂い様な、まだ昨夜《ゆうべ》の疲れが癒り切らない節々のいたむ身体を上げて時計を見ると、まだ五時に大分まがあったので十五分許り眠むろうと思って眼を瞑ってると何時のまにやら長い快よい睡りに陥って行った。……

「前享君！」と呼ぶ声をうつ〱しながら何んとも言えぬ快よさの中で遠く聞いた。

「前享君！」と二度目に呼んだ声を間近に聞いた時ハッと思って飛び起きた。

六時出のＫは蒲団の上に起き直って眼をこすっていた。

「おい、もう遅いぞ。馬鹿に眠ったねェ」

何んだか恐ろしい罪でも犯した様な厳粛な感に打たれて、もう六時を廻った時計の面を恨らめしく眺めた。

「だって無意識で犯したのだから何の罪もない。」と、言訳らしく独語《ひとりご》ちてみた。然し抑え切れない不安と自責の情が涙する程こみ上げて来た。

服に着替えるとＫを待合せもせず一目散に電車通りへ出た。冷たいカラ風が、人通の無い凍えた舗道の上を吹きまくっていた。風が起る度に、固く鎖《とざ》された商店の前で紙屑が渦を巻いたり、砂塵が高く上ったりした。

二本のポールが江東橋の向うに見えると、やがて電車の胴体がのっそり魔物の様に橋上に現れた。其れが薄光に滲んだ暁の空に青白いスパークを輝かせながらだん〱と五丁目の停留所へ近づいて来る。かなりの間も私の心は絶えずおろ〱して不安に動揺していた。一時間の遅刻をするという事が想像を交えた恐怖をもって迎えられた。

　出張所の入口をくぐると、

「前享！」陰険な室内助手の眼が光った。

「一時間の遅刻だなあ、駄目じゃないか、こう遅れて来ては。」荒々しく名刺を引きたくる様にして、私の名刺を台の上へ置くと、また別な小さな名札を其の上へ音を立ててのせた。私は一種の凌辱に似た小さい感情に面を赤らめながら黙って立去った。

　割引時間中の所内の空気は何処となく活気があった。然し其れは無理に強いられた様な疲れた灰色の緊張であった。掘抜いた炉を囲んで、雑談をしたり乗替を切ったりしている人々の顔は誰れも憂鬱で青白く、臆面もなく疲れた灰色の緊張を適切に語っている。

　朝食を済ますと自分も炉辺にやって来て、乗替にパンチを入れた。生活にやつれた、労働に疲れた、車体の動揺で心臓を悪くした人々の青白い顔が炭火に映えて猶更みじめに見えた。

「昨日Sが死んだとさ。」と、突然胃で長い間苦しんでいるという車掌のNが語り出した。

　Sと云う若い車掌が昨日の昼頃から急に腹が痛み出したので早上りを頼んだ。けれど監督は言を左右にして如何しても上げなかった。Sは仕方なしに痛むのを我慢して休憩場の隅へ寝転んでいた。そして翌る日の朝死んで行った。

「そして其監督の言葉がこうなんだ。（稼ぐのはお前の勝手だから、平生よく働くからって早く上げてやる訳には行かない）。」と、憤慨しながら付けたした。

「誰れだい。その冷酷な監督は!!」と、一人が叫んだ。Nは小声で囁いて、外光に圧せられた朝の仄《ほの》白い灯を浴びて無心にペンを走らしている意地悪い室内監督の横顔を睨視《げいし》した。

「此んな所に長くはつとめられないから早くよすのが得策だなあ。」諦らめたという様に監督の顔から視線を逸《そ》らすとある者が言った。

資本家や人々を支配する立場にある人が、苛酷だとか虐待する場合、其の下に使われて人々は何の忠告も改革をも迫ることなく泣き寝入りに屈従して行かねばならないものであろうか。何等の警告も与えずに虐待の手から無言の儘《まま》身を退いて行くのが至当であろうか。

それ程労働者は力無い者であろうか。それ程弱者なのであろうか。

自分はさっき誰れか言った語を深く深く考慮せなければならなかった。

「前享！」操車の呼び声が突然きこえた。自分は驚いて立ち上った。

五〇〇の電車が鈴生りの人を乗せて疾走して来た。

「五〇〇、大廻り!!!」

私はスターフ（運行表）をつかんで運転手の村男《むらお》を捜がしに行った。広い休憩場の何処にも見当らなかった。

「村男君！　村男君！」二三度呼んでみた。

「オーイ！」と答える声が食堂の中に聞えた。

「今喰べかけた処だから少し待って貰ってくれ。」

「馬鹿に早く呼び出すねェ今来たばかりだのに。」

私は急いで操車へ引き返して復命した。

「何に、今飯を喰っている。」

「そうです。もう一二台待って下さい。」

「五時出が今来て食事するということがあるか。」

私は苦しい立場にもじ〳〵していた。

「前享、何をしている。呼んで来い。」

F監督の鋭い一瞥《いちべつ》と大喝《だいかつ》がすぐ頭の上にあった。むら〳〵と起る反抗心を如何することも出来なかった。

「食事していますから、もう少々お待ち下さい。」荒々しく睨み付けて言った。

「関わないといったら関わない。食いさしにさして呼んで来い。」小さい体を振り振り狂しく叫ぶと立ち上って来た。

「呼んで来い。」私の肩をつかんで突き飛ばした。

「村男君！」最後の一口を頬張っている彼れを見た時、そして此くの如き迫害と罵声を受けて食しつつある者を呼びに来た自分とを見較べた。其処にはただ悲痛な涙があった。限りない悲しみと憤りがあった。

「呼んでいるよ。」F監督に対する激昂の為《た》めもう此れより云うことが出来なかった。

「よし。もう済んだ、出るよ。」快活な村男は断截箱を抱えて出て行った。

「村男何していた。此方へ上って来い。」

遂に監督の前へ起立させられた。

「何故君は操車の命令に従わない。」F監督は更めて口を切った。

「命令に従わないというのではありませんが食事をしていましたから。」彼れは赤い顔をして一生懸命に弁解していた。

「一体何時出だ。始末書を書いて出せ。」もじ〳〵恐れ入っている彼れを頭から怒鳴り付けた。彼れを見下している眼は勝ち誇った様に冷酷な笑みを湛えていた。自分はこうした専横と惨虐を目前にみせ付けられてはどうしても黙っていることが出来なかった。

「何故始末書を取るのです。」突然に自分は叫んだ。

黙っていろと言わぬ許《ばかり》に振り返って、

「命令に従わないからだ。」と、怒鳴り付け様として口を動かしていた。

「誰れが命令に従わなかったのです、村男は食事をしているから少々待ってくれと言っただけでは有りませんか。貴君は罪を徒《いたず》らになすりつけ様となさるのですか。」と、深く突込んだ自分は熱い亢奮を覚えた。

「何に…………其の……。」と口籠ってしまった。多数の監督の中でも多少威厳のあるらしく見えるF監督であるだけ狼狽の姿は見苦しかった。いつも冷酷に光る瞳は、化けの皮を見現された狐の眼のそれであった。

「君、T君と組んで乗ったらどうです。」別の操車係の人が来てなだめる様に言った。

「僕は村男と組んでいます。村男はどうするのですか。」自分は穏かにその人にたづねた。

「村男は今日は乗務させない。」と、F監督が躍起となって叫んだ。

「貴君は其んな浅薄な理由で、人間の一日の生活権を蹂躙《じゅうりん》なさろうとするのですか。」

しばらくF監督と自分との間に冷かな黙闘が続いた。

「君は乗務を拒むのですか?」先っきから其処へ来ていた、胸に一物あり相な暗い顔をした大柄なK事務員が静かに聴いた。

「村男君となら乗務しましょう。村男を乗務させないというのなら私も欠勤します。人情として村男君を捨ててT君と組む訳には行きませんよ。」

「よろしい。欠勤なさい。」鋭い眼が恨を含んだ様に凝《じっ》と私の顔を見つめて厳かに言った。私は休憩場の隅の方へ行って、村男や監督の一挙一動に眼をつけた。……ふと眼を上げると、始末書を書いているらしかった姿が何時の間にか起立して長々しい説諭を喰っているらしかった。

其れから三十分も経って村男は青白い顔をして出て来た。

「村男君！」

「おう……」と、言って淋しそうに振返った。

「如何した。」

「免許証を置いて来た。余り腹が立つから辞職をすると言ってやった。」

あくる日村男を彼れの下宿に訪ねた時もう其処には居なかった。その日の午後「懲戒解雇」と朱書せられた紙片を指示板に眺めた時、自分は堪え難い憤怒と反抗と悲哀を覚えた。一監督の感情に依って、前途の光明を断たれて闇路から闇路へと彷徨《さまよ》える彼れの行方を思った。其うして此の如き運命――否此の如き感情的な専横に依って、尊い一生を無価値に理由なく、彼等の暴虐の手に犠牲に供されつつある幾人かを思った時、自分は少数の資本家や特権階級に対して人類的な反抗と復讐の感念に炎え立った。

「どうにか取持ってやろうと思ったのだが村男は辞職すると云って利《（聞）》かなかったので。」

総代が私の肩を叩いてこう語った。

「辞職するという者を何故解雇にするんだ。」

誰れに言ったのでもなく私は怒鳴った。

出典：『交通労働』（日本交通労働組合機関誌）創刊号　大正九年五月一日。本名の前川二《に》亨《きょう》名で発表。

解題：テキストの周縁から　Ｐ７０５

富川町から

私は暇のある毎に、現代社会生活の圏外に生きて、而も蛆虫のように蠢めいている立ン坊の群から、あらゆる印象、体験、見聞を書きなぐってみようと思う。先づ「立ン坊」の性質から始める。

立ン坊

一定の働く場所と住所と技術を持たない浮浪労働者を、東京では一概に「立ン坊」と蔑称されている。それは土地に依って、人足とも人夫とも手伝とも、あるいは日傭とも云われる類の日稼労働者である。不熟練な、日稼ぎの労働の性質上、彼等の労働範囲は非常に広く、全く総《あら》ゆる種類の労働の全般にわたっていると云ってもよい。仮えば大工の下働き、左官のそれ、ペンキ屋のそれ、土工、水揚人足、運搬、広告ビラ撒き、工場の下働、溝《どぶ》ざらえ、鳶職、瓦屋、コマイ屋《(壁下地の竹組屋)》、水道道路普請の手伝、商店の雑役——と、云ったもので経験も修練も要らない、ある程度の「労働力」さえもっていれば、誰れにも弁じられる種類の下等労働である。兎に角、家庭の雑用に似た、市井の雑用に任ずるのが、「立ン坊」である。「立ン坊」の名は恐らく彼等が、仕事を求めるために、街角や店先の軒下に突ッ起っている不景気な恰格から来たものだろう。

木賃宿

東京でも大阪でも、立ン坊街は一定して居る。それは、ヤッチャ場《(青物市場)》が神田に並び、魚河岸が震災後、芝浦へ引越したようなものだ。一に需給の資本経済組織の必要上、集中していなくてはならない道理からである。で、立ン坊街には、独身の家のない、住所不定の奴原《やつばら》を華客とする木賃が建つ。飯屋がハン盛する。酒場が賑う。ここに到って、木賃が先に出来ていたか、立ン坊が集ってから木賃の必要が起って、商人がそれに眼を付けたか――それが判らなくなる。兎あれ角にせよ、古老の話に依ると、猿江裏から富川町にかけて一帯は、貧民窟であったらしい。それが今見るような独身の立ン坊がウジャ〳〵している木賃街に面目を革《あらた》めたことを考えると、近世発達の資本主義経済組織の「セチ辛さ」が、彼等に貧民窟の一隅に営む、惨めな家族生活をも蹂躙《じゅうりん》せしめて、一家離散、めい〳〵に口を濡らして行くより余儀なくせしめたものだろうと思われる。現在、出水浸水の都度、光栄にも新聞紙で紹介される猿江裏の貧民窟――それは「立ン坊」の眼から見れば遙かに高い生活と労銀をとっている階級――大工、左官、職工、土方の上役に属する世話役と云った熟練階級に属するものが多数であって、今の立ン坊の種類にある階級者はいないと云ってもよい。昔、貧民窟と云えば、現今の立ン坊の階級に属する生活形態をもった、日稼ぎの不熟練者の生活窟であったと、古老は語っている。

「俺が若い時分には……」と、その老人は語り続ける。

「溝板《どぶいた》を踏むと、グチャッと泥とも水ともつかないシロモノが跳ねて、洗い立ての半ズボンにひっかかったものだ。それで、長屋の入口へ立って大声で呼ぶと、長屋の中からとび出して来たものだ。同じ「立ン坊」でも、その時分には皆、長屋に住んで嬶《かかあ》も我鬼もあったものだよ」と。これでみると、その時分の立ン坊が貧民窟に蟠居《ばんきょ》していて、臭く不衛生ながらも一戸を構えていたのだ。が、今、その階級者は一家離散して木賃に巣喰っていなければならなくなって、その貧民窟へ立ン坊の後を襲って移住したのが、前に述べた熟練階級の訳になる。

木賃宿の宿料はと云えば二十から二十五六銭三十銭位い止りで、一人当り一畳の畳である。だから六畳に六人、二畳に二人と云った割当で、戸棚も押入れもない、持物は皆んな枕元に積んで置く。風呂は隔日のところもあり、毎日のところもある。浮浪労働者が汗と垢とを遠慮なしに擦り落すのだ。その不潔さ加減はお話にならぬ。木賃宿一戸割の人数は凡そ四五十人位いで、富川町だけにでも、先づザッと四五十軒の木賃宿が営業しているであろう。すると無慮二千五百位の立ン坊が巣喰っている勘定になる。宿料の払いは毎晩だ。宿屋の主婦の言葉に依れば「野郎共、帳場（働き場所）でサゲ銭（毎日払いのこと）だから、勘定を毎日しなければ、月末になって金を残しているような殊勝者はいない」訳で、不便でも毎晩宿料を取り上げる。一日でも滞れば追ン出して了う。立ン坊を相手に一儲け目論見る奴等だ、半生は博徒かゴロで押して歩いた奴に、何んで一片の涙気もあろう道理は無い。立ン坊街に、どんな下等な種類の下宿屋も賄屋もないのは、彼等がその日勘定の働きに従事してい、その日に捲き上げなければもう取る目安が付かないからである。

ここに一つ面白いことは、立ン坊が、遙かに一般木賃屋よりも安いにも不拘、官設その他の宿泊所、或いは食堂を利用しないことである。それは一語で尽きる、門限や部屋払いが制限的だからである。そして禁酒とか貯蓄とか愚にも付かない寧ろ労働者の生活に無智な條件を付するからに外ならない。

牛めし、焼酎

木賃宿は、宿泊だけで賄をしない。皆夫々の飯屋、酒場に出掛ける。朝、眼覚めると、天気さえよければ飯屋で朝飯を引掛けて、軒下に突ッ佇《た》って仕事を待つ。昼はこれも簡単に、仕事先附近のめし屋の暖簾《のれん》を潜って認める。彼等の一日の享楽時は、夜だ！　サラリーマンが、電灯の下で、瘦せた妻とこれも黄色ッぽい児供を相手に、五勺位の酒を嘗めるように啜っている時、富川町では有りとあらゆる酒場を立ン坊が占領して、奥州、九州、関西、東北、越後、朝鮮、琉球等様々の弁舌で、高々と論じ合い、管を巻き、啖呵を切り、殴り合い、つかみ合い、ブランの香と牛の臓腑が焦げる香に、もつれ合って、物凄い光景を呈する。一杯、二杯、五杯、六杯、秋の夜も冬の夜も春も夏も、更け渡るまで飲み続け、呷り続ける。そうして「宵越の銭」を一厘も残さない。斯く、乱酒喧騒して、一日の労苦と、「人間として人間でない生活」の不平を酒の呼吸と共に吐き棄てる。朝、金が一文も無ければ伴天をカタに朝飯に有り付き、カタがなければ喰わずに働く――それを彼等は「酒の威勢」だと云って居る。

牛めしは、安くて滋養があると思ってか、珍重される。白めしが一杯五銭で、それと同量の白飯に、牛の臓腑の汁がかけてあるのだから白めしに比較して安い。食っても旨い。金がないときには、牛めしを二杯もひっかけて不精面かいて居る。

人夫狩り出し

資本主義地上に生きている有りとあらゆるプロは頭をハネられる。立ン坊の直接頭をハリ、それで喰っている職業に人夫狩りと言うものがある。これが、方々の工事場か会社から所要人夫を引き受けて、立ン坊街《ロジ》へやって来る。そしてここで労働市が成り立つのだ。

「サァ二円常傭！　二円常傭！」と、怒鳴る。気のある奴は「仕事は何処だ？」と聞く。余り遠い所だと人夫狩りはいいかげんにごまかす。そんな詐欺に掛って、一里もテクラされる場合が往々ある。「仕事は何んだ？」と、聞く、これも前の場合と同様で、困難な仕事をほんとに話すと、行手がなくなる怖れから、いい加減に誤魔かして了う。ウッカリ乗って行ってみようものなら、とんでもない仕事にぶッ付かる。こんな場合懐に金のある人間はケツを割って帰って行く。が今朝の飯にも有り付かないシロモノは泣寝入りで働くより外に方法がない。

「文句があるなら帰れ」と、あべこべに怒鳴付ける。欺されて来て、一文にもならずに暇をつぶして帰るのが口惜しかったら、腕力で行くより外に、これも方法がない。が、大抵の場合、立ン坊相手の商売だ、向うもどうせ無疵《むきず》の男じゃない、泣いて働くか、帰るかだ。斯うやって狩り出されて、市中の各方面に立ン坊が働きに出掛けるのだ。普通人夫狩り（自称人夫出し）は、仕事場から或は工場から商店からの需要を引き受けて、立ン坊一人当り三十銭乃至四十銭の頭を取って、供給するのだから需要者の支払が一人二円五十銭でも立ン坊の手取りは二円そこそこのものだ。

全く、富川町あたりの人夫狩り出しの光景と云ったら見物だ！

「さあ、二円五十銭、行かないか？」

「どうだ、受取二円仕事」

「どうだい野郎共、水揚げ常傭ロレ《（ママ）》、行かないか！」と、こう云った調子で怒鳴る。声の主を取巻いて立ン坊があちでも一団、こちでも一団と云った具合に、かたまって、そのために往来の通行が出来ない位いの盛況だ。色々な声の主に仕事の種類、賃金を質して、楽な金儲のいい方へと行く……。余り仕事を撰り過ぎてアブレることが多い。

まづ、ざっとこんな具合に、富川町二千幾百の立ン坊はさばかれて、どうにかこうにか、酒の料《しろ》と飯に有り付いている始末だ。

立ン坊に堕ちる人間

立ン坊の群に堕ちて来る人間の種類は、彼等の労働範囲と同様、亦《また》社会制度が、人間生活の上に優劣を画している以上、立ン坊に堕ちてくる人間は種々雑多な傾向と階級から成り立っている。が、一番簡単な理由は仕事がすぐ見付かることと、労働の性質がこれ亦無経験な素人にも向いているからである。

何んのことはない人間の掃溜だ！　人参もあり、大根の切端しもあり、牛蒡もあると云った具合だ。と、同時に、掃溜へ捨て去られる種類のクズだ。

そこには正当に対して不当があり、道徳に対し不道徳があり横行し、無茶、乱酔、自棄、破倫、無恥！　おおそれは俺のものだと叫ばれる。彼等が社会から非人間な取扱いを受けている、それが同時に彼等を、社会的なあらゆる制肘、拘束から解放して居る結果になって居る。「俺は立ン坊だ。人間ぢゃないんだ」と、意識したが最後彼等はもうキレイ薩張りと既成社会観念を振り払って了う。もうその時彼等を支配する何等の観念もなくなる。その観念の後に占むるものは又社会観念である。総ての社会的権威の否定である。もうそこには曾《かつ》て社会人としての不自由、めんどう、不快なもののかわりに、反対な結果が待っている。義理、人情、道義、法規そんなものに縛られない、獣のように振舞い獣のように呼号して、恥らいもなく外聞もなき「立ン坊」の自由、放恣な生活が展ける。そこに「立ン坊」への誘惑があり、一度「立ン坊」に堕ちた者が再び浮び上ろうとしない、魅惑がひそんでいる。

インターナショナリズム

窮乏のどん底に堕ちるとヘンな自惚れも、エラガリも、亦従って利害の衝突もありようがない。あるものはお互いの愍れみと情けがあるばかりだ。腹の減った立ン坊が、また力無く蒼ざめた相手を見ると、つい心から「おお、兄弟お前も同様か？」と、呟く。そこにひとりでに、自分ばかりが飢えているんではない、ツレがあるんだ！　と、云った悲しい力頼みが、かすかに動く。――万事がその通りな心理状態で、人の忌む賤業にも、辛い労働にも、寒い夜の野宿にも、見窶らしい風体にも、「俺ばかりではない」ツレがあることに慰められ、その心持は延いて貧しき者同士の、虐げられた者同士の心から、あらゆる障害を取り除くのである。そこにはもうヨボも琉球もチャンコロもない。人種の区別を超絶した、哀れにも見窶らしく飢えた兄弟の姿があるばかりだ！　おお、而し何んという惨めなインターナショナリズムであることか？

富川町の立ン坊街は、実に東洋の雑人種街をなして居る趣がある。ヨボ、琉球、支那、台湾——こう云った人種が、日本人の落ちぶれと同じ一定の場所で住い、食い、働きそして一言半句の小言も、反感も排斥もないのである。が、一つ面白い事項を註釈する要がある。それは仕事の上に於ける、亦賃金問題の上に生ずる人種排斥である。

労働者気質に一致しないヨボ根性

日本の労働者や職人というものは、一種説明し難い気風を持って居る。それはまァ流行言葉で云えば仕事の完成慾とも言うもんであろうが、仕事に掛ったらトコトンまでやッちまう意気込や、やり始めた仕事なら、時間や金のことなんか忘れて「出来上り」を楽しむ肌合を云うのであるが、ヨボと来た日には仕事のキマリをつけるということがなく、やり放しの、ちょっと時間が遅くなると不精々々な仏頂面をかく……そんなグータラなところが日本の労働者に忌まれるのだ。もう一つにはヨボにしろ、支那人にしろ同様だが、元々日本の土方にはコ捧《（梃子棒を使う？）》を切るにはどう、足を出す具合はこう、肩は左右相互に……と云った様な一定した方式があるのだが、ヨボや支那と来た日には無茶苦茶である。文句言ったて、要領の得ない顔付をして、我をおッ通してきかない。そう云う有様だから協力を要する受取仕事なんかの時には、ヨボなんか排斥されて仲間に這入れられない。

沢庵の尻尾をかんで労賃を下げる

立ン坊なんか、ヨボか支那人なんかよりはいい生活をして居ると言っては可笑《おか》しいが、下には下があるもんでヨボ、支那人と云った種類の人種はまるで豚の臓腑でも持っているらしい。汚い、ゴミゴミしたヘドのようなものを喰って、副食に沢庵の尻尾位い噛んで意気揚々と仕事に出られるのだから堪ったもんではない。

自分の生活費が五十銭ともかからないものだから、平気で安い賃金に満足して働く。使用主だって、安い労賃で働く者をカン迎こそせよ、ヨボだ支那だと排斥なんかしッこない。少々仕事はマヅくも、横著であろうとも、数でこなされるから堪まらない。立ン坊市場の建値は、ヨボや支那人が這入ってくれば這入るほど低下して行く。そこに排斥の気運が醸成される。が、立ン坊仲間では、示威だとか演説とか云った組織運動なんか起らないかわりに、時々何んかの機会があると大喧嘩を押ッ始める。「日鮮土方入り交っての大喧嘩」などと、新聞なんかに書かれた時には、その裏面に、大抵そんな原因が潜んで居る。彼等は思想を言い表す術を知らないから、ヘボ新聞記者なんかに、意趣喧嘩であろう位いに間違いられて了う。

コスモポリタント

誰か、夜行列車の中などで、車窓に蓬髪垢面の顔を椅《よ》せて、而も小さな風呂敷包を抱いて、コンコンと眠むり続けて居るところの、汗臭い悪臭を放つ伴天着の老ぼれの、或いは若い労働者を見たであろう。又、誰か果てしなく続く往還の見下せる小高い丘の上にあって、白い埃を地下足袋の裏に蹴立てながら、小さい荷物を振分けに担いで急ぐともなく歩いて往く、これも同じ伴天着の青年を眺めたことであろう。そしてすぐ「トビッチの土方《（飛びっちょ＝飯場を転々とする土方）》」を思い描いたことだろう。――その姿こそ、天涯の果てまで「いい暮し」を空想して漂泊《さまよ》いつづける土方である。部屋から部屋へと、移って日本全国は愚か満州、北海道、樺太、また遠くはカムチャッカ、西伯利亜《シベリア》くんだりまで巡り巡って遂いに「いい暮し」を見失って、富川町の立ン坊街でヒヤ水を啜り上げ啜り上げ、老の胸の惨ましい追憶をも啜り込んで、眼ヤニの瞼を瞬いて泣笑いをする。

夢・ヨタ・誇大妄想

人間の追憶は、愚痴と同じもので、落ちぶれれば落ちぶれる程、トテツもないウソ話になって眼の前に踊り上るものだ。

立ン坊には夢話しが多い、ヨタが多い――ひッくるめればどれもこれも誇大妄想狂ばかりである。金山を持った話し、妾をもっていた話し、五万円一晩にサンザイした話し、米の値も知らずに育った話し、株で百万円スッタ話し、斬込んで相手を五人殺した話し、紙幣で手を切った話――これは嘘だが――まづザッとこんなベラ棒もない話しだ。それが、どれもこれも、鼻涕《はなみず》を啜り啜り、糠《ぬか》味噌をトカシタような味噌汁で外米混りの飯を頬張りながら話す法螺《ほら》だ！　全く悲痛を通り超してアッケにとられる。

或るバアで、安酒を呷りながら、老労働者が「まァ君、俺あ今トテツもない金山を見付けているんだがね。先づそれを採掘するにはドウしても四五十万なけりゃ不可ないんだ。それでしきりと奔走しているんだがね。」と、こう相手の労働者に話しているのをチラと聞いた私は始め笑談とばかり思っていたが、採掘期限がどうの、鉱石《いし》で売った方が儲がいいとか、溶鉱炉には幾何金が掛るとか細に入り微に入った話になったので、驚いて、彼の顔を見たが、眉毛一つ動かさずに話しを真面目に続けて行くのだ。相手の男も男で、しきりと安く売りに出た地所の話を持出して、金山の話しにバツを合せているのだ。私はその物凄い光景に、オッ魂《たまげ》消て了った。

「金スジ」のこと

「金スジ」とは、語原は知らないけれど、色んな部屋が入り組んだ野帳場に行くとそう呼ばれる、物凄い種類の人間がのさばり反って居る。

　悪く言えば「人殺し商売」とも云うべきもので、他人の意趣遺恨を買って出て、自分には何の係わりもない人を殺すのである。そして金を貰って、遠く身を潜めるのだが、大抵の場合、相手を殺すことを頼んだ親方が、義理合いから自分の身内のどこかへカバって、一先づ身を立たせてやる。そう云う寸法で兇状持ちになると、あれは金スジだと、云って人から怖れられる。荒い稼業では、兎角にそんな風な凄い肩書をもつことが一種の誇りになる。だが、近代産業界の趨勢が、土方稼業をさえ親方の手から合資、株式へと奪って行く今日では、親方同士の稼業上の私怨も、それと共に株式組織の上に移されて、昔のように血を啜り合う児分とか身内とか云う類の、一寸普通人では考えられぬ義理人情も、薄らいで行く傾向が見える。それと同時に盃をやり取りする親分乾分の関係に、賃銀奴隷としての関係がその地位を置き変えられる。で、少くとも今日謂われる「金スジ」とは、帳場荒しの不頼(無)漢を指される場合が多い。

　富川町にも「金スジ」と仇名をとって居る男が二三人居る。人を殺した経験があるかどうかは聞かないが、刺青の肌に、小意気な伴天を羽織って、頬に気味の悪い刀疵をもって居る。野天バクチのテラを取ったり、真面目な立ン坊から小使（遣）をセビッて、二六時中安酒を呷って、オダをあげて居るのだ。

ゴロ押え

女郎屋、芸者屋に限らず料理屋にしろ、金持にしろ、ゴロを養って居て、意地悪くゴネる奴を片端から、暴力でトッチメさして了う。そう云う「国家外」の暴力が始終世の中で振廻されて居ることは周知の事だ。

富川町などは、全くのその暴力政治である。ヤブレカブレの「法律外《アウト・ローズ》」の人間の寄合だ。暴力という奴が「法律」以上に、それ等の人間を制裁する唯一の権力である。

鱈腹くって金を持たない人間、何かのケチを付けて払いを踏み倒そうと掛る人間を、ゴロ押えのゴロでトッチメるのである。富川町などで地廻りの博徒や、大虎組の若い者などが、平常そこらあたりの商店や酒屋、宿屋などで幾何《いくばく》かの小使をせしめて、その任に自分で任じて居る。が、それは百害のあるもので全くの弱い者苛めである。それで大きな脅威と暴虐が、弱い人間の上に悪鬼の如くに蔽いかかって来る。そこにも立ン坊の惨めな迫害の哀史が彩色されている。

柔道二段

料理屋や酒場のお抱えゴロを向うに廻して、時々活劇を演じて呉れるのが、所謂自称「柔道家」や「登り梯子の監獄部屋」で、男をみがき上げて来た一人前の稼業人なんかである。それに就いて、面白い話がある。

富川町の千葉屋という馬肉屋で、昨夏頃刑事三人と自称柔道家と何んかのイキサツから摑み合いを押始めた。見ていた人の話に依ると、三人の刑事を柔道家が講談その儘に「前に投げ後に転がし」まるで手玉に取るようだったと云っていた。それで千葉屋の主人が見兼ねて、柔道家の足をつかんだとかつかまないとかで、事件後になって、柔道家から因縁をつけられたのだ。言い分は兎に角「百円」出せば円くおさめると云うのだ。

百円と云えば大金だ。足を摑んだばかりに、それだけ捲き上げられるのだ、馬鹿らしいに違いない。何んとかかんとか云って二三辺も追帰したらしい。が、しまいには徒党を組んで、入りかわり立ち換り店が開いていさえすれば、ねじ込んで来るのだ。余り五月蠅《うるさ》いのでとうとう閉店して主人は何処かへ身柄を隠してしまった。――十日も経ってもういいだろと思って店を開けたのだ。すると、一の児分だとか身内だとか云って相変らず物凄いのが押し掛けて来るのだ。もう主人も仕方がないものだから「百円」投げ出して了ったということだ。――こう云う話は実際、警察も法律もある時代に有り得べからざることのように考えられる。が、実際にあるのだから仕方がない。

地廻りのゴロも、優ぐれて強い奴には手を出さない。これが即ち、権門には媚び、弱者なら苛虐するところの暴力主義者の常態である。

こんな事柄は幾らもある。――まだ私の頭の中にある構想のうちには、性慾にからまる悲話、野天賭博、賀川豊彦が云う様に立ン坊は怠惰癖からか、それに答える多くの反証を持っている――けれども私は、仕事の暇を盗んで書き上げる努力の痛みに堪え切れないことと、毎号書き続ける責任が持てない怖れと、そうして、私は今日読み返してみて、昨年の八月号以来数回に亘って、如何にも、ものになっていないものを掲載してくれる『文戦』の好意に甘える図太さに我れながら羞いをかんじたのでもうこれで中止したいと思う。そして、こんなものを読む人もないであろうけれど、こんなものを若《も》し読んでくれた人があったとすれば、その人も私と共に嫌になっていることと思う。それで私は何にもかもを抜きにして結論に行く。


慈善家は云う。立ン坊街を自働車で訪問して、金を恵めばそれで解決すると。

社会政策家は叫ぶ。無料宿泊所を建てて、労働紹介所を起せばいいと。

宗教家は呟く。わしの宗門に帰依すれば、仕事とペンキ塗りの宿泊所を提供すると。

教育家は独語する。無教育者には教育をほどこさなければいかん。しかし、低能は仕方がないと。

労働運動者は怒鳴る。組織ない労働者は始末が悪いと。

賀川豊彦氏はのたまわく。貧民労働者の運命は夫れ自身懶惰性に根ざす天性だと。

お金持は政府に訴える。街区の目障りになる、あんな不潔な動物は市外に追出せと。

政治家は語る。資本主義は未だ未だ人を容れる余地がある、彼等は自ら好んで無頼の徒に惰ちるのだと。

警察官は脅かす。正業のないものは浮浪の徒と見做して処罰すると。

社会主義者は断言する。組織のある労働者のみ新社会を来たす可能があると。

斯くして、立ン坊は総てのものから見棄られて居る。しかし誰れもが、立ン坊は生れながら立ン坊ではなかったことを考えようとするものがない。私は昨年『第六号』の本誌で、立ン坊があらゆる階級から落ちて来ることを述べた。そして社会に対する反抗的態度で、彼等が自分の日常生活を紊乱していることも云った筈だ。彼等が、既に「惰ちた」ことを知っている。なお「惰ちた」ことのそれに対する復しゅうが彼等の日常生活の全部感情である。彼等の意識の根底に流れるものには、世上社会主義共産主義を叫ぶものよりも遥かに熾烈な反逆精神がある。彼等の生活が、唯だ社会運動から距る位置に置かれているだけのことで、彼等自身の間に社会運動の起らない理由も亦、彼等の生活事情がそうであるに過ぎない。私のこれを愚論と笑えば笑え！　実に今日の社会運動は我々の生活とは距った、職業的運動である。吾々は今、生活感情である社会運動に投ずにさえ機会を捉えなければならない位置にある。生活に即した運動は、即ちトレード・ユニオニズムである。それには組織のもてる労働生活者に入らなければ不可である。——

そこに組織なき労働者独自の行動が、展べられる。組織なき労働者が、解放を望む心には「解放を信ずる」組織労働者にない悲痛な絶望がある。彼等組織なき労働者の捨身な生活感情が、それを雄弁に物語って居る。彼等の行動が、大きな同一方同の流れに綜合された場合に全くの破壊手段に結果するのが即ちそのためである。私がかつて見たことのある米騒動に於ける入獄者の統計では世帯をもつ者が四割を、彼等立ン坊が後六割を占めていたように記憶する。そして世帯を持つ者が主に物取を働いたに比して彼等は、徹頭徹尾無慾で終始していたのに徴しても、ほぼ彼等の心事が了察されるではないか。

日本六十余州に散らばる浮浪労働者の群は、社会運動者が、考慮に入れない、未知の大勢力である。そして恐らくそれが正味の決死連であろう。何故なれば彼等には「家がない」「妻がない」「児がない」「恋がない」そしてなお「新社会の夢」がない——。破壊と闘争の役割を演じて後、彼れ等は「新社会」の整理を「組織ある労働者」にゆずるであろう。

私は組織なき労働者に組織を与えよとも、新社会の有難味を説教せよとも、望まない。あるが儘に蠢動せしめよ！　恐らく絶望の哲学を握る立ン坊は、耶蘇の説教に耳をかたむけないと同様に、社会政策家の言動に無感覚であると同様に、平和な時にはプロパガンダリストのプロパガンダにも気乗のしない顔付を見せるだけだ。先づ先駆者は先駆してみろ!!

出典：『文芸戦線』（文芸戦線社）大正十三年十一月、十二月号「富川町から（立ン坊物語）」及び同十四年八月、九月号「どん底物語　富川町から」を掲載順に繋ぎ合わせて収載。「「金スジ」のこと」の項は大正十三年十二月号と十四年八月号で一部表現を変えて重複しており後者を採録。

解題：テキストの周縁から　P706

思い出す朴烈君の顔

ここ一ケ月ばかりは、自分の働いているところの親爺がケチで新聞をとっていないので、世の中の消息からは全く隔離されている始末である。それが久し振りに東京に出て、その帰り電車で、隣席の男が新聞をひろげていたのを何気なく覗くと、三段抜きの朴烈君の断罪記事が、ハッーと胸をかき裂いた。その刹那は実際に、身が塞ってものも言えない気持であった。――いきなり電車をとび降りて夕刊を買った。赤い灯のついたポールにもたれて読み貪った。

………入廷するや、朴烈君は与えられた一杯の番茶をゆっくり呑みほして、にっこり笑を含んだ顔を文子さんにむけ、夫と妻との最後の語いをひそひそと続けた………また、裁判長が死刑の宣告を下して退席せんとするや満廷を見渡していた文子さんは、淋しく瞳を落し何かしら小さい声で口ずさみながら、手を動かして「万歳」を叫んだ。続いて朴烈君「裁判長ッ！　御苦労さま」と叫ぶや否や廷外に引だされ、さびしい後姿に一生の名残をとどめた………とも書かれているあたりに来て、私は言うに言われぬ気持になった。朴烈君夫妻の、この×××、××××××××××××一方に、私は苦がい胆汁でも呑まされるような、いやもっと暗い、憂欝な何んとも云うことの出来ぬ気持に圧せられた。それは朴烈君夫妻の犠牲を、××しいものとして××するには余りに悲痛であると、その××な態度に××するには、余りに悲壮であるばかりではなく、反対にのろのろと何処までも×××××××××、×××××××いる自分自身に、反吐《へど》を催したからである。どこまでノホーヅなのか得体が知れない俺というものに、愛そが尽きる気がしたからである。もとより朴烈君などは、俺たち××野郎には歯爪《(牙)》をかけないであろうが、彼としては何ということなしに、ただ二人絞首台上にたつ朴烈夫妻×××××××××××××。それで涙が出ずに、憂欝な、暗い圧しつけられるような、気になるのだ！

古田大次郎君が断罪される公判に、近藤憲二君が「ただでは傍聴に行けないし、それかと云って傍聴にも出ずにはいられない」……………といったような意味のことを改造の「切実なる問題」というところに書いて、同志の苦しい憂悶を仄《ほの》めかしていたが、私もまた一面識をもつ朴烈夫妻の今日の断罪を聞いてぢッとしていられない。それかと云って何も出来ない自分の××を思って、更に自分というものが嫌になる。洒蛙《しゃあ》々々とタワイなく生きている自分に、まったく反吐を催す！

×　×

寝ようと思って蒲団にもぐったら、急に涙が出て来て、涙粒の中から朴烈君の顔が転げ出して来た。もう再び会えないのだ！　軈《やが》てここ四五日のうちには絞首台で絞め殺されるであろう……顔が、震災前のあの無雑作に生えた長髪と水色のハゲかかったルパシカ姿の、ロイド眼鏡の奥に笑った細い眼が見えるのだ。新聞の朝鮮服を着た朴君は、どうしても朴君とは見えないが、いま思い出されて来るルパシカ姿の朴君が××になるのだ――と思うと、もう凝《じ》っとしていられない悲しみにどッと涙が溢れ出る。しかし朴君はニヤニヤと笑っている。その背のところには、富ケ谷のあの二階の壁に書き投なぐった赤い字の××歌と、血のたれる心臓を短刀で貫いた落書がある。

「おい飯でも喰えよ」

朴君がそう親しげに言いそうである。鱒の乾物とバサバサした麦飯をよく嗜わしてくれていたが…………

×　×

夏の始めであった。何んでも親日派の朝鮮人を殴り込みに行った話を、その時ポツリポツリと例の口調で私に話してきかせ、警察の干渉で『不逞鮮人』をやむ得ず『太いせんじん』と改題したことを語って大笑いしたりした。そして朴君と金子文子さんと私と三人で、いつものように麦飯を食った。そして三人で渋谷の終点に出た。

　金子さんは女学生のような袴を穿いて中西さんの『汝等の背後より』を手に抱えていた。よく笑って歯切のいい調子で快活に話す人であった。が靴が馬鹿に小さいので君に朝鮮婦人そっくりだと始終思わせた。それを言って三人で笑った。その時も朴君は、肩のところの剝げた水色のルパシカを着て太いステッキをついていた。

「警察では殴ぐられりゃ、仕方がないから僕は謝まるが、謝まってまたやっつければ同じことだ。心から謝まるんでなければ、その方が痛くないだけ、得だ」

　その時、富ケ谷から出て、埃ぽい水溜のようなところを歩きながら朴君は何かの話しでそう言った。何故私がそれを覚えているかは云えば「なる程そいつは得だ！」としみじみへにもならんことを頑ンで張って刑事に殴られる痛さを思い、俺もこれからはその手その手と思ったからである。

　その日は何んとなく朴君と離れるのが嫌で一日、くッついて歩いた。金子さんはどこかで電車を降りて何処へか行ってしまった。

　いま考えると、それが最後であった。

　翌日、私は中西さんと一緒に九十九里の海岸に行った。私たちは一ケ月中（中西さんは出獄の躰を休めるために）思い存分に真黒になって遊んだ。後にも先きにも、一ケ月思い存分に遊べたのはこれが最後であろう。そこへあの地震が来たのだ。

×　×

　中西さんは、地震の報と共に、鮮人が片ッ端から××される報をきいて、朴君の身上を毎日毎日案じ暮らした。それ！　海嘯《つなみ》だ、地震だと一分間も凝っとしていられない最中であったが――「東京にいて危ないなら、屹度ここへ逃げてくるに違いない――」中西さんはそう云った。私たちは不安な地震に驚きつつも、朴君や鄭君を待つ準備をしていたがついに来なかった。その筈だ、皆んなフン捕かまっていたのだ。

私と中西さんは入京の許可があった日、即ち地震後四五日目に味噌米を二人で背負って東京に這入った。そして始めて朴君の動静を知った。

「まあ、殺されずに警察にいれば安心だ！」

と思った。が、どっこい一月しても二月しても朴君達は出て来なかった。

×　×

ある日鄭君がやって来た。もう秋風が身に沁む頃だった――と思う。

鄭君と私と二人は、中野の救世軍の病院で毛布を貰ったり、増上寺へ行ってシャツや着物を貰ってそれを未決監に浴衣一枚で震えている、朴君やその他の一同に差入れた。それまで地震さわぎや何かで、誰一人として朴君たちの面倒をみていなかったのだ。しかしその時はまだ接見禁止であって、ついに面会することが出来なかった。

私は秋風とともに、まもなく流浪の旅に出た。

×　×

一昨年の夏ごろだと思う。吉祥寺に鄭君を訪ねたら栗原君が出獄していた。皆んな共犯は出たのだと云うが、朴君夫婦だけは保釈が許されず獄にいた。恐ろしい予感が胸にこたえた。

その秋、私はまた東京を去った。それから去年の秋かえったが鄭君にも誰れにもまだ会えない。最近、鄭君の文にも消息にもふれないが、健在でいるかどうか？　朴君の断罪を思うと、仲のよかった朴君の友鄭君を沁々《しみじみ》懐かしまれる。

×　　×

××××××××××××××××。あの小柄な、快活な、透徹な、――恰度サンショの小粒のような金子さんも一緒に……。白い歯の笑顔が眼に見えて仕方がない。その微笑は、決して鞭打たないが、それが柔かな微笑であるだけに、俺は苦しい圧迫を感ずる。つくづく自分の××××××、済まないと切に思う。

×　　×

牧野は朴君夫婦を審いて、

「私は学生時代から七十三条は実際に適用することのない空文に終ると思っていた」と言う。

朴君夫婦は、七十三条の判決に、三番目の冷かな笑を投げて罪される――徒らな悲歌慷慨家で、しかもシミタレた意気地のない生き方をして俺は×××××××、――××！　と、――×××。

――一九二六、三、二五――

出典：『文芸戦線』大正十五年五月号（文芸戦線社）

解題：テキストの周縁から　Ｐ７０７

承——放浪

放浪病者の手記

一　放浪の貧児よ

プロレタリアの放浪癖は、不健全なる思想であると批難されるが、しかしそれが如何に不健全極まる非プロレタリア性であろうとも、私の場合には、どうにもならない不治の病根である。癒える見込のない、魂の天刑病なのだ！

私は悲しいと思う。だが、どうともならないのだ！　鉛版工が鉛毒に犯されるように、坑夫がヨロケに罹かるように、私の環境は私をそうあるように決定させたのだ！

放浪！　とは言え、それは私の場合には、自由の追跡であり、旅から旅に、苦難から苦難に、人生の光明を憧れてやまない熾烈なる理想である。

だが、その許された唯った一つの理想すらも、遂いには放浪者の個人主義的な満足である以外の何物でもない。人生の卑怯な逃避である。集団に帰り、集団の精神を信ぜよ！　と、批難され、或いは忠告される。

それに違いないと思う。——個人的な満足、自己の陶酔、それに現実の回避！　そう、その通りである。

だが、私が放浪に於いて、そういう非プロレタリヤ《(ママ)》的な追求に落ちようとも、その反面に於いて私は飽くまで集団の理想を信じ、集団の精神を信ずる。そのためには、いつでも私の放浪の慾望を抹殺する決意は常にある！

だが、私は放浪せずにはいられない。プロレタリアを信じ、その未来を信じて疑わないとも、またその努力と戦列に参加して孜々《しし》と働かなければならないと信じながらも、しかし私は放浪せずにはいられない。

不幸な病いである。今日から明日へ、また次の日から次の日へ、私は日毎に何物かに希望をつながずにはおれない。いや、その希望を幻想せずにはいられないのだ。

人間は十年後の、或いは二十年後の希望は持ち得るし、また時にはそれを忘れてもいられる。だが、私には何よりも、今日から明日を引き出して行く、不断に目新らしい、日毎に鮮冽な希望に幻想を持たなければならないのだ。――これはまた何という、儚い、しかも浮薄な惨めさであろうか？

放浪！　その結果は常に、失意と絶望である。幻想は壊《こわ》たれ、光明は掻き消される。しかも、それが日毎にである。「こんどこそは放浪を思い切ろう」と決心する。そしてその苦惨な絶望の涯に、悶々と反省するのであるが、それもほんの束の間である。と、また性懲りもなしに、希望が湧き、幻想が成熟して来る。と、もう矢も楯もならなくなって来るのだ。それは悲しいことに、この現実の社会が、どんなに放浪者が一つの土地に、また一定の仕事に頑張っていようとしても、彼の放浪の時より、そう数等も楽であり、自由であり、幸福である、という具合に都合よく行かないからである。そこで彼等はまた候《ぞうろ》、いづくかに自分の希望が実現される世界があり、幻想が決して幻想でない社会が実在するもののように、――そしてそれがまだまだ放浪したらなくて、捜し求められなかったのだ――と、いう風に考えて行くのである。それはいつもの移り気の蒸し返しに過ぎないのであるが、そして若《も》し理性のしっかりした人間であるならば「またか！」と一笑に附して辛抱するところであるが、放浪者の場合には決してそうではない。幾度も幾度も、この移り気のために同じ轍《てつ》を踏んで、失敗に失敗を重ね、苦痛に苦痛を積んでいながら、すっかりそう云う過去一切の経験を忘却の彼方に押しまくって、新らしい勇気と、未知な冒険に身ぶるい立って来るのである。するともう、燃え始めた鉋屑《かんなくず》のように我慢がならなくなって来るのである。

ああ、斯くて私は放浪の涯に、野倒れなければならない運命を背負っているのであろうか？　または永遠に流水の面に絵を写さんとする、或いは夢に夢を追いすがって、その徒労を知る由のない痴け者であろうか？


私は生れ落ちた時に、既にそこにある可き筈の父母が亡かった。世間に初めて眼を開いた時、伯父と呼ばれ、伯母と名付けられる吝嗇坊《けちんぼう》な、まるで赤の他人よりも邪険な因縁の下に、庭の石よりも邪魔けな、窮窟《（屈）》な存在として、肩身の狭い自分に気付かねばならなかった。

そのまだ生れたてに等しい、頭も体も固まり切らない少年の私が、胸一杯にその頃から蔵い込んでいた一つの考えは、一日も早く成長して、この惨酷な伯父夫婦の家から、広い世間に遁げ出すことと、世間は決して伯父夫婦よりも惨酷である筈がないという思想であった。——

日が暮れて来る。そこにもここにも、温かな灯影が点き始めて行く。旨まそうな夕餉の匂いが、ただよって来る。——と、いまのいままで夢中で散々に遊び呆けていた友達の一人々々が、いつの間にか姉に呼び込まれ、母親に連れ帰られて、たったひとりぽつんと、すっかり夕闇の濃くなった白壁に背中をもたせて、自分だけがそこに置き去りにされている。「飯時を忘れて遊びやがる！」と、殴ぐりつけられこそすれ、決して優しい声で呼び込まれた例《ためし》のない私であった！

これは私の忘れ難い、少年の日の一風景である。

かような境涯にあった私が少年の日にすら、雲に見知らぬ土地の希望を夢み、華かな急行列車の窓に世間の幸福を空想しようとも、そして更には伯父伯母一家よりも、世間の方がどれだけ恩愛に富んでいるか——という思想に到達したとしても、それは決して無理でなかった、と私は私の不幸な少年の日のために言い聞かさずには済まされない！

では、世間は伯父伯母よりも惨酷でなかったか？　無論のこと決してそうではなかった。伯父夫婦にせよ、またその憧れの世間にせよ、そのどっちもがこの私の一生を放浪の汗と埃で滅茶苦茶にせずにはおかなかった程に、その何れもが甲乙なしに邪険で、惨酷であった。

少年の時に、家出した私であった。だが少年は、夢多いロマンチストである。だからこそ、私は惨酷な世間にぶちあたり、揉みたくられては来たが、まだその時惨酷な世間に対する抵抗力を持たなかった私は、忍耐強く拳草《こぶしぐさ》のように頑張る意力がなくて、まるで水藻のように、決して実在する筈のない希望に希望をつなぎ、空想に空想を重ねて、世間の残酷な迫害を避けて、だが決して避け得られる筈のなかったために、その結果に於いてはその夢多い少年の日は、不幸にも薄汚い放浪性と共に根無草のような成長を遂げてしまった。

私はその不幸を愍《あわ》れむ！　若《も》しかりに私が、しっかり分別のつく年頃まで惨酷な世間に迫害されることなく成長していたならば、たとえその時出し抜けに世間の真只中に抛げ込まれようとも私は恐れなかったに違いない。充分に世間に抵抗して、生き抜く根を張りひろげたに相違ない。決して夢のような幻想に、希望をつなぐ放浪者になっていなかったことを保証する。

錘《おもり》はどんな大洋に投げ込まれようとも、錘である。だが、まだしっかり固まり切っていない半固形物を大洋のなかに投げ込めば、忽ち波濤に容赦なく形の分らなくなるまで、揉みたくられて、遂いには消え失せなければならない。丁度、私がそれである。固まり切らない少年の日に、私は世間の怒濤に抛り込まれた。そしてそのまま、迫害のまにまに浮され、流され、揉みたくられて、私の流浪は萍《うきくさ》のように続いて来た。そしていまも再びまた続こうとしている。——この放浪癖は、もう断じて救われ難い！

安住の地！　一定の職業！　それを希うことは今では既に、私にとっては空想である。だが、流転の涯に、雲の彼方に、それを得られない涙に泣きぬれ、夢見つづけるであろう。

二　婆さんの握り飯

木の芽立ち時になると、悪腫がふき出すように、私の病癖もまた性懲りもなく疼き出して来るのだ。だんだん暖かくなる。草が芽をふく。——と、もうじっと我慢して居れなくなるのが常だ。水気をあげる大地。ぬるむ水。萠え出る自然の色。温暖な太陽。私はもう我慢がならなく、羽叩く小鳥のように勇気づいて来るのだ。

——もう何処へ行こうと、しめたものだ！

と、躍りあがって叫ぶ。眼には、春の野景色のように浮かれぽい空想の翼が拡がり、勝手な幻影が気儘な誘惑の手を伸ばすのだ。と、私はただ何かに魅せられた巫女のように、自分にだけしか見えない招きを感ずるのだ。そしてそれは決して違背してはならないし、また拒否を許さない厳しい誘惑なのだ。誘惑の魅力！　それはまた何んと美しさの限りであろうか！　誘惑の美しさと、その幸福《しあわせ》は、その魅力の手に乗る者にのみ開かれる秘密である。魔術者の呪文に陥ちた被術者のように、それは怪奇な夢幻に酔い痴れずにはおかない。

誘惑の秘密は理性では埒《らち》が開かない。判断では解決されない。無我である。呆痴である。惑溺である。私は放浪に、この誘惑を感ずるのだ。殊に、早春のむづ暖い気温が、理性の輝きを失わせ、判断の光りを狂わせて、すっかり呆痴の状態に落ち込んだ私に、誘惑の魔手が美しく手招くのである。

私はそれを拒む術を知らない。森が呼び、林が手招き、遠い都会が私に媚びる。そこには乳色の幸福が湧き、ココア色の楽しみに溢れ、薔薇色の自由に漲ぎる——と、私は空想する。また、そこには宮殿のような生活が営まれ、女は美しく、しかも快活で、労働は蜂蜜のように楽しみに満ち溢れている——と、幻想する。そしてこの空想と幻想が勝手な成熟を遂げて、まるで現実との見境いがつかなくなると共に、私の放浪はもうどうにも我慢のならないものになって来るのだ！

だが、春が去り、夏が来、そして遂いに落寞の秋が訪づれずにはいない。すると、私の空想は落葉と共に散り失せ、怪しい幻想は木枯と共に打ち壊れてしまわなければならない。勇気は失われ、希望は抛《なげうた》れて、失意と棘々しい絶望で、穴に潜ぐり損ねた蛇のように、冬のりん烈なる脅威の前に放浪の飢餓に迫まられて、就職口に血眼になっている姿を曝さなければならないのだ。その姿の如何に惨めであることか！

夢は醒める。女郎に血道をあげて通いつめたお店《たな》者の結果よりも、放浪の結果は覿面《てきめん》である。

それは十七八の頃であったと記憶する。落寞の秋を、私は備後路を流浪していた。手足が自由にならない程に、朝晩の寒さが身に泌みて、時には霜をみる朝さえあった。農家の生垣には菊が霜枯れ、だんだん畑には除虫菊が刈り乾されていた。その地方に多い栴檀《せんだん》の落葉が、たださえ無気力になりかかった流浪の私に、はらはらと雨のように脆《もろ》く降り注いで、放浪の結末を告げ、限りない絶望に追い落さずにはいなかった。それに一銭の金もなかった。朴訥な備後人は誰れ一人として、この流浪の埃によごれた見知らぬ他国者の私に、雇傭関係を結ぼうとする者がなかった。その結果、私は餓死しかねない瀬戸際にまで来ていた。空屋に菰《こも》をかぶって寝たり、建築中の鉋屑に埋れて寒い夜を過し、或いは焚火に芋を焼いて飢を凌ぎなど――困難な放浪を続けていた。が、私はまだそれでも乞食だけはする気になれなかった。人の眼さえなければ、盗みぐらいやりかねなかったが、それでもまだ乞食だけはする気になれなかった。髪は伸び放題に伸び、着物は破れ綻ろびていて、少しも乞食より上等であるという道理がないのに、それでも猶他人に食を乞う勇気が出なかった。

「人間並みな羞恥心を捨てろ。見栄を捨てろよ！ お前は乞食以下な癖に！」

と、私は何度昏倒しそうな自分に怒鳴りつけたか知れない。だが、遂いに乞食をする勇気が出なかった。その癖、人眼がないと畑を荒して大根を引き抜いて喰い、八百屋の掃溜めを夜中に漁って腐れ芋も拾い出し、農家の軒から干柿をはたき落すような真似は大胆にやって退けたのだ。だのに、他人に愍れみを乞うことが出来なかった。哀れなる見栄坊よ！

私は糸崎、福山……と、梅毒犬《かさ》みたいな格恰で、よろばい歩いて遂いに鞆《とも》の港に流れついた。その時、山陽本線から軽便鉄道の支線に沿うて歩いたように記憶するが、いまはっきり思い出せない。その時、私はもうすっかり放浪に絶望しきっていた。

鞆の港は美しい眺望であった。海沿いの一筋町は鉄錆び臭い匂いに満ちて、小さな鉄工所が戸毎に並んでいたように記憶する。船釘や船具を製造する鍛冶屋町であったように思い出せる……私は何にもかにも一切に絶望し切っていた。だから町の風景を気に留めなかった。はっきり思い出せないのも無理はないと思う。

ただ、海岸に沿って料理屋や旅館があり、海の見える露路に蒲鉾の匂いが強くただよっていたことを思い出すが、これも鞆の港の情緒ではなく、或いは忘れ果てている何処か別の海岸町の光景を錯覚して思い出しているのかも知れない。だが、それがどう取違っていようと、私がここに書き記してゆくことの意図には重要な関係がないのだ。私はいままで多くの、実に数限りもなく多くの町に接している。そして大抵は、その町の名も、風景も忘れ果てていることが多い。或いはまたその風景を、乙の町と甲の町と取り違えている場合がしばしばある。現に私は糸崎から福山を経て直ちにこの鞆の港に流れついたように書いたが、実際は福山から小さな軽便鉄道が通じている、坂路の多い街道を伝って、藍汁が流れ放題の町全体が染料の匂いでむかつきそうな山間の町、そして戸毎々々に織機の音がする町——福山から五里か十里ばかり離れた町に踏み込んで、それから鞆の港に引き返したのであったが、生憎《あいにく》その町の名を記憶しないので省いたのであった。——もう六七年も前のことである。そう、何にもかにも昨日のようにはっきり覚えている道理がない。それにその時、私は飢え切っていて、風景に眼を留める余裕などなかった。

だが、今でも鞆の港の海の色の美しさだけは、はっきりと思い出せる。町の裏に寺があった。その寺の石崖《いしがけ》は海のなかにそそり立って、ひたひたと深い波の色に洗われていた。

私は三四日の絶食で疲労しきった体を、その寺に運び、御堂であったか、鐘楼であったかはっきり思い出せないが、兎に角そう云う場所に体を横たえて、凝っと海の色に眺め入っていた。紺碧の色！　まるでそう云う形容がそっくり当嵌まるのは、その時の海の色であった。深い、実に深い波の色を湛えて、鏡の面のように澄み切っていた。その海の色に長い岬が古い松の枝ぶりのようにつき出て、広茫とした海の一端と、石炭の破片のような島を抱きすくめていた。その島には四五本の古松が剽軽《ひょうきん》な枝ぶりを秋晴れの空に翳し、古びた観音堂と白い石塔が、揺れる影を深い紺碧の波に落していた。

私はその深い紺碧の清澄な波の色に見入っていると、ふと出し抜けに自殺したくなった。死という観念が、何等の愛著《あいぢゃく》も恐怖もなしに、崇厳な気持ちで考えられて来たのである。何故いままで、こういう気持に囚われなかったかが、寧ろ不思議に感じられて来た。私の場合には、生きることこそ寧ろ不自然で、醜怪極りのない事実ではないか。そして現に今、野倒れないばかりに飢えに迫まられている私に、どうして明日を生きる可能があろう。仮《たと》え明日を奇蹟的な救いで生き得たとしても、その明日、来年……そのまた来年——私にはこの恵まれない人生を生き抜ける自信が全然なかった。そしてまた過去に振り向いて見るならば「よく生きて来られたものだ！」と危なかしく感ぜられる以外には、そしてそれがまるで綱渡りのような危ない芸当であった以外には、人生を生き抜ける自信はまるでなかった。

鏡のように澄み透った海の色！　この深い色に浸って死ぬるならば、死の姿は実に清浄無垢な姿でなければならない！　飢え切った腹に深々と紺碧の波を吸い込んで、ぽっかりと浮びあがった自分の死体は、まるで人魚の肌のように放浪の埃と憂いが洗い落されて、白々しい輝きに波の色が透き通るであろう……。

恰度《ちょうど》、その夜は月夜である筈だった。死なば今夜、月光を波の面に乱して躍り込まなければならない。波の色を汚《け》がさないためにも、そしてまた死の姿を清浄なものにあらしめるためにも、自分は放浪に汚れ破れ綻びた襤褸《ぼろ》着物を脱ぎ捨てて、全裸の体に月光の注ぎを浴びて立たなければならない！　と、そう決心した。すると、もうその決心が遠い日からの約束ごとでもあるかのように、当然過ぎる当然なことのように平気に考えられて来た。恐怖も不安もなかった。そして実に平静な気持ちで、遺書を残して置かなければならないと、突嗟に考えた。平凡な、流浪の涯に行き倒れた人間に見られたくない——という慾望がその刹那の私を強く支配した。その衝動のままにそこに腹這うと、私はすぐに懐から雑記帳と鉛筆を取り出して、一瀉千里の勢いで私の一代記を書き始めた。この世界に二人と、自分のような不幸な、孤独な存在があろうか！　そういう意識が常に私を支配していたためであろう。私は飢饉《うえ》を忘れて、更にはもう何時間後に自殺しなければならない筈の決意すらも忘れて、私は私の不幸な遺書に没頭したのである。

ふと、気付くと私の周囲には黒い人だかりが出来ていた。意地の悪い漁師の子供達が、砂を投げたり、石を抛ったりしていた。それを胸をひろげた女房たちが、叱ったりなだめたりして、私を話題の中心にしていた。

「気狂いなんでしょう。」

「勉強に夢中になって、気がふれているんでしょう。」

女房たちのこの話声を耳にすると、私はがっかりした。実に云いようのない憂欝な気持が、鋭くぶり返して来た。死！　死！　死！　それは遂いに、世間の無智に対しては実に脆い敗北以外の何にものでもない！　崇厳な死、それも遂いにこの現実にとって一片の儚い幻影でしかない！

私の空想は、死に対する、絶望のどん底で描き出した最後の幻影すらも、女房の淫らな脛《すね》を弄ぶ落寞の秋風に、翻弄されなければならなかった。私は泣くに泣かれぬ気持で、無遠慮な黒い人だかりを喪心したように凝視《みつ》めた。と、その私の眼の前に、温かく湯気を吹く握り飯が、皺くちゃな手でつき出された。

「さあ、これを進ぜよう。勉強に凝って気がふれたんだ。まあ可哀そうに！」

老婆は涙脆ろそうな眼付をしてそう言った。忘れていた飢饑《うえ》が、温かい握り飯の匂いに急に甦って来た。何にもかにも、一瞬間前のあの自殺の決意すらが馬鹿げ切ったことに考えられた。その考えに、私はカラカラと思わず笑った。そして老婆の手から握り飯を受けた。

「まあ、可哀そうに！」

老婆は再び呟くように言った。思い切り遠く、暮れかかった空を映してくろずんで来た深い海の面に、私は自殺手記を引き裂いて抛げ込んだ。

生きなければならぬ！　やはり私は死が怖かったのだ。しかもその死をもすら幻影化せずにはおれない私は、何んという不運な星の下に生れた人間であろうか！

三　若草山の麓にて

姫路のある工場でのストライキに破れて、私は解雇された。即日工場の寄宿舎から警官立会の下に、まるで野良犬のように容赦なく雨のなかに叩き出された。賃銀増額の要求を起した程だから、一文の貯《たくわえ》のあろう筈はないし、それに何処と云って寄辺のある訳はなし、仕方なく五十円ばかりの解雇手当を懐にして神戸の同志を頼って、その夜のうちに姫路駅を発ったのだった。

その同志は窮乏のどん底にありながら妻と母と三人の子供を抱えて、しかもある工場の組合組織の運動のために全力を傾けていた。同志は私に神戸で仕事を求めて、自分たちの全力を尽している組合組織の運動に参加してくれないかと、しきりに奨めた。無論、それに私は異議のある訳がなかった。

遂いに私は気の毒だとは思いながら、さしあたり身を寄せるところがないので、同志の家に寄寓して仕事口を見付ける決心をした。そして毎日、子守がわりに同志の長男を連れて工場から工場に仕事を求め歩いた。だが、どこでも成功しなかった。四日、五日、六日……しまいには遂いに憂欝になり切って、暇な毎日の大部分を公園にぶらついたり、活動を見て過した。子供は大よろこびだった。

「おぢさん、おぢさん……」

と、子供は一刻も私から離れない程になついてしまった。が、一方に同志の家庭の窮乏は見ていられなかった。私の解雇手当は、三円五円と無理矢理に同志の細君の懐に捻ぢ込まずには済まされなかった。その結果、私はまた元の無一文に帰ってしまった。

私はいまこそ真剣に仕事口を漁らなければならなかった。が無邪気な子供はもう承知しなかった。石炭殻をふんづけて工場の守衛所に潜ぐり込もうとすると「嫌だ！　嫌だ！」と喚めき叫んだ。それに戦後の恐慌を受けて、泥鰌のようによろめいている工場が、職工の首をこそ切れ、この上新らたに職工を雇傭する見込みなどはまるでなかった。

私は放浪しなければならないと覚悟を決めた。（この上、同志の迷惑にならないためにも！）まだ春には早やかった。だが、今の私はそれを実行せずにはいられないのだ。

早速大阪の三宮で桂庵《(口入れ屋)》に飛び込んだら、一円の手数料を捲き上げられて、一本の紹介状を奈良の旅館宛に書いて呉れた。

「もうぢき春やさかい。辛抱しなはれ。たんと儲かりまわいな《(ママ)》」と、眼付の陰悪な番頭が、愍笑《びんしょう》するように笑って言った。（客引き！）だが、いま仕事の撰り食いする贅沢は云っていられないのだ！　私はもう懐に、その一円を置いては幾らも残っていなかった。が、私は忽ち暗がり峠を奈良に越える決心をした。徒歩で、しかも足駄《あしだ》履きで――

奈良は始めてである。まだ見ぬ都雅な風景が、私に強い興味をもって勇気づけずにはいなかった。私は葉のついた木の枝を振り振り、鼻唄まじりの軽い気分で峠を登って行った。奈良への路を訊くと、会う人毎に怪訝な眼で凝視められた。無理もない。大軌電車で行けば五十銭そこそこである。それに薄汚い着物に足駄履きである。風流とも気まぐれとも見える道理がない。

山をくだって、遠く奈良の街の灯を眺めた時には、飢えと疲労にぐったり弱り抜いていた。水藻の匂いのする池の水を鱈腹のんで、そのまま空家に忍び込んで寝た。都跡のどこかの貸家であったと記憶する。

翌くる朝、奈良の街に入って、桂庵から紹介状をつけられた駅前の旅館に行くと

「あほうらしゅうもない！　そりゃ、あんたはん去年のことやな。今頃ひとはいりやへん。桂庵たらひどいことして儲けるもんやな」と、頭の禿げた主人に一笑に附されてしまった。私はうかつに桂庵の手に乗せられたことを後悔したが、しかしまた再び山越えをして、桂庵に怒鳴り込む勇気はなかった。

ぶっ倒れそうな程、腹が減っていたので、遊廓のある裏通りで羽織を売り飛ばして、朝飯を詰め込んだ。そして人間らしい気持になって、若草山の麓に寝転んだ。草はまだ芽をふいていなかった。角の生え替らない、尻の汚れた鹿が、そこいら中を漁り廻っていた。流れる雲は暗かった。陽は照ったり、影ったりした。茶店の縁台には、まだ春の用意がなかった。それにも不拘、気の早い連中が二組、三組と麓の陽だまりで陽気な酒宴を開いて、法界屋の破れ三味線に踊ったり跳ねたりしていた。それは余りに気が早や過ぎる！　どんなに喚めこうと、三味線をかき鳴らそうと、来ない春は来ないんだ。だのに彼等は踊ったり、跳ねたりする。春！　春！　春！　春は何故に人間を、こうも待遠がらすのか？　春が何故、そんなに嬉びなのだ。生活の転換を望んでいるのは、自分ばかりではないのだ。——

私がふと頭をあげると、お客にあぶれた法界屋が、その娘らしい踊り子と二人で私のすぐ近くに坐り込んで、袂から焙豆を取り出して食い散らしていた。

「姐さん！」

私は出し抜けに声をかけた。そして袂のなかから羽織を売り飛ばして飯を食った残りの五十銭を、そ

こへ抛り出した。女は驚いたように顔をあげた。まさか、こういう男から——春だと云っても名ばかりの寒む空に、羽織もなく顫えている男から踊りを強請《せがま》れようなんて！　そういう顔付だった。

「一つ踊ってみないか。姐さん！」

「ええ、おおけに……」

女は不精たらしい味噌歯を見せて、迷惑そうに笑った。眉を落した、のっぺりとした感じの、薄汚く白みきった顔だった。

「姐さん達は、冬中はどうしているんだね」

「え、今年の冬は高松から丸亀の方に行ってましてん」

「毎年春になると、ここに帰って来るのかね？」

「そうとばかり決ってまへんけど、去年は京都の嵐山に行ってました」

「まだ、春には早いぢゃないか。花が咲かないと、儲けにはならないだろうね？」

「ええ、でも今頃から顔を売っときまへんと……」

女は踊り子を急き立てながら、酒蛙《しゃあ》々々として言った。こういう萍《うきくさ》にも等しい法界屋にまで、人気というものが存在するのかと思うと、一寸あっけに取られずにはいなかった。

稚児輪《ちごわ》に結った踊り子は、可愛いい顔附だったが、早熟《ませ》きった口唇の色をしていた。

「お酒の席でないと、何んやらけったいだす……」

そう言って、私を盗み見て笑った。だが、母親らしい女が、三味線をひき始めると、彼女は仕方がなさそうに起ちあがって、三味線の音に足調子を踏んで、長い振袖に可憐な芸をこぼしながら何やら舞い始めた。

まだ芽をふかない若草山。照ったり曇ったりする、肌寒い空。それに憂欝な流浪の男の散財。――それはまた何んという惨めにも、道化《おど》けた風景であったろうか！

だが、物見高い群集が、この風景を囲み始めた時、私は夢中になって遁げ出してしまった。――何故また、そのように遁げ出さなければならない踊りを、一文なしになってまで舞わせなければならなかったのか、その時の気持が今に判らない。捨鉢！　そう云えばそれまでであるが……お蔭で私はその夜、公園内の建築中の空屋に一夜を明かさなければならなかった。まだ荒壁をつけたばかりで、床板すら張ってなかった。寒い夜風を防ぐために、入口に二分板を並べて便所に菰《こも》をかぶって寝転んだ。が、足さきや背中が、痺れるように寒さに痛んで容易に寝つかれなかった。明くる朝、焚火をして温まろうと思って起き上ったが、手も足も凍えて自由にならなかった。無理に起きあがって二分板の囲いを破って転がり出ると、鉋屑を拾い集めていたらしい娘がキャアと叫んで遁げ出した。私の方こそ、寧ろ気絶する程に驚いて遁げ出したかった位いだ。

その日は、帽子と手袋を売って、焼芋を喰った。そしてそれきりだった。図書館が開くのを待って、半日ボーと眼が霞んでしまうまで小説を読み耽った。昼から若草山の陽あたりのいい中腹に、枯れた草を敷いて寝転んでいると、通りがかった昨日の法界屋母娘が「おおけに！」と云って頭をさげた。そして通り過ぎてからも振返えり振返えりしていた。眼敏い彼女はきっと、自分の体から帽子と手袋が消えているのに気付いたに違いない――と思ったが、腹が減り切っているので寝返えり打つのも大儀だった。

その夜も建築中の空屋に寝た。飢餓が極端に進むと、思考力も判断力も痺れ切ってしまうものだ。

奇蹟！　奇蹟だけがこの窮地に陥ちた自分を救い出すことが出来るのだ！　そう思って観念した。どう藻掻こうと、もうどうにも仕方がないのだ！

真夜中になって靴の音がした。二分板の囲い目に提灯の火がちらついた。

「開けろ！」

誰かが怒鳴って、囲いを蹴倒した。驚いて闇なかに起き上った私の手首は、充分に食い足りた人間だけが持つ強さで、しっかり頑丈に摑まれてしまった。警官だ！　提灯を先きに翳して歩いて行くのは、今朝気絶するように悲鳴をあげて遁げた娘の父親らしかった。

「……物騒でおまして」

その男はそう言って、警官に囁《ささや》いていた。

遂いに拘留二十九日！　だが、私は救われたのだ。腹さえくちくなれば、人間にはいい分別が湧くものだ！

四　修理婦

樹影や煉瓦塀に、熱い真夏の陽ざしを避けて、丹念に襦袢や靴下の綻びを繕っている女をばハルピンの街頭でよく見受ける。その傍には裸形の苦力が、シャベルやツルハシを投げ出して仮睡の夢を貪っている。――これはしばしば裏街の片隅に見出す情景で、襦袢や靴下が修理されるまでの幸福な、独身労働者の夢路である。

私はある年の一夏、ハルピンで苦力をやっていた。たった独り異国の人夫に混って働くことの苦痛は、実に言外なものである。が、私は南満での遊蕩乱舞の後なので、その苦痛を天罰ぐらいに諦め切っていた。しかし、たった一つ諦め切れないのは、習慣づけられた××であった。殊に低廉な賃金なので、喰うものは苦力と同じようにマントウや生葱や蒜《にんにく》を囓らなければならなかった。それで精力の昂進は、全く凄じいばかりで、性慾の悩みという奴を、私はその頃ぐらい恐怖をもって感じたことはなかった。

しかし苦力達の性慾を制する忍耐は実に偉大なもので、彼等は遠い河南や山東の生国に、その妻を残してこの北満の涯まで出稼ぎにやって来るのであるが、しかしそれ等は冬が来るまでの精々半歳そこそこの忍耐であるからまだ我慢も出来るが、一方には四十になっても五十になっても、またその生涯のうちには恐らく妻をめとることの出来ない惨めな者がいる。そういう種類の奴になると、女気をミジンも知らないのだ。それでよく性の悩みを感じないでいられるものだと、全く不思議に思われる。だが、実際には彼等も人間である以上に、その悩みから超越していられる筈のものではない。

ある日であった。若い苦力が莨《たばこ》をふかしている私のところへ来て、含羞《はにか》むように、こう囁いた。

「お前の国でも、また俄国（ロシヤ）でも、そうだと云うが、ほんとうに妻をただで進上するのか？」

私は微笑みながら「そうだ」と答えて、そしてお前の国ではどうだと聞き返すと

「皆んな買わなければならない。親が金持なら何処からか買って来て呉れるが、親のない貧窮なものは自分で買わなければならない。五十円、百円、二百円、と幾らでもある。だが、金の貯えのない者はどうにもならない。」

と、寂し気にうつむいた。そしてまた再び、言い渋りながら私に

「お前には妻があるのか、ないのか？」

と訊くから、私は笑って「そんなものはない」と答えると、彼は

「進上するのに、何故に貰わないのだ！」

と、不審な顔付をした。そして丁度その時、私達の前を白地の浴衣に、赤い腰巻の裾を蹴出して行く、

若い溌溂たる日本娘を、彼はぢいと羨しそうに見送っていた。

私は苦笑のうちに、一抹の悲哀を意識せずにはいられなかった。

「進上と云っても、日本も支那と同じことさ。金か財産がなければ、女房がそう容易く手に獲られるものじゃないのだ。根本に於ては、やはり支那の売買結婚と変りがないのさ。」

と、例を引き、たとえを上げてたどたどしい支那語で話してやったが、彼にはやはり「日本では娘を進上する」という不可思議と同様に、私の言葉が理解されなかった。

だが、彼が寂し気に含羞んだ顔付は、性の悩みと悲哀そのものであった。忍耐強いこと、まるで牛のような彼等ですら、無論この悩みからまぬかれる筈のあろう訳がない。それは当然すぎる話だ。

それからもう一つこれに関連して、面白い老人《ラオトル》の挿話を物語ろう。

ある時、私はまるで悪戯半分で、もうヨボヨボに老いた苦力を露西亜ピイの門口に引きずり込んで「ヽヽヽヽヽヽヽヽ!」

と、云った具合で、ひつこく嫌がる苦力を引張りまわしたものである。勿論、私は酔ってもいたが……すると彼は必死になって

「いけない! いけない!」

と、私の手を捥ぎ取ろうとするのだ。

「馬鹿、金は俺が払ってやるのだ!」

と、言っても彼は嫌だと叫んで、ドアがはづれるほど死噛みついて離れない。

「馬鹿! いい年をして嫌なことがあるか、子供ぢゃあるまいし。ヽヽヽヽヽヽヽ!」

と、酔払った私は、ロシヤの淫売と一緒になって、執拗に彼を引張り込もうとしたが、彼は飽くまで

ドアに喰いついて、しまいにとうとう喘ぎ喘ぎ
「俺は生れて一度もそんなことをやったことがない。きっとこんな年寄りになって、そんな冥加に有りつけば、気が狂って死んでしまわなければならない。」
と、囁くのだ。そして彼は青い顔をして慄え出したのである。その時、私ははッと思った。気の毒と云うより何か惨酷な事実を見せつけられたような気がして、云うに云われぬ痛惨な気持になった。支那には、そんな伝説みたいな話がザラに転っている。そして幾度か、そういう話を戯談交りに聞かされたが、いつも「何を馬鹿な！」という位いにしか思って本気にしなかったが、いま眼前にその事実を投げ出されてみると、グウの音も出なかった。

しかし私には支那人のように、性に対する忍耐力がない！

深い木立の森に蔽われて、露西亜寺院の金の十字架が、青い屋根の尖塔に麗かな陽ざしを浴びて、燦然と輝いていた。その快晴のある日であった。

私はトルゴワヤの裏通りを歩いていた。何んということなしに、漠然たる心持を抱いていた。

その時、ふと私は街路樹の棚《(柵)》にもたれて、楡の青葉に青白らむ修理婦を見つけ出したのである。いい女であるとは思われなかった。しかし私は突然に、それこそ一瞬の猶余《(予)》もなくヽヽヽヽヽヽ感じたのである。それはまるで出し抜けで、私自身も吃驚りせずにはいられないほどに、その衝動は発作的のものであった。その時のことを、いま思い出してみると、ああ云う際に忌わしい犯罪を犯すのではないかと、竦然《しょうぜん》とせずにはいられない。

それは扨《さ》ておいて、私はその時、そう云う犯罪を犯さなかった。が、その結果はそれ以上に計画的なもので、その罪はより以上に深いものである。

私は突嗟の衝動を受けると、それを忍耐してづかづかと女の前に歩み寄って行った。

「靴下やシャツの修理があるから、私の部屋まで来て呉れないか？」

と、私は平気な顔で囁いた。そして修理婦を衆人環視の街頭から、悪い計画を抱いて、崩れ落ちそうなビルディングの三階の屋根裏である、私の部屋に引張り込もうと企んだのである。

女はまじまじと私の顔を読んでいたが、よちよちと纏足の足を痛々しく引きずって、私について来た。――恐らくその日のパンにも差支えていたに違いない。そしてその彼女は、その思案に余った身体を街路樹の棚《（柵）》にもたせかけていたのであろう。――でなければ、そう易々と異国人の屋根裏にまで、喰っついて来る道理がなかった！

その私は、、、、、、、、、、、、、、、、、、、、、、、。、、、、、、、、、、、、、、、、、、、、、、。（私はもうこれを再びここに書く気にはなれない。私の乱暴な行為に対する悔恨を新たにするからである）

私は泣きぢゃくる女の手に、幾らかの金を握らせて、ドアの外に突き出した。そして私は疲れた体を、かき乱された寝台の上に投げた。悔恨が忽ち手を拡げて来た。女は口惜しまぎれに銀貨や銅貨を一つ一つドアの背に投げつけて、恨みがましい言葉を吐きかけていた。

女の顔の醜さが、その時はじめて意識の表面に現われて来た。唾液を吐き棄てても、吐き棄てても、女の醜い顔が消えなかった。浅間しい自分が、後悔された。

翌日、何気なく仕事から帰ってドアを開くと、寝台の上に昨日の修理婦があぐらをかいて坐っていた。私を眺めると、にやッと笑って両手で顔を蔽い隠した。

私は慄然と顫えあがって、ドアのところに佇んだまま、身動きも出来なかった。だが、戦慄が憤怒に取ってかわるのは瞬刻の差である。私は忽ち女を、乱暴にもドアの外に引きづり出していた。そしてピッシリと錠をおろしてしまった。窓ガラスの割れ目に、怨みをならべる女の口唇が、業々しい表情で痙攣していた。が、私はそれを威脅することも、追払うこともできずに、良心を寸断するような痛みを忍ばなければならなかった。

私は翌朝すぐに、その住いを払ってしまった。そして私は奇麗に口を拭ってしまった。

ようやく醜い修理婦に対する不倫行為を忘れて、私はまたいつかのように漠然たる空虚な心を抱いて、支那街フウザテンの一角をうろついていた。きっと女を買うには金がないし、南京虫にせめられて眠むるのは辛いし、その持て余した体を漫歩とシャレ込んでいたに違いない。そう云う時、誰れでもが擦れ違う行人に注意を払わないように、私もその時流れるように行き違う支那人に眼も呉れないで、ひとり悲愁に似た心持の快さを、意識と無意識の漠とした堺《(境)》目にぶらさげて虚心に歩いていた。と、

「おお！」

擦れ違った女が、かすかに軽い驚きの声をあげた。ぎくりとして振り向く途端に、まっ黒い人影にひしと抱きつかれた。同時に私は、

「おお！」

と、呻《うめ》いた。女だ！　修理婦だ！　一体この執念深い女は、私をどうしようと云うのだ。彼女は犯された罪を、公衆の面前で訴え喚めこうとするのか。そしてこの私を民族的な復讐の刑台に据えようと云うのか？

(支那街フウザテンは、魔の都である)

私は眼がくらんだ。黒い戦慄の翼が、虚空をふさいだ。死！　私刑《リンチ》！

私は女を振りほどいて遁げ出そうと焦った。だが、女は私の戦慄と恐怖を不審がるように微笑みながら、頬をあからめた眼元に媚を忍ばせて、こう囁いたのである。

「お前は私を妻にしなければならない。操を破られた男に、どうしても従って妻にならなければならないのが、私の国の習慣だ。そうでなければ私は婦道を守ることが出来ない。」

しかし、私は無理矢理に女の手を捥ぎ離して、行き交う群集の波を泳いで遁げた。何処までも何処までも遁げた。後悔！　そんな生まやさしい言葉では、その時の気持は表現できない。

出典：『中央公論』昭和三年五月号（中央公論社）

解題：テキストの周縁から　P７０９

シベリヤに近く

一

「うむ、それから」

と輿に乗じた隊長は斜な陽を、刃疵《きづ》のある片頬に浴びながら、あぶみを踏んで一膝のり出した。すると鞍を揉まれたので、勘違いして跳ね出そうとした乗馬に
「ど、どとッ、畜生」と、手綱をしめておいて、隊長は含み笑いに淫猥な歯をむいて
「それから」

と、飽くまで追及して来た。

軍属の高村は、ひとあし踏み出して乱れた隊長の乗馬に、自分の馬首を追い縋って並べ立てながら
「は」

と、答えておいて、あ、は、は、はッと酒肥りのした太ッ腹を破ってふき出した。

「隊長殿。これ以上には何んとも」

彼は恐縮したように、まだ笑いやまない腹を苦し気に、片手の手綱をはずして押えた。

「何故ぢゃ、高村」

「は、そう開き直られますと、猶更もって……」

隊長はちょっと不快な顔をした。「軍人はだ。昔しから野暮なもんと相場がきまっとる。徹底するところまで聞かんことには」

「お気に召しましたか？」

ふいに隊長は濶達に、日焦けのした顔を半分口にして笑いたてた。

「あ、は、は、はッ」

チリ箒のような口髯が、口唇の左右一杯にのびて、それが青空に勇ましく逆立った。

乗馬が、ぽかぽかと土煙をあげた。――

空の青い、広漠たる曠野だった。が、もう何処かに秋の気が動いていて、夏草の青い繁みに凋落の衰えが覗《うかが》われる。白い雲の浮游する平原のはてには、丘陵の起伏がゆるやかなスカイラインを、かっきりと描き出して、土ぼこりの強い路が無限の長さと単調さで、青草の茫漠たるはてにまぎれ込んでいた。

乗馬は馬首をならべて、黙々とその蹄鉄のひびきに、岱赭《たいしゃ》色の土煙をぽかぽかと蹴たてながら忍耐強い歩みを続けていた。

またしても隊長が、日焦けのした赭《あか》黒い顔をこちらにむけて、高村に呼びかけた。

「おい、高村！　まだ他に面白い話はないか？」

「はッ」

彼は当惑そうに顔をあげて隊長を見た。

「こう毎日毎日、単調な原ッぱを、女気なしに汗臭い輜重車《しちょうしゃ》を引きずり廻して暮すんぢゃ、面白うないわい」

そして隊長は、ペッと乾いた唾液を、馬の脊越しに吐き捨てた。

ずっと後れて、土煙りが朦々と青空に立ち罩《こ》めて、幾台も幾台もの輜重車が躍ったり、跳ねあがったりして困難な行進をつづけていた。苦力どもの汗みどろな癇癪でのべつにひっぱたかれる馬どもが、死にもの狂いの蹄《ひづめ》で土煙を蹴立て、蹴あげて、その土煙から脱れ出ようとして藻掻き廻っていた。が、結局それは藻掻き廻わるだけ、それだけ土煙の渦に巻き込まれる結果になった。

それは一目で、困難な行進であることが察せられた。

下士が土煙のなかに馬を乗り入れては、遅れたり、列を乱したりする苦力達を、我鳴りつけ怒鳴り立てていた。そしてその行進の一切が、岱赭色の土煙のなかに呻めき、喘いでいるのだった。

「は、はぁ、奴等もがき廻っとる」

隊長は満足そうに笑った。「可哀そうなものさ。的のない戦争に、来る日も来る日も引きずり廻わされて」

「いや、なあにそんなもんでは有りませんよ。支那人という奴は、金にさえなれば、どんな我慢でもしますよ」

「いや、高村。支那人はそれでいいとして日本の兵卒があれでは堪まるまいって?! この土煙のなかを引きずり廻わされて、ぼろい儲にありつくのは君一人さね。あ、は、は、……」

隊長は眼のなかへ飛び込んで来る土煙を、ハンカチで払いのけながら、濶達に笑った。

「これは御冗談で……ぴっしりと経費を切り詰められていますので、なかなか儲けどころの騒ぎではありませんよ。隊長!」

「あ、は、はッ。ままいい。君たちの商売は儲けと奉公が一致するんだからね」

「いやあ、これは一本まいりましたね」

高村は関羽鬚を揺すって、高笑した。「どうです。一口ウォッカでも……」

彼は乗馬ズボンの腰を叩いて、隊長の気を引いた。

「うむ。忍ばしているのか。よし行こう」

二

明けても暮れても単調な、だだっぴろい眼を遮切るもののない曠野である。何日間歩きつづけても、それは出発の時と少しも変りのない、雲と密着した青い地平線が意地悪く、その行手に弧線を描いていた。

隊長は退屈で堪まらなかった。聞えるものは終日、油のきれた輜重車の軋《きし》みと、ひき馬の鉄蹄と、鞭と、兵卒の怒号と、苦力の怒罵とであった。それが更に濛々と立ち罩《こ》め、吹き靡《なび》く土煙の汚なさに云いようのない騒々しさと、困難を捲き起し、煽りたてて、しかもそれが出発以来蜒々《えんえん》と続いているのであった。

隊長は堪まらないと思った。憂鬱でならなかった。

「一体、何のために、かような奥地にまで踏みこむのだ」

彼は少しも司令部の作戦が腑に落ちなかった。彼も、また彼の本隊も戦争という戦争には、まだ一度も出喰わしてはいなかった。そして彼は、この出兵にまつわる熾烈な敵がい心を、不思議にも感じられなかった。何者にか、必要もないのに無理矢理に、この土煙のなかを引きずり廻わされているのだ！たったそれだけなのだ。彼はその理由を、軍人らしい単純さで政府の軟弱外交に持って行った。だが、隊長は複雑に考えることの嫌いな、短気な性質だった。で、彼はそんな憂鬱な思案に、やり切れないまどろしさを感じた。で、またしても話題を「その女」に陥し込んで行った。

「どうだ。高村、その女はまだいるのか」

「は、いますとも。是非ひとつN市へ着けば御案内させて頂きますか」

彼は狡猾そうに、眼を細めて笑った。

「は、は、はあ。それには及ばんがね」

隊長は額の汗をふき取った。「まったく面白い女ぢゃ。K将軍を誘惑するとは面白い話ぢゃて」と、独語《ひとりご》ちながらにやりと笑った。高村もつり込まれて笑いかけたが、ふと起った蹄鉄の地面に喰い込むような強い響きに驚いて振返った。

「あッ！」

「何んぢゃ？」

隊長も思わず振りむいた。と、そこへ土煙を蹴たてて、古田軍曹が馬を馳せて跳び込んで来た。顔も軍服も土煙にまびれて軍帽のふちから赭黒い汗がだらだらと流れ出ていた。彼は手綱をしぼると、挙手の敬礼をした。はづみを喰った乗馬が、青草のなかに前脚を踏み込んだ。

「隊長殿。苦力どもが坐り込んで、どうしようとも行進を肯《がえん》じないのであります。彼奴等は石のように坐り込んだまま動かないのであります。はッ」

「何んだと？　動かない！」

隊長は忽ち顔色をかえてせき込んだ。

「は、彼等は日給の増額を要求しているのであります」

ふいに高村が叫んだ。

「うぬ、畜生！」

唸ったかと思うと、彼は手荒く手綱をひねって、馬をかえすと、土煙をあげて跳び出した。

「また、高村の野郎奴、やりおったな」

隊長は複雑な顔色で呟いた。「奴等は少しも利益を貪る以外には、奉公の観念がないのだ！」

ずっと、隊列は後に遅れていた。そして濛々とした土煙は、曠野の彼方に吹き靡《なび》いて、路上に輜重車が、丁度壊れかかった家具のように抛り出されていた。苦力達は青草の原に隊列を離れて寝そべり、あぐらを組んで、兵卒や苦力頭が声高く罵り怒鳴り、威嚇する銃剣や鞭に対して、執拗な沈黙と拒否の態度を固持していた。馬は思い思いに引具のついたままに、輜重車を青草のなかに引きずり込んで、草を頰張っていた。

「何んという奴等だ！」

隊長は憤慨した。こんなことは、日清日露の役にも経験したことがない。侮辱だ。わが陸軍の侮辱だ！

隊長は馬腹に拍車を蹴込んだ。

「軍曹！　つづけ。豚ども！　嫌でも応でも動かして見せるぞ」

隊長と軍曹の姿は忽ち、土煙のなかに捲き込まれてしまった。土煙を蹴あげる鉄蹄ばかりが、白く斜な陽に光った。そして瞬間のうちに遠のいた。……

三

怒った隊長は草のなかへ、いきなり馬を乗り入れた。背丈に伸びた青草が、馬蹄に蹴散らかされ、踏み折られて、そこでもかしこでも名状することのできない悲鳴叫喚が湧きあがり、吹きあがって、それが馬に追われて草をかき分けながら逃げ惑う苦力達によって四方に撒きちらかされた。

隊長は剣を抜き放っていた。

「馬鹿！　動くんだ。動け豚奴！」

隊長は羅刹《らせつ》のような憤激で、荒れ狂い怒りたけって、草むらに隠現した。馬の汗ばんだ腹には草の実がまびれていた。

「高村、高村！　動かん奴は撃て！　関まわぬから撃ち殺ろせ！　日本の軍隊を侮辱しとる」

隊長は怒鳴りまわった。が、彼は隊長からそう怒鳴りつけられない前から、逃げ惑う苦力の間に馬を突込んで、手あたり次第に、馬上から苦力の弁髪をめがけて殴ぐりつけ、はたきつけていたのだ。それのみか！　そこでもかしこでも兵卒が振りかぶった銃床に、彼等は追いまくられていた。

この暴力の前には、彼等はどうしようもなかった。

「車に乗れ！　車につくんだ！」

隊長は馬を飛ばして、怒鳴りまくった。苦力達は渋々と輜重車に這いあがった。そして彼等は手綱をさばいて、頭の上で長い革鞭をふりまわしながら、八頭立ての馬にかわるがわる口笛とともに、革鞭の打撃を加えた。

隊列は整った。輜重車は一斉に、ゆるゆると凹凸の路に土煙を捲きながら、再び軋み始めた。

「態《ざま》を見ろ！　貴様等がいくら意地張ろうとも、どうにもなるもんぢゃないのだ」

隊長は埃と汗まびれの顔をやけに拭った。そして再び濛々と捲き起されて来る土煙に、刃疵のある顔をしかめながら土煙から抜け出るために、馬を先頭に馳せ抜けた。

と、またしても高村の険しい声が聞えた。隊長は反射的に、馬をとめて振り返った。隊列は土煙に丸められて、はっきり見分けられなかったが、馬も車も動いていなかった。

彼はまた再び、新らしい憤激に燃えあがって来る自分に我慢が出来なかった。……乗馬は拍車にいきり立つと、土煙を力一杯にすくいあげて、斜な陽に鹿毛の毛並を躍らせた。

「どうしたんだ。高村！」

隊長は遠くから怒鳴り立てて、跳び込んで来た。

「畜生共、横着なんです、また動こうとしないんです。――豚奴、こうして呉れる！」

高村はいきなりこう叫ぶと、馬から跳びおりて、間近な苦力の横顔に乗馬鞭をふりおろした。苦力はきゃあ！ と悲鳴をあげると、輜重車の積荷から転げ落ちた。

「さあ、野郎どうしても動かないというのか！」

第二の鞭はぴゅうと唸りながら次の苦力に向かった。

「……けえッ！」

苦力は鞭の威嚇に肩を聳かして、車の反対側に跳びおりようとしたが、

「あッ……」

と、悲鳴をしぼってのめり落ちてしまった。彼が跳びおりない間に、素早く鞭の蔓が閃めいて、裸形の背中を鋭くはためきつけたのだ。

「畜生！ 太々しい野郎どもだ！」

血迷った高村は、すかさず第三の男に襲い掛ろうとした。右手で高く鞭を振り廻した。

「待て！ 高村、一体どうしたというのだ？」

隊長が怒鳴った。

「はッ、野郎どもは始末におえない横着者なのです」

彼は血走った眼を無念そうに瞬いた。そして直ぐに走り出そうとした。

「待て！　彼奴等は何が不足なのだ？」

「は、賃金の値上げをしろというんです。奴等の意地悪い手なんです。こっちの弱味につけ込んで無理を通そうという腹なんです。Nまでは四日行程ある――そこにつけ込んでいるのです」

「一体、お前は彼奴等にどれだけ呉れてやっているんだ」

「はッ、それは隊長、隊から支給されているだけに――」

「黙れ、黙れ、嘘をつくか。俺が少しも支那語を解さないと思うか？　俺に彼奴が要求する手が見えないとでも言うのか?!　俺はみんな呑み込んでいるのだ」

高村は黙りこくってしまった。そして支那浪人特有の虎髯を、口惜しげに引き捲《まく》った。

「おい、高村！　一体お前はどうするんだ。この輸送が遅延する責任をどうするんだ。貴様等は、実に悪辣な利益を貪る以外には、少しも国家的観念がないのだ。俺を侮辱し切っているのだ。それでなければ」

「いいえ、隊長！　彼奴等のなかにはボルシェビキイの手先が藻ぐり込んでいるのです」

「え、何んだと?!」

隊長はさっと顔色をかえてせき込んだ。

「は、きっとそれに違いないのです。彼奴等を、あんなに執拗に、意地悪くひねくらせるのは、ボルシェビキイの手先のためなんです。でなければ――まったく例のないことなのです」

「何んと！　ボルシェビキイだと」

「そうです。それに違いないのです。ボルシェビキイの戦術は、敵の軍隊に謀叛を起さしめ、叛乱せしめるのが得意なのです。彼奴等はその手段に乗せられているのです。そしてまんまと、ボルシェビキイは、本隊の輸送を遅延せしめようという計画なのです。それに違いないのです」

「うぬ、畜生！　彼奴等の手だてに乗って堪まるものか。軍曹！　軍曹！　高村！　よし関わぬ。動かぬ奴は片ッ端しから撃ち殺ろせ」

隊長は鞍の上に伸びあがって、唸るように叫んだ。

四

忽ち、そこには非道な暴虐が持ちあがった。剣と銃剣の襲撃に、苦力たちの集団は、一たまりもなく崩れて、云いようのない悲鳴叫喚が、緑の曠野を四方に飛び跳ねた。

「遁走する奴は撃て！　撃ち殺すんだ！」

隊長は怒鳴った。そして彼は手を合わせて、哀訴懇願する苦力の一人を輜重車の車輪に追いつめた。ぱッと銃がなった。

その向うで、苦力が草のなかに手を拡げながらのめり込んだ。同時に、隊長は振りかぶった剣を斬りさげた。

「あッ！」

苦力は仆《たお》れた。仆れながら彼は、手を合わせて二の剣を避けた。

「よし。車につけ！」

血だらけの苦力は車に這いあがった。それを見澄ますと、隊長はすぐに乗馬を躍らせて次に跳びかかった。

高村が後列の苦力を、拳銃で輜重車の上に追いあげていた。その脚元には、傷ついた苦力が二人血だらけになって、埃りっぽい土を手足で掻き廻していた。

ぱッ！

ぱッ！

草むらに這い込む苦力が、そこでもかしこでも兵卒の発砲にのめり、倒れた。


陽はまだ高かった。

輜重車は動き始めた。

誰れも黙っていた。――

やがて捲き起されて来た土煙に、長い隊列はすっかり包まれてしまった。鞭のはためきと口笛が、土煙のなかにむせ返った。

また再び、隊長は堪らなくなって、土煙のなかから駈け抜けた。だが、彼はもう二度と戦地の退屈を味うことが出来なかった。

「ボルシェビキイ！……」

彼は油断なく後を振りむき、振りむき馬を進めなければならなかった。

長い輜重車の隊列が過ぎて行った曠野には、そこにもかしこにも瀕死の悲鳴がはっきりと聞え始めた。

出典：『騒人』昭和二年九月号（騒人社）

参照：『苦力頭の表情』昭和二年十月三十日（春陽堂）及び『戦争ニ対スル戦争』昭和三年五月二十五日（南宋書院）収載作。

解題：テキストの周縁から P710

河畔の一夜——「放浪挿話」その一

ちょっと一列車遅らして、名高い鴨緑江《おうりょくこう》の流を見るつもりで安東に下車した。が、いざ雨に洗われた駅前の清々しい広場に佇んで、楊柳の青葉越しに聞えて来る櫓の音に耳を澄ましていると、つい何時もの悪癖で、小便の匂いと野糞の垂れ放しの不潔と悪臭の小路から路次へと支那街をうろついて「支那ピイ」を素見《ひやか》してみたくなった。悪い癖である。が、その責の大部分は、親愛なる李炳君が負わねばならない。何故ならば彼は、恰度、日本のデカダンスが云う口癖のそれのように「支那を知るには支那ピイを買わなければならない」と、私に外套を売らし、上衣を殺し、遂いに裸になるまでそれを実行せしめ、そして遂いにこの頃では、「夜の灯」さえ見れば紅燈の巷ならぬ泥のような不潔と悪臭の中に女を漁らなければ眠むれない程、恐ろしい習癖をつけて了ったからである。この責は実に親愛なる李炳君その人に在る。

　私と李君とは、プロレタリア運動者が淫売を買うことの可否に就いて、悲しい論議をつづけながら雨に洗われた街を歩いた。家並の切れ目切れ目に、黄濁色の流れと、荷揚船の帆柱が見え、また船具を商う店々の船板くさい陰欝さにも、何んとも云えない港情緒がしみていて、お互には口でこそ「淫売を買う可否」を論じているも、心では「安く買えるぞ」とまだ行きつかない淫売街に淫蕩な空想を馳せると同じように足並も勿論早めていたことであろう？

　李炳君は色男であった。野糞をよけよけ横町を二つ三つ曲らないうちに、もう前髪を下ろして長く編んだ髪を、淡紅色の掛子《クワーッ》に辷《すべ》らした少女に片手を固くとられていた。

「部屋へ行って話そう」ニヤリとした心を見抜かれて彼は頻りに引張り込まれようとしていた。私は無論、醜男の嫉ましい心で、その光景を悲しく見守っていた。私の悲しい心を知ってか、他の一人が私の傍へよって来た。「お前は私と面白く遊ぼう。お前の友達はあの子と遊ぶんだから」冷たい手で私の手を取った。私と同様に醜い顔の、丈の低い樽のような女で、脛から下が短かく細く、纒足の蹠《あしうら》が極端に小さく不気味なものであった。

何時の間にか支那の若い遊野《(治)》郎が私達をとり巻いていた。私は無論、李君に当てつけて「いけない！」と癇癪玉を破裂さしたものだ。額に悪血を絞った赤黒い瘢《あざ》のある女は、驚いて身をすさった。

「もう少し歩いてみよう」

「うむ、だけれど此奴が離さないんだ」

「ぢゃいいよ、俺一人で行くから」私はむかッ腹で歩き出した。すると彼が頻りに呼ぶので振り返ってみると、女共にとりかこまれながら、殊更の迷惑面を捏造して、鮮人独得のあの図々しい人を喰った苦笑で、明朝駅で待ち合わそうと云うのだ。畜生！ ふと足をあげてみると野垂糞《のたれくそ》をふんづけていた。余程腹を立てて夢中で歩いたものと見える。糞！ とも云えないで思わずの苦笑。

ひとりの女が「春色蕩然……」とか何んとか書いた色紙のはられた屋門《ウートン》に倚って佇んでいた。胡弓を弾いて来る若い支那人が、ひとりひとり彼女の頰紅に潤んだ頰を軽くこづいて行く。その度に女の紅い口唇が綻びて、嬌艶《きょうえん》な笑みが、真白い歯と共にこぼれる……。確かに絶世の美人である。人通りが途切れた頃を見計らって、私はいきなり闇の中から飛び出して行った。そして出し抜けに「幾らだ！」と呶鳴った。が、流石《さすが》に異人種には気がヒケて抱きつくことは出来なかった。女はにやりと笑った。そして遊びに馴れない野人の粗野な口ぶりを真似ながら、「いくらだッて……」と、笑いながら柔かい腕を投げかけて来た。

私は真紅に羞ぢた。金のない私は常に支那人に欺むかれる剛腹《(業)》から、女であれ、馬車であれ、包子《パオツ》であれ、買わない先にまづ「幾らだ？」と、きめてかかるのが習慣になっていた。それが今、ここで計らずもこう云う美人から、皮肉に、魅惑的な笑みでやり返されたことは、遊びに馴れない野人であるが故に、殊にその羞いは深い！「部屋で値を決めよう」女はますます露骨に出て来る。

アンペラのひかれた狭い温突《オンドル》である。紫色の幕が入口と窓を絞っている。壁には「貴妃托腮《たくさい》云々」の絵図がかかって、その下の机の上には、指粉皿や紙や鏡や茶壺と一緒に、欠けた湯呑から睡蓮の一茎が、眠むたげな花を垂れていた。こう云う背景の前に、肉情的な袴子《クーツ》の股をあぐらに組んで、美しい女は「幕を下ろすだけか、それとも気楽に眠るのか？」ときわどく突込んで来るのだ。「またそれとも一晩睡って明朝行くか？」

足を棒に、切角みつけた玉だ、この果報をそっけなく一幕下ろしただけで帰れるものか。無論三円で買いとったことは言うまでもない。女は確かに美人であった。が、切れの長い眼よりも、ぬば玉の髪のそれよりも私の心を悩ましいまでに惹付けたものは、水色の短掛子《トワンクワズ》が腰で切れて、ふくよかな股の線と盛り上った臀部の肉が露わに袴子《クーツ》の上に躍動している肉感美であった。これは支那婦人が挑発する特殊な感触である。

幕を下ろした部屋の暑苦しさにもめげず、私は女によりかかっていた。女は私の熱腕に頤《あご》を埋めて、而もしきりに歌いつづけるのである。そして時々眼をあけて「歌が解るか？　解らないか？」と訊くのである。勿論、私に彼女の歌の意味が解る筈がない。が、そう訊かれてみると、この暑気に飢えた××あえぎながら歌いまくっている歌がどうしても自分の犠牲を果敢《はか》なむ悲歌としか思われないような気がして来た。私は美しい犠牲者を、解いた。女は眼をあけて歌をやめた。

その時この家の掌櫃《ジャングイ》が、彼女をとてつもない声で呼び立てた。女は袴子の紐をしめ、掛子を羽織ると急いで出て行った。

男は頻りに小言を云っているらしかった。女の口返事がそれにつづいた。が、決極《(局)》のところ女は不気嫌な顔をして部屋に這入って来た。そうして鏡の前で身つくろいをして表へ出て行った。――

女は時々私の部屋を覗きに来た。が私は狸を決めていた。しかし何時の間にか眠《ね》てしまった。

最夜中、男の咆え立てるような怒号で眼が醒めた。それをなだめる女達の声に交って、絹糸のような女の啜泣がむせんでいた。男の一際はげしい怒号と共に、幕をはねて女が悲鳴をあげて私の部屋に飛び込んだ。私はがばとはね起きて、彼女を抱いた。男が狂暴に投げ棄てる棒片の音が、どたりと土間にした。私はかっとなって、いきなり「掌櫃！　掌櫃！　快々的来」と叫んだ。掌櫃が来るかわりに苦力が顔を出した。「何？」

「何んでもいい、掌櫃を呼べ！」女は必死で、私に何んにも云わすまいと縋りついて来た。「俺が一晩中買っている女だ、手をつける承知しないぞ」と激憤して私は夢中で叫び立てた。

掌櫃が来た。女は死人のように私の胸に顔を埋めたが、私が怒鳴りつけようとする前に、女は私を力一杯つきのけて置いて、ぬぎ捨ててある上衣のポケットから財布をつかみ出した。そして一瞬間、哀れみを乞うような瞳で私を凝視めていたが、すぐにその中から紙幣をつかみ出して掌櫃の前に投げ出した。そして私の憤怒が構成されない前に、素早い女の滑かな腕が蛇のように私の頸のまわりにからみついていた。私は口惜しく、土間に投げ出された二枚の紙幣を無造作に拾い上げて、贋幣かどうか灯にすかしているヤカン頭の掌櫃を忌々しく見凝めた。

夜は更けて……胸に顔を押しあてて、ひ、ひ、ひ……と嗚咽する異国の美しい女を、私は物音一つしない寂寞の中に抱きしめていた。男から出来るだけ金を絞り取れ！　これが売春稼業者のモットウである。が、男から金を欺し取れない女が往々にある。そう云う女は、実に惨酷な鞭を主人から受けねばならない。

雨の降る翌朝、女は涙のかわいた眼をあげて言った。「支那人と云い、日本人と云っても金の値には変りがない。けれど掌櫃は日本人だと支那人より余けいに取れと云うのです。しかし私は今になって後二円は取れない、もう三円で約束が済んだのだと云うと、それでは他のお客を二時までとって、日本人を眠らして置けと云うのです。私は仕方なしに表に出たが、どうしてもそんな無理が出来ない。三人あった客を皆んな独断で拒んだのです。するとそれがバレてあんな騒ぎになったのです。が、掌櫃はひどい。私の軀は支那人でも日本人でも一様であるが、日本人ならみすみす二円奪われるのです」

女は美しい眼をあげて晴々と笑った。私はその時後一円あれば一円を、百万円あればそれだけをこの女に費していたか解らない。が、金のない私は幸いに鳳仙花の雫で爪を染め、赤く色づいた可憐な指で、私の両頰をおさえて、微笑と共に女から与えられた接吻を最後の思い出に、断食の儘私は、北満への汽車の旅をつづけて行った。無論、長い面を車窓に撫でる李炳君と一緒であった。

出典：『文芸戦線』大正十四年十一月号（文芸戦線社）
解題：テキストの周縁から P712

苦力頭の表情

ふと、目と目がカチ合った。――はッと思う隙もなく、女は白い歯をみせて、にっこり笑った。俺はまったく面喰って臆病に眼を伏せたが、咄嗟に思い返して眼をあけた。すると女は、美しい歯並からころげ落ちる微笑を、白い指さきに軽くうけてさッと俺に投げつけた。指の金が往来を越えて、五月の陽にピカリと躍った。

俺は苦笑して地べタに視線をさけた。――街路樹の影が、午《ひる》さがりの陽ざしにくろぐろと落ちていた。石ころを二つ三つよごれた靴で蹴とばしているうちにしみじみ、

――いい女だなァ――

と、浮気ぽい根性がうづ痒く動いて来た。眼をあげると、女はペンキの剝げたドアにもたれて、凝っと媚を含んだ眼をこちらに向けていた。緑色のリボンと、ちぢれた髪を額から鉢巻のように結んだ、目の大きい、脊のスラリとした頰の紅い女であった。俺が顔をあげたのを知ると、女は笑って手招きした。俺はかぶりを振って、澄ました顔をした。すると女は怒って、やさしい拳骨を鼻の頭に翳して睨めつけた。

青草を枕に寝転んでいた露西亜人が、俺の肩を肱で小突いて指で円い形をこしらえて、中指を動かしてみせた。そしてへ、へえ、へえと笑った。

――よし！――

と、俺は快活に、小半日もヘタバッていた倉庫の空地から尻を払って起きあがった。そして灰のような埃を蹴たてて往来を横切った。俺の背中に、露人が草原から何か叫んで高く笑った。

女は近づいてみると、思ったよりフケて、眉を刷いた眼元に小皺がよっていた。白い指に、あくどい金指輪の色が長い流浪の淫売生活を物語っているような気がした。女は笑って俺を抱いた。ペンキの剝

げた粗末な木造の家であった。
ドアを押すと、三角なヴァイオリンに似た楽器を弾いて踊っていた女達が、俺の闖入に驚いて踊をやめた。そしてばたばたと隅ッこの固い木椅子に腰を投げて、まぢまぢと俺を凝視めた。

——朝鮮人《カウリー》か日本人《ヤポンスキー》か？——

女達はリボンの女にこう訊ねたに違いない。が、女は何も答えずに、俺をひき寄せてみんなの前でチュウと唇を吸った。

女達は口々に囃したてて笑った。俺は一足とびに寝室のベットを目蒐けて転んだ。……

女は俺が厭がるのに無理やりに服をぬがせて××××。黄色く貧弱な肌が、女のにくらべてひどく羞しい気がした。女は笑って、俺の汗臭い靴下を窓に捨てた。窓には、芽をふいた青い平原が白い雲を浮游させて、無限の圧迫を加えていた。

陽はまだ高かった。

俺は放浪の自由を感じて、女の胸に顔をうづめて、やわ肌の甘酸ぽい匂いを貪った。

——

顔をあげると、女は何か言ってひどく笑いくづれた。俺はキョトンとして女の笑い崩れる歯ぐきに見とれた。女は二三度その言葉を繰返したが俺が、キョトンとしているので、しまいにはジレて荒ぽく俺の顔をつかんで唇を押しつけた。

俺は何のことか解らなかった。女は暗い顔をして、俺をみつめた。

俺は女の眼をさけて、窓をみた。言葉の通じない悲哀が襲って来たのだ。——

と、涯しのない緑の平原と雲の色が、放浪の孤独とやるせなさにむせんで見えた。俺は吐息をついて女をみた。

女はブラインドをひいて、窓の景色を鎖ざした。ドアの外でまた女達が、楽器の音に賑かく踊り出した。

女は俺を抱きしめて頬に唇を寄せた。俺は黙って女の××××××。だが心が滅入って性慾が起きなかった。

俺は女を突いてウォッカをコップにつがせた。酒の酔は俺から陰気な想念を追払った。酔いの眼に女の裸体が悩ましくなった。俺は女を揺ぶって××××××。

——女は柔かい肉体の全部を惜し気もなく俺の破レン恥な飜弄《ほんろう》にゆだねて眼をつむった。××××××に××××を××すると女は微笑んで俺に唇を求めた。だが俺はその苦痛にゆがんだ無理な微笑に気がつくと、はッと手をひいた。酔がさめて、女の白い屍肉が、一箇の崇厳な人間の姿になった。

女は眼をひらくと、不審な眼付で俺をみつめていたが、やがてまた手を摑んで俺の獣慾を挑発しようとした。俺は人間をみずに、また忽ち淫売婦を感じた。俺は泣くに泣かれぬ気持で、後にノケ反って頭髪を掻きむしった。俺という醜劣きわまる野郎と、淫売婦というどこまで自己を虐げるのかケジメのたたない怪物を一緒に打ち殺したい憎悪で部屋が闇黒になった。

闇の中で女は俺をひき寄せた。俺は邪険にその手を払って、眼をつむった。——

眼をひらくと、女はうつ伏して嗚咽していた。俺は何とも云えない可憐な気持に打たれた。女を抱き起して、唇を与えた。

女は涙の眼を微笑んで、××××××××。俺は淫売の稼業を思った。

内地である女郎屋へあがった時、俺の対手に出た妓は馬鹿に醜かった。俺はヤケを起してその女に床

をつけなかった。と、ヤリテ婆が出て来て、

——あんたはん、この妓に床をつけてやっておくんなはれ、でないと女郎屋の規則としてお金とる訳に行きませんよって！

と、泣かんばかりで妓をば庇護したことがある。そのかたわらで、醜い顔の女が、寒むそうに肩をすぼめて泣いた。

俺はそれを思った。俺はかつてゴム靴の工場で働いたことがある。一日中、重い型を、ボイラーの中に抛り込んだりひきづり出したりして一分間の油も売らずに正直に働いた。そしてその上に、馘になるまいと思ってどれだけ監督に媚びへつらったのだったか！　淫売婦と俺のシミタレ根性との間にどれだけ差違があろう。俺も喰わんがためには人一倍に働いて、しかもその上に媚を売っている。浅薄なる者よ——俺の心が叫んだ。

俺はよけようとした女の膝を、心よく受けた。俺は快楽に酔った。この快楽を放浪者に与える淫売婦もまた尊い犠牲者であると感じた。女は××××を、××××に隠した。莨《たばこ》に火をつけた。俺の顔をみて、にやりと笑った。俺は女の無邪気な皮肉を眼の色に感じた。

ドアをノックする音がした。女は驚いてベットの敷布を体に巻きつけると、急いでドアの鍵をはづした。猶太《ユダヤ》の赤い顔のおかみが、女にカードを渡した。そして何か言った。女はそれを俺に示して、テーブルの上の銅貨を拾ってみせた。

俺は皺ばんだ紙幣をベットの上にひろげて、女にいいだけ取れと手真似した。

女は時計を描いて、時間表をつくって二時間を示すと、紙幣の中から二円とった。そしてその金をおかみのポケットにねじ込んだ。猿のような赧ら顔のおかみは、にこつきもせずに、ドアを閉めて去った。

女は敷布をはづして、水色の服に着更えると、乱れ髪を繕った。

俺はもう出て行かなければならないことを悟った。——だが俺には出て行くところがなかった。ここを無理に出てみたところで、不潔な見知らぬ街と、言葉の通じない薄汚い支那人と亡命の露西亜人に出喰わすだけのことだ。言葉ができない俺には宿屋は勿論、ろくすっぽ一椀の飯にもありつけないことは解っている。俺は今朝、ここの停車場に吐き出されたばかりなのだ。的《あて》もないのに盲滅法に歩きとばして脚の疲れた儘に、とある倉庫の空地をみつけて、つい小半日もヘタバッテいる間に偶然この女を見付けた訳だ。

——無鉄砲な男よ——

ふとこんな気がした。言葉も解らない、そして何の的のある訳でもないのに、何故こういう土地に乱暴に飛び出して来たかと思った。が俺にも無論その理由が解らなかった。

——ただ気の向くままに——

おおそうだ。気の向くままに放浪さえしていれば、俺には希望があった。光明があった。放浪をやめて、一つ土地に一つ仕事にものの半年も辛抱することが出来ないのが、俺の性分であった。人にコキ使われて、自己の魂を売ることが俺には南京虫のように厭だった。人の顔色をみ、人の気持を考えて、しかも心にもない媚を売って働かなければならないことは、俺にはどうしても辛抱のならないことだった。だが、しかし不幸なる事に人間は霞を喰って生きる術がない。絶食したって三日と続かない。とどのつまりは、やはり人にコキ使って貰って生きなければならない勘定になる。他人をコキ使おうッて奴には虫の好く野郎は一匹だってない。そこでまた俺は放浪する。食うに困るとまた就職する。放浪する、就職する、放浪する、就職する……無限の連鎖だ!

――生きるためには食わなければならぬ。食うためには人に使われなければならぬ。それが労働者の運命だ。どこの国へ行こうとも、このことだけは間違いッこのないことだ。お前ももういい加減に放浪をやめて、一つ土地で一つ仕事に辛抱しろ。どこまで藻掻いても同じことだ――

と、友達の一人は忠告した、俺もそうだと思った。――だがしかし俺にはその我慢がない。悲しい不幸な病である。俺はいつかこの病気で放浪のはてに野倒れるに違いない。

ふと、気がついてみると、女は固い木椅子に腰かけていた。言葉で云っても解らないので、俺が出て行くのを静かに待っていたのであろう。俺は考えた。多くもありもしない金だ。どのみち今日一晩に費い果して明日から路頭に迷うのも、また二三日さきで路頭に迷うのも同じ結果だ。同じ運命に立つなら、寧ろ一日も早く捨身になって始末をつける方が好い――と。

そこで俺は紙片に、時計の画をかいて、手真似で一昼夜とまって行くという意味を女に通じた。その意味が解ったのか、女は高い歓声をあげて俺に抱きついた。

女は俺の財布から七円とった。後には大洋《タイヤン》で二円と少しばかりの小銭が残っているばかりであったが俺は鬱血を一時に切り開いた時のような晴々しさを覚えた。この北満の奥地で運命を試すことは如何にも痛快なことではないか――俺は窓のブラインドをはねあげた。と、緑の曠野は血のような落日を浴びていた。凧に動く影もない、粛殺たる光景である。俺の魂は落日の曠野を目蒐けて飛躍した。どこかで豚の啼き声がした。

表には、ここの女たちが男を誘惑する淫らな嬌声が聞えていた。その嬌声に混って、胡弓の音がした。俺は何故ともなしにその弾き手を盲目の支那人であろうと思った。女は茶をいれた。

熱い、甘い茶を唇で吹きながらスプーンで俺に含ますのである。ひとりで自由に呑もうとすると、女は俺の手を軽く遮えぎった。そのやさしい手つきに、俺はふと母親の慈愛を感じた。

俺は生みの母親を知らなかった。——

お牧婆は、三十過ぎても子供がなかった。人知れず彼女は子持地蔵に願をかけていた。その時分は、まだ若く今のように皺苦茶な梅干婆ではなかった。

彼女はある雪の晩に、貰い風呂から帰る途で、暗い地蔵堂の椽の下に子供の泣き声をきいて、これはテッキリ地蔵様の御利益に違いないと思った。そこで提灯の明りを子供の声をたよりにのぞけてみると、すぐ足の下に蜘蛛の巣を被って、若い髪の乱れた女がねんねこに子供を負《おぶ》って打伏していた。流石《さすが》におまき婆も顔色を変えて、

——これ、お女中よ、これお女中よ——

と、我れにもなく声をはづませた。が、女はその声にふり起きもしなかった。背中の子供が人の気配に、火のように泣き出した。おまき婆は堪まりかねて、子供のくるまったねんねこを擦ろうとして女の頸に触った。おまき婆はぞっと縮み上った！　女が氷のように冷たくなっていたからだ。

背中の子は俺だった。どうして俺が助かったものか？　母親が凍死したのであるとすれば、俺も一緒に死んでいなければならない筈だが……

俺はお牧を母として育った。お牧の亭主は幸四郎という百姓だった。

俺が物心ついた頃、村の我鬼が俺を「乞食の子」と呼んだ。俺は何よりそれが悲しかった。泣いてその訳を母にせがんだ。母は隠しおえるものでないと知ってか、何時もとは違った正しい容子で、

お前のおふくろは、確かに地蔵堂の椽の下で死んだのぢゃが、どうしてどうして乞食どころかえ、旅

疲れこそはあったが若けえ立派な嫁御であったぞえ。着ているもんでも、こがいな田舎では見られない綺麗な衣装をつけえとったがのう。どこかの旦那衆の嫁御に違えねえのだが、何処の誰れであるかどがいしても知れなんだ。さぞ親御や旦那は捜していられるであろうが、それにお前という立派な男の子もあったのぢゃけに――

と涙ながらに打ち明けた。その時から母がおまき婆になった。父と思っていたのはアカの他人の百姓であった。

俺はひがんだひねくれ者になった。俺は愛のない孤児だと悟ったからだ！　おまき婆は育て甲斐がないと失望した。幸四郎は飯の喰い方が悪いとか、働かないとか云って、事ごとに殴りつけた。

俺は愛に渇した。十六で五つも年上の娘と恋に落ちた。そして村一統の指弾の的標《まと》になった。

――血は争えないものだ。お前のおふくろもお前と同じに肩あげのとれない内から不義に落ちて、お前を負ってこの村へ流れて来て地蔵堂の椽の下に野倒死にしたんぢゃ！　男の尻を追って行く途中か、それとも不義のお前という我鬼をヒッて家に居たたまらず逃げ出した果てが、この地蔵堂の野倒死にか、どっちかまあ解らんが、子が子なら親も親ぢゃろうって――

お牧婆は口を極めて俺を罵った。俺は遂に十七の歳に村を捨てて遁げ出した。放浪がそれから始まった。だが俺はまだ母親のように野倒れ死にはしない。――世の中の人間は、誰れでも皆かならず二つの愛を所有している。父の愛と母の愛だ！　俺もついにそれなしには生きていられない寂しさを思う。

俺の母親は中国の僻村で地蔵堂の椽の下に死んだが、父親はまだ何処かに生きて居るべき筈だ。おまき婆が言うように、不義な恋から生みつけられた俺にしろ、父は父であるべき筈だ。俺は常に父親を思う――だが父親は俺を子と知らずに、世の中の人達と同じく俺を虐げてはいまいか。そして俺が考えるように父親は俺から遠く離れたところに居るのではなく、案外に俺の間近かで交渉のある人であるかも知れない――こう考えると遂いに俺は人を憎めなくなる。人を憎もうとすれば、その顔が父になり、また反対に愛そうとする顔は冷酷な他人の顔に早変りする。実に奇怪な錯覚である。俺がテロリストにもなれず、また人道主義者にもなれないのはこのためだ！　俺は常に、憎むべき者を憎み得ず、また愛すべきものを愛し得ない悩みに悶える。この悩みがまた常に錯覚を伴うのだ。

――俺は女を抱いて、しみじみ母親の愛を感じていた。……

言葉を知らない女は、ただ笑って、俺を行為で愛撫するより仕方がなかったのだろう。それが俺に更に、母親の慈愛を錯覚せしめた。俺は夢のように三日三夜を女の懐の中で暮らした。

三日目の朝、女は俺の財布を振って外を指した。財布の底はコトリとも音をたてなかった。俺は悲しい眼差で女をみた。が、女は笑おうともしなかった。俺は遂に、うまうまと欺かれた俺を知った。泣きも泣けもしない気持であった。

窓には、曠原のバラ色の朝焼が映っていた。女の寝不足な、白粉落ちのした顔は、俺にヘドを催させた。年増女に不似合な緑色のリボン、水色の洋服、どうみたって淫売婦だ！　俺はこう云う女に三日三晩も抱きつかれていい気になって母親の夢をみていたことを悔いた。畜生！　俺はこう心に叫ぶと、女を尻眼にかけて淫売宿をオン出た。

眼がさめると夕暮であった。五月というのに薄寒むかった。

俺は支那街の、薄汚い豚の骨や硝子のカケラの転がった空地に寝込んでいたのだ。さんざ歩きとばしたことだけが思い出せた。みると俺の周囲に得体の知れない薄気味の悪い支那人が輪になって、何か声高く饒舌《しゃべ》っていた。

——安心しろ、まだ野倒死はしないよ——俺はこう思って、笑った。支邦人の輪が遠のいた。腹の空いたことが解った。考えてみると淫売宿で三日三晩ろくすっぽ飯も喰っていなかった。——どうしよう——と、思ったが、扨《さ》てどうもすることが出来ない。言葉の解らない支那人を眺めて、つくづく悄気切ったものだ。腹の空いた真似をして、腹をたたいてみせたりすぼめてみせたりすると、支那人は手を叩いて笑った。

気がつくと、空地の向うに五六人の苦力がエンコして何か喰っていた。俺は立ちあがって、そこに行った。弁髪をトグロのように巻いた不潔な野郎が、大きなマントウを頬張っているのだ。つい俺もその旨そうに喰っている様子に唾が出て、黙って黄色ぽいマントウに汚たない布片をもたげて手を出した。すると前にいた苦力が、獰猛な獣の吼るような叫び声を出して俺の手を払い退けた。

そうやられると、俺も無理に手を出しかねた。黙って佇んだ。苦力達は俺の顔を睨めつけて、何かペチャクチャと囁き合った。

やがて彼等は食器を片附けて、小屋のような房子《フワンズ》に引きあげた。俺もその後について行った。彼等と一緒に働こうと思ったのだ。俺が入ると、暗い土間のところでアバタ面の一際獰猛《どうもう》な苦力頭が、——何んだ！　何者だ——というように眼をむいて叫んだ。俺はびっくりして、一足二足あとへすさったが、また考え直してにやにや笑いかけて図太く土間に進んだ。俺はスコップで穴を掘る真似をして、働かして貰い度いものだという意味を通じた。が、苦力頭は俺の肩を摑かんで、外を指さした。出て行けというのだ。しかし俺は出て行くところはない。かぶりを振ってそこの隅にへタバリ付いた。

苦力頭は仕方がないとでも云うような顔で、自分の腰掛に腰を据えて薄暗いランプの灯で、ブリキの杯で酒を嘗めはじめた。他の苦力達が、俺を不思議そうに寝床の中から凝視めた。

あくる朝、鶏に棚の上から糞をヒッかけられて眼を覚ました。苦力頭が、棒切れで豚のように寝込んでいる苦力どもを突き起して廻った。あちらこちらで大きな欠伸《あくび》がして、どやどやと皆起き出た。

苦力頭の女房らしいビンツケで髪を固めているような、不格好な女がマントウやら葱やら唐黍《とうきび》の粥のようなものを土器のような容れものに盛って、五分板の上に膳立てをしていた。そして頻りに俺を睨みつけた。

苦力頭は、鼻もヒッカケない面付で俺を冷たく無視した。苦力達がさんざ朝飯を食い始めたが、誰も俺にマントウの一片《かけ》らも突き出そうとしなかった。俺は喰えというまで手を出すまいと覚悟した。皆がシャベルやツルをもって稼ぎに出だしたので、俺も一本担いで後に続いた。誰も何んとも言わなかった。

仕事は道路のネボリ（掘削作業）であった。俺はシャツ一枚になってスコを振った。腹が減って眼が眩《くら》みそうであったが、一日の我慢だと思ってヤケに精を出した。苦力達は俺の仕事に驚いた。まさか日本人に土方という稼業はあるまいと思ったに違いない。支那に来ている日本人は皆な偉そうぶって、苦力を足で蹴飛ばしている訳だから。苦力頭が昼ごろ見廻りに来たが、その時も俺に見向きもしなかった。アバタ面を虎のようにひんむいて、苦力どもを罵っていた。

昼飯の時、苦力のひとりが俺にマントウと茶碗に一杯の塩辛い漬物を食えと云って突き出した。いくら腹が減っていても、バラバラした味気のないマントウは食えなかった。塩辛い漬物を腹一杯に食って、水ばかり呑んだ。

仕事を終った時は流石《さすが》に疲れた。転げそうな躰をようやく小屋に運んだ。

苦力たちは、用意の出来ていた食物を、前の空地に運んで貪りついた。一日十五六時間も働いて、日の長いのに三度の飯は腹が減るのは無理もなかった。俺は腹が減り切っていたが、マントウには手が出なかった。熱い湯を呑んで、大根の生まを噛ぢった。そして房子に入った。土間の入口の古い机に倚って、酒を呑んでいた苦力頭が俺をみて、はじめてにっこりとアバタ面を崩して笑った。そしてブリキの盃を俺に突きつけた。俺は盃をとるかわりに腕を摑んで、

――大将！　俺を働かしてくれるか有難い――と叫んだ。苦力頭は俺の言葉にキョトンとしたが、感じ深い眼で俺を眺め、そして慰めるように肩を叩いて盃を揺ぶった。――やがて喰い物にも慣れる。辛抱して働けよ、なァ労働者には国境はないのだ、お互に働きさえすれば支那人であろうが、日本人であろうが、ちっとも関ったことはねえさ。まあ一杯過ごして元気をつけろ兄弟！――苦力頭のアバタ面にはこんな表情が浮かんでいた。俺は涙の出るような気持で、強烈な支那酒を呷った。

出典：『文芸戦線』大正十五年六月号（文芸戦線社）
参照：『苦力頭の表情』昭和二年十月三十日（春陽堂）収載作。
解題：テキストの周縁から P713

放浪の宿

午《ひる》さがりの太陽が、油のきれたフライパンのように、風の死んだ街を焙《い》りつけていた。プラタナスの街路樹が、その広い掌《て》のような葉身《ようしん》をぐったり萎《すぼ》めて、土埃りと、太陽の強い照りに弱り抜いて見えた。

街上には、動く影もなかった。アスファルトの路面をはげしく照りつけている陽脚《ひあし》に、かすかな埃りが舞いあがっているばかりで、地上はまるで汗腺の涸渇した土工の肌のように、暑熱の苦悶に喘いでいるのだ！

この太陽のじりじり焼きつける執念深さから、僅かな木影や土塀の陰を盗み出して、そこにもここにも裸形の苦力《クーリー》が死んだように、ぶっ倒れていた。そして寝苦しく身悶えする肌に、食い散らされた西瓜や真桑瓜の種子が、おかまいなくこびりついた。

日幕《ひおおい》を深くおろした商店は、まるで唖のように静まり返えって、あの業々《ぎょうぎょう》しい、支那街に特有な毒々しい調子で響いている筈の算盤や銅貨の音さえも、珍らしく聞えて来なかった。幕の隙間からは、涎をたらして、だらしのない姿態で眠むりこけている店員たちの姿が見えた。蠅ばかりが、閑散な店の土間を一杯に、わんわんとかすかな唸りをたてて飛び廻っているだけだった。……

すると軈《やが》て、この熱射の街頭にぽつんと一つの影が現われた。その影は初めに、幅員の広い、ゆるやかな傾斜をもった大通りの果てに——恰度《ちょうど》オレンヂ色の宏壮な中国銀行の建物の下に、ぽつんと黒い一つの点になって出現したのであるが、その黒点が太陽の熱射の中を泳いで近づいて膨らみ切った時、それは日焼けのした、埃りまびれの若者が七月の太陽にゆだり切ってよろめいて来るのだった。嚙み砕いた鉛筆の末端の様に、先端《さき》のほうけたステッキに、小さな風呂敷を結えつけて、それを肩にひっ担いでいた。その詰襟の黒ぽい洋服は汗と埃りに、ぐしょぐしょになって、しかも余り大きくもない体格を引きづるように持て余まして、底のあいた編上靴《あみあげぐつ》で埃をまきたてながらよろめいて行った。すると、恰度彼のよろめいて行くアスファルトの大通りが、やがて二つに裂けて左右に岐《わか》れていた。その岐れ目の薄馬鹿の額のように間ののびた面積が、手際よく楕円形に積土《もりつち》されて、プラタナスの木株が植え込まれ、その上に四五脚の広告ベンチさえ曝されていて、この不体裁な大通りの致命的な欠陥を、その工夫が危く救いあげていた。この設計技師の苦心も、商いや仕事を抛り出してベンチの上に眠りこけている不潔な苦力や路傍商人の不遠慮な侵入に他愛もなく踏みにじられていた。

若者はそこまでよろめいて行った時、ちょっと立ち停った。路を考えるようにも見えたし、また空いたベンチを捜し求めるようにも受取れた。だが、その何れでもなかった。彼の眼は、無料宿泊所の新らしい木札に、磯巾着《いそぎんちゃく》のように吸いつけられたのだ！　かすかではあるが、疲れ切った若者の顔には生色が動いた――その若者は木札の意味を読みとると、すぐに病院の柵に沿うて右側の路に折れて行った。

病院の柵が尽きると、埃の多い十字路になって、その向い側の一角はアカシヤの深い木立に蔽われて、支那風の土塀にかこまれた正念寺《しょうねんじ》だった。正面に黒い門が開いていた。門柱の一方には「無料宿泊所」の看板があって「お宿のない人、職のない人は遠慮なくお越し下さい」と、親切な添え書きさえしてあった。

この寺院と斜《はす》かいになった十字路の角は、ロシヤ人の酒場《バア》だった。酒場と云ってもそれは、馬糞《まぐそ》よりも下等な馭者や、もっとそれよりもひどい下層労働者達が、未製のカルバス（ソーセージ）や生胡瓜を噛って、安酒を呷ったり、牛の臓腑を煮出したスープを啜って飲み食いする劣等な飲食店であった。その店頭には蒲団の破目《はめ》からはみ出たボロ綿みたいな髪の毛の小娘が、雑巾よりもひどいスカートから泥だらけの素足を投げ出して、馬鈴薯の皮を剝きながら、そのまま笊《ざる》におッかぶさって居睡っていた。業慾そうな猶太《ユダヤ》系の赧ら顔の主人が、風の入りそうもない店の奥の薄暗いカウンターに、ボイルされた、ポテトーみたいに、湯気の吹きそうな寝顔を投げ出していた。

若者は注意深くロシヤ人の酒場《バア》を盗み見ながら、そのまま瞬間の思案もなく正念寺の黒門に吸われて行った。門のなかはアカシヤと楡《にれ》の木立が自然のままに生い育って、その樹間はほの暗いほどの雑草に埋れていた。本堂に通じる路だけが、それでも白く掃き清められていた。

若者は二三歩よろめいて行ったが、ふと突然に立ち止った。ここにまで裸体の苦力が侵入して来て、木影の雑草のなかに、鯖みたいな物凄い人間の腹が無数に映ったからである。彼は感じ深い面持で、そのいぎたない風情を眺めた。そして無料宿泊所が、自分たち同国人にのみしか与えられない恩恵を、阿弥陀如来の広大無辺の教義に民族的な息窒《いきづま》りをすら感じながら、本堂脇の玄関に歩いて行った。

「ごめん下さい」と、彼は襖の端に投げ出された毛脛《けずね》を眺めながら、二声ばかり呼んだ。すると泡喰いながら、毛脛がぴょこッと縮むと、白い腰巻一つの坊主が頭から這い出して来た。

「お世話になりたいと存じますが……」

無精髭の伸びた坊主が、迂散臭い眼付きで、若者の頭のさきから靴のさきまで眺め上げ、眺めおろした。

「何処から来た?」

坊主は木を折るように怒鳴った。

「は、奉天から」

「歩いてか?」

「え……」

「そこに帳面と硯《すずり》があるで、原籍と姓名を書きとめておいて、向うの長屋で休むといい」

坊主は面倒臭く言葉半分に言い捨てて、とっとと奥へ戻ってしまった。

「お腹が減っているんですが、一口……」と思ったが、もう追いつかなかった。若者はぼんやり気の弛むのを感じた。

宿泊所と云っても、それは名ばかりのもので、貸家づくりの八畳一間きりの長屋だった。何んの目的のために、こんな貸家を宿泊所に潰したのであるか、その坊主の魂胆は言わずと知れている！　窓ガラスは破れ放題だし、畳はぼこぼこにほぐれていた。ペンキの剝げ落ちたドアに通じる路だけが、どうにか路らしく踏みにじられてある以外は、雑草が跳梁するままだった。恰《あたか》もそれは雑草に埋れた破家《あばらや》の感じで、得体の知れない蔓草に窓も壁も蔽われて、更にこの宿泊所に陰鬱な零落者《おちぶれもの》の蔭を濃くするために、葉の繁ったアカシヤの木立が深々と枝を垂れていた。

若者は把手《ハンドル》の壊れたドアを開けて、薄苔の生えた土間に入って行った。忽ち蠅の群が、かすかな唸り声をあげて襲いかかった。

「ごめん下さい」

素裸の男が黙って顔をあげた。髭の濃い、だが穏かな面構《つらがまえ》の四十男で、ひどいトラホームを患っていると見えて、赤く爛れた脂《やに》っぽい眼付で、股の間に拡げた猿又の虱《しらみ》を潰していた。

「何処《ど》っから来た。兄イ！」

「ええ、奉天から……」

その男は無表情な口のきき方をした。

「歩いてか？」

「ええ……」

男は再び無感動な動作で、虱を潰し始めた。が、ふと

「その兄イも一昨日《おととい》大連から歩いて来たんだ」と、言って頤《あご》をしゃくって見せた。「二日三晩まるで死屍《しかばね》とみたいに寝通しなんだ」

そう云ってまた、彼は無感動な顔付をした。その男の肱《ひじ》の向うに、その通りの青年が寝汗をかいて腹這ったままで眠むり落ちていた。黒々と日焼けのした顔は、蒼白いむくれが来ていた。もういい加減に叩き起さなければ！

若者はごろりと横になった。眼の凹《へこ》むのを覚えた。

「飯は食ったか？」また男が問いかけた。

「いいえ、一昨日《おととい》から……」若者は情けない表情をした。

「そうか。そこの新聞紙をめくって見ろよ。胡瓜と黒パンがあらあな」

若者は咽喉《のど》から手が出るほど、飛びつきたかったが、もぢもぢせずにはいられなかった。――もっと適切に言うならば、この男の親切な言葉に対して、何かこう精一杯な、感謝の心持の溢れた言葉だけででも報いたかったからだ。

「遠慮するな。困った時はお互だよ！」

彼は相変らず無感動な表情で虱を殺しつづけた。

「有難うよ！」

若者は訳の判らない感動で、反って無技巧な言葉を単純な感激で押し出してしまった。新聞紙をめくって黒パンを手にした。香《かん》ばしい匂いがぷんと来る。――ざらついてはいるが、心持ねばついた福よかな、その感触は一体何日ぶりに経験する快よさであったろうか！　若者はともすると、瞼に溢れて来

る涙を危ぶみながら黒パンの塊を二つに引き裂いて、ごくんと唾液《つばき》を胸元深くのみこんだ。そして次の瞬間には、餓鬼のように貪りついていた。

若者が眼を醒したのは、翌日の夕方であった。一昼夜ぶっ通しに眠むり通して、まるで魂を置き忘れた人間のように、ふぬけた格恰で起きあがった。何かの悲鳴を聞いたようにも、またそうでないようにも思われた。

ドアが忙しそうに開《あ》いたり、閉ったりした。まだ若者の知らなかった支那服の男、それに逞しい体格の黒眼鏡の男、虱をひねり潰していた昨日の男、それから大連から歩いて来たと云われる青年の四人が、それぞれ忙しく水を汲み込んだり、短刀を研いだり、子供を追い散らすために、怒鳴ったり喚めいたりしていた。

「何事だろうか」若者は不審に思った。生欠伸《あくび》を噛みしめながら土間におりて行くと、その足元にどたりと犬の死骸が落ちた。ドアの外から支那服が投げ込んだのだ。彼は吃驚《びっくり》して、飛び退いた。

犬はまだ撲殺されたばかりらしく、鼻面に××を垂らしていた。

「は、は、はッ。驚くな、御馳走するぜ！」

支那服は筋張《すじば》った顔を、てら〳〵させて笑った。「若いの！　よく寝ていたな。赤犬だ。頬ぺたが千切れるほど旨いぞ！」

「よう、出来た。誰れが料理《りょう》るんだ。支那服、貴様の腕前を見せろよ！」

逞くましい体格の黒眼鏡が、濡板《ぬれいた》と、研ぎすました短刀をひっ提げて這入って来た。そして抛り出した濡板の上に、短刀を突っ立てた。

「馬鹿！　貴様だよ」支那服が罵《のの》り返えした。だが、親しい間柄だと見えて

「怖気《おじけ》づいたか」

「馬鹿ぬかせ！」

と、二つ三つ言い争った揚句、支那服が濡板の上に犬をひきづり上げた。ふと、黒眼鏡が、若者に気づいて

「よう、起きたな。何処から流れた」と、親しみ深い笑いを見せた。

「え、奉天から。どうかお願いいたします」彼は柔順に頭を叩《さ》げた。

「ほ、腹が減ったろう。今に腹一杯喰わすぞ！」

「え、どうぞ」

「出来上がるまで、上って休んでいなよ」

もうこの時、鮮かな支那服の短刀で動脈を切り開かれた濡板の犬は、まるで洗濯物のように胴なかを揉みしぼられていた。××××が、小気味よく切口から溢れ奔《はし》って、それが濡板を染めて、五寸四方位の大きさに掘り抜かれた穴に流れ込んでいた。馴れ切ったものだ！

「どうだ。小気味よく流れ出すぢゃねえか。××××は気味のいいもんだな」

支那服が、うっとりした眼で、血のついた手を毛だらけにしながら、犬の胴を揉み抜いた。

「うむ。生血《いきち》だぞ。その度胸で呑み干しちゃあ！」

血がすっかり絞り取られると、犬はぐったりと濡板の上に伸びて、毛並すらも青ばんでゆくように感ぜられた。白い眼をむいて、黒づんだ昆布の襞《ひだ》を思わすようなギサついた口唇の横から、撲殺される刹那に、自分の××食いちぎったらしい××××××を、だらりと意気地なく吐き出していた。

水で手と短刀を洗い清めると、垂れさがって来る袖をまくり上げて、支那服が短刀の鋭い刃さきをずぶりと犬の顎に差し込むと、その握った柄《つか》を力一杯に、しかも見事な手つきで尻のあたりまで切りさげておいて、その刃を逆に巧妙に使い分けて皮膚と肉のなかに差しいれて、見る見るうちに、一匹の野犬を血だらけの肉と皺くちゃな一枚の毛皮に引き剝がしてしまった。

短刀が血糊をきって、再び閃めくと、腹部に一筋いれられた切目が、ぷくッと内側から押し破れて、一気に××××××××××××××溢れるように犬の投げ出された四肢の間一杯に流れ出た。と、支那服の手が、その溢れ出た臓腑をかき分けて、胸骨の間に辷り込んで、二三度胸壁を指さきで抉ぐると、綺麗に二つの肺臓がはがれて、肝臓や胃袋などと一緒くたに濡板の上に掻き出された。そして大腸をたぐって、その最後の部分に刃がはいると、見事に肛門から切断されて、一抱えほどの臓腑が、ずるずると濡板を辷って、血を絞り捨てた同じ穴へ雑作もなく落《おっ》こってしまった。その上に、支那服が砂を後足でかぶせてしまうと、もうすっかり食慾を唆《そそ》る肉塊以外の何物でもなかった。

大腿部の関節に、短刀の刃が食い込んで、骨と刃物の音が軋むと、ぼろりと訳もなく肢が完全に離れた。ここまで一気に、見事な冴えを短刀の刃さきに見せて、料理つづけて来た支那服が、その肢を黒眼鏡に投げつけると、

「おい！　骨をはづせよ！」と、始めて怒鳴った。

「よし、手伝おう」こう叫ぶと黒眼鏡は、始めて支那服の使い動かす刃物から眼を反らした。そして「ふうーッ」と、感嘆の吐息をついた。虱をつぶした男と、大連から来た青年が、水を汲んだり、薪を拾い集めたりしていた。

またしても、近所中の子供が、木の枝によぢ、窓にぶらさがって、あるいはドア一杯に押し寄せて、

好奇心に燃える眼を瞠って、この野人達の獰猛《どうもう》な料理に片唾《かたづ》をのんでいた。

「うるさい！」

ふいと、出し抜けに支那服がこう叫ぶと、叩き切った犬の首を、子供の群に力一杯投げつけた。

「わあッ！」

子供たちは、一目散に遁げ散った。そして臆病そうに、この光景を遠巻きにした。

「犬殺し」

と、口々に罵りつづけていたが、やがてその怒罵《どば》が「お坊さんだ！　お坊さんだ！」と、囁き声にかわると、安心しきって、またしても子供の群が、坊主と一緒にドアに溢れ込んだ。坊主が、そこに現れる前に、癇癪の方がさき走って来たような具合に、坊主はその無精たらしい面をドアに覗けないうちから、

「無茶だ。無茶だ。まるで畜生道だ！」と、喚めき込んで来た。

「出て行《ゆ》け！　出て行け！　出て行《い》って貰おう。お前たちを一刻もここにおいておく訳には参らぬ」

お坊さんは劇しい逆上で、息切れがしてしようがないように、眼と鼻と口で一緒くたに息を吸い込んだ。

「ふ、ふん……」

支那服がお坊さんの袖の下でくすりと笑った。

「まるで餓鬼畜生だ。飼犬を殺して、あろうことか、この尊い仏地を穢して煮て喰おうというのだ。浅間しい畜生道の仕業だ。お前等のような堕地獄の徒輩《やから》は一時も、ここに置く訳には行かん！」

黙って骨をはづしていた黒眼鏡が

「喧《やか》ましいわ！　糞たれ坊主！」と、ふいに喚めき唸《う》めいたかと思うと、握っていた骨を土間に叩きつけた。「糞、豚小屋みたいな空屋に俺たちを叩き込んで置いて、手前《てめえ》は寄附を強請《ゆす》って世の中の人間を瞞《だま》しこんでいるんぢゃねえか。利いた風な口を利くねえ！」

「よし。貴様、よく覚えていろ！　このわしの手に仕末ができなければ、ちゃんと警官がある。きっと追払ってくれる。追い出さずに我慢がなるものか！」

「おお！　やって見ろ！　野良犬の替わりに、こんどは手前の番だ！　濡板に這いつくばって後悔するな」

血だらけの短刀が、支那服の手からさっと閃めいて、壁の腰板をぐさっと突通した。坊主はぴょこっと頭をかがめたかと思うと、そのまま遁げ出してしまった。後も見ずに！

坊主は、その後再び無精髭を覗けなかった。

酒場《バア》の主人は「赤」であるのか「白」であるのか、まるで見当がつかなかった。商売でさえあれば、一枚五厘にもつかない銅幣《ドンペイ》を五枚も投げ出せばそれで充分なスープを、たった一杯だけしか啜らないお客であっても、彼は因業な眼尻を細めて、にこづいた。

大連から歩いて来たという男は、ロシヤ人をさえ見れば、女の臀《しり》に見惚れるように、その憂鬱な瞳に、憧がれの閃めきをちらつかせた。

彼は大連から飲まず喰わずに歩きとばして来て、その惨憺たる苦労にも懲りずに、まだこれから、地図だけで見ても、牛の鞣皮《なめしがわ》みたいに茫漠として見当もつかないロシヤという国へ線路伝いに歩きかねない意気込をもっていた。彼はこの二三日炎天の乾干《ひぼし》みたいになって街中を歩き飛ばしていたが、何処でどう捜し求めて来たのか「カルバス」の行商をやっていたが、その売り上げの全部はこの赧顔の強慾な酒場ではたいてしまうのだった。

また彼はどこかで、いつ習い覚えて来たのか知らないが、「ボルシェビキイ」だの「カリーニン」だの「ブハリン」だの、または「イリッチ・レエニン」だの、それから「ハラショ」に「スパシーバ」ぐらいの露西亜語を、支那語と一緒くたに使いまくって、得体の知れない気焔を、誰れかれの差別なく、強慾な主人をでも、生れ落ちた時から馬小舎の悪臭から抜け切ったことのないような馭者、また何処でどう一日一日を喰って行くのか、まるで見当のつかないような素足の露西亜人をよく摑まえては吹っかけて、「ボルシェビキーは好きだ《ハラショ》」の「帝政派は嫌いだ《ネ・ハラショ》」だのと、まるで鶏の尻から臓腑をひき出すような手付で、無我夢中で興奮していた。

露西亜人たちは、その野放図もない胴体で、ちょっとばかり力を入れれば、押し潰れそうな手製の貧弱なテーブルを股のなかに抱き込んで、しかも雀の涙ほどのウォッカの杯《グラス》を見つめながら、この道化者の気狂いじみた興奮を猫脊に微笑んでいるのだった。そして彼にはそういう怪物みたいな露助《ろすけ》が、一言の反対もなく彼の気焔に微笑んでいてくれることが、何よりも嬉しいと見えて、それだけでもう充分に有頂天になれて底抜けた興奮に駆り立てられずにはいなかったのだ。

「大連」は全く、交尾期《さかり》のついた馬みたいに荷馬車を蹴飛ばして、シベリヤの曠野を突走りかねない量見を抱いているらしかった。それはまるで途方もない心掛けだ！

若者はこの「大連」がそういう途徹もない量見と、気狂い染みた情熱をもっていようとは夢にも知らなかった。

第一大連は、若者が豚小舎みたいな宿泊所に辿りついた時に、虱を潰していた男が、痴呆症みたいに二日三晩も寝通しだと言ったたし、その上支那服が野犬を料理《りょう》る時に、彼は憂鬱に黙りこんで、水汲みにぼい使われていながら不服そうな面《つら》も出来なかった。それに暇さえあると、誰れの話にも割り込もうとはせずに、無口な面構えで寝転んでばかりいた。

その彼に、こんな狂《きちがい》じみた情熱があろうとは！　若者は夢にも知らなかったのだ。

黒眼鏡が酔いつぶれる時に、きまってあげる「オダ」に依れば、彼はどうにもしようのないやくざ者で、人の女房と姦通して、おまけに亭主の頭の鉢を金テコで打破って、無期徒刑を喰ったのだが、御大典のおかげで、二度と出られる筈のなかったこの社会に舞い戻って来たという札つきの「金スジ」だった。それにまだ懲りずに、彼奴《あいつ》はそのやくざを自慢の種にして、この人生を金テコでぶちのめすような滅茶な調子で、押しまくって生きようとするのだ！

その日は暑かった。太陽がカッと照らしつけている表へ、女の毛を投げ出せば「じじッ」と燃え上ってしまいはしないかと思われるほどだった。

若者は何処をほうついても仕事がなかった。それで彼は飢え死する覚悟を決めたような悲痛さで、癇癪腹をかかえて宿泊所に舞い戻ってはね（寝）転がった。すると、時計の直しが見つからないで剛（業）腹をかかえ込んだ、糜《ただ》れた脂《やに》っぽい眼付の男も、同じように樫の木のように固たそうな脛《すね》を投げ出して寝転んでいた。

そうだ。若者が流れ込んだ時に、この虱を潰していた男は時計屋だった。

この男は時計の修繕を拾いながら、それで世界を流して歩こうと云う、また滅相もない野望をもっているのだ。この時計屋の話によれば、可愛いい女房が、のびたうどんみたいになって、あの世へくたばった日から、店を畳んでしまって、その途徹もない野心を、学生鞄のなかにネジ廻しや、人形の靴みたいな金鎚と一緒くたに納い込んで、もう五年この方流浪しているのだと云う――。この男のその気持はまるで解らない。支那服は雑作もなく（なあに、女房の死霊に、魂をあの世へかッさらわれたのさ。それでフヌけた訳さ）と、簡単に片付けたが、或いはそうかも知れない。

若者が荷厄介な古行李同然の調子で、自分の体をやけ糞に投げ出すと、ひょこッと時計屋が折れ釘のように、起きあがって手を伸ばした。

「若いの！　三銭ばかりないか。腹が減ってしようがないんだ。」抜毛のように頼りない声を出した。

「三銭どころか。この通りさ」若者は両手をはたいて見せた。

「そうか」

折れ釘はまたそのまま倒れた。

そしてそれっきりで二人がうと〳〵としかかった時、絞め損った鶏を飛ばしたような消魂《けたたま》しさで、引き裂かれるような悲鳴が、耳のつけ根で爆発した。同時に、若者と時計屋がはね起きた。

すると、どうだ！　短袴子《タンクワッ》の赤い腰紐を引き捲《むし》られたままで、ぐるりと羽二重餅のような××××××修理婦が、そこら中に絲巻きや針や鋏《はさみ》などを一面に投げ散らして、あがき喚めきたてながら、××××の黒眼鏡に××××××××××××――それはまるで一秒間と×××××××××××さであった。

「いやあッ！」と、魂をさらわれて、豆腐粕《かす》みたいにフヌケ切った時計屋でさえも、脂《やに》だらけの、はっきり見分けのつきそうもない眼玉を、南瓜《かぼちゃ》頭と一緒くたに、樫の木みたいにごつ〴〵した股倉につッ込んでしまった位だ。

　若者はただ、火花のようにカッとした。それでそのまま、焼火箸に尻餅をついたような撥ね上がりかたで、闘犬みたいな唸り声をたてて黒眼鏡に夢中で飛びかかった。それまではよかったが「うぬ！」と、相手が短かく喚めいたと同時に、彼はドアの外へ右から左にそのまま吹ッ飛んで、雑草のなかに×××××××ぶざまな格好で丸まってしまった。そして気がついた時、若者は焼火箸を尻の下に敷いた時よりも、もっと素迅い動作と、地球の外へ吹ッ飛ぶような覚悟で遁げ出した。一体どうしたというのだ！

　正念寺の門前には、露西亜の酒場《バア》があることに変りはない。

だが、今日という今日こそ「大連」は、カルバスの元も子もすっかり綺麗薩張りと、ウォッカの酔いとひっかえてぐでんぐでんに酔払っていた。

「タワリシチ《（同志）》！」こう怒鳴ると、脂っぽい針松の木椅子を蹴とばして、彼は鉄砲玉のように吹っ飛んで行く若者を、かっきりと釘抜きみたいに抱き留めてしまった。

「飲め！　タワリシチ！　飲め！」

　彼は漬菜のように度肝を抜かれた若者を、わ、は、はッ、わ、は、はッ！　と牛の舌みたいな口唇《くち》を開いて笑い崩れている豚の尻みたいに薄汚いロシヤ人の群のなかに突き飛ばした。

「日本人《ヤポンスキイ》よろしい《ハラショ》！」

「ボルシェビイキ、ハラショウ！」

　その薄汚いロシヤ人が、一斉に手を求めた。若者はこの毛だらけの、馬の草鞋《わらぢ》みたいな、途方もなくでっかい無数の掌《てのひら》の包囲に、すっかり面喰ってしまった。

　大連はもう仕末におえない程に酔払っていた。

「飲め。畜生！　飲め。俺は自由を愛するんだ。俺は自由の国ソビエット・ロシヤを誰よりも愛するんだ。糞！　いいか。よく聞け、俺は。俺はだ。家風呂敷《やぶろしき》みたいなロシヤで、自由に背伸びをして生きたいんだ。いいか。さあ、若いの飲むんだ！」

若者はすっかり煙に巻かれてしまった。が、また彼奴《きやつ》は彼奴で、性根の据らない小盗人《こぬすっと》みたいに、たったいまはぢける程に蹴とばされた睾丸《きんたま》のことも、鉄砲玉のように遁げ出したことも、すっかりけろりと忘れてしまって、酔払った大連が差し出すウォッカを呷り始めたのだ。

そして直ぐに、大連の酔いに追い着いた。

「そうだとも！」若者は出し抜けに叫び出した。何がなんだか判らない癖に、彼はよろめく脚を、そこいら中の露西亜人の長靴や、破れズボンにぶちつけながら

「そうだとも！　兄弟。ふん、浮草みたいに何処をうろつこうともだ。いいか！　根なし草ぢゃあるまいし、ちゃんと住み心地のよさそうな土地に根をおろそうてな心構は、ちゃんと、なあ兄弟、しっかり握っていようぢゃねえか。馬鹿にすんねえ！　間抜け奴。一体どこの国の土地がよ、この俺の口を食いつないでくれたんだ。へん。立ン坊ぢゃあるまいし、ちゃんと腕があるんだ。俺の腕を知らねえか。左官の藤吉を知らねえのか。この間抜け露助奴！」

彼は酔った。怒鳴る本人すら訳の解らない啖呵を吐き出しながら、顔中を赤貝みたいにむき出して、笑い崩れるロシヤ人のテーブルを泳ぎ廻った。

「若いの」は左官だったのだ。彼がステッキに結びつけていた風呂敷は、コテとコテ板の商売道具だったんだ。その左官が黒のよごれた詰襟の洋服と、破れ靴で流れ歩いているんだが、それは全く二目と見られた態《わざ》ではない！

植民地の風習というものは何故《なにゆえ》に、こうもいなせな職人の風俗を、泥溝《どぶ》からあげた死鮒《しにぶな》みたいに、すっかり威勢のないものにしてしまわなければ承知しないのか！

だからこそ、支那人に内地人の労働力が、邪魔っけな石塊《いしころ》みたいに、隅の方に押しこくられずにはいないのだ。洋服が決して、民族的矜恃にはなりはしないのだ。気を付けろ！

怒鳴るだけ怒鳴ると、左官も大連も、ゆで上げられた伊勢海老のように、曲がるだけ頭を股倉に曲げ込んで、ぬるぬると吐き出された肉片や、皿からこぼれ落ちたスープに汇《す》べる土間に坐り込んでしまった。

この死屍《しぶと》みたいに酔つぶれた酔どれを眺めると、赧ら顔の酒場《バァ》の亭主が因業な本性を出して、不気嫌な声で怒鳴り出したものだ。まるで病み呆けた野良犬を追いまくるような汚ならしさで、支那語と露西亜語で喚めき立てた。商売気を離れると、こうも因業な表情になるものか、全く不思議な位だ。

「出て行け《ソパ》！」

牛のように喚めき立てた。古綿をかぶったような髪の毛の小娘が、少しでも手をゆるめると尻の穴でも嘗めかねないほど、嫌に曲がりたがる酔どれの首筋から両手一杯に、二人の洋服の襟を引きちぎる程引きづり出していた。

「お帰りなさいな」

小娘はそう云っているに違いなかった。娘という者は、強慾な親爺みたいに、獣のように悪態を吐く筈がない。

娘が少しでも、油断すると酔どれは自分の尻を嘗めようとした。もう何んとしても、彼奴等《あいつ》には、海《かい》泥《でい》のように性根がないのだ。

ウォッカの雫で濡れ放題のカウンターを、その団扇《うちわ》みたいな手で歪むほど打ちのめすと、尻尾を踏んづけられた狼のような唸り声をたてて、蹴倒した木椅子を両脚で穿《は》き飛ばしながら、亭主が巨大な図体を痼癪の筋だらけにして飛び出して来た。そして小娘の手から酔どれの襟首をひったくると、躄車《いざりぐるま》みたいに往来に引き出して行って、そして二人を同時に鉋屑《かんなくず》のように抛り出した。

「出《ゾ》て行《パ》け！」

と、たんまり儲けたことは忘れて、支那語で酔どれをケン飛《(ママ)》ばしかねない権幕で喚めいた。

大連は彼の愛するロシヤ人から、こんな待遇で酬いられたことを知ったら最後、シャベルでロシヤの国土を地球の外へはね出しかねない調子で地団駄踏んで口惜しがるに違いない。

(彼奴《あいつ》は、白のスパイに違いないのだ！)

二人の酔どれが、眼を醒ました時には、酔払わない前と同じように、真昼間だった。太陽が焼けていた。風がちっともなかった。ただちょっと頭がふらついた。――この辺から少し昨日と変っている。汗ばんだ肌が、砂利でこすったように痛かった。咽喉が乾いた。

何んだか少し世界の角度が狂ったような訝《いぶ》かしさを、二人は宿酔《ふつかよい》の頭に感じなければならなかった。

周囲の記憶が、少しもなかった。――無理もない。彼等は宿泊所の畳の上で目醒めたのだ！

彼等はすっかり時の経過と、生命の流れの一部分を忘却していたのだ。彼等の二人は、握手をかわした駄者や、乞食みたいなロシヤ人によって、タワリシチの礼をつくすために、この宿泊所へ運び込まれたことを少しも知らなかったのだ。若しも大連が、そのような親切な介抱を、彼の愛するロシヤ人によって受けた事実を知ったならば、彼は骸骨になってでも東支鉄道の線路を伝いつづけて、彼の愛するロシヤに突走る覚悟を決めたであろう。

左官は一度目を覚ましたが、また睡《ね》こんでしまった。はっきりほんとに眼を覚ましたのは夕方であった。

大連がいなかった。だが、そんなことは少しも不思議ではない。腹が減って仕方がなくなると、誰にしたって夜鷹のように餌を拾いに出掛けなければならない。だが——一つ驚いたことに、大連のかわりに、黒眼鏡がすぐ傍で、大安坐《あぐら》をかいて、黒パンの大きな塊りを片腕に抱え込んで、それを襤褸巾《ぼろきれ》のように引き裂いて、豊かに頬張っていた。

左官は頬ペタから、骨が抜け出るほど青くなって、そのまま縮んでしまった。

「おい！　若いの。眼が醒めたか？……ところでお前は馬鹿だな。何んで昨日は俺にむかって来たのだ」

そら！　左官はまるで針鼠のように震えあがってしまった。黒眼鏡は唾《つばき》の足りない口から、パン屑をぼろぼろこぼしながら、ゆっくり責め抜こうとするのかも知れない。

「時計屋はな。お前。魂のかわりに、こんどは骨ぐるみさらって行かれそうな声をたてて××××××××××おとなしく待ってらあ、手前にも××××××××有りつかすんだったのに！　馬鹿だなあ」

左官は驚いた。こんな筈である道理がない！　彼はそろそろ首を伸ばした。

黒眼鏡は何んとも思ってはいないのだ。かえって彼のあの気狂い染みた突嗟の気持を、まるで憫笑《びんしょう》しているのだ。でも、左官はさように遺恨も含まずに、憫笑する黒眼鏡の気持がまるで判らないと考えた。

「ほら、喰え！」

どたりと引き裂いた黒パンの塊を、彼の頭を目蒐けて投げ出した。

「この男はまるで、俺たちを歯牙《しが》にかけていないのだ。まるで太平洋のような度胸だな」

単純で感じ易い左官は、涙にあふれるような感動を我慢して、黒パンの塊に手を伸ばした。

「どう考えても、黒眼鏡の気持は判らない」

左官は自分の芥子《けし》粒みたいな肝ッ玉に較べて、そう考え悩まずにはいられなかった。

尊敬の念が、油然と湧いて来た。


支那服は野良犬の塩焼きと、一升ほどの高粱酒《カオリャンチュ》を相宿の連中に大盤振舞いして酔つぶれた翌朝から、ずっと姿を見せなかった。

「支那服と黒眼鏡は、一体どうして食っているんだろう？」

彼は不思議に考えた。だが、二人の存在は左官の貧弱な想像力では、壁坪を測り出すようには、雑作なく想像することはできなかった。そんなことを考えているところへ、当の支那服がのっそり帰って来た。油だらけの新聞紙をほごすと、焼きたてのロースビーフが、碁盤のように転がり出た。素晴らしい匂いが鼻から尻の穴へ抜け出るようだった。

「よう！　素敵ぢゃねえか」

この二人はいつでも肌身はなさず短刀を身につけていると見えて、黒眼鏡は食いかけの黒パンの破片を抛り捨てると、早速に支那服と向い合って短刀の刃でロースビーフの角を切り落して、頬ばり始めた。口中を油だらけにして、旨そうに眼玉を白黒させた。

「黒パンに、生胡瓜か。見っともない真似はよせよ！　まさかにどぶ鼠ぢゃあんめえし……」

支那服が、皮肉に黒眼鏡を笑殺した。

「糞！　抜かすな」

黒眼鏡はそんな皮肉に応酬するよりも、咽喉一杯に、雑巾のように押し込んだビーフに手古擦っていたのだ。

ふと、支那服が左官を見つけて、思い出したように言った。

「おい！　手前《てめえ》は昨日、ほら門前のロシヤ人の酒場《さかば》で酔いつぶれたろう。大連はお前、たった今、領事警察に引っこ抜かれたぞ！　ここらの「白」は皆んなスパイだ。滅多なことは喋舌れねえんだ。それに気を配ばらずに、小僧っ児みたいな、気焔をあげるのが、ドジさ。大人気ない話よ。網んなかで跳ね廻わるようなもんぢゃねえか。馬鹿な」

だが、左官は皆目、その支那服の言った意味が解らなかった。

「ほう。社会主義者だったのか。彼奴《あいつ》が」

黒眼鏡が興味深く訊き返えした。

「社会主義者だって、何れ大したもんじゃあんめえよ！」

支那服も黒眼鏡も、それっきりその話をやめてしまった。そして喰うだけ喰うと、二人は連れだって、暮れかかった街に出て行った。

「まるでこっちとらとは、泥亀とすっぽんほどの違いだ。豪気なもんだ」

左官は、暗くなった部屋のなかで、ビーフの食い残しをつまみあげながら呟いた。

彼等と擦れ違いに、時計屋が洞穴のように糜《ただ》れた眼玉を窪ませて帰って来た。

「骨ぐるみかッさらって行かれそうに、××××××××！」

左官は黒眼鏡の言葉を思い出して、こみあげてくる笑いを殺すことが出来なかった。

二人は彼等の喰い残しのロースビーフに噛りついたのが、御馳走の最後だった。

それっきり支那服も、黒眼鏡も帰って来なかった。無論のこと大連も、それっきりだった。――時計屋と左官の上には、がらりと生活が向きをかえた。二人の上には再び、あのにぎやかな生活が帰らないのだ。零落と流浪の絶望が、眼に見えない手を拡げ始めた。

左官には、大連の情熱に満ちた夢がなかった。

時計屋には支那服の、あの度胸がなかった。

坊主が怖気づいていた、黒眼鏡と支那服がいなくなったので、乾干《ひぼし》になりかかった時計屋と左官を取っ摑まえて、日毎に怒鳴り込んで来た。

「出て失せろ！　××はする。犬はぶち殺して喰う。社会主義者は舞い込む。何んという畜生共だ。穢らわしい人非人奴！　出て行け。ここで死んでみろ。忽ち真逆さに御堂の下は無間地獄の釜の上だぞ！恐しかったら、一刻も早く出て失せろ」

坊主はまるで青鬼のように、半分死にかかった人間の前でたけり立った。

「人間は死んだら最後、お寺に来るより外に仕様があるか。ちょっと一足さきに来ただけぢゃないか！」

時計屋が最後の声をふり絞って、怒鳴り返えした。

坊主はそのまま身震いすると、髑髏《しゃれこうべ》のように肉を震い落さんばかりに、慄いあがって怒った。――だが、まだ息の根はとまらない二人を、そのまま墓場へ持ってゆく訳には行かなかった。

突然に、殺人事件が惹き起された。

この街一流の日本人商館が、二人組の強盗に襲われたのだ。被害者は薬種商だった。手広く密輸入をやっているという評判が、この街の公然の噂だった。

強盗に反抗した亭主は、短刀の一撃で胸を抉ぐられて、金庫にしがみついたまま即死した。×××店員たちが縛りあげられた、その眼の前で××××××その上五千円近い金を掠奪された。

店員や女房の証言で、その犯人は日本人であることに間違いはなかった。犯人は蹤跡《そうせき》をくらまして、まだ逮捕されなかった。

乾干になって、もうここ一二日の生命が危いくらい弱り抜いていた左官に時計屋は、寝たきりなので、その事件を知る筈がなかった。

領事警察の刑事隊が、変装して用心深く小半日も張り込んだ結果、とっつかまえた代物は、自分で自分の身体さえ支え切れないほど弱りこんだ、この二人だった！　この左官に時計屋が、強盗殺人強姦の犯人であるとは——何んと立派な手柄であることか！

坊主は黒い門柱から、無料宿泊所の看板をひっぺがした。そしてまるで土方のように、それを踏み破った。

こんな慈善ぶった看板で金を強請《ゆす》ろうとかかったことが、そも〳〵の誤りなのだ。

お天んとうさまに唾《つばき》を吐いて見ろ！　そっくりそのまま手前の坊主面に戻って来るんだ。

——一九二七・九・三——

出典：『改造』昭和二年十二月号（改造社）

参照：『新興文学全集』第七巻　昭和四年七月十日（平凡社）収載作。

解題：テキストの周縁から　P715

旅順

××の惨禍にかこまれて、喪服を着たような旅順の街がある。

私はこの旅順で、不思議な苦力を見た。

それは×××××の薄暗い地下室だった。それはその頃、軍用人夫の出し入れを専門とする或る「組」に雇われていたので、ある一日飛行機材料を大勢の苦力と一しょに×××の倉庫へ運び込んだことがある。

広場にはよもぎに似た雑草が生い茂っていた。真夏の陽がかっかっと照りつけて、草いきれの強い匂いがした。

何処かの厩《うまや》で、癇の高い乗馬が破目板を蹴る音がした。

私達はその時、剣付鉄砲の××から罪人のように看視されながら、眼の眩むような広場を横ぎって、暗い、ひやっとする倉庫へ這入って行った。そして取りはづした飛行機の部分品を叮嚀に倉庫の隅へ積みあげていたのだ。

ふいと、その時私は、私のボロ靴の下から、永遠の忍耐をこめて響く、極めて規律正しい不思議な怪音を聴いた。それは何かの金属で叩く物音のようにも聞えたし、また何かを吸いあげるポンプのようにも思われた。

それは倉庫の地階を三段も降りた地下室から響いて来るような、遠い物音だった。

ここの倉庫は非常に広大なもので、赤いロシヤ式の朽ちた煉瓦建の重苦しい建物だった。帝制ロシヤの侵略主義が残した遺物だ。

倉庫内には無数の部屋があって、その一つ一つが厳丈な鉄の扉で閉められていた。その中は何人も覗くことが許されない機密と秘密に満ちているような物々しさだ。恐らく精巧な××や×××類が秘蔵されていたに違いない。

私は大勢の苦力達が出て行った後で、次の荷を待つために、しばらく物珍らしげに倉庫内をうろうろしていた。耳にはあの怪音が執拗《うるさ》く附きまとった。

私は××の隙を見て、不思議な物音に惹きつけられたように、知らず知らず薄暗い地階を降り始めた。一階二階と降りれば降りるほど、無数の鉄扉がぎらぎらと、私の眼の前を遮切った。この物々しい厳丈な鉄の扉の向うには一体、何が匿くされているのだろうか？　私は無限に貯蔵されている××と××を知った。――それを見た！

永遠の忍耐をもって響く音はいよいよ近く、直ぐ私の足の下から聞えた。

私はかまわず降りて行った。そこで私は、突然、思いも寄らない怪奇な光景を見て立ち竦んだ。薄暗い電灯の光りに照らされて、蒼黒い油のような水が、地下室一杯に満々と湛えられているではないか。その動かない、どろんとした水面で顔を射られた時、私は突嗟に物語で聞いた血の池地獄の凄惨な気持を呼び起した。

しかも影絵のような苦力が水の上へ板を二枚渡した簡単な足場の上で、まるで死人のようにもぞもぞと鈍い影をひきづって動いている姿を見た。

不思議な物音は、その老人の手元から起っていたのだ。私は最初、その老人が何の動作をしているのか分らなかった。苔が生えてじめじめする煉瓦壁で手を支えながら、私はコンクリートの階段から恐る恐る首を突き出した。

老人は私の足音に驚いて、弁髪の頭を振り向けた。瘠せて骨ばった顔が骸骨のようにまっ青だ。彼は不意の闖入《ちんにゅう》者に驚いて何か秘密の罪悪でも見付けられでもしたように、「どきッ！」とした顔附で睨んだ。

私は老人から、とがめられる前に、私の方が立ちすくんで、足場の板の上へ棒立ちになった。何故なら、それは生きた人間ではなく、まるで死人だったからだ！　老人は手を休めて、しばらく私を見つめていたがすぐまた、もとの姿勢にかえってポンプを押し出した。

それはまるで永久の苦役を命ぜられた囚人の感じだ。私は何の為めに、この老人がこの地下室でポンプを押すのか、変な疑惑にとらわれた。

それに地下室一ッぱいにたたえられた蒼黒い水である。私はノートルダムの寺院にある秘密の地下室を思い出した。

「おい、爺《ニヤ》さん！」

と、私はびくびくしながら、その怪奇な老人に声をかけた。

老人は言葉のかわりに、まっ青な顔を振向けて、巾着のようにつぼんだ、薄い口唇を嘴《くちばし》のように突ん出した。その格好がこうもりに似ていた。私は訊いた。

「おい、一体お前は、此処で何をしているんだい？」

老人はしょぼしょぼの梅ぼしみたいなただれ眼を見はって、私の額へ吸いつくように口唇を押しつけた。彼は何も云わないで、どろんどろんの水と、錆びたポンプを指ざした。

そして顔の皮をしごくようにすくめて、にやッと、そのまっ青な顔で笑った。

私は万事を了解した。

「爺《ニヤ》さん！　お前は何年ぐらい、この仕事をやっているんか？」

老人は、私の質問にかぶりを振った。そして暗い水の上から、遠い過去を思い起すように、何度も弁髪の頭をぶらぶらかしげた。

不意に老人はにょきッと、まっ黒い指を三本ひろげた。

「三年？……」

私がこう訊くと、老人はまたはげしくかぶりを振った。

「ぢゃア、三十年かい？」

そうだ、というように老人は重たそうに頭をうなづけた。

「ぢゃあ、××の当時からなんだね……？」

私が畳みつけるように訊くと、老人は、非常に恐ろしい記憶を呼び起すような険《（剣）》幕で烈しく身震いしながら両手を拡げて叫んだ。

「そうだ《シン・シン》！」

その声が、またこの世のものではない陰気な、石臼のような重たいかすれ声だ。「そうだ《シン・シン》！」……

私は老人の眼の光りに凄惨な××の惨禍を見るように思った。

「おかみさんはあるかね……？」

私が何の気なしに、こう尋ねると、老人は不意に猛り立って、垢だらけな痩せた腕を猿のように伸ばして私の胸倉へ摑みかかった。

上衣のボタンが一つ油のような水の上へポションとむしれて落ちた。薄暗い電灯の光りに照らされて、音もなくひろがって行く波紋が、私のおびえた眼をぐらぐらさせた。私はよろけた。

「行け《ゾーパッ》！　行け《ゾーパッ》！」

老人の鞭のような怒声が地下室一ぱいを殴ぐりつけた。

私はびっくりして、足場の板から身体をずさった。あわてて地階の階段を夢中で駈け上った。表へ出ると、かッッと灼くような陽の光で、眼がくらんだ。暫くの間、老人の怒声が私の耳にがんがんと残っていた。

あの陰気な老苦力が、妻のことを訊くと、何故あんなにも激憤したのか?——私はその理由を知らない。しかし、私は言える。あの老苦力は××を×っているのだ!——と。

私は、この時の恐ろしい、一瞬の光景をまざまざといまだに、思い起すことが出来る。

そして、あの永遠の鎖につながれた、無期徒刑囚のような老人の惨ましい姿と、死人の呻《うめ》き声に似たポンプの音がいまも猶耳底から聞える。眼にはこんこんと永遠に湧いて尽きない地下室の水が、××の××のように真赤に見える。……

その地下室の不思議な水は、旅順××戦の××で破壊された壁の亀裂から、日夜こんこんと湧いて来る水だ、という話だ。

老苦力は、この水を三十年来、ポンプで汲み上げて来たのだ。

私はこの馬鹿らしい労働が、何故——××の地下室で日夜つづけられて来たのか不思議に思う。それは一馬力のモーターの電力よりも、老苦力の賃銀が安い為だ。たったそれだけの理由で一苦力の一生涯が、薄暗い、不潔な、地下室の中で腐って行くのだ!

旅順の街が夜になると、×××の窓に湾口を抱く老虎尾《ろうこび》半島の灯台が明滅する。

海峡の巾は四五十間にも足らない。××××の閉塞船がここへ沈没させられて、ロシヤの、旅順艦隊を壊滅したのだ。青い灯台の光りがまっ暗な海上に匍《は》うと、生霊を呑んだ海の波音に、陰惨なうめき声がきこえる。

時には煙のように、夕暮の海霧《ガス》が立てこめると、まるで死霊が音もなく海の上へ立ち塞がって、旅順の街の灯を睨んで押し寄せるような気がする。いまだに激しい××の砲声に恐怖して飛び去ったであろう……鷗の群をこの海上に見る事もない。

出典：『文戦』昭和六年一月号（労農芸術家聯盟）

解題：テキストの周縁から Ｐ７１６

国境の手前

（平壌まで行き着けさえすれば、あとは何んとかなるであろう！）

新二は冷たいコーヒーを註文しながら、年賀状をさえ忘れ勝ちな旧友を始めて思い出したのである。

彼はいまも平壌でＫ組の測量手をしている筈だった。

彼はその時分、神経質な青い顔と、沈んだ眼の色をしていた。

吉田と言った。彼も新二もその頃、どう藻掻いても成功する見込のない苦学を諦めて、東京の某新聞舗の配達部屋でごろついていたのだった。苦学を断念したのであれば、新聞配達で便々と暮すのは無意味なことだった。

二人はまだ若かった。希望が未来にあった。苦学を捨てても、まだ別の方法で輝かしい成功をかち得られる自信に燃えていた。彼等は全く若かったのだ！

（狭い日本を捨てて……）

どっちが言い出すともなく、野心的な冒険が二人の胸に萠し始めたのである。

ある日の夕方だった。その日は恰度日曜日だったので夕刊がなかった。それで配達夫は全部その日一杯、受持区域の集金を命ぜられたのだった。それが幸であるか不幸であったか……？

いまも時々、新二は人生の苦難に当面する毎に、その日を思い出すのである。——

新二が銀貨や銅貨でヂャラつく集金袋を提げて、もう一歩、角を曲ったら店である危い瀬戸際で吉田につかまったのである。集金袋のなかには五十何円かの金が這入っていたし、この金をそっくり主人に渡してしまうことは、何んとも云うことの出来ない無念さを感じてとぼとぼと歩いていたのは勿論であった。

（これだけの金がそっくり自分のものであれば……）

と、思ったり、考えたり、立ち止ったりしていた。

と、そこへ出し抜けに吉田が飛び出したのである。

「おい！」

彼は何時もにない声で、短かく強く呼んだ。新二が驚いて振りむくと、彼は
「一寸、用があるんだ」

と、小声で囁いたまま、彼が追随することを確信しているような足取りで、店とは反対の方へ駈け出した。――

そしてその一週間の後には、二人は完全に釜山に上陸していたのだった。

それから二人の流浪が始まったのである。が、間もなく吉田は工手学校を卒業こそしていなかったが、どうやら測量の心得があったので平壌のＫ組に拾われた。そして彼はそこに安住して、妻を持ち、子を生んだ――と二年前に、奉天であるゴロツキ新聞の記者に住み込んでいた新二に音信があった。――

彼はその旧友を思い出したのである。

(そうだ！　徒歩で行っても五日とはかかりはしないんだ！)

彼はそう決心すると、鴨緑江を越える前に――国境を越えて朝鮮に這入る前に、せめて冷たいビールを一本飲み干して、久し振りに乾き切った喉を湿したいと思った。そう思うと、もうその衝動が我慢のならないものになって来た。

「おい！　コーヒーをやめてビールにして呉れないか！」

彼は流暢にちびたステッキで、三和土《たたき》を突きたてながら叫んだ。女はまだ夜ではないので身粧《みじま》いもしていなかった。昨夜の白粉がまだらになって、彼女の着物の襟のように不潔極まる感じで残っていた。

女は埃によごれ、無精髯ののびた、そしていやに横柄づくなこの流浪の男に、どう踏んでも五十銭のチップをあてにすることが出来なかった。従って女は無愛想な顔で、もうさんざん眼が流れ出すまで眠むっている癖に、生欠伸《なまあくび》をしながらビールの栓をあけた。彼は女はどうでもよかった。泡をふいてコップにあふれるビールに、顔と口と手と、腰を曲げる動作を瞬間に完成させて呑み干したのである。

「ああ……うむ」

それは全く久し振りの甘さであった。

無料宿泊所から、無料宿泊所を渡り歩いて――この安東へ！

看板屋の手伝、ゴロツキ新聞の記者、土方帳場の帳付、パン屋の配達――そしてこの安東の安バアに流れついた彼！

「酒だ！　酒だ！　冷たいビールを持って来るんだ！」

彼は酔い始めた。一本のんだが最後、もう打ち切ることの出来なくなるのが彼の酒癖だった。

（平壌へ行き着けさえすれば、何んとかなるんだ！）

彼のポケットには十円ばかりの金がギャラついていた。その金すらもが、昨日安東へ着くと同時に、厚顔《あつかま》しくもかつて大連で知り合ったことのある縁故をたよって訪ねた人から、この流浪者に一ケ月も居候されては堪ったもんではない！――という追払い策から恵まれた金だった。

「なあ、おい！　つぐんだ。さあ呑もう！」

彼はさされたビールを呑み干して、女にコップをつき出した。

「呑め、お前も俺と同様に、こんな安バアに身を売っているんぢゃ、成功したつもりゃ微塵もあるめえ！　その不貞腐された皺を伸して面白く呑め！　金はあるんだ。」

彼は酔うと青くなる顔色を豪傑らしく、ひき歪めてコップを呷った。

「人間はだ！」

そこで彼はテーブルを叩いた。白いテーブルクロースにビールがこぼれて、そして一週間前に材木の筏を曳く曳き船の船長が持って来たバラが、ビールの水溜りに痛ましくひっくり返った。女は不快な――その顔が醜怪な三十女であるが故に、一層にそう感じられる強い憎悪の眼をじろっとさせて彼を眺めた。――何をこの痴《ほ》け者がぬかすやら！

だが、彼は無関心だった。

「いや、人生はだ！　それはサイコロみたいなものさね。――丁が出るか半が出るか……そうだ。御本人の意志ぢゃどうともならねえもんだ。いいか、だからこそ乞食に成りさがるも、大臣になるも、満洲の入口でくたばるも皆んな運さね。いいか！　お前だって、サイコロの振り具合では、そのお前の草鞋《わらじ》の裏みたいな御面相を以ってしてもだ、或いは華族の御令室に輿入れ出来んもんでもなかったんだ。お前だってまさか安東くだりまで流れて来てだ、こんな安バアで荒れくれた船頭どもや、俺みたいな食いつめ者の酌をしようなんてこたぁ夢にも想像もしなかっただろうと思うがどうぢゃ？」

彼は彼の雄弁に誇りを感じた。――彼のように落ちぶれた者にも、土方で落ちぶれたよりも商店員から、商店員で落ちぶれたよりも会社員から――と言った誇りがある。彼等は機会があるごとに、酒にまぎらわして、あるいは他の話に托《あ》づけてそれを示したがるものだ！

「ふん、何をぬかすんだね！　いい面をさげて小僧ッ子みたいな泣言は聞きたくないよ！　妾《あたし》ぁね、生れたのが淫売の腹だよ、十三の時から親の跡目を継いでさあ、男の尻を追って来て、ここで捨てられたまでの話さ。たったこれだけの話さ！　くどくどと「人生」とやらを口説きたてたって妾も感心しないし、それにお前さんの懐を睨らんだ眼がそれで狂いもせんさね！」

女はぷーと煙を輪にふいた。そして窓を眺めた。

「雨だよ！　雲が出た。有りッたけ呑んで行きなよ。そのうち晴れるよ、夕立だから……」

女は窓を閉めて、煽風器に風をいれた。

と、忽ち大粒の雨が先き走りしたかと思ううちに、晴れ切った空に黒幕をしめるように黒雲が墨のように浸し込んで来た。

その後は沛然たる雨だった。窓から眺められた鴨緑江も、鉄橋も、森も、船も一切が霧とも靄《もや》ともつかない白煙のうちに包まれてしまった。雨脚のトタン屋根をうつ音が、雑然騒然と一切の物音を消してしまった。

「よし！　呑もう。貴様、面白い奴だ！」

「うん、こんだ妾を楽しむ気かよ、ふん……」

「何を！」

「あした後悔しなけりゃ、みんな飲んでお行きよ、お相手しようぢゃねえか。」

「勿論のことだ！」

そこでまた再びビールが新らしく取り換えられた。

彼はだいぶ酔っていた。

「こら！　まだ俺の話を聞けよ。いいか、俺はなあ……」

「何をよ？　もう人生は沢山だよ！」

「馬鹿！　俺はなあ、俺はなあ成功しなかった。だが俺は誰よりもそうだ誰れよりも、成功を求めたんだ。しかし何処へ行こうと、どこにも満足がなかった。光りがなかった。安住がなかった。朝鮮から満洲、西伯利亜《シベリア》と、盲滅法に歩き廻り、うろつき廻ったんだ。その涯てがこの通りさね！　いいか聞け……」

「いや、もう沢山だよ、そんな泣言ぁ、白頭山の虎にでも呉れてやりなよ。これから何処へ行くんだね？　一体……」

彼が酔どれているうちに、女は二本目のビールをあけて呑み干していた。

「いいから聞け！」

彼はどんとテーブルを殴ぐりつけて、反吐《へど》を吐くような恰好でテーブルにのめりかかった。

「まあ、酔ったんだよ、意気地のねえ……」

女が彼を支えようとした時、どんと扉を押して、雨に濡れた白ズボンを、泥で雀斑《そばかす》のように汚した青年が這入って来た。

「いらっしゃい！」

それを機会に女は酔どれの相手を避けた。彼はテーブルに打伏した。が、彼は執拗に女を呼んだ。

女は見向きもしなかった。

「あら、もう雨はやんでいるのね！」

女は青年に話し掛けた。そして窓をあけた。

青年は無言で

「ウイスキーを呉れないか！」

と言った。が、青年の顔は蒼ざめて行くように見えた。

遠目に見渡される街は、楊柳とアカシヤの青葉に埋もれていた。

空は一刻のうちに、限り無く晴れ渡って、午下がりの太陽がさんさんと照り渡って、雫を落して行く青葉が、生き生きと清新な深緑に輝き透していた。

初夏である。

河岸の見えない鴨緑江は内海を偲ばすような広い、そして波目を見せない穏かさで、川風を孕んだ帆船、豆粕を満載した河蒸汽が辷っていた。

また窓のすぐ前には、刺繍の靴を汚すまいとして、水溜をよけて行く支那娘と、雨にぬれた路の白さがよかった。

青年は幾度かグラスを干した。が、ますます蒼ばんで行くばかりだった。

「おい！　こらッ！」

酔どれがまた眼を醒した。

「酒だ、酒だ、酒を持って来るんだ。いいか、酒で何にもかにも洗い捨てるんだ！　何にもかにも忘れてしまうんだ！　ふん、成功がなんだ！　俺は野良犬のように人生を生きて行くんだ。それでいいんだ！」

彼は身動きのならない癖に、夢中でコップを転がし、ビール罎を倒して踠《もが》いた。

「まったく仕様のねえやくざ野郎だ。畜生！」

女は起ちあがって行こうとした。その手を摑んで青年が言った。

「ねえさん、放って置きなよ。誰だって酒でも呑んで暴れなきゃ生きて行けねえ世の中だからね！」

「ふん……」

女が顔を歪めて歯をむいた。

「野郎っていう獣物は、何んだって国境ひとつ越えるのにああも大袈裟な泣言や譫言《たわごと》が必要なんかね？どいつもこいつも意気地のねえ代物だ！」

女は怒ったように、青年の手からグラスを奪い取ると、ウイスキーを喉のなかへ抛り込んだ。

「ちぇッ！ それも歯の浮くようなセリフなんだから堪まらねえ。人生の、社会の、人間の、成功のと……糞！ 国境ってもんが、なんでそうも涙や泣言の種になるのか知らんッて？ 内地を食い詰めたからこそ、流れ出すんぢゃねえか。その癖、国境……国境とありもせん、目に見えもせん線を気にするから、どこの涯へ行っても食い詰めるんだ！ ちえッ薄馬鹿奴が！ 飯の食えるところが、こっちとらに取っちゃ故郷ぢゃねえか……」

女は二杯目のウイスキーを角罎から自分のグラスへ注ぎ込んだ。

「姉さん？ 酔ったね？」

青年が言った。

「なあに、これぽっちの酒に。」

女はウイスキーを瞬間に飲み干して、グラスを返えした。

「姉さん、姉さんはそれでちっとも人生は寂しいとは思わんかね。」

「ふん、また人生だ！ そんなこたぁ真平だよ。」

「どうして？」

「どうしてって、生きていりゃあ文句はねえぢゃねえか。」

「淫売してもかね？」

「あたり前よ！」

「そう云うことにちっとも、悩みや苦しみがないかね。」

「あったって、なくったたって仕方がねえぢゃないか、淫売で顔が腐りゃ乞食をするばかりさ。たったそれだけの覚悟があるだけさ。」

「……」

「さあ、飲みなよ、くだらねえ話はやめてさあ……」

女は青年にグラスを突き付けた。白粉の剝げた皮膚が赧らんで来た。それが云いようのない倫落の姿だった。

青年はぢっと、テーブルに打伏して蒼い吐息をついていた。酔ったのでもなかった。

「おい！　もう酔が醒めちゃったぞ！　ビールだ、ビールだ！　飲むんだ、飲むんだ。」

酔どれが起ちあがった。そして彼はよろめきながら青年のテーブルに近づいた。

「うむ、貴様は偉い！　だからこそ淫売が出来るんだ。偉い！　無智な奴はどこへ抛り捨てて置いても、ガサメ草みたいに根をおろすわい。うむ、人生、社会、人間の苦悩を感じないのは、お前が馬鹿だからだぞ！　いいか。」

彼は喚めきたてた。

「姉さん！」

青年が頭を擡げた。「恋をしたことがあるかね……？」

「うふ……こんな草靴みたいな女郎に恋があってたまるもんか！」

酔どれがすぐ拾いあげた。

「惚れるということかね？　畜生ども奴！　淫売だろうが、猫だろうが惚れることぐらいなくってか！　手前等みたいに吠面《ほえづら》かかぬだけさ、間抜野郎！」

「いや、いや……そんな意味ぢゃねえんだよ、姉さん！　僕は僕は……実はその……」

青年は感につまったように、泣き伏した。

「それ、見たことか！　すぐオボコ娘みたいに泣面かくんだ。判っているよ！　今晩あたりゃ月がいいよ、ゆっくり死場所探しねえな。近頃毎晩お前さんみたいなのが一組や二組必ずあらあね……ちっとも驚かねえよ！　それからこっちのボクネンジン！　聞きねえ！　手前みたいな食いつめ者が、きまって鉄橋を眺めながら、田舎芸者の三味線みたいな泣言を掻き泣かすなあ、この安バアなんだよ。上の川端へ行ってみねえ、同じ国境を越す人間でも、ああも違うもんかと思える程どんちゃん騒ぎをやっている大尽があらあ。ええか、手前等がどんなに怒鳴ろうと、喋舌り捲くろうと、それゃみんな泣言なんだぞ！　みんな譫言《たわごと》なんだぞ！　妾は馬鹿でも譫言を云ったり泣き言をならべたりする程弱くはねえんだ！「人生」「人生」と勿体ぶるが、そんなけちなものはみんな泣言なんだ！　いいか、まだある。同じ国境を越すんでも、あの人達は決して泣き言も、譫言も、またお前さんみたいに怒鳴らなかった。笑いながら酒を呑んで、強い吹雪のなかを出て行って氷の鴨緑江を越すんだ。そしてそれっきりさあ……鉄砲の音がした翌朝、子供が両手に一杯、鉄砲やピストルのケースを拾い集めてくる——それだけだがね。お前等とは足の先きから眼の色まで違っていらあ！」

女はぐいとグラスのウイスキーを飲み干した。

「ああ、酔った！」

そして彼女はテーブルに打伏した。

出典：『東洋』昭和二年九月号（東洋協会）
解題：テキストの周縁から Ｐ718

濃霧《ガス》

もう七年になるだろう。

私が懐疑的な思想にかぶれて、出鱈目《でたらめ》に放浪して歩いたのは、その頃である。

やっと二十歳《はたち》を過ぎたばかりの私が、人生のあらゆる事柄に興味と希望を失ったつもりで、一っぱし憂鬱な哲学者を気取っていたのだから呆れる。これは自分自身の稼ぎで、どうにか一本立ちになって、このセチ辛い世間が渡って行ける確信がつき始める頃の青年期にあり勝ちな、他愛のない、小生意気な思想である。謂わば酒の飲み方も、その本当の味も知らない青二才が、盃《ちょこ》一杯の酒を甜《な》めただけで、頭ごなしに「酒は不味《まず》い！」と決めてかかるのと同じだ。

私はその頃の自分を思い出すと、地の中へもぐり込みたい自嘲を感ずる。ほんのちょっと、人生の扉の中を覗いたか覗かないうちに、もうひとかどの「人生の深刻な絶望」を心得え切ったつもりになって、情けない泣っ面をしながら出鱈目な放浪生活のうちに、人生の拗《す》ね者を気取っていたのだから、まったく歯の浮くような恥かしさだ！

だが、それはさておいて、――この生半可な思想の熱病にかぶれていた私が、その時分に北海道の旅で――不思議な、まるっきり自分自身にも信じられないほどに不可解な、ある事件にぶつかったのである。

その日は、ちょうど濃霧《ガス》のひどい朝であったように、記憶する。

北海道の春には、猛烈な濃霧《ガス》がつきものだ。毎日毎夜のように、灰色の濃霧《ガス》の流れが、一切の風物を押しつつんで、渺茫《びょうぼう》と渦巻き流れる。人間は、この霧の海に圧しつけられると、急に盲《めし》いた馬のように無口になり、無愛想になる。

鮮冽な青葉の輝きも見えなければ、紺碧の海の色も望まれない。――見える限りは、灰色の茫ばくたる世界である。湿めっぽい、へんに頭の芯を抑えつけるような、無限に幅の広い気流が動く。
こんな世界に封じ込まれた人間は、必らず憂鬱で、鈍重で、哲学的な性質に支配される。私は北海道の各地で、そんな性質の人間を沢山に見て来た。熊のように眼が小さくて、動作までが熊のように鈍い、それらの多くの人達！――

私がここに物語り度いと意図している主人公――たしか松原善作と呼んだ、その老人の性質がそれである。灰色の渾沌たる濃霧《ガス》の世界で何十年もの間生活しているうちに、ふいと或る一つの観念に捉えられる。その秘密な考えをぢっと、丹念に、綿密に、執拗《しつよう》に考えつづけながら、そのまま耄碌《もうろく》してしまった、――と云った風な老人であった。

函館本線と長輪線の分岐点に、長万部《オシャマンベ》という駅がある。私がその老人を知ったのは、この駅の寒むい、吹きッさらしのプラット・ホームに於て列車を待合している時であった。

その日は、春の五月だというのに、吹雪になる時の前触れのように、恐ろしく底冷えのする日であった。そして北海道に特有の濃霧《ガス》が、乗客の尠いプラット・ホームに漂茫《ひょうぼう》と煙のように吹きつけていた。へんに気圧が重苦しくて、脳膜がいやに圧迫されるような心持で、づきんづきんと疼くような日であったと憶えている。

いつもなら、プラット・ホームの上から見晴される平原が、その日はどろ〳〵の霧の海に呑まれてしまって、何処か遠い牧場から聞える馬のいななきまでが、溺死者の救いのように不気味な顫えを帯びていた。

ここのプラット・ホームでは、名物の温い手打蕎麦を売っている。寒さがひどいので、五六人いた乗客は一人残らず、その手打蕎麦の売店を取り囲んで、白い湯気をふく蕎麦の丼《どんぶり》を甘味《うま》そうに啜り込んでいた。函館までの切符以外には、まったくの無一文であった私は、ひどい寒さに凍えながら、腹を減らして、待合室のベンチから、その幸福な人々の温かい食欲を羨んでいたものだ。

するると、その人群れの中に、私は計らずも一人の土方絆纏《はんてん》の老人を見つけたのだ。もう六十歳は越して見える年輩の、小柄な――しかしどっしりとした体格のおやぢであった。土方絆纏だけなら、私の眼にさまで不思議な風態《ふうてい》ではないが、そのおやぢの食いっぷりが面白かったのだ。まるで飢えた豚のように、がつ〳〵と丼の底へ鼻を突っ込んで貪り喰うのだ。

私がそれと気がついてからでも、ペロッと九杯の蕎麦を平げていた。私は、その素晴しい食欲に吃驚《びっくり》した。流石《さすが》に、あたりの人々も驚いて、その老人をまじ〳〵と見つめていた。が、やがて勘定を済ませて、待合室へ戻って来た、二人連れのトンビが、ぢろッと私に横目を呉れながら大声で笑い合った。

「どえらい胃袋だなあ！……」

「まったく、凄いものさ。ああ、がつ〳〵しているところを見れば、てっきり監獄《タコ》部屋の脱走者に違いないいな？……」

「去年の冬だったがね。やっぱりあんなのを、函館の栈橋《さんばし》待合室で見たよ。こいつは、もっと大変だったね。何しろ三十七杯の蕎麦をペロッと平げてから『旦那、生憎《あいにく》銭の持ち合わせがないんだが、勘弁してお呉れ』と来たものさ。は、は、はッ……しかし三十七杯も喰った揚句の果てに、一文もないと来るんだから振っているよ。まったく愛嬌だね……」

しかし老人は、この二人連れの予想を立派に裏切って、十二三杯目の蕎麦を平げてしまうと、腹掛の中から十円紙幣を引き抜いて勘定を済ませた。そしてぢろッと、茹《ゆだ》ったような赧ら顔でこちらを盗み見て、それからよろけるような恰好をして隣の売店へ歩いて行った。

煙草でも買うのかと思っていると、三十五銭の駅弁を五組と、正宗の二合瓶を五本ばかり買い込んだ。

私達は、呆れ返ってしまった。さっきのトンビが、連れの男にまた大声で笑いかけた。

「十五六杯の蕎麦を平げた上に、まだこれから、五本の弁当と一升の酒を、ゆっくり飲もうってんだから、大した怪け物だぜ！……は、は、はッ。」

相手の男が、ぎろッと眼鏡を光らせた。

「しかし、よくそんな金があるもんだな……？」

この二人は、どう踏んでも近所の農場の管理人か、高利貸の手代としか見えない。トンビの羽根の下に、小型の鞄を大切に抱え込んでいる様子と云い、そのきつい眼付と云い、決して碌な稼業の人間ではなかろう。

やがて、両腕を輪にして持ちきれるだけの駅弁と正宗の小瓶を抱きかかえた老人が、のっそり待合室へ這入り込んで来た。ちょっとの間、老人はきまりの悪い微笑《ほほえ》みを浮べて、人々の顔をじろ〳〵見較べていたが、直ぐにどっかり私の傍へ腰を下した。

「ごめんなすって、……」

見ると老人は、熊のように穏かな、小さい眼付をしている。むさくるしく伸びたゴマ塩の頰鬚《ほほひげ》と、長く垂れさがった眉毛に、露のように白い、霧の雫がかかっている。「小樽平田組」と襟を染め抜いてある同じ絆纏を三枚も重ね着にしていることと、それに穿いている地下足袋が、セメントの粉で白くなっているところから想像すれば、たった今、現場から足を抜いて来たとしか思われなかった。

私はこの老人に異常な興味を感じて、それとなくその風態《ふうてい》に注意を払っていると、親しみ深い口調で、こう老人が私に問いかけた。

「旅を歩かれるお若衆だと思いますが、どちらへ行かれますかな……？」

「函館へ。」

「ほうッ、それは願ってもないよい道連れだ。実は私も函館へ参りますのだが、何分初めての旅なもので、ろくに方角も知りませんのぢゃから、是非一つ道連れにお願いいたしやすかな。……」

こう言って、老人は駅弁を開いて、その一つを私の膝へ突き出した。「さあ、遠慮しないで一つおあがり。……どの弁当もみんな同じお菜で変哲がないけれどもな。」

そして彼は、節くれだった、ごつい不器用な指さきで正宗の栓を抜いた。

「いや、有難う。もう汽車の着く時間ですから。」

私は弁当を押し戻した。

「そうかな。ぢゃ、汽車の中で、ゆっくり飲み始めるといたしやすかな？……」

私は可笑《おか》しさを堪《こら》えて、落ち窪んだ老人の茶色っぽい眼に微笑みかけた。

「おぢいさん。ここから函館まで四時間とはかからないんだが、それだけの酒と弁当を一ぺんに飲み食いしてしまうつもりかね？」

「まあ、そうだね。……何せ、老先きの短い老ぼれのことだから、食える時に、食えるだけの御馳走は食って置かないとなあ！」

待合室にいた四五人の乗客が、一時にどっと吹き出した。

その笑い声の中へ、函館行の列車が深い濃霧《ガス》の幕を破って、鋼鉄製の頭を振りたててぱく進して来た。

笑い声の渦が、瞬間に焦立しい動揺と跫音《あしおと》に変る。——

列車の到着、駅員の呼号、物売りの呼び声、乗降客のあわただしい雑沓。……私は老人を促がして、機関車から一番目の三等に乗り込んだ。車内は思ったより空いていて、私と老人は向い合って、ゆっくり座席を取ることが出来た。

「さあ、一杯いきやしょう。さあ、何も遠慮することはいらねえ。……」

汽車が発車するか、しないうちに、もう老人はセメントの粉で白くなっている膝の上で弁当を開いて、正宗の栓を抜いた。

私も遠慮するには、余り腹が空き過ぎていたので、老人から奨められるままに、正宗の瓶ごと逆さに倒してラッパ飲みにした。腹が減っている時ぐらい、酒の甘味《うま》いことはない。

「若いのに、いける口ぢゃなあ……。」

老人が、むさい頬鬚の中で、小粒な眼を眇《すが》めて笑った。

列車は暗灰色の濃霧《ガス》をくぐって、ばく進をつづける。行っても行っても、濃霧の海である。……

私達は、酒を飲みつづけた。酔って来ると、私は老人の不思議な正体を突きつめたくなって、こんな風に遠廻わしに問いかけた。

「おぢいさん、あんたは函館に身内でもあるのかね。それとも他に……?」

「なあに、これと言って、別にあてのある訳でもないがね……それより、あんちゃんお前さんの方は?……」

「私かね、私は長万部《オシャマンベ》から三里ほど奥にある農場で働いていたんだが、余んまり面白くもねえから、函館に出て、一稼ぎつけたいと思ってね。……」

老人は、不意に口を噤んだ。それから、暫く経って出し抜けに、こんなことを訊いた。

「あんちゃん、お前は面白い遊びを知っているかな?」

「面白い遊びって？……」

「まあ、酒に女……と云った具合の道楽だがね。……」

私は思わず笑った。

「そんな極道なら、まあ、大概のことはねえ。」

「よしッ、それは豪儀だ！」

老人は、いきなり眼を輝かせて、腹掛の裏を探ぐりながら、急に真面目な内緒声になって、私の耳に口を押しつけた。「ここになあ、五百両の金があるんだ。この金で、わしは仕たい放題の道楽をしてみたいと考えているんだが、……あんちゃん、どうだね？　わしの遊び相手になってくれるかな。」

五百円の金と聞いて、私は吃驚《びっくり》した。ガツガツ飢えている老人が、――それも監獄部屋の脱走者としか見えない老土方が、何んでもなく五百円の大金を持っているなんてことが有り得るだろうか？

「嘘でも、ヨタでもねえよ。正真正銘の紙幣《さつ》なんだ。信用しないんなら、お眼にかけてもいいがね……？」

私が疑っているのは、そんなことではない。この見窶《みすぼ》らしい老土方が、何んだってそんな大金を持っているんだろう。――私が疑っているのは、それだ！

「ぢいさん、何んだって、そんな短気な考えを起すんだね……？　五百円の金と云えば、俺いらに取っちゃ、一生かかっても拝めねえ金だが……。」

「いや、どうせ老先きの短かい老ぼれだからさあ。この娑婆《しゃば》に少しでも未練が残っちゃあ、死んでも死に切れないからなあ。……それにわしがこの決心をするまでにゃ、十七年間というものは、滅茶々々に思案しつづけて来たんだから、今更思い切る訳にも行かないし……。」

十七年間！　――この言葉が何を意味しているのか判らなかったが、最初にも書いたように、私はこの時代には出鱈目な思想にかぶれていたので、――その上、十分に酒の酔が手伝っていたから堪らない。私は老人の言葉を深く追究もしないで簡単に、

「盗んだ金だろうと、ひと殺しで奪い取った金であろうと、勝手にしろ！」と、腹を決めたのである。

　それから間もなく、汽車は二時間ばかりの後に函館駅に着いた。私はひどく酔払っていたが、老人はしゃんとしていた。私達は仲のよい親子のように肩を抱き合って、乗降客の群れに揉まれながら改札口を出た。

　長万部でもひどい濃霧《ガス》だったが、ここでもまたひどい濃霧であった。他の乗降客には、宿ッ引と車曳きが、うるさく纏いついたが、私達には函館名物の周旋屋《ポンビキ》がダニのように喰っ付いた。

「べらんめえ、人夫《タコ》に来たんぢゃねえや！　金をもって遊びに来たんだい。けえッ、見損ねるねえ！」

　私は酔払った威勢で怒鳴り廻わった。

　電車のある通りへ出て行った。

「おい、ぢいさん。こんな風態《なり》ぢゃ、誰も相手にするものがないぜ？」

「うむ、まったくだな。――ぢゃ、身装《みなり》でも変えるかな。……」

　そこで私達は、古着屋へ這入って行って、衣裳をつくった。二人で三十四五円につく着物と帯と帽子と、隣の下駄屋から下駄まで取り寄せた。――これで胸に造花の徽章をつければ、申分のない田舎の観光客が出来あがった訳だ。

「よく似合いますよ。……」番頭がお世辞に笑った。

　老人は金を払う段になると、二人で脱ぎ捨てた絆纏と股引の代を差引くように強請《せが》んだ。番頭は顰《しか》め

面をして、七十銭ばかりの金を差引いて釣銭を寄越したが、私は老人のコスイのに呆れた。その上に、汽車の中で食い残した折弁を、御丁寧にぶらさげているのだ。

店を出ると、忽ち老人が待ち切れない調子でせがんだ。

「さあ、これで立派な身装《みなり》は出来たが、こんどは飛切りに上等なものが食いたいなあ。」

「まだね！」

私は老人の貪婪《どんらん》な食欲には、全く呆れ返った。

「そうよ。……わしは今年で六十三歳になるが、今日の日まで、土方飯場の飯の味以外には知らねえんだから、無理もなかろうさ。」

「ぢいさん、お前さんには、女房子供はないのかね？」

「始めから、そんな洒落れたものはいねえよ。」

「ぢゃ、今日まで何処で働いていたんだね？……それに、どえらい金を本当に持っているらしいが？」

私は少し薄気味が悪くなって、まるで田舎者みたいに急に様子の変った老人の姿をみつめながら問いかけた。

「また？……決してお前に迷惑のかかる金じゃねえんだから、二度と岡ッ引みたいな考えを起しちゃいけねえぜ。はっきり言って置くがなあ、わしは小樽の平田組で十七年間土方で働いて来たんだ。が、まあ、こんな話はよすべえ。いづれお前にも得心の行く時があらあね。ところで飛切りに甘味《うま》いものが食いたいんだが……？」

「いや、解った。もう二度と訊かねえ。お前さんの得心の行くまで、俺もあんたの相手になってあげるよ。」

そこで私は、この素晴らしい食欲の老人をレストランに連れ込んだ。別製特別あつらえのビフテキを註文して食わしたが、老人は三分の一も食わないで吐き出した。そのかわりライスカレー七皿を、ペロッと平げた。

「甘味《うま》い、まったく甘味《う》めえ！」

死ぬるほど苦しがっている女給の前で、老人は心底から甘味そうに舌を舐めずった。

しかし流石《さすが》に老人も食い草疲《くたび》れたと見えて、レストランを出ると眠むいと言い出した。私は老人を連れて、海の見える弁天町をさまよって歩いた。

霧がきれいに晴れていた。ここは公然と、昼間でも白首《ごけ》が出張っている。私達は、親子の道楽者のように、人眼にかくれて、こっそり小料理屋の看板を出している淫売宿へあがり込んだ。それっきり老人は、三日経っても四日経っても帰るとは言い出さなかった。老人の相方になった女は、二十七八のあばずれた大年増だったが、彼女はよく私の部屋を覗いては悪態をついた。

「あんちゃん、お前の親爺にも呆れたものさ。あのよぼよぼの癖に、××××りだけは若衆並みなんだから、まったく呆れるよ！」

やっと五日目の朝になって、老人が帰り支度を始めた。

「少々、わしも草疲れた。こんどは少し閑静なところがいいなあ。……」

「よしッ、こんどは温泉へでも案内するかな。……どうだね？」

私は函館の郊外に、湯ノ川温泉というのがあることを聞いていたので、咄嗟にそれを思い出したのだ。

「ああ、結構だね！」

老人は背をかがめて、ギシギシ軋む階段をよろけながら降りた。

湯ノ川の温泉宿でも、同じように私達には、まるで夢のような生活が続いた。老人には勿論、私にも生れて始めての豪奢な生活であった。……が、それを一々書いていると非常に長くなるので、私は結末を急がなければならない。

私達は、ここの温泉宿で、十日余りを過した。この不思議な老人と、汽車の中で知り合いになってから、凡そ二十日間ばかり経っていたであろうか？

その間の不可解な経緯《いきさつ》と生活を考えると、まるで夢のようだ。飲む、食う、唄う——そして夜になると、芸者を呼んで騒いだ。飲み食いと芸者に飽きると、私達は函館の町へ自動車をふっ飛ばして、芝居を見たり、寄席を聞いたりした。

老人は、すっかり満足しているらしかったが、ある朝、突然こんなことを言い出した。

「あんちゃん、お前にも色々と面倒をかけたが、おかげで、もうこの世に何も思い残すことがない。……」

「おい、ぢいさん、冗談はよしなよ。まだ面白い道楽は、これっぽっちのものぢゃねえ。まだフンダンに残ってるんだから。」

「いや、もうこれで沢山だ。それにここの払いを済ませば、後に幾らの金も残らない。残念だが、あんちゃん、お前とはもうこれっきりのお別れだ！……」

その時、私達は日当りのよい濡縁《ぬれえん》に坐って、穏かな海の色を眺めながら、湯浸りのした手足の爪を切っていたのだ。

私には、まるで夢のような二十日の生活が、泥のようにねばっこく思い出される。そしてそれが、出鱈目に面白く、美しく儚《はか》なかった夢のようにも、またとてつもなく惨酷な現実へ捲き込まれていながら、その恐怖を知らずにいたのだ！　――と云った風にも考える。私は不意に、惨酷な恐怖に襲われて、思わず老人の固い肩に縋りついた。

「ぢいさん！　あんたには、何か深い訳があるんだ。私につつまず明かしてくれないか！」

「……何を、馬鹿な。何度も言うように、俺は甘味《うま》い酒の味も、女の肌も知らないで、六十三になる今日まで暮して来た土方だ。若しお前が小樽へでも行くことがあったら、請負師で平田組というのを尋ねてくれろ。そしてそこの親方に『松原善作って親爺は、贅沢三昧な真似をして、綺麗薩張《さっぱ》りと五百円の金を使い果しました。おかげでこの世に思い残すこともなく死にました。』と伝えてくれろ。……そしてもう何も訊いてくれるな。わしは十七年間、思案に思案を重ねて、やっとこれだけの満足を見たんだからなあ！　四十六の歳から考え始めて、自分の力で稼ぎためられなければ、親方の金を盗んででも一生の埋め合わせに、せめて人並の贅沢だけはしてみたいと考えつづけて、やっと十七年振りでこの思いがかなったんだ！」

　その夜、私達はいつものように枕を並べて寝た。老人も眠むる様子はなかったが、私も眠むる気になれなかった。明け方になって、少しうとうとしたと思って眼をさますと、案の定、老人の姿が見えなかった。予期していたことではあるが、私は吃驚《びっくり》してはね起きた。

「しまった！」と思った。だが、咄嗟に――私は老人の深い絶望を再びこの社会に呼び戻す愚をさとって、取騒ぐことだけはやめた。

　廊下に飛び出て、いきなり雨戸をひき開けると、海は一面の濃霧《ガス》だ。

　巻物をひろげるように、穏かな波が、ぴたぴたと渚に打ち寄せるのが、何処か遠いところで聞える心持だ。――濃霧《ガス》！

出典：『文学時代』昭和五年四月号（新潮社）
解題：テキストの周縁から　Ｐ７１９

痣《あざ》

重たるく曇った空からは、毎日のようにみぞれを混えた雨が、冷たく降った……。
秋が終りに近づいて、峻烈な冬期を間近に控えた十一月の中旬に、私たちの部屋はようやく鉄道工事の切り上げを済ませて、部屋が解散になった。三百人にあまる土工や石工たちは、四月から十一月まで凡そ七ケ月間を監獄部屋にも等しい虐待と酷使のうちに暮らして来たので、部屋が解散になった時には、一刻も早く遁げ出したい心が一杯で、賃銀の不足にも気がつかないで、まるで放たれた野獣のように喜び勇んで思い〳〵の方面へ散りぢりになった。

無論私もそのうちの一人であった。私は日高の国のヘトナイ《（辺富内）》という移民町から、二十里にある路《みち》を徒歩で、氷雨に濡れたり、或いは霰《あられ》に叩かれて、高原を登り、或いは曠野を横切ったり、または霧の深い山越えをしたりして苫小牧《トマコマイ》に出た。そしてそこから長輪線《おさわせん》で函館に舞い戻って来た。そして或る木賃宿の追い込み部屋に落ち着いたのであった。

――私が不思議な老人に出喰わしたというのは、この時の話である。

その老人というのは、五十四、五にも見える年輩の、やはり私と同じ土方稼業の男で、寒さ凌ぎにボロボロになった半纏を三枚も重ねて着込んでいた。彼は恐ろしく無口な老人で、茄子《なすび》色をした口唇に脂《やに》のつまった煙管《きせる》を啣《くわ》えたまま、まるで一日中なにか訳の分らない独り言を、歯のない口で煎豆《いりまめ》を喰うようにボリボリ呟《つぶや》いていた。

私たちの稼業には、時たま「黙狂《もくきょう》」という一種の無言癖に取りつかれた人間がある。言葉を交わす暇すらも与えられない過激な労働に長い間従事していると、ついこんな病癖にとっつかれるのだ！　土を耕す百姓にもある。坑夫にもある。

その老人の無口癖も、多分その病気のためであったろう。こういう人間に限って、とてつもなく愉快なことを空想したり、他愛のないことを一生懸命に思いつめたりしているものだ。私がここの追い込み部屋へ割り込んで来た時に、眼球に赤い糸屑のような筋のある白眼でギロ〳〵と睨みつけているこの老人を一目見て、

「は、はぁ、黙助《もくすけ》だな……?」と、思った。

その部屋には、この老人の外に、私と共に五人の同宿者がいた。樺太の鉄道工事から裸で帰った土方が二人と、後に二人の漁夫がいた。彼等は国に帰る旅費を費いはたしたので、厭でもこの函館でもう一稼ぎつけようとして夢中で仕事を漁っていたのだ。——が、老人ばかりはもう一ケ月以上もこの宿屋へ泊り込んでいるが、何処から来たのか、また何処へ行くのか、誰も知っている者はなかった。別に働きに出ている様子もないのに、この老人ばかりはキチン〳〵と屋根代を欠かさず綺麗に支払っているところから想像すると、余ほど小金をもっているに違いないという噂であった。

「でもね、兄ちゃん、用心しないと危いぜ。ヘンな癖のある親父だからな……?」

と、番頭が私をみて笑いながらいった。私は番頭のいった意味が判らないので

「なんだね……? これか!」

と、私は指を曲げて訊いた。

「違う、違うさ、もっとヘンなものさ。——それ、これだよ!」

番頭はいきなり拳《こぶし》をすぼめて、指を挿し込む真似をして、小鼻を膨らませながら濁った笑い声を立てた。「きっとやられるから。ちょうどお前ぐらいな若い衆ばかりを覘《ねら》っているんだからな……」

「なんだ、馬鹿にしてらあ。あの老ぼれで×××でもあるめえ。笑わせやがらあ。」と、私は番頭の言葉を問題にしなかった。

その晩、私は久しぶりの酒で、グデングデンに酔払って宿屋へ帰って来た。そして自分の寝床へ藻ぐり込むとそのままぐっすり眠りこけてしまった。しかし私には三時間も熟睡すれば、はっきり酒の酔いが抜ける習慣があった。

ちょうどその夜、私が二時間も眠ったと思うころ、いきなり冷たいものが、私の太腿《ふともも》に触った気がして、ハッと驚いて眼を醒ますと、老人が蟹のようにつくばんで、上蒲団をめくって私の半ズボンと猿又を脱がしにかかっていた。私が眼を醒ましたのを知ると、老人は影のように、スーッと起ちあがって、何気なく立ち去ろうとした。

「何んだ、この野郎、ふざけた真似をするない！」

と、私はいきなり怒鳴りつけて、老人の胸板を思い切り蹴飛ばして飛び起きた。老人は壁板にドスッと尻餅をついて転がったが、直ぐに起きあがって自分の寝床へ行こうとした。

「待て！」

私は老人の袖をぐいと摑んだ。そして腹立ち紛れに、髯むしゃな頬ッペタを殴りつけた。老人は別に抵抗もしないで何かボリボリ呟きながら私の腕を振り捥《も》ごうと焦った。

「痣《あざ》、痣はないか？　痣はないか……？」

と、——そう老人は呟いていたのだ。

「アザ？　アザって何んだ——？」

私は突拍子もない老人の質問に驚いて、こう訊ねた。

「よう、また親父奴——例の癖を出したな。……」

と、誰かが部屋の隅から笑って、起きあがった。

「やっちゃえ！」

「こないだの晩も×××を××損ねて死ぬるほど殴られた癖に、まだ懲りもしないで図太い奴だな！」

合宿《あいやど》の連中が、そう口々に喚《わ》めいて、蒲団をめくって飛び起きて来た。その時、私は咄嗟に人々の暴力から、影のように薄い老人を庇《かば》いながら
「待て、待て！　相手は老ぼれの耄碌《もうろく》親父だ。放って置けよ！」と叫んで怒《いか》った土方と漁夫の厚い胸を支えた。

　この事件から、また二日目の夜中に、隣の部屋でパタと騒がしい物音がした。

「老ぼれだ。まだ懲りもしないで、執拗《しつこ》い野郎だな！」と、隣の部屋へ聴耳を立てていた漁夫が叫んだので、老人の寝床を覗いて見ると、蒲団がペチャンコになって老人が抜け出ていた。隣の部屋へ行ってみると、老人が四五人の泊り客から袋叩きになって、蹴散らされた蒲団の上で死人のように伸びていた。若い二十二三の青年が、猿股を脱がされかけたまま絆纏一枚の姿で
「この老ぼれ奴、太い野郎だ！」

　と、罵って老人を足蹴にかけていた。

「いやこの親父には悪い癖があってね、皆さんに迷惑をかけ通しだから、今晩こそはこのまま追い立てますから勘弁しなさい。」と、番頭が謝まっていた。そして老人はそのまま、雪催《ゆきもよ》いの暗い表へ突き出された。

　老人は肩をすぼめて、痛そうに脚を引きずりながら、暗い闇に消えて行った。

　翌くる朝、老人の寝床に風呂敷包みが残されていた。私たちは番頭を呼んで中を検《しらべ》てみると、汚れた猿又やシャツの間から、古びて黄いろくなった戸籍とう本が出て来た。その戸籍面は父親の孫一という

のが明治四十年以来行方不明で、明治三十五年生れの長男川北徹夫というのが戸主になっていた。母親のアキというのは死亡して赤い線が引いてあった。

「おお、さてはあの親父だな……。」——と、私たちは同時に強い衝撃を受けて呟いた。部屋の壁にも、便所にも、廊下の柱にも、所きらわず

——寅歳生れ（二十三歳）川北徹夫居所を知らせ。孫一——

と、書いた楽書がしてあったからだ。あの老人が明治四十年に行方不明になったのだとすれば、徹夫という息子はその時五つか六つかである。それから二十年近い歳月が流れているから、お互いに顔合わせたぐらいでは、どちらにも見覚えのあろうはずはない。——私はその老人が「痣《あざ》、痣？……」と呟いていたことを思い出して、彼の息子には太腿の何処かに痣があるに違いない。老人はその痣を唯一の頼りにして、自分の息子と同じ年恰好の青年をみると、もしや自分の息子ではあるまいかと思って、太腿をめくって痣を探るのではなかろうか——私はこう思って人々に話した。

「何故、親父奴！　それならそうと人に聞いてみないのだろう……？」

「さあ、そこが黙狂のさせる病気だろうて！」

私は笑えない気持で答えた。——それから一年余りの後に、私は深川の富川町でも、また同じ楽書を木賃宿の壁の上に発見した。人々は×××する気味の悪い老人の物語りを吹聴したけれど、遂にこの老人に関する身の上を知っている者は誰もなかった。

出典：『週刊朝日』昭和四年九月二十日号（朝日新聞社）

解題：テキストの周縁から　Ｐ７２０

展——プロレタリア作家

疥癬

体中が――腹といわず背といわず腕といわず体一面が、イガッぽいスクモ（籾殻）でもかぶったように、むづ痒くて、掻いても掻いても、ひき捞ってもひき捞っても、痒いくて痒くて堪まらなかった。皮一枚下を、むづ痒い虫けらが、ぞろぞろと無数に這いまわり、蠢きまわるような、不快な気持に責められて、その夜はまんじりともしなかった。

あまり不潔な襯衣《シャツ》を着ていたせいかも知れないと思った。が、いままでにも一ケ月もその上も洗濯しない襯衣を着ていたことが、幾度かあったけれどこんな例はなかった。若しか虱《しらみ》でも湧いたのではないかと思って、夜中いくどか痒いところをつまみ上げたが、それらしいものは一匹だって手にかからなかった。

その痒さが、もともと虱や蚤の刺戟的な痒さとは違って、蔓延的で、血液そのものに痒い毒素が充満しているとしか思えないもので、不快な、濁った気持を強いるものだった。

朝、起き抜けにまっ裸になってみると、爪傷のついた毛脛と肱に五つ六つ粟粒状の粒々が出来ていた。試みにそれを掻いてみると、濁った血腋が散乱するような快さを覚えた。ついでに襯衣も猿股もひっくり返してみたが、流石《さすが》に汗と脂臭い悪臭はあったが、虱は愚か卵一つも見付けることが出来なかった。

「おい、見てくれ、これは何んだろう？」そう云って、私は、相寝の渡部を揺り起して、肱と毛脛の粒々をみせた。「痒いくて痒いくて、ゆうべ一睡もしなかった」

「うん、俺にもそんなものが沢山できて痒いんだ！」彼も蒲団をはねて腕を出した。掻き捞られた粒々に、乾いた血が滲んでいた。

「何んだろう。疥癬《かいせん》ぢゃないかな？」

「いや、疥癬だったら、足や手の指の股に出来るもんだ。そしてそれが無精に痒くて、掻き捞ると、水虫のように裂けて痛いものだ」彼は睡むい眼を擦り擦り言った。

「そうかなあ」と、私は自分の指の股や足の股をしらべてみたが、そんなものは一つも出ていなかった。

「壊血病かも知れない？　あまり肉類ばかり喰って野菜を取らない商売だから……」

「ふん……」

そこでまた彼も私も、いつのまにか無意識に、襯衣の裾から手を突込んで、腹のあたりをボリボリ掻き始めていた。

仕事をしていると、それに紛れて痒さを忘れているが、何かの拍子にふとそれを思い出すと、フライパンでも、皿でも何んでもそこへ抛り出して掻き捞りたい衝動にかられた。

渡部も渡部で、マヨネーズソースをかいたり、芋の皮をむいたりする暇々に、如何にも焦立たし気にズボンの下から、或いはコック服の袖口から、胸や臂のあたりを掻き捞っているのを私はよく見受けた。

その頃、私たち同志三人は「支那行」を計画していた。三人とは私と、相棒の渡部と、それから近くの村の建具職人の石田であった。

渡部も石田も『文芸戦線』の愛読者で、それを通じて私と友達になった同志である。

私が柄にもなく玉川畔に、野外喫茶店を目論んで、ゴルフ倶楽部を辞めて、玉川に住むS・M・Uという俸給者組合をやっているS氏の宅に食客している時に、渡部は秋田から上京して私を訪ねたのである。眼の鋭い、小柄な長髪の、私とは一つ違いの青年であった。彼は一夜、私と相寝してS氏の宅に泊ったが、憂欝な暗い表情を崩さないで、寡言沈黙を守っていた。私は不思議な、珍らしい男だと思った。後でS氏夫妻も「あの男は何にしに来たのか、ちっとも要領を得ないじゃないか」と、言って笑った。そして軽蔑を含んだ口調で、それも幾分か私への皮肉をも含めて、

「文学青年かね……？」と言った。

「そうでしょう……」私もその時はそう答えた。勿論私もまだその時、一緒に寝たというだけで、彼の正体を摑んでいなかったから……

私は朝起きて、彼と共に露にぬれた玉川畔の草原を眺めながら、彼の容貌なり、服装なりから判断して、彼が失職者であることを見て取った。恰度、その頃ゴルフ倶楽部では私が辞めたので、下コックがなくって困っていた時なので私は彼にそれを奨めた。すると彼はすぐにそれを承諾した。

私と彼とは電車にも乗らずに、長い並木の街道を埃をたてながら、玉川から駒沢のゴルフ倶楽部へ歩いて行った。

「まあ、一時腰掛のつもりで、喰うために働いているんだね、そのうちいい仕事が見付かったら出て行くつもりで……」

「そう……」

彼も私の言葉に相槌を打ちながら、黙々と歩いた。

そして兎に角、彼はそこで働くことになった。

……その後、私の野外喫茶店は吹聴ほどにもなく一ケ月足らずで潰れてしまった。仕込んだ肉や野菜が、鍋にもフライパンにものっからずに、そして私が空想して居たように、貨幣と交換されずに、腐ってカビが生えた。買い込んだソーダ水やビールは、客足のないのを憤慨する私の自棄酒《やけざけ》になって消えた。かくて有りもしなかった僅かの資金は忽ちに零になって、マルクス主義に反逆したプロレタリアの商業行為は、忽ち「まる裸になって」私自身に生きた弁証を深刻に認識せしめたのである。

そこでまた私は、差しあたり行くところがないので、ゴルフ倶楽部のコック部屋へ逆戻りしなければならなかった。

「なかなか外目《よそめ》には旨く行っているようでも、ぢきぢきに自分で商売をやってみると、そう容易く行かんものだ。三度の飯を喰わして貰って、小使まで貰ってやっている方が、どれだけ気が楽か知れん。まあもっともっとうちにいて腕を磨いていろよ！」と、コック部屋の親方は賃銀奴隷の安易さを説いて、私の逆戻りを許して呉れた。そこで私と渡部とは、一つ場所で働き、また一つ寝床に相寝する間柄になった。

私たちはすぐ、笑談を云い交わす仲になった。間もなく私は、彼が社会主義者であることを知った。と、同時に金銭を冷淡に無視する男でもあることを知った。それが幸か不幸か、私と彼とは財布を共産にして、二人の給料を片っ端しから呑んで歩いた。そして月の半分は湯にも行かないで我慢しなければならない羽目によく陥った。……

熱狂すれば××歌を唄い、酔えば野原であろうが道路であろうが他人の家であろうが所かまわずに寝転んでしまう性質以外には、彼は寡言沈黙の男であった。

その頃、石田君が私たちの前に現われたのである。彼はゴルフ倶楽部の近くの村に住んでいる、親方がかりの職人であった。背の高い、職人に似気ない優しい声と情操をもった青年であった。私より二つ渡部より一つ年下の二十二歳であった。彼の生家は豊かな農家であるが、彼は継母と義弟との、財産上から来る仲違いを恐れて、家を出て父に逆《そむ》いて裸一貫で世に立つ決心をして十九の歳に今のところへ弟子入りしたのだという――程それほど、彼は円満な性質と人道主義的な気持の濃厚な男で常に細井和喜蔵氏の著書を懐にしていた。

彼にとって、私と渡部とは悪友に違いなかった。……何故なれば彼はすぐに、私たちの酒呑み友達に惹き込まれるし、また酒食の費用は大抵彼が、彼の善良な性質上自弁しなければならなかったから……私たち三人は仕事が終って夜になると、私たちの合宿所に落ち合って、議論したり将棋をさしたりして、それに飽きると、三人連れで街を練って歩いた。そしてその場合は大抵、福寿堂という喫茶店で酒を呑んだ。

福寿堂の娘をお時さんと言った。美しい、背の高い、細っそりした娘で、年は十九であった。

私は彼女に恋していた。彼女は大抵西洋髪に結って、空色の着物を着ていたが、時たま気まぐれに桃割れに結った。桃割れに結うと、いく分か太って見えたが、やはり美しさは変らなかった。

近所の噂さでは、彼女は十七の時に既に、お婿さんを貰って、有るだけの金を絞り取ると追ん出してしまった。そしてすぐにオートバイに乗ってくるキザな青年に乗りかえて同棲したが、これもみるみるうちに金を絞り取って追い出してしまった。なかなか喰えない娘だ——という評判であった。

そして今、また三度目の洋服を着た若い男をくわえ込んで、二階に同棲しているという噂であった。また彼れも二月か三月のうちに有金を絞られて追い出されるであろうと、近所では話し合っていた。

ゴルフのコック部屋へ御用聞に来るところの、魚屋の若い衆が、ある時私を捉えて

「昨宵、福寿堂でへんな歌を唄って騒いでいたのはお前さん達だろう。あんな娘を張ってどうするんだ。彼奴にゃ亭主があるんだよ。毎朝毎晩、停留所で若い洋服の男を送り迎えているのを知らないのかよ。馬鹿だなあ……」と、云って冷笑かした。

「だってあの娘は桃割れに結っているぢゃないか！」

渡部がつッけんどんに言い放った。

「それがあの娘の手なんだよ。いつだって亭主があるのに、あんな小娘みたいな装《なり》で店へ出ているんだ

よ、ねえ早見さん」と、彼はチーフコックに同意を求めた。

「まったく面付は美しいが、喰えん奴だよ。もう何人彼奴のために裸にされた男があるか知れない。あんな娘に凝っちゃおしまいだ！　あの母親も妾あがりで腹黒い婆だ。母娘なれ合いでやっていることなんだ！」おとなしいチーフコックは笑って私を眺めた。その眼に、私は無言の忠告を読んだ……。

しかし、しかし彼女に亭主があろうが無かろうが、喰えようと喰えまいと、心が黒かろうと白かろうと、私には一切そんなことはどうでもよかった。私は魅せられたように、彼女の美貌から顔が外せなかった。

私は彼女の美しさだけに、惚れていたんだ。ただ、それでよかった。――それ以上、女房にするとか、婿に入り込むとか、そんなことは私自身の身の上から言って、乞食が天女に結婚を申込むよりも不可能だった。

美しい路傍の花！

それは眺めるものの自由である。私にとってお時さんは、路傍に咲く草花である。若《も》しも私の恋が気まぐれに彼女によって許されるならば、その場かぎりのキッスと抱擁――それ以上の要求も欲求も私にはもてない事情があった。

私は幾度か恋文を書いたが、私の悲しい運命を思って破いて捨てた。そしてそのかわり私は酒を呑みながら、歌を唄いながら、彼女の美しい顔に瞬間的に淫らな、気まぐれな、そしていたづらな情感が動いて、突嗟的に抱いてキッスして呉れないものかなあ――、と万が一にも望みのない儚い空想に耽らなければならなかった。――そして一方にその頃の私たちの心のうちには、私と渡部の場合には、ブルヂョアの幾人かの腹を肥やすために料理を拵えるコックという商売が、如何に喰うために余儀ないとは云いながら、つまらない、意気地のない、無意義な、おまけに馬鹿げ切ったことか——という不平と不満と、そしてまた全世界の産業労働者に対して、何んとも云うことの出来ぬ恥辱の感じが、大きく手を拡げて来た。

「行け！　行け！　産業労働者の組織の中へ——そして意義ある解放戦の部署に就け!!」と、良心が囁いた。そしてブルヂョアの歓楽場の地下室で働くことの苦痛が、良心を悶々と影らして来たのである。

石田の場合には、これもまた小さな親方稼業の職場で、三人や四人の仲間と、そしてその上恩を着ながら働いていることの馬鹿らしさが感ぜられて来た。それは無理もないことで、彼のように仕事の暇々を盗んでは社会主義の原理と世の中の道理を熱心に学んだものには、否、一たん世の中のカラクリに目を開いたものには、世の中の社会運動の進展を見聞きしながら小さな職場の鉋屑《かんなくず》に埋れていることは苦痛に堪えられなかったに違いない……。

恰度、その頃支那の風雲は急迫していた。蔣介石の率ゆる北伐軍は武昌に進撃して、孫伝芳軍と対峙していた。万県に於ては、英艦が砲撃され、各地の国民党員共産党員は憤起して、排外と北伐軍支持の革命行動に奔命していた。——

私達は毎日毎日、新聞面を睨めては、この支那の革命軍に、若い情熱が呼びさまされて来るのをどうすることも出来なかった。そして三人のうち誰からともなく

「行こう！」

「行こう！」

と云う決意の言葉が口を衝いて出た。無論誰れにも異存のある筈はなかった。

私たちはその具体策を講ずるために、またしばしばその秘密会合を福寿堂に選んだ。

その頃から私と渡部の体に、痒い痒いが出来て来たのだった。私はボリボリと臀のあたりを掻きながら

「放浪――これは詩的な言葉であるが、さて実際にあたってみると、仲々容易なものぢゃない。誰でも困難を後から回想すると、みんなその時の実感が失われて、夢のような面白い物語のように思い出せると同様に、放浪者の物語もまたその類だよ。事柄はどんなに悲惨なものであっても、他人にはそれが悲惨で冒険的であればある程面白く聞けるもんだ。放浪は詩的な感情で動かされて、面白半分に出来るものぢゃない。そのどんづまりの境遇に落ちて、二進《にっち》も三進《さっち》も行かなくなって放浪するので、その時の気持は餓死と野垂れ死にを眼の前に据えた絶望的な自暴自棄だ。その捨身の度胸がなければやり得られるもんぢゃない。常識で判断できない冒険だ。無茶だ。自棄だ。その無茶と乱暴な行動のなかに、万が一の奇蹟を望むのが放浪者の希望だ。かすかな光明だ。万一その奇蹟がなければ放浪者は餓え死にと野垂れ死にだ。一か八かの人生を賭した賭博だ。

支那へ行くには、僕たちはこの覚悟をもたなければならない。誰一人知人のある訳でなし、紹介状のある訳でなし、それに言葉も通じないのだし……」と、私は如何にも心得たつもりで、放浪哲学を説き出した。

「それは無論、その覚悟はあるよ。俺たちは若いんだし、一度そんなことはやってみなければ……」と、すぐ石田が顔を輝かして応じた。

「だが、どんなに説明したって、その場にぶつかってみなければ放浪の絶望と苦難は解らんよ。まあ行くさ、行ってとっくりとぶつかってみるさね……だがお互に後悔はすまいよ。行けば必然に後悔に似た気持が湧くこともあろうが、その責任は誰のものでもなく、自分自身のものにしようよ！　ね、渡部

君」と、私は渡部と石田を等分にみながら念を押した。三人は誓うように盃を呑み乾した。

美しいお時さんは、われわれの話を、小娘のようにあでやかな微笑で見守っていた。

私は心のなかで、お時さんに別れるのを寂しいと思った。だが私ひとりの胸に芽生えただけで、相手は少しもそれを知らないのだと考えた時、云いようのない悲哀を更に深く覚えた。一層のこと恋を告白して迫ろうかと思ったが、告白して拒絶されるよりも、この孤独の体を、支那大陸の民衆運動に思い存分に叩きつけて、そして永久に彼女の幻影をなつかしく抱いている方が、よほど仕合せだと考えて、私は酒と一緒に私の恋を呑み込んだ。

秋が来て、家々の塀越に病葉が散って、駒沢の町筋を埋めていた。ゴルフリンクの芝は黄ばんで、ゴルフに興ずるブルヂョア夫人令嬢の洋装が、秋の風趣に更に瀟洒を加えて行った。……

私と渡部の痒い粒々は、昼間は仕事に追われ、渡支の計画に夢中で忘れるともなく忘れているが、夜寝床にもぐると頭を擡げて来た。そしてこの頃では、更に烈しく粒々が増加して、その痒さも一層であった。秋の夜は長く、しかも痒い痒いで眠むられぬ日が続いた。渡部の細い体は、めっきりと痩せこけた。チーフコックの早見は、口癖のように

「渡部君は髪を切ってから痩せた！」と云い云いした。私と渡部にはおかしかった。二人は疥癬ではないかと思って、誰れにも二人以外にはそれを打明けないで秘密にしていたのだ。

渡部が、あの長い長髪を切り捨てたのには訳があった。ある日彼が皿を洗いながら、××歌を怒鳴っていると、その時廊下を通っていたゴルフ会員のブルヂョアに聞きとがめられたことがあった。それからもう一つには、彼が食堂で中西伊之助氏の『国と人民』を読んだ儘そこに置き忘れていたのを、これもまた会員の一人に見付けられた。そしてコック部屋に社会主義者がいる――と噂に立って、支配人の

「林檎」が会員達から責められた。そのお鉢が長髪の彼に廻って来て、とうとう髪を切られたのである。「髪さえ切れば社会主義者では無くなると思っている！」と渡部が無智な支配人を嘲笑して、きれいと髪を切り落したのである。

「髪を切ってから痩せた！」チーフコックの早見は言う。しかし彼は何んで髪ぐらいに、痩せる程の未練を持っていようか！　痒いくて不眠の夜が続くからである。

……私たちは実に一日千秋の思いで月末の給料を待った。私と渡部の旅費は、石田が債券を売払って出して呉れる筈だが、でも一銭でも小使が欲しいと思って、月末の給料を待っていたのだ。その間が実に待ち遠しかった。その待遠しさやまたお互に親方の家をオン出る計画やなにかで、私たちはしばしば福寿堂に落ち合った。

ある日、私たち三人が金熙明氏の野獣群文芸漫談会に行っての帰り、夜更けてお時さんの店に立寄った。

「あら、今晩は遅いわね……」

洋酒の罎や果実物のならんだ、綺麗な鏡つきのスタンドの前に、お時さんの笑顔が大きく拡がって、私たちを迎えた。桃割に結って、今日も空色の着物に白いエプロンをかけていた。

「ね、トランプしない？　教えて……」と云った。そして札を白い指で切った。

私たちが酒を呑み出すと、彼女はいつになく傍に寄って来て

「ああ、しよう！」

すぐ渡部が乗り出した。だが、私も石田もそんなハイカラな遊戯は知らなかった。

「俺は知らないよ、残念だが……」私は頭を掻いた。そして心から残念に思った。石田も頭を押えて

「僕も知らない！」と、言った。

「簡単よ、ね、何んでもないのよ。私も実は昨日教わったばかりよ。すぐ出来るわ……」

彼女はこう云って、潤んだ瞳を動かして、無邪気に皆んなの顔を眺めまわして同意を促がした。で、遂いに渡部と彼女に教わって「三十一《サーテーワン》」という極く簡単なトランプをやることになった。やってみると成程簡単なものであるが、面白かった。彼女の髪と白粉と香料との女の匂いが、トランプの手札をはたきつけるたびに、匂わしく煽られて、如何にも艶めいた情景をかもし出した。そして勝負ごとに、熱狂し興奮した座の上一杯に、これも上気した彼女の微笑が、白い歯並とともに滴り落ちた。そして歓笑が、その下に湧きあがるのだった。……

私は勝負よりも、お時さんの美しい微笑に酔って時を忘れていた。そして意地悪く、私は始めから終りまで赤いハートを秘密に拾いつづけていた。

「ね、もう一時よ。交番がやかましいからもうおやめ、お時！」彼女の母親はたびたびそう云った。その度に、彼女は艶々と紅らんだ頬を振って

「もう一勝負だけ、もう一勝負だけ……」と、可憐に母親の言い付を拒んだ。

私は彼女の美しさを、その時より深く知った。――

誰が彼女を「喰えない娘だ」の「亭主持ち」だのと罵るんだ！　彼女は処女だ。そして心もそのように美しいに違いない……と思った。

だが、彼女の母親は邪険に

「ね、もうおよしよ！　しつこい」と、鋭くきめつけて、荒々しく、あてつけに、店の敷居の外にならんでいる、ビスケットやお煎餅の箱を片付け出した。私たちは恨をのんで、この享楽を打ち切らなけれ

ばならなかった。

何んて、憎さげな婆だ。彼奴が、お時をあんな不評判な娘に強制したに違いない。娘に罪はない。お母あが悪者だ。娘の美貌を種に、彼奴が背後で操るんだ。鬼婆！　私はつくづくそう感じた。眉を落した蒼い眉根の黒子《ほくろ》が、如何に憎くさげに、そして悪婆然とした感じであるか！　薄い口唇の白々しさが、時と場合によれば娘に淫売でもさせ兼まじき酷情を表わしている。悪婆！

私たちの歓楽は、彼女によってその半分を失われた。若し我々が、金持の青年であったならば、あの悪婆は店を閉じて二階に案内したであろう。そしてにたにたと笑いながら、私たちに尽きぬ歓楽を提供したであろう……と思った。

石田が今晩の歓待に感激して、無いことに一円の金を彼女に握らそうとしたが、彼女は人通の絶えた街を五六歩追いかけて来て
「ね、持ってお出でなさい。私にそんなことをしなくてもいいわ……ね、またその金で明日でも遊びにお出でなさいな！」と云って、どうしても石田からその金を受け取らなかった。

私たちは、自惚れでなく、どうしても商売気を離れた彼女の好意を感ぜずにはいられなかった。美しい娘よ！　可憐なお時さん――私の恋情は、ついに切ないものを感じて来た。

「今晩は嬉れしかったろう！」渡部と石田が左右から冷笑した。だが私は渡部よりも石田よりも醜く、そして粗暴な男である。私に彼女が好意をもっているとは、思いも寄らないことである。それを思うと、頭が錯乱した。しかし誰よりも彼女を愛し恋していることは事実である。この矛盾と片恋の苦痛と悲哀が、利鎌《とがま》のように私の胸をかき裂いた。

「支那へ！　支那へ！」私はこの苦悩を征服するために、夢中で叫ぶ。そして無理にも、彼女への愛着

を忘れようと思った。

私たちの旅に出る日が、近づいて間近かに迫まった。ある朝、私が芋をむいたり、肉片をソテーしたりして昼の仕込みをしている最中に、それを放り出して後を渡部に頼んで、便所へ馳け込んでいる時、

「石田君が来たよ、出たら十八番ホールのバンカーにお出でよ」と渡部がすぐ扉越に言った。私は用便を済まして、急いで約束のところへ行くと、石田が渡部と共に芝生に腰を据えていた。私が行くと、懐から債券を取り出して

「いよいよ、これを売り飛ばして、乗船切符を買って来るよ」と、言った。思いなしか強い決心に、顔が蒼白んでいると思った。

「そうか済まないね、頼むよ」そう言ったものの、何んだか済まない気がした。大きな罪過を犯すような、不安な影を良心に感じた。

「帰りには、いよいよ最後の相談があるから是非、寄って呉れ給え」

「ああ……」彼は簡単にそう答えて、軈《やが》て林を抜けて町通りへ出て行った。寂しい姿だと思ったが、情熱に燃えている私はすぐにそれを打ち消して、新らしい希望を放浪の空に描いた。

私たちが、仕事を終えて一休みしていると、午後四時頃、彼はやって来た。私と渡部と彼とはすぐ誰れにも感づかれないように林に来て、腰をおろした。朽ちた落葉の匂いが、やがて来る松茸の時期を偲ばせた。

「これだ！」石田は懐から三人分の切符と、トランクにはりつけるローマ字で船名のついたレッテルや荷札をそこへ取り出して拡げた。すると、誰れも心で、「いよいよ」と云った気分を強くしたに違いない。そして遠い見知らぬ土地への憧れを、一層強く思い浮べたことだろう……

「さあ、これでいよいよ、三日後には出帆だ。それで給料を貰うとすぐに、渡部君は親方に、都合があってやめると宣告するんだ。そして一文でも余計にこの際金を貰って出るんだ。そして玉川のS氏の宅に引き揚げて貰おう。僕は君と同時にやめるという訳には行かんし、やめさしもしないから金を貰うとすぐに君を送って行くという口実で、そのまま君とドロンを決めよう。だから君は僕の荷物も一緒に纏めて持出して呉れ給え。それから石田君の方の勘定は僕たちより一日遅れるんだから、その前日に逃げるばかりに用意して置いて、給料を貰うとすぐに、S氏のところへ落ち合って呉れ給え。そしてそこで、手はずを決めて、K君に会ってあっちへ行っての相談を決めよう……」と、もう前々からの計画を、もう一遍ここに繰り返して、遺漏のないように誓った。その日、石田君は生家の祭礼だからと云って、別れた。そして、

「それとなく親や妹に別れを告げて来よう……」

と彼は寂しげに笑った。

彼が行くと、間もなく雨であった。細い雨が、病葉をとばして冷々と一面に煙って来た。

その翌日も雨であった。渡部は一日仕事を休んで東京へ出て行った。兄のところへ約束の洋服を貰いに行ったのだ。そして夕方帰って来た時に

「ある新聞社へ勤めることになったから、明日一日働いて辞めさして貰い度い」と、親方に宣告した。

すると、チーフコックの早見は

「折角一緒に働いていたのに、また別れるかね……」

と、流石に同僚思いの彼は名残を惜んだ。

「時々、遊びに来て呉れ給え……」と泌々《しみじみ》云っていた。渡部はこの善良な人を欺いて、とんでもない手

違いを仕事の上に来たさせるのだと思って、泣くような表清で、やたらに頷いていた。いつもの寡言沈黙の癖が、こう云う時にも抜け切らないものと見えて、悲しそうに憂欝な眉を寄せていた。

「ね、渡部君はもう行って了うのだ。また二人になるね……」と、彼は私にそう囁いた。そして「こう云うケチな親方のところに何時までいても駄目だから、二人で商売を始めよう！」と、私の気を引き立てようとした。

彼はこうも云った。「それにもう格好な家もあるんだ！」

あれほど親密にしていたので、私が渡部と離れれば寂しいに違いないと思って、私を力一杯に慰めようとしたのだ。私は彼のその心使いに、涙が思わずこみ上げて来た。心のうちで済まない、済まないが、許してくれと叫んだ。この私も渡部と共にしめし合せて、ここを飛び出るのだ。君は明日になって、どんなに驚きその仕事の上の手違いから僕たちをどんなに憎むことか――

その翌日の夕方、私と渡部とは計画通りに、首尾よく飛び出してしまった。

どしゃ降りの雨だった。

もうこれが最後だと思って、福寿堂のカーテンを潜った。予期したお時さんはいなかった。そして彼女の代りに、悪婆がスタンドに座っていた。

「もうお別れです、おばさん」

「ほう、どちらへ行くんですね」

「遠いところへ……」

「まあ、それは名残惜しいことですね……」

彼女は心にもない、灰のような言葉を吐いた。私と渡部は強烈なウイスキーを呷った。遂いに心待ちにしていたお時さんは見えなかった。残念だと思ったが、私たちはそこを出て、玉川行きの電車に乗っ

た。そしてS氏の家にやって来た。一人息子のU君が、

「また病いが出たね……」と言わぬばかりの顔で、私の顔を笑って迎えた。

その夜、雨を犯して石田もやって来たが、まだ金を貰っていないので、翌日の十時に落合う約束で、
また雨の中を河ぞいに歩いて帰った。

私と渡部の間には、酒を御馳走になりながら、

「明日、早見君は困って、ひとりで転手古舞《てんてこまい》をするであろう……」と、悔いるような話題になった。それを聞きとがめて、S氏が、

「君たちは何をくよくよそんな繰言をならべているんだね。彼と君たちとは当然に、今日の時代に生きる精神が違っているんだ。彼に迷惑をかけるのが、君たちには当然のことだし、また君たちからそう云う迷惑を受けるのが当然なんだよ。いや、必然だよ。決心して、出立しようと思う者が、そんなことに後悔してなるものか！」と当年の意気猶衰えない叱声を加えた。そして大きな眼をむいて、盃を乾して、私たちに廻わした。

成る程！　と感じた。

雨が晴れて美しい朝であった。石田が約束通に落ち合うと、三人で荷物の整理に追われた。そのごたごたした有様を眺めて「さしづめ僕の家は、駈け落ち者の落ち合い宿だね……」とS氏は笑った。奥さんも家事を放り出して、私達の世話を焼いてくれた。

そして兎に角、私たち三人は×月×日香港行の天洋丸の甲板上にあった。桟橋には美しい装いの紳士淑女令嬢が、群がっていた。

出帆の銅羅《ドラ》が鳴ると、甲板上から投げ渡される色とりどりのテープが、風に揺らめいて桟橋に落ち、

その先端に見送の紳士淑女令嬢が群がった。そのテープ一すじに、送る人と送られる人が結ばれているのだ。

船が徐々に桟橋を離れると、それに従ってテープが送られる人の手から伸び、送る人の手に手繰り寄せられた。名残を惜しむ、別れを惜しむ情感が、風に揺めきはためく一すじのテープに儚なく伝えられて行く……が、それがぶっつり切れた時には、送る人の影は桟橋に小さく、送られる人の影は遠ざかる船上に縮っているのだ。

別離――それは誰れの胸にも、甘いしかし寂しい哀感を嘗めさせるものだ。私たちは、名残を惜むものも、また別れを惜む何物もないが、それでも、その哀感を寂然と感ぜずにはいられなかった。

放浪の支那大陸が、私たちの予想を許さぬ運命を秘めて、行手に横わってはいた。しかし、私たちはそこでもまた、招かれぬ放浪の孤独者であらねばならぬ筈だ……

穏かな航海であった。

船は青い海の上を、幾日間か単調に辷りつづけた。船はいつも青い海原と空と水平線ばかりの、広大な景色のなかから動かないように感ぜられた。

私たちは埃臭い、ペンキ臭い船室で、退屈を感じ始めた。すると、忘れるともなく忘れていた痒さが猛烈な勢でぶり返えして来た。私と渡部は昼といわず、夜といわず、寝台の上にいぎたない姿態で腹這って、滅茶々々に掻き捞り始めた。もう人目もなにもなかった。

「何んだね、たいへんぶつぶつが出来ているが？」

石田が怪訝《けげん》な顔で訊いた。

「ふん、何んだか、兎に角痒いんだ！」

私と渡部が夢中で、痒ゆさに責められているうちに船は、濁流を切って上海に着いた。

上海は華麗な街である。紳商と富豪の街である。だが貧乏な支那人に取って、貧しい裸一貫の日本人にとって、富貴的華麗な上海は、反対に貧苦的大地獄である。窮人的煉獄である。

私たちは、一枚の蒲団を引張り合って、ある一隅の屋根裏に巣を設けた。そしてK君から紹介された知人の手を経て、ある計画への参加を待っているのである。

ある夜中に、むっくりと飛び起きた石田が、腕をまくって

「見ろ、いよいよ君たちの粒々が伝染したよ。疥癬まで共産ではやり切れないなあ！」と言って、腕をボリボリと掻き始めた。

そしてそれ以来三人で、ボリボリと絶え間なしに疥癬を掻き合っているのだ。

思うように、私たちの方へは支那同志から一向に何んの沙汰もないのである。そして待ちあぐねて、街頭を漫歩すると、いつも新らしい宣伝ビラが香煙のビラに混んじて、かわるがわる貼りつけられているのだ。曰く打倒孫伝芳、曰く反対売貴米、曰く上海市民自決……そして新聞面では浙江省の独立が報ぜられ、九江の陥落が伝えられて、支那の形勢は日毎に激変して行くのだ。

私たちの財布はそれに反して、日々に細って行き明日の糧もやがて尽きる形勢である。それに反して、疥癬はますます蔓延して尽きるところがない……

上海の国民党員共産党員は、官憲の眼を掠めて、変幻自在に活躍する。

ある街頭で、擦れ違った支那の断髪美人から小冊子を与えられた。

女はその時、かすかに、

「まあ！」と云った。みると、小冊子を握った私自身の手の疥癬を、瞬間じっとみつめていた。私は恥

かしさに驚いて手をポケットにひっ込めた。

それは『上海市民的出路』という共産党の檄文であったのだ。その末尾に
「你們不知中国共産党在何処、不知中国共産党員是何人麽？

誠然、中国共産党現在尚是秘密的不宣於公開其組織、但中国共産党的組織已遍於全国。中国共産党員、時時在你們中間、為你們奮闘到底！

（中略）《ママ》

你們不要只感覚在開市民大会時才共産党的活動、你們応当暁得在你們中間、本党党員有不断的経常的革命奮闘（下略）《ママ》」

とあった。

そこで私達はどうしてもK君から紹介された知人の手を経なければ、そしてその結果を待たなければどうすることも出来ないことを知った。

そしてその日からまた、私たちは決心を新にして、食を減じ、菜を少くして、K君の知人の報告を待つ準備をたて直した。

恐らく栄養不良に乗じて、疥癬は益々瀰蔓《びまん》跳梁して行くことであろう……

「仕方がない。俺達は招かれぬ放浪者だもの……」

「それもそうだ！　だがしかし……」

私たちは支那の形勢と疥癬に、ぢれながらそう云った。

一九二六・十月二十三日　上海の仮宅にて――

出典：『文芸戦線』昭和二年一月号（文芸戦線社）
参照：『新興文学全集』第七巻　昭和四年七月十日（平凡社）収載作。
解題：テキストの周縁から　Ｐ７２１

動乱

一九××年×月、私は××××の気運に昂揚し、プロレタリアートの熱情に飛躍する上海にいた。だが、私は悲しい放浪者で、この上海に波打つ支那プロレタリアートの光輝ある闘争の展開に、見苦しくも袖手傍観《しゅうしゅぼうかん》していなければならなかった。インターナショナルを信ずる者に取って、これはまた何んという恥辱であったろうか！

——先づそれはさて措いて。

上海閘北《こうほく》W・P路公安里二十一号房に、船大工の夫婦が住んでいた。

六つになるひとりッ児の洪張は、女房の膝にもたれて睡込《ねこ》んでいた。亭主の朱敬鎮は、臭味のある老酒を嘗めながら微酔《ほろよい》の長閑な気持に疲れ切った五体の筋肉をたるませて、ともすると落ちてくる瞼をしばしば叩いて、口説《くぜつ》の多い女房の饒舌に耳を傾けていた。——少くとも、そう装っていた。

女房は船大工の昼間の労働がどんなに激しいものであり、またその結果寝酒の一杯がどのように楽しいものであるか——そう云う一切の心使いを無視して、まるでそれが終日留守居勝ちの亭主の愛情に酬いる唯一の手段ででもあるかのように、ニンニクの臭味をおかまいなしにそこいら中に吐き飛ばして喋りまくっていた。が、女房のその饒舌に溢れた愛情にもかかわらず、亭主はその実、女房の口唇から発散するニンニクの臭味以外には、何にも聞いていなかった。

女房はのべつ幕なしに

「ね、あんた……」

と、話の穂をついで喋べり捲くった。その都度、哀れな亭主の朱敬鎮は

「うむ……」

と、仔細らしく装わないことには、勝気な女房の獰猛《どうもう》なヒステリーを一晩中覚悟しなければならなかったのだ。

女房はもうすっかり眠込《ねこ》んでしまった洪張の頭の重みに、片膝をすり替えながら、またしても喋りまくって来るのだ。

「ね、あんた！　今朝ほど、K・U公司から届いた仕立物が……ね、吃驚《びっくり》するぢゃないか。革命軍の党旗なんだよ！　それを一日も早く秘密に縫い上げて呉れれば、縫賃は幾らでも出す——と、こうなんだよ」

女房はさも驚いた身振をする。そこは心得たもので、亭主は何気なく
「うむ……」

と頷きながら瞼を瞠いて杯をあげた。「うむ、威る程……ナ」

そしてたるんで来る睡気に眼尻を細めた。

「ね、だけれど……若しバレでもしたら！」

女房は親指をあげて、頸《くび》をなでた。「心配だが、これは大丈夫か知ら？」

亭主の朱敬鎮は勿論、訳もわからずに
「大丈夫とも、大丈夫とも！」

と、ばかりに頷くのであった。腹のなかでは女房の言葉とは無関係に（せめてこの老酒が紹興酒ででもあったら！）

「縫賃はいいし、……それにこんなボロイことは滅多にないんだからね」

彼女は感じ深い眼付で、亭主の横顔をみつめる。と、またしても彼女は飽かずに

「ね、あんた！」

と、話の穂を継ぎ足して来る。「ね、戦争がすぐにもこの上海で始まるという噂だが……それにK・U公司が、もう早手廻しに革命軍の党旗を売り出す用意をする位いだから、勝ちは革命軍に相違ないが、それにしても劇げしい掠奪がなければいいが！　こう毎年毎年のように戦争が続いてはやり切れたもんじゃない。なんとかならないものか知ら……？　もう気の早い物持ち連中は租界に避難しているという話もあるが――」

「……成る程」

「そればかりじゃないよ、あんた！　もう便衣隊が変装で、この上海市中に忍び込んでいるとも云うよ。大きな声では云えないが、あの連中は放火でこの市街を一斉に×××って、その騒動に乗じてこの上海を占領する計画なんだ――と聞いたよ！　若しも……そんな噂が真実だったら……おお！」

女房は仰山な手付きで顔を塞いだ。が、亭主はもう八分通り居睡っていた。

「うむ……成る程……」

そして同時に彼はガクリッとテーブルの上に頸《くび》と顔を投げ出した。その拍子に丼がひっくり返った。

「まあ！」

女房は顔から掌をはづす暇もなく、掌のなか一杯に口をあけて叫んだ。「何んだい、畜生！　こんなに本気で心配しているのに、間抜け野郎！　馬鹿にするにも程がある。空返事《そらへんじ》ばかりで、このあたいを蓄音器みたいに喋らして置くなんて！　えッ、憎らしい！」

女房は喚めき立った。そして彼女は腹たちまぎれに、子供を抱いたまま亭主の傍へにじり寄ると、その頬ペタを捞れる程ひねり上げたものだ。亭主はこの不意打ちに

「あ、いた、た、た！」

と、ばかりに涎まびれの顔をあげて、驚いて飛びあがった。

この亭主の道化た格好は幸いにも、女房の一晩がかりのヒステリーを危くもせき止めるに役立ったのである。

その夜半であった。

「あ、銃声が聞える！」

ふいに女房が寝呆けた格好で、頓狂な声をあげて、洪張を抱き締めた。朱敬鎮はぽっかり暗闇のなかで眼を瞠いて、耳を澄ましながら

「静かにするんだ！」

と、女房に囁いた。静まり返った街に、銃声が矢つぎ早に響いた。その度に窓ガラスが不気味にピリリッと震えた。女房は恐怖に脅えながら、暗闇に亭主の手首をまさぐった。

「便衣隊なんだよ！」

「しッ！」

吸われるような跫音がW・P路を乱れて走った。と、街角に忽ち激げしい一斉射撃が、ピストルと銃声を交えて火蓋を切った。短かい唸めき声が、瞬間のしじまを縫うと、どたッ！ と××の転倒する鈍重な音を路上に引いた。

その後は乱撃だった。銃声が杜絶えると、唸めき声が、黒い街の沈黙に膨れ上った。跫音が散った。

——と、忽ち追撃者の跫音と、銃声が追い蒐《か》けた。——

やがて銃声がW・P路をはづれた。

「ほッ！」

と、深い息をのむと、女房が顔をあげた。「便衣隊なんだよ！　放火《つけび》でもなければいいが……」

W・P路から、低い、しかも地底に吸い込まれるような唸めき声が、一条の線を引いた。隣近所からドアや窓を、忍びやかにあけたてする音が聞えて来た。そして軈《やが》てまたそれも静まった。

「なにも心配はいらんさ。眠むるんだよ！」

朱敬鎮は女房に言った。しかし自分でも決して安心している訳ではなかった。

「戦争なのか知ら？」

女房がまた声をかけた。

「馬鹿！　便衣隊なんだよ！　貴様、さっきからそう云っていたではないか」

「でも……」

「眠むるんだよ！　明日の朝になれば何にもかにも判る！」

女房は亭主の手首を離した。すると眠むっていると思った洪張が、母親の懐に両手を挿し込みながら、

「戦争って、なあに……」

と訊いた。

「眠りなよ、眠りなよ。戦争って、人を鉄砲で殺してしまうことなんだよ！」

そして母親は洪張を抱きすくめてしまった。

その翌朝、朱敬鎮は浦東《プートン》のドックに何時ものように出掛けた。W・P路に人だかりがしていた。

「便衣隊が××の襲撃をやったんだ」

「二三十名の死傷者があった」

路上に凝血した血溜りを覗き見ながら、口々にそんな噂をし合っていた。老犬が一匹、その黒い××（血溜）りを人だかりの股の下から嘗めづっていた。

朱敬鎮は昨夜の激しい交戦を思い出しながら、仕事先に急いだ。租界線に差し蒐《か》かると、出し抜けに物蔭から着剣した銃身が閃めいて、行手を遮った。

「止まれ！」

「手をあげろ！」

同時に陸戦隊の水兵が躍り出た。見馴れている外国水兵だった。毛だらけの手が侮辱し切って朱敬鎮の身体を、古靴のように小突き廻わした。そして野獣のように吼えた。

「行け！」

彼は戦争の近づいたことを意識しないではいられなかった。

洪張は母親がミシンを踏むのを、面白そうに眺めていた。紅い巾地《きれ》が、器用に動く母親の手先に丸められて、それが伸びると、藍と白に染め分けられた国旗になってミシン台から辷り落ちた。忙しく動く針の音、白い手先が紅い布地を丸める動作、辷り落ちる赤旗——洪張は愉快にこの光景を眺めていた。音なしく黙って、流れるように縫い上げられ、仕上げられてゆく国旗に驚異の眼を瞠っていた。それは全く珍らしかった。いつもの子供帽子や支那服とは違って、紅い、まるで燃えるような赤旗だった。

すると、ふと、洪張の眼に悪戯らしい慾望が、閃めいて来た。だが、まだ洪張はそれに手を出そうとはしなかった。黙って、凝っと堅い木椅子に腰をおろして、母親の手元を眺めていたのだ。

母親は不思議に思った。（病気なのか知ら？）

でもその疑問を解決する暇もなく、後から後からと彼女には仕事がつづいた。（一段落ついたら、ゆっくり抱き上げて頰づりをしてやらなければ……）

そう思った。そして彼女は仕事に没頭して行った。

暫くたって、ふと、彼女は気がついてみると、そこに洪張がいなかった。——それでもまだ彼女は安心していた。するとやがて、公安里の路次を出たW・P路で、洪張の声も混ってかすかな、だが歓声に満ちた万歳の声が聞えるような気がした。

——×××万歳！　××軍成功万歳！

一度、また一度……

私は恰度その時、市中の形勢を観察するために、来滬《らいこ》以来ずっとじっ懇にしている「上海××新聞記者」と伴れだってW・P路を歩いていた。街は平常と変りはなかった。革命の情熱とは全るで無関係に、無希望な群集がうな垂れ勝ちに、鼠色の列をつくって動いていた。

春にはまだ早かった。乾いた塵埃が、畳み石の舗道に吹きあげていた。

ただそうと注意してみれば、稍々《やや》平常より警備兵の影が、街角に多いように思われるだけだった。不潔な綿服をつけて、不精に三八式の歩兵銃を担っている山東兵であった。

新聞記者は、確か黒田と言った。私と彼との間には、便衣隊の、昨夜の襲撃事件が話題になっていた。——便衣隊の××襲撃の目的が、武装の××にあったのだ——と、彼は語ってきかせた。私はその勇敢な、決して他国には見られない支那式の放胆さに驚き入っていた。

「成る程——ね」

「もう革命軍は上海の間近かに接近している。或いはもう明日にも、便衣隊の市中撹乱と、総工会の総罷業命令が発せられるかも知れない！」

「勝敗は？」

「勿論、革命軍だね。すっかり、そう、まるで山東軍には人気がない」

こう、私と新聞記者とは話し合いながらW・P路の中程まで来た、と、恰度その時であった。私と彼の肱《ひじ》がすれすれになっている腋の下から、いきなり飛び出したものがあったのだ！　そこは確か路次になっていた。角は不潔な料理店と穀物商になっている、公安里であった。見なくとも、菜ッ葉や飯粒、牛骨にせきとめられた不潔な下水が、路次一杯に腐敗した臭気と一緒に溢れ切っていることが想像できた。

私と新聞記者黒田の肱を、出し抜けに突きこくって、いきなり弾丸のように飛び出して行ったのは、六つ位いになる小児であった。それが後で洪張と解ったのであるが、その子供は一足跳びに、街頭に跳ね出すと、小脇に抱きかかえていた紅い布地をひろげた。――と、恰度走る勢で、それが腋の下一杯にひろがって、見るも鮮かな「青天白日満地紅」旗が、翩飜《ほんぽん》と風に逆って、洪張の紅葉色の可憐な手に飜《ひるがえ》ったのであった。

「ほうッ！」

新聞記者と私は同時に、感嘆の声を絞ったものだ。そして唖然と私たちは暫く、穀物商の粉な臭い軒下に凝立して、愉快気に走り去る子供の後姿に見惚れた。

と、同時にまた私は、私たちと同様に感嘆の声を絞って、街の動きが止まるのを感じた。と、瞬転して再び街の光景はガラッと変化したのである。

可愛いい洪張が、市民の誰かの手に抱きあげられていた。

穀物商の主人が、新聞記者黒田を突きこくって、物も言わずに走り出た。料理店の皿洗いが濡手のまま夢中で飛び出して来た。

私は、一かたまりの鼠色の群集の頭上に、抱きあげられた洪張の愉快な顔と、その手に飜える赤旗と、そしてそれに和して歓呼する群集の叫びとを同時に感じたのだ。

――万歳！

――××成功万歳！

……一度、そしてまた一度。私は日蔭の多い、陰気なW・P路、しかも無希望な群集の堵列《とれつ》が、その潮騒《しおさ》いのような歓呼に、そしてたった一ふりの赤旗に、鮮かな希望に甦み返えるのを見た。

と、不意に新聞記者が、私の肩を叩いて

「あッ！」

と叫んだ。と、方々の街角に綿服の警羅兵が現われて、群集の波が左右に掻き裂かれるのを見た。怒った兵士が飛び込んで来たのだ！　一かたまりの群集の熱狂は、まだ崩れてはいなかった。その無数の熱狂する頭上に、無邪気な洪張の手に吹き煽られる、愉快な国旗の真赤な滴りがあった。

――万歳！

――××成功万歳！

……三度び、私は陰気なW・P路が群集の歓呼に埋まるのを見た。と、その刹那、私は先頭を切って躍り込んで来た山東兵士の一人に、群集の頭上から一ふりの国旗と共に拶ぎ落される可愛いい洪張の顔が、無惨な白さに歪むのを感じた。そして兵士と、動揺めく群集の脚のなかに、彼の歪んだ、恐らく今は火のように泣き喚めいているであろう洪張の顔を見失った。そして忽ち、短かい怒号が群集を揉んだ。

——と、同時に着剣のせい愴なきらめきに踏み乱れた群集の足を見た。瞬間——。

シュウッ！

兵士のうちの誰かが発砲した。白煙のなかに、群集が同時に乱れながら散った！

無惨にも私は、煙が吹き散った路上に、そして無力な群集の足が遁げ去った路上に——可憐な洪張が、×だまりのなかに、その白い顔を投げ出しているのを見たのだ。まるで萎れた一茎のダリヤのように、皺ばんだ国旗がその片手に握られていた。——私はこれらの無惨な光景を、恰かも意志のない一枚のスクリーンのように、瞬転の短かさで同時に、昏《くら》みかかった眼頭に冷たく射込んだのだ！

やがて、そう、かれこれ十分も経った頃、三和土《たたき》の路次を打つ揚州栗の固い、息せき切った跫音に、ようやく私たちは私たちの意識を取り戻した。

「ほうッ！」

私は深い呼吸を吸い込んで、しばらくしてそれを吐き出した。冷え切った心臓に、再び脈搏が動悸づくのを感じた。

そう、私たちはいまだに、公安里の出口である穀物商の軒下に、釘づけにされたままでいたのだ！

私たちは慌しい跫音に驚いて、振り返った途端に、そこに泣き崩れる朱敬鎮の女房を見たのだ。

私は私自身を完全に取り返えした。そして凡てを了解した。(畜生！)

新聞記者の黒田は、彼と彼自身の職業本能を復活させた。私は彼が、泣き崩れた女房の蒼白な顔さきに、一枚の名刺をチョッキのポケットから屈み込んで取り出すのを眺めた。(僕はこういう者ですが……)

しかも私は彼の猫背になった肩越しに、飛び散った血と、無惨に××かれた洪張の可憐な童顔と、血だまりに引きづられた赤旗と、なお煙をふく銃口を提げて立った山東兵士の数名以外に、すっかり人影を失ったW・P路が、陰惨な凄愴に白らみゆくしじまを感じた。

朱敬鎮の女房は、月明の夜のおけらのように嗚咽していた。

私はすっかり憂鬱になって、宿屋に帰って来た。ステッキを股にはさんで、きれぎれになった靴紐を重い心持で解いていると、亭主が手を揉み揉み出て来た。

「仕事は見付かりましたか――ね！」

私がぶっきらぼうに「否！」と答えると、亭主は不気嫌な顔をして引き込んだ。

世界がいまにも、二つに引き裂かれようとしているのに、ここにはまた御苦労千万にも他人の月末の勘定をまで心配する痴鈍な剛慾《(業)》がはびこっているのだ！

私は手袋をテーブルの上に、はたきつけた。

間もなく支那人のボーイが飯を運んで来た。冷え切ったスープに、焦げ過ぎたコチコチのパン、それに安油の強いカツレツ！

(若し、私が亭主の期待を裏切って、綺麗に月末の勘定をするとしたら……私の今宵の食費は、二十仙で充分だろう！)

ボーイは私に同情した。そして私の注意が、私の頬張るカツレツの木屑のような味覚に向わないために、如才なく彼は話し出した。

「浦東《プートン》の工場で……」

と、彼は語った。一職工が罷工を煽動した嫌疑で射殺された。それに端緒を発して、激情した職工が遂いに暴動化した。と、それに外部からの群集が参加して、口々に「打倒×××」を叫びながら事務所に雪崩れ込み、工場を襲撃して機械器具を滅茶々々に破壊したばかりか、遂いに激情した職工たちは外国人の二人まで××してしまった。そして更に気勢の昂《あ》がった群集は、その隣接工場を襲撃しようとしたが、軍隊の出動にはばまれ、しかも×××と××を射ち込まれて、死者十数名、重軽傷者無数。群集が退散した街頭には「×××歓迎」「打倒××××」「駆逐北洋軍閥」の宣伝ビラやら赤旗が無数に血塗られていた……と、身振り面白く話し込んだ。

「上海は全く険悪になりましたよ！　御用心なさらなければいけませんね……」

ボーイはこう話を結んで、うまうまと私から食器をとりさげて行った——。

どこか遠いところに火事でもあるのか、黄《き》な臭い煙が匂っていた……

市中《まち》はごった返えして、どこの道路にも道巾一杯に群集が雪崩れていた。背負いきれるだけの荷物をひっ背負っているものもあった。両腕が捥《も》げ落ちる程の家財を、むき出しのままで両手一杯に提げている老婆もあった。——群集の波は這うように動いた。しかも後から後からと無限に押し寄せる人波で、すっかり先きがつかえてしまうのであった。群集の一人々々は、このちっとも捗らない動きに焦《じ》れて、怒鳴ったり、喚めき立ったりした。そしてまるで自分で自分に苛立って、我慢のならない口惜しさで地団駄を踏むのであった。

戦争がついに、間近かに迫って来たのだ！　その忌わしい災難から、自分ばかりが群集の誰よりも真ッ先きに安全地帯に駆け抜けようと藻掻き廻っているのだった。この迂愚《うぐ》な個人意識さえなければ、何もこのように混乱しなくても済むのだ。だが、道路はこの個人意識の愚劣な洪水で、もう一寸の余地もないのであった。無意味な反撥があり、邪悪な排撃があり、意地悪い小ぜり合いがあった。——そういう諸々の無統制な要素を孕んで、群集の波は動いて行った。慌しく、せっかちに、しかも遅々として。

一方には、積み切れるだけの家財道具を積み込んだ馬車やトラックが、この人波の中へ業慾にも乗り入れて、二進《ち》も三進《ち》も行かないで弱り抜いていた。この解らず屋の因業な存在物は、群集の怒罵の焦点だった。

「馬鹿！」

「頓馬野郎！」

群集のこの口汚い怒罵に、運転手は汗みどろで泡喰っていた。駁者は手綱を引き絞って、進めなければならない筈の馬を、無理にも進めてはならなかった。馬は泡をふいて、手綱で引きしめられた首を逆立てていた。群集は後から後からと、無限に同じ焦燥と、怒号と、叫喚をつめ込んで来た。両側の商店は厳丈な大戸をおろして、危うく群集の密度を無鉄砲な破裂から保っていた。

ふいに馬の横にくっ付いていた老婆が、仰々しい身振りで叫び出した。馬が人参の葉ッぱをば風呂敷包の端から啣《くわ》え出したというのだ。

「場所もあろうに！」

老婆は怒鳴り立てた。「この騒ぎの中へ馬車を、無鉄砲にも引きづり込むなんて……」

「場所も糞もあるもんか！　お互ぢゃないか。この騒動の最中に！」

馬車の上から、駁者が同じように怒鳴り返えした。全く同じ老婆の理窟をそのままに。

「黙れ！　お前はこの騒動の最中に、ボロ稼ぎを占めているんぢゃねえか。剛《(業)》慾な身の程知らず奴が！」

老婆も敗けてはいなかった。

「そうだとも！　そうだとも！」

群集が老婆に応じた。駅者は火達磨のように憤激したが、駅者台から跳び降りるには、一寸の空地もなかった。あげた手をすらおろす程の隙もないほどに、群集の密度がせばまり合っていたのだ。

Ｚ・Ｗ路を出端れると、そこは滬寧《こねい》鉄道の線路だった。だんだら模様の遮断機がおりると、それがへし折れる程、群集の波が圧倒して来た。白い安全旗をひろげた踏切番と、小銃を担った巡捕とが、遮断機をへし曲げないためには必死の努力で、押し出されようとする群集の四五人を犠牲にして、官僚的な暴力で動けない程殴ぐりのめさなければならなかった。殴ぐりのめされた犠牲者は、また惨めにもそのために、両脚を精根のつづく限り踏張って、臂の力で重圧してくる群集の重力を、死にの苦しみで支えなければならなかった。それはまた、何よりも苦痛な痛ましさだった。

列車は日に何十回となく往復した。出てゆく列車の無蓋貨車には、武装した山東兵が溢れ落ちる程乗っかっていた。彼等は歌っていた。或いは怒鳴っていた。でなければ、キャアキャアと叫んで、踏切の両側に圧倒した群集の頭をめがけて南京豆の皮を抛りつけたり、小銃を構えて脅かしたりした。万歳を叫び出す者もなかった。と、云って、この戦地に送り出されてゆく勇士に手をあげるものすらなかった。

列車が通過して、遮断機があがると、群集の隠忍した圧力が、一度に烈しい勢で奔流するのだった。倒れる。転がる。踏まれる。泣く。叫ぶ。喚めく……。が、瞬刻のうちに、幅五六間ばかりの踏切の空隙が、また忽ち同じ密度でぴたッと結合してしまうのであった。全く瞬間である。と、またしても群集は、この少しも捗らない歩みを、自分で自分に焦《じ》れなければならなくなるのだ！　馬車も自働車も、まるで人間の歩みとすっかり同一である。反って車体が大きいだけ、それだけ動きがつかなくなる――という始末の悪さだ。

黄包車《ワンポーツ》に乗っていた旦那が、急に車からおりる、と云ってつむじを曲げ始めた。車に乗ったのは、人間の足よりは少くとも速いからだ――旦那の言い分はこうだった。高い金を払って、しかも人間より遅いのではやり切れたものぢゃない！

旦那はついに焦《じ》れて、我慢がならなくなったのだ。こうなると、車夫は車夫で黙ってはいなかった。この人間の波を見てくれろ、と云い出した。そんな同情のない言い分なんてあるもんぢゃない。それは車を駈けさす余地が道路にある時の話だ。あんたがこの車に乗りさえしなければ、誰が好んでこの人波のなかへ梶をひき込んで、手古擦るもんですかえ！　出るには出られないし……

「旦那、いま更そんな無理を云ったって……」

車夫は少しも自分で動かす必要のない車に安心して、後に反りかえって歯をむき出した。「一日でも、――そう、約束のところまでは、無理無体にでもひかして貰わないことには！」

すると不意に前に歩いていた若い女房が、いきなり後向きのまま車夫の弁髪を、肩越しに洗濯棒でどやしつけたものだ。

「何んの遺恨でどやしつけるんでえ、畜生！」

この不意打ちに、車夫は全く面喰っていきなり前の女房に喚めきかかった。

「何んでえ！　人の股倉なんかに手を突ッ込みあがって！　凄まじい口を利くねえ！」

女房は反対に怒鳴りつけた。そこで車夫は始めて気がついた。歯糞だらけの歯を、きまり悪げに剝き出して、やっとの思いで彼は女房の股倉から車の梶棒を揉み出さなければならなかった。……
群集の波は何時終るとも見当がつかなかった。

市民はすっかり交戦区域から避難した。租外も租内も、全く交通機関が杜絶して、総工会の罷業が開始されたのだ。市中は厳重な戒厳令だった。

砲声が間近かに聞えていた。焦げ臭い匂いが何処からとも強く掠めて来た。白い煙がそここに、立ち罩《こ》め始めた……

Z・W路の踏切には、相変らず新らしい兵隊を輸送する貨車がつづいた。戻って来る貨車には、血だらけな負傷兵が満載されていた。

山東軍の総退却の報が伝わると、戦地に出発する列車のかわりに、健康な敗兵を載せた列車が、ひっきりなしにZ・W路の踏切に続いた。規律を失った軍隊が、北站に駐屯していた。丸腰のもあった。綿服を着せられた露西亜兵が、不恰好な姿で肉絲を啜ったりしていた。

租界線は各国の軍隊で、厳重な防備が出来て、しかも土塁の上には、カバーを撥ねた機関銃が、蜥蜴のように蹲っていた。シャツ一枚になった兵隊が、租界のどこの街角でも高価なアスファルトの路面を打ち砕いて、杭をぶち込み、鉄条網を野茨のように張りめぐらしていた。

夜が江湾のほとりから、明け始めようとする未明であった。

敗兵を満載した列車が、Z・W路の踏切から五十鎖《チェーン》の距離まで疾走して来た時、一大音響をあげて機関車が諸《もろ》に線路の外へ撥ね出された。牽引していた貨車が、もうもうとあがった白煙のなかに入れ乱れて転覆した。

――と、突如その白煙をくぐって、Z・W路の一角から便衣隊が猛烈な突撃を加えた。

生き残った山東兵は、K・U路に遁走を余儀なくされた。と、その租界を警備していた印度兵が、租界線を突破して遁走しようとする山東兵に猛烈な側面射撃を浴びせかけた。

正面のZ・W路は、便衣隊の果敢な散兵射撃で、白煙に包まれていた。山東兵は絶体絶命だった。面喰った彼等の一部は、K・U路の慶永里に遁げ込んだ。遁げおわすまでに、大半の人数はバタバタと斃れて、完全に遁げおわせたのは十数名に過ぎなかった。

遁げ惑った大部分の山東兵は、白旗を揚げて印度兵に武装を解除されてしまった。

慶永里は狭い袋小路だった。土塀を楯に、少数の残兵は最後の応戦を試みるより仕方がなかった。便衣隊が追撃して来た。K・U路はすっかり煙に包囲されてしまった。

夜が明け放れていた。

シュウッ！　シュウッ！　銃弾が、そこいら中に飛び込んで来た。

避難の途中で両親を見失った子供が、おんおん泣きながら慶永里六号房に帰って来た。

「危ぶない！」

土塀の端に伏せていた山東軍が、銃を投げ捨てて、子供をいきなり塀のなかへ抱きとった。

「危ぶない！」

そう云って、彼は忽ち子供を後へ投げ出した。ドアが壊れて、自分の家のなかには、垢まびれの、頬髭の濃く伸びた見知らぬ兵隊が、あるいは伏し、あるいは机によりかかって血まびれの姿で陣取っていた。出血で死にかかって呻めいている者もあった。

この無惨な光景以外には、両親の姿は愚ろか、隣近所の誰れの顔もそこにはなかった。

子供はおんおん泣いた。路次の入口では、二台の機関銃を据え込んで、のべつ火蓋を切っていた。

繃帯を腕の負傷に捲きつけていた、兵隊の一人が
「子供《ショウハイ》！　子供！」

と、野太い満州土語で呼びかけた。「可哀そうに、泣くんぢゃない！　父親母親《フーチンムーチン》は何処へ行った？」

子供はおんおん泣いた。山東兵の言葉が通じる訳がないのだ。

「可哀そうに！」

彼は繃帯を巻き終えると、子供を抱きあげた。「よし、よし！」

子供は泣きやむと、彼の頭から軍帽をひったくって、それをかぶった。無邪気に頭をふって笑った。

「いいかい《ホレッシ》？」

兵隊にはまた、それが判らなかった。笑って高々と、子供を抱きあげた。子供は愉快で堪らなそうに、手を叩いて騒いだ。

「交替！」

いきなり駈け込んで来た兵隊が、そう呼び終らないうちに、額を抱いてばったり床の上に倒れた。傷口をふさいだ掌の指から赤黒い血綿が水脈のようにむくれ上った。

「うむッ！」

ひとこと、そう呻いた儘だった。

呼ばれた兵隊は、子供を抱きおろすと、そのまま無帽で飛び出して行った。それと入り替わりに、血だらけの兵隊が入って来た。

子供は再び泣き出した。

「子供《ショウハイ》！　子供よ！」

その兵隊も同じように呼びかけた。泣きやむと、彼はポケットから銃弾のケースを取出して子供に与えた。子供はちょっと、それを歯で嚙んでみた、がすぐ吐き出した。そしてそれを力一杯に床の上に投げつけた。

兵隊は愉快そうに手を打って笑った。が、反対に子供はおんおん泣き出した。

「飯《チーハン》を喰うのか？」

兵隊はそう叫ぶと、子供を膝の上に抱きかかえて床の上に脚を投げ出すと、銃剣を抜いてそこに転っていた缶詰を切り開いて、そっくりそれを子供にくれた。子供は涙を袖の端でなしくりながら、長い間かかって旨まそうにそれを喰った。その間、兵隊は子供の頭を撫でさすった。

二日間、山東兵はこの路次に籠城した。子供はすっかり兵隊に親《した》しんでしまった。

三日目の朝、子供が眼を醒ました時、兵隊の姿がなかった。ドアをあけると、そこに三個の死体が血に染って転がっていた。そのうちに彼を最初に抱きあげて呉れた、若い兵隊が血まびれの顔を投げて動かなくなっていた。

子供は泣き出した。

街にはすっかり銃声が杜絶えていた。Z・K路に、避難していた人々がもう帰り始めたのか次第に路次の表が賑かになって来た。

子供は間もなく泣きやめると、山東兵が喰い散らかした缶詰やパン屑を拾って喰った。それから永久に眼醒めることのない、若い兵隊の死体を辛抱強く揺り起し始めた。

と、そこへ母親が背負い切れるだけの家財をひッ背負って帰って来た。子供の顔を一目ながめると、彼女は背中の荷物を抛り出して子供に抱きついた。

「お前は何処に行った《ニイデナアベンツ》？」

母親の昂奮とは無関係に、子供は得体の知れない満州土語で、母親の鼻をつまみ上げた。

「まあ！」

母親はヒステリックな発作で、子供の顔に力一杯頬をすりつけて、狂気のように声をあげて泣いた。……


革命軍の先鋒が上海に著いた日、全市は整然たるゼネラル・ストライキだった。上海市特別市政府が宣言され、警察権は糾察隊の手中に帰して、短銃をもった工人労働者によって治安が維持された。

その日、総工会によって、次のような宣言が、全世界の労働者に発せられた。


——全世界の工友よ！　一切の圧迫されたる道伴れよ！　諸君は知らねばならぬ。支那は従来帝国主義の国際市場中一つの最も大なる原料供給地又資本の投資地であった。之を換言すれば支那は即ち、帝国主義の最大なる而して最後の儲蔵所《ちょぞうしょ》である。支那民族は帝国主義列強の統治を受くること已に八十余年に及び、此の長い期間にあって、之等×××××強盗は竟《つい》に鉄血政策を用いて、支那民族を征服した。同時に支那民族より莫大なる搾取を行い、その中より一小部分を取って本国少数の特殊労働者に賄い、労働貴族を養成し以て本国労働階級の経済運動を破壊した。此に因って彼等は彼等の政治を維持した。併し斯の如き状勢は永久に維持できなくなった。何故ならば万国無産階級の援助を得て、支那の労働者、農民、学生及びその他の被圧迫民衆の解放運動は既に甚だ大なる勝利を得たからだ。組織されたる国民革命軍の大多数は被圧迫民衆と××に加担する分子を以って成っている。その国民革命軍の広東より出《すい》師《し》して北伐に従ってより半年に満たざるに、到る処に於いて労働者及農民の呼応を受けたる故に、已に長江以南を克服し、殆んど支那全国の三分の二の地方を占有した。×××の道具——軍閥は、既に国民革命軍によりちりぢりに打砕かれ、×××の在支統治は已に根本的に動揺し始めた。既に武漢国民政府の存在するあり、帝国主義の御用品——北京政府は完全に信用を失い、愈々迫って革命軍の勢力は今や已に上海に到った。これ我等が諸君に報ぜんとする一つの快事である。

諸君はまた上海が如何なる地なるかを知らねばならぬ。上海は世界大都会の一であるが、又帝国主義列強の支那及び極東××の最大の根拠地である。その××地にして転覆せしめられんか、ただに彼等の極東に於ける統治が完全に顚覆されるのみならず、その整える×××の世界が破滅に終らんとする。これは一切の帝国主義者が、明白に看取していることだ。さればこそ彼等は狼狽する。だが我々も極めて明白に、はっきりと見て取る。上海には五十万の工場労働者があり、百余万の普通労働者があり、数多《あまた》の革命的学生があり、また一方に数多の×××及その××によって剝削され、零落せる群集がある。之等の一切はすべて帝国主義の怨敵である。上海の労働者と学生は一九二五年の五四以来、帝国主義者及びその道具と不断の闘争をなし来った。支那は多くの屈服と流血とを経たけれども、しかし我々の闘争は継続する。今回竟に上海は我々労働者の×××によって、××し市街戦を行った。三月二十一日よりはじまって、軍閥軍隊と二日半に及び激戦をなした。その結果は完全に軍閥軍隊の武装を押収し、租界を除く全上海はみな我々の占領する所となった。我々が上海軍閥軍隊を粛清した後、直ちに秩序は復し、又武装糾察隊によって、全市の治安は維持された。我々はこの間に於いて、我々労働階級の甚だ大なる力を表現し、甚だ壮烈なる、しかも光栄ある闘争をなしたことを信ずる。このことは支那革命の闘争の上に甚だ大なる意義を有するものである。現在我々は武装自衛し、我々の組織を公開し、そして一般革命人民と聯合して、一つの民衆のものたる市政府を建てた。我々は確かに勝利を得た。しかしそれは僅かに第一歩の勝利である。まだ最後の勝利には達していない。何故ならば我々の最後の敵――×××者尚《な》お上海に盤拠し、之等帝国主義者の××は一方に於いて絶えず多数の陸海軍を上海に派して常に我々に向って挑戦し、他の一方に於いて彼等は反動派と所謂「温和派」と結合して××運動を破壊し、軟化せしめているからである。それ故、我々の責任は一切の反動派を鎮圧し、已に成立せる市民代表政府を鞏固にし、更に一歩を進めて一切の革命勢力を之等×××××のただ中に突入せしむるにある。我々は我々のこの闘争が甚だ大きいであろうことを知っている。しかし最後の勝利は已に遠くない。我々は諸君が極力我々を援助し、先づマクドナルド輩の労働貴族を打倒し、××××の強盗の在支派兵に反対せんことを希望する。諸君ははるかに我々と相応じて立ち、×××××を打倒し、全世界の被圧迫人類を解放すべきである。

全世界の無産者よ、団結せよ！　××××××！

この宣言を読んで、私は新らしい世界を創造するプロレタリアートの情熱から、置き去られて行く憂欝を感ぜずにはいられなかった。何んのため、そして私はどうするために、この動乱の上海にまごついているのであるか、私はまるで見当のつかない羽目に陥ち込んでしまったのだ。

窓をあけて見よ！　落日を浴びて勝利の革命軍が、規律正しい行軍を歩武勇ましく上海の心臓に進めているではないか！　彼等は疲れている。鼠色の軍服は砂埃によごれてはいる。だが、彼等の左腕に輝く赤き名誉の腕章、その顔に微笑む勇気！

――私は黒い落胆を、感ぜすにはいられなかった。私は宿を出た。日が暮れかかった街頭には、どこの街角にも義勇兵と陸戦隊が着剣のまま突立って、行人の一人一人を誰何《すいか》していた。

孤独の感じが、益々募って来た。私はついに単なる放浪者でしかないのだ！

「この動乱の最中に、夜歩きするのは危険ぢゃないか！」

近よって来た黒い影が、そう私に喚めきかかった。寒むい息を吐く、××兵であった。

ああ、私もまたついに、彼等によって、生命財産を保護されている在留邦人の一人ではなかったか？

私の孤独な心のなかに見え始めて来た、刷り上がりの不鮮明な宣言文――「全世界の労働者に告ぐる書」が、憂鬱な、堪え切れない息苦しさで圧倒して来るのを感じた。

私はあてどもなく、歩き廻った。――

P・U路にレストランがある。私は灯と人間が恋しくなった。そこに新聞記者の黒田がいるかも知れない――！

私の跫音を聞きつけて、眼の見えないお花がまっ先きに声をかけた。

「いらっしゃい！」

白い顔が一斉に、こちらに向き直った。ボヘミヤンのネクタイ、赤いチョッキ、そして白いカラー。革命の嵐のなかで、何んという無感動な顔だ！　そしてしかも眼の見えないお花を、張り合っているのだ！　何んというそれが高き芸術的な気品であることか。私はその白々らしい顔に叩きつけるつもりで、揉みくちゃになった鳥打帽をテーブルの上にはたきつけた。

「酒だ！」

そして私は頭を抱えた。

「黒田さんは、入らっしゃいませんわ……」

彼女は誰からも讃美されている、そして自分でもその通りに己惚れている声で鈴のように言った。そして見えない眼を、決してそこからは動かない永久のカウンターの椅子から、投げつけた。尿毒症にかかって失明した眼が、どうしてこうも美しく澄み透るものであろうか？　眼、眼、盲いた眼が何故にこうも、ボヘミアン文士共の魅惑になるのであろうか！

私は酒を浴びるほど呷った。私は死ぬるほど呑まなければならない――と決心していた。××も、動乱も、そして嵐も、何にもかも一切が私を置去りにしたのだ。自分は孤独な放浪者だ。だから死ぬるほど酒に酔わなければならない！　と、決めた。

「まあ、今夜はどうかしたのね！」

お花が吃驚したように言った。そして泉のように、澄み輝いた眼を瞠った。

「どうも、こうもないやあ。何にもかも一切……」

「なあに、ねえ、お花さん、君のその眼が酒を呷《あ》おらす訳さ――つまり！」

ボヘミアン・ネクタイが口を挿んだ。

「何を！」

私はいきなりカッとなって、起ちあがった。が、そのまま反吐と一緒くたに、転倒した椅子の下に私自身をまで忘却してしまった。

群集が流れていた。――私はまだ、すっかり醒めてはいなかった。明るい昼になっていた。だのに！　私はまるで棄鉢な調子で、私自身の泥だらけの身体を荷厄介な古荷物同然に、そこいら中の電柱にぶちつけ、看牌に投げつけながら歩いた。誰れも相手にはしなかった。まだすっかり治まり切らない街の騒擾も、この生命を投げ出して歩くつもりの、このナツ《ママ》の抜けたアナーキストには、まるで無視された風景だった。

群集の流れが、広場に吸い寄せられていた。それが、酔った私の眼にも幾万と知れない黒さに感ぜられた。党旗、スローガンの幟、組合旗、そして動揺めく群集の黒さ！

私はそれに近づいて行った。騒々しい雑音が、私の耳に無秩序な足踏みを思わせた。或いは叫び合っているようにも、または怒鳴り合っているようにも感ぜられた。

「革命は無秩序な騒音である！」

酔っている筈の私は奇妙にも、誰か（確かロシヤのヘボ文士）の言葉を思い浮べていた。

ふと、その雑音——そしてその無秩序な騒音が、次第に近づくに従って、一つの正しい、秩序だった、まるで楽器の譜をでも踏み伝ってゆくような、規律正しい、整然としたリズミカルな動揺めきに綜合されていた。

私がすっかりその群集の間近かに、近づき切った時、私は高い熱情を秘めて、何物かにあこがれるような眼付に酔っている群集——そしてその群集の一人一人が、まるでそこに理想する世界の実現を確信するもののように踏み鳴らす足音、揺れはためく無数の党旗、揉みちぎられる組合旗——私はこの高潮し切った熱情が、しっかり一つのリズムに結ばれ、解《ほ》ぐれ、高鳴って行く合唱をはっきり聞いた。

高擎赤旗　生死其下
卑怯者哅　滾你的罷
我們的旗　我們守罷

と、不意に労働者が、演壇に飛び上った。拍手は拍手を呼んで、手は手を呼んで、忽ち掌と掌に轟然と打ち合わされる騒音が、群集を押し包んでしまった。

弁士は蒼ざめた顔をしていた。太い腕をつき出して何か怒鳴った。と、拍手が忽ち、前の方から潮の退くように後の方に止んで来た。そして軈《やが》て静まった。

「皆さん！　私は船大工の朱敬鎮です。私は何も知らない！　私は何も語る言葉をもたない！」

彼は断頭台にのせられた死刑囚のように、蒼ざめ切って、歯の根も合わないように打ち震えていた。

「皆さん！」

朱敬鎮は言葉をつづけた。「この愚かな私をここに導き、この演壇に飛び上らせたのは、皆さん！　この血みどろに血塗られた党旗です。見て下さい！　見て下さい！　この血塗れの党旗には……」

彼は全く昂奮し切って、振りちぎるように、黒い汚点《しみ》だらけの党旗を振り廻わした。私は心臓の冷えてゆくのを感じた。すっかり酔もなにもかも——まるで最後の血の一滴をまで、その一ふりの党旗がかっさらって行ったように、私はそこに立ち竦んでしまった。群集は微動もなく、片唾をのんだ。

「皆さん、聞いて下さい！　この血みどろな赤旗にこそ、私のたった一人の……」

こう朱敬鎮が叫ぶと、同時であった。まるで出し抜けに、群集の沈黙を掠めて、ズドン！　と短銃の発射が群集の無数の頭上を貫いて鳴った。朱敬鎮の声が、そこで不意にばったりと止んだ。と、その瞬間に、私は確かに群集の無数の顔が、雑多な表情に閃めいて、死のような沈黙に呼吸をのんで、ぴたッ！　と静止するのを、遥かな距離にある心持で感じた。群集は（確かに！）その発砲が、何を意味するのか、突嗟には理解できなかったのだ！（私も無論！）——だが、瞬転して群集の白い無数の顔が、ただならぬ殺気に閃めき、不穏な、緊張し切った瞬間のしじまに振り返った刹那！——糸のような白煙が発砲者の所在にあがり、その一点に群集が雪崩れ始めるのと、同時に、私はばったり仆れ落ちた朱敬鎮の血飛沫を感じたのである。

「それ逃がすな！」

「×××の手先を逃がすな！」

ほッと息をつくまもなく、私は雪崩れ始めた群集に乗った自分を意識した。

出典：『文芸戦線』昭和三年二月号（文芸戦線社）

解題：テキストの周縁から　P722

娘の時代

私はすくすくと、伸びてゆく青麦のような青春を感じた。知らぬ間に、胸は巾広くむくれ、腕には筋肉がつき、肢は頑丈に固っていた。そして何処へも打遣《うちや》りどころのない、充ち溢れた「力」を全身に感じ始めた。……

大人になりつつあるんだ！　私は羞しいような、こそばゆいような、また誇らかな気持で、人知らず惚れ惚れと自分の肉体を眺め廻すことがあった。

しかし若い女の前に出ると、火のような恥らいを全身に感じて、碌すっぽ口が利けなかった。が、その癖たった一人で納屋の中で秣《まぐさ》を切ったり、山のなかで薪を作ったり、牛の尻をひっ叩いて野良路を行く時には、思い存分に歌ったり怒鳴ったりした。そして見るもの、感ずるものが一切、美しく朗らかであった。――すくすくと伸びてゆく、青麦のような青春を、私は胸一杯に感じはじめたのだ。……

早春だった。

雪が消えた畑土は、黒々として夢のような水気をあげて、温暖な陽光《ひざし》にぼこぼことほぐれていた。私は陽気な考えを胸一杯に抱いて、打ちならした畝に指さきで穴をあけ、三粒づつの豌豆《えんどう》の種を蒔いていた。すると、ひとりでに、その陽気な考えが口笛になって、清澄な大気のなかに溶け込んでゆくような気がした。

その幸福な気持が、何に原因するのか私には解らない――ただ無精に嬉れしかった。ぞくぞくと柔かいもので、撫でまわされるような快感で一杯だったのだ。……

梅林があった。村中が、その白い匂やかな香気に包まれているように思われた。陽光は暖かった。私は畑の畝に穴をあけあけ口笛で、カチューシャを唄った。軍艦マーチを口吟んだ。そしてぽとりぽとりと三粒づつの種を、その穴に落し込んで灰をかけて行った。

――いつの間にか梅に鶯が来て囀《さえず》り始めていた。それに私が気付いた時、鶯は小賢しい小首をかしげては、消えてゆく自分の声に聞き惚れていた。そしてその絹糸のような声が、満開の梅林の繁みに消えてしまうと、また再び、赤い蹠《あし》を踏張り、黄色い胸毛を膨らまして、懸命に啼声を絞り出すのであった。

ホーケキョ、ケキョ……ケキョ

そこでまたいつの間にか私も、汚れた指さきの土を揉み捨てながら、その可憐な鶯の動作と美音に聞き惚れていた。が、私は相変らず口笛は止めていなかった。鶯に敗けず吹き立てていた――。すると、ふと鶯は交尾期になると雌を呼び寄せるために美しい声になるのだ、ということを誰から聞いたか思い出した。そう考えてみると、咲き盛った梅林の繁みに消えてゆく余韻に、じっと小首を傾けて聞き入っている姿が、異性を無意識にあこがれ始めている自分のような気がして、思わず私は口笛をぴったりと吹き止めて赧い顔をした。そして同時に、力一杯に土を握って鶯に投つけた。不意を喰った鶯は啼きながら一直線に飛び去った！　そして何の連絡もなく、私は出し抜けに、

「お君さん……」

と、囁いた。そして囁きながら真赤になって

「馬鹿野郎、馬鹿野郎！」

と、手近にあった梅の枝に飛びついて、滅茶苦茶に揺ぶって花を散らしてしまった。

自分で自分にテレたのであろう……

この時、私は、はじめてお君に恋した。寝ても醒めても彼女の幻影が、頭から去らなかった。

お君は私と同年で、同じように学校を卒えた。学校時分には、色の黒い髪毛の赤い女だったが、いまは見違えるように美しい娘になっているのだった。彼女の家と私の家は籔の裏に向い合っていた。だか

ら懇意だった。で、一日のうちに何度となく私は彼女と顔を合わさなければならなかった。それが反って苦痛だった。私は思った。

「……せめてお君の家が籔の向う側だったらなあ」

――と。そして私は勝手な空想を逞しくしたものだ。でなければこう毎日顔を突き合わしていては、胸のうちを打ち明けられやしないと臆病に悲観した。

ある日、私の母親が町へ行って私の着物にする反物を買って帰って来た。母親はこの反物が幾ら幾らで、これだけの金を得るには米を何斗売らなければならないのだ……と云った風に、反物を私に見せながら愚痴った。私は上の空でそれを聞いて、小説本に読み耽っていたが

「お前はまだ筒袖《つっぽ》でええか？　筒袖にすりゃ、もう二三年も経ちゃ着られやせんが……どうするんぢゃ？」

と訊いた時、昂然と頭を擡《もた》げて

「うん、筒袖なんか着られるもんか！　袂《たもと》のある着物にしてくれよ」

と叫んだ。母親は反物を抱えて

「まあ、お前袂のあるのか？　……まあ、お前大人びて恰好がつかんぞ……」

と笑った。

「もう子供ぢゃないや！」

私は頑強に、母親の笑いを否定した。その翌くる日、井戸端で私が牛の糧桶《かいばおけ》を洗っていると、お君が裁縫の帰りでそこを通りかかった。私は心持顔を赧めて、糧桶のなかへ首を縮めて動かなかった。すると母親が台所から飛び出して来て

「なあ、お君ちゃん。昨日信吉に袷地を一反買って来たんぢゃがね、あれを一枚暇を見て縫い上げてくれんかえ？　もう信吉の奴は若衆気取で、筒袖にしようと言ったら、お前、袂ぢゃなけりゃ嫌だと云うとる！　こまい体をしている癖に笑わしくさるんぢゃ……」
と、言った。私はいきなり糧桶から首を突き出すと
「いらんこと喋るな、阿呆！」
と、怒鳴って家のなかへ駆け込んでしまった。
「……あれぢゃ！」
母親はお君と顔を見合って笑いこけた。そして私が表から廻って、納屋の角から覗いていると
「同い年でもお君さんはしっかり者ぢゃけど、うちの餓鬼は全るで子供みたいなものぢゃ！……」
と話していた。お君はぢっと風呂敷包を抱えて、眼尻を細めて微笑みながら俯向いて、下駄の歯で縄切を弄んでいた。私は瞼が裂けるほど、頬ペタの肉を引張って「赤ンベエ」をした。そして「見ていろ！」と呟いた。肩を聳やかして私は頑固に
「もう子供ぢゃねえんだ！」
と、自分に踏張った。

その春、私は満十五歳になったので、青年団に入れられた。入団式は、報恩講を兼ねてその集会所で開かれた。集会所の山桜はきれいに散って、その梢には赧みがかった若葉が青みかけていた。
入団式といっても、報恩講でその団費を飲み食いするのが目的なので、私たち新団員は酒を買いにやられ、豆腐屋へ使い走りさせられるばかりだった。炊事には処女会が動員されて、頰かむりにタスキ掛

けで立働いていた。その癖みな白粉をこってりと塗りまくって、若い青年と思い思いにいちゃづき、思い思いにひやかされていた。賑かだった。

お君は餅臼《もちうす》のとり手だった。手を艶々と赤らめて、ねばつく餅をかえしたりとったりしていた。そして平常はいつも長い着物を着て、金縁眼鏡をかけて学校を退校されたまま遊び暮らしてのらのらしている医者の息子が、杵をとって汗だくだくで餅つきをやっていた。お君に気があるんだ——と、私は嫉妬を感じた。副団長は、彼が息を切らして休んでいる時、傍へよって行って

「うちで、それだけ働かあ、君のお母あさんがどんなに嬉ぶことか！」

とひやかしていた。私は脚をふん張って「畜生！　そうだとも……」と、こっそり呟いた。

「……ひゃ、ひゃ……親の首尾より女の首尾が大事だよ」

副団長の言葉尻に乗って、誰かが嘲笑した。と、女達が忙しい手をやめて、口を蔽い目を塞いで笑い転げた。

「ちえッ！　唾も涙も這入り放題だ。これぢゃから若い女の拵えたものは見てて喰えたもんぢゃない！」

何処へでも出沙張りたがる老人が通りかかりに、顔をしかめて呟いた。

お君は真赤な顔をして、とり板の上に俯むいていた。

医者の息子は、いい気に苦笑していた。私はこう云う恥知らずの連中を、我慢のならない気持で眺め、どいつもこいつも力量さえあれば殴ぐり飛ばしてやり度い憤激で涙ぐんだ。が仕方がない。——自分はまだ子供なんだ！　無理にもそう考えなければならなかった。私はもうその時から、誰が何んと言ってもそこを退かなかった。

「どうしたんだ、よう！　信吉は……？　ほれ酒屋へ行って来いとよ。……ほれ、支度が出来たから村長さんを迎えに行けとよ！」

が、私は頑固に返事をしないで黙っていた。

「ま、判った！　お君さんに気があるんだよ。妬けているんだよ、まあ……」

女の一人が言った。女も男たちも一斉に私を眺めて、笑った。笑い転げた。……よし！　覚えていろ！　私は赧くならないで、青く顫えながら、そう言った女を睨めつけた。宮下のお竹だ！　畜生。

お君はこの淫らな哄笑のなかに、南天の実のように赤くなって、私を凝視《みつ》めた。私は驚いてその眼をさけると、泡喰ってそこを起った。……

鈴が鳴ると入団式が始まった。青年団長である校長が勅語を朗読し、在郷軍人会長の特務曹長が軍人勅諭を読み、校長や神官や医者が祝詞やら訓戒などを述べたてた。が、もう青年団員は小学生ではない。見知り越しの人間が、鹿爪らしい顔付や、もったいぶった様子で、行き詰り行き詰りして読んだり述べたりすることを真面目には聞いてはいなかった。娘の手を引張ったり、声をあげて野次ったり、がやがやと騒々しいなかに式を終った。

「若衆になったんだ！」

そんな気持なんか爪の垢ほどもなかった。今年新団員になった者は総て私と同級生であるが、與一なんかとっくに女郎買いの味を知っているし、六年生の時落第しかかった留三なんか夜這いに這い込んで、娘と間違えて母親の寝床へもぐり込んだと、評判さえ立てられている程である。今更、なにが若衆なんだ！

そこで今度は報恩講である。住職が肺病で寝込んでいるので、どこの風来坊か解らない客僧が、垢だらけの白い下着を衣でかくしてやって来た。そして恭や恭やしく一座に頭をさげると、燈明の輝いている仏壇に向かった。尻の下で組み合わされた足袋の裏が真黒だった。お茶をくんで出したお転婆娘のお芳が、それを指ざして含笑いしたので、村長に睨みつけられたものだ。が、誰れもこの風来坊主を、だといって尊敬するものか！

長い長いお経と、またそれに敗けず長ったらしいお説教の後に、はじめて青年団員は酒に有りついた。精進料理である。村長はここで伸び伸びと欠伸《あくび》をした。

娘たちは襷を外して、給仕にたった。鱈腹と食い酔ってまた村長と医者が、政党のことで喧嘩をぶち撒くであろう。そして校長や特務曹長達が、お世辞だらだらで、埒の開かない仲裁を試み始めるだろう……

私は飯を済ますと、すぐに座を立って集会所を出た。と、すぐお君が追いかけて来て

「もう行くのかえ。ぢゃこれを貰って行きなされ。祝餅ぢゃがな」

と言って餅を紙につつんで呉れた。私は人が見ているような気がして、あわてふためいてお君から餅を奪い取ると走り去った。それから忠魂碑のある裏山へ登った。報恩講が済んで帰って来たら、お竹の奴を殴ぐる決心をして、忠魂碑の台石に腰かけて待った。お竹はこの路を通って、向い谷へ帰る筈だった。

寄り合は仲々はてなかった。騒々しい歌声が聞えて来て、酒宴は益々盛んになって行った。

「豚共、豚奴が！」

私はその酔いどれ共の馬鹿騒ぎを聞いていると、何んとも言えない憤激を感じた。何が入団式だ、何が報恩講だ！　豚、豚どもが……そしてその憤激に堪えない気持を感ずると、お竹を殴ぐる決心を断念

して私は家に戻った。

そして私はこの日からもう再び口笛を吹かなかった。

お君の母親は、団体講で京参りと伊勢参りをして帰ると、間もなく寝就いてしまった。そしてはっきり病源の判明しないうちに、一月足らずで死んでしまった。

「しっかり者のお咲さんに死なれたんでは、敬之助さんもがっかり力を落しただろう」

と、近所の人達は噂さし合った。そしてその噂さ通りに、お君の父親はがっくりがめってしまった。丁度麦の収穫《とりい》れ時であった。が、お君の父親は、青い顔をして田圃に出ようとしなかった。頭が痛いの、気分が勝れないのとこぼしていた。そして誰彼の別なく捉まえては、女房の思い出話を語っては泣いた。

「気が変になるんぢゃないか知ら?」

私の母親はいらぬ心配までしていた。

「なあにそんなことがあるものか! 未練が強いんだよ」

父親は一笑に附した。

が、お君は気の毒だった。弟の忠一を相手に、麦藁がピチピチと音をたてて乾いてゆく熱い日盛りを、汗だくだくで立働いていた。彼女の父親は薄暗い納戸のなかで、裸でいつも寝そべっていた。そして気が向くと、夜でも昼でも仏壇の前にかしこまっては泣いていた。

私は日毎に憂欝な顔になって行くお君を見遁さなかった。そして私はどう慰めていいか、顔を赧らめる以外には知らなかった。

そのうちに彼女の父親は、ほんとに寝ついてしまった。お君は麦こなしを人手に渡して看病につききりだった。

「まだ四十九日も済まんのに、何んちゅう不仕合せなことだろう！」

見舞に行って帰った母親はそう言って、人事でないように悲しんだ。

「お君さん姉弟が可哀そうだよ！　歳もゆかんのに……」

とも言った。

私は胸を抉ぐられるような思いで、それを聞いた。

「他人のことを、いらん心配して何んの利益があるんだ、馬鹿な奴だ！」

「拳」という異名のある私の父親は、冷淡にそう罵った。「さあ、早く寝て了え、明日は百枚ほどこなしてしまわなければならん……」

そしてそれに逆いでもしようものなら、殴ぐり殺される目に遭わなければならないのだ。頑固な暴君であった。

お君の父親は、日毎に病いが重って行った。顔に腫物ができて、ひどい熱が出ているんだと母は話した。

「町の病院ででも診て貰えば、はっきりした診たてがして貰えるんだけどなあ……」

お君がいつか梨の木の下に、熱い陽光をよけて納屋の入口で私の母親と話し込んでいた。そして飲んでも飲んでも利目のない薬瓶を、憂欝な眼差で凝視めていた。

「手遅れになっては取返えしがつかんけに、一遍町へ行って診て貰わるとええぞな。お母あが死んで間もないのに大けな物いりぢゃけど、この上お父うに若しものことがありゃ、それこそ、どうもならんけに……なあ」

「ええ……」

私は梨の青葉に、萎み返ってゆくお君を眺めて、言いようない痛みを感じた。

「よう考えてみようわいな。田植えでも済さんことにあ、どうともならんけど……」

そして彼女は、俯向き勝ちに帰って行った。私はその後姿を見送って、恋してはならない、色恋の沙汰どころではない不仕合せに浸し込まれている彼女を思った。


夕飯の時、また母親が言った。

「お君さんとこは気の毒だがな。うちはもう明日一杯で植え付けも終《す》んでしまうんぢゃから、そうしたら皆んなで手助けに行かにゃなるまい！」

親父は酒を飲んでいた。

「何んでお前は他家《よそ》のことばっかり気になるんぢゃ！　他家《よそ》は他家《よそ》、うちは自家《うち》だ。一々人のことばかり気に病んでいたら、どうもならせん、そんなこと言っとったら、達者な家はいつも病人のある家の手伝ばかりしとらにゃならん。人がええのも程がある！」

「そんな酷いこと言ったって……隣近所で見てもいられやせんがな」

母親は気の弱い声で遮切った。

「阿呆言うな！　今年は誰れよりも抜駈けで初桃を送り出さにゃならん。どこもかしこも田植えが済めば桃を送り出してしまう――すると相場が一晩でガタ落ちだ。俺らあ、ここ二三日で二百両握り込む見込ぢゃ」

「他人に後指さされてまで、財産《しんしょ》つくろうと思わんがな！」

母親は泣くように言った。が、それ以上は押通さなかった。殴ぐられるか、髪を引き撈られるかしなければならないことが眼に見えていたから、利巧な母親は眼を瞬いて黙ってしまった。私は木屑を嚙むような思いで飯を喰った。——何故、うちの親父とお君の父親と、取替って呉れなかったんかなあと考えた。そして私はちっとも父親に愛情を感じなかった。

翌日苗代の苗を抜きながら母親がこっそり、

「なあ信吉、今日でうちの植え付が済んだら、お君さんとこへ手伝に行っとくれよ」

と言った。

「ああ……」

私はどぎまぎしながら、はっきり答えた。

「……お前のお父にも困ったもんだ。何んであぁ因業な剛突張りなのかなあ」

と、独語《ひとりご》ちて母親は憂欝な眼をした。

私は愉快になった。だが明日のことを思うと、胸が動悸づいた。

その夜は眠つかれなかった。

朝飯が済むと、父親は草鞋をはきながら、

「桃畠へ行っとるから、すぐ担い籠を持って来いよ！」

と言った。

「ああ……」

私は「赤ンベエ」をするようなつもりで気のない返事をした。

親父は啣煙管《くわえぎせる》で、肩越しに煙を吐きながら担い籠をかついで桃畠へ出て行った。私は口笛を鳴しながら、父親とは反対にお君の家へ突走った。

お君は竈《かまど》の前で、濡れた手甲脚絆《てっこうきゃはん》をしめていた。――げっそりした彼女だった。

「お君！　余り牛に青草を喰わしちゃいかんぞ」

暗い納戸に仰向むいた儘で、彼女の父親が怒鳴っていた。

「あい、そんなに喰わしゃせんがな！」

彼女は不気嫌に叫んだ。

「嘘こくな！」

「病人の癖に、いらん世話しとる！」

お君は頬を膨らまして、小声で呟いた。そして彼女は始めて私の方を振りむいた。

「お母あが、手伝に上れって言ったから……」

私は真赤になってそう言った。

「そうかえ、まあ、おおけに……もうあんたんちは済んだのかいな」

彼女は微笑った。

「あい……」

私は何年振りかで、彼女の微笑を見るように感じた。跳びあがるほど嬉れしかった。

「まあ助かった。信さんに手助って貰えば、うちも今日明日にはあらまし片附くがな！」

彼女は安堵したように言った。

私と彼女とは露を踏んで田圃へ出て行った。彼女は歩きながら私に、病人のこと、弟の忠一のこと、そして私の将来のことを話したり訊いたりした。が、私は赧くなって問われたことに答えるばかりで、自分で何も言い出せなかった。私は彼女のその言葉の端々に、急に大人びて自分とは非常に違った世界に、生きている彼女を感じなければならなかった。そして如何に自分が子供染みているかを、情けなく知らなければならなかった。もう彼女は、あの報恩講の日に若い青年団員からひやかされて、真赤になって俯向いた彼女ではなかった。私は急激に娘気を失ってゆく彼女を、悲哀に満ちた心で感傷した。

苗代には、山の中から出て来る田植女が七八人来て、彼女を待っていた。彼女は彼女よりずっと年上である彼女たちに隙のない命令や指揮を与えた。女達は彼女の指図ひとつで易々諾々と立ち働いた。そしてまた私自身も彼女の指図で立ち働く側の一人であった。私はここでもまた、もう決して自分の恋の相手ではなくなったしっかり者のお君を見せつけられた。私はただもう訳もなく悲しかった。彼女はもう娘ではないのだ！

私は遂いに、私のこの恋を諦めなければならないであろうか？

私は憂欝な心持で一日立ち働いた。そして夜、家に戻って来ると、いきなり酒を飲んでいた親父が、

「どこへ行っていた、阿呆者奴が！」

と、持っていた杯を投げつけた。

「半人前の仕事も碌々できもしない癖に、女の尻を追いくさる、極道奴が！」

と喚めいた。

「何に言うんかな。うらが行け言うたんぢゃ。近所の手前もあるから手伝わしたんだやがな……」

母親が父親の腕に縋りついた。

「阿呆こくな！　近所から誰れが手伝いに行っとった。この忙しのに自分のうちの用を抛ったらかして、

他家の手伝までする変り者があるか！　信公だけぢゃないか。いい物笑いぢゃ……阿呆！　近所ぢゃお前のことを何んと言っとる」

私は何んとも無言のまま抗弁しなかった。が、親父がそう喚めきたてることの原因が、彼の握拳のような因業な根性にあることを憎悪せずにはいられなかった。

「何んで、そうそう、この子ばかり眼の敵にするんぢゃな？　そがいにガミガミ言われたんぢゃ、この子の立つ瀬がないぢゃないかな……」

母親は涙含んだ。そして私は漠然と、出奔しなければならないと考えた。

田植えが済むと、お君は父親を、この村から十里ばかりも距った都会の県立病院に連れて行った。

――が、すぐに間もなく二週間も経つと帰って来た。

「医長さんは癌腫だというんですよ。だがなあ、手術するには入院しなけりゃならない。入院するにあ、嘘のようだけえど日に七八円の金がいるですよ。どうで、そがいな金が工面できるもんぢゃないけえ、折角来たんだからと思ったけえど、残念にも帰って来ましたんぢゃ」

げっそり痩せていた。彼女はそう言って、土産の煎餅を出した。

母親は涙脆い眼付をして、吐息まじりに彼女の話を聞いていた。

「……だと言っても、みすみすお父あんを見殺しにする訳ぢゃないかなあ。せめて一月も入院していて、手術の一遍もして貰えばよかったに……」

「え、そう思ってなあ、わしもお父あんに奨めたんだけど、どう言っても聞かないんですよ。……そんなに金を使ってまで、ようなろうとは思わん――そう言って聞いて呉れんのです。俺は百姓だ、祖先からの田地を潰して、もとの体になったところで、もう二度と一たん手放した田地を買戻す力がないことを、よう知っとる。それよりも祖先から伝った大事な田地にキヅをつけずに、子孫に譲るのが道理ぢゃ……それがこの俺にできる唯ったひとつの路だ。……こう云って訊かないですからなあ、どうもならんぢゃないかなあ」

お君は、いつの間にか泣きじゃくっていた。私の母親も慰める言葉もなく、凝っと首垂れて前掛で眼を抑えていた。――が、私は土間で町へ送り出す桃の荷造りをしながら、その会話を盗み聞きしていた。そして不思議な疑念に囚われた。お君が帰って行くと、私はその疑問を母親に訊いた。母親は涙に濡れた眼を急いで拭き払うと、

「そこが親心なんだよ。どんなに働いても藻掻いても、仲々お金は残るもんぢゃないけえ、子供だけにはそのままそっくり有るだけのものは残して置いてやり度いというのが親の心――有難いものぢゃないか。この親心も知らずに親の財産を費い果すと罰があたるぞ！　お前もようく身に泌めて置くがえぞ！」

と、意見された。が、私の疑問はそれでは晴れなかった。

「だって、お母あ……親が子供に財産を残す、また子供はそのままそっくりまたその子供に残して行んだなあ。するとただ順ぐりに財産を守るだけで、その財産を費ってみんことにゃ、その親の有難味が判らんことになるがなあ」

と言うと、

「まあ、何んという根性を持っているんぢゃ。呆れて物が言えん、何んという太い了見を持っているんだろうなあこの子は！　罰当りぢゃ……百姓は誰れでもお先祖のおかげで代々生きて行かれているぢゃ

ぞ！　お先祖が田畑を残しておかれたからこそ、生計がたって行けるんだぞ！　罰当りなことを言うもんぢゃない……」

母親は手ひどく私を叱りつけた。私はその見幕に驚いて黙ったものの、決して疑問が説得された訳ではなかった。私の考えでは、生きるか死ぬかの瀬戸際にまで来ていながら先祖の田地を、どうあっても手放すことが出来ないなんて云う訳のものではない、と思った。それは単に先祖代々の財産を守る番人でしかない、そしてそう云うことであれば決して先祖代々の財産が、その人間にとっては有難いものでも、仕合せな存在でもないと考えられた。

私はお君の一家に、限りない憐憫《れんびん》を感じた。——

彼女は人手もかけずに、野良働きに出た。肥《こえ》も担いだ。熱い日中を泥まみれで、田の中を這い廻っていた。そして彼女はこの過激な労働によって、彼女の青春をすり殺してしまった。髪は赤茶け、顔も手も娘々した艶は失せて、荒男のような頑丈な光沢に輝いて来た。それは一体、何んのためであるか……？

私の母親の話によれば、彼女の父親の顔は二目とみられないように潰《つぶ》けて、飲むもの喰うものが頬から膿と一緒に滲み出るのだ——ということであった。それにも不拘《かかわら》ず彼女の父親は病院にも行かず、治療をも受けないのだ！　それは一体、何んのためであるか……？

それは二つとも先祖の田地を守る、悲惨な犠牲ではないか！

私は彼等の一家に、痛ましいまでに憐憫を感じて来た。そしていつの間にか、私の彼女に対する恋情とその位置を交替していた。——

私はすっかり半歳そこそこのうちに生活とその環境に打砕かれたお君の青春を見た。彼女の「娘の時代」は余りにも早く逝ってしまった！　そしてそれはまた私にとっても、余りに呆気ない失恋であった？

（三月五日夜）

出典：『文芸戦線』昭和二年四月号（文芸戦線社）
参照：『苦力頭の表情』昭和二年十月三十日（春陽堂）収載作。
解題：テキストの周縁から　Ｐ７２４

暴風

女はお兼と呼ばれていた。――

彼女は恐ろしく気の利かない、斜視《やぶにらみ》の百姓娘で、まるで牝牛をでも見るように、鈍重な厚みのある大柄な体格を持っていた。

彼女の傍に近寄ると、何んとも言えない「厩《うまや》」のような臭いがした。

扁平足というのであろう。その彼女のだらしのない、よごれ切った、しょっちゅう泥か飯粒かを踏んづけている足の裏は、まるで俎板のように、平べたくて大きかった。

が、それは足ばかりではない。彼女の肉体のどこの部分もが、押しつぶされでもしたかのように、全体に扁平であって、鈍感な分厚さを思わせたのだ。

先づそのニキビだらけの顔である。のっぺりとぶよぶよに肥ってはいるが、その感じがまるで色艶の悪い南瓜のようにへちゃげているのだ。鼻らしい突起物はあるのだが、人間の容貌を引き立たせるための、鼻筋というのものがまるっきり見出せない。従って彼女の顔の輪廓は、いつも寝呆けた時のように、曖昧にぼやけ切っている。事実また彼女は、しょっちゅう眠むたがって生欠伸《なまあくび》を嚙みしめながら、真正面から物事を眺めることの出来ない斜視《やぶにらみ》の眼尻から、だらしのない涙を垂らしているのだ。

真実、彼女はこの人生というものに、何等の感興も昂奮も持っていないようである。何にもかにもが物臭くて、一切が退屈だ！――と言った風なのが、彼女である。

私はこの彼女に、決して真底から惚れているという訳ではなかったが、時たま彼女を私の淫らな慾望の対象に考えることのあったことを白状する。それは私の淫蕩な血が沸きたぎって、どうにもこうにも納めようのつかない場合に限られてはいたが……。

「――ちぇッ！　まあ、お兼の奴でも我慢すらあな……。」

と、こういう風に私は、彼女の全く特別な「厩」のような体臭を、烈しく空想したものである。
――が、これは彼女に対する、ひどい侮辱というものだ。しかし私にこういう感情を起こさせるというのが、つまり彼女が一家中で一番に惨めな、全く不幸な境遇にいたからなのだ。どんなに能なしの家畜だって、全く彼女のようにこうも惨酷に取扱われはしないだろうと思われる程、それほど誰からも侮辱され、ひどい目に遭わされ通しだった。

女気というものが、この一家中でお兼のみに限られていたのではない。主人にも二人の娘があった。一人は聟を貰ったのだが、その聟が気に入らなくて追い出した、二十三になる我儘な総領娘と、まだ女学校に通っている色気盛りの十七娘がいた。その外にはお兼と同じように女中働きをしているお房という女がいた。しかしこれらの女たちは、私には近づき難いものであった。主人の娘は二人とも高慢ちきで、それに第一下男働きの私とは、まるっきり身分が違っていた。

お房にはもう既に恋人があった。彼女は呉竹のようにもてきぱきした娘で、器量にも相当の自信をもっていたから、甚だ威勢の上がらない「下男奉公」の私が、どんなに有ったけの思いを焦がそうと、それはまるっきり無駄な、まるで暖簾に腕相撲をしかけるほどにも効果のあろう筈はなかった。

しかしながら――私はまだ若かったので、自分で自分の身分を考えて色恋を慎むという訳には行かなかった。あれこれと、あらぬ考えを色々に悩むことがある。そういう時、最も手近かに、私の最も簡単な対象となって浮び上がって来るのが、斜視《やぶにらみ》のお兼であった。彼女の眼は何を凝視めているのか、またその牛のように分厚な胸巾《(襟)》には、一体どんな思いが去来しているのか――全く見当のつかない彼女の鈍感な面つきではあったが。

しかし彼女は全く哀れな娘であったのだ。――私達の主人というのは、山政と呼ばれる村でも指折りの分限者で大地主でもあった。彼は金貸をしていた。人造肥料も商っていた。また質屋までも営業していた。因業な緋々《（狒々）》爺で、村中の小作人が水も呑めないほどに、とことんに搾り上げる目的のために、彼は彼の一生を賭けていた。

白漆喰の蔵が三棟あった。磨きのかかった門柱には「大日本人造肥料」「安田生命保険株式会社出張所」「飯山電気会社申込所」といった具合に、四つも五つも掛け切れないほど看板が打ちつけてあった。抜け目なく塵ッパ一本でも儲け損じまいとする、山政の頑固な魂胆が露骨に現われていたのだ。

作男の口があるというので、私が最初に口入屋からの紹介状をもって、ここを訪れた時、この門柱の金看板を眺めて「これは凄いやり手だな……。」と、直感せずにはいられなかった。広い中庭を通って内玄関を這入ると、土間にキチンと手際よく積み上げられた豆粕の匂いがした。窒素肥料の鼻にひりつくような匂いがあった。

三間に余るぴかぴかに拭き磨かれた上り框《かまち》が、贅沢な家構えを思わせた。小作米の納め時には、尻切れ股引の小作人が、目白押しにずらりと並ぶのだろう。夜には忍ぶようにして、彼等の女房がうそら寒い懐手をして、二束三文に値踏み倒される質草を悲しい眼瞬きで眺めるだろう。

暦がぶら下がっている大黒柱には、赤鯛を抱えたえびす様が、糞面白くもないのに、にこにこと貧乏人の懐を嘲笑っている。正面の鴨居には、古ぼけ切った質屋の鑑札が名誉でもなく、明らさまにぶちつけてある。

私が声をかけると、細かい帳場格子から全くつんつるてんに禿げ切った頭だけを覗けて、算盤を弾いて帳づけをしていた親爺が顔を擡げて、迂散臭く私を眺めた。老眼鏡の蔓が、まったく吝嗇《けちんぼう》に白絲でかがってある。

「あ、そうさな。百姓の手伝いが一人欲しいとは思っていたが、お前には勤るかな……？　家中で喰うだけの田地を作って貰いたいんだが、それも一年百二十円位いでな。そのかわり四季着《しきせ》一切はこっちで持つことにするからな。……」

狡猾な眼付をした親父であった。気乗りがしなければ、無理にとは言うまい——そういう顔付きであった。これが評判の山政であった。年はかれこれ五十を五つも超えていたであろうか。

男一匹一年をむざむざとコキ使われて、それでたった百二十円そこいらであるとは全く情けない話ではあったが、しかし私はそういう条件でも暫く辛抱をしなければならなかった。何故って？　私はもう四五ケ月も仕事にあぶれつづけて、喰うか喰わずでこの地方を放浪していたのだから——。

私と主人の話が纏まると、彼は手を拍って

「お兼！　……お兼！」と、襖越しに誰かを呼んだ。その時のっそりと牛のように間の中障子をあけて、土間から肩幅の広い顔を覗けたのが、彼女であった。

「このあんちゃんを「離れ」へつれていって、仕度をさせて上げな。それから藤吉のところへ案内して、引き合わせてくんな……。」と、彼は直ぐにも言い付けた。傭い入れが済んだとなると、寸分の猶予もなしにコキ使おうと言うのだ。

彼女の涙ぽい眼は主人の方を視るかわりに、何処かまるで反対側をみつめていた。私はその時おかしい女だと思ったが、よく注意してみるとそれはひどい斜視《やぶにらみ》の故《せい》であったのだ。

私は彼女について、裏口から出て行った。彼女は跣足《はだし》でぴたぴたと歩いて行く。白い足の裏がぴったりと、具合よく地面に喰いついているのを、私は面白がった。平ぺたい、まるで俎板のように大きな扁平足だったのだ。

「離れ」と称するのは、物置小屋の二階であった。煤だらけな天井の下に、鈍い明り窓からの光線で、荒い琉球表が敷いてあるのが解った。暗闇には汚れた股引や繻絆が、むせっぽく突込んであった。お兼が暗闇をかき散らかして、取出してくれる股引はみんな丈が短かくって、私の足にぴったり合わなかった。まるで「子供物」のように矮《ちい》さいのだ。私は変だと思った。それで彼女にこう訊いた。

「藤さん……と云うのかね？　その人は一体どんな人だね……？」

しかし彼女は、忍び笑いをして、動かない斜視《やぶにらみ》の眼を二つの袂で隠すようにした。彼女はくすくす笑って答えなかった。私は愈々変だと思った。藤さんというのは、まだ年の行かない少年でもあるだろうか――？

しかし私のこの疑問は、直ぐに解決したのである。藤さんと呼ばれる男は、四尺足らずの小男であった。年輩はもう四十にも近かかったであろう。しかしながら体格こそは四尺足らずの矮男であったが、石のような頑丈な逞しい筋肉が軀中に漲ぎっていた。背中には何かの袋でも担いでいるかのように、猫背に痛ましく曲がっていた。不幸なせむしなのであった。

彼は梨畑で施肥をしていた。私が挨拶をすると、彼は泥だらけな両手を持て余して、真赤に含羞《はにか》んで、杭のような歯を出して、ひ、ひ、ひ……と卑屈に笑った。

これはその後になって解ったことであるが、山政が村で指折りの物持ちになったのは、みなこのせむし男の藤吉が骨身惜まずに働き抜いた結果であった。藤吉は山政にとっては、かけがえのない唯った一人の弟であった。彼は自分が人間の仲間から除外されている、不幸な不具者であるという、悲しい諦めから、道楽の味を全く知らずに、四十になる今日までまるっきり女気さえも知らずに働き抜いて来たのだ。

山政はこの弟のお蔭で、自分は百姓から泥草鞋を脱ぎ捨てて、すっかり田地を一切彼に委せ切って、金を貸付けたり、質屋を営んだり、保険の勧誘に出歩いたり、肥料の売買に手を出すなど、抜け目なくしこたまに儲け込むことが出来たのだ。

「藤さんさえいなけりゃ、山政もあれほど金儲けも出来なかったろうに！」と、村の人達はそう噂し合っていた。全くそれに違いなかった。若し藤吉がいなければ、山政も一介の小百姓で終ったかも知れないのだ。彼は商売で儲け込んだ金を皆んな田地に注ぎ込んで、瞬くのまにこの地方でも有数な地主になり澄ましたのだ。

しかしながら、この豪勢な山政を兄に持ち、彼の飽くことのない蓄富の全くの犠牲になった実弟であるにかかわらず、藤吉自身の境遇はどんなに惨澹たるものであったろうか！

全くの農奴であった。彼は私と一緒に納屋の煤だらけな屋根裏に寝起きしていた。私は非常に安い給金であったが、年に百二十円の約束である。しかし藤吉は「要るだけの金」は貰えることにはなっていたが、それはそういう歓ばせだけで、事実彼は盆暮にやっと五円そこそこの小使銭しか貰ってはいなかった。彼は煙草も酒も好まない。まして女道楽のあろう筈はない。――が、それにしても盆暮に僅か五円そこいらの小使銭ぽっきりであるとは、全くお話にならない惨酷さである。

当然に山政の女房は彼を「兄さん」と呼ばなければならず、彼等の娘たちは「おぢさん」と敬まわなければならないのに、この家では「藤さん」と、まるで他人のように呼び慣らしていた。

山政は決して必要以外には、彼と口を利かなかった。たった一人の叔父や弟を、まるで赤の他人のように外々しく、傭人扱いにするのが、この家の冷淡な家風だった。

この外々しい冷淡な家風が、他の傭人にまでも感染して番頭の吉田から、女中のお房に到るまでが、彼を決して作男以外には見ていなかった。殊に女中のお房は、藤吉の悪口や蔭口を叩くことで、女房や娘たちからゾッコン気に入りの可愛がられ方であった。

こういう不幸な境涯に置かれている彼が、素直な性格に恵まれる筈がなかった。彼はひどい変人で、誰とも口を利くのを喜ばなかった。誰もかれもが自分を憎んでいる。天でさえもが自分を憎くんで、このようなせむしに生みつけたのだ！——彼は自分以外には何物をも信じない、一剋《いっこく》な、ギラギラと光る狂人のような眼をもっていた。いつもその眼が鋭く、執拗く、暗い地面を凝視めている。

——こういう人間には、うっかり口が利けるものではない。どんな風に邪推を廻わすか知れないからだ。

彼は四十を過ぎている。小柄な四尺に足らないせむしである故《せい》か、時には二十二三にしか見えない時がある。また凝っと注意深く顔だけを眺めていると、四十にも五十にも老けて見えるのだ。それで私が何気なしに、こういう風に訊いたものだ。

「ね、藤さん、あんたは一体幾つだね……？」

彼の眼がギラリと光ったと思った。するといきなり、私の言葉が終りもしないうちに、彼は力任せにポカッと私を殴ぐりつけたのだ。

「馬鹿にすんな！　馬鹿にすんな！」

そして涙をポロポロとこぼしながら、彼は歯を喰いしばって口惜しがった。四十を過ぎたせむしの小男が、声だけはいやに大人びて——しかし子供のように地団駄を踏んで口惜しがったのだ。

明るい初夏であった。青葉が村を埋めていた。熟れた麦の匂いが、鋭く鼻を衝いた。

この日、藤さんは珍らしく機嫌がよかった。私たちは仲よく肩を並べて、——多分昼飯に帰る路であったかと思う。私は調子よく何処か、藤さんには珍らしい旅の話を聞かせていた。藤さんは自分の村以外には、一歩も旅に出たことのない男であった。彼は人中へ出ることを極端に嫌うのだ。それは彼がせむしの故《せい》であった。彼はまるで赤ン坊のように、自分が作る作物以外には何にも知らない。——全くお話にならない無知な世間知らずだった。

それで彼は全く機嫌のよい時には、執拗く私に旅の話や、自分が知らない色んな話をせがむのであった。

彼は海を知らなかった。海！　海！　私がいつか海の話を聞かせた時、彼はこう叫んで手をひろげた。

「ほ、ほお！　空のように無辺際に広いちゅうのかなあ！　水、塩水！」彼はすっかり驚いて、彼が理解する広さを両腕で空に幾度も描き直しては考え込んだ。海！　海！

そして海の広さが、どうしても考え切れないのか、その晩私と枕を並べて寝てからも何遍となく、Ａ川を幾億倍合わせても、日本やロシヤやアメリカ——世界の国々をみんな合わせても合わし切れない広さかどうか訊き訊きして、到頭私を子供のようにうるさがらせた。

Ａ川というのは、その村を流れている大川である。中国の山脈から流れて来て、瀬戸の内海に注いでいる。鮎と山椒魚がとれる。彼が知っている最大の水量は、このＡ川の貧しいせせらぎに限られている。

「海！　ほお、一遍だけでいいから見物したいものだなあ！」

と、彼は泌々《しみじみ》として呟きながら、それから暫くの間、毎日のように私から海の話ばかりをせがんだものだ。

その日も私は彼に何か、珍らしい話を聞かせていた。それで私は夢中になって、彼の肩に私の軀をすりつけるようにして、話かけていたのだろう。私と藤さんが並ぶと、彼の頭が丁度私の肩のところにやっと届く位である。

すると彼は、私が話に事寄せて丈比べをでもしているものと感《(勘)》違いしたのであろうか。いきなり私を泥田の中へ突き転がして、自分も泥だらけになって、私に組みついて来たのだ。私は余りに突嗟な出来事なので、すっかり面喰《くら》ってしまった。そして何故に、彼が私を泥田の中へ出し抜けに突き転がしたのであるか——その原因を考える余裕がなかった。私も怒った。二人は泥田の中で、烈しい組打ちを始めた。

四尺に足らないせむしの藤さんではあったが、その馬鹿力にかかっては到底彼の敵ではなかった。若しもこの時、牛のように大柄な感じの鈍いお兼が通りすがって、まるでそれが他所の出来事か何んかのように、ぼんやりと突立って私達の組打ちを眺め始めなければ、——そしてまた彼女のその姿に藤さんが気付かなかったならば、私は、まるで泥溝《どぶ》鼠よりももっと見苦しく撲殺されていたかも知れなかった。

彼は全くなめくぢのように弱い。彼はお兼を認めると、さっと真赤になって、私の首に捲きつけていた腕をゆるめた。その隙に私は跳ね起きて、私が泥だらけで逃げ出さない前に、藤さんの方が私よりも素早く泥だらけの姿で、背中の背負い瘤を揺さぶりながら逃げ出したのだ。

彼は全くこういう人間だった。邪推が深くて、ひねくれかえった変屈者であるのだ。それでこの山政の家には、藤さんと一緒では永く住みつく人間がなかったのだ。他国者の——それに全く身元すらも確ではない私を、あの業慾な山政の親爺がよくもそれを承知で傭い入れたものだと思ったが、万更それには理由のないことではなかった。——

私達傭人全部は茶飯の時以外は、三度三度家族たちと一緒に台所で飯を喰うことになっている。私と藤さんは長い着物を着ている祝日以外は、いつでも台所の板場で腰掛けたままで喰うのだ。それが作男の習慣だ——と、言うのだ。

家族達と吉田という番頭は、一段高い座敷で、われわれとは格式が違っている。飯の給仕も姉娘のお冴かお主婦さんであるが、私達の板場は女中や店の小僧たちと手盛りで喰うのだ。

この飯時に限って、畳の座敷から叱言が出る。小言を喰った傭人は、嫌でも飯を遠慮せずにはいられなくなるからであろう。使傭人を利巧に使う人間は、決して飯に叱言を交ぜるということはしない。が、山政はそうではなく叱言を言うのは、一杯でも飯を倹約させるためなのだ。

山政の女房をお瀧と言った。姉妹二人を生んだだけで、子供が止ってから、頤《おとがい》がくびれる程肥っている。親父に負けない、業突くばりの慾張り屋で、邪険な情け知らずである。

「お兼！　お前は、昨夜《よんべ》どけえ風呂敷を提げて行きよった？」

お瀧が白々しい声でこう言って、麦飯を頬ばっているお兼をぢろりと睨らんだ。彼女はぽかんと箸を置いて、見当違いな方角に視線を落しながらかしこまった。斜視《やぶにらみ》の不幸な癖なのだ。

「え、返事をしくさらんか？　昨夜《よんべ》どけえ行ってたんだ、と訊いてるんだに！」

急にお瀧の声が険しくなった。お房が忍び笑いをして、私を盗み見た。

「どけえも……？」

と、全く鈍重な声で自分でも、はっきりと見当がまるでつかないようにお兼が呟いた。

「え、どけえも……？　嘘、言うな！　嘘、言うな！　米がいつも無うなる無うなると思うていたら、おどれ奴《め》なんだ。どけえ米を運んだ……？」

「米……？　うらが何時なあ！」

と、彼女はやっとお瀧の言葉の意味が解せたように、平ぺたい顔を口惜しそうに震わせて、益々見当違いな方角を凝っと見据えながら呟いた。それから厚いビフテキのような口唇を、悲しそうに歪めた。

「え、うらが何時なあ！」

「あれ、まあ……盗人たけだけしいたあ、おどれ奴のことだ。米が無うなる、無うなると思うとったらおどれが、我家に運んでるんだ。おどれで無うて、誰が米を量り出すものぞ！」

「まあ――むごいこと言わすんな！　わしが何時な……？　どこに証拠があって、そがいなことを……」

お兼はこみ上げて来る悲しみに堪えられないように、泣きじゃくりながら、ばったり牝牛のように大柄な肉体を板場に投げ出した。俎板のように扁平な足の裏に、盥《たらい》のようなお臀がのっかっている。口惜しく泣きじゃくる声が、渋団扇のような掌を漏れて強い語気になって飛んだ。「ええ何時？　わしがな！……」

――不思議なことには、本人のお兼よりももっと悲痛な顔付で、藤さんがいきなり彼女の姿から眼を逸らせてぽいと茶碗を抛り出したことだ。鋭い眼を輝かせて、ぢっと暗い土間をみつめていた。

「証拠――？　まあ、何んといけ図々しい頬桁をよくも叩けたもんぢゃ！　わしの家にゃ盗人を飼って置く訳にゃ行かんせ、とっと出て失せやがれ！　恩知らず奴が！」

お瀧は箸をあげて罵った。と、同時だった。せむしの藤吉がいきなり板場の上から、自分の箱膳を土間に投げ捨てた。そして物も言わずに、皆んなが呆気に取られているのを尻眼にかけて、かまどの口から焚木の燃え尻りを掴み出して、あたりかまわず投げ散らした。彼は口のうちで「おどれ！　おどれ！」と叫んでいた。

お瀧はまっ先きに、奥へ逃げ込んだ。娘達が騒ぎ廻わった。

その時まで不機嫌に黙り込んで、晩酌をかたむけていた山政が、不意に真赤に怒って、弾丸のように土間に駆け下りた。禿げ頭が電燈にテラテラと憎いほどに輝いた。

「おどれ！」

私と番頭の吉田が、しっかり暴れ狂う藤吉をふん摑まえていた。

「おどれ！　狂人《きちがい》なんをしくさるんぢゃ……。」

と、山政は獣のように叫び立って、藤吉の頬ぺたを力任せに殴ぐりつけた。蹴った。藤吉は口惜しがって「おどれ！　おどれ！」と叫んで、私たちの腕を振り拗ごうと焦った。

私と番頭が二人して、藻掻き廻わる彼をなだめて、納屋の二階に連れ込んだ。二階に連れ込むと、彼は急に音なしくなって、蒲団を引かぶった。私たちが彼を色々になだめて、梯子を伝って降り出すと、蒲団の中でしゃくり上げる口惜しそうな泣き声が聞えた。

私は、この事件から、せむしの藤吉がお兼を愛していたことを知ったのだ。お兼もまた藤吉に劣らず不憫な娘であった。父親は中気で動けなくなっていた。たった一人の兄は、青島戦争で戦死してしまった。働き盛りの兄を失い、稼ぎ者の父が病気に倒れたので、小作料を滞納して田地を取り上げられてしまった。母親は病気の父親を抱えて、そここの農家で日傭を取って暮らしを立てている。彼女は十三の時から、小作料のカタにとられて、山政の家に只奉公に上がっていた。彼女はそのために女奴隷のようにも侮辱され、牛よりもひどくポイ使われようとも、凝っと我慢して来たのだ。

この彼女の不仕合せな境遇と、その牝牛のようにも鈍い容貌とに、誰からもかえりみられることのなかった不具者の藤吉が、かすかな希望を求めていたにしても、それほどに不自然なことではない。

この事件の日から間もなく、米を三升四升とこっそり運び出していたのは、お兼ではなくお房であったことが判明した。お房は彼女の恋人である床屋の若い衆に、金を貢ぐために盗んだ米を水車小屋に売っていたのだ。しかしながらこうお兼の身の潔白が証明されても、彼女に対する山政一家の侮辱が減るという訳のものではなかった。反って、そのことが彼等の期待に叛きでもしたかのように、事毎に彼女は「貧乏人の癖に!」と侮辱され、借金のカタに只働きをしているという、それだけの理由で全く犬よりもひどく取扱われた。

お房が暇を出されると、その後釜に来た女は、もっとお房よりも気位の高い娘で、お兼の位地は以前よりも遙かに惨めなものになった。彼女は気が利かない。少しは間が抜けていて鈍感だ。——しかしそれでも彼女にも悲しみの湧く日があるのであろう。納屋の隅ッこで、しくしくと牝牛のように大柄な肩幅を悲しく震わせて、泣き暮れている日を見掛けることが多くなった。

その頃であった。せむしの藤吉とお兼が結婚するのだという噂さが、まるで滑稽な笑い草ででもあるかのように、村中に伝わった。山政は藤吉とお兼を夫婦にして、彼等の一生を完全に奴隷の鎖に縛りつけて、その一生を搾り抜こうと考え出したのだ。そうすれば藤吉の依怙地も柔ぎ、夫婦を揃えて完全にコキ使えるというもので、全くつがいの家畜を飼うよりもどれだけ、それは利巧な思い付きであろうか?

しかしお兼はその結婚を決して嬉んではいなかった。花聟は四尺に足らないせむしである。彼女がたとえどれだけ鈍重な牝牛のように大柄な娘であるにしても十九と四十では、年から言ってもまるで親娘のようなものだ。

私は彼女がよく暗い夜を裏木戸から出て行って、長いA川の流れに彳《たたず》んでしくしくと泣いているのを見かけたものだ。彼女にも感情はあったのだ！　彼女がどんな不仕合せな境涯に育ってはいたにせよ、まだ充分に若い。その若さがまるで希望のない犠牲の中に封じ込まれようとするのだ。こういう時、感情の動かない人間があるだろうか。

A川は中国山脈の峯々から落ちる水を集めて、延長四十五里を流れる川だ。川水は滔々と流れて、川波は夜目にも白く銀鱗のように躍っている。夜釣りの川漁師が浅瀬を伝って、川上へ登って行く。鮎漁なのだ。

彼女はいつまでも長い間堤防《どて》に佇《たたず》んでいて、動こうとしなかった。私は幾度か「若しや？」と思ったことがあるか知れない。しかし彼女は泣くだけ泣くと、もうきっぱり諦め切ったように、夜露を踏んで帰って来るのだ。と、また明日の夜になる。彼女の姿は再び堤防《どて》に現われて、生えた岩のように動かないのだ。彼女は泣く、泣くだけ泣くと、再び諦め切って、あの扁平な足裏でまのびのした足音を立てながら帰って来るのだ。

一方には不幸な結婚を嫌って、諦めきれないで泣きに出る大柄な女がいる。と、また私の傍では新婚の夢をみつづけて、ぐっすり眠むりこけている四十になるせむし男がいるのだ。――この二つの姿を一対にして、私は何んとも言えない苦痛なものを想像せずにはいられなかった。

やがて結婚の話が進んで、もう明日にもお兼が暇を取るのだと云う、その間際になって恐るべき事件が突発したのだ。――不幸な者が最後の勇気をふるって、その一生を縛りつけようとする鎖を、潔よく叩き切ろうとしたのだ。否、叩き切ったのだ。

その日は風が暴れていた。昼から突然にどしゃぶり雨が降って来て、一層雨がひどく吹き荒れた。琴か何かの集りで、その帰りがけが不意にこの雨になったので、帰り渋った娘たちが土間で雨やみを待っていた。

その時台所の流し元で、お兼が何かの洗物をしていた。村の娘たちを奥座敷から送って出た姉娘のお冴が、

「ねえ、うちのお兼がせむしと結婚するんぢゃけど、一寸法師と牛みたいな女が結婚したら、どげえな子が出来るぞな……？　それにお兼は貧乏だもんで結婚の支度がないせに、うちの質流れの衣裳を貸してやるんぞいな！」

と、意地悪くお兼に聞けよがしに言って笑った。村の娘たちも無作法に声を立てて笑った。が、その笑い声が、忽ち中途で、お兼のひきつるような怒り声に打ち消されてしまった。

「お、おどれ！　余りだ。余んまりだ！　人を馬鹿にするな。誰が藤さんと夫婦になるけ、なりやせん！」

彼女はいきなり洗物を投げ捨てて、土間で地団駄踏んだ。彼女はまるで気狂いのように
「藤さんと夫婦になりやせん！　藤さんと夫婦になりやせん！」

と、喚めき叫んで、横なぐりの雨の中へ転がるように飛び出して行った。その夜彼女はついに帰って来なかった。私は丁度その時店の土間で、豆粕を片附けていたので、お冴のその非常識な侮辱の言葉を聞いていた。

それから直ぐにひどい暴風雨だった。襤褸布をひき捞って投げ捨てるように、ひっきりなしに雲が西から北へ流れた。それは流れるというよりも寧ろ、滅茶苦茶に、まるで飛脚のように吹ッ飛んだ。

村一面に実のりかかった稲田が、見渡す限り櫛で梳《けず》ったように吹き靡いていた。が、忽ち風の方向が変わると、稲田の面が怒涛のように吹き揉まれて、滅茶苦茶に吹き乱れた。風にも潮流のように、色々

な方向を持った種類があるのだろうか。恐ろしい風の衝突が捲き起って、まるで旋風《つむじかぜ》のように森や村が四方から揉まれ抜くことがあった。

土砂降りの雨が、ひっきりなしに降っていた。風の力にその強い雨脚が浚われて、水沫《しぶき》のように煙って、煙り捲くっていた。ザ、ザッ、ザッ……と、雨がまるで、白い晒布《さらしぬの》のように落ちて来る。と、風がそれを吹き煽って、煙のような水沫を逆に捲きあげて、村を、森を、川を見る見るうちに濃霧のように押し包んでしまうのだ。屋根藁が吹き捲られて、それが矢のように吹ッ飛んで行く。葉のついたままの生木の枝が吹きちぎられて、高い空に舞い上がっている。礫《つぶて》のように青い柿がばたばたと揺り落された。

夜に入ってから、益々暴風雨は烈しく吹き募って来た。

私は納屋の二階でせむしの藤吉と早くから寝ていた。樋《とい》に溢れ落ちる雨水が、まるで瀧のような響をあげて屋根から流れ落ちた。裏の竹籔では竹が風に吹き折られて、まるで爆竹のように裂けていた。森や林にぶつかって揉み合う風の抵抗力が、恰も怒涛のように鳴りはためいていた。時折りドシーンッと、古木が地響を立てて倒潰した。

夜が更けて、不意に半鐘が鳴り出した。それは最初、風に遮切られてはっきり聞えなかったが、村人の絶叫が切れ切れに——まるで遠い救助を求める難破船の声のように、風を縫って近くあるいは遠く聞えて来た。

「堤防《どて》が切れるぞ——堤防が切れるぞ——。」

風が変わると、半鐘が喘ぐように、はっきり聞えて来た。家の前の水を蹴散らして、村人が次から次へと駆け抜けた。家毎に人々は、

「土堤が切れるぞ、危い！　男は残らず出て呉れ！」

と、声をかけて走り過ぎた。

私と藤さんは直ぐに飛び起きて身仕度をした。母屋でも起きていた。中庭にはすっかり水がは入って、膝が沈むぐらいだった。屋根藁や葉のついた生木の枝がどこからか飛んで来て、それがぶかぶかと浮いていた。

風が烈しいので、笠も蓑も用をなさなかった。私と藤さんは鍬《くわ》や犁《すき》をかついで、堤防にかけつけた。

——

往来はまるで瀬のように、激しい水で溢れていた。無数に黒い人影が、降りなぐる雨と風の中で立ち騒いでいた。人々が次から次へと駆けつけて来た。A川は満々と濁流を湛えて、ドッ、ドッ、ドッ、と激しい勢で流れている。盒燈《がんどう》をつけた人影が、はげしく堤防を駆け下り駆け上った。水漏れを見廻わるためだった。

平常であるならば、向う岸まで五丁もなかった川幅が、一里以上にも広くなったかのようであった。岸の向うでも無数に黒い人影が立ち騒いでいた。

——と、その時である。

「火事だ！　火事だ！」と、堤防の黒い人影が一斉に叫び立った。堤防を目蒐けて駆けつけていた人影が、不意に村の方へ逆に走り始めた。風がゴーッゴーッと鳴ってはためいた。

「山政だ！　山政だ！」

堤防では烈しい混乱があった。堤防を守れと主張する人間もあった。黒い人影がただ無闇にうろついて、何か訳の分らない言葉を怒号した。火事は山政の木小屋から出たのだ。

「放っとけ！　質屋だ。山政だ！」

黒い煙りが烈風に吹き捞られて、黒い幕のように靡いていた。火の手も火の子も高く上がらないで、黒い煙の柱が渦巻いて、それがサイレンの蒸気のように吹きちぎられている。風が変って煙の柱が吹き折られると、火の手がパッと明るく燃え上がった。白い晒布のような雨脚をはっきり浮き出させて、血のような火焰が風の強さでロールのように捲き上がった。雨に濡れた瓦が、パチパチと弾いた。梁や棟木がドスーン、ドスーンッと落ちる度に、火の子が村中を明るく照らした。

私は火事場へ近道をするために、鎮守の森を駆け抜けた。——と、その時私の跫音に驚いたのか、黒いものが急いで拝殿の床の下に潜り込んだ。濡れた人影であった。私が追ってゆくと、その人影は柱の下にぢっと獣のように動かなくなった。

「誰だ！」

黒いものはぢっと柱に吸いついている。キラリ光った眼に、私ははっと思った。この森を駆け抜けてゆく人々の気配がした。私は突嗟にその気配から身を隠すようにして、ぴったり柱の根元に身体を縮めて

「おお、お前はお兼ぢゃないか？」

と、囁いた。彼女は射るような眼で、瞬間私を見つめていたが、いきなり私を突きのけて、脱兎のように拝殿の床から駆け出した。濡れた着物が旗のように風にめくれた。

暴風が森を鳴らしていた。吹きちぎられた枯枝が、彼女の白い素足の俎板のような足の裏でポキポキ折れた。彼女は枯枝を踏み折りながら、夢中で森を深く深く駆けた。白い路が通じていた。隣村へ出る峠であった。谷間の森林が、暴風を受けて、まるで太洋の怒涛のように深いうねりを見せていた。樹々の葉が一つ残らず白い葉裏をみせて、それがピカピカと夜目にも白く煽られていた。ちぎれた葉が砂の

ように舞い上がった。

村が見えなくなった。追風を受けて、漏れた着物が帆のように膨らんだ。私の前をお兼が駆けてゆく。扁平な素足の裏が、闇に白くぱたぱたと飜がえって、駆け続けた。

私たちはしばらく、暴風の峠をかけ続けた。と、ばったり彼女は急に岩のように動かなくなってしまった。私が駆け寄ってみると、彼女はぢっと坂に片膝を突いて、うなだれていた。激しい息切れが、牛のような肩を持ち上げていた。

「どうしたんだ。もう一寸の我慢だ。逃げるんだ！　逃げるより途はないんだ！」

彼女は白い顔をあげて、私を眺めた。それから不意にばったり地上に泣き倒れてしまった。

「お父《とう》が可哀そうだ。お母《かあ》に済まん……。わしは逃げることがならねえがな。──」

暴風が私たちを吹いた。谷間の風が、ゴーッ、ゴーッと海鳴りのように鳴っていた。──やがて彼女は再び風に抗って、村に向かって駆け出した。私の眼の前から白い扁平な足の裏が、忽ち見えなくなって闇に消えて行った……。

「わしは逃げることがならねえがな……」

──と泣きぢゃくった彼女の暗い声が、いまだに私の耳に残っている。


──一九二八・十・十六──

出典：『文芸戦線』昭和三年十一月号（文芸戦線社）
解題：テキストの周縁から　P726

佐渡の唄

金銭というものは、何処の社会でもそうであろうと思うが、しばしば問題にされるものだと信ずる。銅貨、銀貨、紙幣……と、こうちらっと眺めただけでは、何の変哲もない、至極平凡な代物ではあるが、しかしその一つ一つが、この社会に不思議な魅惑と魔力を秘めて、自由自在に人類を飜弄している事実に考え到ることは、全く驚嘆に値することだ！

と、云ってこの私の驚異も、経済学の初歩でも囓れば、至極他愛なく解決されるであろうが、しかし世間というものは、そうそう棒杭のような理窟ばかりで組み立てられてはいないと思う。

私はずっと前に放浪していたことがある。其の時分、私は三日も四日も飯を喰わないで、町から町に仕事を漁ったものだが、遂いにどうとも就職口に有りつくことが出来なかった。そこでもうどうにも飢え死にするより仕方がないと、私はすっかり諦め切って、せめて静かな寝場所でも探がそうと考えながら、とぼとぼと、しかし注意深くキョロキョロとあたりに眼を配りながら歩いている時だった。チラッ！　と、路上に光ったものがあった。私は反射的に「はッ」と思ったが、直ぐにさもしい自分の心を顧みて、突嗟に下駄の裏金だろうと、無理にも思い込もうとしたが、歩み寄ってみるとそれは思い掛けなくも、五十銭銀貨であった。

その時の不意な驚駭《きょうがい》は、ちょっと形容の出来ない位のものであった。その五十銭のお蔭で、私は腹一杯に飯を喰うと勢い込んで、ついに次の町で仕事に有り付くことが出来た訳だが、若しその時不運にもその五十銭銀貨を拾得することが出来なかったならば、私はその時どうなっているか、まるで見当がつかない。理窟から云えば全く他愛のない話だが、しかしその場合に自分と五十銭銀貨との関係は、そうそうまるで他愛のないことではなかった。生命《いのち》の恩人！　――それでも充分でない。

人間というものは奇妙なもので、不意な幸運が目の前に転がって来ると、無理にもそうではない、と、反対に思い込んで、更にもっと出し抜けな嬉びを期待しようとするものだ。私はその時以来、路傍などにチラッと光るものを認めさえすれば、それが思いがけもなく銀貨でありたい願いのために、下駄の裏金だとかブリキの切れ端に思い込もうとしたものだ。が、しかしそういう功利的な慾望が閃めき出してからは、決して金を拾った覚えがない。全く金と人間の関係は、不思議なものだと思う。

私は私たち仲間以外の社会に就いては、余りよくは知らないが、私たち下層労働者の仲間の間に於いては、いつでも金という代物について、しばしばこう云う形で問題が提出されるのだ。

「あああ……金が欲しいな！」と、誰かが悩まし気な吐息で口を切る。すると忽ち一人が

「うむ、……せめて十万円もあればねえ」と、そうそう、まるで冗談でもなさそうな呻めき声で応じるのだ。

「いや。俺なんざ、十万の五万のと大きいことは云わねえ。せめて一万か二万の金があれば、それで腹一杯よ」

と、また誰かが起き上がって、この金銭問題に鎌首をもたげてかかるのだ。

「ちえッ。贅沢ぬかしてらあ。俺なんか全く、一日に十両づつでも、文句なしに使える身分でありてえものさ。それで沢山さ……慾は云わねえ、まったく！」

「ふん、何がマッタクだい?! この呆茄子《ぼけなす》奴。こちとらあせめて心配なしに、余分の金が一日一両づつでも使いたいものよ。それで我慢すらあな」

すると問題がこのへんに落ち込んで来ると、誰かが自棄糞《やけくそ》の声で、こう不意に怒鳴って結論をつけるのだ。

「糞！ 抜かし度い放題のオダを、黙ってらあ、まるでいい気に手放しでぶっ放してけつかる。差しづ

め明朝《あす》のチャブ代をすら工面しかねてる野郎共の癖に！」

そしてこの一言で忽ち、他愛のない空想の幻影が吹ッ飛んで、空虚な笑い声に瞬間、仲間の生気のない顔が絶望的に揺れるのだ。それから誰も彼も云い合わしたように、口を噤ぐんでしまう。そしてしばらく苦がい沈黙に押し黙って、それぞれの考えに耽《ふけ》り出すのだ。ゴールデンバットを買うのに、僅か一銭コッキリ足りない者もいる。また明朝は是非ともどうにか跣足袋《はだしたび》を工面しなければ仕事に出られないのだが、しかしその八十銭の工面に行き悩んでいる者もある。現実に当面する切迫した問題に立ち到ると、誰も悄気切ってしまうのだ。その憂欝な圧迫に堪え切れなくなると、また誰かが

「あああ……」と、吐息をあげる。それから再び性懲りもなく、同じような愚痴を繰り返えすのだ。

「ああ、全く。どうにもこうにも使い切れないと云う程の大金を掴んでみてえもんだなあ……！」

すると、これが口火で再び現実を離れた金銭問題について、一生涯のうち決して金に恵まれるためしのあろう筈のない連中が、途方もない空想力で論議し始めるのだ。

これは無理のないことだと、私は思う。われわれの仲間は、誰も彼も一人残らず金に不自由という以上に、まるで鐚銭《びた》一文にさえ欠乏し切っているのだ。このわれわれの仲間が、若し何かの天運で小金を掴んだと仮定する。先づ私達は腹を拵《こしら》える。腹がくちくなれば、帽子も買わなければならず、着物は勿論のこと足袋も下駄も――足の爪先きから頭の天ペンまで、われわれは必要なものだらけである。全くのところ十円や二十円ぢゃどうにもならない。

そこでわれわれの空想力は「使い切れない大金」を臆面もなく要求するのだ。が、しかし実際には「使い切れない大金」のうちが差しあたり、たった僅か一銭であろうと五厘であろうとも、その場合によっては忽ち身を剝ぐよりも必要なのだ。――否、そういう場合がいつでも普通なのだ。

しかも、その癖私達の仲間は好んで、一万円とか十万円とか、突拍子もない金高を空想する。だが、現実には飽くまで一銭でも必要なのだ。しかし彼等には、急場の必要を満しただけでは、どうにも仕様がないのだ。

それは何故か？……

私はこう考える。それは五銭や十銭や、または十円や二十円の必要を満たしただけでは、決して彼等の運命が変更されないからだ。彼等が――いや、われわれの仲間が空想で欲する途方もない金の高さは、それが決定的に彼等の運命を変更すると信ずる金の高さなのだ！　彼等が自分の運命の相場を、十万円欲しいと思う、または一万円でも足りると思う表現によって、想像しているに過ぎないのだ。が、しかし現実には、われわれの仲間は彼等の欲する金の高さを正確には心得てはいないのである。若し知っているとすれば、地道に稼いで二十円三十円と蓄めたって「どうにもこうにも」仕様がないという絶望である。だから彼等は一円あれば、一円を飲んでしまう。二円あれば怠けて寝て暮らすのだ。

こう云うわれわれの仲間を、時々、風のない日に慈善好きな貴婦人たちが、貧民窟に訪問して下さるが、しかしわれわれの仲間の運命を徹底的に変更しない限り、しみったれた慈善は自己満足以外には雨天の撒水と選ぶところのない、まるで無駄な心掛けだと思う！

これはまた別の話であるが、私の仲間に信公というのが居た。

十年振りとかに兄貴が北海道で働いている知らせがあって、彼はまるで夢中に嬉んで兄貴に逢うために、一生懸命に稼いで金を蓄めた。そして彼はようやく汽車賃を稼ぎ上げて、私たちと別れの盃を交わして旅立ったのであったが、その晩私が仕事から帰ってみると、驚いたことには旅立った筈の彼が、ぐでんぐでんに酔つぶれていた。

「野郎、一体どうしたんだ？」

と、蹴起して聞いてみると、どうにか汽車賃だけは間に合ったが、途中の小使銭が足りねえ——

「糞、忌々しいから汽車賃を飲みつぶしたんだ！」と、彼は自棄糞《やけくそ》に怒鳴った。私は勿論、呆気にとられた。汽車賃だけあるのならば、音なしく帰って来て二三日の間でも弁当代や小使銭を稼いで、また出直せばよいものだが、しかし彼にはその時そうは行かなかったのだ。

辛棒がない！　と、云えばそれまでの話だが、しかしそう一概には簡単に、人間の心の動きというものは解釈のつくものではない。金に対する人間の心の微妙な働きというものは、まるで癲癇病《てんかんやみ》みたいに予想外に度外れた結果を引き起し勝ちなものだ。

私達の泊っていた木賃宿のコミ部屋に、いつの頃からか一人の老人が割り込んでいた。その老人が行き来しても、ちっとも跫音が感ぜられない程、静かな少し誇張して言えば妖怪味のある老人であった。ただちょっと酔っている時だけぶつぶつ口小言を云っていた。いつでも何かを警戒しているような、おづおづした臆病なところが、その素振りに感ぜられた。が、白くなった頤髯《あごひげ》をいびりながら、真四角に坐っている老人の几帳面な姿は厳格なものであった。

合い宿の仲間が冗談話しに夢中になっている時にでも、老人はきちんと畳んだ蒲団を机がわりにして、天井裏の遠い煤けた光線に眼を眇《すが》めて、得体の知れない漢文を読んでいた。黒い古ぼけた紋付といい、白い下着の襟垢の黒さといい、この老人が易者に違いないと云う鑑定が、一致した皆んなの意見であった。

憂鬱な、いつでも黙りこくった他人の感情には、容易に解《ほ》ぐれ合わない顔付の——それでも何処か落ぶれた士族らしい厳重な風貌を備えていた。この彼の態度が、合い宿の仲間をして妙にそぐわない関係に距てていたのだ。誰れ彼れとなく、この老人に反感をもって

「何んでえ。あの高ぶった面構《つら》えは！　老ぼれ易者の癖に！」

と、不平を吐き合っていた。

この部屋には落合と云う左官屋の手伝いと、川内と呼ぶ土方の立ん坊と、青物市場《やっちゃば》の車力引きの岡田、それに私とだった。

木賃宿の裏には不潔な川が流れていて、潮が満ちると、卒塔婆や下駄や板片や雑多な都会の塵芥を押し上げてくる水量に乗って、糞船が上下した。私達のコミ部屋の窓は、ぢかにその悪臭のこもった川に向っていた。

私はその頃、川内と呼ぶ男と一緒に洲崎の埋立に働いて、夜はここへ帰って来た。誰も好んで酒は飲んだが、酒癖の悪い人間は一人もいなかった。従って合い宿の空気は円満で、夜になって皆んな落ち合うと賑かな話がはづんだ。

川内という土方を除くと、皆んな若かった。話は元気に満ちていたし、どちらかと云うとこういう陰湿な木賃宿には見られない、若い希望と活気に溢れた雰囲気であった。年さえ若かければ、どんな惨めな境涯にはまり込んでいようとも、決して絶望することのない希望が前途に転がっているものだ。

「今ぢゃ、こうやくざにズラかってはいるが……」と、誰れも云い云いしたし、またそう信じてもいた。

「うんとしこたま稼いで、そのうち頑張るさ。ちっとも焦ることあねえ！」

その通りであった。また、その通りにしなければならなかった。

この私たちの仲間では、左官屋の手伝いをやっている落合が、誰よりも最も覇気があった。彼は海に

行く決心でいた。船に乗り込んで、何処かの植民地で脱船するつもりだと吹聴していた。彼は非常な成功を夢みている訳だった。無鉄砲に田舎から飛び出しては来たが就職難の揚句、仕方がなくって左官屋のサイ取り《(壁土を才取り棒で渡す助手)》で我慢しているのだと云っていた。或いはそうであるかも知れない。彼のどこかには左官屋の揉《も》みヅタ臭い匂いの外に、泥臭い国粋思想が匂っていて、雑誌『雄弁』程度の海外発展論者であったことも事実であったからだ。

「年々歳々に鼠の子のように殖えて行く人口を考えると、日本の失業問題は永久に解決することはない。海外に雄飛せんけりゃあ駄目だ！」

こう、彼はいつでもこの時に限って、政治家の口吻を真似て怒鳴り散らしていた。彼の枕の上の棚には『雄弁』とか『殖民』とかの古雑誌に、『ブラジル移民の研究』『ゴムの栽培法』などと云う古本が、うづ高い埃と一緒に、帝国主義の殖民地政策が事毎に失敗に帰しつつある現代の状勢を無視して、そこに投げ散らかされていた。

が、それは兎も角として、不可解なことに彼がそれ等の夜店本をいまだかつて読んでいたためしのないことと、もう一つ彼の大言壮語にかかわらず、もう半年以上も私達と合い宿をつづけていて、しかも相変らず左官屋のサイ取りで我慢していながら、決して行く筈の海に出て行かないことであった。

これと反対に土方の川内は、もう三十七八の年輩のせいもあったろうが、徹頭徹尾の経験論者で、地道な世渡りの主唱者であった。金の蓄まる時には、どんな無理をしても蓄めて置かなければならない。女や酒に若い日を無駄に荒してしまったんでは、働き盛りの年輩になって、何んとも取り返えしのつかない結果になる。或いは折角の運をさえ取り遁がしてしまわなければならない、馬鹿をみなければならない。

「この俺が、いい証拠さ……」と、彼はいつでも彼の結論を彼自身に持って来るのだ。彼から別にこれと言って、彼の身の上話を詳しく聞いた者はないが

「この俺をみるがいいさ……」と、言われると、全く彼の不活発な鈍い眼の色と、頬骨の出張った赧ら顔の重い肉附が、若い日を女と酒と賭博で身を持ち崩して、今ではこう土方の捨て方で甘んじていなければならない理由が示めされるような気がした。

その頃、青物市場《やっちゃば》の岡田は、新らしい恋で夢中であった。セメント工場に雑役で働いていた頃、そこで女工のお君と恋に落ちたのだ。が、彼は一日も早く彼女と一軒世帯を張りたいばかりに、賃銀がいいので過労を忍んでセメント工場の雑役から、青物市場の車力引きに転業したのだ。

夜になると、彼女との逢引きで滅多に宿にいることはなかった。夜遅く誰もが寝静ってから帰って来て、誰よりも早く起きて仕事に出た。恋というものは、人間をまるで不死身にするものである。

お君と云う娘は、セメント工場の倉庫のなかで、セメント袋を大きな針で刺していた。そこには縫工が四五十人もいた。南京袋のいがらっぽい埃りと、灰のようなセメントの粉で倉庫の暗がりが、もっと暗く渦巻いて、髪も仕事着も、手も足も一切が白い埃をかぶって、年柄も顔付もまるで見判けがつかなかった。僅かに年寄りと、娘の相違が体つきだけで見当がつく程度であった。

お君はこの塵埃のなかの一人の女工であった。雑役夫をしていた岡田が、縫い上った袋を畳んだり、束ねたり、運んだりしていたうちに、何時とはなく彼女と知り合いになったのだ。彼の話によると、工場が退けてから河岸《かし》っぷちの屋台に頭を突込んでいると、そこへ風呂ですっかりセメントの埃を落して見違えるように美しくなった彼女が、いそいそと帰りかかったと云うのだ。

「寄って行かねえか！」

と、こう彼が声をかけると、最初は羞しそうに躊《ためら》っていたが、

「え、寄って行くわ。」

と、彼と同じように屋台の暖簾《のれん》に頭を突込んで来たと云うのだ。

その彼女には父親だけあったが、もう余程の年寄りで寒くなると、リュウマチで腰が動かなかった。そこでマッチや紙箱を貼って、その工賃と娘の賃銀でどうにか暮しを立てているのだった。父親とお君の意見は、一日も早く彼と世帯を持って、この苦しい生活の喘ぎから抜け出たい願いをもっていたのだ。が、岡田の方が、そうそう容易く運ばなかった。彼はもう少し金を蓄めて、それからお君と一緒になりたかった。新婚早々から地下足袋で稼ぐのも辛かったし、それに車力引きでは容易に、この三人の家族をひっ背負って行くのは、普《なみ》大抵のことではないと考えていたからである。せめてなろうことならば「引出し八百屋」でも開業できる位いの資本《もとで》を蓄めたかったのだ。そして彼はその希望で、一日一日と結婚を延ばししていたのだ。

お君はその岡田の考えが不満であった。

「どうで喰うものは喰んだし、着るものは着るんだし……」と、彼女は云い云いした。

「いや。お前さんは、そうは云うけれど、いざ一軒持ってみねえ。もともと足りねえ稼ぎだ、蓄まるどころか、次から次へ喰って行ってしまわあな」

と、彼も頑固に彼の持論を枉《ま》げなかった。

「いいえ、私が世帯を持てばすぐに、工場を退くという訳でもないし、もともと通りに私もお前さんも働けばいいんだから……。」

「いいや。俺は違うよ。人間というものは誰だって、出世ということを念頭にしなけりゃ駄目さ。いつ

まで経ってもウダツがあがらねえよ！　人間は万事、金がなけりゃ巾が利かねえ。金を儲けるにゃあ、八百屋に限らあね。いいかい、元価《もと》で一把五銭の大根が、お前え町い出りゃ、一本五銭ぢゃねえか。忽ち二十銭の口銭に上がる訳ぢゃねえか。商売に限ぎると、俺が云うなあ、ここんとこだよ。世帯を持つなあ、ちっとも急ぐことあねえが、一日も早く商売はしなきゃあなんねえ。な、お前さんと逢いてえ時には、いつでもこうやって逢っていられるもんな」

彼がこう情熱的な口調で説法すると、彼女はぐっすり眠むることが出来た。

そういう逢引きの後には、彼女は全く彼を頼もしい男だ、と、思わずにはいられなかった。

丁度その頃、岡田は不思議な噂さを聞いたのである。仕事から帰って、雑巾バケツで汚れた足を洗っていると、宿のお主婦《かみ》さんが

「なあ、岡田さんや。お前達と合い宿をしている爺さんは、何か大金を持っている士族の落ちぶれだと云うが、本当かね……？」と、脂《やに》ぽい眼付きで、帳場格子から乗り出して訊いた。彼は全く初耳であった。

「いや、そんなことあ俺ら聞かねえが、そりゃ本当かね……？」

「嘘か本当か知らんが、そんな噂さだから、お前さんも承知しているかと思ってさ」

彼はちよっと眼が昏むように感じた。そう云われれば、彼にも何か思いあたるような気がされて来たのだ。複雑な、それでいてちょっと何んでもないような、まるで見当のつかない気持に瞬間囚われたのだ。

部屋へ這入って行くと、土方の川内も落合も安坐《あぐら》をかいて、旨まそうに煙草を喫《ふ》かしていた。何か言っては、笑い合っていた。

「よう！」と彼は威勢よく声をかけた。「早いなあ、二人共！」

「ちえッ、何が早いもんか。兄弟、手前が遅いんだよ」と、川内が言い切らないうちに、落合が毒づいた。

「おい。余り欲張って稼いでいると、お君ッ子と世帯を持たんうちに、ガメ込んでしまうぜ！」

「よしやがれ！　こん畜生。……ところで易者はどうしたい？」

彼はこう云う風に、何気なく口火を切った。

「うむ、三河屋でチビチビやってらあ。だが、お前ありゃ易者なんぞぢゃねえぜ」と、落合が角張った顔で、真面目くさって言った。

「何んでも士族の御隠居さんで、大金を持ってるそうだ。いつでも腹帯の上に手をあてがっていて、どんな時でも決して手をはずしたことがねえッて云うぜ！」

土方の川内が、煙草の灰を泥火鉢にはたきながら相槌を打った。

「そうか。俺も今お主婦《かみ》さんに聞いたばかりだ。が、手前たちは誰に訊いたい……？」

「何んだ。娘ッ子の臀《しり》ばかり追っかけているからによ。町中の評判さ。……ところで爺さんもへんな噂さを立てられたものさ。用心しねえと危ぶねえもんだ。そこいらの慾目に昏らんだ野郎共に、ぶった殺しに逢わねえとも限らねえ。」

「ふん、そう云う落合、手前が危いもんだぜ。そこいらの暗がりで、定九郎《さだくろう》まがいに易者の腹巻から縞の財布を引き抜いちゃあ、おい駄目だぜ！」

岡田がこう云って、急にからからと笑った。

「えッ糞！」と、不意に寝転びながら落合が、頭の髪を引掻いて怒鳴った。「……何んだってまた、大金を持った身分で、こんな場所へ物好きに出てうせるのかな、金と聞いただけでも、畜生！　頭がふらふらしてしょうがねえよ。畜生！　畜生！」

「全く、全く手前の云う通りさ、金にガツガツしてる狼の群んなかへ物奇きに紛れ込んでゆく人間が悪いか、それを取って喰った狼が悪いか……畜生、罪な易者奴！」

岡田は何が何か訳のわからなくなった自分を持て余すように、落合の言葉に叫び立った。

「おい、おい、人聞きの悪いことを口外するもんぢゃあねえぜ……」

と、川内が二人をなだめかかったところへ、当の老人が帰って来た。足元が心持ふらついていた。いい気嫌に酔ったらしい。ぴたッと話を切った部屋の空気に、ちょっと不快な眉をひそめながら、老人は仲間に会釈して部屋隅に行こうとした。

「なあ、御老人！」と、落合が意地悪い笑いでからみかけた。「なあ、そうそう仲間はずれにならんで、ちったあ、こちとらの仲間入りもしたらどんなもんだね……え？」

老人はぢろッと彼に眼を呉れたが、何を思ったのか急に気持よく笑いながら

「いやあ。俺《わし》は老人だし、お前さん達若い衆とは話が合わんと思ってな」と、言って彼等の間に割り込んで坐りながら、顋髯《あごひげ》をかき分けた。そしてゆっくり皆んなの顔を見較べていた。

「ところで御老人の御商売は何んですかね。易者のようにも見受られますが、こちとら昼間のことは知らないが、それにしても夜ちっとも稼ぎに出られる模様もないし……」

と、岡田が叮嚀な言葉つきで、掌《てのひら》に浸み込んだ青菜の汁をこすりながら訊いた。

「いや、この御老人は易者なんぞぢゃねえよ。なあ御老人。あんたは何んでも大金を持っていられるという噂さだが、それは本当ですかい」と、落合が岡田の言葉尻を捥《つ》いで、逆にずるそうに笑いながら問

いかけた。

「いや、これはどうも……そんな噂さがありますかね。全くそれは嘘ですよ。そんな大金があれば、何を好んでこんな汗臭い虱《しらみ》だらけの木賃宿に泊り込む訳がありますかな」老人は笑って、困りきったような表情で頤髯をしごいた。「とんでもない噂さを立てられたもんですわい」

「いいや、御老人そうでもありますまい。あんたが此の間酒の酔いに紛れて、自分の口でそう云ったというぢゃありませんかね！」

寝転んでいた落合が、こう云って急に起きあがった。

「いいや、これはどうも……」

「えッ糞！　金が欲しいなあ！」

岡田がどしんと後に倒れ伏して、お君のことを考えながら自棄糞《やけくそ》な調子で呻《うめ》いた。

「ああ、全く違え無えよ。せめて十万円もあればな！」と、いままで黙っていた川内が、死ぬる日まで土を掘り、トロを押さなければならない運命を考えて、絶望的な溜息をついた。すると老人にかかり合っていた落合が、急にくるりと仲間の方を振りむいて
「いや。俺なんざあ十万の五万のと大きいことあ云わねえ。せめて一万円もあればねえ！」と、万更それ位いなら訳なく手に入りそうな調子で口を挟んだ。

「ちえッ！　また金の話だ、よしやがれ、こん畜生！　俺なんざ、ここに百と纏った金さえありゃ、四の五のと贅沢は云わねえぞ！」

岡田が泣くように叫んだ。

「いや、こう申しちゃあ何んですが、全く世間は金ですよ。万事に金のある者が勝ちです。金さえあれ

ば、この世間というものは、案外気随気儘に暮せるもんですわい。譬《たと》えて申しても、自分に学問がなかろうと、才智が足りまいと、金さえあれば、学者でも技師でも、その他の専門家を自由に傭い入れて、どんな事業でも経営できる訳ですからな。こんな例は、この世間にはザラですよ。儂《わし》なんか若いうちに極道をつくして、今ではこう落ちぶれて見る影もありませんが、しかし、死ぬまでにはもう一度一泡吹かそうと思っていますよ！　こういう万が一の場合を思って、今日が日までどんなに困難しようとも、決して手に触れなかった宝物があるんです。実にそれも非常な因縁もので、滅多に手などつけられるものではないのですが、もう儂も寄る年波で、何時までもこうしていたんでは、二度と浮ぶ目安もつかないので、そこで実は色々と考えてはいますが……」

と、老人は酒の故《せい》もあったであろうが、いつになく愉快な調子で話し始めたのだ。見かけは甚だいかつい、まるで人触りの厳しい顔付きではあったが、こう愉快な調子で打ち明けると仲々気持のいい老人であった。

「は、は、はあ、ぢゃその因縁つきの代物が、あんたの腹巻のなかに堅くしまってあるという訳なんですな」

と、岡田が抜目のない顔付で言った。

「いいや、決して。……実はここだけの打ち明け話ですが、そう現金という訳では有りませんが、まづ四五万円のものは――」と、言ったが、老人は不意に黙って「あ、これは酔った気紛れにとんだことを曝《さら》けてしまいました。是非これは冗談にして聞き流して貰いましょう。でないと、どんな災難を見んとも限りませんからな！」

老人は急に悔むような表情で、眼を瞬きながら髯をしごいた。

「なんだ。意味《いわく》たっぷりな話だが、御老人！　ここには決して悪者なんか一人だっていねえよ。関わず話してみねえな」

岡田が残り惜しそうに言った。川内は仮寝《うたたね》して、ぐっすり鼾《いびき》をかいていた。

「そうだよ。面白い折角の話が尻切れ蜻蛉《とんぼ》ぢゃ、全くつまらねえよ」

落合がすぐ岡田に相槌を打って、老人を急きたてた。

「いいや、今晩はもう止して置きましょう。何れ、またそのうちに聞いて頂きましょう。あ、もうだいぶ更けて来ました。ではお眠みなさい。お蔭で面白く一夜を過しました」

こう言って老人は、部屋隅に行って着物を脱ぎ始めた。——

この一夜があってから老人に対する、皆んなの心の動きががらッと向きを変えたのである。老人の物語が、誰の心にも不思議な好奇心を植えつけたのだ。

今まで誰よりもこの老人に軽蔑を含んでいた落合までが、一心に老人の好意を得ようと焦り始めた。

「御老人、燻《くすぶ》っていても始らねえ。なあ、一杯つき合って呉んなさるかな」

こう言って、彼はよく老人を居酒屋へ誘い出した。彼の魂胆は老人の秘密を嗅ぎ出したかったのだ。が、老人は仲々ずるくて、彼の手には容易に乗らなかった。

「いいえ、もう左様に執拗《しつこ》く訊いて下さるな。言うべき時期が参れば、さっぱり打ち明けますわい！」

そう言って、酔の廻った顔をてらてらさせて意地悪く微笑むのであった。

無口な、自分の経験以外には何物も信じようとしない土方の川内までが、自分の懐都合によっては老人をみると愛想よく笑って、こう言った。

「御老人、どうですな。一杯おちかづきにつき合っては頂けませんかな？」

そして老人を誘い出した。しかし落合の失敗したことに、この無口な土方が成功する筈がなかった。老人は彼等よりもっと狡かったのだ。散々に飲み食いした揚句、

「いや。どうも御散財をかけましたな」

と、これであった。川内はこの二三回の失敗の後には、すっかり老人に業腹を立てて、彼をまるで詐欺師のように罵っていた。

「畜生！　ひでえ老ぼれ野郎奴が！」と、彼は暇さえあると、そこに老人が居合さないと手あたり次第に、老人の枕や書物を投げ散らかして怒鳴った。

「畜生！　ひでえ泥棒野郎の老ぼれさ。岡田の野郎は近頃老ぼれにちやほやしているが、今に非道い目をみて泣面かくぜ！」

と、落合を取っ摑えては愚痴った。しかし当の岡田は、交尾期《さかり》のついた猫みたいに、老人の尻ばかり追い廻していた。そして今では老人の屋根代から、チャブ代までも一切引受けて、しかも陽気に燥《はしゃ》いで騒ぎ廻っていた。

「金が欲しい。金が欲しい！　もっと出面のいい稼ぎはないものかな！」

そして彼は血眼になって稼いでいた。

「俺はここ半年ばかり精魂の限りに働きてえよ。それですっかり生れ変われるんだからな」

「おい、兄弟！」

と、落合がこう叫んで、柄にもなく意見めいた口調で言うのであった。「老人に気をつけてやるのは、全くいい人情だが、しかし気をつけねえと危いぜ！」

「なんでえ、心配すんなってことよ！　すっかり一から十まで飲み込んでらあな」

そして彼が若し酒にでも酔払っていようものなら、忽ち咽喉一杯の声を張って、こう佐渡節を歌い出すのであった。

佐渡へ
佐渡へと
草木も靡くよ
佐渡はいよいか
住みよいか……

そして彼は、あ、は、は、は……と胸を叩いて、ひとりで気嫌よく笑い出すのだ。
「なあ、御老人そうぢゃないか。くよくよするなってことよ！」
老人は狡るそうな笑いを堪《こら》えてじっと部屋隅に坐っているのだった。
「金、金、金！　金さえありゃな……」と、彼は一人で夢中に昂奮して燥《はしゃ》ぎ廻るのだ。「なあ兄弟！　金、金、金！　と、金さえありゃ、なあお前、この世間にゃ何一つ不自由なことあないんだぜ！」

来いというたとて
行かれよか
佐渡へ
佐渡は四十九里

波の上……

この岡田の昂奮と感激が、一体何にに原因しているのか解らなかった。まるで何かに憑かれでもしたかのように、気狂い染みていた。

「なあに、岡田は素早しこい野郎だから、うまく老人を抱き込んで、臍繰り金でもせしめようなんて考えているのだろうよ！」

落合はこう言った。が、しかし彼が老人の一切の負担を、甘んじて我慢しているのがまるで解らなかった。

「なあに、老ぼれに一杯かつがれているのさ。八百屋を開業しようなんて云った時の意気込みより、もっとひどく稼ぎ始めたぢゃねえか。片っ端から稼ぎを、あの老ぼれに捲きあげられりゃ世話のねえ話さ。今に非道い目をみるさ……」

と、川内は思案深い顔付で言った。

岡田は血の出るように烈しく、まるで守銭奴のように精一杯に働き抜いていた。老人は昼間のうちは得体の知れない古書に読み耽っているが、夜になると岡田の帰りを待ち受けて表へ誘い出した。そして酔払って帰って来た。

「な、儂の見込みに狂いはなかった。お前さんは、若い者に珍らしい働き手だ！」

酔った老人が気嫌よく、岡田の肩を叩いてこう言うことがあった。

「いやあ、ちっとも稼ぎが足りねえので、全く御老人に済まないよ。もう二月も待って貰えれば、すっかり何にもかにも整うよ。」

岡田はこう言っていた。何んだかまるで主従関係のような位置に、彼と老人の仲がいつの間にか変化していたのだ。落合も川内もこの思いもかけない変化に、まるで見当のつかない疑惑に囚われた。

「なあ兄弟！　一体お前は如何したというんだ。え、あの老ぼれに欺されてるんぢゃねえのか。しっかりしろよ。」

　土方の川内は情けない顔付きで、こう岡田を誡《いまし》めたが、彼は少しも肯《うなず》こうとしなかった。

「よし解ってるよ！　兄弟、心配すなってことよ。俺には俺だけの考えが、ちゃんとあろうてものよ！」

　こう言って、まるで取り合わなかった。

　それから三月程経って、不意に老人と岡田の姿が木賃宿から消え失せたのである。その前の晩、老人と岡田が夜ぴって近所の牛屋で飲みあかして、佐渡節を歌っていた――と誰かが言っていた話を、川内と落合は後になって聞いたのだ。

「いよいよ！」と、二人は思った。それは善い意味にしろ、悪い意味にしろ、彼等の関係がどっちかに結末のついたことを感じたからである。

「老人は本当に金を持っていたのかも知れないな……？」と、落合が言った。

「そうかも知れない。或いはそうでないかも知れない」と、川内は曖昧な口調で言った。「それにしても半年以上も一緒に寝起したこちとらに一言の挨拶もしないなんて、少しひでえ話よ。」

　それから二月も経ったであろうか。木賃宿の帳場で泣き崩れている娘があった。栄養不良の蒼白い、げっそり痩せ細った感じの鼻のとがった娘であった。

雨が降っていた。仕事にあぶれた落合と川内、それに同宿の労働者が四五人、肩をすぼめて娘の不幸な嗚咽《おえつ》を見守っていた。

「ねえ、もう諦めておしまいなさい！　どうせ詐欺にかかったんですよ。岡田さんも余り慾が深か過ぎるんだ。そのうち気がついて旅で稼いで帰って来ますよ」

お主婦《かみ》さんが、一生懸命に慰めていた。

「ええ、でも口惜しい話ですよ。岡田が二百円、それに私が喰うものを喰わずに蓄めた金が五十円、それをすっかり持って行かれたまま、それっきり音沙汰がないなんて、いいえ、どうしても諦めきれませんん……」

娘はまるで板場に喰い入るように、咽び泣いた。

岡田はすっかり老人に欺されて、佐渡へ行ったのだ。老人が腹帯のなかから、勿体らしく代々に伝わる家宝だと云って取り出した古絵図を信じ切って、一揆の軍用金が埋められてあるという、真《まこと》しやかな話に釣られて、それを掘り当てる人夫賃と旅費を稼いで旅立ったのだが、それ以来未だに音沙汰がないのだ。

その老人の話によると、一揆の陰謀が未然に破れて同志が囚われた時、軍用金をあづかっていた老人の先祖が素早くそれを埋めてしまって、その絵図面を家族の手に残したまま、また同じように捕縛されて磔刑になってしまった。その時の絵図面が、老人の持っているそれであると云うのだ。

「爺さんは口の旨い人らしいので、すっかり岡田は欺されてしまったのでしょう。小判をすっかり掘り出せば二万円はある。それを二人で山分けにしよう。——爺さんはこう約束したそうです。それを真に受けて、岡田は三ケ月の間、血の出るように稼いだのです……」

娘は涙を拭いた。

「いや、娘さん、まあ心配しなさんな。それは若しか本当の話かも知れんて？　何かの都合で音信の暇がないのかも知れない。」

誰かが感じ深かそうに言った。

「何を間抜けなことを抜かすのだ。今時、そんなボロイ話があるものか。手前も岡田と同じようなドジを踏む柄だ！」と、すぐ誰かが鋭くきめつけた。

「ああ、道理で野郎はよく、夢中になって気狂い染みた佐渡節を唄っていたっけな……」と、落合が腕を拱《こまね》いて、不意にこんなことを言いだした。

娘は濡れた傘をひろげると、雨のなかを帰って行った。

佐渡の金山
この世の地獄
昇る梯子は
針の山
…………

ふと、誰かが小声でこう歌った。

「佐渡、佐渡！　佐渡たあ、あの老ぼれ奴！　旨い狂言を仕組んだものさな。岡田の野郎、いま頃はあの生地獄で小判どころか、もっと野太い金脈を掘り抜いてらあな……」

それから、また二月も経った頃であろうか。誰かがこう云う話をした。――岡田は東京に帰って、また同じように青物市場《やっちゃば》の車力引きをしているという話だ。ふと町で出逢った男が

「よう、兄弟！　佐渡へ行って二万円の小判はどうしたい？」と、冗談にからかうと彼は躍気になって

「あの老ぼれ奴！　すっかり臀《けつ》の毛まで抜いてしまいやがった。新潟へ着いて宿に泊まると、若い者が部屋にばかり燻《くすぶ》っているもんでねえ、ちっと町でもみて来ねえ。と、こう云うんで散歩《ひやかし》に出た暇に、すっかり金を掻ぱらわれて遁げられた。畜生！　と思って警察に飛び込むと、何んだあの親爺にまた喰わされたのか――て始末さ。畜生、ひでえ喰わせ者さ！」と、こう口惜しそうに話したそうである。

「なあ、兄弟！」と、彼は相手の男の肩を叩いて

「全く、俺たちゃ、金のねえ国へ行きてえよ！」と、涙をボロボロこぼして男泣きに泣いたと云うのだ。

私はこの話を聞いて、すっかり憂鬱になった。金、金、金！　私達は全くこの金の必要ばかりで、無意味な不幸を散々にみて来たのだ。岡田でなくとも、私も「金のない国に行きたい」と、思う。

――一九二八・四・七――

出典：『文芸戦線』昭和三年五月号（文芸戦線社）
解題：テキストの周縁から　P729

十銭白銅

一

人間はまるで見当のつかない、奇妙な動物である。もっと適切に云うならば、神秘な、あるいは霊妙な感情に支配される生き物である。第三者の理解が決して到達することの出来ない、複雑な、しかも微妙な感覚の陰影と、鋭敏な感受性を具備している。この感情の推移は、決して第三者には了解しようとしても了解できない、複雑な陰影と速度をもっている。まるで神秘である。――一言にして云うならば、人間は突発的な動物ですらある。

――私がここに不思議がっている事柄は、とっくに何かの学問では完全に説明のついていることだとは思うが、私は無智で無識な私の「不思議」は、その学問上の知識を得ない限り飽くまで「不思議」である。私はここに臆面もなく、私の「無智な不思議」をぶち撒け度いと思う。

先づ私は人間を不思議に感ずる。何でもないことに泣いたり笑ったりすることは愚か、ほんに些細な、まるで理由すらないと考えられるような事柄にさえ、一度《ひとたび》感情が激発されると、もう取り返えしのつかない、まるでブレーキの利かなくなった機関車のように、飛んでもない結果にのめり込んでしまうのだ。斬る、傷《はた》く、殺《ばら》し兼ねないのだ！　何んと惨酷なことではないか。しかもこの結果が、第三者にはまるで突発的な、或いは発作的な事件としか考えられない場合が往々である。だが、それは畢竟《ひっきょう》第三者にとってのみ「突発」的であり、「発作」的であって、決して当事者自身には「突発」でも「発作」でもあり得ない「何かが」そこになければならぬ筈だと思う。――でなければ、誰も「人間」を信ずる訳にはゆかなくなりはしないか？

で、次の話というのが、まるでタワイのない経緯《いきさつ》なのである。が、それにもかかわらず、まるで突拍子もなく、出し抜けに行われた瞬間の出来事なのである。経緯を簡単に説明してみれば、一膳飯屋の給仕女のお君が「十銭玉」を盗《くす》ねた。それを見付けた亭主が、彼女を死ぬるほどぶちのめした。と、そこに居合わした土方の「黙《もく》」が、何を感《(勘)》違いしたのか、ただの一突きで亭主を有り合わせた出刃庖丁で刺し殺してしまった――これが事件の全部である。

私は丁度その時、その現場に居合わして、ブランの大コップを呷っていたのであるが、その事件の突発から、その悲惨な結末までが、ブランのコップを半分も飲み切らない瞬間のうちの出来事であった。全く抱きとめる遑《いとま》も隙もない「突発」的な事件であった。今思い出してもまるで見当も判断もつかない。まるで疾風《はやて》のような突変である。

私は私なりに、この事件を手操《たぐ》り出して見ようと思うのである。旨く行くかどうか、私は知らない。

二

この残虐なまた突変的な、この事件に直接に原因するのは、お君の盗《くす》ねたただの「十銭白銅」である。十銭玉の一つぐらい――と、誰でもそう思う。その通りである。盗んだ方にしても、盗まれた方にしても、この事件の結果から判断すれば「何んでもない」ことなのである。決して死ぬる程ぶちのめされるにも当らないし、また大人気《おとなげ》もなく、「死ぬる」程ぶちのめすにもあたらない。――それが、その場合そう簡単に行かなかった。それをまた「何んでもなく」土方の「黙」が見ていられなかった――ここに、この事件の総ての秘密がなければならない。

三

先づこの際に問題になるのは、この事件の直接な動機をなした「十銭白銅」である。何のために、それをお君が盗《くす》ねなければならなかったのか？　その問いに対して、彼女はこう話したのである。勿論、私は彼女の口から直接きいた訳ではなく、他人の噂さを聞いたままでであるが、

「可哀そうな乞食のお婆さんに恵む筈だった……」——と言ったそうである。

その日は相憎くと混雑《たてこ》んでいた。店は忙しかった。そのドサクサの最中に、ひとりのヨボヨボの乞食婆が店に這入り込んで来て、

「もうおッ倒れそうなのですが、どうか残飯の余りでもあったら恵んで貰いたい。」と言って、空いた床机《しょうぎ》の端に腰を据えて動かなかった。亭主は癇癪を起した。如何にも商売が混雑《たてこ》んで忙がしかったら愉快になれそうに思えるものだが、その時はそうは行かなかった。

「ひちくどい！」

そう叫んで、亭主は乞食婆を縄暖簾《なわのれん》の外へ蹴飛ばした。老婆は往来につんのめった儘、しばらく動けなかったそうである。

それが朝の事である。

昼前にお君が市場へ買出しに出て行く路で、丁度お君の店から幾らも離れていないA橋の袂《たもと》に朝の乞食婆が倒れていた。

彼女が声を掛けると、老婆はもう身動きもならない程に弱り切った身体を擡《もた》げて、手を合わせて拝んだ。

その行き倒れの乞食婆に、彼女が同情をして「十銭玉」を盗ねようと決心したのは無論のことであろう。何故この際、彼女が正直にそれを打ち明けて「十銭玉」なり、残飯なりを亭主から貰い受けなかったか？　この疑問は無駄である。貧乏と他人の手で育て上げられた人間には、どのような高貴な同情も正義も恵みも、決して「主人」の利益にならない限りは寛大に許容される性質のものではないと云うことを知り過ぎていたからだ。

（雇人《やといにん》の癖に！）

それが彼女の場合には（捨て児の分才で、何をほざくんだ。間抜け奴！）この怒罵《どば》が落ちである。この場合、お君が「十銭玉」を盗ねたことは自然の成行である。

で、その「十銭玉」一つが、何故に彼女の場合には、尤も短気な亭主ではあったとしても、土方の「黙」が刺し殺してしまわなければならない程、それ程にも惨酷にぶちのめされなければならなかったか？——この問題は後にして、先づ私はお君が何故金を盗んでまでも乞食婆に恵まなければならなかったか？——その可憐な同情心をば話の順序として、もっと探索しなければならない。

四

お君はその事件の時は十三であった。髪の赤い、眼の大きな、口唇《くちびる》の厚ぼったい、どっちかと言えば醜い子であった。見るからに額のさし狭った、生涯幸福に恵まれそうもない不幸な相をしていた。観相学の方面から言えば、そのいつもあッ気に取られたように瞠《みひら》いた眼と云い、いつも唾液《つばき》だらけな口唇《くちびる》と云い、また人参の切れ端のような扁平な赤ッ鼻と云い、一くさりの因縁ものだが、私にはその顔から彼女の薄倖な陰影以外には何にも汲み取れない。性質は憂欝な、だが時としては狂気のように噪《さわ》ぐ子であった。

彼女は捨児であった。生れて母親の顔すら知らなかった。

何かの兇状を持った父親に連れられて、この労働者街の木賃宿に流れ込んだのである。その時お君は五つであった。父親は土工であった。

彼女の記憶によると、父親は非常に彼女には優しい父であった。が、その稼業柄——いつも貧困と窮乏と危険のなかに身を曝らしている、その捨鉢からいつも大酒を呷《あお》った。その悪癖のためには、お君は随分幼心《おさなごころ》にも悲しかったと言っている。

その父親が或日突然にいなくなった。木賃宿の亭主の話によると、殺人犯人だったと云うことである。工事場から出《だ》し抜けに召捕られてしまったらしい。殺人犯と云っても、決して破廉恥罪ではなくて、そう云う稼業柄、仕事の上の意趣遺恨であったらしい。

後に取残されたお君は九つの時まで、その木賃宿の亭主に拾われて、子守や座敷の拭き掃除に追い使われていた。可成り残酷な仕打ちを受けていたらしいが、亭主の言い草によると、

「わっしに少しでも情けと云うものがなかったら、何でこう云う玉をみすみす握り潰して置くものですかえ。何処かへ売り飛ばしていまさあ……」

と、言うのである。その通りである。この点彼女は仕合わせであったと云わなければならない。

その彼女は九つの時に、被害者の一膳飯屋に貰い受けられたのであった。百円の養育費をまで負担して、飯屋の亭主は彼女を引き取ったのである。そこで彼女はまた給仕女として、ひどくボイ使われなければならなかったのである。貧乏に生い育ったものの運命は凡《すべ》て誰れでも苛酷な労働を強要されなければ

ばならない。その点は亭主を責めることも、またお君に不満のある筈がない。ただそこに「愛」があるかないかが問題である。――が、お君は捨児である。亭主は他人である。彼女がひね曲った性格に捻ぢ曲げられて行ったのは自然の成行であろう。

一膳飯屋の亭主には夫婦の中に子供が一人も生れなかった。そこで夫婦の考えではお君を養女にするつもりであったらしい。夫婦とも越後出身の信仰の厚い一向宗徒であった。

亭主は短気であったが、義侠心の強い、涙に弱い性格であった。女房も気性は強かったが、さんざん苦労し抜いた、物の解った女であった。

若しお君に、この夫婦の愛情に溶け込んでゆける素直さがあったならば、彼女は少くともこのような悲劇は見なかったであろう。が、人生は複雑な陰影《かげ》に満ちているものである。そのように簡単な理詰めにはならないものである。

悲劇があり、曲解があり、誤謬がある。

五

亭主は前にも云ったように、彼女を行く行くは養女にするつもりであった。まるで彼に愛情がなかったら、そのような気の起る訳のものではないのだ。

しかし幼ない不運に育てあげられた彼女は不幸であった。お君は凡《すべ》て亭主の意志を曲解したのである。益々ひねくれていったのである。それには幼ないお君の身に余る労働が、その原因の大部分であるが、しかし、貧乏人――殊に飯屋というような商売では、その年頃の娘にそう楽ばかりはどこの家庭でも許してはいないのである。それは勿論、お君自身にも承知の行っている筈であるが、そこに重大な作用を及ぼすのは「愛」である。

彼女はまるで人生の「愛」を知らない。またそれを感受する能力にも欠けていた。――が、この彼女に、たった一つ素晴らしく発達していたのは「同情」の観念である。

彼女は同情――憐愍《れんびん》――だけで生きて来た。同情もされたし、また彼女自身が同情もした。それは遂いに愛ではない。同情には叱責がない。怒罵がない。義務も労働もない。

彼女が遂いに、一膳飯屋の亭主の「愛」を理解できなかったのは、この理由である。

こう説明してくれれば、お君が「十銭白銅」一つ盗《くす》ねてまで「乞食婆」に同情しなければならなかった理由が解るであろう。

或日であった。彼女は寒むさに打ち顫えている乞食娘を夜店の帰りに見付けて、その娘に身ぐるみ着物をぬいで呉れてしまった。そして自分は襦袢一枚になって帰宅すると、

「恐ろしい朝鮮人にふんづかまって、着物を剝がれてしまった。」

と、そう嘘をついたそうである。それが後になってバレて死ぬるほど殴りつけられた。

この事件の加害者である「黙」の場合にもそうである。彼は「黙」と綽名《あだな》がついている程の「黙り屋」で無駄口一つ利かない、炭団《たどん》のように憂欝な土方であるが、お君を非常に愛していた。

「まるで自分の子供のように思っていたに違いない。」

と、飯屋のお神さんの述懐であったが、そういう気持が動いていなければ、いかに同情深いと云っても相手を刺し殺すほどの、無鉄砲な真似が出来るものではない。

それは兎も角として、この「黙」がお君にいつか五十銭玉を一つ与えたことがある。すると気持よく

それを貰ったお君は、すぐその日の晩に夕飯を喰いに来た彼に、

「さあ、おぢさんの靴下は破れてしまっているから、これを穿き替えなさいよ。」

と、言って新らしい靴下を差し出したものである。「黙」は泣くような表情を満面に湛えて、じっとお君を眺めたまま、それを容易に受け取ろうとはしなかったそうである。

「そんなことをすりゃ、俺のやった金は無駄ぢゃねえか？」

「いいんだよ。お釣銭が二十銭あったから餅菓子を買って喰ったよ。おおけに……。」

お君はそう云う娘ッ子であった。彼女はどのような人間とも「同情」一つで容易に結びつくのであった。

それは彼女に「愛」がなかったからである。――が、彼女は彼女らしい一つの夢を持っていた。「愛」をいつも闇のなかに捜ぐり求めようとする「夢」であった。

彼女はいつでも親のない孤児の話を聞くと、きまってさめざめと泣くのであった。

彼女がまだ木賃宿の亭主に拾われて、子守娘をしている時であった。誰かが戯談《じょうだん》に、

「お前とそっくりの女が、B停留所の電柱にもたれていたよ。行ってみな。お前のお母親《ふくろ》であるかも知れない。白い手拭をかぶって、三味線を抱いて、尻をはし折っている女だよ……。」

と、言った。すると彼女は早速それを真に受けて、子供をひッ背《しょ》負うとそのままその方角に駈け出して行って、その日一日帰って来なかった。

翌朝、彼女はしょんぼり警官に連れられて、帰って来た。子供をおろすと、ねんねこの中から牛乳壜が落ちた。訳を聞くと、お君は「お母親を捜して呉れと云って、警察署にひっ据って動かなかった。」と云う。もともと誰かの戯談である。三味線を抱いた女を、如何に警官でも捜し出す訳には行かない。

お君は全然記憶のない「母親」には非常に逢いたがるが、監獄に終身ぶち込められている父親にはそう逢いたがらない。

「あんな大酒呑みは嫌だ。」

彼女はぶっきら棒に、そう云い棄てる。この彼女が、単に「同情」だけであの乞食婆に金を恵もうとしただけではなく、何か「母親」を慕う気持がそこに動いていたことも推察できるのである。

ここまで書いて来ると、またこのお君の気持と、土方の「黙」の心の動きが不思議に一致するのを感ずるのである。

それを説明しよう。

六

土方は「黙」と呼ばれている以外には、正式な名前がなかった。彼はもうこの労働者街に誰れの記憶よりも疾《はや》くに、そこに住んでいた。

六十を越えていた。仕事があってもなくても、どうにか生きていた。そしてまた決して土方以外の稼業は、どんなに困っても漁ろうとしなかった。

不思議な偏屈者であった。「黙狂《もくきょう》」と——他人から言われていた。黙って、下向きになって土ばかり掘っているので、そう云う変質者になったのであろう。

一日黙っていた。そしてまた一日中何かを呟いていた。

女房も子供もなかった。そしてまた誰れも彼の生国《しょうごく》は愚か、彼がこの労働者街に流れ込むまでの経歴を知らなかった。無理もない。彼は何を訊かれても、一切のことに口を噤んでいるのだから。

彼は言葉のかわりに身体を動かした。それで不自由がなかった。ぽかッと殴ぐった。言われれば穴を掘った。石を運んだ。

請負人には、最も都合のいいロボットであった。

その物言わぬ憂鬱な変質者が、お君を愛していたのだ。（まるで自分の子供のように！）

私はこのことに、色々な想像や臆測を逞しくすることが出来るのである。誰れも彼の心事を捕捉することは不可能である。彼の開かぬ口唇《くちびる》をあけることは出来ない。しかも私は彼に麗わしい人生の「寂寥」を見出すことが出来る。

「黙」もついに人間でしかなかった。弱い、しかも愛に強い人間であった。彼は飯屋に朝晩の二度は必ずやって来るが、その度にお君と眼を見交して、明るく晴々しく微笑むのが常であった。そうだ、出来るだけ暇をくって、いつまでも凝っとしていたいように、吝《おし》み吝《おし》み丼飯を喰った。時にはブランを飲むこともあった。その時間中、彼は愛憐に皺ばんだ眼尻を細めて、惚々《ほれぼれ》とお君を眺めつづけていた。が、「黙」は黙の本性を守りつづけて、一度も必要な註文以外の口を利いたためしがなかった。それにも不拘《かかわらず》、彼は彼女を愛していたのだ。

それはまた何という、愛情の欝積であったろうか！

何故また、この「黙」が特別にお君を愛さなければならなかったのであろう。恐らく彼は検事の前に起っても、裁判長の叱責に遭ってもやはり無言の執拗な沈黙を守りつづけているであろう。そして彼は最後の断頭台に上っても、やはりその憂欝な眉根を開いて、あの固い口唇を綻ろびさすようなことはないであろう。

私はここでもう、この曲筆を弄して「黙」の深厳な「人生」の扉をば、見当はづれの叩き方をする不遜な態度を止すであろう。私なんかは、彼の秘《か》くしている人生経験に較ぶれば実に問題にならない青二歳である。

七

ここで再び、何故お君がたった十銭のために、そしてその短気な亭主の場合には「黙」の沈欝な情熱のために刺し殺されなければならない羽目になるまで、「死ぬる程」殴ぐりのめされ、また殴ぐりつけなければならなかったか？

この原因を私は追究するであろう。

——お君は盗癖をもっていた。亭主は潔癖屋なので、そのお君の悪癖をどんなに憎んだか知れない。亭主は何故お君がそう云う盗癖をもつようになったかを研究する程に、またそれを「暴力」以外の方法で矯正する術にもまるで無智な市井《しせい》の短気者であった。

実にこの事件の端緒は、ここに縺《もつ》れ合っているのだ。

お君は木賃宿で子守をしている時にも再三帳場の金を盗《くす》ねて、足腰の立たぬ程殴ぐりのめされたことがある。彼女には買い喰いの習癖があった。その習癖は、凡そ誰でもが経験をもっているように、中々簡単にはやめられないものである。

一膳飯屋に引き取られてからも、その悪癖は容易に矯正されなかった。そのためにお君自身もどんなに惨酷な制裁を受けているか知れない。

前にも書いたように、お君の物心ついた時には既に母親がいなかった。父親は朝起き抜けに出て、日が暮れないと帰って来ない土方であった。子守もまた傭女も置くことのできなかった彼は、お君に小使銭を握らしておいて稼ぎに出るより仕方がなかったであろう。お君の買喰いの習慣と、どうしてもその欲求を自制することの出来ない年頃の彼女は自然とそこに盗癖を持つように運命づけられた——と、想像がつくのである。

丁度事件の前日にも売り上げを盗ねて、ひどく殴ぐりつけられた。

「もう致しません。」と、お君は泣いて謝まった。

「もうしない。もうしないと云って、貴様はしょっちゅうじゃないか。」

「いいえ。もうこんどこそは！」

お君はそう云って謝まったのであった。

そしてその翌くる日である——。

八

私はその日受取りの小廻り仕事で、案外に仕事が早く片附いて日暮れ前に飯屋の暖簾を潜ったのであるが、晩飯には早いし、私はブランを註文してそれを嘗めるように呷っていたのである。「黙」が早飯に牛かけを喰っていた。多分その日は仕事にアブレて、昼は「ノウチャブ」で我慢したのかも知れなかった。

亭主は奥で何かの魚を裂いていた。俎板を叩いたり、水で洗ったりする音がしていた。お神さんの姿が帳場に見えなかった。多分まだお客が混雑《たてこむ》には早やいし、裏で菜葉かなにかを洗っていたに違いない。すると軈《やが》て、私の向い側に腰掛けていた行商人体《てい》の男が立ちあがった。

「毎度、有難う。」

お君がそう云って膳をさげて行った。先客のその商人は出て行った。

と、その時、不意に亭主が怒鳴った。

「こらあッ！　お君、また貴様！」

そう癇《かん》走った声がしたかと思うと、たったいまお君がさげて行った膳の上の器物が、土間の三和土《たたき》に取り落されて、滅茶苦茶に壊れる音がした。

彼女は真蒼な顔で店へ遁げて来た。

「太い畜生だ。もう我慢がならない。昨日あれほど云ったのに！」

店と料理場を仕切った暖簾を裂いて追いかけて来た亭主に、お君はそこに引きづり倒された。その途端に、お君の掌が開いて「十銭白銅」がぽとりと土間に落ちた。

「畜生！」

亭主は彼女を足蹴にした。

「亭主、訳は知らねえが、あんまり酷いことはよしたがいいぜ。」

私はブランを嘗めながら、そう一言いったきりであった。そして眼をそらした。と、お君が「うーむッ」と呻いたようであった。腰か腹を踏んづけられたのであったらしいが、テーブルの陰でよく見分けられなかった。

と、その時である。いきなり土方の「黙」がテーブルの隅ッ子から飛び出して行って、そこに落ちていた出刃庖丁で、ぐさッと出抜《だし》けに亭主の脾腹《ひばら》を抉《え》ぐったのである。

「痛ッ！」と、亭主は呻《うめ》いたようであったが、すぐそのまま脾腹を押さえてそこにのめってしまった。

――

瞬間の出来事である。事件はたったこれだけである。が、私はこれが単なる発作的な感情や、突嗟的な衝撃の結果であるとは信じられないのである。

もっとこの事件を整理するためには、そしてこれを深く判断するためには、もっともっと私の智識や研究が必要であったことを痛感する。


――一九二七・一一・三――

出典：『兵乱』昭和五年五月五日（鹽川書房）収載作。
参照：『新興文学全集』第七巻 昭和四年七月十日（平凡社）及び『光の方へ』昭和十七年六月二十日（有光社）収載作。
解題：テキストの周縁から Ｐ７３０

売り得ない女

（「東京暗黒街探訪記」第十章）

そこに私が行った時には、まだ日が高かった。それでも薄汚れのした朝鮮服を纏った少女達が、店の前の往来へ出て無邪気に遊んでいた。白い上衣に、黒いチマを穿いて、ゴム製の独木船に似た形の靴を突っかけている。勿論、労働者相手のカルボ《（蝎甫＝遊女）》だから、白い上衣も、足も、絞ると黒い汁がたれそうなほど垢づんでいた。

汚たならしい暖簾を分けて、店の中へ飛び込んだ私は、突嗟に土方の飯場か何かへ来たような錯覚に捉えられた。何故なら、赤靴を穿いた半ズボンが、店のテーブルをすっかり占領していたからだ。

「さあ、どうぞ」とも言わないで、一テーブルの人数が、ギロギロした底光りのする眼で睨みながら、私に席を空けた。

表で遊んでいた四五人の女が飛んで来て、赤靴が喰い散したテーブルの上の南京豆の皮を片づけた。ここが料理屋である証拠には、コック場から料理を出し入れする窓があったし、埃だらけな棚の上には、酒の二合瓶やサイダーが乱雑に並んでいた。薄べリを敷いた座敷には、妓生《キーサン》が使うような赤い朱塗りの太鼓や、小鼓が置いてあった。

私は赤靴に頓着しないで、女が奨めるままに酒と料理を注文した。四五人の女が、出来るだけ私の傍へ近寄ろうとして身体をこすり合った。衣服こそ垢づんでいるが、顔には安白粉をベタベタなすくっていた。私は、蛾の羽叩きのように、白粉が皿の中へ舞い落ちそうな気がした。

子供の四五人もありそうな、おかみさん風の頑丈な女が、あらゆる競争者を押しのけて、私の傍の椅子を占領した。私はまたその女を押しのけて、眼の細く吊りあがった若い女を傍へ引寄せた。

この女だけが満足に日本語が話せたからだ。最初四五人だと思った女が、私のテーブルのまわりへもう四五人殖えていた。お下げ髪に結っている娘が三四人いただけで、後はみんな、小さい拳骨髷げに頭を結った既婚者達だった。

始めは、私の服装を見て「何か思惑があって」ここへ紛れ込んだ半纏者だと思って警戒しているらしかった赤靴が、威勢よく酒を飲んで、女をからかい出した私に、やっと安心したのか、いつのまにか一人減り二人減りして、すっかり姿を消していた。

「あいつらあ、一体何んだ？」

「親方だよ」眼の細く吊り上った女が、酒をすすめながら私に言った。

「どこの……？」

「ここにいる女の親方だよ。あんたは、ここは始めてかね」

赤靴の親方がいなくなったと思うと、その三倍にも相当する女が、ゾロゾロ豚の仔のように、何処からともなく現れた。そしてその女達が、ありったけの椅子を持ち出して来て、私のテーブルをぐるっと取り巻いた。

その姦しさと云ったらない。早口な朝鮮語で、しっきりなしに喋って、しっきりなしにテーブルの上へ、長い手を伸ばして来て、料理や果物を遠慮なしにつかみあげて喰うのだ。皿が空くと、すぐ私の傍の女が一っぱし「恋人」のつもりで、

「何か取りましょう。」と言って、勝手に料理場へ注文するのだ。

私が一箸つけると、瞬くまに一皿の料理がなくなっている。酒は女の群を一廻りもしない途中で、きれいに空っぽになってしまう有様だ。私は無限の消化力をもっている、二十人近くの薄ぎたない身装の女を見て、そぞろに悲哀とも恐怖ともつかない、慄然とした感情にうたれた。

「お前達は、一体何も喰っていないのか？」

「そんなことない。」

そう答えた女が、ドロドロした皿の余り汁を、私の鼻っ先でベロッと一舐めにしたのには驚いた。

私は九円幾らしか持っていなかったので、少し心細くなったから、女に一先づ勘定するように頼んだ。するると、私が気遣った通りに三円六十銭足りなかった。

今までキャアキャアはしゃいでいた女たちが、突然総立になって、私を睨みつけながら何か「わけの分らない」朝鮮語で騒ぎ始めた。眼の吊りあがった女が、私の腹掛けの中から、ズボンのポケットまで手を突っ込んで「有金」を探った。

鹿の毛のように少し赫みがかった白い天神髭の生えたぢいさんが、のっそり太鼓のある座敷から立ち現れた。コック場から二人の料理人と、それから赤靴が二人何処からか出て来て、そのおぢいさんと頻りに耳語《じご》を交していた。その天神髭の老人が、ここの主人に違いなかった。

二人の料理番と、二人の赤靴が、酔いのさめかかった私を取り巻いて詰問を始めた。

「君は親方がかりかい？」語尾のはっきりした日本語だ。

私は「ポカッ」と来られないうちに、一口で相手に得心が行くように喋舌ってしまわなければならないと思って、あせった。

「部屋にはいないが家があるんだ。送って来て貰えば綺麗に勘定を済ますよ」

「どこだ」

「少し遠いが、高円寺だ」

「よし、自動車で送って行こう」

私は「ホッ」とした。するると酔いがボウと火照るように上って来た。どうせ家へ行けば払うんだからと言って、女に、も一本酒を呉れるように注文した。女はいやいやながらに、冷たい表情で銚子を運んで来た。

私は自動車を待つ間、その酒を女につがせながら、

「待ってて呉れ。送って貰った自動車で金をもって直ぐ引返して来るからね」と言った。

自動車が来ると、一人の赤靴が運転台へ乗って、一人が私と一緒の座席へ腰をかけた。

ここから高円寺まで行けば、どんなに安くったって、往復三円は取られる。三円五十銭ばかりの馬に「三円」の自動車賃を出しては引き合うものでない。私は一銭の金にも縋りつこうとする朝鮮人の心持ちを考えて、厭な気になった。

私は家へ帰って、女房に洗いざらいの金を出させて、またその自動車で引返した。

その往復に、たっぷり一時間以上はかかっている。

しかも店の状態は、私が自動車で送られた時と、少しも変ってはいなかった。――私以外に、その後お客が一人も来なかったらしい。

相手に取っては、いい「鴨」だ。金がないと云うとあんなにも私を罵った女達が、また目白押しにつめかけた。

「もう、お前達は沢山だ。あっちへ行って呉れ。俺は徐鏡月と二人だけで飲むんだからな」

私は最初の女の首っ玉を抱いて叫んだ。そして二十人ばかりの女達に、十銭づつ分けるように言って、頭数だけの金を出した。

しばらくは私から遠のいているが、またいつのまにか蝿のように、私のテーブルへ寄って来るのだ。

私はその拗っこさに顔まけして、彼女等の為すがままにして置いた。

徐鏡月は特別美しい女ではない。何故、私が彼女にひきつけられたかを説明するのは、ひどく困難だ。彼女の捨鉢なところを好いたのかも知れない。

彼女は黒いチマをたぐって、男のように椅子に片あぐらをかきながら、それは聞き手によって悲痛にも、また泣きじゃくるようにも哀調をおびて響く「アリラン」の歌を唄って、唄って、歌いまくった。私は朝鮮の女が、甲高い調子で、しかも胸一杯の鬱屈を叫びあげるような、強い、高い、悲しみに溢れた歌を聞くと、（以下三行削除）〔原文ママ〕

私は鴨緑江《おうりょくこう》の川っぷちで、毎日「アリラン」の歌を咽喉から血がふくように、唄って、唄って、唄いまくっていた狂女を思い出す。その女は××から強姦されて、気が狂ったのだと云う噂さだった。徐鏡月の歌を聞いて、私は突然、その狂女の歌を思い出した。

徐鏡月も私も、ぐでんぐでんになるほど酔っ払っていた。私は彼女からあらゆる言葉で罵倒されて、私達が無意識に背負わされている「優越感」に、唸るような強い鞭を加えて貰い度いと思った。

私は女に「出る」ことを奨めた。

この二坪にも足りない狭い店の土間に溢れている女達には、みなそれぞれの「連れ込み」場所があるのだ。一人ないし、数人の女達に親方があって、秘密に貞操売買するように出来ていて、そしてこういう朝鮮料理屋へある契約をして「出ばって」いるのだ。

私が最初に、この店へ這入って来た時にテーブルを占領していた赤靴が、ここの女達の親方だ。彼等は近くの界隈に、それぞれ長屋の一軒をかりていて、お客を連れ込ませるのだ。

私が女に「出よう」と言うと、彼女ははっきりした返事を与えないで、グイグイ酒をあおっては、例の「アリラン」の歌や、極めて軽蔑的な口調で「銀座の柳」を唄って、私をじれさせた。

私は女の返事を聞かないうちに勘定をすっかり払って、徐鏡月を表へ連れ出す準備をした。彼女は仕方無しにいや〳〵らしく立上って、私と連れ立って表へ出た。

「目立ってはいけないから、あなたは先に歩いてよ。」

と、言われたので、私は正直に、ゴタゴタした曖昧屋が軒を並べている露路を、先になって歩いた。そして一二丁行った横丁で、ひょいと振り返って見ると、女の姿が見えなくなっている。

私はそれでもまだ気づかなかった。馬鹿正直に暫く待ち呆けを喰わされて、やっとそれと気づいたので店へ戻って見ると、酔っ払って眼の真赤に充血した徐鏡月が、クラゲのようにテーブルへ打伏しているではないか。

「何んだ。約束しといて、ヅラかるなんてひどいぢゃないか。」

「ね、もっと飲みましょうよ。」

「いやだ。鼻からも、口からも、尻からもゲップが出る位い飲んだぢゃないか。」

私は、またしつこく女に「出る」ことをせがんだ。彼女は仕方がないという風に、ようよう起ち上って表へ出た。そしてやはり私に、先へ歩くように言った。

「冗談ぢゃない。もうその手は喰わないよ。こんどは、お前が先になって、何処へでも連れてって呉れよ。」

女は肩をすぼめて、真暗い通りへ出て、工事中の仮橋を渡った。そこにお稲荷さんの社があった。社殿をぐっと廻ると、もう女の姿はなくなっている。

私は狐につままれたように、あわててそこいら中を見廻した。ひょいと気が付くと、女の白い影が、社殿の石がけに沿うて、ぐるぐる廻っているのが、その床下から見えた。

「こいつ奴！　何んだって、貴様かくれるんだ。」

私は女の肩さきを摑んで離さなかった。社の境内を出ると、活動常設館があった。今度は女がそこで「活動が見度い」と言って、テコでも動かなくなった。

割引時間が過ぎていたので、場内はひどく混んでいた。坐る席もなかった。それに二時頃から酒を飲みつづけていたので、直ぐ吐気を催した。私は表で待っているからと、女に耳打をして場外へ出た。そして金だらいに二杯分はたっぷりある程、小屋のかげになっている電柱の根本へヘドを吐いた。それから小屋の横の自転車置場の軒下へあぐらを搔いて、女を待っていた。

間もなく活動がハネた。私は最後の一人が出るまで、眼を皿に光らしていたが、また徐鏡月の姿を見失った。

「畜生め！」私は火達磨のように唸りながら、さっきの料理屋へ飛んで帰った。

彼女は酔いを持て余すような恰好で、テーブルに頰杖をついて、細い肩で呼吸をしていた。私が電柱の根元へ首を突っ込んで、ヘドを吐いている間に逃げて帰ったに相違なかった。

彼女は赤い眼をあげて、私を見たが、すぐ横を向いた。

私は、日本人の女郎でも買った気になって、コック場へ怒鳴り込んだ。

「何んだって、徐鏡月は俺をマクんだ。」

料理場の狭い板場へ寝ていた二人のうちの一人が、朝鮮語で何か怒鳴り返して横を向いた。

女達が直ぐ、私を引張り出しに来た。

「ね、面白く飲みましょうよ。」

「いや、俺は徐鏡月でなけりゃ、いやだよ。」

私はだだっ児のように、彼女を要求した。そして彼女のテーブルへ行って、彼女をひっ捉えた。

「何故、お前は俺をマクんだ。俺がこんなに惚れているのが判らないかい。」

「幾らでも唄うから、飲みましょうよ。こんなに酔ってるけれど、私も飲むから……。」

女達が徐鏡月の周囲へ寄って来て、私を連れて出るように奨めているらしかった。が、彼女はそんな朋輩の云うことには耳を藉《か》さないで、酒をグイグイあおりつづけて、捨鉢になって歌を唄った。

「徐鏡月は駄目だから、私とどうだね」ほかの女が二三人かわるがわるに催促した。

私は彼女等を片っぱしから突っぱねて、テーブルへ寄せつけなかった。私も意地になっていた。それに、どうせ買うんなら好いていない女より、好いている女の方がよかった。

徐鏡月の歌を聞いているうちに、私はテーブルへ頭を押しつけて「ツブ」けていたらしかった。大きな怒鳴り声で吃驚して顔をあげると、コック場に寝そべっていた料理人が、徐鏡月を椅子からひきずり起して、眼の覚めるような平手を、瘠高い朝鮮語の怒鳴り声と一緒に、彼女の柔かい頬べたへ「呉れ」た。

「何をするんだ」

私が椅子を蹴倒して男の腕を遮切ると、

「貴様も、もう酒を飲むな。帰れ！」

日本語で喚いて、腕を振り切った。

そして、ちょうど猛獣が唸るような表情をして、ドダンバダンと地団太《じだんだ》をふんだ。その形相が物凄かった。

いきなり、私は度胆を抜かれた形だった。私は大勢の女の手前、最後の落ち着きを見せて、ゆっくり残った酒をラッパに飲んで、充分なだけの金を投げ出した。そして逃げるように、私は表へ飛び出した。

その男が、徐鏡月の亭主に違いなかった。

出典：葉山嘉樹との共作「東京暗黒街探訪記」＝『改造』昭和六年十一月号（一～五章）、十二月号（六～十章）から第十章「売り得ない女」を抽出。

解題：テキストの周縁から　P732

古い同志

下水がつまって、露路中に臭い悪水があふれていた。吉岡が薄暗がりの中で、ピチャピチャとはねるドブ板を歩き悩んでいると、夕飯の買物にでも出かけて行くらしい女房とぶつかった。

「まあ、誰かと思ったら、あんたなの。」ふさのが吃驚したように顔をあげた。

「何んだ、お前か！」

「まあ、よかった。若しもいつものように帰りが遅かったら、どうしようかと思ってたわ。」

「なんで！……」

「あのね、黒川さんという人が来て、随分――もう二時間も前から待っているわよ。」

彼は「黒川」と聞いただけでは、ちょっと思い出せなかった。

「どんな人だ？」

「そうね、伴纒を着た、とても粋な背の高い人よ。」ふさのが言いにくそうに、口ごもって笑った。

「伴纒を着た――？　うむ、そうか！」

彼はいきなり躍りあがるように嬉んだ。

「ほ、それは珍らしい。植木屋さんだろう。黒川敬太郎君だよ！」ふと、叫ぶように言った。が、忽ち複雑な気持が不意に、胸元に押しあげるように粘りついて来た。――「困った！」と、思った。

黒川は、古い同志であった。――というより彼が最も親しく交わっていた先輩の一人であった。労働運動が急激に勃興して来た大正七八年の頃、最も勇敢に活動した組合運動の闘士で、官業のB工場に「工友会」を組織した幹部の一人であった。

大正八年十月に「工友会」が全工場を動かして、ストライキを開始した。官業工場の最初のストライキであり、また××を製造する重要な軍事工業だったので、当局の弾圧と迫害はシュン烈を極めた。ストライキが始められるや否や、工友会の六十三名の闘士と幹部は「治警違犯」に問われて、一斉に検挙された。そしてこの指導者を奪われたストライキは、百三十七名の犠牲者を出して、一週間たらずでウヤムヤに惨敗した。

六十三名の闘士と幹部が、二ケ月の後に出獄した時には、工友会は丸潰れになっていた。組合の看板すら、何処へ行ったか解らなかった。

黒川は口惜しがった。彼は洗濯用の張板に組合の名前を書いて、いきなりそれを自分の家の格子に打ちつけた。そして彼は馘首された組合員を掻き集めた。

「諸君、工友会を再建しよう！　そしてもう一度××省を向うに廻わして闘争の火蓋を切ろう！」と叫んで強硬な復職運動を始めた。そして毎日のように工場へ押しかけた。女房や、子供や、老人までも動員して××省へ押しかけたりした。

彼の意見では、犠牲者が復職運動を起せば、工場の連中が黙ってはいないであろう、という腹だった。そし都合よく復職運動が成功すれば、再び組合をもり立てて、徹底的なストライキを始めるつもりであった。

ところが最初のストライキの惨敗で、すっかり卑屈になり切っていた職工は、

「鉦《かね》でも太鼓でも叩いて、勝手に騒ぎ廻わるさ、俺いらの知ったことぢゃねえよ！」と、言った形で、外部で行われる復職運動に対して、眼と耳をふさいで頑固に押し黙った。

復職運動の効果はなかった。――十日、二十日、三十日と、経つうちに犠牲者自身の熱も冷めて行ったし、生活に追われて町工場へ転職する人間も出来て来た。運動の結果が乱れ始めると、黒川の運動方針に不平を抱く者が殖えて来た。

「俺たちは、本当に復職を希望するんだ。黒川のような主義者と手を切って、穏当に復職の方法を講じよう！」という一派と、飽くまで労働組合を再建する方法として、復職運動を利用しようとする強硬な一派とに分裂してしまった。

そして微温な妥協派は、日蓮の狂信者で、有名な大ヤマカンの本田千代太郎に縋りついて、退職陸軍大将大勢戸将軍を団長とする「救世団」の袖に泣きついた。そして彼等はここで「悔悟の状」が現われるまで、明治神宮の外苑工事に労働奉仕した。

黒川はこの卑劣な「哀訴嘆願派」の恥さらしな行動に怒って、いよいよ反対に急激な運動に走った。吉岡は勿論、黒川の一派であった。黒川の意見に従って、最後まで踏み止った者は、ほんの十三人にしか過ぎなかった。彼等は飽くまで初志の貫徹を期して、組合の再建のために血の出るような奮闘をつづけた。組合員の名簿を探ぐったり、古い友人を訪ねたりして、職工の戸別訪問を始めたが無駄だった。——職工たちは、彼等と顔を合わせるのさえ嫌った。家にいても留守を使った。

そしてこの十三人の同志も遂いに、生活難に追われて、一ケ年の苦闘の後に散り散りな運命になった。その当時の吉岡は、まだ若かった。十八才になったばかりの青年であった。彼はB工場の争議で百三十六人の同志と共に馘首されて以来、黒川の家で厄介になっていたのだ。

黒川はどこまでも「組合の再建」の強固な意見を捨てなかったが、生活のためには一時の退却を余儀なくせられた。

「俺は石に嚙りついても、復讐の意志は断じて捨てない！」と、言って彼だけはB工場の地域から立退かない決心で土地の植木屋に傭われて人夫になって働いた。

吉岡は大阪へ走った。

そして彼は再び、労働運動の渦中に飛び込んだ。そしてA電気の争議で入獄した。

彼が二年の後に上京して来た時には、「哀訴嘆願派」の運動は成功して一年前に元通りにB工場に復職していた。そして彼等は「自助会」と称する御用組合を作っていた。これは当局が、労働運動に経験のある彼等の復職を許すと共に、先手を打って御用組合を作らせたのだ。

この期間の間に、日本の無産階級運動は目醒しい発展をとげていた。友愛会が改称されて、日本労働総同盟になり、産業別組合の合同が行われて、官業労働総同盟、日本窯業労働総同盟、印刷工聯合会などが生れていた。

この頃から、黒川の思想的な立場が怪しくなっていた。彼は酒に酔払っては、ガムシャラな理屈を振り廻わした。工場に対する復讐心の強さと、「哀訴嘆願派」に対する憎悪は、いよいよ募っていたが、日本の無産階級運動の発展からは遠くかけ離れた、個人的な反感と憎悪以外の何物でもなかった。

吉岡は淋しかった。彼は昔のままの「直接行動派」——アナルコ・サンヂカリストであった。しかもその烈しい言動すらもが、「復職派」に対する個人的な呪咀と憎悪から次第に階級的な立場と関心を失ったものになっていた。吉岡はそういう、黒川の偏狭な態度をみるに忍びなかった。しかし彼のためには先輩であり、また性格的に強い偏執的な自我意識の強烈な人間だったので、他人の言葉で自分の意見を変えるような男ではなかった。

それに植木屋になってから、猶更その癖が強くなっていた。

この頃から吉岡は、次第に黒川から遠ざかって行った。そしてここ三四年間は、吉岡の方から意識的に消息を絶っていたのだ。

……そこへ、突然に黒川が訪れて来たのだから、吉岡は全く面喰って驚いた。最初に「黒川！」と、聞いて飛びあがるほどの親しみと、懐しさを覚えたが、瞬間に、彼と自分との間に横たわっている思想的な立場の相違を感じて、ぐらぐらっと混乱した気持になった。――「困った！」と、さえ思った。

「酒だ！　酒を買って来い！」と、いきなり彼はふさのを怒鳴りつけた。

「また、お酒なの……。」彼女がぷッと口唇を尖がらして、睨らんだ。

「馬鹿！　不平ッ面をするな！　久しぶりのお客ぢゃないか。それに黒川君は酒好きなんだ。」

「だって、そんなお金がどこにあるの！」

「何に！」

彼が癇癪を起して、いきなり殴ぐりつけようとすると、彼女が素早く、くるッと背を向けて遁げた。彼は腹立ち紛れに、ヤケにドブ板をはねらかして、露路のドンヅまりにある自分の家へ帰って行った。

黒川は六畳にアグラをかいて、そこいらから古雑誌を引き出して、退屈そうに読んでいた。粋な小ざっぱりした伴纏を着ていた。

「やあ、黒川さん！」

「おお、」

彼は懐しそうに、キラキラする金歯をみせて笑った。「ちょいと、そこらまで来たものだから寄った××組合の本部の前を偶然に通りかかって、君の居所を訊く気になったものだから。」

「全く、ひどい御無沙汰で申訳ありません。あれこれと、色んな用事に追われるもので、つい……。」

吉岡は矢鱈に頭をひっ掻いた。

「何に、いいよ。――だが、君は結婚したんだね。お目出度う！」

「…………………」

吉岡は返えす言葉がなかった。如何に立場が違っているにせよ、古くからの同志であり、親密な先輩であった。彼に対して余りに利已的にばかり振舞い過ぎた自分の態度が恥られた。

彼は笑っていたが、吉岡は彼の眼に烈しい非難を読んだ。

そこへ、ふさのが酒と缶詰を買って来た。

酒がまわって来ると、彼は雄弁になって、いつもの癖が出て来た。大正八年の争議の話である。

「おい、金平が死んだぞ！　彼奴だけは本当に根ッから江戸ッ児だった。Ｂ工場のストライキで、最後まで踏みとどまったのは、百三十七人のなかで奴と俺だけだ。近頃の若い奴等には、意地というものが、まるっきりない。若し爪の垢ほどな意地でも持っている人間があれば、お目にかかるよ。えェ、どいつもこいつも、小悧恰な曲者ばかりぢゃないか！」

彼には酒乱の癖があった。相手には一口も言葉を利かせないで、思う存分に我儘な気焔をあげるのだった。

暴君！　まるで、そう言った感じだった。自分でも「俺は暴君だ」と、口癖のように言っていた。「おい、古川という新聞記者を知っているだろう。あいつがいつか俺をモデルにして「ある組合運動者の顔」という小説か何かを書いていたが、ね……。彼奴が俺によく「君の顔は何故そんなに凄いのだ」と、不思議そうに聞いたことがあったけ、俺は人道主義者ぢゃない。憎い奴は、親でも子でも、同志でも恩人でも、憎み始めたら徹底的に憎む。そしてどんな卑劣な手段を選んでも、徹底的に相手を葬ってしまわなければ気が済まないのだ。これが俺の性格だ！　――そう言ってやったことがあるよ。」と、彼がいつか吉岡に語ったことがあった。――黒川は全く、その通りの人間であった。

酔払うと、殊に始末の悪い暴君だった。我意が強くて、愚にもつかないことで意地ばった。相手の言葉などは一言も諾《き》かなかった。誰でもが憂欝に押し黙って「うん、うん……」と、相槌を打っているより仕方がなかった。若しそれに抗いでもすれば、際限がなかった。殊に運動から離れて、その悪癖が強くなっていた。

吉岡は情けない気持で、彼の相手になっていた。酔がまわると、益々傍若無人な態度で、彼は愚にもつかない屁理屈と片意地で、自分の気持に反撥する一切のものを罵倒した。

「おい！　吉岡、俺はもう一遍大きな屁をたれるぞ！　たれずに済ますものか。B工場に復讐するんだ。近頃の奴等の意久地のなさったら、何んだ！　おめおめと資本家の尻ばかりを甜めていやがる。組織だ、理論だ——と、小生意気な頬桁《ほおげた》は叩くが、碌なストライキ一つできないぢゃないか！」

「そうばかりでもないよ。それに今は昔と違って単純な運動ぢゃないからね。」

「む、か、しッ！　冗談はよせ。労働者の生活に今も昔もあるものか。——同じだ。五銭がいいか、十銭が得か！　——この単純な利害だけで沢山だ。組織——！　そんなしち面倒なものがいるものか。一人でも沢山だ！　一人で、——いいか吉岡！　工場のボイラアを××う×××すれば、それで充分だ。俺はきっとやるぞ！　生命を捨ててかかれば、簡単に済むんだ。今の奴には、この度胸がないんだ。政治だ！　選挙だ！　——糞、名誉心ばかりに囚われていて、何が出来るんだ！」

吉岡は、むっつり押し黙っていた。相手の暴論を聞くに堪えなかった。

ふさのは心配そうに、ぢっと部屋の隅に坐り込んで、二人を眺めていた。

「いいか、聞け！　吉岡、金平はな、偉かった。彼奴だけは、よく意地を張り通して死んでくれた。死ぬる間際には、十二になる娘まで売り飛ばしたんだ。奴の嬶《かかあ》は君が知っているように、あんな淫奔者だったから、金平は安心が出来なかったのだ。彼奴は死んで行く二日前に、林を呼んで「俺は嬶の手に娘を残しては死にきれない。どこへでもいいから売ってくれ！」と、言って、掌を合わせて頼んだそうだ。どうだ、吉岡！　俺は金平のこの気持を考えると、ぢっとして居れないんだ。何故、彼奴があれだけの貧乏のどん底で苦しみ通して、我慢したんだ。え、これが労働者の魂《たまし》いてんだ！　今の奴にこの意地があるか！」黒川の紅い顔には、アルコール中毒者に特有な疵《きず》が、ぶつぶつ現れた。眼が据わって、鋭い、定規のように尖がった鼻が、ぎらぎら光った。

　堤金平と言った。彼もまた、B工場のストライキで馘首された一人であった。そして最後まで復職哀願派に反対して、黒川と共に踏みとどまった仕上工であった。長い間、どこにも就職する口がなくて七年間、大道で絵を描いて暮らしていた。職工の時代から絵を描くのが好きで、工場へ行く暇々に習っていたのが役に立つのだ。

　勿論、極端な貧乏に苦しめられ通したのは事実だったが、しかし黒川が強調するように、最後まで階級意識に燃え立っていたか、どうかは疑問であった。と、いうよりそのように強烈な意識をもった人間がB工場の争議以来、七年間どこの運動にも集団にも参加しない筈がなかった。——吉岡がそれを言うと、もうすっかり泥酔していた黒川は牝牛のように怒鳴った。

「古い同志を馬鹿にするな！　それだから貴様たちには、労働者の魂が解らないんだ。意久地がないんだ。水転《(不見転)》芸者のように争議を喰って歩いたり、組合を渡って歩くばかりが運動ぢゃねえんだ。」

　もう全く暴論だった。吉岡はぢっと癇癪を殺して、押し黙ったまま酒のなくなるのを待っていた。黒川は沢庵の屑を吐き散らしながら喚めき立てていた。

　——これが昔の黒川敬太郎君だろうか！　と、思うと、吉岡は何んとも言えない寂寞を感じた。運動のことを言われると、彼も興奮せずにはいられなかった。若し運動のことなどには一言も触れないで、暴君的な我意と屁理屈を押し通さないでくれたら、どんなに愉快に、古い友愛を感じ合って交際できるだろうかと思った。吉岡が長い間、意識的に彼から交際を絶っていたのも、この彼の悪癖と、つむじまがりで、偏執的な性格を恐れていたからだ。この二つの悪い癖がなければ、吉岡のためにはよき先輩であり、またよい友人であった。

「ね、吉岡君、君が×××へ行って消息を絶った時、僕の嬶や芳子がどれほど心配したか知れないぜ。もう殺されたものと諦めて、十月三十日、君から最後の消息があった日を命日にして、位牌をまつっていた位だ。君の噂さが出ない日はなかった。今でもそうだ。——毎日のように、君の噂が出るんだ。それに、君の結婚を知ったら、俺の嬶と芳子が気狂いのようになって嬉ぶぜ。是非一度二人で一緒に来て呉れ。是非来てくれ、本当に待っているから！」と、酔が廻わらない時に、黒川はこう言って頻りに誘った。吉岡は涙が出るように思った。

「これほどに心から親切に心配してくれる同志を、自分は何んだって敬遠していたのであろうか！」と、考えて、ぐさッと胸に釘を打たれるように思った。

しかし話題が無産階級運動の一端に触れると、吉岡は根本的な対立と反抗を感じた。二人の相容れない立場と思想が強く反撥し合った。

黒川もそれを知っていた。しかし彼の負けずぎらいな性格が、「知らないものは知らない」と、率直に言い切れなかった。自分の誤まった考えを「そうか、間違っていた」と簡単に認めることもできなかった。飽くまで自分の我意を押し通して、滅茶苦茶に相手を凹《へこ》まさずにはいられなかったのだ。それは彼が運動の発展から置き去られて行ったために、ねぢくれたヒガミが充分に手伝っていた。

「大杉の一家にはよい同志がいた。和田や村木のように熱い同志愛をもっている奴が、今頃一人だっているか。いればお眼にかかるよ。え、そうじゃないか、吉岡！　猿のように小悧恰で、みんな手前の利害ばかりで動いている奴等だ、それで無産階級運動が聞いて呆れらあ！　え、キョウビ同志愛のある奴はいねえよ。あれば反動団体と、土方と、博突打の仲間だけだろうよ。」

「大杉の一家？　とはよかったねえ？――」

「一家ぢゃねえか。こうなりゃ、俺だって反動になるぞ！　理屈なしに太刀一本の抜き身で解決つける度胸と気持が面白えや！　は、は、は、は、ッ……。」と、黒川は乾干《ひから》びたような笑い声を立てた。もう深く酔って、呂律《ろれつ》が廻わらなくなっていた。彼はいきなり伴纏の尻を端し折って、片膝をついた。

「へい、有難う御ざんす……手前ども親分は、ソヴェット・ロシアは赤い国……赤い国はモスコー無宿のレニン親分で御座んす。へい……手前はさっこん、さっこん馳け出しの冷飯マルキストで御座んす……へい、へい、えい畜生！……」彼は船のようによろけて、畳に頭をつけた。起きあがろうとしたが、泥のように身体がくづれた。

「えい、畜生！……うん、畜生！……」彼は鈍い動作で、拳骨をあげて畳を殴ぐった。頭が離れなかった。大きな爪をもがれた蟹のように、彼は他愛なくもがき廻わった。

吉岡は涙をためた眼で、偏狭で片意地な古い同志の醜態を呆然とみつめていた。

出典：『世界の動き』昭和五年一月号（世界の動き社）

解題：テキストの周縁から　P７３３

襟番百十号

私は至極づぼらな囚人だった。

だが、監房掃除だけには、潔癖狂かと思われるような熱心さを示した。朝六時に起床して、夜九時の就寝時間までの間、作業の封筒貼りをそっちのけにして、まがな隙《すき》がな、床板が真鍮のようにピカピカ光るまで拭き込んだ。

「おい、二十房！　掃除をやめて、ちっとは作業をせんか！」

一時間に三四度は、人の好い担当看守が、カチッと視察口を鳴らして、鰌髭《どじょうひげ》を覗けるのだった。

「へい。」

「だが、お前は赤にも似合わない感心な奴だ。この前ここにいた奴なんか、お前と同じ社会主義だったが、無精者で一度だって、箒を握ったことなんか、ありゃしなかったよ。監房の扉を開けると、むかッとひどい匂いがしたものさ。監房の隅っこには、いつだって二寸位いホコリが溜まっていたからね、呆れた奴だ。……まあ、そいつに較べると、お前は仲々感心だて！　いいか、社会へ出ても、その心掛けを忘れるんぢゃないどッ。」

刑務所というところは、おかしなものだ。作業中手を休めて、まだ見ぬ女房の空想にひたったり、便器の上へ伸び上って青空を眺めたりしていると、噛みつくように怒鳴られるが、作業中でも箒か雑巾を摑んで、まめまめしく掃除さえして居れば、余り文句を言われないで済むのだ。

だから、私はそれをいいことにして、監房掃除に熱中していたのだ。しまいには、掃き出すゴミがなくなってしまった。鏡のようにピカピカ拭き清められた板の間へ、掃きためたホコリを集めて、仔細に検分すると、身体のフケと、陰毛の抜毛と、箒のケバ屑ばかりだった。

これでは、何のために掃除をするのか解らなくなってしまった。だが、私は何かに憑かれたように相変らず一心不乱に監房を拭き清めずにはいられなかった。

たしかに、潔癖狂だった。

刑務所は社会で考えるように、不潔で、陰気な場所ではない。殊に独逸式監房の独居と来たら、家賃二十五円程度の借家に、景品みたいに喰っついている粗末な洋館などとは比較にならないほど立派である。鉄筋コンクリートの本建築で、壁の厚さだけでも二尺はあるだろう。通風、採光、すべての設備が到れり尽せりだ。

若し、高い窓にレースのカーテンを下げ、紫檀のテーブルに、柔軟性のあるスプリング附の安楽椅子を備えたとする。そして卓上のベル一つで、スマートな女性が香りの高い紅茶でも運んで来れば、全く申分のない高等官級の応接間である。だが、ここが監獄である証拠には、そういう自由が絶対にない。香りの高い紅茶や、焼きたてのトーストのかわりに、型で押し出した等級入りの「モッソ飯」だ。

しかも監房の中には、いかに拭き清めて洗い清めても、抜き切れない、一種異様な、罪悪臭とでも云うべき、監獄臭い、ヘンな匂いが、濃厚に粘り着いている。こいつは、上は鶴のように痩せ細った典獄から、下は雑役から支給される物品の一つ一つにまで、屍臭のように執拗《うるさ》くしみ込んでいる臭気なのだ。掃いても、拭いても、消え去る臭気ではないのだが、私は入監の当初から、この臭気を本能的に嫌悪したのだ。そして飽くまで、この臭気を監房の中から、追い出そうと決心したのである。

報知機を下して、雑役を呼ぶと、ブリキ製の水差しで、食器窓から手桶の中へ水を注ぎながら、雑役がブツクサ私に叱言を喰わすのだった。

「おい、百十号!……」

私は彼等から、監房の番号で呼ばれたり、襟番で呼ばれたりした。

「何んだい？」

「おい、あんまり水を使うなよ。少しは倹約して貰わんと困るぜ。」

「ん、済まない。いつも使い立てをしてな。だが、君だって、俺が呼ぶおかげで、退屈せずにブラブラ出来て、都合がいいぢゃないか。」

「そんなこっちゃないよ。ここの刑務所は水道だから、メートルなんだぜ。」

「メートルだろうと、何んだろうと、俺の知ったことかい。君だって囚人ぢゃないか。一人で刑務所を背負ったような口を利くなよ！」

「まあ、いい、おい、百十号。俺はお前に親切で言って置くが、いい加減に掃除をやめて、科程《かてい》だけの仕事を出さんと、懲罰を喰うぞ。いいかい。」

「ああ、いいとも！　承知の助だ。」

だが、間もなく雑役の予言通り、私の潔癖狂に、苛酷な弾圧が下されたのである。ある日運動から帰えると、監房検査で、監房の中が無暗にかき散らされていた。それで私は乱れた布団や、散らかった封筒材料の素品や、便器の位置などを直して、監房検査の看守がベタベタ残して行った上草履の足跡を拭き取るために、濡れ雑巾を摑んで、犬のように四ツン這になった。

「畜生！　泥足で上りやがって！」

潔癖狂の私は、夢中になってカンカン怒りながら、狭い監房の中を這い廻わった。

すると、その時運わるく、視察口がカチッと鳴った。慌てて首を立てると、怒気を含んだ眼が、ぢっと私を睨み据えていた。受持看守の鯔髭ではなかった。

「ちぇッ、勝手にしやがれ！」私は眼の前で、くるッと尻を廻わして、便器のところまで雑巾を押して行った。

「おい！」

三角に瞼のたるんだ眼が、いきなり私を怒鳴りつけた。

「へい。」

「おい、今は何んだと思っている。作業時間中ぢゃないか。何んだって、掃除なんかしているんだ！」

「へい。監房検査の看守が、めちゃめちゃに監房の中を掻きまぜて、おまけに泥だらけにしているもんですからね。余り汚たなくって！」

「言うな。今日ばかりぢゃない。俺はいつも貴様を注意しているが、いつ来て見ても、掃除ばかりしているぢゃないか。いったい何が、そんなに汚ないんだ。」

「へい、看守長殿！　臭くって堪まらないんですよ。その匂いは一口には言えませんが、とにかく、この監房はひどく臭いんですよ。」

「監獄へ来て、監獄臭いのは当り前だ。こんど見付かったら懲罰だぞ。よいか、これから気をつけているんだぞ！」

看守長は、こう怒鳴って視察口から立ち去りかけて、ふと監房の外側へぶら下がっている作業成績表に眼をとめたのか、またぴたッと靴音がやんだ。ガチッと二度、視察口が開いた。

「おい、百十号！　お前は入監してから、もう二ケ月になるんぢゃないか？」

「そうです。来年の三月は満期ですよ。」

「そんなことは訊いちゃいない。二ケ月も経って、お前は科程以下四分の作業能率しか上げていないぢゃないか！」

「へい。」

「へいぢゃない。何故仕事をしないんだ！　何故……」

「まあ、看守長殿、あなたの眼の前へぶら下がっている番号札の裏をかえして見て下さい。僕は暴行、家宅侵入、器物破毀ってな、長ったらしい罪名になっていますが、ストライキで入獄したんですよ。ストライキをやった程の人間が、監獄へ来てまで、搾取に甘じて働けませんからね！」

「何に、なに？　何に！……」

看守長は、怒りと逆上で、顔から焔を吹く達磨のように、三角な眼を白黒させた。手荒くガチャッと視察口の蓋を下して、廊下のコンクリートをサーベルの地突きでコツンコツンやけに叩きつけた。

「担当！　担当！　担当看守！　……二十房をひき出せ！　不都合だ！　不都合な暴言を吐く奴は、承知しない！」

怒りで、真赤に頰っペタを燃して、狒々《ひひ》のように吠え立てた。

結局、私は戒護室へ引き出されて、散々殴ぐられた上に、油をしぼられて、即日三日間三分の一の減食処分を食った。

その日の夕方、大きな瀬戸引きの食器の中へ転がされた、雀の頭ほどの官食を見た時には、流石《さすが》に淋しかった。就寝してからも、心理的な飢餓作用に襲われて、何遍も眼を醒した。腹の皮が骨へ食い込むように凹んで、咽喉が焼けるように乾いた。舌がねばった。

箒を取るのも物憂かった。それ以来、私はぴったり掃除をやめてしまった。

「どうだ。言わないこっちゃないだろう。掃除をやめて、作業をしろと、俺がしょっ中叱言を言っていたぢゃないか。受持の受刑者が作業能率を上げてくれないと、俺だって叱言を喰うんだ。上役の覚えが目出度くないと、第一昇給に関係するからな。」

人のよい看守だった。俺は二十五年間この刑務所へつとめたので、来年一杯で恩給に有りつく。そうしたら、さっぱりと官職から退いて、気楽に恩給で暮すんだと、廊下へ響き渡るような大声で、彼は退屈すると、直ぐノコノコ監房の前へ歩いて来て囚人に話しかけた。

子供が多くて、非番で官舎へ帰っても碌に眠むれないのだろう。彼は巡回の部長から眼の届かない廊下の隅っこへ椅子を持って行って、半白の鰌髭から涎をたらしながら、よく居眠りこけていることがある。——彼は、そんな風な、極めて呑気な老看守だった。

減食処分中は、作業も禁止される。こいつは有難かったが、莫蓙《ござ》の上へ膝を組んで、正坐していなければならない。キチンと膝を組んで一日中坐っているとなると、こいつは痛くないが、性の悪い拷問だ。それに一生かかっても食い切れないだけの、食物の種類と、豊富な分量を空想するので、空想しただけで餓死の直前の状態になった。感情と食慾が猛烈にたかぶって、豹のようにイライラする。

私はたまらなくなると、便器の上へ水桶を載せて、それを足場に窓へ伸び上った。そして顎がだるくなって、首が千切れるように痛み出すまで、窓から青空を眺めつづけた。

青い空には、フットボールのような、大きな風船広告が、細い一本のワイヤーで繋留されていた。が、そいつは狭苦しい監房の窓から見ると、限りなく自由に、漂茫とした青空を遊弋《ゆうよく》している形に見えた。

「何んだって、俺は四ツン這いになって、監房掃除ばかりに夢中になっていたんだろう。馬鹿な。もっと早くこの風船広告に気がついていたらなあ！」

と、私は口惜しがった。

突然に見ると風船広告は、青空を背景にサッソウとして美しかった。

青い、刷毛ではいたように凪ぎ渡った空へ、身軽にポッカリと浮いている風船広告！　こいつは、あらゆる自由と、慾望のシンボルだ。

私は一本の細いワイヤーを伝って、軽気球が繋留している、どこかのビルディングのトップ、それからその下の賑やかな、不自由を知らない、気儘な生活を空想した。酒、女、煙草、甘い大福、……それから多くの同志たちの面影と云った風に。

風船の尻には、帯のように長い広告文字が、狐の尻尾のように喰っついていた。その文字は、一週間目か十日目毎に取りかえられる。風のない日には、力なくだらッとぶら下がるか、風船を繋ぐロープに巻きつくかしていた。

が、風の強い日には、鯉のぼりのように、サッソウと青空へ跳ね返えった。

雨や暴風の日には、風船広告が見えなかった。すると、その日一日私は、自分の生活の呼吸が断たれたように寂しかった。

「おい、おい。折角掃除する癖だけはやまったと思ったら、こんどは窓へばかりへばりついている。首でも吊るんぢゃあるまいね。」

「まさか?……担当さん。」

「一体、何か見えるのかい?」

「いや、何んにも！」

風船が見えるなんて喋ったら、転房させられると思って、私は頑固に否定した。

「そうか。ぢゃ、空ばかり見ていても、つまんないぢゃないか?　いい加減に仕事でもしろよ。看守長に見つかったら、また減食だぞ。」

掃除癖だけは直ったが、私の封筒貼りは、一向能率を上げていなかった。科程上一日五千枚の作業をしなければならないのに、私は千枚そこそこの封筒しか貼らなかった。

だが、どういう訳か、受持看守は、余りガミガミ文句を言わなかった。

部長や看守長が臨検に廻って来ると、受持看守が、私の監房へ先廻わりして、自分の落度にならないように「シッシッ」と合図して呉れた。すると、私は慌てて窓から飛び下りて、糊台の前へ坐るのだった。

顔が映つるほど、くっきり空の晴れた日だった。私は窓へ伸びあがって、いつものように風船広告を眺めていた。風が強いのか、風船のワイヤーがピンピン張り切って、広告の尻ッ尾が、真一文字に空を横に、慧星のように切っていた。

――大河内傅次郎主演上州七人男――

赤い文字が、監房の中から、はっきり読めた。

私は大河内のファンだった。私はにわかに嬉れしくなって、口の中で「大河内、大河内……」と呟きながら、便器の上から飛び下りた。そして封筒の紙を細かく裂いて、糊で左眼の上へ縦に貼りつけた。右手の腕を監房着の袖から抜いて背中へ廼わして、フンドシの紐をつかんだ。

腰には箒と、ハタキをぶち込んだ。これが大河内傅次郎の演ずる「大岡政談丹下左膳」の扮装だった。

……えッい！　寄らば斬るぞ。抜けば玉散る白刃の舞い……チャン、チャン、チャン、チャン……

口の中で調子を取りながら、私は片膝を突いて、左手でサッと箒の白刃を抜いた。構えた。片膝の毛脛を立てて、ヂリヂリ敵へつめ寄る構え！

私は三十分ばかりも、こんな馬鹿げた格好をしておどけた。

と、その時、突然、視察口がカチッと鳴った。ハッと思って顔を上げると、視察口の蓋が外側から閉まって、クスッと忍び笑いをしながら誰かが立ち去った気配だ。

——誰だろう。私のおどけた、イデオロギーの低い、ふざけた真似を盗見して行った奴は！——

私は思わず真赤になって、ベトベト腋の下へ冷汗をかいた。

受持の看守かも知れない。しかし泥鰌髭《どじょうひげ》だったら、何か一口ぐらい冷笑するだろう。

私はすっかり憂欝になって糊台の前へ坐った。が、仕事どころではなかった。考えれば考えるほど顔がホテッて、憂欝になった。

それから一時間ばかりすると、担当看守が、やけに威勢よく監房の扉をひき開けた。

「おい、二十房！　出ろッ！」

老看守は、鰌髭をブルブルさせて、明らかに不気嫌だった。

「また、運動ですかね？」

私はテレ臭さそうに、頭をかいた。

「馬鹿ッ。午前中に済んだぢゃないか。お前は看守長から、また何を見つけられたんだ？」

「へい、別に何にも……？」

「別に何にもしないのなら、戒護から呼び出しが来るものかい。嘘を吐くな！　何をしていたんだ？」

「へい、ちょっと、窓から外を覗いていたんですよ。」

「それ、それ、貴様は何度叱言を聞かせても性懲りのない奴だ。……おい、川本君！　こいつを戒護へつれてって、ウンと油をしぼって呉れ。掃除をやめたら、こんどは窓へばかりへばりついていやがるんだ。ほんとに横着な野郎だから！」

老看守は泣き笑いの表情で、私を迎えに来た若い予備の看守の方へ、私を邪慳に突きこくりながら言った。

私はギラギラする砂利の上を、看守の先きへ立って歩かせられた。防毒マスクのような頭巾をはねのけると、事務所前の花園には、真赤なチューリップが咲いていた。

春だ！　だが、私の心だけは、春ではなかった。看守長に、あの格好を盗み見られたとなると、穏かではない。

私は処女のように、真赤に含羞《はにか》みながら、戒護室のドアをソッと開けた。

看守長は、短かくかり込んだ口髭を撫でながら、裁判所の模型のような、訊問所の半円形のテーブルの上へ片肱を立てて、部厚な書類を見ていた。私と看守が入って来たので、三角な眼尻をあげて、

「ああ、御苦労。」と、看守に言った。

「こらッ、百十号！　お前はさっき監房の中で、何をしていたか？」

「別に何にもしていません。」

「別に何にもしていないことがあるか！　嘘を言うと承知しないぞ！」

「へい、窓を見ていました。」

「窓から外も見ていたろうが、それから何をしていたか、と訊いているんだ。正直に言え！」

「へい。……」私は真赤になって、眼を足下へ落した。冷汗がタラタラ背筋を流れた。

「何故、言わないか？　何をしていたんだ！」

「へい。どうも済みません。」

「済みませんで、ここで通ると思うか？……ぢゃ、よし。そんなに言えなければ、ここでもう一度、大河内の実演をして見ろ。」

「………」私は穴へでも入りたいように、肩をすくめた。

「黙っていちゃ、解らない。何故、やらないんだ？……こっそり看守の眼を盗んでもやる位な奴が、命令されて出来ない筈はないだろう。命令するから、大っぴらにやれ！　おい、看守、そこいらに、何か棒切れはないか。」

私は額からタラタラ汗をたらしながら、口唇を噛んで黙っていた。

「おい、黙っていちゃ分らない。何故やらないんだ。命令するから、活発にやって見ろ。」

私はムカッとした。

「よしッ、ぢゃ、やりましょう。おい、ちょっとサーベルを貸して呉れ！」

私はいきなり、傍に突っ立っていた護衛の看守の腰ッ骨へ飛びかかった。

「何をする！」看守は私を突きのけて、手袋をはめた手で、私をポカポカ殴ぐりつけた。

「サァ、ええッ！　寄らば斬るぞ！……チャン、チャン、チャン……」

私は奪い取ったサーベルを、彼の鼻先きへ青眼に構えた。

「ひゃッ、こいつは旨い。上出来だ！」突然、看守長が大口を開けて、ゲラゲラ笑い出した。

「こらッ、寄越せ！」看守はムキになって、私に飛びかかった。

「おい、百十号！　こんどは風船広告の見えない監房へ移してやるぞ！　おい、看守！　百十号を階下の第六房へ転房させるように、担当看守に言っとけ！」

看守長はクックッ笑いながら、書類を抱えてドアから消えた。

私はホッとして、若い看守の獅子ッ鼻を見た。

出典：『労農文学』昭和八年五月号（プロレタリア作家クラブ）

解題：テキストの周縁から　Ｐ７３５

転

――動揺

北満の戦場を横切る

1　斉々哈爾へ

ハルピン駅の構内は、まるで濁流のような混乱を見せていた。斉々《チチ》哈爾《ハル》方面の戦争が一段落ついたので、再び奥地へ帰って行く避難民が洪水のように殺倒したからだった。広壮な停車場待合室も、この無限の避難民群と、山のように塁積されたアンペラ包みの家財道具に占領されて、坐る場所は愚か、歩く隙もない位いだった。席のない連中は、コンクリートの床の上へ、縄でしばった平鍋や布団包を枕にして、犬のようにゴロゴロ寝転んでいた。

文字通り芋を洗うような光景だ。

しかも所かまわず吐き散らされる痰唾。鼻を腐らすようにプンプンと漲ぎる太蒜《にんにく》の悪臭。――そいつがペチカで温められて、でろッとしたねばッこい、何んとも形容の出来ない不潔な臭気を、いやが上にも醗酵させるのだから堪ったものではない。

屋外は零下二十度！　窓ガラスがヒビ割れるような寒さだが、待合室の内部は群集の雑踏と、ペチカの温度で汗の滲むような温度を保っている。吐き気を催すような不快な気持だ。

戦争と兵匪の掠奪に追われて、長い流浪の旅を過した避難民の群れは、痛々しいまでに憔悴している。彼等は待合室の温度に暖められながら、埃まぶれな顔を荷物に押しあてて、死んだようにぐっすり眠むりにこけていた。

どの顔もどの顔も、ノミで抉ぐったように苦痛な表情を眉間に刻んでいる。それはハリツケになった刹那のキリストよりも深刻な表情だ。

戦争の何であるかを知らない子供達だけが、親達の膝を離れて、雪の構内や雑踏の待合室を物珍しがって、二十日鼠のように跳ね廻わっていた。

浦塩発ハルピン着の国際列車が途中故障のために三時間ばかり遅延したので、刻々に避難民の群が激増するばかりだった。

ようやく夜の六時過ぎになって、真白に雪をかぶった列車が到着した。すると忽ち雪崩を打って三等車に乗込む避難民の物凄い混乱が始まる。

それは「混乱」とか「雑踏」で表現される光景ではない。一種の抵抗のない暴動だ。三尺とはないドアへ二抱えもある荷物やアンペラ包みを無理無体に押し込める。そいつが押しのけられる。女子供の悲鳴。怒号。叫喚。罵倒……。

定員百名にも満たない客車に、その五倍もの人数が寿司詰めにされるのだから、堪ったものではない。馬賊と戦争のために、常に生命がけで生きている彼等は、列車に乗るにも飯を食うにも、また生命がけである。

この列車は午后三時三十分ハルピンを出発して、同夜八時前後昂々渓《こうこうけい》へ着く予定になっていたので、私は寝台車を予約して置かなかったため、これらの避難民達と一緒に苦力車へ押しこめられる目に会った。

車内は頑丈な木造の吊床になっている。二段以上は鉄梯子で乗降する仕掛けになっているので、ひどく面倒臭い。しかも狭い通路一杯に、大きなアンペラか唐米袋《とうまいぶくろ》の荷物が、ぎっしり詰め込まれているのだから、一歩も身動きの出来ない有様であった。

乗るにも降りるにも、暴動のような一騒動だ。荷物と荷物の間へはさまれた人間は、まるでサンドイッチの格好だ。それに密閉した車内は、煙草のけむりと、支那人特有の饒舌と怒号だから、まったくその喧《やかま》しさは、我慢のならない光景である。

国際列車は、必死になってステップへぶら下がって来る避難民を引きちぎるように、プラット・ホームへ置き放したまま発車した。すると今度は、この寿司詰めになった車内へ、カンテラを提げた車掌と巡警の一団が、乗客と荷物を一緒くたに押しまくって、

「剪票《ヂャンピョウ》！剪票《ヂャンピョウ》！」とほえ立てるように怒鳴りながら検札にやって来る。

それが、また一騒動だ。私は屋根裏の荷物棚に寝転んでいたので、検札の度にカンテラを突きつけられて、棍棒で臀を押しまくられた。三等車は支那人苦力の車であって、決して人間の取扱いではない！列車の着車毎に「中東線護路軍」の腕章を巻いた支那兵が、鉄砲を抱えてドヤドヤ乗込んで来る。重重苦しい毛皮裏の外套を着込んだ兵隊だが、如何にも不気味な風体をしている。東支線沿線の護路軍は、すべて張景恵の軍隊だから危険ではないと聞いていたが、支那人ばかりの中へ唯一人で乗込んでいる私は、然《しか》しいい気持ではなかった。

安達では張景恵軍の部下に、兵変が起っていた。だからここの護路軍にしたって、いつ匪賊に豹変しないとも限らない。しかも実弾をこめた鉄砲を、そこら中へガチャガチャ打ちあてるので、気が気ではない。

「あッ、日本人がいる。やっつけてしまえ！」

じろじろ私を見つめている大勢の支那人が、いつ不意に叫び立てるか分らない。私は狭い荷物棚の上で、不気味な錯覚と恐怖に襲われ通した。

つい二三日前に、私が乗っているこの列車で〇〇社員が線路へ引きづり降されて、大勢の支那人から虐殺された事件があった。死体は線路から二三丁距った場所で発見されたが、それは列車内で惨殺され

たものに相違なかった。若しそれが列車内の事件になれば、当然東支鉄道がその責任を負わなければならないので、問題の紛糾を恐れて乗務員がそこまで死体を運んだのだろう、という噂さであった。着駅毎に、支那人の群は水が引くように降りて行く。私はその度に、ホッと胸を撫で下した。

――このまま斉々哈爾まで、無事であって呉れるように！

私は祈るような心持で、眼をつむったまま、寝たふりをしていた。起きていて「お前は何処へ行くか？」こう支那人や兵隊に訊かれて、正直に「チチハルへ」と答えれば、必らず軍事関係の密偵のように疑われるに相違ないと思ったからだ。

超広軌列車は、闇の凍原を駛《はし》りつづける。皎々と輝く星座以外には、灯火一つ見えない暗黒の曠野である。ハルピンを出て一時間ばかり経つと、二重枠になった窓ガラスの内側が、一面にアイスクリームを塗り立てたように真白に凍りついてしまった。ナイフで削ると、白い粉末になってバサバサ落ちる。車内の水蒸気が凍氷するためだった。

野外は零下何十度の寒さであろう。

暗黒の昂々渓駅へ着いたのが、夜半の十二時を廻わっていた。駅員がカンテラを提げて飛び歩く以外には、一面の漆闇《うるしやみ》だ。駅前は公園になっている。この停車場附近では相当激戦を交えたらしく、停車場の建物がところどころ砲弾で破壊されているのが、星明りで見える。窓ガラスが一枚残らず打ち破られて、白刄のような寒風が、ストーヴのない待合室を筒抜けだ。

野犬の遠吠えが聞えるだけで、ひっそり静まり返っている。列車を降りた支那人の群が、一列になって無言のまま闇の中へ吸われて行く。昂々渓の市街の灯が、一哩も遠く駅前の広場の左右に望まれる。防寒帽から覗いている両頬と鼻面が、切れない剃刀をあてるようにパリパリ音を立てて疼く。寒さではなく疼痛だ。陰惨な呼び声を立てる宿屋の客引きも、馬車屋も、霜をかぶったように毛皮裏の外套が真白に凍えている。勿論、馬の毛並も真白な凍氷で包まれていた。

東支鉄道附属地を「斉々哈爾《チチハル》」と呼び、「昂々渓《ママンチー》」は附属地から一哩ばかり離れた洮昂沿線の市街だ。所謂「斉々哈爾城」と言われるのは、東支線附属地から十哩ばかり北へ入った市街地で、支那人は普通「卜魁《ブークイ》」と呼んでいる。人口約十万、黒龍江省の首都で、軍事上重要な地位を占めている。

日本軍が十九日払暁占拠した省城は、この「ブークイ」と言われる斉々哈爾だ。私が目ざす目的地も勿論、そこであった。

夜半十二時過ぎに、しかも真暗な斉々哈爾駅へ下車した私は、昂々渓で一泊しなければならないだろうと思っていたが、ふと気がつくと軽便が発車を待っている。ハルピンを立つ時には、この斉昂軽便は不通のまま開通していないと聞いていたが、しかもこの夜更けに東支線の連絡を待っていて呉れたので、私は飛びあがるように喜んだ。今日始めて開通したのだ、と云うことだ。

内地では砂利運び以外には使用していないようなボロボロの軽便機関車が、パイプというパイプから一握り大の氷柱を木の根のようにぶら下げて白い蒸気を吐いていた。

列車にはピストルを持った公安隊の巡警が、乗客の数よりも多く乗り込んでいた。敗残兵の襲撃を警戒するためだった。

2　鋲のある足跡

斉々哈爾へ着いたのが、夜の二時過ぎだった。

馬車に乗って正面から風を受けると、吐く息が凍って防寒服の襟にあたっている毛皮が針のように硬ばってしまった。鼻面が熟柿になって、腐ってしまうのではないかと思われたほど疼く。睫毛までが凍氷して、瞬きをする度に、ポキポキ折れるように絡らみ合った。

鋼のように凍結した凸凹の道路を、馬車は踊りながら駆って行く。灯火の乏しい市街が、眼前に真黒い陰影になって見渡せる。凍えた市街には、公安隊と日本軍の警備兵以外には、全然人影がない。

この土地には二軒の日本旅館があったが、軍事関係の人達で満員だと言って拒絶された。零下何十度の戸外に立たされた私は、暫く呆然としてしまった。この時ふと思いついたのが、かつて七年前にここの満鉄建築事務所で働いていた頃よく遊びに行った朝鮮人の淫売屋《カルボ》を思い出した。私は直ぐ毛皮の襟を立てて真暗い電灯廠の裏通りへ這入って行った。

何処の土地でもそうだが、こういう種類の女は三時の「ヒケ」まで客を引くために起きている。赤い短衣を着た女達が寒むそうに首を縮めて、ドアの凍氷を爪で引っかきながら暗い表を覗いていた。

私がつかつか這入って行くと、無表情な女主人がストーブを離れて「どうぞ、お入り下さい。《チン・チュン・ライ》」と、言って直ぐ私を暗い廊下へ案内した。

そして斑点《しみ》だらけな紙襖《ふすま》で出来ているドアを、片ッ端から開いて見せた。最初の部屋には、支那人が寝ていた。彼は寒そうに起きあがって、叮嚀に頭を下げながら早口な支那語で何か言った。

私は吃驚した。

「おい、何んだ。人がいるんぢゃないか？」

女は日本語が分らないらしく、訝しそうに私を眺めた。そして急にニヤッと笑った。

蒙古人そっくりな毛皮外套と防寒帽に包まれていたので、私を憲兵の臨検と間違っていたのかも知れなかった。私は見てはならない場面を思い出しながら、苦笑せずにはいられなかった。

私は東京を出て以来、五昼夜の間汽車にのり続けたので、雪の上でも平太《へた》ばり度い位に疲れ切っていた。それで一分間でも早く眠り度いと思ったが、布団が薄いのと、女が氷柱のように冷え切っていたので寒くて寝つかれなかった。

女は日本名前を「えみ子」と言った。この乾魚のように痩せて、十四五のままで成長のとまったような女のどこに、「えみ子」らしい仕合せがあろうか？

単衣の短衣と、股のあるスカート一枚でブルブル震えているのだ。この零下の酷寒に！

平常この土地の淫売婦は凡て支那人相手のだが、日本軍が入城して以来「日の丸」の国旗を軒先へ出している。しかもそれが赤インキで彩った貧しい木綿布《ぎ》れだ。私は朝鮮人の心持を考えて「笑うに笑えず、泣くに泣けない」哀切な感情に衝《う》たれた。

日本人もそうだが、殊に朝鮮人に対する支那人の圧迫迫害は言語に絶する状態であった。ここの女達も事件前逸早くハルピンへ避難して、私より一日早く帰ってやっと今日商売を始めたばかりだと話していた。

私が馬車で今ここへ着いたばかりだと言うと、女は吃驚したように眼をみはった。

「よくこんな夜中に馬車がありましたねえ。昨日までは一台の馬車も洋車も出なかったんですよ。支那人の商店すら一軒のこらず戸を閉め切って町には支那人一人歩いていませんでした。……」

それは事実らしい。先鋒部隊のチチハル占拠が十九日だった。その前日、馬占山の敗退と同時に、掠奪を怖れた支那人の多くは何処かへ避難していた。日本軍が入城した時には、城内に人ッ子一人いなかったと謂われる。二十日には第〇師団の全軍が入城して、多門師団長の布告が街の辻々に貼り出された。二十一日には盛んな入城式が行われ、各聯隊の市中示威行進があった。それで支那人がやっと安心して店を開き出した。日本軍は決して無法な徴発や掠奪をしないと言うことが徹底したからだ。それが二十二日であった。

私が当地へ到着したのが二十四日であるから、ちょうど昨日あたりから馬車や人力車がボツボツ街頭へ出始めたばかりだ。で、軍事関係と新聞記者以外の入城者では、私が一番乗りと云う訳だ。

ここは昔から相当排日熱の盛んな土地であったそうだが、日本軍の入城と共に掌を返えすように親日的な態度に変化している。私が三日間滞在した経験から考えても、日本人一般に対する支那人の態度は極めて謙譲である。

私はちょいちょい買物をしたり、飯を食うために汚ない支那人の店へ這入って行ったが、その度に店員やボーイ達から、銭の数え方や二三簡単な挨拶を日本語でどう話すかなどと訊かれた。元来この土地には精々二三十人足らずの日本人が在留していたので、日本語の話せる支那人は皆無だ。またその必要もなかったのだ。

しかしかような支那人の親日的態度が、どの程度のものであるかは疑問だ。権力の前には無条件で属従する国民であるから、彼等の利益的な商売上の駈引から「親日ぶる」位いな芝居は朝飯前である。

永安大街のある支那遊廓を素見《ひやか》して歩いた時、ある一軒の廓に万国旗が飾ってあった。その中に「日の丸」だけが一枚も見えなかったので、私が冗談半分に何故日本の国旗を掲げないのかと訊くと、丸坊主の掌櫃《ジャングイ》が手をついて土下座をしないばかりに恐縮した。翌日またその場所を通りかかったので、ドアから覗いて見ると、ちゃんと約束通り万国旗の中に真新しい日本の国旗を加えていた。その態度は親日というよりは、寧ろある恐怖を抱いた態度ではなかろうか！

私は斉々哈爾へ着いた翌日、馬車を傭って市内を巡って見たが、市中は意外にも活気づいていた。大勢の苦力が軍事関係の労働に従事しているので、腕に記章を巻いた支那人の苦力頭や、その関係の人夫頭が何処の酒場でも景気よく高粱酒を呷っていた。

しかし主人の遁亡した城内は寂寥を極めている。豪壮な支那家屋が徒らに軒を並べているが、死人の街のように静まり返えって、城門に高く飜っている日章旗のみが強く、雪のある支那甍の屋並に鮮冽な色彩を反映している！

それは新しい支配の表徴だ。

師団司令部は満鉄公所に当てられている。第○○聯隊と第○聯隊は北大営と南大営に駐屯している。龍江の青い省党部のペンキ塗りの建物にも日章旗が靡《なび》いて、衛門をいかめしい軍隊が警備している。その門壁には有名な孫文の遺嘱が一字一尺巾の大きさで書かれているが、今は空しい文字のカイライに過ぎない。

支那靴は雪を踏んでも足跡を残さないが、鋲のある靴で歩くと強い足跡が刻まれる。

斉々哈爾市中どこを歩いてみても、この鋲のある兵隊靴が強い、頑丈な足跡を雪の上に残している。この鋲のある靴跡を私に指ざして、ある日本人が私にこう主張した。

「こういう風に、兵隊靴がドシドシ斉々哈爾市街を踏んづけていて呉れないと、私達は落着いて商売も出来ない。何んと言っても、この日本人がこの土地で発展するためには、軍隊の力に頼らねばならない。私達は飽くまで軍隊の斉々哈爾撤退には反対だ！」

こう力み返えった日本人は時計屋さんだが、事件が切迫した際最後までチチハルに居残っていた豪傑だ。ブルテリア種の猛犬をつれて、片手にピストルを握りしめて、事変突発と共に支那人重囲の中を潜り抜けてハルピンへ避難したのだそうだ。

軍隊の威力で市中は極めて平穏だが、郊外へ一歩出ると敗残兵の出没で危険だ。南大営野砲隊が市中行進の示威のために、斉昂軽便の停車場裏の野原をめがけて空砲を放った時、附近の民家に潜伏していた二三百名の敗残兵が突然飛び出して逃走を企てた。それは停車場を襲撃する目的で附近の民家に集結していた敗残兵で、彼等は自分達が攻撃されたものと感違（勘）いして狼狽《うろた》えて飛び出したことが、後で知れた。

その他、電信施設のために出動した電信兵や偵察兵が襲撃されたり、電話線や鉄道線路の切断破壊が行われるような事件は絶え間なく起きている。以上は主として郊外の出来事だが、市中にも相当便衣隊や共産党員の潜入があるらしいので、憲兵隊本部では厳重な監視と、巧妙な密偵網を張って、その探査に全力を挙げている。私が滞在していた三日間に、〇〇〇人と〇支人を合した約十名近くの共産党員容疑者が逮捕されている。

二十六日には飛行場の工事に傭われていた二名の〇人が突如逮捕された。それは白露系だと偽って働いていたのだが、仕事の後では必らず飛行場へ引返えして、何か調べているらしい態度をあやしまれたのと、「セミヨノフをどう思うか?」と私服の鎌にかけられて「セミヨノフは国賊だ!」と思わず漏した一言が検挙の動機になったのだ。

この土地には相当ロシア人の淫売がいた筈だが、ロシア人に対する監視が厳重になったために、今は一人もいなくなっている。ロシア人の淫売を買うと赤い嫌疑をかけられるので、一人の支那人も寄りつかないから商売にならないために何処かへ引揚げたらしい。

私がチチハルにいた間中、北大営と南大営の空には、肉を焙ぶるような匂いのある煙が濛々と立ちのぼっていた。それは戦死者の屍体を焼くいたましい煙であった。その煙を眺めながら、領事館の衛兵が交替毎に防寒帽を脱いで心からの哀悼を捧げている光景を目撃した。

3　三間房の激戦

南大営の野砲〇〇聯隊を訪ねた時、衛兵所の交替兵達は馬糧を燃して温まっていた。四洮線の運転が完全に復旧しないために、薪炭さえ充分に行き渡らないらしい。しかも馬軍が行きがけの駄賃に兵営内のあらゆる器物什器を一物も残さず持逃したのと、土民が窓ガラスを尽《ことごと》く取りはづして掠奪したので、兵隊達は夜の凍えるような零下の寒さの中で武装のまま横わるのだと聞いた。

十一月三日奉天を出動して以来、今日始めて入浴したのだと言ってフヤけた手を揉んで垢をこすり落していた。

凍傷にかかった耳が甲州葡萄のように、暗紫色に腫れ上がったままだ。まだ手足の指に感覚が返えらないのだと言って、私に力一杯抓《つま》めるようにと、汚穢《おわい》屋の手袋のような手を差し出した。私は指を抓(む)めるかわりに、鉛筆の芯が折れるほど突き刺して見たが、兵隊はしかめ面もしなかった。

兵営の裏では凍傷にかかった廃馬を××していた。その××がビューン、ビューンと衛兵所のアンペラの幕へ真正面に響いて来る。馬は赤ン坊の産声に似た最後の悲鳴をあげて、ドシンドシン倒れて行くらしい。

その地響きまでが聞える。兵隊達は苦痛な表情で、自分達の愛馬の最期の悲鳴に耳を澄して一言も語らない。

一口に凍傷と言うが、零下三十度の凍傷を受けると、林檎や梨が凍った時のように、骨の芯までがヅバヅバに抜け通る。最初は死人の皮膚のように真白くカチンカチンに凍結しているが、二三日目あたりからその凍傷部分が原形の三倍もの大きさで葡萄色に腫れあがって来る。そしてそれが潰瘍し出すと、骨が腐り出すのだ。

こんどの戦いでは、兵隊の約半数が凍傷に罹ったらしい。領事館にそれらの重病者が収容されているが、毎日五六人平均手足を切断しなければならない重患者があるそうだ。その人々は手足を切断されて不具者になるより、男らしく一思いに、敵弾に当って死んだ方が増しだと言って残念がっているそうであるが無理のない感情だ。

ここで先づ北満の戦況の概略を説明しなければならないであろう。

馬占山軍は大興駅附近一帯の高地に、六ケ月以前から蜿々六哩以上に亘る陣地を構築して、主力を集結していた。塹壕には枕木を用いたり、中にはコンクリートまで使用して完全な準備行動を取っていた。兵力約二万。このうち最も精鋭を誇る騎兵隊が約六千。砲二十数門（但これは戦場に遺棄された数量である）。

この敵軍に対しての日本軍は兵数約彼の四分の一。砲×××門。飛行機××台。

日本軍の全線に亘って総攻撃命令が下ったのは、十一月十八日の払暁であった。その戦闘直前に於ける兵力の配置状況は、長谷部旅団司令部がマイラア屯に在り、これに第○聯隊第○○聯隊が属して左翼部隊を形成していた。洮昂線右翼には天野少将の率ゆる第○○旅団第○○聯隊と第○○聯隊で配備された。

先づ戦闘は左翼部隊第○聯隊所属の二ケ中隊が、突如烏諾頭屯の敵陣を夜襲して馬軍の尖兵を潰走せしめたのが前哨戦となって、十七日の夜は小銃と野砲の応戦が間断なく交換された。そして戦機の熟するのを待って十八日払暁午前六時を期して、第〇師団全軍の総攻撃令となって三間房の激戦が展開されたのだ。

ちょうどこの戦闘が開始される前後には零下三十二三度の猛烈な寒気が襲った。満洲には三寒四温と言われる気温が定期的に襲来する。三間房の戦いは生憎この三寒の酷寒に見舞われた訳である。

この酷烈な零下の寒気に襲われながら各部隊は、野営中と雖も敵軍に火を見せないために焚火を禁じられていたのだ。

マイラア屯に野営した第〇〇聯隊の野砲隊は二日間の焼飯を配給されたが鋼鉄の砲丸を噛むようで歯も立たない程だったと云う。水筒の水は凍結して一滴も飲めなかった。雑嚢《ざつのう》に入れて来た林檎《りんご》までが石のように凍えて、これも歯は愚か、ナイフの刃すら立たない有様であった。

砲戦は十七日の夕方から開始され、敵の猛烈な砲撃のために一時歩兵〇〇聯隊が後退を余儀なくされる危地に陥った。そこで両翼の野砲隊が一斉に火蓋を切って、猛烈な応戦を試みて歩兵隊の前進を掩護した。この時の砲戦では一分間に一門の大砲が約十二発の砲弾をぶっ放したほどの激戦ぶりを演じたそうだ。

馬占山軍は極めて頑強な抵抗を試みて歩兵陣地の後方二十米の距離にドンドン榴散弾と榴弾の雨を浴びせかけて、日本軍をハラハラさせた。濛々たる土煙の柱と砲弾の炸裂のために、一時は味方の陣地さえ展望できなかった。若しこの戦闘に爆撃機の援助がなかったら、日本軍は非常な苦戦に陥ったであろうと言われている。

飛行機の爆弾投下の威力がどんなものであるかを、私は三間房の戦場で視察したが、約二三段歩の面積に亘る現場の土が裏返えしになって居て、その中心は約五六尺の深さに土が抉ぐり取られている。その効果に到っては、充分一丁四方の人馬に莫大な被害を与えることは確かだ。

十八日払暁総攻撃命令が全戦に下されるや、両翼端の砲兵陣地は一斉に砲門を開いて、砲身が焼けよとばかりに馬占山軍の中央主力をめがけて砲撃を集中した。一方右翼部隊の一部が洮昂線を乗り越えて左翼に移動して来た。長谷部旅団主力は、ここに全戦の主力部隊を合して、猛烈な砲兵隊と飛行機の掩護射撃と爆弾投下の援助を受けて、所謂敵陣中央突破の「多門戦術」が強行された訳だ。そして小興屯、三間房、大興屯に占拠する馬軍の中央部隊を一挙に潰滅せしめたのだ。

潰走する敵を追撃する。矢つぎ早の前進命令が下る。平原の要害に築いた掩護個所から、敵は執拗な射撃を浴びせかける。文字通り雨霰になって落下する銃弾の中をかい潜って、歩兵の突撃が行われ、野砲隊の敵地侵入が企てられた。

空からは飛行機が縦横に旋回して、爆弾を投下する。土煙が龍巻《たつまき》になって柱のように立昇る。土煙が晴れたと思うと、飛行機は忽ち次の攻勢に移って、銀色の機翼を斜めに機首を地上へ向けて巧みに旋回を行いながら、潰走する敵兵に機関銃の雨を浴びせかけている。

地上には装甲自動車、タンクの活躍。遂いに馬占山軍の中央は総退却を余儀なくされて、戦線の両翼が恰もトコロテンのように垂下した。ちょうど一直線に引っ張った紐の中央をつまみあげた陣形だ。

日本軍の主力は敵に寸刻の立直る隙もあたえないで、前進々々、更に攻撃々々を加えて、同日正午には東支線のクロスを突破していた。この時、後方に在った経理部員と食糧弾薬運送の大行李部隊が苦戦したのだ。日本軍主力の追撃が急なために後方に取り残されて、紐の両端が垂れ下るように敵の両翼が自然に充実して、敵騎の精鋭部隊に包囲されて一等主計官以下三十数名の戦死を見たのだ。

十八日正午東支線のクロスを突破した長谷部旅団は敗走する敵を追撃して、夜になると共に斉々哈爾西南二里の地点に野営した。師団主力は大茂屯に野営していたから、斉々哈爾城は北口のみを残して完全に包囲されたのも同然の形勢になっていた。

夜の明けない未明から長谷部旅団は、更に前進をつづけて、十九日午前六時龍江駅を占領。つづいて北大営を戦わずして陥れ、斉々哈爾入城の一番乗りをあげたのである。師団主力部隊は同日午后一時半城外の日本領事館へ到着した。一方天野旅団の一隊は、これも戦わずして南大営を占領した。そして明くる二十日には第○師団全軍の入城を見て三日間に亘る激戦の幕が閉ぢたのだ。

だが、この三日間の激戦で、日本軍が最も悩まされたのは、何んと言っても零下三十度の寒気と、糧食の欠乏であった。追撃につぐ追撃戦だったので、後方からの糧食輸送が杜絶え、しかも持っていた握飯、水筒は鉄筋のように凍えてしまって「歯も立たない」始末であったから、三日間完全な絶食状態に置かれたそうだ。

しかもこの絶食の飢餓に苦しみながら「前進々々」で砲弾の雨を浴びながら敵を追撃しなければならなかった。だから日本軍の困苦と疲労は極点に達したらしい。

三間房を占領して馬軍を東北線以北に圧迫しながら、猛烈な追撃戦を強行した際など、兵隊さん達はすっかり疲れ切って、塹壕を掘りながら一寸身体を倒すと忽ちグウグウ大きな鼾声を立てる有様であった。それを戦友が銃台で引っ叩いては緊張させたのだそうだが、零下三十度の中で眠むりこけると、直ぐ凍傷にやられたり、凍死する危険があるからだ。

また第○聯隊の野砲隊が昂々渓附近を前進していた途中、ある一人の兵士がふいと見馴れない兵隊が日本軍と肩をならべて半分コクリコクリ居眠りながら行軍しているのに気付いた。「ハッ」と思って、よく見ると馬軍の支那兵であった。

こういうナンセンスが生れる位い、三日間の不眠不休の激戦で、敵も見方も無感覚になるまで疲労し切っていたのだ。

殊に砲兵や騎兵隊の軍馬は、兵隊さん達と同様三日間一滴の水も一握の馬糧も与えられなかったので、全然活動能力を失ってしまった。そのため兵隊さん達が軍馬のかわりに大砲や弾薬等を押し捲くって追撃したのだから、その苦心は惨憺たる極みであった。

軍馬は多く北海道や東北地方の産馬を用いているが、流石に零下三十度の酷寒にはへコ垂れてしまったらしく、却って兵隊さんの足手纒いになった程だと言われる。蹄鉄が凍えついたり、氷で辷ったりして、まるっきり活動力が発揮できなかった上に、凍傷と敵弾に倒れて、この戦闘で日本軍は軍馬の大半を失ってしまったそうだ。

馬軍の騎兵隊がしばしば巧妙な奇襲を加えて、大ぶん日本軍を悩ましたらしいが、それは実に寒気と粗食に馴れている支那馬を自由に凍原に使駆して敏速な行動を取ったためである。支那馬は体軀こそ短小だが、活溌な活動力を蓄えて居り、寒気と粗食に対して頑強な抵抗力をもっている。日本の軍馬は駿足を誇っているが、百米の開きがあれば二三千米以上追跡しないと支那馬に追いつけないそうだから、決して馬鹿にはならない。

馬軍が、殊にその騎兵隊が頑強な抵抗を発揮し得たのは、実にこの驢馬《ろば》のように軽蔑されている支那馬のお蔭であった。

こんどの戦闘で最も敵に大きな惨害を与え、莫大な効果を納めたのは、戦車、装甲自動車、飛行機等の所謂新兵器の活動であろう。前にも書いたように軍馬の能力が思わしくなく、従って騎兵隊が充分な戦闘能力を発揮できなかったので、これらの新兵器を使用して散々に敵を蹂躙したらしい。
砲煙弾雨の中をタンクが自由自在に凍原を疾駆して、敵陣に侵入する光景は真に壮烈を極めたそうだ。タンクと装甲自動車が敵前を圧迫する後から歩兵隊が突貫するのだが、累々《るいるい》たる屍骸の山で歩兵隊の前進が困難な位いであったと云うから、その追撃の効果は偉大なものだ。若しこんどの戦争でこういう新兵器の活動がなかったならば、日本軍は非常な苦戦を経験しなければならなかった、とある将校が私に説明した。

しかも一方に日本軍の野砲重砲の着弾が正確であったのは、飛行機の敵地測量が適確であったため、十二分にその効果を発揮し得たのだ。

潰走する敵を追いつめて、立直る寸刻の余裕も与えず爆弾投下と機関銃の地上射撃で馬占山軍を壊滅せしめて遠く克山方面に圧迫したのは、実にこの飛行機の活動であった。北満の曠野は一望千里、一二寸ばかりの茶かつの枯芝に蔽われた平原であるから、飛行機の追撃を受けては一堪りもない。

十八日三間房の激戦で馬占山軍の中央主力が潰走して、全軍が支離滅裂の状態に陥り陣形を立直す暇もなく乱脈な敗北に終ったのは、主として日本軍の飛行隊の追撃と爆撃が猛烈巧妙敏速を極めたからであった。長谷部旅団が昂々渓の東支線クロスを突破した時には、遙かに支那軍を追い越して、敗残兵の退却とごっちゃになって日本軍が前進したそうだ。

旅団長が昂々渓駅の広場で、ひょいと気がつくと、見方の騎兵だとばかり思っていた兵隊が支那兵だったので吃驚してしまったとのことであった。そして、支那兵も日本軍も綿のように疲れ切って、半分居眠っているような無感覚状態であったから、両方で気がつかなかったのだ。

楡樹屯へ進撃した第〇旅団の第一線と、潰滅敗走する支那軍とが並行線を形づくった際、主力から遙か後方に在った旅団司令部が支那兵から突如猛烈な側面攻撃を蒙った。その時司令部の護衛隊は僅か一ケ小隊に過ぎなかった。川野自動車班長が戦死したのは、ちょうどこの時の血戦であった。

かく日本軍は遮二無二《しゃにむに》「前進々々、更に追撃々々」と云った風な困難な戦争の連続だったので、後方は常に空っぽでかえり見る暇がなかった。そのため後方で野戦病院列車や経理部隊が包囲されるような悲運に陥ったこともあった。とにかく、まったく息もつかせない猛烈な追撃であった。

これもやはり斉々哈爾へ進軍中の野砲第〇〇聯隊八中隊のエピソードだが、途中砲車が故障になって中隊から取り残されたので、岡本上等兵が連絡任務に先発した。その時附近の民家に潜伏していた敗残兵の襲撃を受けて戦死した。中隊からも曹長が後方へ砲車を迎えに来て岡本上等兵と行違いになったのだが、曹長は幸い敵兵に発見されずに済んだが、岡本上等兵は全身十数発の敵弾を受けて死んでいた。

歩兵銃は勿論、拳銃の最後の一発まで撃ち放って、その死体の傍には支那のラッパ卒が倒れていたと云うから、単身頑強な抵抗を試みて奮戦したことが分る。

4　山田一等卒とチチハル開城を交渉した一旅館の私設領事

（中略）

5　戦場の死体を片付ける

十一月二十七日、洮昂線を南下して〇〇方面に出動する軍用列車に同乗して龍江站《コンザンザン》を発車した。

それが午前十時である。輸送指揮官が気持よく私の同乗を快諾して呉れた。しかも同列車には、戦場掃除に出かける野砲隊の兵隊さん達が同乗していたので、戦場見物には「持って来い」の便宜を得た訳だ。

この洮昂線起点駅龍江站は日本軍の占領するところとなって、現に停車場司令部が日章旗を駅舎の尖端に高く掲揚している。

列車が昂々渓近くへ来ると、真白い積雪の曠野に、点々と遺棄された支那兵の屍体が白く光って見える。烏の群が、高く低く屍体のある空に乱舞しているのも陰惨な光景だ。昂々渓駅のホームには、大砲、機関銃、小銃、装甲車、弾薬函が山のように積みあげられている。すべて馬軍が戦場に遺棄した戦利品だ。それを戦場掃除の清掃隊が、こうして奇麗に取纏めて整頓したのだ。

私と一緒に同乗している野砲の兵隊さん達も、三間房方面のそういう清掃任務につく筈になっていた。東支線のクロス地点を出はづれると、いよいよ本物の戦場気分が、涯てしのない蒙古平原に展開される。見渡す限りは、満洲の風景とはがらりと様子が違って、波のようなうねりのある高原地帯だ。芝草を一皮剝げば、すぐその下はザラザラした砂漠だ。点散する民家も草葺の家ではなく、岱赭色の粘土をねり固めた、所謂蒙古人の平房子《ペイファンズ》だ。ちょうど炭焼かまどを重ねたような、或いは埃まびれな羊羹《ようかん》のような見るから平べたい泥家屋である。

部落が家の高さの倍もあるような、馬賊よけの土塀で築かれ、銃眼が穿がたれているのも、凄然たる荒涼の気分をそそる。

砲車や荷馬車が仰向けに引くり返ったまま、雪の平原にゴロゴロ転がっている。ピカピカまぶしく太陽に反射しているのは、真鍮の銃弾のケースか大砲弾の砕片である。

蜒々たる塹壕が線路の右翼に望まれる。左翼部隊を率いた長谷部旅団が、まっしぐらに肉薄殺倒した三間房の戦線だ。真白い雪のところどころが、真黒く掘り返えされている。飛行機の爆弾投下の現状だ。支那兵の死体が素裸のまま霜を着たように凍えて、乱雑に散らかっているのも物凄い。

線路の土手下で、ちょうど列車の窓から見下せる場所に、爆弾投下でやられたらしい屍体が二十人ばかり転がっていたが、二眼と見られない惨鼻な光景であった。手や足や首がなかったり、胴が破れてしまって、内臓が有田ドラックの人体解剖の模型のように、そっくり野原へ流れ出していた。満足な死体は絶無だ。

白い雪のかたまりだと思うと、それが軍馬の死骸だ。栗毛や鹿毛の毛並みが、凍氷のために真白になって見えるのだ。空気が乾いて、一面清澄な無毛の平原であるためと、一切のものが真白に凍氷してガラスの中へ入っているような感じで、些《すこ》しも死体から不潔な感じを受けないのが不思議だ！

私は清掃隊の兵隊さん達と共に、大興駅で下車した。満鉄従業員が真黒になって働いている。破壊された駅舎か線路の修理だ。まづここへ下車して驚いたことは、プラットホームが、そのまま塹壕になっていたことだ。土が掘り返えされ塹壕と土嚢で、プラットホーム全体が、そのまま戦場に使用されたらしい。首のない照明柱、頭の捲れた駅名板、赤煉瓦の駅舎は形がなくなるまでに破壊され、窓ガラスは一枚もなくケシ飛んでいる。

満鉄の従業員や守備兵の部隊は、戦場から馬糧を集めて来て、この風の吹き通す半壊の駅舎でゴロ寝をする有様だと言う。

待避線には、爆弾投下の惨害を受けた車輛が、山のように生々しく積まれている。客車や貨車が雷で打たれたように裂けて、ピカピカ光る車輌が仰向けになって、今にも唸り出しそうな気配だ。物凄い。

大興駅は両軍の奪取点となって、最も烈しい激戦の交えられた戦場であるから、その破壊程度は震災跡の光景にそっくりだ。

駅から見渡される無人の平原には、累々たる土嚢の山。新しい杭木が覗いているので、僅かにそれと分る掩蔽壕《えんぺいごう》。田地一二段歩は確かにあると思われる爆弾投下の現場。死体の山。飴のように曲がって散乱しているレール。

停車場裏はゆるやかなスロープになっていて、コンクリートの塹壕が万里の長城の縮図を見るような感じで、蜒々と曠原の涯へ走っている。附近は軍砲、タンク、無蓋自動車、馬糧、塹壕材料の角材——そんなものが一面に放棄されている。支那兵の遺棄したのもあるが、日本軍が攻撃の足手纏いになったり、故障のために乗り捨てたのも交っているそうだ。

信号所の番小屋が銃弾の雨を浴びて、蜂の巣そっくりになっていた。番小屋の直ぐ下で支那兵が野営したらしく、馬糧の山が積みあげられ、焚火の跡には線路のスリッパ（枕木）を引き抜いて燃したらしく、火事場跡の光景をみるようにそのまま残っていた。附近一帯は東京市の塵埃捨場そっくりの感じで、カン詰の空缶、粟の饅頭、ボロ支那靴、新聞、手紙、水筒、雑嚢、鉄製の弾薬函等あらゆる戦場の屑物廃物の散乱だ。

ぎっしり弾薬を積んだトラックが沼地へはまり込んで、平《へ》たばっている。

大駅の共同便所は、足の踏みどころもない位、コチコチに固まった排便の累積だ。これで見てもこの大興駅を中心に、相当大部隊が集中していたことが分る。便所の裏の半壊になった掩蔽壕を覗いた私は、凡そ畳十畳敷はあると思われる暗い内部に、空色の軍服を着た死体がぎっしり相重なって詰まっていたのを見て、思わず棒立になった。塹壕の天井には伐り立ての材木を渡して、枯草をかぶせて飛行機の眼をくらますように出来ている。

腕に「国際運輸会社」の徽章を巻いた苦力の群が、戦場掃除の兵隊さんに引率されて、荒涼たる無限の平原へ豆を撒いたように散らかって行く。死体の取りかたづけと、戦利品の捜査だ。

私もその一隊に交って、鋼のようにカチカチに凍った雪を踏んで死体捜査に加わった。日本軍の戦死者は戦後直ちに後方へ送られたり、また清掃隊の出動で奇麗に片づけられていたが、まだ支那兵の死体は点々と残っていた。しかもその大部分が敗残兵の掠奪を被って、素裸にされたままだ。

死体を発見すると、苦力が穴を掘って埋める。どす黒い血が土に浸みたまま凍っているので、死体を動かすと、蒲鉾板のように土が一緒にふくれ上って来る。スコップやツルハシで叩いても、カンカン鉄のような音がするだけで、ビクともしない。

だが、厭な、陰惨な気持だ。苦力を指揮する兵隊さんも無言で顔をそむけていた。今は死体を「片付けて」いるが、いつ他人から「片付けられる」運命になるか知れないのだ。

私は腸のない男の死体を発見した。榴弾で腹部をやられたらしく、腹部がガラン洞になっていた。それは非常に精巧な機械で抉ぐり抜かれたように、一滴の血も、内臓の一片もこぼれてはいなかった。口から二本の氷柱がぶら下がっていた。断末魔のヨダレまでが凍結したのだ。

栗毛の支那馬だったが、レースをかけられたヤソ教の葬式馬のように真白な霜をかぶって、まるで銀の銅像のように冷めたく光っていた。

私はこの馬の傍で空色の雑嚢を拾った。中から石になったパンと、包装のままの実弾と、女の写真が出て来た。写真の裏には「同胞起来、膺懲〇〇〇〇」というような排日の文句が、立派なペン字で書かれていた。上海あたりの女学生が、馬占山軍を慰問激励するために送って来たのであろう。

そいつは兵隊に取り上げられた。

「支那にも、やっぱり愛国者がいるんだのぅ……」

若い兵隊さんは、そんなことを言って、霜焼けのした手のひらへ美しい写真をのせて、いつまでも眺めていた。

駅舎の一軒からロシア人将校の死体が二つ出たそうだが、それは写真にとって〇〇〇へ送ったそうだ。私が行った時には榴散弾を喰って爆破された跡が見物できただけであった。

停車場の附近には支那人家屋が散在しているが、家の中は引越し跡のように一物も残さず掠奪されている。土壁に砲弾が命中して、中風患者のように家の腰が抜けて、屋根が崩れ落ちているのも痛ましい。ボツボツ帰って来た避難民が、呆然と家の前に立って腕組みをしている姿は、まったく涙なしに眺められない戦場の一風景である。

私は直ぐ次の軍用列車で洮南に向った。この列車をはづすと、明朝になるので、こんな血醒い野ッ原へ置き放しになって、兵隊さんと一緒に馬糧にくるまって寝るのは堪らないと思ったからだ。

江橋の鉄橋を渡って、流氷が一枚々々ガラスを積み重ねたように凍氷している嫩江《ノンコウ》の特殊な結氷風景を眺めた。鉄橋は嫩江一帯の氾濫地帯に五ケ所架橋されている。修理が出来あがったばかりだから、列車はゆるやかなテンポで渡橋する。

弓のように曲がったレールと枕木が、何十丈もあると思われる深い結氷の上へ逆さになって突刺っている。馬占山軍が地雷火で破壊した時、鉄橋が飛散したそのままの物凄い光景である。

河岸は起伏した高地になっていて、完全な立射塹壕が到るところに構築されている。線路の両端には土嚢の山が築かれ、麻米袋がボロボロに裂けて、土砂がはみ出ている。銃弾に綻びた跡に相違ない。

歩兵〇〇聯隊が全滅に瀕して孤軍奮闘した戦場だ。この江橋の戦闘が開始されたのは、十一月四日。同車中の兵隊さん達はこの戦場に援軍となって参加した人達であった。

彼等は荒涼とした河岸の沼沢地を指ざしながら当時の苦戦を、私に物語って聞かせた。その兵隊さん達は砲兵であったが、激戦の真最中工兵隊の援助を受けて橋梁の修理を行いながら、一分隊の兵隊で砲車一門を敵前二千米の地点に引きあげて歩兵〇〇聯隊第五中隊の苦戦を掩護した。それで五中隊は無数の死傷者を出したが、やっと全滅を免かれることが出来たのだ。

この苦戦の際に満鉄従業員が鉄道部隊の任務を引き受けて、決死的な橋梁修理の作業を行い、残余は徒歩で渡江して敵前の危険地帯をくぐって弾薬輸送を行った。

「……まったくこの時の戦争は、我軍が非常な苦戦でハタで見ていられないものだから、私達は橋梁作業を放ったらかして弾薬を運んだような訳です。」と、当時の戦争に参加した従業員の一人が語ったが、全く想像以上の苦戦であったらしい。

今度の満洲事変には満鉄の従業員が約二百名ばかり各方面の戦地に派遣されて、装甲列車の運転、鉄道修理、電信電話の架設、弾薬糧食の輸送等、前線の兵士にも劣らぬ活動をつづけている。満鉄の従業員は如何なる困難な戦時任務にも堪えるだけの訓練が平常から行き届いていて、しかも従業員の大部分が、満洲派遣兵の在郷軍人を採用する習慣になっている。

列車はその夜洮南止りになったので、私は暗黒の城内へ洋車《ヤンチャア》を走らせた。真暗い泥の町だ。星明りの下に蜒々たる高い土塀が市街を包んでいる。城壁だ。

私は城門の警備兵に誰何《すいか》されながら、暗黒の城内へ車を走らせた。零下二十度だというのに、道路は靴が埋まる位いな土埃だ。

張海鵬の城下である。市街も民家も一切が粘土質の泥で練り固められている。しかも城内の民家が、またそれで高い土塀をめぐらしているのだから、その陰惨な暗さには閉口した。私は洮南で、たった一軒しかない南満旅館に投宿した。

次号には、この泥の町の通信を途る筈だ。

十一月二十九日　洮南にて

出典：『改造』昭和七年一月号（改造社）

解題：テキストの周縁から　P736

戦乱の満洲から

1　呼吸のない死の街

十二月十日午前十時、奉天発の軍用列車に便乗して、新民屯へむかった。軍用列車と言っても、それは四五輛の貨車に、車掌車を一台連結したものに過ぎない。沿線各駅の守備隊に、弾薬と糧食を供給するために、毎朝一回を限って、奉天から発車することになっている軍用車だ。

便乗者は十二三人足らずだったが、重苦しい防寒服を着込んだ兵隊と、ピストルをガチャガチャ腰にぶら下げている軍用関係の商人や通訳ばかりだった。

髯のボウボウと生えた将校や下士官たちは、サックにはめた白鞘の日本刀や、三寸巾もあるような部厚い軍刀を腰にぶち込んでいる。白鞘の柄が、手垢でよごれた麻糸でガンヂガラメにかがってあるのも、殺気立った戦線の気分を漲らせて物凄い。

私は鼻の赤い通信兵の一人と向い合って、腰をかけていた。彼は楊柳《かわやなぎ》で編んだバスケットそっくりな入れ物に、伝書鳩を二羽入れていた。若い兵隊さんは、その入れ物をそっと腰掛の下へ置いて、退屈するとそいつを膝の上へ抱きあげて、コロコロ鳩のような啼き声を真似て中の伝書鳩をからかっていた。

「そんなに可愛いいもんですか？」

私がこう訊くと、若い通信兵は慰問品らしい大きなカステラを頬ばりながらな、鳩のように可愛い眼をキョロキョロさせて、大きく頷いた。

「自分で手がけてみると可愛いいんです！」

「あんたのように、そんなやさしい心掛をもっている兵隊さんでも、支那兵が殺せますか。……」

口のまわりのカステラの屑を払い落していた兵隊さんは、不意に押し黙って不機嫌な白眼をした。私は「しまった」と思って、こう言い直した。

「いや、卑怯な意味ぢゃありませんよ。あんたのように優しい心の兵隊さんでも、いざとなれば支那兵を散々ぶち殺すでしょうね……」

「はッ、勿論です。自分で手がけている生物は反抗しませんが、戦争となると、こっちが相手を殺さなければ、相手から殺されますからね。恐いとも、可哀そうとも思っちゃいられない、必死な気持でありますッ！」

私はこの時、四洮線を南下する車中で、ある中年の将校が「社会主義者は怖るるに足らない。南嶺の戦闘で平生から行動を監視されていた社会主義者が、軍の真先に立って勇敢な働きをして戦死した。彼等は喰う手段のために社会主義者になったので、いざと言う場合には、やはり一死報国の精神に返えるんだ。なァに、日本の国民精神の中には、伝統的に根強い愛国心がひそんでいるからのゥ。……」と、言って車中を響かせるような笑い声を立てたのを思い出した。

私はその社会主義者が、どんな心持で攻撃の先頭に立って戦死したのか知らない。が、私はもう一度、車中を響かせるように笑った将校の考えとは、別な理由を頭に描きながら、鼻の赤い通信兵の顔を見上げた。

「内地の出身地はどちらですか？」

「青森です。」

私は青森と聞いて、新聞で知っている北海道や青森地方の凶作の話をした。若い兵隊さんは吃驚したように、私の顔をマジマジと見つめていたが、直ぐ外っぽを向いた。

「自分たちは、現在戦時勤務で国元へ手紙を出さないし、また国元から手紙も来ないので、何もさっぱり判らないが、そんなにひどい状態なら国へ帰ったって仕方がない。自分は除隊したら満鉄へ志願するつもりだ……。」

兵隊さんは、こう言って鼻をこすりながら、腰掛の後へ頭をのせて、静かに眼をつむった。

列車は着駅毎に、貨車から味噌樽や米の叺《かます》や野菜をおろした。この北寧線×××の×××××、奉天新民間の各駅には、日本兵が厳めしい着剣で守備している。

車内では旧式な日本のストーヴが熔けるほど石炭を燃やしつづけていたが、床板は結氷のように冷え切っていた。足元がジンジン鳴るように冷える。

若い通信兵は両眼をつむったまま動かない。足元の鳩が寒さに凍えて、ガサガサ籠を鳴して羽叩きする。私は窓ガラスの凍氷を手袋の先きでコサゲ落しては、雪の曠野を眺め渡した。

箒を立てたような楊柳の林が、真白い雪の平原に涯てしなく点在する。まんまるっこく厚着をした支那人が、青ずんで光る沼や川の結氷を砕いて、魚を釣ったり、網を打ったりしていた。その頭の上には、彼等の故郷を××する軍用列車がバク進しているのではないか？

その軍用列車の窓から、関羽髯の将校が身体を乗り出すようにして笑った。

「あれを見ろ。支那人と言う奴は、呑気なものだ。自分の国がどうなろうと、奴等には愛国心というものがミヂンもないのだからなァ。呆れたものだ！」

「いや、あいつらは戦争が起きようと、土匪の襲来を受けようと、掠奪される何物もない貧農だから、あんなに呑気に構えているんですよ。少しでも財産のある連中は、とっくに何処かへ避難していますよ。」

これは支那服を着た通訳らしい男の言葉だった。

たしかに支那ぐらい貧富の懸隔のひどい国はない。財産の有り余る少数の階級と、何物も持たない無数の裸の階級の間には、まるっきり中間というものがない。だから、文化もなければ、智識もない。勿論、国家や軍閥から誅求を受ける以外には、何らの恩恵も受けていないブルジョアと、国家の保護から全く度外視されている貧民に、愛国心を期待するのが無理だ。

「万歳！　万歳！」の熱狂に送られて出発した軍用列車が、一歩満鉄附属地から離れると、この無関心な、敵意も反抗もない、真黒い無数の支那人に見送られる。田の畦で、停車場で、市街で……。最初のうちは支那人の無智を嘲い、愛国心の欠乏を罵倒していた兵隊も、いつの間にかこの支那人の無関心な態度のうちに潜む、無限の底力に一種異様な感じに捉われるらしい。

抵抗のない、無限の抵抗を感ずるのだ。たしかに支那人は底の知れない深さと、底力をもっている！

列車は遼河の鉄橋にかかった。どこまでが野原か、さっぱり境界の分らない茫漠たる一帯の氾濫地域だ。流水線だけが、ガラスのように青ずんで結氷している。

それは巾の広いリボンを見るようだ。そのリボンが遠く、近くに、幾つも光って見える。正確に遼河と名づけられるのはその幾つものリボンを寄せ集めた一帯の広茫たる地域の総称であろう。

巨流河は遼河の中央にある部落だ。ここには事変後急造したバラック建ての守備隊の兵舎がある。落葉した楊柳の林に囲まれて、スダレのように一握り大の氷柱がぶら下がっているトタン屋根の兵舎だ。それが駅から真下の低地に見下される。

最近、この兵舎は火事で焼けた。便衣隊の放火だと言う噂さだが、私がこの駅を通過した時には、バケツや水桶をかついだ苦力の群れが、片栗粉のような雪を踏んで遠くから飲料水を兵舎へ運搬している光景を見た。遼河の氷を割って汲んで来た水であろう。

「遼河が結氷すれば攻撃が始まる！」
私はこの言葉をチチハル以来、耳だこになるほど聞かされて来た。そして奉天へ出ると、軍隊の集結が各方面に行われていた。そのあわただしい緊張した空気が、満洲一帯を鉛板のように圧しつけていた。私もここへ来て見て、始めて戦線の空気が緊張しているのを知った。遼河は重砲の轍《わだち》を下からはね上げるような弾力で、ミシミシ結氷を始めていた。結氷は一日一日と鋼板のように引きしまって行く。兵舎や停車場の給水タンクに、苦力の群れが、蜿々たる隊列をつくって水をかつぎあげている。給水タンクの下では、太い角材やスリッパ《枕木》を投げ込んで、ドンドン焚火をしている。それはタンクの凍結を防ぐためだった。

零下何十度の厳寒の野で、一番不自由を感じるのは水だ。涙や汗が忽ち凍結するほどの寒気だから、漂茫たる無限の曠野に文字通り一滴の水もない。

支那兵は停車場の給水タンクを片ッ端しから破壊して逃げる。井戸は毒薬を抛り込んでいる危険がある。いままでの戦闘で軍馬や兵隊や装甲車や軍用列車が最も悩まされたのは、この水の欠乏であった。

今や、遼河の結氷と同時に、その給水の準備が着々進められつつある！

私は巨流河の緊張を見て、新民へ向かった。線路下は、まだ遼河の氾濫地帯だ。線路も停車場も巨大な堤防の上にあるような感じだ。

新民駅へ降りて、駅前の石段の上から眺めると、人口四五万はあると思われる市街が一望のうちに俯瞰される。それは黒煉瓦のビーズで造られた純然たる支那風の市街だが、白雪の下に昏々と死せるが如く居眠っている。

こういう大きな支那の都会には、必らず疳高い支那町特有の雑音と喧騒があり、家々の軒からは賑かなストーヴの煙が立昇っていなければならない筈だ。だが、この白雪の曠野に横《よこた》わる市街は、さながら「呼吸のない死の街」だ。

石段を下りて街へ入ったが、日本軍の警備兵に行き違うだけで人通りは疎《まば》らだ。しかも両側の大きな商店は尽く店の大戸を閉して、ひっそり閑としている。疎らな人通りを相手に、その日暮しの路傍商人が煙草と南京豆を、町の辻々で売っているに過ぎない。

馬車もない。洋車もない。カチンカチンに凍えた雪を大きな防寒靴で踏みながら、腕組みをした貧民が路面を見つめて歩いている。眼は犬のように飢えている。

これが北寧線上――××攻撃の最前線に当る新民屯の風景だ。

この新民屯は新民県公署の所在地で、日本領事館の分館もあり、囚徒二千人を収容し得るという広大な監獄もある。県知事は事件前逸早く姿を晦まし、市中警備の公安隊も遁亡して、市中はガラ空きの有様だ。無論、富裕な商人も役人も何処かへ避難して姿を見せない。市中に残留している分子は少数の苦力と小商人だけだ。

町の辻々には「日本軍の入城を心から歓迎し、市民は安堵してその業務に安ぜよ！」という意味の布告が貼り出されていた。だが、この布告を出して「新民県地方自治委員会」を組織した総商務会の長老株が、真先きに逃げ出す始末だから、市民のうち誰一人安堵して業務につける筈がない。

一切の商取引が停止されていたので、煙草一つ買うにも金票（日本金）が通じないので困った。完全な経済封鎖だ。一介の旅人に過ぎない私達の困難は、一日か二日の辛抱で足りるが、この土地の居留民や守備兵の不便不自由は想像の限りであろう。

奉天から僅か二十里しか離れていないこの土地の支那人は、まだ張学良の復帰を信じているのだ。そして張学良軍の復讐を恐れて、日本軍に好意も見せないし、また店も開かないのだ。それと、もう一つには附近の匪賊を討伐されないので、うっかり店を開けたら、それらの匪賊からひどい掠奪を受けるのではないか——そんな危惧があったのだ。また一方に日本軍が錦州攻撃を開始すれば、この土地が真先きに戦乱の巷と化する怖れがある。それで日本側の強制勧告にも不拘ず、支那商人は頑として店を開けないのだった。

店を開けようにも、カンヂンの主人がいないし、商品は何処かへ隠匿されている。

流血をはらんだ禍乱が待っている。「呼吸しない死せる街」には、野犬の遠吠えばかりが痞高い。

2　死馬の肉

（中略）

3　鉄道戦争

あらゆる一切のものが、沸騰し、沸騰している。これが「奉天」だ。

軍隊が凱旋する。歓呼と熱狂の渦！

——万歳！

——万歳！

町名入の高提灯と、日の丸の手旗の波。軍隊の行進を幾重にも押しつつんで、組んずほぐれつ押し返えす群集……。

——錦州攻撃断行！

——国際聯盟恐るるに足らず。

——共存共栄の新天地を死守せよ。——

ビラだ！

市街のあらゆる場所と、飾窓《ショウウィンド》が、新聞全紙大のポスターで埋っている。そして、そのことごとくが毛筆で書かれた達筆の文字だ。

それは触れる一切のものを焼きつくさなければやまない、昂奮の熱騰だ。だが、この日本人の熱狂を水のように冷かに見守っている群集がある。

それは在留日本人二万数千人に対して四十万の圧倒的多数を占めている、支那人だ。

彼等は一生に一度も経験しない、この日本人の熱狂の乱舞を、極めて冷然と眺めている。車曳きは洋車の轅《ながえ》を頭の上へ押しあげて、軍隊の行進に路を開けている。まんまるくなるほど厚着をした群集が、長い丸太のような袖の中へ両手を突込んで、静かに足踏みをしながら戦争を、ひとごとのように眺めている。

それは恐るべき無言の屈服だ！

支那人は実に、大自然のように強靭な忍耐力に生きる。彼等は自然の凍結と共に静まり、自然の温もりの如く動いて、涯てしのない生存を主張する、無言の民族だ。

華かな狂熱もない。観念の昂奮もない。

ある夜、私は平安通りのあるカフェーで酒を飲んだ。その時、私の席へ出た女が、酔払って「軍国節」を唄いまくった。すると全カフェーがひっくり返えるような騒ぎになった。――と、いうのは、このカフェーのあらゆる椅子を占領して、大きな気焔をあげて酒をガブ飲みしていた一団の連中が、彼女をかかえあげて胴上げにしたからだ。

無視された鼻の平ペッたい女が、一躍人気の焦点に王座する。

軍隊が奉天へ繰り込んで来ると、在留人の家庭で兵隊さんのひっぱり凧だ。ある家庭に宿泊した軍曹が、子供がせがむままにピストルを見せた。そして装弾していないとばかり思って引金をひいたピストルに、一発だけ弾が残っていた。そいつがまた生憎、そばで見ていた長女の脾腹へ貫通した。長女は、病院へ抱え込まれたが、直ぐ絶命した。勿論、軍曹は軍法会議へ廻わされた。それを伝え聞いた被害者の父親が、町内の連判を取って廻わって、軍司令部へ出頭した。

「過失は双方にあるんだから、私は諦めます。是非軍曹の身柄を釈放して頂きたい。時局の重大な時に、こういう些細な過失のために有為な軍曹を失いたくない。軍の士気に影響するところが多大ですから、軍規を曲げても軍曹の釈放をお願いいたします。」

と、言って「ひたすら」加害者の釈放を懇願に及んだ。軍司令部では、この熱誠にあふれた国民の申出でに感謝して、加害者を即時釈放したことは勿論である。

文字通り在満民衆は老若男女ともに、権益の擁護と生命線の死守を叫んでいる。だが、滑稽なのは、次のような形で満蒙の権益論が問題にされたことだ。

「いったい、こんどの事変で誰が一番儲けたか知ら？」

「それは、宿屋だ。」

「いや、葬儀屋さんだろう。」

「うん。それはそうかも知れない。葬儀屋さんはこんな時にこそ儲けなければなあ。平常、得意廻りの利く商売ぢゃないから……」

この問答を聞いていた私は、思わず腹を抱えて笑った。

だが、一般の人達に取って、満蒙の権益論は、この程度の理解であるかも知れない。これもある料理屋での話だったが、軍隊にもっと外出の自由を与えなければならない、とある商人が一生懸命に説いていた。理由は兵隊さんが外出しないと、商人に金が落ちないというのだ。

事変以来、兵隊さん達は無交替、無公休で、所謂「待機の姿勢」で、寝るにも起きるにも武装のままだ。外出どころではない。若し軍隊の駐屯でボロい儲けに有りついたものがあるとすれば、それは、酒保へ出入りする商人だけだろう。――そういう話題が中心になっていた。

事変の昂奮がおさまり、熱湯の如き国民の狂熱が去り、すべての人々が冷静に返った時、彼等は満蒙の権益の所在をはっきり自覚するであろう。

日本の内地でも、国家社会主義者の間には「満蒙の権益を無産階級へ」という論が流行している。確かに満蒙の面積は広茫七万五千三百九十二方里《ほうり》、人口三千万強、一方里に対して三四百人弱の割合でしかない。権益と資源は無尽蔵だ。だが「空手空拳で渡満しても、それは屁にもならない」とは、在満邦人の口癖である。

先祖代々から満洲に生れて、満洲の寒気に育った支那人の九分九厘の生活状態が、日本のルンペンの残飯にも劣る粗食である。面積の広さと、物質の量だけが、決して貧乏人の飢餓を救うものではない。満蒙の権益を自覚して一攫千金を夢みて渡満した在留邦人の大部分の生活は、どうか？　秘密商売でなければ、満洲にいて「支那語を必要としない」日本人相手の共喰い商売ではないか。

在満日本人数は凡二十万と言われている。そしてその半数が旅順、大連に居住して居り、残る十万人のうちの約半数が満鉄及びその附属事業の雇傭人だ。

この悲しむべき貧弱な現状を考えただけでも、誰が真先に「満蒙の権益」を主張しなければならないか、明瞭ではないか！　殿様から大切な宝物を預けられた家来が、それを大事に家へ持って帰る途中、余り宝物を大事がって気をつけ過ぎたために、自分の影に躓いて折角の大切な宝物を台なしにしたという話がある！

今回の事変で、満鉄は軍隊の輸送、臨時列車の運転、匪賊の出没等で莫大な損害と欠損をしているだろうと、一般の人達はひどく同情している。そして事変解決後には、前から噂さのあった従業員整理が行われるだろうと、気の早い連中は首を縮めて、今から悲観している。

だが、心配は御無用である。満鉄はそういう一切の損害を差引いても、猶特別配当が行われるくらいで、利益を挙げているそうだ。事変後日本軍の出動で、支那鉄道の運転系統が乱脈になり、或いは、軍事占拠がおこなわれたために、南北満洲の特産物が一手に満鉄に集中されて、近来にない活況を呈したという。それで満鉄は一挙に莫大な利益を挙げたのだ。しかも借款利子をビタ一文も支払わない四洮鉄道、工事費を踏み倒している洮昂鉄道、その他吉会、長大、関吉線問題等が、この事変を契機として一挙に片づけられるであろう。そしてその大部分が満鉄によって経営監督される結果になるかも知れない。決して従業員の淘汰、首切などは今のところ考えられそうにない陰気な杞憂に過ぎない。

そして更に、今回の事変で特筆されなければならないことは、満鉄が軍司令部の一身《(ママ)》同体となって活躍した目覚ましい働きであろう。若し満鉄の絶大な援助——軍部の手足の如く自由無碍に働き得る能力がなかったならば、満洲軍のあの疾風迅雷的な行動と勝利が期待されなかった、と言われている。

満鉄の爆破が行われて、北大営攻撃の火蓋が切られたのが、九月十八日午后十一時である。それと殆んど間髪を入れない瞬間の機敏さで、その翌日には旅順から関東軍司令部が、軍用列車を仕立てて、まっしぐらに奉天へ向けて出動していた。

そして同日奉天へ到着して、直ちに東殖ビルディングへ本陣を構えた。まだ城内では盛んに銃声が聞えていたそうだ。

しかも更に驚異すべき事実は、関東軍司令部から電話があって二十分足らずの時間で、軍用列車を仕立てた満鉄の敏速な行動である。それとまっしぐらに驀進する軍用列車が奉天に到着するまで、完全に直行をつづけて、途中一ケ所も停車せしめなかった、その巧妙緻密な運転計画の手腕だ。

奉天旅順間を軍用列車が走りつづける間に、その途中幾つかの貨物列車や旅客列車が追い抜かれたに違いがないが、その追い抜かれた列車が、また一秒一分の遅延早着もなく時間表通りに完全に運転されたというのだが、全く驚嘆に値する事実だ。平常からの緻密な運転計画と用意がなくては、決して突発事に際して速断し得ない冒険であることが想像される。

事変以来、軍隊輸送と、それに要する弾薬糧食の運搬のために、満鉄が支払った犠牲は莫大な数量に上るであろう。殊に戦線が南北満洲全体に拡大されて居り、従って軍隊の出動範囲もひろく、且つ軍用列車の運転が全線に亘って頻繁に行われる状況にあった。

チチハル戦争前後、四平街を通過した軍用列車の数は、日々五六回を下らなかったそうだ。が、それは四平街駅だけのことで、満鉄全線に亘っては、恐らく日々何十列車を数える頻繁な動きを見せたであろう。しかもこの一方特産出廻りの殺到を受けたので貨車の運転回数は、平常時の数倍に上る活況を見せていた。

満鉄は一時に殺到したこの繁雑な臨時列車の運転に追われながら、時間表にある規定数の旅客列車を事変以来三ケ月間に亘って、一列車の休転も行わず、また一分一秒の遅延早着もなく、極めて、円滑巧妙に運転している。そして一方に、また一糸紊れない整然さで軍事列車の運転を完全に遂行し得たのだ。その成功は平常時に於ける、満鉄従業員の訓練の結果である。あらゆる一切の技術が訓練されていたらしい。非常時に於ける列車運転、鉄道橋梁工事、電信電話の架設等々、あらゆる技術が「最小の犠牲と最短の時間」を目標にして闘い抜かれていたためだ。満鉄「鉄道敷設班」の技術には、千葉鉄道聯隊が舌を捲いた程であったと言われる。

この満鉄の巧妙、敏速、果断な運転能力の発揮と、同時に満洲派遣軍の鉄道利用戦術が完全な一致を見せたので、僅か三ケ月足らずの日子で日露戦争当時の三十倍の広さに亘る地域を完全に征服することが出来たのだ。一言で言えば「鉄道戦争」が今度の事変の特長である。

鉄道の利用と新兵器の応用と相俟って、今度の満洲戦争は百パーセントの効果を発揮している。外国武官の一行が、日本軍の鉄道戦争の巧妙さを視察して、ひどく魂消たそうだがそれは実際であろう。

九月十八日夜十一時、北大営の攻撃が開始されると同時に、撫順部隊が直ちに奉天に出動して、北大営の攻撃を応援した。日支交戦の報が全守備隊に報導されるや、直ちに各部隊は敏速な行動を起して、十九日には満鉄沿線の重要都市が尽く占拠されていた。瓦房店《がぼうてん》、営口、鞍山、安東、鳳凰城、鶏冠山、撫順、鉄嶺、公主嶺、寛城子、南嶺等、十九日正午には、満鉄沿線から一兵も残らず完全に支那兵が放逐されていた。その軍事行動の裏面には、やはりそれ以上に満鉄の運転計画が巧妙敏速を極めたことは勿論である。

南嶺、寛城子の両兵営を撃滅した長谷部旅団は寸刻の猶予もなく、直に装甲車と師団の主力の搭乗する軍用車を仕立てて、吉林攻略の行動を起していた。その途中樺皮廠《かひしょう》にて吉林軍の軍使と遭遇して、苦もなく無抵抗で吉林を占拠して支那軍の武装を解除したのだが、吉林軍はその「神の如く」敏速果敢な行動に一堪りもなく度胆を抜かれて、即座に戦う意志を放擲したらしい。

九月十八日、事変発生以来、一月三日錦州入城まで、僅か百余日間の日数を要したに過ぎない。これだけでも驚異的な記録なのだが、軍部では、

「外交部が国際聯盟に遠慮して、ぐづぐづ言わなかったら、この百日間を費して得ただけの効果を、一週間に短縮していたのだ。」と豪語していたが、満洲軍の疾風迅雷的な行動を直接見たものには、その豪語が決してから威張りではないことが想像される。

満洲事件の全局を通じて、事変発生当夜の北大営の戦闘、翌十九日寛城子南嶺の激戦、それとチチハルの戦争が重《おも》なるもので、後は匪賊、敗残兵の掃滅に大部分の日子を費したに過ぎない。若し国際聯盟の干渉がなく、あのタンクの如く蹂躙力を十二分に発揮していたならば、恐らく百余日間の行動が一週間に短縮されていたかも知れない。そして或いは馬占山軍との衝突を激成されるヒマがなかったかも分らない。また張学良が錦州に東北軍を集結するイトマも与えられなかったかも知れない。

「我軍の圧倒的な疾風の如き攻撃の出鼻をくぢいて、無駄な犠牲と、無駄な国費を消費せしめた罪は、軟弱外交の一点に帰する！」ある将校が凱旋の車中で、フケだらけな頭をかきながら私に喚めき立てた。

何度も繰返えすようだが、こんどの満洲戦争の特長は「鉄道戦争」に限られたと言っても過言ではない。事変後、吉長線、四洮線、北寧線の一部を殺到的に占拠したのは、装甲列車のバク進であった。寛城子の戦闘には、山砲野砲が間に合わなくて、奉天から出動した装甲砲車が長春の一つ手前の孟家屯駅から、寛城子の兵営を目蒐けて砲弾を浴びせかけた。頑強に抵抗していた敵兵は、この砲撃の威力に一

堪りもなく敗滅せしめられたと言われている。

装甲列車が真白いスチームを煙幕のように吐き散らして、鉄道線路を進撃して行く光景は、まことに恐怖すべき魔力を感ぜしめる。一たびこの装甲列車の出動を見れば、忽ちに何十里何百里の地域が占領されるのだ。附近一帯の敵をレールの上から、或いは砲車で、或いは機関銃で薙《な》ぎ倒して行く。その後から軍用列車を飛び降りた歩兵騎兵隊が、突撃を開始する。文字通り一堪りもない。

私は四洮線八面城駅で、馬賊討伐の装甲機動車隊の出動を見た。合図と共に、赤い危険信号旗を立てた機動車が、見ているうちに一点の黒点となって消えてしまった。三台の機動車には兵隊が、軽機関銃と機関砲をつんで出撃したのだったが、三時間の後には忽ち凱旋して帰って来た。その素早い行動は、全く驚嘆に値する。私は呆れて、口が利けなかった。

だが、この機敏な「鉄道戦争」の裏面にも、やはり一利一害がある。なるほど鉄道を百パーセントに利用して、東北四省全体から、張学良軍閥の勢力を一挙に屠ってしまったが、しかしそれは鉄道のある沿線だけで、ある人は
「なァに、レールだけ占領したって、鉄道から一歩奥地へ入れば馬賊と敗残兵の跳梁のままに任かされている現状ぢゃないか？」と言っていたが、実際その通りだ。

今後の問題は、鉄道のない地域に散在し充満している兵賊の処置を、どうするかにかかっている。ある人は、東北四省全体にバッコする兵賊の掃滅を期するためには、今後二ケ年の日子を要するであろうと言っていた。二ケ年！　この調子だと満洲から撤兵する時期が容易に来そうには思われない。

俄然、満洲では関東州長官、満鉄総裁、関東軍司令官の三頭政治を廃して、一頭政治説が強力に勃興して来た。それと、満鉄がこんどの事変を中心として、軍部の一機関としての機能を、大胆率直に発揮

して来たことは注目に値する。

4　不幸な犠牲者群

（省略）

出典：『改造』昭和七年二月号（改造社）

解題：テキストの周縁から　Ｐ７３６

凶作地帯レポート

——餓死か闘争か

一、農村ルンペン「やっこ」

東京を立つ時も、また汽車の中でも、土砂降りの雨であった。折角、旅へ出たのに……と思って私は、この雨をどんなに憎んだか知れない。汽車の窓から眺められる限りの水田では、この雨の中を膝頭まで泥水にひたして、農夫達が田植えを急いでいた。

土崎《つちざき》へ着いた時には、雨がやんで、砂の多い街路には銀盆のような水たまりが光っていた。

「ひどい降りだった。だが、はァ。この雨で、やっと植付が出来るだいにィ……。」

そう言って、百姓達が嬉んでいるのを聞いた。私が「憎んだ」雨は、百姓達にとって、そんなにも「尊い」雨だったのだ。

私は雨のあがった町をホウつき歩いて、全農の旧知のO氏を訪ねた。

訪ねるO氏はいなかった。赤ン坊を背負ったお婆さんと、度の強い近眼鏡をかけた婦人とで、かわるがわる私に「何か」を答えた。が、朝鮮の山の奥へでも行った時のように、まるっきり言葉が通じないのだ。二三十分も滑稽な押問答を繰り返えした揚句、私はやっと同志が秋田へ行っていないことと、帰える時間が解らないことを知った。

「ぢゃ、仕方がありませんから、日暮れまで町をブラブラ歩いて見ましょう。」

と、言って私は再び樹木の多い通りから、磯臭い港町へ下りて行った。

土崎は、私には始めての港である。だが、この土地は、金子洋文《ようぶん》や今野《いまの》賢三の作品によって、深い馴染みになっている。しかも『文戦』を育んだ懐しい北国の小都会である。

私は直ぐ、白い鷗の飛ぶ御物川《おものがわ》、それから古い漁港の情緒を運ぶ鰊《にしん》船を思い出した。

「おい、港はどこだ？……」

道端で黄ろい泥土をぬたくっていた少年が、私の声に顔をあげた。つぶけた梅干のような赤い眼射しをして、他国者の私をヂロヂロ眺めた。

「浜かに、はァ……。」

それからこのトラホーム患者の少年から道を訊くために、約五分間に亘る厄介な問答が始められる。

「銀行の角を曲がって、真直に何処までも行くんだ」――たったこれだけの単純な要領を得るのに、まったく五分間を費すとは！

だが、驚きは、そればかりではない。洋文や賢三の作品に現われる御物川である。白い鷗と、ロマンチックな鰊船、砂丘……。

しかし、私が見たものは、悉く平凡な、日本海の沿岸なら何処にでもある、寂れた漁港の一風景に過ぎない。文字は美しい言葉の魔術だと言うが、美しい文字の配列によって、この寂れかえった港が、洋文の作品からは強烈な魅力を呼ぶのである。

私は洋文の作品から受ける美しいロマンチックな魅力を発見しようとして、眼を皿にした。そして見たものは、閉鎖された倉庫の行列、これも港の没落と運命を同じくしているような製油工場、岸壁につながれた二艘の発動機船。

緑色の砂丘の向うに、紺碧の日本海が光っている。御物川の水は、夜来の雨で暗い濁りを見せている。合羽を着て、釣竿を垂れている太公望が三人。――

私は雨をふくんだ潮風にふかれながら、ものの三分も岸壁の上へ彳《たたず》んでいるうちに、ひどく退屈を感じた。それで直ぐ踵《きびす》を返えした。

軒の低い町も、港と同様に、少しも生気がない。どこか骸骨のように白茶けている感じだ。海の風と、毎年深い積雪に洗われるので、町の建物が一体に白っぽく目立つのかも知れない。洋文の作品によると、鰊船が入るたびに昔は「殷盛」を極めたのだそうだが、今は風化作用で滅びつつある一個の自然物の感じだ。反抗も、憤懣も、音響も、賑わしさもない。私は三十分もこの白茶けた町を歩いているうちに、眼をつむっていながら、学校、警察、役場、銀行等の目ぼしい建物の位置がはっきり思い出せるほど「地理」に通じてしまった。

そのうちに腹が減った。が、食慾を唆る旨い食物の「匂い」すらない。この町は、古くからの漁港だというのに、フンプンたる魚臭の感じられないのも不思議である。

料理屋と飲食店は「あるにはある」が、戸を閉め切っている。旅の人間が、閉め切った戸をあけて「何か食べ物がありますか?」と、乞食のように暗い土間へ入って行けるものではない。

食慾のない町は、強健な労働者の胃袋が存在しないことを意味している。飲食店が寂れていることは、同時に旅の人間が渡って来ない証拠である。

しかもこの不活動と停滞の町に、不似合なほど立派な一軒のカフェーがあるのは、不思議であった。そのカフェーは「魚仁」と言った。モダンなカフェーとしては、ひどく非モダンな名前だが――これも没落土崎を語る一つのエピソードであるのかも知れない。

或いは、鮮魚問屋「魚仁」が、漁港の寂れと共に立ち行かなくなって、カフェー「魚仁」に転業したのではあるまいか? これは、私の想像だが、行きずりの旅人の私に、そんな感じを与えるほど、カフェー「魚仁」の名前が、ひどく「へん」なのである。

だが、私は飢餓民のような勇気を出して、一皿のライスカレーに誘惑されて、このカフェー「魚仁」

のドアへ闖入しようとしたことを白状しなければならない。ところが、私はドアの手前一歩で、危ぶなくヨロヨロしてそこへ立竦んだ。——と、いうのは、一台の自動車が水たまりの泥をはねちらして、私の背後でストップしたからだ。

「いらっしゃい。」

自動車のサイレンを聞きつけて、華かな女給達が、真白なエプロンをきらめかして店から躍り出した。そしてこの盛んな嬌笑に迎えられるようにして、自動車の中から、銀杏返しの芸者をつれた蒼白い瀟洒な若旦那風の青年が飛び降りた。

たった一時間ばかり前に雨があがったばかりだのに、彼等は踵の高い、泥のつかないフェルト草履を穿いていた。

野良犬のように無視された私は、遂いに一皿のライスカレーを諦めなければならない羽目になった。だが、私は一瞬店頭に展げられた場面から、決して不快な憎悪の感じを受けなかったのが不思議である。瀟洒たる若旦那の、何んと痛ましいまでに憔悴した蒼白さであったことか！　女給達の華かな包囲に面喰って、銀杏返えしの芸者が、どんなに情けない無表情な顔付でヨロめいたか！

それは決して、成金風を吹かしての「遊び」ではなく、没落に瀕している封建的な家業を守る老舗の若旦那が、自暴自棄になって「料理屋」から「カフェー」へ飲み廻わっている、暗澹たる姿ではあるまいか？

私はそんな余計な心配までしながら「魚仁」の前から引返して、遊園地へ行った。腐った水藻の浮いている池、生気のない樹木、それから一軒の貧弱な「和洋食店」！

「何か飯が出来ますか？」

破れ障子の奥で囲炉裡の火をつついていた若い男が、私を見て吃驚したように、暗がりへ何か喚めいた。すると、揉みくちゃになった髪をいぢくりながら、首の太い女がニッコリ「笑う」かわりに「プスッ」と怒った表情をして出て来た。

「何か飯が出来ますか？」

私は同じ言葉を二度くり返えさなければならなかった。女は私をヂロヂロ見ながら、語尾の曖昧な発音で「飯はない」と言う。

「ぢゃ、ビール。」

「はァ……」

愛想も、お上手もない、ひどく頼りない女であった。砂埃のザラザラしている大きなテーブルに向かって、私は女の注ぐビールを飲んだ。土方飯場より、もっと殺風景な「和洋食店」だ。

すると、突然「秋田音頭」を歌いながら、水浸しになったような野良伴纏に股引を穿いた百姓が躍り込んだ。

秋田名物、初《(八)》森ハタハタ
男鹿では男鹿ブリコ
能代ヒンケ《（春慶）》、ヒヤマ《（桧山）》で納豆……

頑丈な体格をした百姓が、頼かむりの手拭をふり廻わして踊り始めるのだ。私は呆っ気に取られた。
同時に、胸をしめつけられるように「ハッ！」と思った。

凶作地の農民は餓死に瀕している。私の前で踊っている百姓も、その日の糧に窮した結果、こうやって「門付」にまで出るようになったのではあるまいか。

私は見てはならないものを「見た」!

「おい、歌より君の生活を話して、聞かしてくれないか?……」

ひどく、変な風に興奮した私は、百姓の腕を捉えて、椅子の上へ腰かけさせようとした。百姓は私を見つめながら「椅子」へ腰かけるかわりに、面喰ってドギマギしながら、尻の方から先に「表へ」逃げ出してしまった。

その後でも、しばらく私は興奮していた。すると遽《にわ》かに、白粉落のした女が、紫色の顔を崩してゲラゲラ笑い出した。

「あんたは、はァ、あれ百姓と思ったかに……あれヤッコだわァ。……ヤッコ! ヤッコ!……」

この言葉が「乞食」と同義語であることを悟るまでには、女と私との厄介な会話が十分間近くもつづいてからであった。

だが、それにしても私が「ヤッコ」と「百姓」を取り違える程、それほどここの土地の農民の生活は、農村ルンペン「ヤッコ」に近いのではあるまいか!

二、組織のある村

秋田から大館行の列車に乗った時、私はフンプンと魚臭のみなぎった、よごれた紺絣の筒袖《つつっぽ》に雪袴《もんぺい》を穿いた大勢の女行商人が乗り込んでいるのを見た。大きなブリキ箱を紺のよごれた風呂敷で包んで、そいつを腰掛や、車内のデッキへ積み重ねている。フンプンたる魚臭は、このブリキ箱から発散するのだった。

彼女等は、列車へ乗り込んで、座席を見つけるが早いか、直ぐ鼾を立ててグウグウ居睡りを始める。真黒に歯を染めたおかみさんが多かった。

遠い他国から旅行して来た乗客達は、この綵のように疲れ切った女行商人達に、呆れたような一瞥を投げかける。

私の前へ坐った女は、他の女達が眠むってしまっても、自分だけ起きていてセッセと赤い小布れをつづり合わせて、赤ン坊の着物を縫い始めた。爛れたような赤い小さな眼、神経質にピクピク動く額の皺、乾いた鱗のこびりついている赤い大きな手！——

隣席に腰かけていたOさんが、黙って女を眺めて、私に笑いかけた。Oさんの笑顔に気付くと、私は直ぐ女の手から眼をはづして立って行った。

「どう思うね？……」いきなりOさんが訊く。

「魚の行商人かね。」

「そうだ。……朝三時頃に起きて、亭主が八郎潟で取った魚を秋田の市へ持って来て、市でまた安い海の魚を買って行商するんだ。あの女達は一日に三時間と睡る暇がないんだそうだ。」

O氏が小さい声で、そんなことを話した。

八郎潟附近の農民は、大抵半漁半農だ。網元から四分六の条件で船と網をかりて、漁業に従っている。八郎潟は「ワカサギ」や「白魚」の名産地だ。だが近頃では、漁の多い日で八十銭六十銭位いしかならないそうだ。そして亭主の取った魚を、おかみさん達が汽車で秋田や能代へ売りに出るのだが、朝が早くて夜が遅いから大抵の女が睡眠不足で強度な神経衰弱に罹っている。それに猛烈なトラホームである。

「彼女達は、窮乏に追い立てられて、そいつに追い付かれまいとして、夜を日についで働き通しているんだが、結局無駄なんだ。この深刻な恐慌が決して、個人の勤労や努力で解決するものではないんだが……」

無口なO氏がボツボツ話しつづける。

列車が追分、大久保、飯塚……と停車する度に、車内の女行商人が少しづつ降りて行った。一日市《ひといち》へ近づくと、赤ン坊の着物を縫っていた女が、急いでそれを懐へしまい込んで、ブリキ箱の置いてあるデッキへ出て行った。

赤ン坊の着物を縫う暇のない女、そしてその着物を着せる赤ン坊は、一体何処へ置いているのだろう。私は母親が帰えるまで一日中、姉か兄の背に縛りつけられてギアギア泣き叫んでいる赤ン坊を想像した。

私達は、O氏と秋田のK君夫婦と共に一日市へ下車した。日暮れ前だった。駅前へ出た時には、もうさっきの女は見えなかった。赤ン坊の泣き声を思って、一散に走って帰ったのかも知れない。

一日市町《ひといちまち》は、北海道の開墾都市を思わせるようなガサツな町だ。十軒に三戸位な割合で「納税優良」の大きな木札が出ている。不思議に思ったのでK君に訊くと

「なァに、五六年前の成績だよ。今頃、××××××××（期限通りに納税を済ます）余裕のある百姓なんて、ある筈がない」と笑った。

町の掲示板や、駐在所の前には「愛国秋田号」の献金ポスターが出ていた。予算は十九万円で、このうちに出征兵士の慰問金と家族の救援金が含められているのだそうだが、この献金は強制的に各町村に割当てられたものだ。が、しかし何処の町村でも割当の半分額も寄附が集まっていない。

「百姓の言葉ではないが、なけなしの金を××××××、××××××をさせる必要がないってよ。……」

K君が鼻をつまんだような笑い声を立てる。

この一日市町は全秋田で最も古い組織地帯で、隣村の下井川と共に「全農」の強固な組織を誇っている土地だ。支部事務所にはK・U氏が十年一日の如く、農民のよき相談相手として、また闘争の指導者としてガン張っている。小柄な、シェパードのように顎の細い人だが、闘志に満ち溢れて、地主団の執拗な逆襲から「組合」を死守している。

だが、この土地も他村同様に、深刻な農業恐慌から免疫になっている訳ではない。農民も地主も、借金と重税で首が廻わらない。殊にここには五町歩内外の小地主が二百人以上もあるので、彼等の窮迫は想像以上だ。そこで彼等は死物狂いになって、小作人の土地返還、取り上げを迫って来るが、その度に組織の力でハネ返えされるので、泣き寝入りになっている。

先達《せんだって》も田植時の人手のない時期を見計って、五六名の地主と反動小作人が「勤農会」という反動団体を組織して、係争中になっている組合小作人の田地を共同耕作しようとして、早速組合員にかぎつけられて、ただ一回のデモで粉砕された事件があった。そしてその勢いに怖れをなして「勤農会」を解散して、法廷で解決するまでは、係争中の田地に手をつけないという条件で謝罪したそうだ。地主が死物狂になっている結果、こういう事件が最近は矢鱈《やたら》に頻発する状勢にあるそうだ。

夜、日がとっぷりと暮れてから、五六人の組合員が田植え支度のまま、支部事務所へ集って来た。ボロボロのカビの生えそうな絆纏に股引がけで、しかも水浸しになって濡れたままだ。他村の未組織農民に較べて、この土地の小作人には灰色の絶望がない。張り切るような闘争心に燃えている。私が訊ねて行く質問に、彼等は片ッ端しからテキハキと答える。

「不作なら、地主にまけさせるだけだ。」

「借金は××《（棒引）》だ。承知しなければ、戦い取る！」

「組合員同志なら、相互扶助が徹底しているから、その日の米にも困るような百姓はいない。……」

だが……と、O氏とK・U氏が私に囁いた。

「百姓はこの通り元気だ。しかも未組織の小作人と比較すれば、生活も相当に楽になっている。問題はそこにあるんだ。……」

こう前置きをして、両君は私に語る。小作人が楽になって、その生活に落着きが出来ると、自然に「組合」に対して無関心な態度を取るようになり、闘争心が鈍って来る。しかも現在の農民運動は「毛引闘争」から一歩も出ていない現状だ。「組合」に入らない小作人でも、四十人五十人と相当団結すれば、地主に「毛引」させることも出来る。そんな例はザラにある。農民運動の行詰りの一端は、たしかに「ここに」あるんではなかろうか？

私には農民運動の智識は勿論、まるきり経験がないのだから、この質問に答えられる筈がない。黙っていた。――それから秋田市の鈴木某達がやっているファッショ請願運動の影響を訊いた。

彼等の運動は、組織地帯には勿論、未組織の間にもまるっきり影響がない。殊に鈴木の請願運動は、消費組合と医療組合のインテリ・小市民層を基礎にして行われているので、その影響が農村の小作人階級には少しも浸潤していない。

全国各地のファッショ請願運動が、地主、小市民、自作農を基礎としているように、この秋田でもやはりそうである。しかし農民は「ずるい」からファッショの運動が相当の効果をあげて成功し始めたら、重大な影響と動揺をもつのではなかろうか？　恰度、私がここへ来た時には、まだ「大衆党」からも「全農」からも「農村窮破闘争」の指令が出ていなかったが、O氏、K・U両氏の意見は、ファッショ運動に対抗して、その影響をハネ返えすだけの運動を強力に行わなければならないと強く主張していたように記憶する。

三、煙害と凶作

組織のある村から、未組織の農村へ行くと、壁に頭をぶちあてるような暗さを感ずる。私は北秋田郡の矢立《やたて》村、長木《ながき》村、岱野《たいの》村の凶作被害が相当に劇しいと聞いたので、その方面を踏査した。

矢立村は矢立峠の渓谷にある山間の一村落だ。私が行った時は田植時の最中であった。矢立川の水をひいて稲を作るのだが、水が冷めたい上に地味が悪くて、平年作でも一反歩から四五俵しか取れない。昨年は天候不順のために、平年作の半分——即ち五分作以下、土地によっては皆無作であった。

農民は犬の皮を着て、田植えをしている。足がヅキヅキ冷えて二時間置き位いに、田からあがって焚火で暖を取らなければ続かないという。ここでも百姓は、高利の借金に悩んで首が廻らない。税金の滞納で、馬や農具まで差押えられるので、無理に高利の金を借りる。期間は三ケ月毎に書き替えられて複利で計算されるから、知らぬ間に三倍四倍もの借金になって行く。農民の多くは、それで苦しんでいる。それに肥料だ。肥料を借りて、秋、金が返えせない。そいつが、やはり同じ方法で莫大な借金になって行く。挙句が、家を取られ、少しの田地まで捲きあげられてしまう結果になる。

ある百姓は、地主から小作していた田地三反歩ばかりを買い取る約束で、反二百円余、その半端だけを無尽の金を落して支払った。そしてその田が自分の所有になるのだと思って二年間、あらゆる苦心をして税金まで支払っていたものだ。無尽は勿論、地主の担保に取られて名義まで書き替えられていたのを知らずに、その利子まで払っていたのだから堪まらない。無尽の掛金と、税金のために、その百姓はいつのまにか田を売った地主に六百円ばかりの借金をしていた。しかも田地は手付を打っただけだから勿論小作人のものではない。しかもその小作人は、ただ田地を買うという約束で手付金を打ったばかりに、税金と無尽の利子を支払った上に、猶六百円の借金まで背負い込んだ結果になったのだ。

そんな事実がある。小作人も無智だが、それにしても、こんなインチキな詐欺が公然と農村では行われているのだ。

長木村と、岱野村は例年水不足のために水争があるので有名だ。長木川が小坂銅山の煙害地に源を発しているので、水が涸れて灌漑の用をなさないためである。それで近く県知事が視察に来るので、貯水池促進の陳情をするのだと言って騒いでいた。

だから、全農県聯本部ではポスターの製作に忙しい。——

水のことは組合支部へ！

ここは凶作の程度ではないが、やはり全国の農村と同様に、深刻な恐慌の嵐に巻き込まれて、農民は四苦八苦だ。米の生産費が一石に対して約二十四五円、その売値が約十六円。小作料を払わなくとも、約九円近い欠損なのだから、その上に税金や生活費を加えて、どうして百姓がやって行ける道理があろう。縄を綯《な》っても材料もちで一日十二銭にしかならない。機械でムシロ織りをして、二十銭か三十銭どまりだというから問題ではない。

「田植えが済めば、米が一粒もなくなるんだ！」

貧しい百姓達は、口々にこう言ってこぼしている。政府の払下米は一俵（四斗）玄米で七円。現金でなければ役場で売り渡さない。現金がある位いなら、

「何んで昭和三年度の古米を食う必要があるか！」と怒って話す。だが、ここ地方の未組織農民は、口の中で不平をこぼすだけで、闘争することも知らない。

しかも農民の救済のために払下げられた政府米が、村の米穀商で公然と売買されているのだ。役場では百姓の消費がなくてサバけないから、米屋へ委託して売らせているんだと言っているが、実際には一ケ年延納の払下米を村の当局が横取りして米屋へ売り渡し、尠なからぬ利ザヤを貪っているのだ。

この附近は「秋田音頭」で有名な「ワッパ」の産地だが、田植えをしている百姓達は「ワッパ」に白い飯を入れているのは珍らしい。昼飯に鍋を下げて来て、焚火で温めて芋や蕗《ふき》を叩き込んだ雑炊を喰っている。

私は大館へ引返えす道で、荷車に野菜をつんだ中年の百姓と道連れになった。それで青森や秋田の山の奥の凶作地の話をして、この附近でも娘を売ったような話は聞かないかと訊いて見た。すると、百姓は私の服装をヂロヂロに見下しながら、急にソッポを向いて

「知らない。……こんへんでは、そんな話はない。若しあれば毛馬内《けまない》の方だよ。向うは困っているそう

だから。」と答えた。

私は今まで、何度もこういう百姓の態度に出会っている。決して百姓は、自分の村でそんな「悲惨な話」があることを教えない。「自分の村にはないがどこそこではこうだ。」という風にしか話さない。

鹿角《かづの》郡七瀧村は、毛馬内から約二里。この村は、五分作以下だが、どういう訳か凶作地から除外されている。水田約四百町歩、その殆んどが他町村地主に占有されているので、小作人の公課負担が、他村に比較して重い。作柄が五分作以下であるに不拘、小作料は平均三割引に過ぎない。

隣村の大湯村、曙村等が政友会代議士の地盤擁護のために逸早く凶作地の運動を行ったので、米十八石、寄附金五六百円（一戸平均三円）の救済を受けているに反して、この七瀧村だけは除外されているのだ。理由は、この村には貧農が多くて、政治意識が低いために、政友会の地盤でも、民政党の地盤でもなく、謂わば政治的に中立地帯になっているために、政治家の注意を呼ばなかったらしい。

村税の大部分が滞納状態である。どんな貧しい小作農でも一戸平均三十円以上の税金を払っている。五分作以下で、しかも小作料がたった三割の毛引位では、どうして重い納税の負担に堪えられるであろうか？　「愛国秋田号」の献金の割当が百八十円。殆んど寄附金が集っていない。

この村に一軒ある店先へ腰をかけて、宿屋から持って出た握飯を食ったが、驚いたことには菓子箱に一片の煎餅のかけらさえなかったことだ。不景気と凶作のために品物が一つもはけないから、去年から菓子を置かないのだ、とそこのおかみさんが話した。

「一体、お百姓は何を喰っていますか？」

「さあ、私にも分らない。何を喰っているのか、まったく私にも不思議だし、ここの土地は他の土地と違って、鉱山の煙突のために畑物は一切出来ないし、蕨も筍もないのだから。……」

おかみさんは、そんな意味のことを言った。

田からあがって、草の上へ坐り込んで昼飯を食っていた百姓の一家があった。私が近づいて行くと、頬かむりをした親父が急いで「ワッパ」を後へ隠した。何も知らない子供達が、芽の出たサツマ芋を頬ばっている。百姓の夫婦は、私と子供を見較べて、真黒い顔を熟柿のように赧らめた。

私は鉱山の煙害のことを訊ねた。四百八十町歩の畑地と一帯の山林が小坂銅山のガスのために荒廃してしまっている。

「まァ、役場の横から山へあがって見なさい。一目で判るから。……」

百姓は多くを語らないで、山を指《さ》した。私は百姓に指された山へ登った。村落は毛馬内川の谿谷にある。銅山のガスが吹きつけないところだけは、樹木が茂っていたが、一歩山の上へあがって見て、私は呆然としてしまった。

見渡す限りがシベリヤの荒原を思わすような丸坊主の萱《かや》と薄《すすき》の原野である。銅山のガスの被害が、こんなにも劇しいものだとは想像もしなかった。

毛馬内川の谿谷からは、地獄の焰のような硫黄色の毒々しいガスが舞いあがっている。遠くから眺めると、まるで活火山の噴煙を望むようだ。そいつが吹きつけると、あらゆる一切の樹木、建物、畑の作物を腐蝕してしまうのだ。鍬や鎌というような金物でさえ、このガスに当てられると、直ぐ錆びついて腐蝕作用を起す。

この煙害地には、牛馬長根《うしうまながね》、上向《うわむき》、鳥越、鴇《ときと》、藤原という部落がある。砂漠のオアシスのように部落の周囲だけが緑色の木立で蔽われている。大島桜とアカシアだ。この二つの樹木だけが、銅山の煙害を受けないで自由にに発育するのだそうだ。

七瀧村から十和田湖へ八里。私はこの荒涼たる裸の煙害地を横切ることに決心した。行けども行けども、荒涼たる萱の原である。が、萱の中をよく見ると、畑の区画が残っている。昔は地味のよい相当な畑地であったことが判かる。山根、上向等は二十年前には四五十戸を数える部落だったそうだが、銅山の煙害で村民の大部分が北海道へ移住したのだそうだ。ボウボウと萱の生えた原に、屋敷跡の根太石や井戸枠が残っているのも痛ましい。殊に悲惨なのは、神社の跡だ。洞のように腐朽した鳥居と、神殿のあった名残りに瓦の祠が残っているだけだ。

資本主義は神社を亡ぼした。

この悲惨な煙害地に最後まで残っている農民は、牛馬の放牧で暮しているが、或いは銅山の坑夫になって一日六十銭の収入を得ているに過ぎない。山林や所在地のあるものは水田一反歩十円、畑五円、山林一円の煙害賠償金で、かすかに飢餓から免かれている状態だ。従って、一村が殆んど栄養不良に陥っている。

部落の附近には、ガスを受けないように藁囲いをした畑に、大豆や馬鈴薯を植えていた。それだけがこの煙害地から採れる副産物である。

銅山からあがる毒々しい硫黄色の噴煙に巻かれながら、蕃人のように素足で、放牧の牛馬を追って球のように高原を走る幼い牧夫達！　まるで、原始人を見るようだ。

（中略）

四、救済土木事業の行方

五、漁村もまた……

与えられた枚数が尽きたので、被害の最も深刻な津軽半島の凶作地帯を駈足で一巡しなければならない。しかし青森県の凶作地は相当に宣伝されているので、一般的な報告にとどめたいと思う。

青森県の凶作が頻りに喧しく騒がれて、社会の注目を惹くに到ったのは、×××××の閉鎖のためである。最初、県下の凶作を取り上げて「全農」の青森聯合会が小作料の全免運動を開始した時、県当局は「流言蜚語」で取り締ると騒ぎ立て県農会は地主共と結託して盛んに「凶作」でないとデマった。「全農」の全免運動を怖れたからである。

ところが突如、×××××《（第五十九銀行）》が破産した。行員が重役達の不正貸出しを見習い、真面目に働いたって「馬鹿臭い！」と、謀叛気を起して百万円近い行金を横領していた。そのために整理がつかなくって、取り付を喰い、それが県下の全銀行に影響して×××××××××した。一大パニックである！

この××の総破綻に驚いて、県当局、県会議員、代議士、地主が「××救済」のために猛運動を開始した。××の破産は同時に、自分達の破産であるから「尻尾に火がついたように」慌てまくったのは当然である。だが、××の信用状態が悪くて中央に於ける非難が強かったので、最初二千万円の貸出を要求して、×××から五百万円しか貸出されなかった。そこで「萬世橋ホテル」に事務所を構えて、××の救済資金貸出しに奔走していた代議士、県会議員連が突然「凶作」の宣伝を始めた。それは最初「××救済」の搦手《からめて》戦術のつもりだったのだが、反対に予想外の効果があがって、社会の耳目が糾然と「青森の凶作地」へ向けられた。そこで最初は「全農」の全免運動を怖れて「凶作」でないと頑張っていた地主、当局、県農会が「慌てまくって」凶作の被害調査に着手して、忽ち未曽有の「凶作」がでっち上げられたのである。例えば上北郡浦野舘村の如きは、村長が新聞記者を招待して被害農家の実相を視察せしめた。その時前以って調査に出向く農家へ「新聞記者が来たら、蕨の根やカボチャを焚いて喰うように」という村長からの達しがあったそうだ。新聞記者達は、その悲惨な実情を見て、筆を揃えて浦野舘村の深刻な被害を書き立てた。県下でこの浦野舘村が最も古くから実際以上に宣伝されているのは、村長のこの「智謀」のためであった。

最もよく宣伝されている地方が、必らずしも被害の甚大な凶作地ではない。宣伝と救済の裏には、政党関係があり、県会議員の地盤の争奪の暗躍、地主や町長、村長等の何等かの「企み《たくら》」がある。他の地方に率先して「凶作宣伝」を行った浦野舘村では、馬匹協会から来た救済金を、農民の滞納税金に差引いている。同じく蔵舘村に於ても、養蚕資金を貸出して滞納税金を差引いている。

上北郡四和村《しわむら》では、製炭資金を貸出して、税金を差引かないで、農民組合員と村長が××××を演じた。

県下全般に行われている救済土木事業は、請負師に渡されている。そして特殊な場合を除く外、「他から傭入れる」規約が無視されて、農民の救済ではなく、宛《さなが》ら請負師の「救済」の感を呈している。政府の払下米、その他低利資金の貸出しについても、極めて卑劣なインチキが村の「政治家」によって行われ、農民の救済には少しも役立っていない。

一例を挙げると農村救済のために貸出される低利資金は、勧銀から直接に信用組合や産業組合へ融通されて農民の手に渡るのと、市町村の保証で、農民が連名で借入れるのと、この二つの方法が制定されている。しかし実際には、一方は信用組合の借金整理に利用され、一方は農民の滞納税金の整理に利用されている有様だ。

政府米の払下げは、一年間の延納を政府で認めている筈だのに、村役場から農民の手へは現金でなければ渡されない。現金で払下米の買えるのは、少数の地主か自作農に限られている。だから払下米を買う必要のない地主や村会議員が買占めて行って、信用組合に貸付けたり、小売商へ売りつけて利ザヤを貪っているのだ。――これが××の「農民救済」の実際である！

私が歩いた津軽半島は、平均三分作。俗に「沼べり」という十三潟附近は皆無作であった。私がこの悲惨な地方を歩いて特に考えさせられたことは、この地方の疲弊が昨年の凶作に限られているのではなく連年打続いて深化して行く農村恐慌の結果に外ならないということである。

しかも地主の誅求《ちゅうきゅう》が甚しくて、農民は一般に疲弊し切っている。その上、日本海に面しているために天候に恵まれず、地味が悪い。この地方は一般に平年作の時でも反当り三俵から五六俵の収穫しかない。それで地主に半分の小作料を取られるのだから、必然耕作面積が多くなる。小作人は平均二町歩以上の田地を耕作しなければ、「飯にならない」そうである。だから労働の強化が行われ、小家族ではやって行けないから大家族制度になる。

私が木造町《きづくりまち》で聞いた民謡に「弥三郎家」というのがある。これは十からなる数え歌であって、姑にいぢめられる嫁御が大家族制度を呪った歌である。

一つ家、木造新田の相野村
　村のはづれ、この弥三郎家
……………
三つ家、三つ道具揃えて貰った嫁

貰ってみたれど気に喰わぬ、これも弥三郎家
……………
六つ家、無理な親衆につかわれて
十の指ッ子から血ッ子流す、この弥三郎家
……………
九つ家、ここの親衆が皆鬼ッ子
親が鬼ッ子だば子も鬼ッ子、この弥三郎家

こんな調子の歌である。また一方に作反別が多くて、一人でも人手を失いたくない農民の気持が、次のような「ジョンカラ節」になって現われている。

これは公然と盆踊りに歌われる××制度に対する一種の××《（呪詛）》である。

（歌詞《（原文のママ）》削除）

またこの地方にのみ見られる「借子《かりこ》」と称する一種の農奴制が残っている。一年に米十二俵少くて五俵位な僅かな報酬で、十五六から適齢前の青年を「借り」て酷使するのである。帝制ロシアの農奴と同じく、彼等も主人には絶対服従を強いられ、言語に絶する虐待を受ける。冬農閑期になると、行商までさせられる。こんな非人道的な制度が存在することは、同時にそういう「借子」に出なければならない深刻な窮乏が一方に存在するためである。

この地方の凶作農家では、昨年の秋から「シダ粥」を啜って生きて来た。「シダ」というのはシイナ《（粃＝不稔もみ）》を石臼に挽いて粉末にしたものだ。それに馬齢薯や、葱、薬用菜葉を刻み込んで粥に煮るのである。そ

んなものでも多く食われては困るというので、それにアザミの葉を混ぜて節食して、辛じて生きている始末だ。アザミの葉を混ぜれば、苦がくて食が進まないからである。

政府の払下米は現金。貧農には、米を買うだけの現金がない。車力村、田村、中里村、内潟村等は「全農」の強固な組織地帯である。車力村の組織農民は村会へ押しかけて、××××の廃止を決議させた。そして補助金千五百円を凶作農民の減税に当てる要求を獲得しているが、県当局が許可しない。こう青森市外新村では×××××××××××××、政府払下米の一ケ年延納を実行させた。こういう風に組織地帯の農民は闘争によって、凶作飢饉の抜け道を講じているが、未組織地帯の農民の生活は暗澹たるものだ。

田植えが済めば、どこの村にも米がない。一戸二三円からの救済金の割当があったが、それもほんの申し訳に過ぎないもので、決して農民の飢餓を「救済」することにはならない。ある村の如きは、飢え死するのを待ってはいられないからというので地主の倉庫を秘かに内偵した結果、米を百俵持っている地主は一人もなかったそうである。それで却って小作人の方が呆れたというような事実がある。

この農村に較べて、更に悲惨なのは、十三村、小泊、下前、脇元というような漁村である。全然田畑を持っていないこの地方の漁民は、文字通りの飢餓に陥っている。小学校の教師や駐在所の巡査のところへ押しかけて、味噌や米を強要する女房まであるそうだ。飢餓の前には、恥も外聞もなくなっているのであろう。

この地方の漁村は、所謂「津軽衆」と言って、北海道の鰊場やカムチャッカ行きの出稼漁夫の出るところだ。ところが今年の鰊場稼ぎの前借高が一人二十五円。この中から支度金を出すのだから手取り十七八円しか残らない。この金が家に残した女房子供の三ケ月間の生活費だ。これが二月の中旬から五月頃まで。五六月頃から十月頃までは、カムチャッカ行きの出稼ぎがある。二三年前まではロシアの国営漁場へ行けば、七八百円の金を残して帰ったそうだが、今年の契約は皆無だ。日露《(魯)》漁業でも一村二十人平均しか契約しなかったそうだから、漁師は殆んど失業状態である。この契約が三十円内外。

　私がこの方面を歩いた時は、ちょうど鰊場から出稼ぎ漁夫が帰えって来る最中であったが、鰊漁が不漁で大抵の人達が旅費その他に借金を背負って、帰ったそうだ。中には、女房から旅費を取寄せて帰った者もある。三ケ月間過激な労働に従事して、借金になって帰えるとは、何んと無茶な話ではないか！　だから、漁村では殆んどが絶食状態である。火にかけていた粥鍋も盗まれたとか、近海でイカ釣りをしていた漁師が、朝飯を抜きにして働いていて空腹でブッ倒れ仲間に抱えられて家に運ばれたとか、そんな悲惨な話はザラにころがっている。

　農村窮迫事情をオモチャにする者、喰いものにする奴等の面皮をひっぱがせ！

　税金は一文も集らない。それで各町村役場の基本財産は一銭も残らず「底をハタいて」しまっている。無論小学教師の給料などは払えない。四、五月の二月間に一人平均三升宛の配給米を借りて、それに昆布や海草類を混ぜて辛じて飢えを凌いで来た。

　近海で取られるイワシやイカ、ボラを背負って、この地方の女房は、八里十里の道を朝三時頃から起き出して、金木町方面へ行商に行っている。帰えりは、夜の九時十時過ぎになるそうだ。そして得る賃銀は、僅か四五十銭止りである。

　飢餓が漁村を追っかけている。追っかけられまいとして、女房は必死になって、果敢な努力を続けているのだ。餓死の前には、恥も外聞も見得もない。だから、××××持って行けば「××××間だけ」漁師のおかみさんが「×××なる」そうである。

私は十三村の渡船場で、北海道の鰊場から帰える漁師が四五人で二十銭の渡船賃を強硬に値切っている光景を見た。そして一刻も早く家へ帰りたいと焦っているのだが、そんなに急いで帰った家の中に何を発見するだろう？

出典：『改造』昭和七年八月号（第一、二、三章）、同九月号（第四、五章）（改造社）
解題：テキストの周縁から　P738

満洲から帰った花嫁

一

番頭の吉井が帳場へ坐って、ゆっくり煙草を吹かしていると、奥の間から女中のお清が赤い顔を覗けた。片手に濡れた雑巾をぶら下げていた。

「ねえ、番頭さん。浩一郎さんが、奥さんをお貰いになって、満洲からお帰りになるんですってね!」

「へえぇ、奥さんを?」

吉井は初耳らしく、大袈裟に吃驚した表情をした。「いったい、旦那さんが御承知なすったのかね?」

「承知なさるも、なさらないもないわ。もうあちらをお立ちになって、お帰りになる途中なんですって!……だけど、浩一郎さんが気に入ってお貰いになった奥さんだから、どんなにキレイなお方でしょうね。」

お清は、何かをあこがれるような眼をした。

「若旦那も相変らず乱暴だなあ。お詫びも入れないで、突然女をつれてお帰りになるなんて、仕様がないね。大旦那も勘当なさった手前、黙ってお家へお入れになる筈もあるまいし、困ったことだ!」

彼は、また主人親子の間に立たされる苦しい立場を考えたのか、うんざりした顔付をして、新しい煙草に火をつけた。

——ちょうど、私はこの時陳列戸棚のガラスを拭きながら、お清と番頭の会話を聞いていた。私はこの履物問屋へ奉公したばかりで、まだ半年にもならなかったので、若旦那がどんな人か知らなかった。

だが、中学時代から女遊びを始めて退校になり、それからずっとグレ出して、店の金を持ち出したり、そこいら中に借金を作って、旦那や店の者を散々に手古摺らせた放蕩者だと聞いていた。そして最後に町の芸者をつれて満洲へ駈落したのが、三年前だった。

ところがその女はひどい悪者で、芸者屋の主人とグルになって、旦那を脅迫して金を捲き上げ、浩一郎からは手切金を取って、直ぐあちらで別れてしまった。この時、浩一郎は旦那から

——もう親でも、子でもない。三千円の金を最後と思って呉れてやるから、それで自活の道を立てるとも、女狂いに費いはたしてしまうとも勝手にしろ！

と、強硬な絶縁状と、金を叩きつけられたのである。若旦那は女に呉れてやった手切金の残りを資本にして、あちらで知り合いになった友人たちと、特産物の買付に手を出したり、内地からゴム靴を輸入して売り捌いたりして、三年間のうちに相当な成功を納めているという噂さだった。

旦那は頑固一点張りの、物堅い律義な商人だった。私はこんな旦那に、どうして放蕩無頼な息子が生れたのか、不思議に思った。そして何故か、その若旦那に皮肉な好奇心を感じていたのである。思い切った道楽をする位いだから、きっと物解りのよい、さっぱりとした若旦那に違いないと思った。

昼過ぎに、私が裏庭の土蔵の前で、荷作り用の空箱を片づけていると、お清が裏口から私の名を呼んだ。

「松どん、松どん！　……旦那さんが、お出かけですよ」

彼女はひどくガッチリした女で、自分の受持以外の用事には、一寸でも手を触れようとしなかった。

私は新米だったから、主人一家の人たちが外出する時には、必らず下駄を揃えなければならない。これが、私の仕事の一部分であった。

私は裏玄関へまわって、下駄箱から籐表の下駄を取り出した。

「お店の方へ、おまわし。」障子の奥で、主婦の声がした。

旦那は酒臭い息を吐きながら、私が揃えた下駄の上へ、白足袋の足を下した。

「どうもねえ……。リュウマチが病めて仕方がないから一週間ばかり山の温泉へ行って来るよ。後はよろしく頼むぜ。」

「はい、かしこまりました。どうぞ、ごゆっくり行ってらっしゃいませ。」

番頭の吉井が、店の端まで送って出て、女のように行儀よく手を突いて挨拶した。

旦那はゴホンゴホンと空咳をしながら、車に乗った。車夫が駈け出して、車が動き出してからも、幌の中で旦那の咳がしていた。

表へ出て旦那を見送っていた主婦が、車が見えなくなると、店の中へ引っ返えして来て、吉井に言った。

「ねえ、吉井。お前にはいつも心配ばかりかけているから言わなかったが、こないだ満洲から手紙が来てね。……浩一郎がお嫁をつれて、帰って来るそうだ。旦那さんは、絶対にあんな親不孝者は家へ寄せつけないと、大へん怒っておられるんだが、急に何を思い出したのか、温泉へ行くと言ってお立ちになったんだよ。勘当した手前、御自分がここにいられては、浩一郎を家へ入れることが出来ないので、急に温泉へお立ちになったんぢゃないかと思われるがね。旦那さんのこのお心の万分の一でも、浩一郎に通じてくれたらね！……」

「ごもっともで、……はい。」

「でねえ。浩一郎が帰って来たら、本人の心持も聞き糺し、女の素性もよく調べた上で、お前ばかりに心配をかけるようだが、直ぐ温泉へ行って、旦那さんのお心持が柔ぐように取りなしてお呉れでないか？　こんどこそは本人も改心するだろうし、旦那さんも誰かが仲へ入って元通りになることを望んでいられるんぢゃないかと思います。何んといっても、親一人子一人の仲だからね！……」

私は店先に突っ立ったまま、ポカンと口を開けて——年を取っているが、歯並の美しい主婦の口元から漏れる、これらの言葉をきれぎれに聞いていた。

二

若旦那夫婦が満洲から帰ったのは、旦那が温泉へ立ってから、三日目の夜更けだった。

店は十時に大戸を下して、私たち小僧は十一時に就寝することになっていた。番頭の吉井は通いだったので、夜の八時にはお店を退いて帰るので留守だった。

私たちがぐっすり眠むっていると、地方の得意廻わりを専門にしている中僧の金田が、突然——

「おい、松公起きろ！　若旦那のお帰りらしいぞッ！」と怒鳴って、私を蹴起した。

金田が真先きに飛び起きて、店の電気をひねると、五人の小僧たちが、眼をこすりこすり布団の上へ起きあがった。

私が店のくぐり戸を開けると、車屋の提灯が見えた。提灯の明りで足元を照らされながら、若い支那服まがいの洋装をした女が、頭をかがめてくぐり戸をくぐった。

プーンとかすかに甘い体臭が、鼻を打った。直ぐ続いて三十前後と思われる、立派な口髭の生えた紳士が
「やあ、みんなを起して済まないなあ。……」と、大声で笑いながら、店の土間へ突っ立って、背を伸ばした。

商人の息子とは思えなかった。私は冒険心に富んだ、太ッ腹な威丈夫を感じた。

車夫から、私は重いトランクを受取った。

店の者が六人、目白押しにならんで「おかえんなさい！」と挨拶した。

若い奥さんは、ニコッともしないで、冷めたいよく光る眼で、不思議そうに、ぢっと私たちを眺めていた。

「まあ、浩一郎ですか？　おかえんなさい！　まあ、どうして電報を打たないんですか？」

主婦がオロオロしながら、店の間へ飛んで出た。彼女はうろたえて、息子の返事も待っていなかった。

「まあ、このお方が、お前の……」

「そうです。」

「初めまして……」

母親がキチンと手を突いて挨拶をした。若い奥さんはキョロンとして、顔色も動かさなかった。

主婦が慌てて頭を擡《もた》げた。若奥さんは、そっと若主人に寄りそったまま、痛いように澄んだ瞳で、悲しそうに顔色の歪む母親をみつめていた。

白蠟のように動かない表情。透き通るように青白い横顔。狐のように、心持ち吊りあがった長い眼尻

「あれッ、まあッ、……浩一郎、お前は！……」

母親は突然、狂ったように叫び出した。「た、れ、かッ！　……ああッ、松どんお前、吉井を直ぐ呼んで来てお呉れ！」

「はい……」

私も変に狼狽《うろた》えながら、人通りの杜絶えてしまった表へ飛び出していた。私は呼吸《いき》を切らして走りながら、若奥さんが、いつか見たことのある支那人の女奇術師に似ていることを思い出した。

——こいつは、ことによると、チャンコロだぞッ！

口喧しい主婦が、面喰って騒ぎ立てたことも面白かった。それから若奥さんが、支那人だと見抜いた自分の空想が愉快だった。

私は兎のように跳ねながら、番頭の家へかけ込んで、雨戸をぶん殴ぐった。

吉井は直ぐ着物を着替えて、出て来た。彼は私に並んで走るように大股で歩きながら、若主人夫婦の様子を、色々と訊ねた。

私は有りのままを答えた。

「ええッ、……支那人だって！　ほんとか？　……」

彼はびっくりして、こう叫ぶと、お店の一大事とばかりに、裾を蹴って走り出した。私は番頭の背中に顔をくっつけて、両手で臀《しり》を煽ぎながら、ついて走った。

——騒げ、騒げ！　……無茶苦茶に騒ぎよ、でっかくなれ！

忙しくコキ使われるだけで、無味単調な小僧生活にあきている私は、火がパチパチ燃えさかるように、騒ぎの大きくなることを望んだ。

吉井と、私が店へ飛び込むと、明々と電気のついた店の間に、小僧たちがしょんぼり、一かたまりになって坐っていた。奥の座敷からは、主婦のヒステリックな怒り声と、嗚咽《おえつ》と、若旦那がしきりに何かなだめている囁きが聞えた。

お清が、店と台所の通路に立って、ぢっと意地悪い顔をして、耳をかたむけていた。私は刺繍で模様の縫ってある支那靴が、店の土間へ行儀よくキチンと揃えて脱いであるのを、見つけた。

踵《かかと》のない支那靴は、赤ン坊に穿かせるラシャ靴のように小さくて可愛かった。

間もなく、奥の間から吉井が出て来て、真青な顔色をして、私たちに言った。

「おい、おい。お前たちは、何をしているんだ。もう寝《やす》んでもよろしい！……」

三

だが、私の期待に反して、お店の騒ぎは、急に変な具合になったのである。

翌くる朝、番頭の吉井は一番列車で、山の温泉へ飛んで行ったし、主婦は台所へ出て来て、お清に何にかにと指図して、息子夫婦をもてなすことに一生懸命だった。私たちが朝、顔を洗っていると、お清が
「ねえ、ちょいと……」

と、口をすぼめて中僧の金田を台所の隅っこへ引っぱって行って、内緒話を始めた。

「若旦那の奥さんはねえ、日本人なんだけれど、物心のつかない赤ン坊の時から、支那人の手へ渡って、育てられたんですってよ。だから、日本語が、ちっとも通じないんですって！　気の毒だわね。……」

小僧たちは、大人の口から、ちょっとでも珍らしいニュースを聞き出そうとして、耳を針にしていた。主婦は妙にソワソワして息子夫婦の離れと、台所の間を、休みなく往来して店には一度も顔を出さなかった。

若旦那がつれて帰った女は、お千代と言った。彼女は三歳の時母を失って、支那人の乳母の手で育て

られたのである。彼女が五歳の時、たった一人の父親は、国家的なある任務を帯びて、奥地へ旅行したまま行方不明になってしまった。

そして彼女は、まったくの孤児となって、支那人夫婦の手へ残されたのである。ちょうどその時日露開戦の機運が急迫して、在留邦人のことごとくが、内地へ引揚げの準備に忙殺されていたので、孤児となって残された不幸な彼女に、誰一人気付くものがなかったのである。

開戦と同時に、支那人夫婦は彼女を伴って、黒龍江省の草深い田舎へ帰って行った。彼女はそこで、支那人の娘として育てられ、支那人の女となって成長したのである。

若旦那が商用で旅行した時、偶然彼女の気の毒な境涯を聞いて、ひどく同情した。そして莫大な養育費を支払って支那人の手から彼女を貰い受けて、結婚したのだった。彼女は支那人として育てられはしたが、彼女の血管には、やはり正しい日本人の血が流れているのだ。異民族の中から一人の同胞を救いあげて、立派な日本婦人として育て直すことは、決して無意義なことではない。同胞として必らず為さねばならない義務だ、と考えた若旦那は、世のあらゆる冷評冷罵を覚悟して、彼女を内地へ伴って帰ったのだった。

その日の夕刊には、この記事が「感動の同胞愛、感激の結婚美談」として、特別の大見出しで飾られていた。

私がこっそり駅の売店から買って来た新聞を、小僧たちがかわるがわる便所へ忍ばせて行って、出て来るとひどく感奮した顔付をして
「フーム、やはり若旦那は偉いんだなあ!……」と、小賢しく腕組みをして、胸の上へ顎を落して唸る小僧があった。

夕方、車を二台ならべて、大旦那と吉井が帰って来た。日が暮れると親類縁者の者が集って、奥の座敷で賑やかな酒宴になった。いい機嫌になった旦那が

「浩一郎には、親として色々文句もあるが、しかし同胞を救い出した行為には、親としてではなく、日本人として異議をさしはさむ理由がないからのう！」

と、声高に、得意になって何度も繰り返えすのが聞えた。

その日以来、店の陰気な空気は、がらッと変ってしまった。支那人として育てられた、不愍な奥さんを、店の者と家族が全体となって、いとおしくいたわるような、なごやかな雰囲気が生じたのである。

大旦那は店へ坐って、いつもニコニコしていた。主婦は若奥さんにかかりっ切りで、行儀作法を仕込むのに夢中だった。若旦那は暇さえあると、離れ座敷へ引っ込んで、奥さんに日本語を教えていた。

「アイウエオ」

「ア、イ、ウ、エ、オ……」

声だけ聞くと、無邪気な小学一年生だった。だが、その奥さんが、不似合な丸髷に結って、胸を反らせながら、外足でバタバタ歩く姿を見ると、悲惨な感じがした。しかし誰も気の毒に思うだけで、笑わなかった。

いたづら盛りの私たちでさえ、不愍な若奥さんに同情して、親切に会話の相手になるのだった。

「コレ、ナニ、アル……」

「これは、何んですか？」

「コレ、ナンテ、スカ？」

「電気！」

「テンキ」

「奥さん、これは何んですか？」

「ケタ！　……ケタ、アル。……イヤ、ケタ、ナイ。ケタ、イル」私たちが、ひちくどく説明し出すと、彼女は直ぐ泣くような表情をして、頭を抱えるのだった。

「アタシ、アタマ、イタイ！　……タメ、タメヨ！」

彼女は一生懸命に、日本語を修得しようとして焦っているらしかったが、どのように血管の中だけに、日本人の血が烈々と迸《ほとばし》っていようとも、短期間に日本人並みに喋れる筈がなかった。

真先きに、悲鳴をあげたのが、女中のお清だった。

「ねえ、聞いて頂戴！　汚たないったら、ありゃしない。洗面器で足を洗って、その水もかえないで直ぐ顔を洗うのよ。どこへでも支那人みたいにペッペッと唾をはくしさ、どこに日本人面《づら》があるかね。やっぱり支那人よ、あの女は！……」

そして彼女は、若奥さんの入った後でお湯を使うと支那人臭い匂いがするとか、湯殿や台所の流しへ、不浄なものを落したとか、捨てたとか——そんな風な愚痴を誰にでも大っぴらに並べたてるのだった。

「あれ、お清！　何故壊れもしないお皿を捨てるんですか？」

と、主婦がとがめでもしようものなら、彼女はヅケヅケと口返答するのだった。

「若奥さまが、果物を召上って、お皿の中へ唹をお吐きになったんですよ。この手拭はね。やはり奥さんが、足の裏をお拭きになったものですから、汚たなくって！」

主婦は可愛いい息子の花嫁のために、小笠原流か何かの作法を教えているのだった。若奥さまは作法を教っているうちだけは、痛そうに足を折って坐っているが、作法が済むと忽ち立膝をして、金紗か何かの着物の袖を、うるさがって男のように捲くり上げる。そして緋鯉が泳いでいる泉水の上まで、プップと手ぎわよく唆唾を飛ばすのだった。

この習慣だけは、いくら教えても、注意しても直らなかった。

「シカタ、ナイ……アシ、イタイ！」

——彼女は膝を伸ばし、後手を突いて、のうのうと背伸びをするのだった。

「まあ、呆れた女だね！　それでもお前は日本人なのかい！……」

主婦はすっかり呆れてしまって、間もなく礼儀作法の仕込みを放擲してしまった。そのかわり「そら！　その手、その足、その口！……」と、事毎に彼女の欠点を捉えて、物尺《ものさし》や鏝《こて》がピシピシ飛び出すようになった。

「アイヤ……　アイヤ……」

彼女は手ばなしで、歌うような調子で、悲しげにオイオイと泣くのだった。不釣合に大きな丸髷をふるわせて……。

曲芸を仕込まれる猿のように、不愍な若奥さまは、一そう不愍で、いぢらしいものになった。だが、もう誰も親切にいたわろうとはしなかった。

若旦那だけが、時々離れ座敷で、日本語を教えていたが、それさえ教えている時間よりも、二人の間にズタズタに引き裂かれた教科書が散らばって、折檻されている時間の方が多かった。

店の空気は、僅か三ケ月ばかりの間に、陰気な、トゲトゲしいものに一変してしまった。大旦那は黙りこくって、若旦那と顔を合わせるのも厭がったし、鈴を振るような主婦の笑い声も消えてしまった。

食い物のセイもあったろう。若奥さまは、日に日に青白く痩せ衰えてしまった。私たちは気の毒に思いながら、よく人のいない土蔵のかげや、離れの一室に閉じこもって、泣いている奥さんの姿を盗み見たものだ。だが、彼女は気の弱いモルモットのように、奉公人を見てさえビクビク怯えていた。

四

若奥さまがサッソウとして、この上なく美しいものに思えたのは、支那人の物売りが店へ来て、しつこく金網細工だとか、反物などを押し売りする時だった。彼女は奥から駈け出して来て、口に溢れるような声量で、流れるような支那語を、立てつづけに浴びせかけるのだった。

本物の支那人は、支那人ならぬ異様な日本婦人の口を衝いて出る、流暢な支那語にたまげて、眼を白黒させながら逃げ帰るのだった。

ところがある日だった。ひどく図々しい支那人が来て、「若い奥さんに会わせろ！」と、店へ坐り込んで動かなかった。若旦那が奥から飛んで出て怒鳴りつけると、支那人は太々しい面魂で振りかえり、振りかえり

「アンタ、オクサン、ニホンジン、ナイ！　……シナジン、アル！」と、ゆっくり落ち着いて出て行った。

「何に！」

「ナニ？……ナイ。シナジン、オンナ、アワセロ！」

支那人は、しばらく店の前へ立ちはだかって怒鳴っていた。

それを帳場格子の中で、番頭の吉井と差し向いで、銭勘定をしていた大旦那が見かねて

「おい、浩一郎、ちょっと、ここへ来てお坐り。」と、若旦那に言った。

そして低い声で、何か言い争いを始めたと思ううちに、突然、若旦那が真青に昂奮してぬッと起ちあがった。

「どこまで、この僕を曲解するんだ。僅か三月や四月で二十年も養われて来た古い習慣が抜けるものかッ！ ……よしッ。それほど誤解しているんなら、たった今から女を連れて出て行く！」

若旦那は、奔流の堰《せき》を切ったように叫び立てた。

——旦那も、大旦那も、世間の取沙汰を聞いていたのであろう。私が丁稚車を曳いて、下職の鼻緒屋や、塗物師の職場へ製品を集めに行くと「おい、小僧！ お前のうちの若奥さまは支那遊廓の娼妓上りだというぢゃないか。勘当になった若旦那が、向うで事業に失敗して食いつめたものだから、手ぶらではお店へかえれないので、支那女を身請けして一芝居打ったのさ！……」と、噂していた。——旦那が、その点に触れたに違いなかった。

主婦や番頭が、どんなになだめても、一度堰を破った若旦那の感情は納さまらなかった。その日のうちに荷作りをして、こんどは若奥さまに、ひどく身についたピカピカする支那服を着せて、愴惶《そうこう》として出て行った。

私と中僧の金田が、丁稚車にトランクを積んで、駅まで送って行った。

若旦那は私たちを駅のビヤホールへ案内して、金田にはビールを、私には冷めたいソーダ水を取ってくれた。昂奮がさめたためでもあるのか、若旦那の顔には、妙に精気のない皮膚のたるみが見えた。

「ねえ、金田……。帰ったら、お前から父によろしく言ってくれ。感情にまかせて、父とあんな風に喧嘩別れをしてしまったが、よく、お詫びしてくれないか。だがねえ……俺はこの女をつれて満洲へ帰った方が、やはりこの女のためだと思うんだ。生れ落ちるときから、支那人の手に育てられた女だから、すっかり支那人になり切っているんだ。今更、日本人にしようたって、無理だ。女が可哀そうだよ。もともと僕がこの女の犠牲になる気だったんだから、僕の骨を支那の土へ埋めるのが本筋だ。……ぢゃねえ、父にも母にもよろしくね！　二度とこの僕が内地の土を踏むこともあるまい。……」

話している若旦那も、聞いている金田も、私も……ボウダたる涙にむせぶのだった。

黒い支那服にサッソウたる美しさを加えた若奥さんが、手巾を噛み、なよなよと肩を震わせて泣くのだったが、私は何故かその姿に、不愍とも、いぢらしいとも感じなかった。反対に、非常に気高い美しさを感じたのである。

――彼女は自由な故郷へ放たれるのだ！

私は何度も涙に潤んだ眼をあげて、サッソウとして美しい、若奥様の支那服姿を、恍惚と見惚れたのだった。

出典：『文化集団』昭和九年一月号（文化集団社）

解題：テキストの周縁から　P739

支那ソバ屋開業記

一

日が暮れかかると、屋台を洗ったり、七輪の火をおこしたりして、商売に出る支度をしなければならない。私は支那ソバの流しを始めてから、約二ケ月余りになるが、いざ支度をする段になると、ひどく憂鬱になる。車を曳くことにも馴れ、ソバのゆで加減なども相当熟練して来たが、毎日、日の暮れる度に襲われる、この憂鬱な、暗い気持だけには、いつまで経っても馴れるということがない。「あーッ、ア……」と、無気力な欠伸《あく》びを連発する。それから、やおら神輿《おみこし》をあげて、仕事着に着かえる。棒のように硬くなったふくらはぎにゲートルを巻きつける。

そして道端へ抛り出してある屋台の前へボンヤリ出て行って、星の瞬き始める夜空を、いつまでも苦がり切った顔付をして見上げるのだ。黒い鴉《からす》の群が、高圧線の櫓を掠《かす》めて、ガアガア啼きながら、どこかの森へ帰ってゆく。血のような夕映えにぬば玉色の翼を輝かし、時には姿さえ見分けられない暗澹たる雨空に、はしゃいだ啼声を落しながら。……

私は陰気な腕組みをして、頭を振り振り考える。鴉にさえ一日の終りには、平安な休息があるのだ。だのに、この私は、地獄の階段を下りて行くように、これから真暗い街の底へ出て行かなければならないのだ。

——これが、生活というものだろうか？　と疑い始める。人間一匹が虫ケラのように、ただ喰《くら》って、一日々々と生き延びて行くだけのものならば、生活というものは、まるっきり無意義なものぢゃないか。だが、生活の内容に意義があろうと、なかろうと、生活しなければならない要求が、生活なんだ、と反省もしてみるんだが、結局厭なものは厭なんだ。どれほど頭の中だけで解決しようたって、私の重い、暗い気持は、少しも晴れようとはしない。

鉛の外套《がいとう》でもかぶせられたように、頭も、心も、手足までが、地べタを引き摺るように重い。暗い。――屋台を曳き出してしまえば、それほどでもないんだが、どうしてこの瞬間に、こうなのか私自身にも、さっぱり訳が解らない。

私はいつまでも腕組みをして、陰気臭く星空ばかりを眺めている。私がこんな風では、女房が一番に困る。だから、彼女は機嫌よく亭主を送り出すために、腫物にさわるようにハラハラしながら、屋台の支度を手伝い始めるのだ。背中では火がついたように赤ン坊が泣き立てるし、赤ン坊を泣かせ過ぎて、私に怒鳴りつけられはしまいかと気を揉みながら、彼女は七輪の火をおこしたり、ランプの掃除を手伝ったりする。

私にも、可哀そうなほど彼女のビクビクしている気持が解る。だが、何故彼女がそんな風に、自分から進んで私の気持を引き立てようとするのか、その気持の裏を考えると、またこいつが憂鬱の種だ。

「畜生奴。どこまで、この俺を馬車馬みたいに、コキ使う気でいやがるんだ！」と、危ぶなく爆発しそうになる。

「だって、仕様がないぢゃないの？」

彼女の涙のたまった目顔が、そう無言で答えると、私も意気地なくヘナヘナとなってしまう。彼女は私が文豪になることも、立派な力作を書くことも望んではいないのだ。ただその日その日が、どうにか暮して行けさえすれば満足なのである。それ以上の慾も、野心もない。私が文章で飯が食えなくなれば、支那ソバ屋になろうとも、土方で稼ぐとも、それはあたりまえのことぢゃないか。――と、至極簡単明瞭に片づけてしまっているのだ。

私の女房は、雑草のように、生活力の根強い女だ。だから、如何なる私も、彼女の内に燃えている、この烈しい生活意欲の前には、絶対に頭が上がらない。人類のあらゆる高遠な理想も、高邁な思索も、彼女に取っては、生活力の乏しい無能力な人間の世迷い言《ごと》位いにしか考えていないのである。

「あーア、どうにでもなりやがれ！　畜生奴……」

私はブツクサ口叱言を並べながら、厭々商売の支度に取りかかるのだ。そして銅壺《どうこ》の湯がシュンシュン煮立って来ると、重苦しい感情を呑んだまま、重い屋台をゴットンゴットン曳き出すのである。

それから家の前の坂を、女房が後押しをしてくれる。赤ん坊が大きな頭を帯の上からブラブラさせながら、彼女の背中で眠むっている。

「トウチャン、行ってらっしゃい。」

四つになる上の男の子が、眠むい眼をこすりこすり、坂の下で怒鳴っている。——この小さな倅は、私が屋台を曳き出すまでは、どんなに宥《なだ》めても、すかしても眠むろうとはしない。私たちが屋台の掃除をしている間中、私たちの周囲をウロウロして、醤油の罎《びん》や、海苔《のり》の缶を家の中から運び出して、少しでも親たちの手助けになろうと心がけているようだ。夕飯を食って腹がふくれると、グズッたり、拗ねたりして、母親を手古擦らせているが、いざ私が屋台の支度に取りかかると、サッと泣きやんで、眠むい顔をこすりながら、表へ飛び出してくるのだ。そして少しでも親の助けになろうとして、葱の切れッ端を捨てるとか、砥石を台所へかえすとか、そんな風な用を、私から云いつけられるのを待っているのだ。

この小さな倅もまた、大きく成長するためには、私の健康な労働に縋らなければならないことを、無意識に知っているのであろう。だから、この小さな倅までが、私を機嫌よく商売に出そうとするのである。

　彼は、私が坂の上から見えなくなってしまうまで、怒鳴っている。

「トウチャン、行ってらっしゃい！」

「よし、よし、行ってくるぞ！」

　私も重い気持を蹴っ飛ばすように、坂の中途で車を止めて、大きな声で怒鳴りかえすのである。手を挙げて呼んでいる小さな倅、母親に負ぶさっている赤ン坊、背の低い女房――その惨《みじめ》な一家族が、町内でつけている街灯の光の輪の中に佇んで、私が坂の上から見えなくなるまで、いつまでも見送っているのである。

　私は眼頭が熱くなる。

「何もかも忘れて、可愛いい子供たちのために働かなければならない！」

　だが、これまでに如何に多くの人々が、私と同じように本能的な肉親の愛情に溺れて、高い理想を捨ててしまって、ただ生活のためにのみアクセクして、時の流れの上に、虫ケラと同じように醜い死骸を横たえて来たであろうか？　それを考えると、私は一層絶望的になって、明るい街の灯も、雑踏する美しい散歩者の姿も眼に入らない。大きな口を開けている暗黒の闇の中へ呑まれてゆくような、真暗い気持になってしまうのである。

二

　支那ソバの笛。こいつが、またひどく憂欝な代物である。私は多少コックの経験があるから、支那ソバ屋になっても、そう大して不自由はしなかったが、こんな商売に笛のむづかしさがあろうなんてことは、夢にも思わなかった。

が、いざ支那ソバの流しを始めて見ると、このチャルメラが思うように吹けないのだ。吹けないどころではない。てんで鳴らない。

私は最初一日がかりで、チャルメラの稽古をして、どうにか鳴るには鳴るようになったが、あの物悲しい、空腹を訴えて泣くような、あの調子が全然出せない。音楽や歌の好きな人にはチャルメラの調子を出すことなんか、ちょっと練習すれば雑作のない話だが、生れながらの音痴と来ている私には、こいつが並大抵の苦労ではない。

支那ソバ屋になって、もうかれこれ二ケ月を過ぎるのだが、いまだにチャルメラの調子が出ないのである。支那ソバ屋とも、豆腐屋とも、按摩さんともつかない、調子っぱづれな出たら目な笛を流して歩くのだ。今では馴れっちまって、通りがかりの人でない限り、そう物珍らしく笑わなくなったが、最初は散々ひやかされたり、馬鹿にされたものだ。自転車に乗って通る小僧が、わざと私の顔を覗き込んで

「あれッ、何んでえ？　豆腐屋かと思ったら、ソバ屋ぢゃねえか。」と、冷かしながら走り抜ける。

私の下手な笛が聞えると、店の中から人々が走り出て、大騒ぎして、私を迎える。そして私がゴットンゴットン屋台を曳いて通り過ぎると、それらの人々が腹を抱えて笑い崩れるのだ。

思わず、私は真赤になる。そんなことが、一晩に一度や二度ではない。行く先々で起る出来事なのだ。如何に飯を食うためとは言いながら、いい加減にウンザリしてしまう。中にはもっと意地のわるい奴がいて、わざわざ私を呼び止めて置いて、

「ソバを一杯食おうと思ったんだが、お前の笛を聞いていると、急に不味《まず》くなって、もう食う気がしな

くなったよ。」なんて、捨科白《すてぜりふ》を残して、ぷいと行ってしまうのだ。

私は何度、笛をへし折って、道の上へ叩きつけようとしたか解らない。あるカフェーでは、私の笛が聞えると、きれいに装飾された造花の店の中から、ドッとばかりに若い女給たちの爆笑が挙がるのだ。最初私はお客と何か冗談口を叩き合っている女給達が、ドッと吹き出しているのだろう位いに思っていたが、それが毎晩なので、私の笛が笑われていることに気がついた。それから私も意地になって、毎晩その前を通るたびに、プウプウ下手な笛を吹き立てた。そんなことが暫く続いているうちに、女たちも私の笛に飽きちまって、笑わなくなった。そして今では、私がそこを通りさえすれば、女給のうちの誰かがワンタンか支那ソバをつき合ってくれる習慣になってしまった。これなどは、私のまるっきり予期しない逆効果だ。

笛の上手な支那ソバ屋になると、誰が誰だか、ちっとも区別がつかない。だから、同じコースを毎晩のように流して歩く支那ソバ屋は、他人の笛と区別するために、自分の得意な流行歌を選んで、そいつを専門に吹いて歩く。私などは最初から笛が下手で、私位い下手なソバ屋は、他に一人もいない訳だから、他人の笛と区別する必要が全然ない。それだけ気が楽だ。だが、こういうのも、私の負け惜しみであって、下手より、やはり上手な方がいいと思う。毎晩夜半の一時過ぎから二時三時頃になると、高円寺のカフェー街には、五台も六台もの支那ソバ屋の流しが集っている。そんな連中の中へ押しかけて行って、如何に面の皮の厚い私でも、笛を吹く勇気にはなれない。

またこのチャルメラという代物は、吹くのにむづかしいばかりではなく、ひどく壊れ易いのだ。笛の先きにストローをさし込んで、それを糸でかがってあるだけのものだから、ちょっと歯に触れても割れるし、道へ落せば先きが潰《くだ》けてしまうし、乾燥した位いでも、直きヒビ割れてしまう。髪の毛で突いた程の小さな裂目が出来ても、もうチャルメラは鳴ろうとしない。ひどく神経質な、こわれ易い厄介な代物なのである。

しかもこれが壊れると、直すのに馬鹿骨が折れる。麦笛と同じようなものだから、ストローの切り加減や、糸のかがり方一つで調子が出るのだ。だから、笛の下手な私には、その呼吸を探り当てるのに、また人一倍の苦心が要るのだ。

お客が屋台に立て混むと、狼狽《あわ》てて笛を取り落す。自動車を避けようして、車のテギに笛の先きをぶっつけて壊してしまう。そんなことで一晩に二度も三度も笛を直さなければならない。夜の時間はドンドン経ってしまう。また狼狽て出す。すると、笛の方で今度は依怙地になって、ちっとも鳴ろうとはしない。夜更けて、人家の軒端でプウプウ鳴らしていると、喧しいと怒鳴りつけられる。屋台を人家のない道のまん中へ曳いて行って、屋台のランプの明りを頼りに笛を直すのだが、私は最初の頃ソバを一つも売らないで、一晩中笛の直しにかかっていたことが、三度ばかりある。

そんな時には、気ばかりが焦立って、手元が狂うだけで、笛の調子がちっとも出ない。まるで笛が生きもののように、反抗するのだ。まったく泣きたく、なっちまう。

私が屋台の支度にかかって、さて曳き出そうとして笛を直し出すと、女房が急に暗い顔をする。

「笛を直され出すと、傍の者まで気が気でないわ。商売に出ても、今晩は笛がよく鳴ってくれればいいが、とそればかりが気になって仕様がないわ。」

彼女は夜中にふと眼がさめて、気短かな私が、額に青筋を立てて焦々しながら、笛を直す姿を考えると、おちおち眠むる気もしないと言う。隣家の妻君も——この人の亭主が、私に支那ソバの要領を教えて呉れたのだが——私が夜更けて帰ってくると、必らず小窓から顔を出して、ソバが売れたか売れないかなんて聞く前に、真先きに笛が鳴ったかどうかを心配してくれるのだ。

それほど、下手くそな私の笛には、近所の人達までが、神経質に気に病んでくれるのだ。支那ソバの笛！——私は世の中に、これほど厄介なものがあろうとは思わなかった。

三

笛が鳴らない時には、きまってソバが売れない。殊に鳴るには鳴るが、調子が悪くて、力一杯息を吸い込んで、ピイピイ吹き鳴らすような時には、妙に後頭部を刺戟して、脳貧血でも起す時のようにめまいがする。そんな笛を吹くのは、とても苦しい。ちょっと直せばよいのだが、若しいぢくり廻わして鳴らなくしてしまえばコトだと思うから、無理に我慢して吹くのだ。

そんな時には、折角ソバが売れても、何んかかんか叱言《こごと》を喰うのだ。私がソバを始めて二三日経った頃だった。吹き辛い笛をプウプウ鳴らして歩いていると、後から小倉の小学生服を着た子供が、私を追っかけて来て、ソバを五つ註文した。私は屋台をその家の前まで曳いて行って、ソバを銅壺へ放り込んで、丼を揃え、葱をきざんだ。ソバをあげるのも一つや二つなら楽だが、もう三つ以上になると、余程熟練しないと、丼の中へ手際よく盛り分けられない。金網のタマでゆだったソバをすくい分けて、水を切るのだが、下手をすると三つ分も四つ分も一ペンに掬い上げてしまう。それをかまわず丼へ移すと、汁がドブッと溢れてしまうし、それを箸で他の丼へ盛り分けるのに、ひどく手間取る。お客を眼の前だと、第一素人臭くて、見っともない。

それにそんなことでマゴマゴしていると、銅壺に残っているソバが、ベトベトにゆだり過ぎてしまう。

ソバの呼吸は、火加減と、玉のあげ方一つである。これさえ熟練すれば、何んでもない商売だ。だが、その時はソバを始めたばかりの時だったので、すっかり間誤ついてしまって、生ゆでのソバを食わしてしまった。湯もぬるかったのかも知れない。ソバを届けて暫くすると、そこのおやぢがカンカンになって、ほんのちょっと箸をつけたばかりの丼を突っ返えして来た。

「おい、ソバ屋！　一口食ってみろ。こんな生ゆでのソバが食えるかい！」

私は指先きで、ソバをつまんで口へ入れてみた。なるほどゆだっていない。歯でかむと、みんな歯糞になってしまうように、ニチャニチャして歯の上へ粘りついてしまう。これはいけない、と思って、直ぐ丼を五つ道端の溝の中へあけちまって、新しいソバを銅壺の中へ放り込んだ。

何か文句をつけようとして意気込んで出て来たおやぢだったが、私が惜し気もなく丼を溝の中へあけちまったので、ひどく呆気に取られた形だった。暫く私の不馴れな手附をニヤニヤしながら見ていたが

「君が素人だと思うから教えるがね。ソバは狐色にサラサラあげて、色が艶々していなけりゃ、本当にゆだっているんぢゃねえよ。いいかね。……それから汁のダシは何を使っているのかね？」と、新しいソバがゆだって、丼の中へ盛りあげてしまうまで、くどくどとソバの講釈を聞かせるのだ。

口惜しい話だが、商売だから「ハイハイ」と聞いていなければならない。後で丼を下げて来て、屋台の前で洗っていると、そこへ通りかかった別の支那ソバ屋の流しが

「おい、あの家で出たのかい。散々文句を聞かされたろう。あそこのおやぢは、もと××駅前で支那ソバの屋台を出していたんだよ。それで新米のソバ屋が通ると、二つ三つ註文しては、何かと因縁をつけるんだ。それが、あのおやぢの酒の肴さ、今夜も飲んでいたろう。」と、笑って話した。

それから二ケ月の間、毎晩のように、その家の前を流すのだが、二度とソバの註文をしない。

支那ソバ屋だって商売だから、何んでもかんでも儲けさえすればよい、という訳ではない。やはりそれ相応の良心がある。生ゆでのソバを食わせたりなんかした時には、後でいつまでも気持がわるい。殊に出前の丼を下げて来て、箸のつかないソバがそっくり残っている。ちょっと一つまみ食って見ると、生ゆでだ。しかも註文だけの金が、そのままお盆の上に載かっているというような時のバツの悪さ！　二度と註文がなくなるのは、もとよりだが、そんな心配よりも商売以上の恥辱を感ずるのだ。ソバを売る以上は、美味しく食って貰いたいのが人情だ。その人情が欠けたとなると、変に心苦しい、味気ない感じが、心にわだかまるのである。

ある夜更けに、夜更けと言っても二時三時過ぎだから、夜明けに近かい。そんな頃、私はカフェー街を流して歩くのだが、ある一軒のカフェーで酔っ払いの女給がソバを七つ註文した。裏口から出前を持って行って、暫くしていると、二階の窓から酔っ払いの女給が首を突き出して喚めき出した。ゆで損いのソバを喰わしやがって、どうして呉れる、というのだ。私も負けずに、そんな筈がない、と下から呶鳴りかえした。

すると直ぐ別の若い女給がトントン階段を下りて来て、あの人は酔っ払っているんだから気にしないで呉れ、私たちは美味しく食べたのだから、と私を取りなしてくれた。だから、私もそれっきり相手にならないで、屋台の前にしゃがんで煙草をふかしていると、酔っ払いの女が益々窓から首をもり出して来て悪態雑言を浴びせかけた上に、ソバをゆで直せというのだ。

私は腕を組んで、頑固に黙りこくっていた。するとソバの数だけの女給が、裏口からゾロゾロ出て来て私の屋台を取り囲んだ。

「ほんとに、済まないね、ソバ屋さん！　あの人は酔っ払うと、癖が悪いんだよ。こんど埋め合せをするから、ゆで直してお呉れよ。のびっちまっているから、ゆでる真似をして、熱くしてくれればいいから。」

女たちが心配そうにそう云うから、古いソバを捨てて、新しいソバをゆでて丼へ盛り直してやった。朋輩の一人が、それを持って二階へ上がって行ったが、直ぐ引っ返して来て、もう酔っ払って寝ちまったという返事だ。私は腹が立つより呆れてしまった。

「まるで男の酔っ払いみたいに、我が儘な女給さんだね。」

と、笑った。が、誰も返事をしなかった。あの酔っ払いの女が、みんな奢《おご》ると云ったんだが、寝っちまっちゃ仕方がない、とブツクサ叱言を言いながら、皆んなの女給がてんでに帯の間から小さなガマ口を出して、食っただけの金を屋台の上へ置いて行った。酔っ払いの分まで、誰かが出していた。

彼女達は、明け暮れ酔っ払いの相手ばかりしている女給さんだ。彼女だって人間だ。女だって酔っ払えば、自分達より弱い誰かを取っつかまえて、クダでも巻いてみたくなるのは人情だ。私は酔っ払いの女給からクダを巻かれて、この時ぐらい朗らかになったことはない。

出典：『改造』昭和八年十二月号（改造社）

解題：テキストの周縁から　P742

苦力監督の手記

×月××日

支那街の夜は、泥沼の底だ。

俺は店の仲間と別れると、立て続けに二三ケ所で梯子酒を飲み歩いて、へべれけに酔払った。そして北市場の平康里《ピイカンリ》へ泥んこになって転げ込んだのが、夜中の十一時過ぎでもあったろうか。

そこは、俺が三年越し行きつけになっている馴染の妓楼だった。汚れた啖唾《たんつば》でねとねとしている暗い土間に、木のベンチを持ち出して首の白い、けばけばしい化物が、見世物小屋の客寄せのように、音なしく、つんとして並んでいる。

金鳳蘭《チンフォンラン》の部屋は、鶏屋《とや》のように狭苦しい、不潔な小部屋だ。部屋の半分が土間になり、土間には古ぼけた鏡台と、腸のはみ出た椅子が一脚置いてあるきりだ。後の半分がアンペラ敷きの炉房《カヌファン》で、襟を油で浸したような真黒い夜具が敷き放しになっている。枕元には漆の剝げた葛籠《つづら》と薄汚れのした肌衣と靴下が、部屋の片隅へ突っ込んであった。それだけが、女の全財産だ。

でれんでれんに酔払っていた俺は、寝床《チンチョワン》へ仰向けにひっくり返ったままだった。そして、両足を駄々ッ児のようにふり廻わして、何か訳の分らないことを口走っていたことを、かすかに覚えている。

金鳳蘭はスネーク・ウッドのように、しなやかな女だ。黒色の長上衣《チャンクワーツ》が、細いしなやかな身体に、ぴったり纏いついた風情は、何んとも言えない。俺がぞっこん、首ったけに惚れていたって、これ位のチャン・ピイなら、どいつの前へ出たって、大威張りだ！

「酒だ、酒だ！　酒を持って来やがれ！」と、俺は怒鳴り散らす。

「まあ、そんなに酔っていて、まだ飲みたいの？」

「癪だからだ。酒を持って来るんだ。何もかもぶち壊してくれる！」

「癪にさわるからって、酒を飲んだり、ぶち壊したりしたら、猶損をするぢゃないの。」

「マーラカ・ピイッ《（くそったれ）》！　損得を考えてけちけち酒が飲めるかってんだ！」

女は暴れ狂う俺の足から靴を脱がせて、寝房《チンファン》の上へ寝かせた。そして洋服のポケットからガマ口を抜き取って検べていたが
「ある、あるわ。ぢゃ、寝ていなさい。直ぐ持って来るからね。」

と、言って、すべっこい瑪瑙《めのう》のような頬っぺたを、不精髭でざらざらする俺の頬っぺたの上に押しつけた。

俺は突然、馬鹿のように、げらげら大口を開けて笑い出した。


…………………………

…………………………


「ねッ、大変だ。起きなさい！」

布団をはねて、烈しく揺り起されたので、はっとして眼を醒すと、金鳳蘭が貝殻のような冷めたい口唇を、俺の耳へ押しあてていた。

「ショマ《（なに）》？」

まだ船酔いのように、頭がふらふらしていた。意識朦朧として、咽喉がひりつくように渇いている。

俺は女を杖にして立ち上がると、あわてて窓のカーテンをひき絞った。星明りの空から、パン、パン、パンッ、ド、ドドンッ……と物凄い銃砲声が、ひっきりなしに飛び込んで来る。

俺は一瞬のうちに、宵に別れたばかりの野上との口論を思い出した。

「おい、君は一体どうなんだ？　君の立場は？」

野上にも酒が廻わると、理屈っぽく相手にからみつく癖があった。

「議論か、議論なら、止せ、止せ。断あるのみぢゃないか！」

「君は黙っとれ、俺は水谷に訊いているんだ。君に訊いているんぢゃない。」野上が真青な顔をして、田上の虎髯を睨みつけた。

俺は眼だけでにやにやしながら、迷惑がって盃の滓《おり》を甜めていた。俺がこんな表情になると、倍も年取ったように、爺々むさい顔付になるのが、自分でもはっきり分っていた。

「もう、いいから止せ。歌おう、歌おう。」

如才のない広田が二人の間へ両手をひろげて、手を振りまわしながら、軍歌を怒鳴り出した。

店の奴らは、酒を飲むと忽ち昂奮して、議論をおっ始める。そうでない時には、きまって軍歌だ。何故、彼奴らがそんな風に昂奮して、泣いたり、笑ったり、激怒するのか、俺にはさっぱり訳が分らない。

「まあ、野上さん。お酒の上で議論なんて、野暮ぢゃないの？」

「何が、野暮だい！」

「水谷さんだって、日本人ですもの。あなたと、同じ意見に決まっているわよ。」

「え、えらいぞ、お君！ その通りだ。日本人の気持は一致している。××をおっ始めろ、だ！ ××に反対する日本人は、一人だってこの満洲にはいない筈だ！」

虎髯の田上が、銚子を喇叭《ラッパ》飲みにして、我が意を得たりとばかりに、雫のたれる胸元を拳骨でぶん殴った。お君は、野上の膝にもたれて、にやにやしていた。

野上秀夫は店のおかみさんの実弟で、おやぢに取っては義弟だ。それを笠に、ことごとに威張り散すのが癖だ。

それに植民地へ来て、二三年もごろごろしていると、誰もかれも一っぱしの愛国者づらをする。そんな田上のような、軽薄な手合も癪だ。

俺には「この俺を見ろ」という気持があるんだ。いいか、俺は渡満して十二年になる。最初の七ケ年を鄭家屯の特産商へ奉公して台無しにした。店の信用も得たし、これから独立して特産の売買に手を出そうとした時、突然内地の金融パニックで店が破産したのだ。

それから今の江口組のおやぢに拾われて、小使とも苦力の世話役ともつかない仕事にコキ使われて五年になる。向う飯で、月に三十円だ。その五年間に、月給が現状のまま鐚《びた》一文だって、上がりもしないんだ。

俺の苦しい、血の出るような、十二年間の生活が、はっきりと何を教えているか、だから、俺は人並に安価な昂奮や感激に酔えないのだ。

それが野上や、店の奴らの気に喰わないのだ。俺は勝手にしやがれって気で、汚れた餉台《ちゃぶだい》へ片肱をついて、野上の血走った眼を避けながら、旨くもない酒をちびちび甜めづっていた。安物の泥人形のように、顔だけをまっ白に塗りたくったお君が、みんなにお酌をしながら、袂《たもと》でやたらに欠伸《あくび》を抑えている。座が白らけ切って、糞面白くもないこと夥しい。俺は黙って、座敷からこっそり抜け出してしまった。

それから二三ケ所で梯子酒を呷り、へべれけになって、金鳳蘭の寝床へ転げ込んだのだ。

それが正確には、昨夜の十時過ぎだ。

俺は金鳳蘭につつき起されて、最初の銃声を聞くと同時に、いよいよ始まったなッ、と感じた。これは後で聞いたことであるが、日露戦の志士故津久居平吉翁の通夜の席上で、突然真夜中の銃声を聞いた×××隊のK少佐が、あれは実弾の音だ！　と叫んで、矢庭に屋外に走り出たそうである。が、この俺にも今夜の銃声が実弾か、そうでないか位の判断は、突嗟についたのである。

予期していたとは言え、流石に俺にも立竦むような意外な感じがないでもない。ぐいッと身体の引き緊るような胴震いがした。殷々《いんいん》と砲声が轟く度に、建物が小揺ぎして、壁紙の裏へ泥が落ちるのだ。

時計を出して見ると、一時過ぎだ。廓の中はごった返えしている。

「おい、何処だろう？」片手で女の細い肩先をつかまえて訊いた。

「北大営《ペータイイン》らしいと、人々が話し合っているんだがね。どこでしょう？」

俺は部屋のドアを蹴倒すように、蹴開けて店の中庭へ出て見た。夜空は降るような星明りだ。

金鳳蘭も土間へ跳び下りて、あわてて布靴《プーシェ》を突っかけていた。

垢染んだ汗衫《ハンシャン》一枚に、袴子《クーツ》をひっかけたままの女たちが、寒そうに肩をすくめて、袴子の下帯を締めながら、中庭の隅へかたまっていた。ド、ド、ドドンッと下腹にこたえるような太砲の音が、矢つぎ早に聞える。一瞬間、砲声の轟きが熄むと、夜の天地がシーンと不気味に静まり返える。すると忽ち、静寂の林を薙《な》ぐような機関銃声だ。

暗い巷路は、どこも真黒い人だかりだ。俺は支那人の群れを順々に押し分けて、見晴しの利く大通りへ出て行った。

「どうしたんだ。太砲の音がするのは、何処だ？」

俺がこう訊くと、相手の支那人は闇の中でぢろッと眼を光らせて、横を向いた。

「日本人《リーベンレン》……日本人《リーベンレン》……。」

気味の悪い囁きが起る。俺が金鳳蘭の部屋へ帰えりかけると、後からぞろぞろ支那人が蹤《つ》けて来るような気がした。

不意に、俺は敵地にいる不安を感じた。

俺は遠くから、門前の群集に混って、砲声の轟く夜空を見上げている金鳳蘭の姿をみつけて、手を振った。

「おい、おい。俺は、もうこのまま帰るぜ。」

「あら、どうして？」

彼女が走り寄った。「いなさい。何んでもないじゃないか。わたし達には、ちっとも関係がないんだから！」

「いや、そうは行かない。店のことが気になるんだ。また明日来るよ！」

「ぢゃ。あんたも、やっぱり兵隊《ピンタイ》なんだね！　そうだろう。」

「プタヌ《(バカ言うな)》！　お前は俺がどんな仕事をしているか、知っているぢゃないか。」

「あ、そう、そうだわね。ぢゃ、間違いなく、明日来てね。左様なら。」

彼女が黒い人だかりの中から、白い手をふるのを見ながら、俺は大通りの闇の中へ消えて行った。

暗闇の北寧線の構内を飛び越えると、ごみごみした貧民窟の街裏から、突然鉄板を射抜くような、響の高い一斉射撃。わあッとその銃声で猟犬に追い捲くられる兎のように、大勢の支那人が露路という露路から、子供を抱え、老母の手をひいて、喚めき叫びながら、構内へ溢れ出て来た。

「迫撃砲工廠だ！」

「危ぶない！　アイヤ」

女や子供たちの魂消るような悲鳴。俺はこの時、ふと背後に轟々たる車輪の唸りを聞いたので、はっとして振り返えると遼寧総站を発車したらしい無灯火の特別列車が、満鉄クロスをめがけて快スピードで駛《はし》り去るのを認めた。これも後になってだが、張学良の参謀長栄臻《えいしん》が、王以哲軍の苦戦、城内の混乱を尻目にかけて、張学良の第一夫人を伴って真先きに混乱の奉天から逃避したというゴシップを耳にしたのであるが、或いはこの時の無灯火列車が、そうではなかったかと考えられる。

それは兎も角、俺は無我夢中で、この時恐怖に怯えた人々の流れをかい潜っていたのだ。間もなく夜空に苔蒸した皇寺の喇嘛《らま》塔が、黒々と聳えているのを見て、南市場から商埠地の境界線へ出たことを知ってほっとした。城内でも交戦が行われているのか、馬車《マーツァ》や東洋車《トンヤンツァ》に家財道具を満載した避難民が、ぞろぞろと商埠地へ雪崩れ込んでいる。彼等は商埠地から更に附属地の方へ、泣き叫びながら、汚い濁流のように押流されて行く。

するとと突然、避難民の頭上で、銃剣がぎらぎら光り出したと思うと、車と馬と群集が一塊りになって、どっと後へ押し戻され始めた。群集の流れの上に、異様な鉄兜が、遠くからだと大きな松茸のように漂っている。

「巡査のヘルメット帽かな?」と、思いながら、俺が群集を押し分けて、前へ出ると、

「スイヤッ(誰《だ》)?」と、革くさい武装者が、土嚢と鉄条網の前へ立ち塞がって、いきなり俺を怒鳴りつけた。

「僕です。日本人です。」

「よしッ、通れ。」

そう言い棄てて、前へ行き過ぎようとした兵士が、突然廻われ右をした。

「おい、お前は水谷三郎じゃないか!」

すっかり様子が変っていたので、見それていたが、夕方「月乃家」で別れたばかりの野上ではないか。

俺は呆気に取られて、野上の颯爽《さっそう》たる軍服姿を見上げたまま、暫くは口が利けなかった。

「おい、貴様は、この戦時に、どこをうろついているんだ。早く返えれ。店がテンテコ舞いぢゃないか！」

口調までが、軍隊式にキビキビしている。俺は暗闇のM病院のアカシヤの柵に沿うて、走りながら、彼奴が在郷軍人分会長だったことを思い出した。

さっき、夕方まで俺たちと一緒になって酒を飲んでいたんだが、と思うと俺はいつ非常呼集が行われたのか、不思議に堪えなかった。

×月××日

店の帳場には、眩ゆいばかりに電気がついていた。窓も、ドアも、開け放したまま、誰の姿も見えない。

ワイシャツの袖口を肱の上までまくり上げて、いつも事務机に噛りついている野上は、たった今土嚢の前へ立ち塞がって、避難民を追払っていた。

玄関口を覗いて見たが、いつも見馴れているおやぢの赤革の長靴も見えなかった。声と足音を聞きつけて、だぶだぶに太り返ったおかみが、眼をこすりながら白い寝巻のままで奥から出て来た。

「まあ、水谷かい。この騒ぎを他《よそ》に、お前は一体何処へ行っていたんだい。お前の家へ二度も使いを出したんだよ。本当にお前は、仕様のないトンチキ野郎だよ！」

おかみは散々に俺をキメつけながら、電話が鳴り出したので、机の上へ手を伸ばして受話器を取りあげた。

「さあ△△ビルからだよ。直ぐ行ってお呉れ。おやぢも、田上も、みんな行っているそうだから。」

まだ夜も明けないのに、△△ビルの本社へ一体、どんな用事があるのだろうと訝りながら、俺は浪花通の薄暗がりを真直ぐに走った。

附属地は、大変な騒ぎになっていた。武装警官隊のオートバイ。軍用トラックの疾駆。白い腕章の自警団員。日の丸や新聞社旗を翻えしたタクシーの頻繁な往来。……

まだ銃声はやんでいない。豆のはじけるような機関銃声が、間断なしに聞えるが、街は気圧されたように、どこかシーンとしている。商店の軒下や、街角には、町の人々が寄り集って、不安な顔付をして、銃声の響く暁の夜空をぢっと見上げていた。

俺が忠霊塔のある広場を横切って、△△ビルの正面玄関から、慌てて飛び込もうとすると、

「おい。」と、強い声で呼び止めたものがあった。

玄関傍《わき》の暗闇の中で、もぞもぞ動いている苦力《クリー》の中から、田上の髭面が顔をあげた。苦力を指揮して、土嚢の防壁を作っているのだ。淡い街灯の光りを頼りに、支那大工《ムージャン》が板を削っていた。

田上は手についた砂をはたき落して

「この騒ぎに、またチャンピイかい。のん気だよ、貴様は！」と、俺の背中をどやしつけた。

広い室内にも廊下にも、眼に見えないゴミの煙幕が濛々と立ち昇り、天井から落ちる豪華なシャンデリヤの光りが、靄に包まれたようにかすんでいる。手拭やハンカチでマスクをした社員や守衛が、がやがや立ち騒ぎながら、テーブルや、戸棚、うづ高い書類の山を取り纏めていた。そいつを片ッ端しから、苦力が蟻のように這い寄って、階下の地下室へ運び出してゆく。

俺がぼんやりそこへ突立っていると、広田が走り寄った。顔から手拭をはづして、口早に言った。

「おい。ぼんやりしてないで、三階へ行って呉れ。三階へ！　苦力の奴が、愚図々々して、ちっとも動

きあがらないんだ。」

「一体、何んだね？　会社の夜逃げかい？」

「馬鹿！　………《（××××）》が、今朝の九時に、ここへ引越して来るんだ。もう後五時間だ。」

「××からかい？」

「当りまえだ。大車輪で頼むぜ！」

広田の奴は、こう叫ぶと、ぷいと何処かへ立ち去った。

俺は急行で十二三時間もかかる××の距離を考えながら、呆然としてしまった。広田の口振りだと、まるで隣からでも、ちょいと引越して来るような話だ。

俺が三階へあがって、二時間もすると、間もなく夜が明けた。号外の鈴の音がヂャンヂャン表を走り出した。

時々、思い出したように小銃の音がするだけで、賑かに街の夜が明け放れた。

広田の奴が、真先きに号外をふり廻わして、三階へ駈けあがって来た。

「大勝利だ。大勝利だぜ！」

鼻の頭と口を手拭でしばりつけた、大掃除の日そっくりのサラリーマン達が、何にもかも放ったらかして、広田の号外を取りかこんだ。

「ほうッ、北大営も無電台も占領か！」

「東大営攻撃中。……」

「何にッ、柳条溝《（湖）》の爆破だって！」

一枚の号外が、あっちへこっちへ引っぱり凧だ。誰が音頭を取ったともなく、いきなりゴミの渦巻の中で、手が林のように挙がった。

――万歳ッ！　万歳ッ、万歳ッ！

セメンの半樽みたいな、胴の太短かいおやぢが、三階へ駈け上って来た。五尺あるなしの小男だ。不似合に長い赤革の乗馬靴が、一層この男を、ちんちくりんな格腹に見せている。

「おい、水谷！　水谷！」

おやぢが俺を呼びつけた。

「飛行場も、兵工廠も、無抵抗占領だ。城内の満鉄公所と連絡がついて、さっき撫順部隊が入城したらしいぞ。」

おやぢの言葉で、また酔払ったように二三人が手を挙げると、みんながそれにならって、もう一度万歳だ。

俺が叱言だろうと思って、腰を屈めながら近づくと、

「ご苦労。ご苦労。……」と、笑って、金歯を見せた。

金口の煙草を箱ごと寄越したので、一本抜いて返えそうとすると
「無いんだろう。やる！」と言った。

滅多にないことだ。叱言かと思うと、ひどく御機嫌がよい。これも滅多にないことだ。

「ええと、……大分片づいたようだな。ここは広田に任かして置いて、お前は呉海《ウーハイ》の苦力を有りったけ掻き集めて、地方事務所へ行ってくれ。」

「仕事は、何んです？」

「行けば、判る！」

怒ったんぢゃない。ズボンのケツへ手を突っ込んで、銀貨の音をさせたと思うと、五十銭銀貨を四枚つかみ出して、一枚を残して、三つだけ寄越した。

「徹夜ぢゃ、眠むいだろう。まあ、これで一杯景気をつけて、やってくれ。」

俺は吃驚してしまった。こうおやぢの御機嫌がよいと、手が廻わり切れないほど忙しくなるぞ、と思った。

戦争の朝とは思えない、朗らかさだ。暗闇にもぐもぐ動いていた苦力も、大工も、田上も見えない。ビルディングの正面玄関には、土の香のぷんぷんする、新しい馬蹄形の胸壁が二ケ所に築いてあった。新しい歩哨舎が一夜で出来あがって、色の生白い兵隊が立番していた。見た顔だと思っていると、兵隊がいきなり捧げ銃をした。

何んでぇ。俺と同じ町内に住む酒屋の番頭ではないか。笑わしやがる！

「何んだ。荒川君ぢゃないか。おどかすなよ。」

「はっ。」

×月××日

一週間になった。その間、落着いて眠むった日なんて、たったの一度もない。大抵は列車の発着の隙を見て、詰所の椅子によっかかって眠むるのだが、うつらうつらしたと思うと、直ぐ電話だ。

「三番ホーム。軍用列車到着。」

係員が上衣をひっかけて、出て来る。兵隊がヤケに苦力を怒鳴りつける。

食糧や弾薬函や、時にはトラックやタンクの積み卸しだ。弾薬や砲弾は、腫れ物に触わるようだし、個数の間違いがあってはいけないし、まったく痩せるほど気を使ったり、配ったりしなければならない。

事変突発の翌日には、三千キロのM鉄沿線から、一兵もあまさず支那兵を撃退していた。だが、まだ戦争はやたらに続いているのだ。無限に積み出される弾薬。無限に送られる食糧。

停車場にも、附属地にも、城内にも兵隊が溢れ返えっている。市街は、たら腹血を吸った蛭《ひる》のように、身動きがならない。どこの家庭にも平均五六人の兵隊が宿泊しているし、宿屋、料理屋は勿論、学校、民会、倶楽部、あらゆる公共の建物が、カーキ色の兵隊でごった返えしている。

風を切って疾駆する自動車、オートバイ、サイドカー、運ぶものも、運ばれるものも、凡てが兵隊だ。革の匂い、軍靴の音、喇叭の響き、万歳のどよめき。

そして日に何回となく軍用列車が仕立てられて、水が引くようにカーキ色の隊列が前線へ送られてゆくが、直ぐその後へそれ以上の兵隊がつめかけて来る。

あわただしい戦時風景だ。

俺は今日は何んだか、鉛のように頭が重く、おまけに眠むくて仕方がない。九月も、もう後一日だ。珍しく空の晴れた、明るい一日だ。

俺は番小屋から出て、皇姑屯《クォンクートン》の陸橋を越えて行く支那人の群れを見ながら、胸をはって深呼吸を始めた。冷やりっとして、胸のすくような空気だ。ホームから万歳のどよめきが聞える。

また軍隊の出動だろう。

倉庫の横っちょで、十五六人の苦力が膝を立てて、その上へ顎をのせて、ぬくぬくと日向ぼっこをしている。その中の一人が、馴々しく俺に話しかけた。

「ジャングイ。いつになったら、戦争が済むんだろうね？」

「そんなことは、俺には解らねえ。お前たちに、何も関係のあることぢゃないぢゃないか。お前たちは碌すっぽ眠る暇もなく忙しくって、至極結構《テンホウ》ぢゃないか。」

一口話しかけた苦力は仲間と顔を見合わせて、そのまま黙り込んでしまった。

俺は考える。石炭屑と垢とで、椎茸のようにまっ黒くなった耳で、彼奴らは毎日の…………《（××××××）》を、一体どんな心持で聞いているのだろうか！

俺が支那人の腹の中をたち割りたくって、むづむづしたのも今日だ。

俺は突然体操をやめて、苦力の一人を靴先で押しのけ、草の上へあぐらをかいた。靴で押しのけられた苦力は、顔色一つ変えずに、尻をよぢって、俺に場所をあけた。

田上が俺の名を怒鳴りながら、せかせかとこちらへ歩いてくるのが見えた。

「おい、大将！　お互いに御無沙汰してたが、どうだい。仕事の方は？」

「ああ、どうもこうもないよ。寝不足で気ばかりが立って仕様がない。」

「もう一つ、あの方もだろう。」

「馬鹿！」

田上の髭っ面が、巣ごもりの熊のように、きたならしく汚れている。

「俺の方は、守備隊さ。馬小舎を建てるんで昼夜兼行の騒ぎさ。」

「何か用かい？」

「交代だ。おやぢが直ぐ帰れってよ。」

「何んだろうなあ、畜生。」

「軍機漏らすべからずさ。行けば、判る！　と来らあ。それから店へ帰れば分るが、あの洋服乞食が、横柄な面構えで、帳場へガン張ってるぜ。」

「へええ、あいつがか？」

俺たちが「洋服乞食」というのは、事変前内地から渡って来た洋服放浪者の須藤のことだ。強い近眼鏡をかけた、キザな歯の浮くような野郎だ。日本人仲間から、どのようにウルサがられても、叮嚀なお叩頭《じぎ》だけを忘れないで、根気よく就職口を頼み廻わるので、そんな悪口で、呼ばれるようになったのだ。

「都合よく戦争になったものだ。でなかったら、野郎、どっかで野垂れ死をしていたぜ。」

「ぢゃ、頼むぜ。」

事務所へ帰ると、おやぢと例の須藤が、テーブルを挟んで一枚の新聞に眼をさらしていた。おやぢが赤い顔で、しきりに唸っている。

「今、……《（×××）》中止されて堪まるかい。まったく外務省のお役人の弱腰には、呆れ返ってしまうね。事件の拡大防止に努めろなんて、飛んでもないことだ。一体日本の政治家なんて、莫大な費用を使って、何をしていやがるんだ。軍隊の実力さえあれば、霞ケ関なんて、有没《ユウメイ》有《ユ》一様《イヤン》！　あってもなくっても同じこった。」

俺は無口で、新聞嫌いのおやぢが、新聞を見て憤慨する光景なんて、まだ一度もお眼にかかったことがない。

そのおやぢが、新聞をひろげてカンカンに怒っているのだ。不思議だ。俺の帰ったのを知っていても、振り向きもしない熱心さだ。

「まっ、全くですね。現外務大臣は、国際聯盟に対して、あまり腰が弱いからいけないですよ。永く外交生活をして、毛唐とばかりつき合っていると、毛唐かぶれがして、毛唐に対して頭が上らなくなるんでしょうね。」

　ここで……（×××）中止になれば、即座に首になる須藤が、一生懸命におやぢの気持に迎合している。おやぢも……（××）目あての「一儲」けがフイテコになっては堪らない。そこで新聞嫌いのおやぢが、新聞を見て珍らしく昂奮するって、訳だ。

　やがておやぢが、短かい猪首をねじ向けた。

「ああ、君か。ご苦労だが、明朝十時の列車で四平街へ行って貰わなければならん。もう今日は、これでよいから、ゆっくり今晩は休んで呉れ給え。連日の忙しさで気の毒だが。――」

　不眠不休でコキ使っておいて、今更「気の毒面」があっ（る）かい！

「四平街？……」

「そうだ。先に広田をやってあるから、すっかり手順がついている筈だ。朝、ここへ寄って呉れ。俺も一緒に行くから。」

　何事だろうと思ったが、また問い返えせば「行けば判る！」と、きめつけられるので、黙っておぢぎをした。

　帳場から出ようとすると、おかみさんが、俺を呼び止めた。

「ね、水谷。真直ぐに家へ帰るんだったら、ついでに野上を見舞っておやり。淋しがっているから。」

「ああ、そうそう、飛んだ御災難でした。」

　俺は野上の負傷を、どう言って慰めてよいか、挨拶に困ってまごまごした。

　在郷軍人野上は、城内の警備中、何者とも知れず闇の中から狙撃されて、膝骨に貫通銃傷を受け、名誉の負傷をしたのだ。

「わたしは、今日も病院へ見舞いに行ったんだが、軍医さんが、膝から下を切断しなければならないと、言われるんだ。名誉の負傷とは言いながら、…………《（×××××××××××）》はね。」

おかみの愚痴が無限に続きそうなので、俺は「ぢゃ、行って見ましょう。」と、答えて、止める袖をひきちぎった。

野上は衛戍病院に収容されていた。ヨウドホルムの匂いが、ひどく鼻につく廊下を、俺はどこまでも引張り廻わされた。先に立って案内する看護婦が、やたらにスリッパの音をさせるのが気になった。どの患者室にも、真白い病衣を纏った傷病兵が、すし詰めになっていた。列車がつく度に病院自動車へ乗り移らされる負傷兵は、プラット・ホームの万歳の声に迎えられると、不自由な身体をねじって、無意識に手を挙げ、万歳を叫び返えす元気さだ。

俺はその元気な負傷兵を見るつもりだったが、俺の期待はまるっきり反対だった。強いヨードホルムの匂いと、食いしばった歯の間から漏れる、陰気な呻めき声だけだった。

野上は七八十人の重傷患者と共に冷めたい鉄ベットへ寝かされていた。彼は俺の足音に気づくと、直ぐ薄眼をあけた。熱があるのか、口唇がかさかさに乾いていた。

「とんだ災難だったね。しかし、まあ、名誉の負傷だから。」

俺は慰める言葉もなく、曖昧に語尾を濁した。

「ああ、有難う。しかし、現役なら、まだねえ。……」

彼は枕の上で、弱々しいカブリを振りつづけた。…………《（×××××××××××××）》。俺は気の毒になって、青白く痩せこけて、眼だけになった彼の顔が、見ていられなかった。

「どうです。痛みますか？」

「うむ、昨日までは四十度以上の熱が出て、鋸でひくように痛みつづけたが、今朝方から、少し痛みが薄らいだようだ。」

と、言って、彼は眼をつむった。店のことも、戦争の情況も聞かなかった。二人はいつまでも黙り合っていた。

間もなく俺は病院を辞した。アカシヤの落葉した小砂利路を歩いていると、にわかに原因の分らない嬉びを感じた。

ふと気がつくと、足が自然に「月乃家」のお君のところへ向いていた。

「あら、まあ、珍らしいわね。戦争景気でてんてこ舞いなんでしょう。お羨しいわ！」

いつもだと下の腰掛で飲むんだが、今日は奮発して、二階座敷へあがり込んだ。

「今、野上君のお見舞いに行った帰りだがねえ。君によろしくって言ってたぜ。」

「あら、そう。有難う。だけど、あの人も便衣隊に狙い撃ちにされるなんて、ほんとうにお気の毒だわね。」

「気の毒は気の毒だが、しかし名誉の負傷じゃないか。」

「ほ、ほ、ほ……華々しい戦争なら兎も角、暗闇で便衣隊に狙われたんぢゃね。」

「だから、どうだってんだ。便衣隊であろうと、なかろうと、国家のため一身を犠牲にして、そこにどんな差別があるんだ。大体お前たちが、よくないんだ。華々しい戦場だの、勇敢な戦いだのと、まるで高見の見物で面白がっていやがるんだから！」

「あら、素敵。野上さんのお株だわ。」

俺も巧みな道化役者だ。しきりに悲憤慷慨して、お君の反撥心を挑発しながら、悦に入ろうてんだから、人の悪い道化役者だ。

まったく野上の負傷は、誰にも余り評判がよくなかった。浪人上りの田上に言わせると、便衣隊に狙撃されるなんて「ちっとも名誉なことぢゃない。まごまごしているのが不可《いけ》ないんだ。」と罵った。おやぢでさえ「馬鹿な目に合ったもんだ」と、大っぴらにコボしている。

本人の野上も、それを自覚しているのだろう。国家のために、一身を犠牲にした精神には変りがない。だが、便衣隊と、華々しい戦場と、在郷軍人とでは、やはりそこに身の退け目を感じる何ものかがあるのであろう。

「月乃家」を出ると、十月の夜風に、針をふくむ冷めたさがあった。

×月××日
嵐のように吹きまくる粉雪。鋼板のように凍結した大地から、砂塵のように吹きあげる雪ぼこり。寒気が鋭い。

最後の到着駅。——

無蓋貨車の上から、雪まびれの苦力が愚図々々しながら下りてしまうと、おやぢが直ぐ駅舎の中から、大声で喚めきながら、ふッ飛んで来た。

「おい、おい。人数は揃っているのかい？　水谷。」

「四十三人。」

「よしッ、この列車は直ぐ廻送になるんだから、愚図々々してないで、材料をあげっちまえ！」

四十三人の苦力は、四平街で募集して引き連れて来たのだ。広田が先発して手順をつける筈だったが、徴発に応じる苦力がなかったので、人数を揃えるまで、一週間ばかり四平街でまごまごしてしまったのだ。

彼奴らは、列車に乗り組んでから、行先きが解ると、すっかり怖毛づいてしまった。それをなだめ、すかし、おどかして、どうにかここまで引き連れて来たのだ。

白音太来《パインタライ》!

蒙古平原、遼河のほとりにバラックの兵舎を建てるためだった。この兵舎が…………《(×××××)》重要な足だまりになるのだった。

苦力たちには、四平街を立つ時、一日分の食料しかあてがって置かなかった。それが途中、機関車の故障や、軍用列車の通過を避けたりしたため、到着が予定より一日遅れたので、彼等は今朝から完全な絶食状態であった。

しかも無蓋貨車の上へつめ込まれ、雪の中を全速力で疾駆したのだから、僅かに息の根が凍らないだけで、全身が石のように麻痺していた。そんな状態で、貨車からも重い材料をあげることは、全然不可能であった。

俺がそう言うと、おやぢがかんかんになって怒鳴り出した。

「……《(××)》ぢゃないか。貴様は何か言うと、直ぐ支那人に同情しやがる。そんなことで仕事になると思うか、馬鹿!」

「はっ」と答えて、俺は渋々おやぢの前を引きさがったが、顔に漲ぎる不満の色が隠せなかった。

ポケットからウイスキーの小瓶を取り出すと、そいつを喇叭に啣《くわ》えて、苦力の中へ歩み寄った。

「おい、苦力! 直ぐ貨車から材料をおろすんだ。カイカイ《(怏々)》でやっちまえ!」

吹っさらしのホームへ、寒むそうに寄り集っていた苦力たちが、苦がり切った顔付をして、雪を着た貨車の上の建築材料を厭々眺めて、直ぐ外っぽを向いてしまった。俺が仕事をせき立てると、そのうちの二三人が、いやいやをして歩き出した。すると全部の苦力が、それにならってプラット・ホームから、駅舎の出口をゆるゆると動いて行った。

「どこへ行くんだ？」眼の色を変えて、俺が怒鳴りつける。

「腹が減って、眼がまいそうなんだ。それに、手足が石みたいに凍えてんのに、仕事なんか出来るかい！」

「列車が廻送になるんだから、頼むから大急ぎでやって呉れ。後で、俺が鱈腹温ったかいご馳走をするから。」

「プシン《（不信）》！」

突然駅舎の前へ怒りに燃えた真赤な、おやぢの顔が、防寒帽を鷲掴みにして、停車場守備兵と、肩を並べて立ち塞がっていた。

「どいつが、ぐづぐづ抜かしてるんだ！」

遠くから怒鳴り立てた。「おい、水谷！　普段とは違うんだぞ。いいか、…………《（××××××××××）》！」

苦力たちは、おやぢの見幕に飲まれてしまって、すごすごと貨車の前へ後退りを始めた。

間もなく「エーホ、エーホー……」と、……《（××××）》掛声が起った。ぱッと雪煙りがあがると、貨車の上から太い角材がホームの上へ転がり落ちた。

×月××日

今朝は、蒙古平原が一面の真白い積雪だ。

俺が駅舎の片隅で膝を抱いて夜を明かすのも、これで三日目だ。薄っぺらな毛布をひっぺがして飛び起きると、直ぐストーブの灰をかき立てて、石炭を燃し始める。

一夜で駅舎の窓がアイスクリームを塗り立てたように、べっとり凍氷してしまった。雪がやんで、海底のように澄み輝いた朝だ。

俺は把手《ハンドル》のむしれたドアをこぢ開けて、構内へ出る。膝が埋まるほど、雪が深い。俺はバラックの地均しの段取を考え考え、構内のスリッパ（枕木）の柵に沿うて、倉庫の方へ雪を蹴散らして歩いた。

鉄橋のこちら側で、犬皮の不細工な防寒外套にくるまった歩哨兵が、銃を小腋に抱えて、熊のようにのそのそと雪の中を歩く姿が見えた。

俺は片栗粉を踏むように、靴の底でぎしぎしと雪がしまる音を聞くのが、好きだ。そんな時、遠い思い出が浮ぶ。堪らない空想の楽しさがあるんだ。俺は苦力たちが、もう疾くに起きて炊事の仕度にかかっているだろうと思った。

だが、近寄ってみると、倉庫の前には人影が見えない。あたりの雪が散々に踏み散らされているのが、急に眼について、俺ははっとした。

突嗟に、俺は変な胸騒ぎを感じた。が、考える暇もなかった。俺はまっしぐらに、倉庫を目がけて、突っ走った。大戸が一枚開け放したままで、昨夜喰い散らした炊事道具が、そこいらの雪ん中へ取り散らしてあった。

戸を一杯にひき開けると、やっと倉庫の奥まで、朝の光りが射し込んだ。藁屑がかき散らされたまま、藻抜けの殻だ。藁屑の上には、はっきり寝型が残っているので、彼奴らが昨夜ここで寝たことだけは、確かだった。そして雪のあがった未明になって、逃走したのに違いない。

「しまった！」

俺は一ぺんに十年も年取ったように、気落ちがした。

四平街から厭だという奴を、無理に前借させて、引っぱり出して来た連中だ。苦力が二十五人に、支那大工が十八人、少くともおやぢは、前借だけで三四百円の金を使っていた。それに輸送列車までＭ鉄側から、特別に仕立てて貰ったことを考えると、重大な責任問題だ。

俺は倉庫から飛び出すと、プラット・ホームへ駈けあがった。途中で交代の歩哨兵の肱へ、いやっというほど、ひどくぶつかった。

「おい、おい。朝っぱらから、慌てて、何処へ眼をつけて歩いてるんだ！」

「いや、これは失敬！」と、答えて、俺は苦力が脱走したんだが、知らないかと訊いた。

「苦力のことなんて、知らないが、一体いつのこったい？」

「さあ、夜明け頃ぢゃないかと思うんですが？」

「俺は五時に交代したんだから、駅へ行って岡本一等兵に訊いて見ろ。お前らが、二三日前ここへ連れて来た苦力かい？」

俺は緩漫な兵隊の問答には、かまっていられなかった。「そうです。」と、答えながら、駅舎の方へ駈け出していた。

岡本一等兵は、交代室のテーブルの上で、雑嚢を枕に気持よげに眠むっていた。三四人の兵士がストーブを取り巻いて、バケツで運ぶ味噌汁と、飯盒へつめた麦飯を、騒々しく食い散らしていた。

俺は岡本一等兵を揺り起して、苦力が逃げたのだが、知っていないかと訊ねた。

「何用だ？　眠むいのにウルさいぢゃないか。猿め！」

と叫んで、一等兵は大きな欠伸《あくび》をして、むっくり起き上がった。

「何んだ！　へえッ、苦力が逃げちまったって？……さては、彼奴らに、俺が一杯喰わされたのかな？　俺は馬鹿に早くから、苦力の奴等が現場へ出てゆくもんだな、と思って感心していたんだ。やっぱり逃げたのか？　そうか。俺がホームの上から声をかけると、一人々々が叮嚀なお叩頭《じぎ》をして行くぢゃないか。苦力の中にも感心な心掛けの奴がいるものだと思って、俺も叮嚀に挨拶を返えしてやったよ。」

一等兵が、粘ばった歯茎を出して、大声で笑い出した。「奴らめ、俺のことを、腹を抱えて笑ってやがるぜ。」

「おい、江口組！」

味噌汁を旨まそうに吸っていた横井伍長が、俺の組名を呼んだ。

「いいかい。苦力を監視しろって、兵隊は命令されていないのだ。解ったか！　歩哨兵には、責任がないぞ！」

「は。」

俺は、もう一度、苦力がお叩頭《じぎ》をしたのは何時頃だろうかと、岡本一等兵に訊ねて見た。

「そうだね。交代して直ぐだったから、四時か四時半頃だったろうよ。」

俺はあわてて旧式な銀時計を出して、ぱちんと蓋を開けた。六時半過ぎだ。だが、この雪だ。そう遠くへは行けまい。俺は出し抜けに部屋から駈け出そうとした。

「おい、どこへ行くんだ。支那街へ入って、まごまごしていると、便衣隊に撃ち殺されるぞ、馬鹿！」

「離して下さい。自分の身なんか、かまっていられる場合ぢゃありません。」

「馬鹿！　今更あわてたって、仕方がないぢゃないか。ゆっくり味噌汁でも吸って、落着け。宿舎の設備がないから、苦力が逃げ出したんだ。お前の責任ぢゃないぢゃないか。俺たちの部隊は近いうちに、別方面へ出動することになっている。どこの部隊が後から交代するか知らないが、俺たちは一ケ月も列車生活をしたんだ。まあ、ごゆっくり後の兵隊にも……《（××××××）》させるさ。」

賑やかな笑い声の中へ、おやぢのロシア帽が、のっそり立ち現われた。入口で長靴の雪をはたき落して、みしみしと床板を軋ませて、俺に近づいたと思うと、いきなり革手袋のままで眼の眩むような「往復ビンタ」を喰わせた。

「馬鹿野郎ッ！　貴様には、この非常時が解らんか。この非常時が！」

兵隊たちは、おやぢの物凄い見幕に飲まれてしまって、部屋の中が急にシーンと静まり返ってしまった。

俺の頬っぺたは、おかげで今日一日中、ほかほかしていた。

×月××日

「民会の布施老人に、苦力の都合を頼んで置いたから、十人でも十五人でも苦力が揃ったら、現場の地均しをして置くんだ。若し逃亡者が出たら、……《（×××××）》。……《（××××××××××）》、……《（×××××）》！」

おやぢは、こう言い残して、今朝の一番列車で洮南《トウナン》へ苦力の徴発に出向いた。

俺は何度も民会へ足を運んで、やっと八人の苦力を都合してもらった。

布施老人は表向き当舗《タンプウ》を営業している。日本人中の最古参者で、領事館でも、特務機関でも、この老人の力を借りずには一片の牒報も手に入らないのだった。いつでも戦線の歩哨所で誰何されるのは、この老人に限られている。それほど、すっかり支那人になり切っていた。

　領事館でも、特務機関でも、この老人だけには、木戸御免だ。質屋の営業は、慈姑《くわい》のように小柄な色の黒いおかみさんに委かせっきりで、自分は年がら年中ぶらぶらしていた。それでいて家の暮し向きは、領事館よりも贅沢だと噂されていた。

「うむ。やっと八人だけ都合したが、後はもう駄目だ。この市中に人ッ子一人いないんだからのう。これだけでも捜し出すのにひどく骨を折ったよ。よく気をつけて、見張っていないと、また逃げ出してしまうぞ。」

　俺は布施老人から、八人の苦力をひき渡された。だが、爆弾を預けられるより、厄介な代物だ。八人の背中から一時も、眼と………《（××××）》離せないんだから、始末が悪い。

　現場は鉄橋下の窪地であった。遼河は、まだ結氷していなかった。両岸に薄い流氷が漂っているだけだが、間もなく河の面へ氷の延板を張ったように結氷が始まるだろう。

　今日は雪をかくだけで日が暮れてしまった。

　俺は今夜から苦力たちと一緒に倉庫へ寝泊する気で、同じ鍋から粟の飯粥《ファンチョン》を貪り喰い、日が暮れると倉庫の内側から心張棒をあてがってしまった。両便は石油缶の中へたれさせた。

　俺は外套のまま戸口へ寝転がり、ポケットの中でしっかりピストルを握り締めていた。

　夜が更けて、ほんの少しうとうとしたと思う頃、突然、また珍らしくもない銃声のはためきで、浅い眠むりが破られてしまった。銃声を聞くと同時に、八人の苦力が藁屑の上へがさがさ起きあがって、暗闇の中でがやがや騒ぎ始めた。

　列車の上から、どさッどさッと、雪の上へ飛び降りる靴音。銃剣のかち合う音。——簡単な鋭い号令。

と、忽ち、潮が満ちるように、一つの意思に統一されて、潮が退くように遠ざかってゆく靴音。出動らしい。

俺は倉庫の暗闇の中で、ピストルを振りまわして、怒鳴り立てた。

「静かにしやがれ。何んでもないいんだ。騒ぐ奴はピストルだぞ！」

「外へ出して呉れ。何故、戸を開けないいんだ。俺たちは、こんな約束で来たんぢゃないぞ。」

「そうだ。毎日勘定を払って、夜は自由に家へ帰えらす約束だったんだ。」

「馬鹿野郎！　誰がそんな約束をしたんだ。」

「きまっているぢゃないか。民会で日本人の老人《ロートル》と決めたんだ。」

暗がりの中で、苦力たちが口々に喚めき立てる。

鉄橋の方角で、機関銃がパタ、パタ、パタ、タタ……と凄い勢いで唸り始めると、苦力たちの恐怖に満ちた騒ぎが一層大きくなった。

「静まるんだ。騒ぎ立てると射つぞッ！」俺は声を嗄らして怒鳴り捲くる。

すると、突然、反対の停車場の方角で、地殻の砕け散るような、猛烈な爆音だ。続いて二発、三発……窓ガラスが粉微塵に砕け散り、生木の引き裂けるような音が、息もつかせず捲き起った。

ぷーんと強い火薬の匂いが、倉庫の隙間からにおって来た。

その瞬間、一切の物音が地に伏せって、息を殺したような静寂が返った。倉庫の梁ががたがた微動して、細かいゴミが顔にふりかかった。

その刹那だ。俺は俺の右手に冷っとしたものを感じた。反射的にその方へ首をねじ向けようとすると、強い把握力で右手が後から押えつけられ、はね返えす自由を失ってしまった。

荒い、熱っぽい呼吸が、肩先に迫っている。

「誰だ、何をしやがるんだ！」

俺はピストルを奪われまいとして、無意識に、かちッと引金をひいた。

……………………

……………………

長い長い時間が経ったように思った。しばらくしてから、呆っとした頭に、乱れた靴音が戸外から駈け寄った。

「どこだ？」

「倉庫の中らしい！」

低いが、緊張した囁き声だ。俺は生れて始めて、ふるいつくような嬉しさで、日本語の発音を聞いた。救われたと思った。直ぐ起ちあがって、扉の心張棒に飛びついたが、声が出なかった。

全身の重みを扉にぶっつけて、心張棒をはね退けた。

「だれかッ！」

扉をひき開ける拍子に、膝を突いて前のめりになり、腹這いになって、雪明りの戸外へ這い出した。

「わしです。江口組の者です。」

「ピストルの音は、お前か？　何か、異状があったのかい？」

「おい、おい。ここに一人……………（×××××××××）。誰だ？」

「こいつが……………（×××××××××）、……………（×××××××××××）。苦力です。」

「あッ、お前も血だらけぢゃないか。」

俺はそう言われて突然、左手の小指と薬指が、ぢくぢく痛み出すのを感じた。雪明りに透かして見ると、二本の指共第二関節から喰いちぎられている。

「こいつ奴でしょう。恐ろしく馬鹿力のある奴で、……《(××××××××)》、……《(×××××××××××)》。……《(××××××××××)》取っ組み合っているうちに、食いちぎられたんでしょう。ちっとも覚えがありません。」

「病院列車で、軍医に手当をして貰って来い。傷口が凍傷すると、大変だぞ。——それから、木村一等兵、お前は中隊長に倉庫内の苦力を取調べる必要があると、報告して来い。」

ちょび髭の下士官らしいのが、兵士の一人に命令した。

木村一等兵と俺とは肩を並べて、雪の中を軍用列車の方へ歩いて行った。一等兵は歩きながら、さっきの騒ぎは便衣隊の襲撃だと、話した。

便衣隊は二隊に分れて、鉄橋の歩哨所と、停車場へ襲撃した。停車場へは三発の手擲弾を投げ込んだが、建物の一部分が破壊されただけで、味方には一人の死傷者も出なかった。

「盲蛇に怖ぢずって言うが、相当チャンコロも無茶をやるよ。少しでも戦闘に経験がある人間なら、僅かな人数で、我軍の第一線へ襲撃して来るなんて、そんな無茶な真似はしないよ。俺たちの特務曹長も、そう言っている。おまけに彼奴らは、ご苦労にも、歩哨所と停車場へ、鉄砲か機関銃なら話は分るが、……《(××)》を投げ込んだそうだ。何のおまじないか知らないが、馬鹿な奴らさ。」

「……《(××)》——?」

「俺はまだ見ないが、拾った兵隊の話では、……《(××××××)》、……《(××××××××)》。」

「へえ。……《(××××)》裏切者でも、交っているんでしょうか?」

「さあ、ね。そこまでは解らないが、しかし、君、俺たちに………………（××××××××）なら、支那語ぢゃチンプンカンプン訳が分らないぢゃないか。」

俺が軍医の手当を受けて、倉庫へ帰って来ると、七人の苦力が一人づつ雪の上へ引き出されてまる裸にされていた。彼奴らが寒そうに、自分の手で衣服を脱いで雪の上へ拡げると、兵隊が懐中電灯を照らして、汚たならしげに靴先で検べた。

俺の姿を認めると、東北弁の中隊長が、組で苦力を傭った経路や、苦力が何故反抗したのか、そんな風な模様を詳しく訊ね始めた。

「ねえ、君、もう一度、こいつらに、どうして騒いだのか、はっきり訊いて見給え。」

俺が中隊長の言葉を、そのまま苦力に伝えて返事を促がすと、彼奴らは口々に「………（×××）恐いからだ」と答えた。

「それほど臆病の奴が、何んで俺の……………………（×××××××××××）来たんだ。」

俺は裸にされたまま転がされている死人を、靴先で示した。

彼奴らは、黙ってしまった。

「何故、はっきり返事をしないんだ。こいつは、お前たちと一緒に長く、働いていた男か？」

「そうだ」と、返事のかわりに、中の一人がコックリをした。すると、みんなが口を揃えて、この男には女房と子供があるんだ。平常は極くおとなしい男で、何んであんなことをしたのか分らないと答えた。

中隊長は部下をつれて帰えりしなに、

「君も一人では心細いだろうから、後で特別に兵隊を一人寄越してやる。」と、言って呉れた。

俺は苦力を倉庫の中へ押し込めて、消えているストーブに火を焚きつけた。そして戸口に…………（××××）

…………××××××××××××）、藁屑をかぶせて、見えないようにした。

兵隊の姿が見えなくなると、直ぐまた苦力たちが、ぐずり出した。

「ねえ、ジャングイ。帰えらして呉れないか。こんな恐いところで働くのは厭だ。」

「そうだ。お願いだから帰らして呉れ。俺たちは、何も悪いことをしないじゃないか。こんな恐い目に会わされる覚えがないんだ。」

「何度言っても、同じだ。俺は親方《ジャングイ》じゃない。お前達同様、親方に使われている身体だ。俺の自由にはならないんだ。」

「嘘だ。俺たちと同じに使われている人間なら、…………（××××××××××××）。あの男は、…………（××××××××××××）、家へ帰りたがっていたんじゃないか。お前が親方に使われているのが本当なら、あの男を黙って帰らしてやっても、お前の損にはならないじゃないか。」

「馬鹿ッ！ お前たちとは、訳が違う。俺は日本人だから、責任と義務があるんだ。何も俺一人の損得でこんな、…………（××××××）、…………（×××）仕事をしているんじゃないぞ。」

「ぢゃ、ジャングイ。お前も兵隊《ピンタイ》なんだろう。…………（×××××××××××××）。…………（××××××）。おおッ、怖い！」

一人の苦力が、突拍子もなく大声を立てて叫んだ。

中隊長の約束した監視兵が、やって来た。倉庫の戸口へ銃剣をがちゃつかせて、のっそり立ち現われた兵隊の姿を見ると、苦力たちは、てんでに藁屑の中へごそごそ藻ぐり込んで、黙ってしまった。

×月××日

晴天、零下二十三度。

おやぢと広田が、この朝、三十人余りの苦力を連れて、軍隊の輸送列車に便乗して帰って来た。その列車が直ぐ折り返して、一部分の部隊を別方面の戦線へ移乗して行くことになった。緊張した空気の中で、手早く武装を固めた兵士が長い列車生活の無聊に別れを告げながら、静かに乗り込んだ。

俺もその列車に鄭家屯まで便乗して、そこから四平街行の列車に乗り換え、奉天へ帰ることになった。洮南で予定しただけの苦力が揃わなかったので、俺が奉天で苦力の補充をつけることになったのだ。兎に角、一刻でもこんな陰気な天地から解放されることは、嬉しい。

「おい、水谷！　ここへ来る時には、忘れずに田上も須藤も連れて来るんだぞ。仕事がせかれているんだからな。」

おやぢは左手を白い繃帯で、首から吊り下げりている俺を見ても、一口も傷のことは訊ねなかった。耳ダコというが、おやぢの眼にはタコが出来ているんだろう。戦地では、白い繃帯姿なんて、別に珍らしい代物ではないからね。

列車が動き出すと、兵士たちは慌てて重苦しい防寒外套と背嚢を網棚の上へ抛りあげ、雑嚢の中から、便箋と封筒を取り出して、大急ぎで手紙を書き始めた。

彼等は自分の文面を他人から見られないように、手で隠し、貪るように鉛筆や万年筆を動かし続ける。一人で五通も六通も手紙を書く兵士があった。あわただしい車中の暇を盗んで、思い出せるだけの人々へ、思い出せるだけの感情をこめて走り書をしているのだ。だが、…………（××××××××××××）、……（××××××）……光景だ。

兵隊同士は、必要以外の口を利かなかった。鉛筆を借るとか、封筒を貰うかする場合にだけ、とてつもない大声を出した。

列車が鄭家屯へ着くと、運よく四平街行の普通列車に連絡した。俺は戦線へ送られて行く兵士達と、そこそこに挨拶を交わして、四洮線へ乗換えた。

乗客は毛の深々とした皮帽《ピイモオ》をかぶり、手に鍋や釜を提げた、鈍重な百姓たちばかりであった。坐席へ坐り切れない百姓たちは、デッキや客車の通路へ乞食のように屈み込んでいた。太蒜《にんにく》の悪臭と、どろどろのボロ衣服から発散する異臭が、車内の空気を泥にしている。俺が通路へ坐っている百姓と、大きな菰包みを跨いで、車内へ突き進んで行くと、頭を弁髪にした中老の百姓《ポーシン》が、何んと思ったのか、にやにや笑って俺に席をあけた。

「どうぞ、おかけなさい。」

俺は厭な気がした。事変以来、急に支那人の腰が低くなったのは事実だが、こんな風にあけすけに好意を見せられると、感謝よりも嫌悪が先きに立った。

百姓のにやにやした笑顔までが、作り笑いのような気がして、癪だった。

その百姓のまん前の坐席には、青ぶくみのした、小柄な百姓女が五つ位の男の子を連れ、茎の太い高《コウ》梁稈《リャンがら》で赤ン坊をくるみ、胸元でしっかり抱きかかえていた。彼女は車内の混雑と、赤ン坊の泣声で脳貧血を起したのか、真青な顔をして、痛そうに額を抑えていた。

列車はのろまっこく、雪のまだらな、単調な平原を、涯てしなく駛《はし》りつづける。青いもの一つ見えない、荒涼たる無人の曠野だ。列車が動いているうちは、轟々たる車輪の音で消されていたが、停車場へ着いて車輪の轟音がやむと、高梁稈の中から、灼きつくような赤ン坊の泣声が飛び出した。

母親が周囲に気を兼ねて、高梁稈の茎をがさがさ分けて首をつっ込み、赤ン坊をあやしたり、しなびた乳房をふくませたりしたが、少しも泣きやまなかった。赤ン坊は、肩先きに少しのボロ布を巻きつけただけで、真裸だった。流石《さすが》に俺も、顔をそむけずにはいられなかった。

「ね、おい。あの女は一体、どうしたんだ。可哀そうに！」

「赤ン坊の乳が出ないいんだそうだよ。太砲の音で吃驚して、母親の乳があがってしまったんだ。」

さっきの百姓が、俺に話しかけた。

「お前の女房《シーフ》かい？」

「滅相もない。このおかみさんは、戦争で追われて逃げるうちに、亭主《アルフー》にはぐれてしまい、これから八面城《パメンチャン》の親類へ避難して行くところだそうだ。運よく亭主に逢えればよいがねえ？　わしも、それが気がかりなんだ。」

列車は間もなく三江口《サンチャンカオ》へ着いた。俺は直ぐホームへ降りて行って、物売人を探がしたが、牛乳はなかった。パンだけを買い込んで、守備隊の屯所で水筒に一杯の湯と、砂糖を分けて貰い、車内へ立ち戻った。そして俺は、湯と砂糖を瀬戸引きのコップへあけ、よくかきまぜた奴を、女の膝へつき出した。

「おい。これを呉れてやるから、赤ン坊に飲まして見な。少しは泣きやむかも知れないよ。」

「いらない《プヤオ》！」

女は青むくみのした顔をあげて、俺を睨みつけた。子供にパンをやろうとすると、

「貰うんぢゃない。」と怒鳴って、子供が出した掌《て》のひらを、ぴしゃッとはたきつけた。

「ねえ、ジャングイ。この女は気が立っているんだから、悪く思わないで、勘弁しなさい。色んな悲しいことが、一ぺんに頭へあがったんで、気が狂ってしまったんだ。」

さっきの弁髪の百姓が、俺の顔色を盗見ながら、取りなし顔でそう言った。それから女の方へ向いて、

「そんなに意地をはったって、仕様《メーハーヅ》がないじゃないか。折角の親切だから、砂糖湯を貰って、赤ン坊に飲ましてやんなさい。」

と、慰めた。

俺は眼のやり場に困ってしまった。車内の支那人から、ぢろぢろと顔を見られるのが苦しかった。女に差し出したパンと砂糖水のひっ込みがつかない。俺は窓をあけて、疾走中の車外へ投げ捨てた。

「犬にでも喰われろ、畜生！」

ああ、俺がどんなに支那人を愛しているか、金鳳蘭だけは、俺の心持をよく知っていてくれる筈だ。

俺はそう考え、自らを慰めようとした。果敢ない自慰だ！

奉天へ着いたのが、正確に言えば、翌日の午前一時過ぎ。直ぐその足で店の帳場へ顔出しをしなければならないと思ったが、俺の胸は灼けつくように金鳳蘭の愛情を欲しがっていた。

俺はいたたまれない思いで、駅前から北市場の平康里《ピーカンリ》へ、一気に東洋車《トンヤンツァ》をふっ飛ばせてしまった。

彼女の美しさも、彼女の生活にも変化はなかったが、戦争前のように、俺が心から歓迎されないことが、たった一つの大きな変化であった。店の主人も使用人も、愛想よく迎えてはくれたが、仮面のような作り笑いだ。

「おい、おい。久し振りだったね、どうしているんだい？　出て来ないか。」

俺は飛び立つばかりに勇んで、金鳳蘭の部屋へ駈け込んで行ったが、彼女はにコッともしなかった。

横眼で、俺の左手の繃帯を迂散臭く、皮肉な顔付で眺めていたが、

「お前は嘘つきだ！　お前は……《（××）》ぢゃないか。わたしは外の女とは違って、……《（××）》が大嫌いな性分さ！」

と、言って、彼女は寝房の上へ横坐りに足を組み、ぷっぷっと煙草の煙を輪にして、吹き始めた。

俺は怒るより、泣き出したくなってしまった。はっきり……（××××）ないと言い切れなかった。……（××××）なかったが、……（××××）の仕事をしていたことは事実だ。

「俺の気持は、お前がよく知っていてくれる筈だが……」

「ミンバイ（明白）！ よく解っているわ。お前のような碌でなしは、日本人の社会では大手をふって威張れないものだから、自分たちより弱い、貧乏な支那人の中へまざり込んで、虚勢をはりたがるんじゃないか。それが懸値のない、お前の本当の心持ちぢゃないかね？ どうお――？」

俺は啞のように口に蓋をされてしまった。女の冷めたい横顔を、真正面《まとも》に見つめていられなかった。

俺は、何か抗弁しようとして口を動かしたが、唇だけがふわふわと痙攣《けいれん》して、一口も言葉にならなかった。

出典：『文学評論』昭和十年七月号（ナウカ社）

解題：テキストの周縁から Ｐ７４３

輾——中国戦線

第二の人生（抄）

第一章

七月末の午後の日盛りであった。風が死んで、無風帯の蒸せるような暑さである。ぢっと立っていても皮膚の表面から吹き出すように汗の玉が流れ、歓送の人の群れは、汗と熱っぽい人いきれで、嘔吐を催すような胸の悪さだった。

埃をかぶった桜の青葉蔭に暑熱をさけていた応召者たちは、家族の者や友人たちに取り巻かれて、尽きぬ名残りを惜んでいた。だが突然に、整列の号令がかかると彼等は、バネに弾かれたように跳びあがって、見送人たちの女々しい別離の手を振り払い、校庭の中央めがけて飛び出して行った。

一瞬に白い埃が、油日照りのどぎつい光の中に舞いあがって、発令者の下士官を煙幕のように包んだ。煙幕が薄れると、若い応召者たちは、正確な二列横隊にきちんと並んでいた。右翼から一直線に左翼へ、祭礼の爆竹がはぜるように、番号がはじけて飛ぶ。――最後尾が〇百〇〇番、総員〇百〇〇名の勘定だった。

並川兵六は、この番号と総員を口のなかで反復しながら、これだけの人数が大陸の戦いに出て行って、自分たちと生死を共にし、あらゆる艱難をひととしくする戦友なんだと考えた。だが、どうしても年齢の相違が、その実感にしっくりして来ないのだった。この若さに溢れた、生きのよいぴちぴちとした応召者たちを、どこか別の側から、そうっと眺めている自分の傍観者的な位置に気づいていた。それは据りのわるい椅子に腰をかけているような、安定のないバツの悪さだった。

右を見ても、左を見ても、みんな若いのだ。帽帯、肩章、襟章――華やかな原色ばかりが一際目立つ、けばけばしい仕立おろしの在郷軍人服を着て、将校用の軍帽を派手にかぶっている。これは後で分ったことであるが、兵六の配属になった部隊は「通信隊」という特殊な任務の遂行上、極めて年度の若い兵隊ばかりを中心に編成されていた。しかもその構成の三分の一が、現役兵であった。徴集年度の古い通信兵では最早、今日の無電機や電話機の操作には役に立たないのであった。

若い兵隊たちは、ぴんぴんと弾むように精悍だ。軍帽の前廂から突き出して、南京玉のように脂汗を浮かせた鼻柱は、何者にでも挑みかかって行く不敵さを現わしてい、汗の雫のたれている両頰から顎の強靭な線は、まだ充分に人になじまない野生の逞しさだ。

それは接する者を、たじたじとさせるような感じを抱かせる、若い者だけがもつ特有の相貌であった。まだ昨夜の歓送の酔いが残っている者もあった。瞼が泣きただれて赤味を帯びて腫れている者もあった。だが、それは戦争に行くのを怖れたり、家族との別離が悲しくて「泣いた」顔ではなさそうだ。それは様々な感動と興奮に現《うつつ》を抜かして、親友たちや親兄弟たちと抱き合って「泣いた」顔であった。つまり一口に言えば、身体中の筋肉を波うたせて湧きあがって来る新しい勇気と好奇心を抑え切れずに、持て余している感じであった。

もうこの時すでに呼名点呼が終って、これも若い給与係の軍曹が、被服や兵器、装具等の授与に関する注意要領事項を伝達していた。若い応召兵たちは、一言もその注意を聞き漏らすまいとして、若鷹のように光る眼で、クリーム・パンのように、どこもかしこも丸い膨らみを帯び、高い破鐘《われがね》のような声の出る軍曹の顔を見つめていた。

軍曹の訓示がつづいている間に、若い将校と、これも応召の古参准尉たちの一団が、やがて自己の部下となり、生死を賭して自己の手足となって立ち働いてくれる忠実な兵隊たちを見るための下検分がはじまっていた。この上官の一団は、はち切れるような元気と若さに輝く兵隊たちを満足気にまた頼もしげに見廻わして、陽灼けのした赧ら顔をにこにこ綻ばせていた。まるで、兵隊たちの顔から垂れ落ちる汗を舐めるように、自分たちの顔を近づけて行って、丹念に、注意深く、少しの欠点も見落さないように見て廻わるのだった。

兵六がこの一団の出現に気づいた時には、直ぐ自分の横隣りに彼等の跫《あし》音にまじって、拍車や帯剣の鎖ががちゃがちゃ鳴るのを聞いていた。すると彼は、急に顔が火照るのを感じた。やがて彼の前で将校たちの跫音が止まり、汗だくになって顔を火照らしている、彼の硬くなった姿勢を、強い特長のある眼が色々な角度から覗き込んだ時、兵六は身体中の血がかっと逆流するのを覚えた。すると思いがけなく突然、海綿を圧えたように全身の毛孔から冷めたい汗が一度に吹き出し、同時に眼のくるめくような熱っぽさを全身の肌で感じた。網膜に黒い幕のようなものが掠め、あらゆる感覚の表面を翳らした。

この身悶えするような羞恥と困惑の感情の真只中で、彼は彼の持ち前の卑屈笑いが、硬わばった顔面神経をちぢめて、ビフテキ色の厚い口唇を自然に開かせ、思わず白い反ッ歯がニヤッと出そうな危ぶない瀬戸際で「ここは軍隊だ！　うっかり笑うなんて、不謹慎な態度を見せちゃ、いけないいんだ！」と、稲妻のような反省が閃めき、心の動顚をひきとめていた。

兵六は太い反ッ歯が折れるほど口を食いしばって、一団の将校たちの眼が隣りの兵の上へ逸れるのを待っていた。

少しの時間であったが、乾燥室の中へ抛り込まれた時のような、熱い火照りを指先にまで感じた。将校たちは兵六の顔を見て何も言わなかったが、お互いに何か頷き合うような眼の合図をして、隣りの兵の方へ去った。並川兵六は、その眼がこう言って頷き合ったのを、知っていた。それを前もって知っていたからこそ、彼はこんなにも恥ぢたのだ。

――ええ、この兵は、一体何者ぢゃ。ひどく年を取った特務兵ぢゃないか？

――うむ……？　うちの隊には、こんな年寄りの兵隊が編成される筈はないんだ。何かの間違いかも知れん。

そして兵六より一廻わりも、或いはそれよりもっと年の若い将校たちは出動までの仮本部になっている女学校の教員室へ引き揚げ、そこで編成表の誤謬を見つけ出そうとして、急いで動員名簿を取り出すに違いない。若しそうだとしたら、やがて兵六の上官となるべき若い将校たちは、そこに何を見つけ出すであろうか？

それを兵六は、怖れ、恥ぢたのだ！

やがて軍曹の注意事項が終わると、応召の若者たちは、足元に私物の軍服を脱ぎ捨てて、猿股一つになった。被服の受領がはじまるのである。

真夏の午後の日照りは、まだ弱りも、翳りも見せなかった。強いぎらぎらする油のような粘ばっこい光線の直下に露出された〇百〇〇名の裸体の整列は余りに荒々しく、その刺戟は強烈にすぎた。雑木の青葉に蔽われた半田山《はんだやま》の翠緑は、真夏の日射しにぐったりとした萎えを見せ、その弱々しく萎えた山の線を背景に、ポプラとプラタナスと桜の木立にかこまれて、ここの女学校のコバルト色の瀟洒な校舎が見え隠れしているのだった。

白い砂利をシーツのように敷きつめた校庭の四周には、女学生のやわらかい劬りで育てられた花壇の草花が競い咲いている。それは戦争とは全く縁の遠い、学園の平和な風景であった。

だが――今は、この聖なる学園の静けさは、荒々しい号令と怒号に破られ、ぎらぎらと陽の照った校庭では、素裸な裸体の行列が下士官の命令であわてふためきながら、被服受領の順番を争っているのであった。この遽《にわ》かな荒々しい変化によって、楽園はその聖なる平和と静寂が引き裂かれる痛みと疼きに、身悶えして泣くような表情の歪みが見えるのだった。

実は並川兵六が、このような弱々しいセンチな感慨を手繰り出すというのは、まだ彼の心の片隅に平和的な思想の残滓《ざんし》がたまっている証拠であった。この残滓を捨てない限り、彼はたとえ戦場に出て行っても思い切った働きが出来ないことを、いや、一人前の立派な兵隊にすらなれないことを自覚するのであった。しかしその自覚が出来たとしても、思想的なものの残滓は、食べ物の滓《かす》のようには、しかく簡単には吐き出せないのであった。

彼の思想はすでに、この五六年来の非常時局の重圧に堪えかねて、微塵に破砕し尽くされたものであった。思想の破産は同時に、生活の破産であり、その頃彼の故郷への逃避がはじまったのである。しかし少年時代を慈しみ育んでくれた故郷の風物も人心も、彼には冷めたかった。その冷めたさも、まだ故郷に馴染のある彼には忍べた。だが、爪の垢ほども兵六の故郷に馴染をもたない妻子には他人のようによそよそしく、しかも敵意のある眼は、忍び難い痛さであった。二人の子供たちは東京へかえることをせがむし、あらゆる機会にあらゆる手段を尽くして、故郷の人たちに接近して迎合につとめた妻も、そのあらゆる手段と計画に敗れてしまってからは、薄暗い一間に閉じ籠ったきり、外へ出て陽を仰ぐことも、人々に顔を合わせるのも厭がった。

友達のない子供たちは、狭苦しい六畳一間きりの部屋に、乏しい玩具を散らかして兄妹で色紙を切って遊んだり、時には顔を引っ掻き合ったり、殴ぐり合ったりして、喧嘩をした。妻のきみ枝は兵六の故郷へつれ帰えられてから、急にヒステリックな女になり、事毎に兵六といがみ合った。だが、その妻も子供たちのことになると、怒りを忘れた女のように優しかった。終日一間に閉ぢ籠って編物と縫物に日を送りながら、これも妻と同様に、一間に閉ぢこもることを余儀なくされた子供たちの物淋しい遊びぶりを、悲しげな顔付で見守っていた。

それは洞窟の中深くで仔を遊ばせている可弱い動物に似ていた。だが、仔に対して害意をもつ一切の外敵に対しては、寸秒の容赦も、躊躇も、仮借もない母性の必殺の凄みと構えが子供たちの遊びを見守る妻の姿勢にも感じられるのであった。

この妻子を雄々しく外敵から護らなければならない父の兵六は、外へ出て行って村人の前で、恥も外聞もなく、意気地のない捕虜のように自ら進んで、己れの武装を解除しているのだった。思想の鎧を脱ぎ、イデオロギーの太刀を手渡してしまい、最後には身につけた襦袢や肌着まで脱いでしまうのであった。まだこれだけでは足りないと考えて、おまけのつもりで凡ゆる場合に妥協し、追従し、屈服し、恥辱を甘受して恥ぢないのだった。それは思想をもたない支那兵の捕虜が、生命惜しさのために、生命以外の一切を放棄して哀願にかえるのと同じ惨めさであった。

兵六は村の人々に、生きながら捕捉された捕虜であった。

だが、兵六のこのような最後的な譲歩と屈服にかかわらず、彼を取り巻く村人は、まだ決して容赦しないのである。

——もっと前に、兵六さんもそんな風であったらのう。

と、いうのである。国家の方針に反する思想と行動を捨てて、村人と同じように先祖を祀り、銭をかぞえ、子供を叱る、所謂「真面目」な生活にもどっても、もう今からでは「遅い」というのだ。そして兵六のもって生れた性癖にまで干渉して、酒を飲むのがいけない、煙草がすぎる、旨い物を食べたがる、子供に甘ますぎる——と、いうような小さな欠点まで拾いあげて、あげつらうのだ。これは最早、思想の問題ではない。肉体の問題である。肉体を放棄しなければ、解決しない問題であった。流石《さすが》の兵六もここまで来ては、むかッ腹を立てずにはいられなかった。妥協と追従と同化力にかけては、かつてその非凡な能力を同志間に認められていた兵六も、ことここに到っては、肉体を捨ててまで村の人々に迎合する勇気がなかった。この非理な改宗を迫まる急先鋒が、彼の肉親の伯母であった。

兵六は酒を呷っては、暴れた。もともと気の弱い彼は、酒を飲んで暴れるといっても、決して抵抗のある人間なんかを相手には選ばなかった。抵抗力のない非力な妻や、犬や、雞《にわとり》——そんなおとなしい家畜類だけが、彼の凶暴な傍杖を喰うのであった。大きな牛などは前から行けば、角で突きあげられる心配があったので、後ろからそうッと油断を見すまして、いきなり尻を丸太で喰わせるくらいが関の山であった。

「生れかわって来いというんだ。畜生!……死なければ、生れかわれるかってんだ。死ね、死ね!……そういう謎なんだ、畜生!」

兵六はまだ就職して三月にしかならない、この地方の特産である耐火煉瓦の工場を、いきなり罷めてしまった。そして貸してくれるままに村の酒屋から一升罎を取り寄せて飲み、酔いのまわった頭で、やけくそな計画を立て始めた。また妻子を引きつれて、どこか見知らぬ土地へ放浪して行く考えであった。

「この村には、もう懲々《こりごり》したわ。この村でさえなければ、わたしだって、子供二人ぐらい、何んとしてでも育てられる自信があるわ」

妻はこう言って、不安なおろおろした眼のなかに「きっと子供だけは育てる」不屈の意志を輝かせるのだった。

その強い意志は、兵六に欠けているものであった。彼は妻のこの一言によって勇気づけられ、決して実現することのない、他愛のない夢を描きつづけるのであった。そこへ降って湧いたように盧溝橋の事件が突発し、やがて間もなく彼は、召集されることになったのだ。

最初、召集の赤紙を手にした時、兵六は何がなしほっとした。助かったと思った。思想を捨て主義から離れ、生活の信条を失って野良犬のような暗闇を彷徨している彼に、微かな光りが射したように思えたのだ。思想的な立場を完全に喪失した彼は、唯々《いい》として上官の命令に服し、きびしい軍紀の下に素直に服従できる身軽さを感じ、胸を叩いて喜ぶのであった。

だが、この感情は結局、詐りの誇張であった。己れの思想的な行き詰りを、自力によって解決する能力がなく、召集という不可避的な事情の下に打開されることを当て込んだ、ひどく横着な自己欺瞞であった。だからこそ、ちょっとした異常な事件や事実にぶつかっても忽ち、その仮面は剝がれるのだった。

若い応召兵たちや、その家族たちの一身を度外視した熱情や興奮にも、何か空々しく思慮の足りない単純さを感じたし、学園の自由な空気が紊される痛々しさにも、彼の心は疼くような戸惑いを覚えるのであった。

裸になったつもりでいても、まだまるっきり裸になり切っていない証拠であった。思想的なものを、すっかり払い捨てたつもりでいても、まだ肉体の内部に何かひそんでいて、こいつが時々に生き物のように頭をもたげて来るのだった。

兵六は我儘な、やんちゃ坊主を持ち扱いかねた母親のように、当惑した顔を硬わばらせて、夏の太陽

の直下に佇んで汗を流していた。白く乾いた校庭の砂は、兵六の頭から、顔から、手足からぽたぽたた
れ落ちる汗の雫を、貪るように吸い込むのであった。

被服の受領は完了していた。若い応召兵たちは、それぞれ新品の軍装を手渡され、新しい歓喜に汗だ
らけな顔を酔わせていた。そして何かの嬉しい希望にせき立てられて、一刻もぢっとしていられないよ
うに、寸秒の時間を惜んで太陽に曝されて陽の匂いのしみ込んだ裸体を、新品の軍装で包むのであった。

兵六も受領した新品の軍装を身につけていた。だが、この若々しい軍服姿が、もう疾っくに若い青春
の時代を通り過ぎてしまって、皺だらけになっている彼の容貌に、しっくり似合うであろうか？　また
現役当時のように、若い悪戯好きの兵隊たちから性の悪い渾名をつけられて、いい弄《な》ぶり者にされるこ
とを予想しながら、彼は足元に散らかっている私物の夏服を纏めはじめた。

私物の洋服を着て来たのは、彼一人だけであった。その夏服は、かつての同志の間を転々と放浪して、
随分と着古された合服兼用のものであった。襟も、袖口も、汗が染みて赤茶けていた。

彼が地面にかがみ込んで洋服を処理している頭の上を、給与係の下士官の声が、拡声機の中から飛び
出したような大声で、明快な句切りと、軍隊式の抑揚を帯びて走り廻わるのであった。私物の整理が終
わったものは、附添人に渡して家へ持ってかえって貰うこと、附添人の来ていない兵隊は、小包に梱包
して発送すること、解散したら兵隊は宿舎の割当が決定するまで、校庭の涼しい木蔭で休息しているこ
と、等々——。その嚙んで含めるような下士官の行き届いた細かい注意は、もうぢき四十に手の届く兵
六には、聞いていて何んだか顔の赧らむような恥しさを覚えさすのであった。

やがて、整列、解散——解散になった新品の兵隊たちは、新しい餌を見つけた軍雞《しゃも》のように、鋲の光
る新しい軍靴の底をひるがえして、勢よく列から離れて行った。桜の木立の青葉蔭に太陽の直射を避け

て解散を待っていた附添人たちはどよめき立って、いつでも戦いに出てゆける新しい軍服に飾られた若い兵隊たちを、よろこび迎えた。頭の戦闘帽から足の靴まで、すっかり卸し立ての新品である。決まるものが、ついに決まるべくして決まったのだ。そういう一種の安堵とその安堵に附随する別な興奮が、若い兵隊たちと、その附添人の群れを包んでいた。

桜の木立へ白い煙のような気体になって、立ち罩《こ》めてゆく興奮の渦巻に、兵六は嫉妬とも羨望ともつかない、妙に矛盾した空虚な心持を感じながら、眼で大松の小父《おぢ》を捜がした。大松の小父は暑いのか、着物を脱いでトランクに入れ、襦袢と腰巻一つの姿になっていた。腰巻の上に厚い毛糸の腹巻をしめ、その上に錦紗の兵古帯をまきつけ、帯の間には犬をつなぐようなニッケルの時計鎖を光らせていた。

牛のように、づんぐり太った大男であった。そして白いところが少しもない黒いところばかりの小さな、点を打ったような眼を、大きな長ッ面の顔の中でショボショボさせているので、牛にそっくりな感じであった。

本来の稼業は、先祖代々からの馬喰《ばくろう》である。その本家の分家になっている彼は、乳牛を飼って乳を搾って売る牛乳屋である。牛に似るのが当り前だ、というのが、その村での批評であった。

「よう……兵六さんぢゃないか！　若う見えるぞな。……若う！」

大松の牛に似た笑い顔が見えるところまで近づいた時、小父の方から声をかけた。皮肉な笑いを含んだ顔であった。こんな顔付は、兵六を見る時の、大松のいつもの習慣であった。お前の父親に対する義理で、俺はお前の面倒は見ているが、決してお前自身には、何んの縁故もないんだぞ、と、その顔は言っていた。そこで今も、何か骨にこたえるような皮肉を浴びせかけたい衝動に駆られながら、大松の小父は点のようなショボ眼で、兵六の軍服姿を見廻わすのであった。その時、大松の傍にいた大河原権次が、兵六の肩を叩いて言った。

「やあ、おっさんぢゃないか?……おっさんも召集されとったんか!」と、「おっさん」の連発である。

兵六が苦が笑いをして振りむき、何か答えようとした時、大松の小父が一足先きに喋ってしまった。

「ええ、君……おっさんとは、誰ぢゃ。君、失敬なことを言うな! この人は――並川君は、これでまだまだ若いんだぞ」

大松は牛の性で粘ばりつづけた。「ええかね。……君! 肩を見い、肩を! いいかな、君と同じ一ツ星ぢゃろうがな。一ツ星をつけてるもんが、何んで『おっさん』といわれる程、いい年をからげて、ここへ召集されて来るようなことが、あるものか。な、常識で考えても分ろうがな……」

大河原はひどく慌てて、キュウピットの面から取りはづして来たような、大きな眼玉をくるくるさせて、色の黒い顔を紫色にした。彼は自分では赤くなっているつもりなのだが、他人には余りに色が黒いので、紫色に見えるのだった。

大河原は、突拍子もない時に、一つぴょこんとお叩頭をして、桜の木蔭の方へ立ち去った。大松は兵六を見て、大きな御面相に線の鈍い笑いを浮べたが、兵六はその笑いも、大河原を叱りつけた言葉も、すべては自分に向けられた皮肉であることを知っていた。

第二章

宿舎の割当てが決定してみると、兵六は大河原権次と同宿することになっていた。宿舎長が歩兵上等兵毬田裕であった。

日が暮れてしまってから、兵六と大河原は、毬田上等兵に引率されて、女学校正門前のだらだら坂を下り、藪蚊の唸っている田圃路を伝うて宿舎になっている部落の百姓家を訪れた。百姓家というても、最近○市の発展と共に新市域に編入された、このあたりの農家は一体に家計が豊かで、大きな屋敷が多かった。市の発展と共に、俄分限者《にわかぶげんしゃ》になった連中であった。渡辺姓が多かった。彼等の宿舎主も渡辺姓で、光治というのがその名前であった。

渡辺さんの家の門は、特別にいかめしい、大きな長屋門であった。鼻がぴりぴりするような木の香と、新しい壁の匂いが、薄暗がりに漂っていた。昼間見たら、まだその木の肌に、塗られた「との粉」も剝げ落ちていないように思われた。毬田も大河原もその門の前まで来ると、急に立ち止って、気圧されたように肩を竦めて空を見上げた。まだ薄明りの残っている空には、ボロ布をちぎって投げ捨てるように、黒い蝙蝠が飛んでいた。彼等はそれを見て足を止めたのではなかった。

暗くて表情は分らなかったが、はたと何かに突きあたって困惑しているような表情が、二人の姿勢全体から感ぜられた。毬田は大河原を、大河原は毬田を、お互いに肱で小突き合って、前へ押しやっているのだ。兵六は彼等が何に怯えて、こんな風に躊躇するのか分らなかったが、滑りのいい格子戸を力任かせに引きあけて、門の敷居を一歩跨いだ時、あッ、この門だな?――と思った。彼は後の二人を振りかえって、大声で怒鳴りつけた。

「おい、おい……何をそんなに遠慮しているんだ。兵隊らしく、活発に這入って来い」

大河原はニヤッと笑ったらしく、暗闇で白い歯が光かった。

新しい大きな門に較べて、母屋はひどく住み古した昔ながらのもので、中流以下の、小ぢんまりした農家の構えであった。そして玄関の格子戸を作りかえたり、土間にコンクリートを流したり、小綺麗な湯殿を建て増したりしている、その新しさが却って、昔ながらの古さとそぐわない「俄分限者」のいやらしさを感じさせるのであった。

長屋門は納屋を兼ねてはいるが、それにしても何故このような箆棒《べらぼう》なでっかさを必要とするのであろうか。第一、毬田や大河原でさえも「後退《あとび》き」をしてたじろいだではないか。小さな古びた母屋とは決して釣り合わない、この余りにもでっか過ぎる新築の長屋門は、美観のためや、泥棒除けや、農家の必要のためにあるものではなかった。だとすれば、それは世間に、自分の富をひけらかす見栄のためであった。

兵六は、明るい灯の射した内玄関のガラス戸に片手をかけながら、「あッ。いけない！」と危ぶなく声に出すところであった。その瞬間に、彼は彼の外に、もう一人の並川兵六が、彼の肉体の中に巣喰っていることを意識したのである。召集になって新しい軍服を着、そして今この宿舎の玄関口に現われているのは、影の並川兵六であって、その影を後から魔術師のように操っているのは、全く別箇の並川兵六であった。

こいつは一般の人々のもたない特殊な感覚と神経と感情をもっていて、こいつの皮膚で触わられ、そのレントゲン光線のような視神経に透視されると、あらゆる事物が歪曲され、一切の既成の観念が顚覆されるのであった。このように全然相反する個性を、同じ肉体の中に同居させている兵六は、つまり――たとえて言えば、危険な爆発物を抱いているようなものだ。だが、爆発物には、独立した意思はないが、彼の肉体の中に蠢《うごめ》いている生物には、独立した意思と行動と感情があって、兵六の自由にはならない厄介な代物であった。それはそれと意識しただけで、爬虫類の肌を思い出させるような、不気味な粘ばりを感じさせる魔性のものであった。兵六は口の中で「あッ！　いけない！」と、連呼しながら、彼の意思を突きのけて飛び出そうとする魔物を抱きとめるのに必死だった。

「さあ、さあ、遠慮しないで、召し上がってつかあさい。突然のことで、何のご馳走もないけんど……さあ、さあ、遠慮せんと、腹一杯飲んだり、食べたりして、つかあさい……」

宿舎主の渡辺さんが、百姓らしい朴訥な調子で熱い燗酒をすすめ、しきりにもてなしてくれるのであった。顔も手も陽に灼けて真黒だ。その真黒い顔に、皺の多い柔和な眼尻が電気の加減で涙を溜めているように光り、黄ろい反ッ歯が二枚、顔の筋肉をちぢめて笑う度にニョッキと突き出すのだ。

糊のきいた湯上りに着かえてかしこまっている三人の兵隊たちの前には、足のついた塗膳に、食欲を唆るようなご馳走が並んでいた。毬田は額に滲む汗をハンカチで拭きながら、無限に手繰り出せる紐のような、ねちねちした大阪弁で、くどくどと際限のつかない弁解と遠慮をくりかえしていた。

主人の渡辺さんとは比較にならない、若くて、きれいな細君が、五六歳の娘の子を膝に抱きかかえて、団扇《うちわ》で蚊を追っていた。百姓の細君には縁の遠い、手の白さであった。

「ご存じでしょうけれど、この辺は藺草《いぐさ》を作るものですから、蚊が多くて困るんですよ。」と、いう言葉も垢抜けのした標準語で、この地方の訛りがなかった。

そして、きりきりした眼に悪戯っぽい笑いを浮べて、大河原と並川の顔を見較べていたが、突然眼の中の笑いを声に出して言った。

「毬田さんが、あんまり遠慮なさるんで、並川さんと大河原さんが、待ちかねていなさるぢゃないの……お父さん、こちらから先にお酌して上げなさったら、どう？　あなた方お二人の方は、お好きなんでしょう」

兵六は不意に急所をつかれて赧くなった。大河原もぱっと火のついたように赧くなって、円い眼の玉をくるくるさせた。そして、いきなり箸をつかむと、

「自分は、ひとつも飲めんです。腹が減っていますから、先に飯を貰います！」と、言って茶碗を取り上げた。

若い細君はくっくっと声を殺して笑いながら、大河原の差し出した、茶碗を受取って、飯をよそい、主人の手から銚子を取り上げて、並川の盃に酒を満すのであった。

「さあ、お一つ……並川さんは、なんぼうでも、お飲みになるんでしょう」

兵六は細君のきりきりした張りのある眼に、心の底をすっかり見透かされてしまったように思って赧くなり、体中から熱い汗がぽたぽた垂れるのを感じた。

少しも飲めないのかと思っていると、毬田も酒のいける口であった。兵六と細君が交代に酒をついでやると、一息に飲み干して兵六に返えして寄越すのだ。若いのに仲々、飲みっぷりが鮮かであった。酔いが廻わって来ると、主人とは旨く駒が合うのか、何かくどくどと話し合っては、声を立てて笑っていた。

二人の間で取り交わされる話題の中から、兵六は、毬田が大阪に母や妹たちと一緒に住んで居り、尺八に趣味をもって師匠についていること、もう後一年間もみっちり勉強すれば、目録とか免状とかいうものを下げられる域に上達すること、今ここで召集されたことは、尺八の勉強の上から言えば、大変な損失であること――などを聞き知ったのである。しかし宿の主人の渡辺さんは、毬田と話を面白く進めながら、一滴も酒を飲まないのであった。兵六が盃を主人の方へ差そうとすると、彼は手とかぶりを一緒に振り立てて、その方は生れつき一向にどうも――と、かたくなに拒むのだ。その拒み方が、たった

一度の所作で、この人は財産を消耗する一切の消費的な方面の生活には、つまり酒とか、煙草とか、女、芝居というようなものには、生れつき趣味も関心も持たないことを悟らせる、ひたむきなものがあった。兵六は一遍こっきりで、渡辺さんに酒をつぐことを諦らめなければならなかった。

毬田とのひちくどい話題が一段落ついたところで、急に渡辺さんは並川の方へ黄ろい反ッ歯をむけて、言い出し憎そうににやにやと笑った。兵六は「何んですか?」と、訊き返えしたいところを、微笑ったままの表情で、渡辺さんの顔を見返えした。

渡辺さんはちょっとの間、細君の方を振りかえってもぢもぢしていたが、彼女のきびきびと嗾《け》しかけるような眼に唆《そその》かされて、

「並川さん、あなたは、なんぼうにおなりですか?……若いお方のようにも、また相当にお年を取って居られるようにも思われるんですが、一体なんぼうにお成りですか?」と、思い切って言い出した。

「さあ……?」

兵六は曖昧に答えた。彼は丸刈になったばかりの坊主頭の天頂から、酒にむくんだような不健康な頼っぺたのあたりを反射的に撫で下していたが、ふと逆捻ぢを喰わせるような語調ではげしく訊き返した。

「なんぼう……なんぼうに見えますかな?　なんぼうに見えます!」

「丁度ですかなあ……?」

「丁度?……冗談でしょう。丁度には、まだ三つ四つ間がありますよ」

「へえ!……ありゃ、りゃ、そんなにまだお若いんですか?　三十にまだ……」

「お若いって!　僕の言うのは、四十丁度のことですよ。四十には、まだ三つ四つ間があるっていうん

ですよ」

「は、はっ、はっ……」

もうとっくに飯を済ませて縁側へ出て胡坐《あぐら》をかき、浴衣の襟元をひろげて団扇の風を入れていた大河原権次が、突然抑え切れない可笑しさを爆発させた。畳の上へ転《うた》た寝をしてしまった女の子の、寝顔の上の蚊を追っていた細君も、団扇を抛り出して袂で顔を抑えた。これは悪いことを訊いてしまったという自責で、渡辺さんは亀の子のように首を縮め、はっきり言葉の形にならない弁解を口の裏でつづけ、やたらに頭を下げるのであった。「これは、どうも、飛んだ失礼をしました。これは、どうも……」

古ぼけた母屋を揺すり上げるような哄笑の中で、今までどんな会話があったのか知らぬ気に、毬田だけが酒のまわった赤い瞼をしょぼしょぼさせ、姿勢だけをきちんとさせて、一座を見廻わしていた。

「もう点呼時間になりますさかい、わたいご飯をよばれさせて、貰いまっせ。そして点呼報告に行って参りまんね」

彼はぴちッと音をさせて、盃をふせた。並川も彼にならわなければならないと思い、すぐ盃を汁のこぼれた塗膳の上へ伏せた。

「あら、並川さんは、まだいいんでしょう。報告には、宿舎長の毬田さんだけが、行けばいいんぢゃないの。お飲みなさい。もっとお上がりなさい、な。……まだ、ちっとも顔に出ていませんわ」

細君は眠むった子供の傍から膝を立ててにじり寄り、白い手で兵六の伏せた盃を起した。そしてつぎかけた銚子に酒のないことを知り、

「あら、ごめんなさい。すぐ持って来ますわ」と、言って直ぐ立ちあがろうとした。その膝を旦那さんが「飛んでもない」というような眼の色で抑えた。

「もう今晩は遅いから、これでおつもりにしなさい。栄子。……兵隊さんは朝が早いし、勤務がきついから、ぼっこうお酒をおすすめするのも、何んだし、なあ……」

と、後は口のうちで濁して、お汁が冷えているだろうから、ちょっと温めて上げなさい、と言った。

細君はさっき立ち上がろうとした姿勢のままで、すくっとお盆をもって立ち上がり、亭主の後を廻わって台所の方へ行きかけて、一寸立ち止まり、電気の真下になってぴかぴか光る渡辺さんの頭の天辺の禿げのところを見下していた。兵六はその彼女が、今にも手をあげて渡辺さんの禿頭を殴ぐりはしないか、不意にすらっとした足をあげて蹴飛ばしはしないか、とはらはらした。

だが、彼女は蹴りも、殴ぐりもしなかった。満面に白い笑いを漂わし、ぐいと力のこもった眼で兵六を見返えして、さっさと台所へ身を飜えした。その笑いは別に意味のあるものではなかったが、兵六には無限の暗示が潜められているようにも、また悪戯っぽい眼でぐいっと見つめられた力には、圧力的なものすら感じさせられるのであった。

それは烈しいものを要求している眼であった。兵六はやはり彼女も、没趣味な男との結婚生活に堪えられない不満を感じている女性ではないだろうか、その単調平凡な生活を一瞬に撃砕してしまいたい破壊的な衝動を持て余ましている女性ではないだろうか、と想像するのであった。

その彼女から兵六を見れば、殊勝らしく一ツ星の特務兵になんか化けていたって、お前の中にはもっと別なお前の正体があるんぢゃないか、いい加減に仮面をお脱ぎなさいよ、と唆かすようなものを、彼女の眼に見るのだった。

何時の間にか、毬田の姿は座敷に見えなかった。部隊本部になっている女学校へ、点呼報告に行ったのであろう。大河原と並川は、蚊の唸っている縁端に寝転んで、団扇を使ったり、毛脛を投げ出して、ぽりぽり掻きむしったりしていた。

台所ではこの家の主人夫婦が、遅い夕飯をしたためていた。兵隊の残した食い残しに、勿体ながって箸をつけている渡辺さんと、そんな亭主を軽蔑してさらさらと漬物か何かで、茶漬をかき込んでいる細君の姿とを、兵六は想像していた。そしてこの細君の姿態ばかりが、特別に美しく清らかに思えるのであった。これは「とんだことになるぞ！」と、特務兵の並川は、もう用心深く身構えるのであったが、心の中のもう一人の別な並川は、すでにわくわくするような全身の躍動を感ずるのであった。

そして爬虫類のような特殊な感覚と嗅覚で家の中を撫でまわし、嗅ぎつけて、細君のこの家庭に於ける関係や、その置かれた立場を、色んな風に悪どく、執拗に分析するのだった。金銭か何かの経済的事情を抜きにしては考えられない、夫婦関係であった。細君は余りに美しく、御主人はその彼女に比較して余りに見劣りのする、ただの「お百姓」さんであった。

兵六がこんな想念の中で、美しい細君の姿態を追いまわしていた時、突然、大河原がどんな連想からか、昼間の大松の小父のことを言い出したのであった。

「なあ、おっさん……今日の昼間、わしにひつこく粘ばって来たなあ、ありゃ、おっさんの親父さんかいな？」

「俺の年齢から考えて見ろ、あんな若い親父があって堪まるかい！」

「ぢゃ、兄貴かいな？」

「兄貴にしちゃ、年を取り過ぎているぢゃないか。……あれは、お前、知らないのか？　中日比の大松さ」

「ええ、本当か。あれが、中日比の大松さんか！」

大河原は初めて得心が行ったように、何度も何度もこっくりをするのであった。

彼は兵六と二年前の昭和○年度に現役をつとめた、同期の特務兵であった。中隊も班も同じだったし、生れ故郷が彼の村と隣り合っていた関係もあって、現役時代には特に親しくしていた間柄であった。

また今日召集になって来て見ると、彼とは同じ一つの部隊で、しかも同じ宿舎で寝起きする仲であった。大河原は大松と顔を合わせたのは、今日の昼間が初めてらしかったが、隣村の関係から、大松兄弟の噂さや取沙汰には通じているらしかった。大松の本家の方の馬喰は、大河原の郷里に近い耐火煉瓦で有名なM町に、町の牛乳を一手に捌いている、田舎町としては可成りに設備の整った大きな牧場を経営していた。今は昔ほどの俤《おもかげ》はないが、本家の方の兄は近郷では指折りの資産家であった。分家の大松も本家に相応した資産家で、兄と同様に近郷では相当に顔の売れている男であった。

だが、今では両家とも、その資産に罅《ひび》が入り、昔日の声望はないのであった。

「……ああ、あれが、中日比の大松さんか！」と、大河原は、ひどく感じ入って唸りつづけた。

大河原は、その大松が女学校の校庭で襦袢と腰巻一つになり、牛のような顔に、桜の樹間をこぼれて来る夏の陽射しが縞になって降りそそぐ光景を思い出していた。その光った顔に、にんまりした薄ら笑いを湛え、くどくどと粘ばり強く、牛の性分で突っかかって来られた時の気味の悪さをも思い出し、感じ入った表情をして唸りつづけた。

「ああ、あれが、中日比の分限者の大松さんか！……」

「中日比の大松というても、あれは新屋の弟で、乳屋の方さ」

だが、いま大河原が魅せられている感動から言えば、本家の馬喰の兄の方でも、乳屋の弟の方でも、どちらでもよかったのだ。今の大松は昔の資産の五分の一もないのに、大河原を捉えている感動の分量は、昔のままのであった。資産の方は五分の一にも減っているのに、貧乏人が資産家に対して何時も現わす感動が、大河原の場合には、少しも減っていないのであった。

「ぢゃ、……おっさんとこと、大松さんとは親戚なんかな？」

「親戚だと言えば親戚だし、そうでないと言えば、そうでもないんだ。へんな関係なんだよ」

兵六は大河原の素朴な質問に、一口では答えられない大松家と、並川家との複雑な関係を思い出し、一種説明のつかないまどろしさを感じるのであった。

「まあ、そんなことは、どうだって、いいぢゃないか。それより、大河原権次、一々俺のことを呼ぶのに『おっさん』というのだけは、やめてくれ」

と、言って兵六は『おっさん』といわれる極まり悪さを吹き飛ばすように、大声で笑い出した。

「あら、何を面白そうに、話していらっしゃるの？……」

湯上りらしく、しめった頬をつやつやと桜色に光らせて、ここの細君が西瓜の赤い切身を山盛にしたお盆を持って、濡れ縁の端へ出て来て坐った。

「食べて頂戴」と、蓮葉《はすっぱ》な調子で言い、お盆に盛り上げた西瓜を二人の間へ突き出した。湯上りの薄化粧の匂いが、ぷんぷんと漂うのである。その匂いを一層かき立てるように、彼女は団扇を使って、はだけた襟元や白い顔をあおぎ続けた。

「まあ、暑い。一雨ざっと来れば、涼しくなるんでしょうにね。……」

大河原はいつもの気性に似合わず、女の媚めかしい匂いに辟易して、まんまるい眼玉をぱちくりさせたり、投げ出していた足を縮めて、坐り直したりした。兵六はこの女の前でなら、どんな無礼なことでも平気でやれるぞ、という太々しい、大胆な考えに捉えられて、投げ出した足をひっ込めもしなかった。

のうのうと寝そべったままの姿勢で、頭の下へ肱を当てがいながら言った。

「旦那さんは？……」

「正子を寝かしつけているわよ」

「いつも旦那さんが、正子ちゃんを寝かしつけるんですか？」

「まあ、憎らしいことを言うわね！　この並川さんたら……今晩は仕方がないわ。ご飯をすませてわたくしだけ後からお湯に入ったんですもの」

縁端に出て夕刊を見ている彼女の表情には、兵六の言葉ぐらいには、たじろがない毅然たるきびしさがあった。兵六は「おやっ」と思った。心やす立てに近づいて行って不意に肩すかしを喰ったような、驚きであった。

第八章

燃えるような茜色が万成山《まんなりやま》の空を焼いていた。半田山《はんだやま》の谷々と麓には、薄紫色の暮靄が低く垂れ罩《こ》め、兵営区域一帯の地上を、薄墨色にぼかしていた。

鉄橋を渡る列車の響きがはっきりと聞え、市内には明るい灯がつき始めた。日照りつづきのこんな夕方には、いつも風が出て、日中の暑気を忘れさすのであった。

特務兵たちが晩の飼付を終って引き揚げてしまうと、並川兵六は厩舎の外へ出て、練兵場の青草の上に腰を下ろし、一息入れていた。彼は今夜、厩当番に当っているのであった。他の二人の当番は厩舎の中で、乾草の梱《こり》の上に腰をかけ、戦友が宿舎から届けてくれた夕飯の弁当を食べていた。

兵六は煙草に火をつけ、練兵場の草の上から、飽かず西の空の夕焼を眺めていた。ここから眺められる四方の風景は、彼には思い出の深いものであった。中学時代の五年間を、彼は毎日この風景に親しみながら、ここの都会で過したのである。

しかしこの都会も、彼がこの土地を留守にして二十年間各地を放浪していた間に飛躍的な発展を遂げ、練兵場の周囲にまで広く拡張されているのであった。だが、この都会を囲繞する山々の姿は永遠に変化しないように思われ、少しも変っているところはなかった。公園になっている操山、兵営の背景になっている半田山、それから後光のように茜色の夕焼空を頂く万成山。——

万成山の麓が、彼を退校処分にしたK中学校の所在地だった。が、法華経の寺院のある低い山に遮ぎられて、石段を並らべたように麓から山の上へだんだんに建てられている特長のある校舎は、——練兵場からは見えなかった。万成山の頂上からは、黒い石の粒になった焼け米が出る。それは戦国時代の武将が、この山の頂きにあった砦に火を放って敗退する時、砦と共に多量の糧米を焼却した。黒い石の粒になった米は、即ちその時の焼却米の名残りであると言い伝えられ、御影石の出るざらざらした砂礫質の山肌を削ると、砂にまじって黒い米が出るのであった。

こんな遠い日の回想に耽っていると、砂礫質の山肌の感触がなつかしまれ、彼は今にも山に駈けのぼり、指先で黒い米を掘り出してみたいという、やみ難い衝動を覚えるのであった。また練兵場から見渡される市街の東南角には、薄墨色の暮靄を裾に曳いて、烏城と呼ばれる天主閣の聳えているのが見え、城の下を流れているA川の紺碧の淵になった深みの水の冷めたさまでが、思い出されるのであった。公園、散歩、ボート、釣り、水泳……彼の若い日の楽しい記憶の大部分は、この古めかしい城と、A川の清冽な流れを背景にしているようであった。

練兵場の草の上に坐って、飽かず四囲の景色に見惚れている彼の眼には、かすかではあるが涙が光っていた。何を見ても、どこを指摘しても、ここから眺められる夕暮の風景の中には、彼の記憶と思い出に絡《まとわ》らぬものはなかった。明るい灯の瞬いている街、郊外、山麓、谷間……どの一点を指さしてみても、少青年時代の無数の友人の顔や、その小さな癖までが思い出され、しみじみと故郷の山河に抱かれている温かさを覚えるのであった。

だが、その友人たちの殆んどはこの二十年間に四散し、この都会に残っている者は、指を折って数えるくらいしかなかった。若い夢み勝ちな青年たちを、あのように熱狂させた理想は、今どこに在るのであろうか？　彼等は自由の戦士を自任し、個性の解放のために学業を放棄し、両親の反対を押し切り、あるものは新劇に、あるものは左翼運動に、あるものは文学に、理想の火を掲げて道案内もなしに荊の道を選んだのであった。彼等は自由を謳歌し、キリストのように犠牲と受難を甘受した。

このはげしい理想と気概が、今どこに燃え残っているであろうか？――あるものは自殺し、あるものは行方知れずになり、またある者は気が狂ってしまった。例外なくこの世代の青年たちはこの二十年間に敗北してしまったのだ。ただこの国の歴史を推進する歯車の轢断から免かれたものだけが、歯医者になったり、親の家業を継いで神官や坊主になり、または専売局あたりの腰弁になって、纔《わず》かにこの都会で余生を保っているのであった。若い日の理想と情熱は失われてしまい、今ではひどい健忘症に罹り、彼等はそんな日を回顧するのさえまどろしいのであった。すでに彼等の肉体には、喘息やリウマチの徴候さえ現われ、若いままに老い朽ちているのであった。

だが、一体「この俺はどうなのだ！」――と考えた時、兵六は慄然たらざるを得ないのであった。彼等の無気力を嘲い、彼等の改宗を責める勇気はなかった。彼もまた彼等と同じように理想を失い、この時代の目まぐるしい躍動の中で、すっかり身体を浮き上がらせてしまい、どこかの岸へ大きく「舵」をまわさなければならない土壇場ではなかったか。彼等と同じように理想の路を歩き、しかもついに途を見失い「舵をまわす」のが、彼等よりも少し遅かったという「時間」の差異だけではないか。しかも敗惨の身を横えるべき場所も与えられずに、彼は戦地に出発しようとしているのだ。何もかも振り出しへ戻り、「一つ星の特務兵」となって、彼は出発しようとしている！

すでにこの時、都会の空からは茜色の夕映えは消え去り、星がまたたき始めた。地上は黒い幕に蔽われ、闇にちりばめられた灯火の輝きだけが、次第にその強さを増して来た。あるいは、これがこの都会の最後の思い出になると思いつつ、彼はその灯火のまたたきに眼を見瞠るのであった。——すると、突然、厩の中から当番の特務兵が飛び出して来て、

「おい、こら、おっさん。そこでいつまで坐り込んで考えているんぢゃ。面会ぢゃないか。面会！」と兵六を練兵場の暗闇の草の上に見つけ出し、大声で怒鳴った。

「面会？……」

「面会だよ。女の子をつれた、別嬪の奥さんが来ている。あっ、そうだ。おっさんのおかみさんぢゃないのかい？」

「女の子を一人連れてか？……それなら貴様、俺の宿舎の奥さんだよ。弁当を持って来てくれたんだろう。俺は二人の子持だからなあ」

「まあ、何んでもいいから、来てくれよ」

相棒の当番は彼をせき立てた。彼が尻を払って起ち上がろうとすると、そこへ渡辺さんの奥さんが、正子ちゃんの手を引き、白い顔を闇に浮かせて、厩の方から近づいて来た。

「まあ、そこにいらっしゃったの？　お腹が空いたでしょう。済みません。遅くなって」

「何んだ、宿舎のおかみさんか！」と、相棒の特務兵は、失望したような呟きを残して闇の中へ駈け去った。

「奥さんに、わざわざお持たせさせては、相済みませんね。大河原の奴はどうしているんです。あいつに自転車で持って来させれば、よろしかったんですよ」

「いいえ、大河原さんは勤務がはげしいんで疲れていなさるし、それにわたし達も、一日家に引籠っているんですから、運動になってよろしいんですの」

奥さんは、さり気ない笑い方をして言った。「どこでおあがりになります？　ここがよろしいでしょう。……厩は臭いから。……悪いんぢゃないかと思いましたけれど、お酒も大河原さんの水筒に入れて持って来ましたわ。厩当番というと寝ずの番なんでしょう。お気の毒に思ってね……」

「お酒まで！――そいつあ、結構ですが、今夜は勤務についているから、折角ですが、飲めません。僕は特務兵だから、厩の臭いのなんか、一向に平気です。もう直き身体まで、馬の匂いと同じに変ってしまいますよ。ここは暗くなりましたから、厩へ行きましょう。僕や大河原の愛馬を見てやって下さい。僕のは、とても情けないような駑馬《どば》ですよ」

「……それぢゃ、正子ちゃん、おぢさんたちのお馬を見せて貰いましょうね。大河原さんのお馬は大河原さんのお家で飼っていたお馬なんですって。大河原さんは、そのお馬と一緒に、戦争へいらっしゃるのよ」

小さな正子ちゃんは、母親に手をひかれ、厩舎の方へ歩き出した。兵六は重箱の包みと酒の入った水筒をさげて先に立った。

厩では、二人の当番の者が、兵六を待たずに既に乾草の分配を済ませていた。馬房から首を突き出した馬が、雨の降るような音をさせて、乾草を貪り食っていた。母親に手を曳かれた正子ちゃんは、馬房毎に立ち停って馬を眺めていたが、その幼ない顔には愉しい表情はなかった。

兵六が「お馬が好きですか？　好きなら、乗せて上げましょうか？」と、気を引き立てても、ただ温和しく素直に首を振るだけであった。彼はこの小さい子供を見ていると、自然に切ない感情がこみ上げて来るのだった。

「まあ、これよ。これが大河原さんのお馬よ。随分、大きいわね。それによく肥っているわ」

母親の大袈裟な感歎の叫びに、正子ちゃんは「そのお馬、なんて名前なの？」と訊いただけであった。

「『通天』……『通天』という名なんですよ」と、兵六が引き取って答えた。

「これが、並川さんのお馬だわね。……『通光』と名札が出ているわ。大河原さんのに較べると大ぶん痩せて、身体も小さいわね。だけど温和しそうな馬だわ」

「いいえ、そうぢゃ有りませんよ。一寸見た眼には、大河原の馬は大きくて怖わそうだけれど、とても人によく懐いていて、温和しいんですよ。しかし僕のは、痩せて柄の小さい癖に、ひどく神経質で、何んにでも物怖ぢして、大変始末の悪い馬なんですよ。見ただけでは、馬の癖は分りませんがね……」

「そうですの？」

大河原と兵六の馬を見てしまうと、二人にはもう他の馬を見る興味がなさそうであった。そこから二人は、自然に踵を返えしていた。二人の当番兵は、奥さんに顔を合わせると、ぴょこんとお叩頭をして、兵六の方には意味深長な含み笑いを見せた。

「お弁当を召上って下さいな。お済みになったら、お重箱を頂いて帰えりますから」

「いや、まだ腹が空いていませんから、そのまま置いて行って下さい。僕が明日の朝下番《かばん》になったら持ってかえりますから。今日は三時頃に勤務の暇を見て、ちょっと街へ出て鮨のつまみ食いをして来たので、まだ腹が大きいんです」

と、言ってから彼は、仲間の特務兵の方に向かって叫んだ。「済まんけど、もう少し二人で馬を見ていてくれ。ちょっと練兵場の端れまで、奥さんを送ってくるから。頼むぞ」

「送って頂かなくっても、よろしいわ。練兵場の路は、いつも歩き馴れているんですもの……」

「でも、厩の外は、もう真暗ですよ。若しも奥さんや正子ちゃんに過ちでもあったら、御主人に済みませんからね」

「あら、それは皮肉なの？……皮肉に聞えてよ。浅池さんから、わたしたちのことは、何もかもお聞きになって、御承知の癖に！」

兵六は厩の外へ出ると、正子ちゃんを抱き上げた。顔も身体も肥っているように見えていたが、抱いてみると身体に芯のないような軽さであった。この軽さが、正子ちゃんの不憫な境遇と、その不運な身の上を物語っているようで、兵六は胸の塞がれるような思いであった。

兵六も奥さんも、無言で暫くの間、練兵場の草を踏んで歩いていた。すると突然に、奥さんが弱々しい声で囁やいた。

「もう、いよいよになりましたわね……」

「そう、もういよいよ出発です。明日は軍装検査と閣下の検閲――僕たちの出発は、多分その翌朝になるでしょうかね？　思いがけなく大変なお世話になりました。皆さんの御親切は永久に忘れないつもりです。ほんとうに、我儘ばかり申して、済みませんでした」

「まあ、お固い御挨拶だわね？……並川さん、あなた大丈夫。しっかりお働きになれる自信がありますか？」

「何が、ですか？」と、どぎまぎして兵六は口を噤んだ。

暗くて彼女の表情は見えなかったが、その声には真剣な響きがこもっていた。兵六も笑って、はぐらかす不真面目な気持にはなれなかった。

「そうです。絶体絶命の場合ですからね。実は、僕もかねてから、こんな場合を望んでいたんです。自由だの、理想だのと、過去の幽霊や幻影にとっつかれて、煮え切らない愚図々々した態度で、生活して行くのに、もう堪えられなくなっていたんです。僕は思想も主義も捨てて真裸になり、もう一度初めっから生活を建て直すつもりで、故郷へ帰ったんですが、やはり駄目でした。まあ、あなたたちから見たら、大変に卑怯な態度だと思われるかも知れませんが、僕は戦争という絶体絶命の立場に立たされて、僕自身の力ではなく、他のものの力によって、僕が鍛え直されるのを期待しているんです。だから、僕は喜んで戦地へ出て行きます。戦争という絶体絶命の立場に置かれたら、如何に煮え切らない僕でも、その僕の意思や性向の如何に拘わらず、決定的に方向を変えられてしまうんじゃないでしょうか？」

奥さんは黙っていた。しばらく何か考えつめているようだったが、やがて静かに口を切った。

「そうね。……変るわ、変えさせられてしまうわ」

また口を噤ぎ、それから穏かな語調で語り出した。

「ほんとうは、わたしも、つくづくとそんな立場が欲しいのよ。その点、あなたは仕合せだと思うわ。望んでそんな立場が得られたのではなく、避けるにも避けられない、絶対的な立場なんですものね。わたしも、実はこの正子さえなければ、看護婦の免状があるんですから、特志看護婦になって、戦地へ志願したいと思っているのよ。だけど、この子供が可哀そうでそうもならないわ。もう疾くに、あなたはご存じだと思いますけれど、この子は渡辺の子供じゃないんでしょう。わたしを離れて、この子供の生きる場所は、どこにもないんでしょう。考えると、ほんとうに不仕合せな子供だわ」

「奥さん、あなたは今の生活から、それ以上に変る必要はないぢゃ有りませんか。もう今以上の欲望は贅沢か遊戯の部類に属しますよ。これから精々渡辺さんを愛し、丹原君の遺児である正子ちゃんを可愛がって、大きくしてあげるのが、あなたのこれからの生涯の全部ぢゃないですか?」

「まあ、あなたは、そんなことを本気で仰言るの?……それは、わたしが正子を連れて、無選択に渡辺と結婚したのが、間違いのもとなんですが、しかしその時は仕方がなかったわ。わたしが検挙された時、今までの主義を清算して結婚すれば、執行猶予にするという条件を出されたので、両親が大喜びで家の昔の小作人だった渡辺との結婚を承諾させて、わたしを無理矢理に連れ出したんです。その時、あたしがしっかりしていて、飽くまで反対すれば好かったんですが、まだその時乳離れもしていない正子のことが気にかかって、無我夢中でそんな乱暴な条件を承認してしまったんです。そして結婚してしまってからは、自分が単なる便宜のために結婚したことを反省させられ、当の渡辺にも、丹原にも、正子にも顔向けが出来ない程、恥しいんです。恥しいだけぢゃないわ。自殺しても詫び切れない苦しみがあるのよ」

彼等は、練兵場の出端れまで来ていた。二人は自然に立ち停り、反射的に街道の人通りを透かして見て、どちらが先きにともなく、並木になっている松林の中へ入って行った。そして二人は草の上へ腰を下ろし、兵六は軽い正子ちゃんの身体をずらせて、膝の上へ坐らせた。兵六は煙草に火を点けた。

「さっきの話ですがね。……それは、あなたが、渡辺さんを丹原君と同様に見ようとするから不満があるんぢゃないですか。丹原君は僕たちと立場こそ違え、あなたたちの運動の最も優れた指導者だったし、渡辺さんは、こういうと失礼ですが、ただ単に小作上りの平凡なお百姓さんですからね。しかしですね。あなたは、もうすっかり今迄の生活を変えてしまったんだから、最初の決心通りに、今の生活に新しい喜びを見出すように、努力なさればいいんぢゃないですか。結局それが、あなたにも正子ちゃんにも仕合わせなんぢゃないですか」

「生活の便宜のために……そうでしょう」

彼女の言葉には、兵六をひやっとさせるような、冷めたい笑いがあった。

——丹原優は、この国の左翼運動が最も華々しかった頃の、極左派を代表する指導者の一人であった。彼女はその頃、女子医専に在学中であったが、丹原の影響を受けて左翼運動に走り、病院の看護婦になって同志獲得のために働き、傍ら丹原の生活をも蔭にあって援助していたのである。間もなく当局の弾圧が猛烈になり、彼等は合法的な生活を捨てて、地下に潜ぐった。そして丹原との同棲生活をつづけているうちに、正子ちゃんが生れ、間もなく彼等も外の多くの同志と共に検挙されてしまった。正子ちゃんは、まだ乳離れもしないうちに母親に距てられて、彼女の生家に一先づ引取られなければならなかった。丹原は検挙と同時に胸の病いが重って、獄中で病死した。勿論、彼女が渡辺さんと結婚の約束をして釈放されたのは、丹原が死んでしまった後であった。

兵六が、奥さんのこんな閲歴を知っているのは、浅池から聞き嚙っていたからだ。彼女の実家はこの地方では相当の旧家で、父は医者であった。田舎のお医者さんの家が殆んどそうであるように、彼女の実家もまた一方では地主であった。渡辺さんは代々彼女の家の小作人であったが、この都会の発展と共に自作農にせり上がり、今では小さいながらも地主であった。この地主さんは、彼女を執行猶予の恩典に浴せしめるための「結婚の相手」に進んで選ばれたのであった。

「奥さん、あなたは今、生活の便宜のために、と言われましたが、しかし今はそんな言葉を使わんことにしましょう。僕も考えて見れば、僕が何のために悩んでいるか――突きつめて考えたら或いは手近なところに、そんな思いがけない原因があるのかも知れません。破綻したのは生活であって、まだ主義や思想は断じて破綻していないなんて、いう風にね！　しかし僕は生活にも敗れたが、同時に今までの僕の観念を支えていた思想や理論にも、非常に懐疑的になり、情熱も失われてしまった。そしてこれに代わる何物かを、しっかり摑かもうとして慌てている。しかし何を摑かむべきかが分らない。この動揺している気持が、僕を勇敢に戦地へ押し出させるんです。これは僕の嘘のない気持ですが、こんなのを、あなたたちは、卑劣で臆病な日和見主義というんでしょうね」

彼女は彼の言葉を聞いていたのか、いなかったのか、突然何の連絡もなしに、

「並川さん、あなたには、お二人お子さんがあると聞いていましたわね。お子さんのことを時々はお考えになって？」と、言った。

「子供は二人あります。末の女の子は、恰度この正子ちゃんと同い年でしょうか。五つになります」と、答えて、彼は正子ちゃんのおかっぱの頭を撫でた。「ねえ、正子ちゃん。大人は馬鹿だね。子供のことを少しも考えてくれないで、自分たちのことばかり、夢中になって喋べっているんですものね。……ほら、ほら、こんなに足を蚊に食われて、ホロセが出ている。ごめんなさいね。あなたを放ったらかしてしまって！」

「あら、まあ！……」

奥さんは、はっとしたような叫び声をあげて、正子ちゃんの傍へすり寄り足の首を撫でまわした。暗

くて顔色は分らなかったが、その動作には何かひどく周章《あわ》てたものがあった。兵六は薄ら笑いを浮べながら、言葉を続けた。

「……子供に対する親の絶対的な愛情なんて言っても、だいぶん嘘が有りますね。僕たちは、親の自分の身の問題ばかりを考えて、子供のことは少しも考えていませんからね。これは大人の自己中心欲ですね。人間は、どこまで行っても――これは古臭い言葉だが、結局、利己的な動物なんでしょうね。これから僕も、もっと真剣になって、子供のことを考えなければならないと思います。余り自分のことにばかりかまけて、子供の方にまで手が廻わり切らなかったためでもありますが」

「本当に、わたくし達を親に選んで生れて来た子供たちは、この世の中で一番不仕合わせだと思いますわ。わたしも、自分の生活の不満や何かにかまけてしまって、子供が可哀そうだと思いながら、一方では子供の顔を見るのさえ嫌になって、むしゃむしゃすることがあってよ」

「やっぱり僕たちは、生活の中心を失って、動揺しているからでしょうね。何か確固たる信念が摑かみたい。しかもその信念が摑かめないで、焦せり切っている。これが今の僕たちの姿だ。しかし僕たちが今まで、考えていたような、理想とか真理とかは、そんな高いところにあるのではなく、子供だとか、自分の身のまわりの生活の中に、本当のものがあるんぢゃないでしょうか。僕は近頃そう思い出したんです。ここまで来ると、またあなたたちから、現実に追随し過ぎるなんて軽蔑されそうですがね……」

兵六の笑い声の中には、自嘲的な響きがあった。彼の顔は、人にも見せられない奇妙な泣き笑いを泛べていたが、夜の闇に塗り込められて、彼女にはその表情が見えなかった。

「あら、軽蔑するどころですか。結構な御意見をお聞かせ下さって、大変に有難く思っていますわ」

「それは、あなたの皮肉ですか……まあ、そんなことは、どうでも宜しい。とに角僕は最初にあなたにお眼にかかった時から、――こういう言葉は大変に失礼だと思いますが――あなたに不思議な興味を感じていました。また、あなたも僕に、何かの興味を持っていられたことは、確かでしたね？　確かにそうでしょう。だが、今日はすっかり、僕の正体を暴露してしまいました。随分とつまらない男だったでしょう」

「あなたは、余り自己を卑下し過ぎますわ。それが、あなたの趣味なのね。しかし、そんなの悪趣味だわ」

と、言って彼女は、ふと言葉を切り、浴衣の裾を払って起ち上がった。

「……では、あまりおそくなってもいけませんから、帰えりますわ。ぢゃ、お元気で戦地へ出て行って下さい。いろんな悩みを一擲して、思い切りよく戦地に出て行ける、あなたのお身分が羨ましくってよ。女は色んな場合に、女の立場のつまらなさが、しみじみ考えられるわ。ぢゃ、お元気でね、左様なら……」

彼女は正子ちゃんを、兵六の膝から抱きあげた。そして暫く闇の中に立ちつくしていたが、思い切って歩き出した。兵六はその白い後姿を闇の中に見送りながら「あっ、泣いている」と思い、何か言葉をかけようとしたが、ぐいと足を踏みしめて、弱い感情を押し殺した。

夜の空には、無数の星が瞬いている。都会の空は仄明るくぼやけ、地上の灯火が痛いように眼を刺した。彼は彼女と正子ちゃん達との不思議な交渉を思い出し、この都会の灯に、またもや一つの、新しい思い出をつけ加えたことを知った。

兵六は青草を踏んで、並木の松の下から歩き出した。あたりに、わんわんと蚊が唸っていた。よく正子ちゃんが痒がって泣き出さなかったものだと思い、その素直ないぢらしさが、強く胸にこたえて来た。

出典：『第二の人生』第一部　昭和十五年四月十六日（河出書房）より第一篇第一章、第二章、第八章を抽出。

解題：テキストの周縁から　P745

怪我の功名

一

特務兵の春日森蔵は、いつも小首を傾《かし》げる癖があった。ぶよぶよとよく肥っているんだが、心臓か腎臓に持病でもあるらしく、どこか不健康な顔色をしていた。眼も、眉毛も、顎も、鼻も——つまり顔の造作が、みんな顔の下の方へずっているような顔立ちで、両肩までがずり下って、まるで女の撫肩であった。

歩くと内股だった。滅多に急ぐことのない動作の緩慢な男だったが、それでも何かの用事で急がなければならないような時には、益々肩を落し、いよいよ小首を傾げて、せわしなげに内股で歩くのだ。「おんびき」——中国地方のがま蛙の方言だが、それが彼の渾名《あだな》だった。気がせいて来ると、直ぐに青くむくんだ顔から汗が流れ、撫で肩をゆすぶって、ハァ、ハァ、……と苦しげな息使いをするのだ。そんな風な恰好を見ると、のろまながま蛙を思い出さずにはいられない。

戦地へ渡ってからまる一年たつのに、ちっとも兵隊らしくならない、妙な男だった。軍服を一年間も身につけながら、それがちっとも身につかないなんていう兵隊は、本当に珍らしかった。

「こら、春日！　お前は、もうちっと動作をテキパキして、兵隊らしくしてみろ。ほら、その内股が第一いかん。男らしく外股で、活溌に歩いてみい！」

などと、班長が時々見兼ねて注意するんだが、春日は怨めしげな上眼使いになって、ぶつぶつと口の中で呟くのだ。

「そんなに、やかましく言われたって、どうにもならあへん。生れつきぢゃもん……」

戦闘が終わって部隊がある期間、長期に亙って駐留するようなことになると、特務兵たちにも日課が課せられて演習に出される。そんな場合に春日が一枚加わると、大変に面倒なものになってしまうのだ。春日、演習に出るのか、などと揶揄《からか》うと大変だ。

「うらの身体は何処も何んともないんぢゃ。嘘をこいてまで、演習をすかされるもんか。出る、なんと言っても出るがな。」

「貴様の、その馬鹿正直なのが、みんなの迷惑になるんぢゃ。貴様のおしょうばんをさせられて、基本動作のやり直しばかりで、この暑いのに一日絞ぼられる他の兵隊のことを考えてみい！」

「そんなことを言ったって、生れつきの身体ぢゃもん。仕様がないがな。……俺は嘘までこいて演習をすかす気になれん。何んといわれても、俺は命令だけのことはするんぢゃ。」

「チェッ！　ぢゃ、勝手にしやがれ。薄のろの、糞おんびき奴！」

しまいには戦友たちも腹を立ててしまって、春日には取り合わないようになってしまった。しかし演習に出ると、テキ面に困まらされるのだった。整列の号令がかかると、不動の姿勢が取れないのは春日だけだ。小首を傾げている。内股には握り拳が入る位いに隙がある。歩くと、歩調が合わない。……

「おい、こら。春日！　その姿勢は何んだ！」

と、指揮者が顔を真赤にして、腹立しげに駈け出して来る。

「その首は何んだ。首を真直ぐに、膝をぴったり合わせて、靴先は六十度に開く！　眼の位置は正面……両手は軍袴の縫目に正しく伸ばす。……あっ、お前のその脚絆の巻き方は何んだ。軍隊では、そんな出鱈目な巻き方は教えていないぞ。まるで人足か土方ぢゃないか！」

「では、もう一度最初からやり直す。……全員、気を付けッ！」

兵隊たちは、やれやれと思わず溜息が出るのだった。他の分隊では、密集教練に移っているのに、ここではまだ「気を付け」のやり直しからだ。春日の「おんびき」が一枚加わったばかりにと、つい呪いたくなるのだった。

「まだいかん。よしッ、後列は休め。前列だけ、もう一度……休め、気を付けッ！……こら、春日、どこを見ているか？　眼の位置を忘れたか。ほら、手は！　足の角度が狭い……。」

不動の姿勢から、ようやく解放されて行進に移ったと思うと、こんどは春日の歩調が合わない。行進の教練だけで、またたっぷり二時間位いは費されてしまう。指揮者も兵隊も、汗だらけになってしまって、言いようのない苦惨な気持になっている。

「いかん、いかん。まだ、いかん。……よしッ、春日の伍《くみ》だけ、正面へ出ろ。……いいか。こん度は間違うな。気を付け……前へ……あッ、まだまだ。春日、足の出し方が早い。よく、号令に気をつけんか。前へ……で心持左足を浮かし、進め、の号令で左足を一歩踏み出して、行進に移る。分ったか？　もう一度！……」

こんな有様であった。春日にお相伴させせられてカンカンと天ン日の灼きつく広場で、同じことを時間一杯繰り返えさせられるんでは、兵隊たちも堪まったものではなかった。指揮者も春日ばかりにかかり合っていたら、予定の日課が一歩も進まないことになってしまうので、しまいには匙を投げてしまって、見て見ぬ振りをしていなければならなかった。すると、春日は忽ちもとの「おんびき」に立ちかえって、教練の調和を紊してしまうのであった。

隊長の講評があるような場合には、いつもきまって酷評を受けるのが、○○○だった。

「特務兵は短期教育しか受けていないのだから、教練の未熟なのは仕方がないが、まだ右と左の区別さえ知らないような、ボンヤリしたのがいる。注意力が足りないし、教練に対する緊張が欠けている。担任者は、特務兵教育に当っては、より厳正な態度で臨んで貰いたい。」

大妻班長は、その度に泣くような表情で口惜しがるのだった。

「春日の奴が、一枚加わっているばかりに、特務兵全体の成績が上がらない。こら、春日、貴様のために全体の特務兵が迷惑しているんだぞ。ほんとに、貴様には困ったものだ。」

「班長さん。ほんまに『おんびき』には困ったものですなあ。現役召集の時にも、自分はあいつと一緒の班でしたが、やっぱりその時の班長さんも『おんびき』がいるんで、四班の成績が中隊で一番悪くなってしまうとこぼして、泣くように言っていられました。『おんびき』は、どうも生れつき、兵隊向きに出来ていないで困ったもんです。」

おしゃべりの森永が、こんなことまで打ち明けるのだった。班長は急ににこにこして、我が意を得たりとばかりに、顔の表情をくづすのだった。

「そうだろう。軍隊の動作はすべて協同動作だから、一個人の欠点が全体の協力を破るんだ。一人の頓馬を抱えていると、班全体、小隊全体、中隊全体の成績が、一人のために悪くなってしまうんだ。春日みたいな男をあづかったら、俺も困るが、現役当時の班長も迷惑したろうよ。」

とに角、こんな風で春日森蔵特務兵は、○○○全体の持て余まし者だった。

二

間抜けな人間は、他人からなぶり者にされながら、何処か憎めないところがあって、他人から可愛がられるものだが、不思議に春日には、その大切な一面も欠けていて、兵隊全体のなぶり者になった上に、ひどく憎まれていた。酒も煙草も、勿論女も知らなかった。隊から支給される給料は、そっくりそのまま貯金していた。貯金高では部隊一の成績だった。

ある日、隊付の主計軍曹が、貯金の委託に来た春日を取っつかまえて、こんなことを訊いていた。春日のことなら、なんでも知っているのに、空ッ呆けた顔をして、貯金帳の金高に眼を通していた。

「春日、よくお前は、これだけ貯金をしたのう。感心ぢゃが、しかし一体、お前の俸給はいくらだ？」

「はッ、八円八十銭です。」

「八円八十銭と、……うん、ちょっと待て。」

軍曹はパチパチ算盤を弾いてみて、吃驚した表情で顔を挙げた。

「それにしても、えらい貯金だな。貯金はいくらしてもいいが、ケチな根性をもってはいかんぞ。戦友から憎まれてまで金を貯めるような、汚ないことをするな。いいか！　ここは戦地だ。お互いに明日をも知れぬ生命だ。みんな国家に生命を捧げて働いている戦友ぢゃないか。自分で喫えないものや、飲めないものなら、みんな自分の戦友に分けてやってしまえ！」

「………」

春日はむくっと脹れかえって、経理室を出て行った。しかしその後と雖も春日の根性は一向に直らなかった。

戦闘つづきや、または駐留間に輸送の関係などで部隊からの給与もなく、また酒保がなくって、煙草や甘味類に欠乏して来ると、兵隊たちは春日から欲しい品物を何とかして貰わなければならない。

彼はまた、酒や煙草を嗜まなかったから、殆んど戦友たちと金を出し合って、酒を飲むようなこともなかった。

「おい、春日！　酒は嫌いでも豚饅頭位いは食うだろう。仲間はづれにばかりなっていないで、少しは仲間の附合いでもしろよ。」

と、戦友たちが見兼ねてすすめてみることもあるが、一向に利き目がないのだった。

「いや、豚饅頭も、食ったことがないから嫌いだ。三度三度部隊の給与を受けて居れば、腹一杯だ。この上、金まで出して腹へつめ込みたくないがなあ……」と、こんな調子であった。

だから、部隊中に一人の友人もなく、除け者扱いにされているのだ。しかし本人の方では一向にそんなことには頓着なく、自分から好んで仲間はづれになっているような風であった。俺はこの社会では誰からも対等に附合って貰えるだけの値打のある人間ぢゃない、と頭から決めてかかった上での態度だと思える節もあった。だから、その青むくみの来た顔には、孤独の寂しさなどと言う、気の利いた表情はなかった。怒られ、罵られ、悪態をつかれても、一向に腹を立てる様子もなく、顔を赧らめる羞恥の感情さえ完全に失ってしまっているようだった。戦友たちが、狭い宿舎のオンドルの上で車座になって、酒を飲んで乱痴気騒ぎを演じているような時などにも、ぢっと傍に坐って面白げにニコニコして、酔っ払いの顔を眺めているのである。

「おい、こら『おんびき』、自分のものなら舌を出すのも大儀だろうが、他人のものでロハなら、まんざらでもあるまい。ほら、飲め！」

「そんな風に俺たちの酒盛りを傍から素面で見ていられると、こちらで気まりが悪いわい。ほら、すき焼だ。割勘を出せとは言わないから、一箸ぐらいつまめよ。」

と、兵隊たちが酒や肴を飯盒の蓋にもって突き出してくれるのだが、どんな訳だか、そんな場合にも手をつけたことがなかった。きちんと何か頑固な境界を自分と他人との間に設けていて、その線を自分から犯すようなことは絶対にしなかった。また戦友からそんな風に言われて、気まりが悪くなり、そっと席でもはづすかと思うと、そうでもなかった。相変らずニタニタ笑いを浮べて、酔っ払い共の乱痴気騒ぎに見惚れているのであった。

「一体全体、あの『おんびき』は、地方では何をやっていた男なんだい。あんな根性で、よく今日まで地方で過して来られたもんだ。」と、兵隊たちは不思議に思うのであった。

彼は大阪の電線工場で十五年も働いていたんだと、誰かにもらしたことがあるそうだが、それでいて、一度も大阪言葉を使ったことがなく、泥臭い作州訛りが抜けていなかった。まだ二十五六歳の青年だったが、十五年間も大阪で暮したとすれば、十歳位いの幼さで大阪へ出たことになる。すると、少年時代から十五年も大阪で暮していて、ちっとも大阪弁に馴染まないということは不思議だった。

「なあに、若しわしらがそんな風だったら不思議だが、相手は『おんびき』だ。土をかぶせられるまで大阪に住んでいたって、大阪弁を覚えやしないよ。まあ、あいつの軍服を着た恰好を見てみい。もう軍服を着て一年にもなるのに、ちっとも兵隊らしくないぢゃないか。馬子にも衣装だって言うが、あいつには何を着せてみたって、油だらけな絆天を着ている人夫と変りゃしない。職工だなんて言っているが、あんな間抜けだから職工の下働きぐらいのところさ。一生あんなのに兵隊飯をくわしてみたって、『気を付け』一つ満足に出来る兵隊にはなれっこないよ……」

口の悪い兵隊にかかったら、頭からボロ糞に罵られてしまうのだった。

だが、私にはそんな風には考えられなかった。大阪に十五ケ年も住み、兵隊になってから一ケ年も経っているのに、過去の生活の流儀を頑固に固守して少しも変化しない春日の性格を不思議に思うのだった。他人の思惑などを一切無視して、自分の生活だけを脇目もふらずに守りつづけなければならなかった、その苦惨な環境に、彼の秘密の全部が潜んでいるのではあるまいか？

私と春日とは、同じ通信隊であったが、私は小隊の配属であり、彼は○○○の配属で戦闘間には殆んど顔を合わせる機会がなかった。が、しかし彼の評判は度々聞かされ、兵隊たちから馬鹿にされながら、ひどく憎まれていることも知っていた。

だが、私には春日を憎む気はしなかった。守銭奴のように金を蓄めてはいるが、金を使う道を知らない男だから、自然に俸給が貯まってしまうのだ。では、何故、自分でのみもしない酒や煙草をいつまでも後生大事に保存して置いて、なかなか他人に呉れてやろうともしないか――その点の心持が一向に解せないのであった。多分、彼が頑固に信じている生活哲学の上では、凡そ他人に物を只でくれてやるというような――馬鹿げたことは考えられないのであろう。手ッ取り早く言えば、彼自身他人から何等かの取引なしに、只で物を貰ったというような例《ためし》はないのであろう。彼が、他人と自分との間に頑固な境界を設けているのも、恐らくは、この習慣のためかも知れない。

「どうも、あの『おんびき』奴のすることなすことが、後味が悪くて仕様がない。ひとつ、みんなで焼きを入れてやろうぢゃないか！」

兵隊の間では、折々こんな風な計画が立てられるのであった。だが、いざその計画を実行に移す段になると、これというキッカケがつかないのである。貯金は部隊命令として、兵隊各自が実行していることだし、勤務は真面目一点張りで、屡々《しばしば》失策することはあるが、それも生れつきの勘の悪さからだし、どこにも皆んなから殴ぐられなければならないような落度はないのだった。

しまいには兵隊たちの方が、しびれを切らして匙を投げるのであった。

「ちえっ、支那人そこのけの、無神経な大陸型と来ちゃ、こっちの敗けだ！　糞忌々しい『おんびき』

奴！」

三

私たちの部隊は、徐州戦の開始直前まで、山東省〇〇に駐留していた。駐留は〇〇と〇〇とで三ケ月以上にも亙っていて、兵隊の間では専ら「帰還」の噂が高かった。馬や兵隊の身体検査が行われ、しまいには「兵隊は各自の私物をまとめて、分隊毎に梱包して置くこと」などという命令が出たりして、「帰還間違いなし」と信ずるようになったのである。

だがこんなことには始終兵隊たちは馴れていた。帰還のデマを信じていたが、やはり心の中では、命令一つで、何時どんな風になるものか分ったものぢゃない——という心構えが出来ている。戦闘への新たな命令が出た以上、どうしたって追いつくものぢゃない。彼等はケロッと心の屈托を払い落して、それ器材だ、私物の梱包だ、糧秣の積載だなどと、にわかに狼狽しつつ騒ぎまわるのであった。

「さあ、気持よく、もう一働きするか！　徐州さえ落したら、もう、今度こそ間違いないだろう？」

「ところで、〇〇〇から小隊配属になるのは誰々だろう？」

「どうせ、大行李にも都合があるだろうから、選りすぐって優秀なのを寄越すって訳には行くまい。」

私たちは車輛に器材の積載を済まして、宿舎の中で支那人が沸かしてくれた茶を飲んでいた。

すると、そこへ毛布や防毒面や背負袋などの一揃えの装具を抱えて、武内と春日が顔を出した。春日の青むくみのした顔は、珍しく怒ったような険しい色を湛えていた。

「二人で配属だ。よろしく引きまわしを、頼みまっせ。……」

武内が重たい装具を、どかっと宿舎のアンペラの上へ投げ出した。器材の積込みを指図していた日直の歩兵班長が、まだ腰をかけて無駄話をしていた。二人の姿を認めると、直ぐ腰を上げて、

「やあ、ご苦労、ご苦労、待っていたんだ。直ぐ小隊長殿に申告を済まして、その後で俺も一緒に行くから、本部まで車輌を出してくれ。明日は早いから、糧秣の受領だけは、先へ済まして置こう。」

と、言って二人を小隊長室の方へ連れて行った。

「あっちゃッ、武内巡査に『おんびき』とは、まあ、大妻班長も、よくよく選りすぐったもんぢゃなあ。あっちゃッ、あたいは、もう何もよう言わんわ！」

小隊の特務兵たちは、唖然とした顔付で、もうそれっきり何も言わなかった。やがて申告を済ました春日が、香港ホテルや上海ホテルのレッテルを貼った大型トランクを持ち込んで来た。唐沢が眼敏く、それを見付けた。

「おい。この中は私物だろう。私物は一切本部へ預けて置くという命令ぢゃないか。」

「また一線へ出て、トランクを開けて、フンドシや靴下をひろげようっていうんだろう。うちの小隊へ来て、ケチな真似をしてくれんなよ。」

「こら『おんびき』！　こっちから一週間分の糧秣を、お前と、竹内巡査で積んで行くんだぜ。また行く先々で同じ分量を受領するんだ。そんな私物まで載っけちゃ馬が可哀そうだし、第一、行動に差支えるぢゃないか。名札をつけて本部へ預けとけ！」

特務兵たちが、春日を取り巻いてがやがや悪態を浴びせかけるのだ。だが、春日はトランクの上へ腰かけて俯向いたままウンともスンとも答えないのであった。必死でトランクを守っているような姿勢であった。私は特務兵中の最年長者であったから、こんな場合には何んとかとりなしてやらなければなら

なかった。

「まあ、いいぢゃないか、春日の自由にさしてやれば。……黄河渡河の時にも、うちの部隊で預けた私物が行方不明になったこともあるし、そんなことで春日も後へ残して置くのが、心配なんだろう。勝手にさしとくさ……」

翌くる朝、出発準備を完了して宿舎前の道路上へ整列をしていると、武装した小隊長が乗馬で車輛の積載を点検した。最後に春日の車輛の積載を、雨覆いの上から触わってみながら、

「おい。この車輛だけ荷が嵩ばっているが、この上に飛び出したのは何んだ？」と訊いた。

私達は可笑しさをこらえて黙っていると、春日が小首を傾げて、両肩を落し、膝をすぼめた、いつもの「不動の姿勢」で、細い眼を瞬きながら小隊長の顔を正視した。

「はッ……」

「要らんものだったら、後へのこして置けよ。」

小隊長は一口こう言っただけで、意味深長な笑いを見せて立ち去った。小隊長は班長からでもトランクの一件は聞いていたのであろう。だが、春日を納得さするためには、出発の時間が暇取ってしまうので、ニヤッとした笑顔だけで済ましてしまった。

四

宿舎の広庭へ出て空を見上げると、木々の芽が日毎に青ばんでいた。鴉《からす》は巣をつくるのに忙しく飛び交い、宿舎の廂からは時々、毛の生えていない雀の雛が落っこったりしていた。ついこないだまで、朝

晩は焚火をしないと凌げない寒さだったが、四月の声を聞くと一足飛びに春になっていた。空は透き徹るように晴れ渡り、湿気のない乾き切った大陸の快よい春の感触を、兵隊たちはしみじみと肌に感じていた。……

だが、それは昨日のことであった。今日は濛々として眼を開けられない黄塵の渦の中を、通信隊の特務兵たちは黙々と馬の手綱を握って進むのであった。道路上の土埃は、フワッとして靴がそっくり埋まってしまう位いの深さで、車輪と馬の蹄《ひづめ》で埃が搔き立てられ、そいつが風に煽られて、部隊の行進の続くかぎり岱赭《たいしゃ》色の煙幕に包まれるのであった。防塵眼鏡も用をなさなかった。忽ちガラスが埃で曇ってしまい、しまいには、流れる汗に埃が粘ばりついて、まるでキナコ餅に、そっくりな兵隊が出来上がるのだった。

しかし、ひょいと風の加減で土埃の煙幕が吹き払われると、眼のさめるような青一色の風景が眼の中へ飛び込んだ。麦も高粱《コウリャン》も青々と伸び、点々と見渡す限りの平野に散在する部落は青い森に包まれて、まるで穏やかな海面に浮ぶ島の感じであった。

私たちは出発してから、七日目の夕方――配属先の部隊本部に追いついた。山東省の最南端に位置するこの地方では、麦の穂が出揃い、豌豆《えんどう》や蚕豆《そらまめ》に莢《さや》ができていた。名もない小さな部落には、兵隊と大砲と車輛がごった返えし、部落の前面に放列をしいた野砲がひっきりなしに砲撃を加えていた。部落は火薬の匂いに包まれ、兵隊たちは、まるでキナ粉餅のように埃をかぶり、ボロボロに破れた服や靴を穿いて、畑の中や土塀のまわりへ寝そべったまま、ぐったりして口も利かなかった。野砲が絶え間なしに砲弾を撃ち込んでいる五六百米の高さの山の上には、血の色をした毒々しい夕陽が沈みかけていた。

「ほら、あの山の下では、一線の歩兵が、昨日から飲まず食わずで岩に取りついたままなんだ。……」

無愛想な歩兵が、土塀に背中をもたせて、鼻の穴へ指を突込んで、埃でかたまった鼻糞をほじり出しながら、面倒臭がって答えた。

私たちの聞いた情報は、それだけであった。だが、兵隊たちがへとへとに疲れ切り、無感覚な表情で、眼だけをギラギラさせている様子から、前線の戦況が思わしくないことを察した。見知らない将校が馬を飛ばして来たと思ったら、直ぐに小隊長に命令を伝えた。

「直ぐ延線だ。前線本部に直ぐ電話連絡をつけてくれ！　急ぐんだから、直ぐに頼むぞ。」

小隊長は、まだ馬から下りていなかった。炊事勤務者と、特務兵たちを残したまま、歩兵通信兵をつれて、砲撃の下へ出て行った。私たちは車輌から馬をはづして、直ぐ手近かな民家へ設営した。土塀は落ち、屋根は壊われ、家の中には家財道具が取り散らかされたままだ。車輌から取りはづした馬を一頭づつ、草茫々の庭の中の立木につないだ。私の後から春日が馬をひいて来ているようだった。すると、春日が突然――

「あらッ、あッ……」と魂消《たまげ》たように叫び、馬がドタッと大きな音をさせて倒れた音がした。吃驚して振りむくと、馬の尻が逆さになって、大きな穴の中へ辷べり落ちる刹那であった。

「あッ！」

「やったな……」

立木に馬をつないでいた四人の特務兵は埃だらけな顔を振りむけて、直ぐ手綱を離して春日の傍へ駈け寄った。だが、間に合わなかった。馬は一種異様な、悲しげな啼き声をしぼり、頭を下にして穴の中へ辷べり落ちてしまった。春日の手には中途からひきちぎれた手綱の端が残っただけで。穴の上から覗いてみると、馬は苦しがって四肢をバタつかせ、咽喉をしめ上げられるような呻き声を穴の口から噴きあげた。こんな場合には、馬が普通に「ヒン、ヒヒン……」と嘶くという常識を破って、人間の瀕死の病人と少しも変らない重苦しい呻き声を放つのであった。穴の底では、絶え間なしに蹄《ひづめ》で土を蹴っていた。支那人の民家では、どこの庭にも見受けられる野菜や薯などを貯蔵する穴倉であった。支那人が穴の口を高粱稈で隠してあったので、春日が知らずにその上を馬に踏ませたのだ。春日の先を四五人の特務兵が同じように馬をひいて歩いたのに、この穴にも気づかなかったし、また運悪く馬を落しもしなかった。不運な籤をひき当てたのが、可哀そうな春日であった。

特務兵たちは、事件があまりに大き過ぎるので、口汚たなく春日を罵ることとさえ忘れて、顔を見合わせたまま、唖になっていた。どんな処置もなかった。二米もある深い、大きな穴倉を掘りかえして、馬を助け出すということは不可能であった。

春日は小首を傾げて穴の上へかがみ込み、いつまでも苦しげな呻き声の漏れる穴の底を覗き込んでいた。眼だけは、いつもに似ず大きく見開かれていたが、顔の表情は岱赭色の埃で塗りたくられ、赫くなっているのか、真青になっているのか、分らなかった。武内巡査が、とうとう堪まり兼ねたような身振りで、靴先に力をこめて春日の尻のあたりを小突き上げた。

「こら、『おんびき』！　とうとう、貴様はえらいことをやりやがったな？　どうするつもりだ！」

不意に春日が、見られた方で「どきッ」とするような怨めしげな白眼をあげて、武内を睨んだ。そしてそのまま、起ちあがって、内股で歩き出す途端に、蛙のように咽喉をふくらませ、垂れた口唇をピリピリと戦《わなな》かせて、急に両腕で顔を蔽うた。我慢して、我慢して、我慢し抜いた揚句に哭《な》くんだというような、とてつもない大声で突然哭き出した。その哭き声があまりに不意だったので、特務兵たちの方が吃驚して、自分の耳を疑がった位である。

「あちゃッ、おんびき奴、哭きやがった。まだ哭くことだけは、感心に忘れもせんと憶えていやがる……」

土埃をかぶって、平常の威厳をなくしてしまった武内巡査が、並の兵隊にかえって憎らしげに呟いた。私たちは、かわるがわるに穴の底を覗き込んだ。だんだん馬の呻き声が低くなって行くようだった。どんな風に智恵を絞ったところで、この深い穴倉から馬を救出する見込みは立たなかった。いつまでも、このままにして置いて苦しませるだけ可哀そうだ、というので埋めることに一決した。

「ぢゃ、そうと決まったら、みんなで頼むぜ。わしは春日をつれて、支那馬を見つけて来てやるよ。こんな情況下ぢゃ、今夜にも出発って、ことにならんとも限らん。馬がなくっちゃ、春日も上ったりだ。」

私は、まだ立ったまま泣きじゃくっている春日の身体から装具を下ろしてやり、日の暮れてしまわないうちに、馬を探しに行こうと言って、宿舎の外へ連れ出した。

日は暮れかけていたが、空は夕映で明るかった。ごたごたしている兵隊の群を分けて、私たちは、あちらこちらに散らばっている支那人の民家を見つけて、厩の中を探しまわった。馬も支那人の姿も見かけなかった。ある一軒のむさくるしい農家へ飛び込むと、庭の立木に黒い支那馬がつないであった。

「ああ、いた、いた!……」私が本人の春日よりも嬉しがって、馬の手綱に飛びつき、固い結び目を解こうとしていると、よぼよぼの老婆が何処からか這い出して、私の前へ土下座をした。

「…………」

何か奇妙な疳高い声を立てて、地に白髪頭をつけて両手を上げ、土人の礼拝のような物々しいお即頭をするのだ。馬だけは許してくれ、という哀願に違いなかった。見ると皺苦茶な顔を涙で光らしながら、土人の礼拝を繰り返すのだった。私はこれは困ったことになったと思い、途方に暮れた感じで老婆を見つめていると、春日が軍服のポケットを探ぐって紙入を取り出した。

「ほら、你《ニイ》！　這個的我的買《チャガデ・ウオデ・マイ》……」

と、彼が生命よりも大切な十円札を、老婆の鼻先へ突きつけたのだ。

私は吃驚して、悪たれ坊主が泣きぢゃくった後みたいに、涙で埃をぬたくった春日の汚たない顔を見た。ニコッとした表情さえ浮べ、惜しげもなく十円で馬を買おうとするのだ。それに私は、出鱈目にせよ、無口な春日が支那語の二ツ三ツを聞き囓って覚えていることにも面喰ったのだ。

「好《ホオ》、不好《プホオ》？……行《シン》、不行《プシン》？」

吃逆《しゃっくり》のついたような支那語をつかい、春日森蔵は、根気よく老婆の鼻先で十円札をヒラヒラさせて見せるのだった。

五

春日の支那馬には、直ぐ「猪」という渾名がついた。翌朝、車輌につけようとすると、この馬は遽《にわ》かに怯え切って、尻をまわし、どうしても轅木《えんぼく》の中へはいらないのだった。

特務兵たちが、総がかりで、車輌に繋駕してやらなければならなかった。また行進間にも、自動車や砲車に恐怖して、手綱をひき切って暴れまくった。殊に煙幕のような土埃をあげて部隊が行進を起すと、どこからともなく物凄い砲撃を浴びることがあった。今迄の戦闘ではついぞ見かけたことのない猛烈な巨弾の洗礼だった。ビューンッ……と空気を劈《つんざ》く一種異様な高い唸りが聞えたと思うと、部隊は天に冲する土煙と、耳を聾する炸裂音に包まれるのだった。

「ほら、ドラム缶だ！」

「そらッ、バケツが落ちるぞ！」

車輛を突っかけて顚覆させたり、馬が部隊とは反対の方角へ奔走したりして、まったく手を焼いてしまうのであった。

「畜生、ほんとうに手数のかかる奴だ！」

と、思いながらも、私は車輛をとめて春日の車輛を待ち合わしてやるか、または馬の手綱を歩兵に渡して置いて、顚覆した車輛をひき起すのに手を貸してやらなければならなかった。

「放っとけ。『おんびき』は、いままで仲間はづれになって、何事も自分の勝手に振舞って来たんぢゃないか。今こそ、思い知らしてやるのさ！」

他の兵隊たちは、こう言って私のお節介をとめるのだったが、やはり何にかと春日の面倒は見てやらなければならなかった。

私たちは、ある夜、赤々と燃えつづける部落の近くの畑の中へ露営していた。星のない真暗な夜空に赤い焰が映じて、時々物がはぜたり、垂木《たるき》がドスンと焼け落ちてパッと綺麗な火花を飛ばす音がする以外には、シーンと静まり返った穏かな火事である。犬の鳴き声も人の狂乱したざわめきもしない。

深々と更ける夜を、静かに燃えつづける火事だった。兵隊たちは、ついさっきまで、

「綺麗な火事だ。火事見物をしながら、ゆっくり飯を食うなんて、内地では夢にもないことだぜ！」

などと騒ぎ立てていたが、いつのまにか天幕や車輛の下へもぐり込んで眠ってしまった。私も車輛の下へ藁屑《わらくづ》を敷いて、横になり、瞼をつむっていた。すると、不意に私の靴をひっぱるものがあった。

「おっさん。酒があるんぢゃが、一杯のまんかな？」

火事の焔の加減で、酒天童子のように真赤な顔になっている春日だった。

「ええ、そいつは有難いが、俺は今は金がないぜ。こんどの給料日まで、頼むぜ……」

「いんにゃ、金はええがな。あんなに、馬のことでぼっこう世話になるから、お礼に持って来たんぢゃけに……」

「お礼を貰うほど世話をしたつもりはないよ。戦友同志だから、当り前ぢゃないか。」

「うんにゃ、あんただけが、わしの面倒を見てくれるけに、うらは泣くほど嬉しいんぢゃ。ちょびっとのウイスキーぢゃけど、ほら、車の外へ出て飲んでおくれ。」

火事明りでハッキリ見える春日の眼は何だか涙でうるんでいるようだった。ポケット用のウイスキーと缶詰を両手で握っていた。トランクへしまっていた慰問品に違いなかった。

「さあ、早く飲んでおくれ。みんなが眠るのを待っていたんぢゃ。あんただけに、そっと飲んで貰いたいと思ってなあ……今日は、これっきりか持ち合せがないけれど、また何処かで駐留になったら、その時はうんとお礼に酒を奢るけん……」

私も咽喉から手が出るくらいにアルコールに飢えていたし、ポケット用の小瓶では戦友を起すほどのこともないので、私はひとりでウイスキーをご馳走になることにした。春日は肴に鰹の缶詰を開けてくれた。部落の火事は、あたりの車輛や馬や天幕の間へ、濃い陰をつくって、真昼のように明るかった。

春日は涙をためたような眼付で、私が嬉しそうにウイスキーを呷るのを小首を傾げて見ていた。そして何やらモヂモヂしていたが、「実は、おっさんに聞いて貰いたいことがあるんぢゃ……」と言い出した。

「わしには、一人の母親があるんぢゃ。どうにも仕様のない怠け者で、わしが十一の時から小僧に上がってからは、ひとつも働きくさらんのぢゃ。わしから金をしぼることばかり考えくさってなあ。戦地へ来てから、わしはもう、今日までに四へんも三十円づつ仕送りをしたんぢゃ……」

「身の上話なら、こんどにしてくれ。こん夜は遅いし、もう疲れてヘトヘトだ。」

「ぢゃ、こんど、いつか一升買って行くから、ほんまに相談に乗っておくれ。」

だが、この時の約束は、この後しばらく経ってから春日が脚気で入院し、私たちが帰還するまで原隊復帰をしなかったので、お流れになってしまった。

春日が、どんな風な相談を私に持ちかけようとしたのか、また彼の母親という人がどんな女だったのか、ついに聞くことが出来なかった。しかし彼が、私たちの想像に及ばないような不幸な環境に育っていることは、彼の平常の行為からも十分に推察されるのであった。だが、それは兎も角として私たちはその日から一週間の後には、台児荘側面の部落に進出していた。

日毎に「バケツ」や「ドラム缶」が飛んで来て、私たちを震い上がらせた。一線部隊の進出は思うように捗らず、戦線は膠着状態であった。後方からの糧秣の輸送が杜絶え勝ちで、馬糧は疾っくに欠乏していた。私たちは砲弾の落下する隙を見ては畑へ飛び出して、青麦を苅取って来ては馬に食わせていた。しばらく青麦ばかり続けているうちに、馬の眼が真赤に充血して、油絵具のチューブを絞り出すように眼脂が流れ始めた。馬は太陽に照らされると、眩し気に眼を塞ぐのだった。

「おい、これは大変だ。青麦の精分が強過ぎるんだよ。あんまり食わすと、眼がつぶれるぜ。」と、特務兵たちは心配して騒ぎ立てるのだが、青麦以外には馬に食わすものは何もないのだった。

「こうなれば仕方がない。兵隊のいない部落を見つけて、馬糧を探しに出かけようぜ！」

と、相談が一決して、私たちは竹槍や、歩兵から借りた銃をかついで、部落を出て行った。

どこもかしこも見渡す限り、頭がかくれる位いに青々とした麦畑だった。方角を見定め、用心深く跫音さえ忍ばすようにして、シーンと静まり返えった小さな部落を目指して行った。後を振りむくと、直ぐそこに私たちの部隊がごった返えしている部落が見え、馬の嘶きや兵隊たちのざわめきが聞えていた。

先頭を唐沢が歩いていた。目的の部落近くへさしかかり、真青な楡の木立にかこまれた土饅頭のある墓地へ、七人の特務兵が這入って行った。すると、忽ち先頭の唐沢が、どきッと顔色をかえて後を振り返った。口唇を震わせて、物も言えないで、

「ほら、ほらッ……」と囁くのだった。

見ると、弾薬匣を駄載した支那馬が一頭立木につないであり、傍の土饅頭へ寄りかかって草色の服を着た支那兵が三人、ゲートルをまいた長い脛を伸ばして寝ているのだった。傍には脚を立てた機関銃が、こちら向きに構えてあった。突然のことで口も利けなかった。

すると不意に春日が、私の肩を押しのけるようにして、パッと土饅頭の前へ飛び出した。一人の支那兵が眼を醒まし、戦帽を落したまま起きあがろうとした胸先を、銃口で押倒すようにして引鉄を曳いた。銃声も何も耳に入らなかった。私たちは無我夢中で、そこへ竹槍と銃をかまえて飛び出した。もう一人は唐沢の銃で撃ち殺され、運よく遁げ去って行く他の一人の後姿へ、春日と唐沢が発砲したが、忽ち麦畑の中へ頭をかくしてしまった。

春日は軽機関銃をかかえて駈け出しながら、私に「馬、馬を！」と叫びかけた。私は帯剣を抜いて、立木につないである馬の手綱を叩き切り、馬を曳いて一散に元来た道へ引き返えした。

部落の中から浅黄色の支那兵が、あわてて飛び出して来る姿が見え、馬を曳き、軽機をかついで一目散に走って行く私たちの頭の上をピュン、ピュン……と弾が掠め出した。

その日の夕方、私たち特務兵は小隊長の前で起立していた。真赤な夕陽が麦畑の涯てに沈みかけている時だった。小隊長の全身は、夕陽を受けて血を浴びたようだった。傍の立木には弾薬匣をおろした支那馬がつないであり、小隊長の足元にはチェッコの軽機が置いてあった。

「春日！　軽機とこの支那馬を分捕ったのは、お前か。いま唐沢から報告を受けたが、そんな勇気が出る男とは思わなかった。これからは、その気合を失わないで、しっかりやれ。しかし一言注意して置くが、こんなことを特別な殊勲だなんて考えたら間違いだぞ。怪我の功名だからよかったものの、若し失敗に終ってみな殺しになるようなことがあって見ろ、部隊の行動に差支えるぢゃないか。勝手な行動は、以後慎むようにせい。……」

私は不動の姿勢を取っている春日を横目でチラと眺め……ああ首が、ああ、靴先の角度が……と思いつづけた。小隊長はやがてニコやかに笑いながら、

「どうだ、分ったか？……春日！」と、軽く彼の撫で肩をポンと叩いた。

「でも……小隊長殿、わしは馬が欲しかったもん！」

むくッと膨れかえった表情で春日が答えた。

出典：『現地報告』昭和十五年七月号＝34号（文芸春秋社）

参照：『支那の神鳴』昭和十七年一月二十日（六芸社）収載作。

解題：テキストの周縁から　P746

獺《かわうそ》

部落の池には、あやめが真盛りであった。すいすいと姿正しく、真直ぐにのびた鮮緑の葉茎の間から、一際高く紺青のリボンを結んだような大きな花が同じ高さで咲き揃い、かなり広い池の面を燃えるような明るい色彩で蔽っていた。ほんのちょっと、この明るい景色を眺めただけで、その花の色と匂いで、心の中までが晴々と染まるようであった。

野島は車輛から馬を解きはなして馬繋場へつなぐと、すぐその足で池の端へひっ返えした。軍衣袴《ぐんいこ》を透した汗に、行軍中の塵埃がキナ粉のようにまびれつき、顔は眼鼻の位置さえはっきりしない汚れかたであった。馬の飲み水を汲むついでに、手足や顔の埃を洗って帰る気で池の端へ駈けつけた兵隊たちは、思わず明るい紺青の花の色に眼をみはり、土手の上へ棒立ちに立ちすくんだ形になっていた。あやめは、どちらかといえば野趣に富んだ地味な花だが、それが水の上へ生い繁って広々と咲き揃うとやはり明るい、燃えるように華やいだ色彩を放つのだった。野島も上衣を脱ぎかけて、瞬間、うっとりして満開のあやめに見惚れていた。勿論、すぐ水の上へ屈んで顔の埃を洗い流す気にはなれなかった。

兵団は来る日も来る日も、物凄い黄塵を浴びて、敗敵の追撃に移っているのだった。野島たちは通信隊配属の輜重兵であったが、やはり彼等の部隊も兵団の主力に追随して、追撃行軍に参加していた。日が暮れると、ところかまわず辿りついた部落で麦藁をかぶって露営し、翌日はまだ夜の明けきらないうちから行動を起していた。若し手近な地点に適当な部落が見つからない時には、道路上へ車輛を並べて野宿したり、死人を埋めた土饅頭の墓地へ長々と足をのばして夜を明かしたりした。そのような苦しい行軍の明け暮れにふと彼等の部隊は、満開のあやめが美しく咲きみだれている池畔の小部落へ設営することになったのだ。

樹木の多い、萌黄色の若葉に青々と包まれた部落は、すこしも荒れていなかった。馬をつないだ広場には刈り取ったばかりの麦がひろげてあったし、兵隊たちの姿を見かけるついさっきまでは、百姓たちが麦打ちをしていたらしく、驢馬にひかせる石のローラーや、麦藁をかき散らすための木の叉で作ったフォーク、唐箕、柄の長い鎌、そんな農具が散らかっていた。設営のために部隊から先発した兵隊の姿を見かけて、百姓たちは周章《あわ》てふためいて逃げ出したものであろう。驢馬や豚を追いながら、熟れた麦畑へ姿勢をかがめて一散に逃げてゆく部落民の姿が、設営隊の後から前進して行く本隊からも見えたりした。兵団の主力が前進する本道上からほんの二キロと隔っていないこの部落では、ほんのついさっきまで、百姓たちがあやめの池を見晴しながら、麦のとり入れに忙しかったのである。昨日から今日へかけて亳県攻撃の銃砲声が、この部落の空にも轟いた筈だが、彼等は収穫の忙しさに紛れて、この地域一帯が戦場と化したことに気づかなかったのであろう。あるいは、ひょっとして満開のあやめの美しさに気を許して、どんなにはげしく砲声が空に轟こうとも、百姓たちは、この部落の平和と静寂を、飽くまで信じていたのかも知れない。

しとやかに水の上へ咲き揃うあやめの美しさには、そんな魅力があるのだ。池の端へ棒立ちになって、あやめの美しさに見惚れている兵隊たちの埃だらけな顔には、もうさき程の重々しい疲労の色は見えなかった。その顔は、ぶらっと浴衣がけで散歩に出てはからずも美しいあやめの池を見つけ出した時のような、ほのかな驚きと微笑を湛えていた。ちょうど真紅の夕焼空が背景になって、紺青のあやめが、ふさふさと強烈な紫紺色に輝いて見える瞬間であった。大地は仮眠したように静まり返えり、心臓の鼓動がびっくりするほど高く、突然聞え出したりする、不気味な大陸の夕凪時であった。夕焼の空を油絵のようにどぎつく映じた池の水は黒い血のようにねばねばしていた。そのねばい水が、ところどころ疣《いぼ》をつまんだように心持ち盛り上がって、小さい眼が二つづつ並んで冷たく光っていた。それは水の中から顔を上げている蛙の眼であった。この瞬間には、蛙も啼かなかった。兵隊たちも重苦しい夕凪時の気圧に圧迫されて、唖のように黙り込んで眼を据えたまま、夕映えに妖しく照り輝くあやめの美しさに見惚れていた。

ふと野島の眼に風もなく動く筈のないあやめの一茎が、リボンを垂れたような花弁をゆらゆら揺すって左右に大きく動いたように思えた。「あれッ！」と感じた時、となりの兵隊にも、あやめの動きが眼敏く映ったのであろう。彼はくわえていたタバコの吸殻を、動いたあやめの根元へ覘って投げつけたが、そこまでは届かなかった。水の上へ大きく揺れた手の影に驚いて、その方角の蛙の眼が刷毛ではいたように、音もなく消え失せていた。

「大鯰かも知れない。……」

若い兵隊の呟きを、野島は聞いたようにも、また聞かなかったようにも思った。彼は妻のことをはげしく思い出していた。夕凪時の不気味な気圧のせいだったかも知れない。彼はあやめを見ながら、思いがけなく妻の顔を思い出し、彼が出征した後に生れた赤ン坊が、まだ見たこともないのに、何度も見馴れている懐しさで思い出せるのであった。彼の村もこんな風な美しいあやめ池があり、真白い手拭をかぶった妻の千代子が赤ン坊を背負って、せっせっと苗代田を鍬で掻きならしている。苗代田へ水を引いている池には、藍を流したように、まわりの空間を青々と染めて、あやめが美しく咲きみだれていた。妻の背で揺られている赤ン坊の小さな手には、紙の風車が風もないのに、はげしく音を立ててまわっていた。妻は日が暮れかけたので夕飯の支度に心を急がれながら、せっせっと鍬を動かしてはげしく泥水をはね飛ばした。その度に背の赤ン坊が歯のない口を開けて、げらげら笑い出すのだ。彼の生れた村には、あやめ池など勿論なく、彼も、また彼の妻も百姓ではなかった。しかしそんな風景を、彼は学生時代に或る古い城下町へ旅行した時に見たことがあった。その古い記憶が、明け暮れ無味乾燥な書類の作成に追われているような時、ちょっと喫煙室へ脱がれてタバコに火をつけた瞬間などに、ありありと思い出せたりした。彼はある市役所の吏員だったが、ゆくゆくは味気ない市役所勤めなどはやめて、百姓になって呑気に暮したいものだと、日頃から考えていた。――ふだんから、そんな考えがあったことも思い出せたたし、また彼の生れた村にも、勤務先の都会にも、あやめ池などある筈がないとはっきりしているのだが、彼の眼にはやはり手拭をかぶり、こましゃくれた赤ン坊を背負って、苗代田を掻いている妻の姿が生々とみえるのだった。――おかしな幻覚であった。夕凪時の気圧の関係で、脳神経の一部分がヘンになったのではあるまいかと、彼は突然驚いたように頭をふり、上衣を脱ぎ捨てて水際へ下りて行くと、埃でざらざらする顔を洗った。たまらない泥の臭気をふくんだ、生温い、どろんことねばった水であった。手のとどくところに、いくつもいくつも蛙の眼が水に浮いて、またたいていた。池の端へ棒立ちになって、満開のあやめに見惚れていた汚れた兵隊たちの姿が、いつの間にか見当らなくなっていた。彼等の退散する姿に気づかなかったところから考えると、彼は眼を開けたまま、こんこんとして深い夢を見ていたのかも知れない。

「あれッ、これはいけない。今日の俺は、どうかしているぞ！」

彼は遽《にわ》かに怖くなって馬繋場へ取って返えすと、馬糧の分配と、馬の飼付がはじまっていた。馬たちは威勢よく麦袋を振り上げ、振り上げ馬糧を貪っていた。馬の肢の下には、新しい麦藁が敷かれていた。飼いつけ時のあわただしい兵隊たちの混雑を横切って、ふいに眼を剝いて飛び出して来た平山が、けろんとした野島の顔へ怒鳴りつけた。

「こらッ、野島！　貴様は厩当番ぢゃないか。今まで、どこでスカしていやがったんだ？」

「あッ、そうか！」

野島はさっき車輛から馬を解いて解散になった時、輜重の班長から厩当番を命令されたことを思い出した。馬を野繋索《やけいさく》につないで、それからすぐ水嚢をさげて池の端へ駈けつけたことまでは思い出せたが、それから後の記憶が薄墨のようにぼやけてしまっているのだ。夢とも幻覚ともつかない妻の姿が、生々と頭に残り、まだ鍬を動かしていた。

「そうか？――もないぢゃないか。解散になって一時間半にもなるのに、どこをウロついていたんだ！」

平山は腕時計を見て、野島をなじるのだ。池の端で一時間以上もぼんやり突立っていた事実を他人から指摘されて、またもや野島ははげしい恐怖を感じた。夢と現実の見境いがつかなくなってしまった時の、あの不気味な恐怖だった。

「まあ、そうやかましく言うな。俺は疲れているんだよ。」

「文句だ！　疲れているのは、お前だけぢゃないぞ。」

夕焼の色が褪せると、急に日が暮れかけて来た。野島は池を振りかえって見たが、明るいあやめの色は夕靄にぼかされてしまい、蛙の啼き声だけが、やたらに喧しかった。飼いつけを終った兵隊たちは、厩当番の平山と野島を残したまま、宿舎へ引きあげてしまった。間もなく日の暮れてしまった部落は、急にシーンと寂しくなってしまい、時々馬が地響きを立てて睡りながら倒れる音と、疲れ切って寝入ってしまった馬が鞴《ふいご》のような高い鼾を立てているのが聞えた。野島と平山は馬糧の叺《かます》の上で、夕飯の飯盒を空っぽにすると、帯革《たいかく》を解いて弾薬盒《ごう》をつけ、鉄兜を背負い、銃をになった。だが、平山は眠むそうな欠伸《あくび》をして、叺のまわりへ麦藁を寄せ集めて胡坐《あぐら》をかき、銃を置いてタバコに火をつけた。

「野島！　貴様が今夜は動哨せい。俺はここで馬の監視をしているから。貴様が忙しい飼つけの時にいなかった罰だよ。」

「よしッ、貴様がそんなに執念深く根にもっているなら、よろしい、引受けたよ！」

野島は幾分腹立しげに叫んで、手にしていた懐中電灯の点滅を検べた。申分なかった。谷本の馬が長い首と四ツ肢をのびのびと寝藁の上へ抛り出して、ぐうぐう高鼾をかいていた。顔の上へ電灯の光線をあてたが、眼もあけずにぐっすり眠むっていた。彼は馬の間を通り抜けて、馬繋場から外へ出ていった。星が満天にきらめき、そよそよと地上の闇を揺り動かす微風は、むせるような若葉の強い匂いがこもっていた。星のきらめきを眺めていると、彼はまたしても忽ち夢の世界へ引きずり込まれそうであった。

悪い日に厩当番にあたったものだと思い、手足が湯上りのようにだるかった。頭にも微熱があるようだ。マラリヤの徴候かも知れないと考え、明日からの行軍の苦しみが、まだ経験もしない先から、言いようのない辛さで頭の芯にむらがるのだった。こんな日には用心しなければいけない、どんなヘマをしでかすか知れないと危ぶみながら、彼は馬繋場を一周りして、池の端へ出た。あのやかましい蛙の啼き声が、どうした訳なのか、不思議にぴたッと止まっているのだった。闇の中の異様な泥の匂いがぷんぷん鼻について、日暮れ前にかいだあやめの甘い匂いが、すっかり掻き消されているのだ。蛙は彼の跫音を聞きつけて、ぴたッと鳴き止んだのではなく、もうずっと前から啼き声をやめて、息をひそめているように思えた。何故だか、彼にはその時そう思えたのだ。

あやめ池の周囲には、身の顫いつくような深い沈黙が闇と共にはびこっていた。野島は大きな息をするのさえ憚られるような気持で、そっと池の端の楊柳《かわやなぎ》の幹へ背をもたせた。しなやかな枝が、彼の頬を撫でた。彼は怖いような気持で暫く暗い池の面を見つめていたが、いつまで待っても蛙が啼き出さなかった。明るいうちに見た蛙の気味の悪い眼付を思い出していると、ふと出し抜けにジャブン、ジャブンッ……と暗い水音をさせて、黒い形のものが、ずっと離れた池の土手へ匍い上がるのがかすかな星明りに透かせた。野島は夕凪時に、風もないのに彼の眼の前で、あやめの一茎がさわさわと揺れたのを思い出し、隣の兵隊が、「鯰かも知れない」と呟いたのを、その時ははっきりと聞きとめなかったが、きっとそう言ったのだと言葉の調子まで、今になるとはっきり思い出せるのであった。

「何だい！　鯰なものかい。カワウソぢゃないか！」

彼は突然銃を構えて、引金へ指をかけたが、あわてて中止した。夢を見て歩哨を騒がせたと後で嗤われては恥になると思い、そっと銃を下ろした。そしてもう一度確める気で、闇を透かすと、やはりそこだけ池の土手が小高くなって、黒いものが長々と蹲っていた。カワウソというケダモノは陸へ上ったら、こんなにも動作が鈍いのだろうかと、彼はこっそり靴音を忍ばして目的のものへ近づいたが、彼が予期したようにザブンと高い水音を立てて池の中へ逃げ込まなかった。あまり近寄って、不意に足へ嚙みつかれたらと思って、かなりな距離から懐中電灯のスイッチを抑えた。

「あれッ！」と叫んで、彼は危ぶなく尻餅をつくところであった。懐中電灯の強い光線が焦点になったところへ、大きく見開かれたまま、またたかない冷たい眼があった。粘土のような黒い泥と水で全身どろどろに濡れているが、若い女に違いなかった。夢にしてはあまりにどぎつい夢であった。彼は銃剣を突きつけて、起て、起て、と声をわななかせて叫んでいた。男だったら間違いなく田楽刺しになっているのだが、相手が無力な女だと見極めがついたので、彼は胴顫いをこらえて猶予していた。女は泥手をついて起ち上がろうとするのだが、冷めたい池の中で足腰の関節が痺れてしまっているらしく、仲々立てなかった。野島はいつの間にか構えた銃を下ろし、痛々しく起ち上がろうとする女の足元を、懐中電灯で照してやっていた。全身ねっとりした泥で塗りたくられ、首筋の泥にはあやめの葩《はなびら》が一つはりついていた。泥まびれな女の柔かい肉体がコンニャクのように顫え、むかつくような泥の匂いを放つのが、ひどく哀れであった。若い女の恐怖が想像されて、歩哨に引き渡すのも可哀そうであった。日本軍の歩哨の規則を知らない女を「どこへも勝手に立去れ！」と闇の中へ抛り出して置くのも不愍《ふびん》であった。今夜に限って銃砲声は聞えないが、この近傍のどの部落にも日本軍が宿営して居り、どこで歩哨線に突き当るかも知れなかった。誰何《すいか》されて、運悪く射殺される場合が起きないとも限らなかった。野島はやっと起ち上がって、よたよたする女の危い足元を電灯で照しながら、池の土手へ導いて下りた。そこに小さな小屋があることを、明るいうちに見て置いたのを覚えていたからだ。小屋一杯に積まれた乾いた麦藁をかき均して寝る場所をつくり、そこへ泥だらけな女を坐らせて、夜が開けたら何処かへ立去るように、彼は貧しい支那語で懇々と言いふくめた。それから物入れを探ぐってキャラメルを取り出して女に与えたが、受取らないので泥だらけな足元へ置き、闇の中へ懐中電灯の光りをはげしく振り撒きながら、小屋から離れた。女が暗闇の小屋から「謝謝《セーセ》……」と呟いたのを、聞いたようにも思い、また空耳のようにも感じた。あやめ池から湧き起る、蛙どもの浮かれた啼き声が、うるさく耳につき出したからだ。

廐当番の交代は、夜中の一時だった。四時には起床して、炊事からの飯上げ、馬の飼付、馬装、車輛の整備と——出発準備のために口を漱ぐ暇もなかった。夜はほのぼのと開け放れ、部落の空には炊煙とも朝靄ともつかない不透明な気流が立ち罩《こ》めていた。野島は出発時間の僅かな暇を盗んで、昨夜の小屋へ駈けつけて見た。麦藁の上には女の寝型がはっきり残り、その跡がびしょびしょに濡れ泥がこわばりついていた。女は見えなかった。手をつけないキャラメルの箱が、昨夜のままそこに落ちていた。血を鱈腹吸うて伸び縮みの出来なくなった山蚯蚓《みみず》のような蛭《ひる》が一匹、半乾きの泥のかたまりの上を匍うていた。池の土手の昨夜の場所には、青い草が泥でぬたくられ、池の水際から小屋の方へ物を曳きずって行ったように、泥の跡がついていた。ぬげた女鞋の片足が水藻と泥にからめられて落ちていた。

「出発用意……」

馬繋場の広場から聞えて来る班長の号令を聞きながら、彼はひょっとして昨夜の女が、また池の中へもぐり込んでいるんではないかと疑い、何度もあやめの繁みを振り返えり走った。夜露に濡れたあやめは、まだ重たげにぐったりして紺青の花弁をリボンのように垂れていた。夢でないことははっきり確められたが、彼の心は重い泥の中へ塗りこめられたように、晴々とはずまなかった。

出典：『若草』昭和十六年七月号（宝文館）

参照：『光の方へ』昭和十七年六月二十日（有光社）収載作。

解題：テキストの周縁から　P７４８

マラリヤ患者

私は外套を着た上に、毛布で身体をまいて枕元に腕時計を置き、銃後の妻から送って寄越す新聞を見ていた。一ケ月も遅れて届く新聞である。新聞にはガソリンの節用から自動車の燃料が木炭に変り、皮革類の節約のために学校児童や勤人が下駄穿きで辛抱している記事が出ていた。その記事の中には、田舎の巡査が草鞋《わらぢ》穿きで何処かへ出かけて行く姿が、大きな写真に撮ってあった。私はその記事を読み、その写真を見ながら「これゃ、内地もいよいよ大変だなあ！」と思わず、背筋をひやッとするようなもので撫でられた思いだった。

私は枕元の腕時計を取り上げて見た。まだ大ぶん間がある。午後の三時頃になると、毎日決まったようにマラリヤの発作が起り、居ても立ってもいられないような悪寒に襲われるのだった。いきなり頭から冷水を浴びせられたような、猛烈な悪寒が襲うのだ。歯の根は合わず、全身の皮膚は粟粒《あわつぶ》立《だ》ち、手足をまげて吊り上げたまま、上下動の猛烈な身震いがつく。有りったけの毛布や外套をひっ被っても、立て続けに水をかぶせられるような、冷めたい震いは止まらない。またこの悪寒の中で癪に触るほど、絶えず尿意を催すのだ。小便がはづんだとなると、居ても立ってもいられない。戸につかまり、土塀にさわりながら、這うような格好で小便所へ通うのだが、ほんの一滴《ひとたら》し、血の色をした小便が出るだけだ。やれやれと思って、寝床へもぐり込むと、直ぐにまた小便がはづむのだ。ミシンを踏んでいるようにガクガクする身体を支えて、また小便に這い出すのだが、まことに泣くにも泣かれない気持だ。この悪寒の発作がやむと、こんどは四十度前後の高熱にうなされる。悪寒の身震いが止んだと思う途端に、突然自分の身体が火焔器に変ったように思われ、物凄い高熱を放散するのだ。忽ち身体中からねばねばした盗汗が雫になって流れ、シャツも袴下《こした》もづぶづぶに濡れてしまう。苦しがって毛布を蹴飛ばすと、むんむんと汗臭いいきれが立ち、身体からは蒸し立ての薯のように白い湯気が立ちのぼるのだ。しかもひび割れるように疼く頭が、芯だけは極めて冷めたく冴えていて、熱にうかされながら夢現ともなく、色んな妄想を描くのだ。熱のために意識が溷濁《こんだく》すれば、いくらか柔ぐのだが、熱に狂った頭の芯だけがピリピリするほど敏感に冴えてしまっては、実に堪まらない苦しさだ。この苦しみの中で、思いも設けぬ事件や問題の糸がたぐられて、極めて鮮明な形で、苦しい現実の世界が熱ばんだ頭脳の無軌道な回転のままに、奔放に描き出されるのだ。勿論こんな状態は病的なものではあるが、しかし神の眼のように意識が澄みきって、不思議なほど冷たく思念が冴え渡るのだ。その一点の曇りもない思念の鏡に映し出される人の世の姿は？――この瞬間には思わずぎょッとして、高熱に浮かされる呻めきも、歯軋りも、息の根もぴたっと止まってしまって、病める頭脳が描き出す真実の怖ろしさに、身動きも出来ない状態になってしまうのだ。

では、一体どんな夢を見るのかと、聞かれるかも知れないが、それは私自身の名誉のために語れない。いや、夢ではない。はっきり意識が冴えていて、熱で昂ぶった頭脳が、大芸術家が霊感にうたれてペンをとるように、神がかりの状態で克明に描き上げられる作品だから、マラリヤの発作がやんだ後になっても、はっきりとその思念の体系は記憶に残っているのだ。それは人間がこんな恐ろしさを見たり、考えたり、空想したりすることが出来るという怖ろしさで、人には明かすことの出来ない秘密だ。無論、高熱のためにある特定の中枢神経が刺戟されるための妄想だが、しかしそれが妄想とのみ断じ切れない真実さが籠っているところに、この秘密の怖ろしさがあるのだ。私はマラリヤ患者が、熱の発作が起きると皆んな私と同じように、怖い夢を見るものか、どうか？――それが不思議になったので、若い兵隊に訊ねたことがある。谷川という、私たちより一年も遅れて、補充で配属になった若い特務兵である。彼は兵隊になってもまだ、昔の癖で首にまきつけた黒絹の首冠巻をはづそうとはしない、おしゃれな、生野銀山の鉱夫上りであった。

「そうさな。俺たちもマラリヤになると、眼を開いていても、夢を見ることがあるさ。だが、俺はまだ若いセイか、そんな怖い夢は見ないなあ。まあ娘に惚れられたり、ふられたり、そんなところだ。たまにはライスカレーの食い逃げをして、自転車でコックに追っかけられて、きわどいところで下駄の鼻緒を切って、ふんづかまったりな……まあ、セイゼイそんなところだ。だけど、おっさんなんかは、俺たちとは一廻りも年が違うんだから、人生の経験が深いだけ、それだけ見る夢も世智辛いんだろう」

「まあ、そうだろう。この世では、あまり善いことばかりして来ない俺のことだからな」と、私もいい加減な合槌を打たなければならない。

「ぢゃ、一体、どんな夢を見たんだい。そうだ、俺が当てて見ようか？　ええ、おっさん。いいかい。国へ残して来たおかみさんが、なにかでもした夢でも見るんだろう。」

「馬鹿な！」と、私があわてて遮切るのだが、五分刈頭のボンのクボに刃物疵の禿のある鉱夫上りの兵隊は、首の首冠巻をリボンのように揺すぶりながら、手を叩いて嬉ぶのだ。

「おっほ！　見ろ、おっさん奴、赤くなりやがった。どうだ。図星だろう！」

正直、私はそんな夢も見るが、私の見る夢はもっと怖ろしいもので、口に出したら最後この人間社会を支えている秩序が、一挙にして腑抜《ふぬけ》にされてしまうような種類のものだ。だが、人間はお互いにこの人間の宿命的な秘密を知りながら、そうッとして置いて、生存の便宜のために、お互いに愛し合い、庇い合い、手を握り合い、信じ合っているのだ。薄馬鹿な私だけが、マラリヤの熱にうかされて、生れてはじめて人間の底の底の秘密を知り、今更のようにどぎつき狼狽てているのではないか。人類が最初にこの秘密を発見して「まあ、まあ、人間の底を割ってしまえば、人類の秩序もそれまでだ——」と、この人間の決定的な秘密をそうッとして置く暗黙の妥協の上に、人類の何万年の歴史が流れているのではあるまいか。つまり人類の歴史の中で、私だけが一番に遅れて、この自覚に入った訳だ。——とに角こんなことを抽象的に、のんべんだらりと、いつまで書いてみたって何のことか分らないが、具体的な説明は絶対に避けなければならない。智慧のある利怜な人々がそうして来たように、私もこの秘密をそっと後手にかくして置いて、人々と手を握り合って生きて行きたい。若しこの秘密がバラされたが最後、同じ血につながる最も親近なものの生存さえ許せなくなるし、また私自身の生存も、他人の同じ理由から許されなくなるのだ。だが、この世の中のすべてが嘘であっても、私は人を信じて生きて行きたい。人を信ぜずに、己れの生存はないからである。

私はまた枕元の時計を取り上げて見る。おそろしいマラリヤの発作は刻々近づきつつあるが、まだ三時には大ぶん間がある。最初のマラリヤの発作を見てから、私はここ五昼夜、ろくな安眠を取っていないのだ。二六時中頭の芯だけがピンピン冴え切っていて、肉体の全機能はへとへとに疲れ切って眠りたがっているのに、頭だけが眠れないで眼を覚ましているのだ。この症状がマラリヤの特長だ。私のは熱帯性という、特別に悪性のマラリヤである。私はちょっとばかり眠ろうとして、瞼を閉ぢた。すると鏡のように冴え切った頭に、さっき読んだばかりの新聞記事がチラつくのだ。新聞記事は、頭の鉢へ黒い金魚を飼っているように、長い尾鰭を曳いて泳ぎまわるのだ。……

（中略）

……ふと、声がする。夢の中の声ではない。私は寝返えりを打って、薄眼をあけて見た。洗濯板を入れた大きな籠を抱えた女が、明るい戸口に背をもたせて、部屋の中を覗いているのだ。支那人が「油麩《ユウフー》子《ヅ》」と呼ぶ麩の棒を油であげたものを食べながら「大人《タイジン》、大人《タイジン》……馬大人《マタイジン》……」と、私を呼んでいるのだ。部屋には合棒の特務兵は、誰もいない。歩兵の宿舎へ将棋を指しに行ったのか、裏で馬の手入れでもしているのかも知れない。陽のあたった中庭はシーンとしている。

「衣服洗々《イーフシーシー》、要不要《ヨオプヨオ》？」

いつも宿舎へやって来る洗濯女の一人だ。食うに困まって、附近の農民の女房が洗濯板一枚を元手に、兵隊の宿舎を戸別に訪問して、僅かな報酬をもらって兵隊の汚れ物を洗濯するのだ。そんな女の中の一人だ。だが、この女は年も行っているし、服装も汚たなくて、始終アブレ勝ちなのだ。そんな時「タバコ一個的好《イーガデホオ》！」などと言って、兵隊が酒保で買えば一個三銭にもつかないタバコ一個でいいから、洗濯させてくれとせがむことがある。兵隊の同情心にも、やはり女の美醜によっては、大変な相違があるのだ。この汚たない女は、今日も洗濯にあぶれたのであろう。戸口に肩をもたせて「油麩子《ユウフーヅ》」を食い嚙りながら「我的小孩都々的《ウオデショウハイ・トントンデ》メシメシ没有了《メイユラ》……」と、心細いことを訴えている。私がいつまでも黙って相手にしないので、病気だと思ったのであろう。

「你的有病麼《ニィデユピンマ》？　……サムイサムイ、アツイ、アツイ？」と、片言まじりで喋べり立てるのだ。こんな種類の女たちは、いつも兵隊たちと接触しているので、兵隊の病気は必らず「サムイサムイ、アツイアツイ」のマラリヤだと思っているらしい。確かにマラリヤは「寒むい寒むい、熱つい熱つい」に違いない。私は苦笑を感じながら、支那語でもマラリヤのことを「冷熱病《リャンロンピン》」と呼ぶことを聞き知っていた。いつまでも女が戸口から立去る気配がないので、私は枕元に纏めて置いた寝汗でづくづくしている襦袢や袴下類を土間へ投げ出し、

「拿去《ナチュイ》、快々的走罷《カイカイデ・ツオパ》！」と叫んでいた。私は纏足の踵でヨチヨチしながら土間へ這入って来て、洗濯物

を抱き上げている女の左手の指が二本、根元から欠けてしまって片輪になっているのを見た。秣《まぐさ》を切る押切りか何かで、人差指と中指を切り落したものであろうが、やはりこの女たちは、ありふれた淫売ではないのだ。戦争前まではレッキとした百姓のおかみさんだったのだ。それが戦火を浴びて田畑が荒され、家を失い、大地の生活から離れることを余儀なくされて、兵隊の洗濯物などをして、辛じて家族の糊口を凌いでいるのではないかと思われるのだった。

「大人《タイジン》、大人《タイジン》、謝々《セセ》……多々的睡覚《タタデ・スイヂォ》、慢々的好了《マンマンデ・ホオラ》……」と、――沢山に眠むれば、次第に病気が快くなるという風な、兵隊だけに通用する支那語でお愛想を言いながら、この指のない女は纏足の小さな踵を動かして、いそいそと洗濯物を抱えて出て行く。その嬉れしげな後姿を見送りながら、枕元の腕時計を取り上げて見る。

まだ悪寒の発作があるまでには、大ぶん間がある。二三時間もつづけて、うとうとと夢を見ていたような気になっていたが、さっき時計を見た時から、まだ四十分と経っていないのだ。後十五分！　私は私が死んだようにぐっすり眠りこけているうちに、悪寒の発作が過ぎることを希いながら、また瞼をつむり、眠ろうと努力した。

直ぐばたばたと走り込んで来る跫音で眼がさめた。ひょいと眼をあけて見ると、私たちの部隊で使用している少年の一人が息をはずませて、毛布の上から私の腕を引っぱっているのだ。

「馬大人《マタイジン》、快々的来罷《カイカイデ・ライバ》！」

私が「甚麼《ショマ》？」と煩さそうに聞くと、谷川がいつも寝てる位置を示しながら、手振り身振りで殴ぐったり蹴ったりする格好をして見せるのだった。「這個《チャガ》大人《タイジン》……老婆《ラオポ》……打《ター》……」と小孩《ショウハイ》の切れ切れな言葉によって、私は見窶らしい一人の老婆が、谷川に打擲《ちょうちゃく》されている光景が眼に浮ぶのだった。あの鉱夫上りのごろつき奴が、また何を仕出かしたんだろうかと、私は不承々々に外套の袖に手を通し、小孩《ショウハイ》に身体を支えられるようにして、寝床から出て行った。私はどういう訳だか、妙に支那人の間に人気があるのだった。支那人と兵隊との間に何か悶著《もんちゃく》が起きると、必らず私が引っ張り出されて、仲裁する役目を押しつけられるのだった。それは私が兵隊の中で一番年取っているので、分別がありそうな男に支那人たちから見られているためかも知れなかった。

あかあかと明るい陽射しの当っている空地へ拡げて乾してある寝藁の上へ、いつも馬繫場へ馬糧を拾いに来る老婆が、横になって倒れていた。シャツ一枚の谷川が、胸先に黒絹の首冠巻を蝶ネクタイのようにひらひらさせながら、歌舞伎役者の隈取りのような物凄い顔になって、何か烈しい声で怒鳴りつけていた。「你看々《ニイカンカン》……」と、少年はその光景の方へ私を誘いながら、怯えたような眼色で、私の顔を見上げた。私は培雲《ペイユン》の青ざめた顔色を見ながら、ふとこの小孩《ショウハイ》はその老婆と姻戚関係にあるのではないかと考えた。箒と塵取と籠をさげて、よく私たちの馬繫場へやって来る老婆だ。馬の食い残した馬糧を掃き集めたり、乾いた馬糞を揉みほぐして麦粒を漁ったり、または藁屑、木片――何かちょっとでも役に立つものなら、何んでもかんでも浚《さら》い取って行くのだ。私はいつかこの老婆が、馬糞を洗って水から濯《すす》ぎ出した麦粒を、孫のような娘と二人して、驢馬に曳かせる重い石臼を手でひいて、粉をつくっているのを見たことがある。乞食ではなく、家があり、家には孫のような娘までがあるのだ。私たちの宿舎で使っている三四人の小孩《ショウハイ》たちと、指のない洗濯女と、いままで馬の手入れをしていたらしい吉川と原本が手にブラッシをはめたまま輪をつくって見物していた。マラリヤの発作が起きてから五日間、馬の世話を見てやらないので、久しぶりに私の姿を見かけた馬が、首を伸ばして嬉しげに嘶くのだった。私は馬の嘶きを背に浴びながら、谷川に近づいた。

「何んだタニ！　ひどい年寄りの婆ぢゃないか。いい加減にして、許してやれ」

「この糞婆あ、あんまり図々しいだ。俺たちが馬の手入れをしている眼の先で、寝藁を束にして持って行こうとしやがるんだ。年寄りだと思って甘くしていると際限がない。足腰の立たんほど打ち懲してくれる！」

「まあ、まあ」と私は谷川を押し止めながら、老婆に「走《ツオ》！」――早く行けというように叫ぶのだが、老婆は打ち倒されたままの姿勢で肱をつき、上眼使いに私たちをジロジロと眺めながら、どうにでも勝手にしろ、と言わぬばかりの太々しさだ。私は声を荒らげ「走《ツオ》、走《ツオ》！」と叫ぶのだが、起ち上がる気配さえないのだ。小孩《ショウハイ》たちが飛んで来て、老婆を抱え起し、箒や籠を拾い集めて持たせ、やっとその場から連れ出した。籠の中には、埃と一緒にかき集めた少しばかりの馬糧と、どこかの兵舎で貰ったらしい真黒な底付飯《おこげ》が入っていた。老婆は少年たちに手を曳かれて連れ帰えられたが、しかし私は老婆の不貞腐された態度に盗みの現場を抑えられながら、ちっとも羞恥の色がないのを不思議に思うのだった。いつであったか、やはりこの近所に住む小孩《ショウハイ》に小園《ショウユン》と呼ぶのがいた。箒と塵取をもって、馬糞を拾いに来るのだ。馬が馬糧を食いながら、桶の外へこぼすのを待っていて、箒で掃き取るのだ。だが、あたりに兵隊の姿が見えないと、いきなり箒で馬の鼻面をぶん殴ぐって桶をひっくり返えし、馬糧をそっくり浚い取ってしまうのだ。馬はいつもこんな目にばかり会わされているらしく、少年たちが傍へ来ると上前をはねられることを怖れ、馬糧を食い出すと耳をねかし、眼の色を変えて、碌々に咀嚼もせずに飲み下してしまう。兵隊たちは馬の癖が悪くなることを怖れて、見つけ次第に少年たちを追払うのだが、追われても追われても箒と塵取をもって蝿のように寄って来るのだ。ある日、私が何気なく井戸端へ水を汲みに出ると、小園がひょいと足で桶を蹴返えし、急いでこぼれた馬糧を塵取へしゃくいこむのを見た。

「こらッ！」と私は少年に飛びかかって首根ッ子を抑えつけ、立てつづけに小さな顔を殴ぐりつけた。泣いて平謝りに詫びるかと見ると、小園は垢で汚れてはいるが、輪廓のはっきりした眉毛の濃い顔をあげて「我的《ウオド》メシメシ没有《メイユ》！」――食物がないんだから、仕方がないぢゃないか。馬の馬糧を盗んだって当り前ぢゃないか、といったような意味の言葉を叫んで逆捻ぢを喰わせるのだ。益々私は怒りに燃え、手を揮って少年を殴ぐりつけた。だが、小園は歯をくいしばって涙一滴こぼさず、背筋を石のように固くして私の打擲《ちょうちゃく》に身をまかせるのだ。「殴ぐられている俺の方が、決して悪いんではないんだ。俺は不合理な鞭を受けているんだ！」と、言わぬばかりに、毅然として小さな肩を聳かしている風があった。私はこの少年の表情を思い、またさっきの老婆の太々しい態度を思い、日本人の常識では測り切れない、何か怖いようなものが、日本人と支那人の間を隔てていることを悟らされるのであった。

どんな字を書くのか知らないが「ポウトウ」と呼ばれている、私たちの部隊の若い使用苦力が、せっせと私の馬にブラッシをかけていた。私はその横にしゃがみ、ぢっとしてポウトウの手の動きを見ていた。すると急に、背筋へ冷水を浴びせられたような悪寒の発作を覚えた。「あっ、いけない」と思って起ちあがったが、もうその間に歯の根が合わず、肱を曲げて吊り上げたままの姿勢で、足の裏から沁みるガクガクするような寒さに襲われ出した。ポウトウが直ぐにブラッシを捨てて、私の傍へ走り寄り「你《ニイ》サムイサムイ！　不行《プシン》、不行的快走罷《プシンデ・カイツオパ》！」と私を促し、外套の上から抱えるようにして私を支え、宿舎の方へ連れ出した。井戸端のところで、ぱったり培雲《ペイユン》と顔を合わせた。彼はさっきの老婆を家まで送って行った帰りらしく、私の寒気立った顔を見て「大人《タイジン》、謝々《セセ》……」と一つ、ペコッと御叩頭をした。

培雲も可哀そうな少年である。この土地で戦争がはじまり、支那軍が敗退する時彼の父親は軍夫に徴発されて連れ去られたまま、杳として二年間消息が知れないのだ。彼は私たちの宿舎で使われ、食器を洗ったり、兵隊の雑用を手伝ったりして、その報酬に残飯を貰っているのだが、その残飯だけで母親と二人の弟妹を養っているのだ。分量のきまった兵隊の食事の余りだから、日によって残飯の出ることもあり、全く出ない日もあった。この僅かな残飯を当てにして培雲《ペイユン》の外に、まだ老順《ラオシュン》と小コウルと呼ぶ二人の少年がいるのだ。マラリヤ患者などが続出して、三人の小孩《ショウハイ》が分配して、まだ持ち切れないほどの残飯が出るような日には、彼等はまことにニコニコしていそいそと帰って行くのであった。家族で食べ切れない残飯の余りは、近所の窮民に金で売られるのだ。私たちがマラリヤに罹ることを、少年たちが待ち望んでいると考えることは業腹であった。マラリヤが出ると「ほら、またマラリヤだ。小孩《ショウハイ》の畜生め、よろこびやがるぞ!」と、私たちはよく自嘲的にこんなことを言って、暗い気持をまぎらすのであった。

　ポウトウは濡れ鼠のようにガクガク震える私を、毛布の中へ押し込め、何くれとなく親切に世話を焼いてくれるのであった。こんなによく世話をしてくれた揚句の果には、私がマラリヤから恢復した時分を見計って、また「大人《タイジン》、少々的借給《ショウショウデ・チェケイ》……」などと、給料を貰う時まで金を少し貸してくれと、私に要領よく持ちかけるかも知れない。こないだも、給料までという約束で、一円借りられたのだ。彼は一日三十五銭の日給を、部隊から支給されていた。父親が死んで、日本流に言えば四十九日だから、朋友《ポンユウ》を集めて包子《ポーヅ》を振舞わなければならない。少しお金を貸してくれ、それでメリケン粉を買って来るんだと言って、私から一円取り上げ、嘘ではない証拠に袋に一つまみほど入っているメリケン粉を持って来て見せた。この袋に一杯——指で圧しても凹まないくらいに固くメリケン粉をつめて、一袋三円ほどで買えたものが、今は一円にたったこれだけだと泣き言をこぼし、少しばかりのメリケン粉を掌にあけて見せた。私はそれを思い出しながら、支那人の親切な行為の裏には、必らず功利的な狡猾さが隠されていることを知っていたので、こまごまと気を配って世話をしてくれるポウトウの荒れた手を、払いのけずにはいられなかった。それに毛布の隅を抑えたり、濡手拭を額に当ててくれたりして、ポウトウが傍へ近づくと支那人特有の口臭と体臭がむっと鼻を衝つのだ。ボロ機関車のようにガクガク身震いしながらも、支那人の異臭が鼻から胸元へ沁みとおるのだ。私は鼻をふさいで歯を食いしばり、額から冷汗をしぼりながら「好的走《ホウデ・ツォ》、快走罷《カイツォバ》！」と、若い苦力を蝿のように追い立てた。

ポウトウが立ち去ると、私は頭から毛布をひっ被り、海老のように身体をまんまるく曲げていても、身体の芯からゾクゾクと冷え渡って来る寒さを防ぐことが出来なかった。この悪寒の発作を、歯を食いしばって我慢する以外に処置のない、言いようのない苦しさのうちに、私は時間の経過を忘れ果てていた。やがて日暮れになり、合棒の特務兵たちが、私の枕元のテーブルを囲んで舌と箸の音をさせて、賑やかに食事を摂りはじめたのに気付いていた。悪寒の発作がようやく去り、身体中がじわじわと焙られるように熱ばんでいる瞬間だった。

「どうだ、おっさん？　小孩が飯盒で粥を拵えて来たぜ。ちょっと食べて見るか？……」

「えらい熱だ。明日は診断を受けて、入院しろよ。馬は見ててやるから、遠慮せんと入院しろ……」

特務兵たちの声が、遠いところでかわるがわるに聞こえ、冷々とした濡手拭で顔の汗を拭きとってくれる手が、顔の上にある。呻めくまい、呻めくまいと我慢しながら、つい知らず歯の間から声が辷り出るのだ。頭の中の血が、狂ったように逆巻くのが感じられる。特務兵たちは飯が済むと一人去り二人去り、椅子を持って戸外へ出てしまった。点呼までの所在なさを雑談で過すのだ。女のようにペチャクチャと喋舌り立てる声が、耳について離れない。頭の鉢がヒビ割れるように疼く。すると突然、飯缶《めしかん》をさげて井戸端へ洗い物に出て行ったらしい小孩《ショウハイ》たちが、顔の色を変えて飛びかえり「大人《タイジン》、大人《タイジン》！　轆《ルー》轤没有《ルメイユ》！　轆轤小盗児的《ルールショウトルデ》……」と、兵隊たちだけに通じる支那語で喚めき立てるのが聞えた。

「またか！」と、私も思わず呻めく。これで轆轤《ルール》を盗られるのが、三度目だ。井戸水を汲み上げるためにはなくてはならない道具だ。春になると、百姓たちが麦畑や種を下ろした野菜畑に井戸水を引く。その水を底の深い井戸から人力で汲み上げるためには、どうしても轆轤の力を借りなければならない。井戸の底が深くて、とても手で釣瓶の水を何百杯となしに吊り上げることは出来ない。それで径一尺もある自然木の丸太を手焙火鉢《てあぶりひばち》くらいの長さに切断して、中央に心棒が入るように刳り抜いてメタルをはめ、木の枝を曲げて出来た、不格好なハンドルがつけてある。この轆轤を井戸の上へ組まれた枠に取り付けてハンドルを廻わし、泥柳の枝で編まれた釣瓶《つるべ》をロープの端にくくりつけて、捲き上げ捲き下ろして水を汲むのだが、支那の農民が考案した極めて原始的な水汲み機械だ。だが、こんなものでもなければ不便だし、買うとすれば中古でロープ付五六円出さなければならない。何に限らず軍隊の規律では「盗まれた」「紛失した」では理由にならないのだ。盗まれたり、失くしたりする油断が、厳重な兵舎の規律の中で起り得べき筈がないのだ。兵隊たちは躍起になり、宿舎毎に人数を繰り出して轆轤の検索に出向いたらしい。宿舎内は、急にひっそり静まり返ってしまった。

「你怎麼《ニイツォンマ》？……」

ポウトウがこの騒ぎの中で、突然白々しい顔で、私の部屋へぬッと這入って来た。そして湯気の出ている手拭を、冷めたいのと取り替えて頭へ載せてくれた。私はポウトウのなすがままになっていたが、いきなり毛布をはねのけて飛び起き、ポウトウの胸倉をつかんだ。

「こらッ、貴様だろう。どこへ隠したんだ。轆轤《ルール》を出せ！」と、叫んでいた。

私の燃えるような頭の中では、ポウトウ奴が兵隊が夕食時限に宿舎へ入った隙を見計って轆轤《ルール》を匿《かく》し、騒ぎが静まってからこっそり持ち出して帰えるつもりなんだと、私はその動かぬ現場を取っつかまえたつもりになっていた。ポウトウは思いがけのない嫌疑と病人の勢いにおろおろしながら「我的《ウオデ》・不知道《プチドウ》！不是我的小盗児《プスウオデ・ショウトル》！……」と呟いていた。その狼狽《うろた》えた顔付が、いよいよ私の確信に拍車をかけ「嘘を吐け！　お前がいつでも金を欲しがっていることを、俺はちゃんと知っているんだ。金を俺から借りるだけではなく、歩兵の水野からも、荻野からも借りているぢゃないか。正直に白状してしまえ。病気で寝ていても、俺の睨んだ眼に狂いはないんだ！」私は支那語と日本語をチャンポンにして捲くし立てるのであった。


　間もなく特務兵たちがゾロゾロと帰って来て、部屋の中にポウトウがいるのを眺め「あれッ、この騒ぎの中で小孩《ショウハイ》たちまでが探しまわっているのに、こいつ、こんなところで油を売っていやがる！」と呟き、谷川が「こらッ、ポウトウ貴様は！」と叫ぶが早いか、横ッ面を一つ喰わしていた。ポウトウは両手で片頬を抑え、自分がここにいるのは病人の介抱をするためだったんだ、とそんな言訳を身振りに示しながら答えていた。私は彼の身振りを見ながら知らない振りをして、井戸端の傍の物置小屋を探して見ろ、きっと轆轤《ルール》はそこに匿してある、と火のように燃える頭を振り立てて叫んだ。

「何を、おっさん寝呆けているんだ！」と、江口が一笑に附すのだった。「培雲《ペイユン》が一足ちがいで、誰か顔は分らなかったけれど、轆轤《ルール》を取りはづして城門の方へ逃げる人影を見たそうだ。俺たちは直ぐ手分けをして、後を追っかけたんだが、とうとう見失ってしまった」

「畜生め、明日になって見ろ。馬を飛ばして、この城内の百姓家を片っ端から臨検してやる！」谷川が眼を吊り上げて意気込むのだった。

「いや、間違いない。きっとだ！　井戸端の納屋を探して見ろ。きっと匿しているから！」私は確信をもって叫ぶのだった。

「よしッ、病人がそんなに言うんなら、気休めに見て来てやる！」と、谷川が黒絹の首冠巻をひらひらさせながら出て行ったが、しばらく経ってから唾を吐き吐き戻って来た。「片ッ端から納屋のボロを抛り出して探したが、何にも見えなかったぞ。おっさん奴、マラリヤのせいで変な夢ばかり見てやがる！」

谷川は笑った。

私は何故だかホッとしながら、ポウトウが洗面器の中で水の音をさせてタオルを搾り、火のような額へそっと載せてくれるのを感じていた。

出典：『知性』昭和十五年七月号（河出書房）
参照：『光の方へ』昭和十七年六月二十日（有光社）収載作。
解題：テキストの周縁から　P750

回教部落にて

昼食をすましてゆっくり一服すると、兵六は炊事場へ出て行った。今日は、彼が風呂当番なのである。

苦力が二人、横着たらしく、少しばかりの水を甕《かめ》に汲んで、チリ箒の先で食器を洗っている。手を水に浸けないで、ほんの申し訳に食器の汚れをチリ箒の先で撫でているだけだ。水を大切にするための、そんな不精な洗い方が支那人の習慣とあれば、致し方もあるまい。彼は食器の洗い方には注意しないで、眼をつむるような心持で、二人の苦力に命じた。

「飯盒洗洗完了的《ハンゴウシーシーワンラデ》……フロ、フロ、カンホージ！」

「明白了《ミンバイラ》！」

若い方の百頭《パイトウ》と呼ぶのが、怒ったような顔付で、うつむいたまま、兵六の方を見ないで答えた。

炊事の竈《かまど》の並んでいるゴミゴミした庭一杯に、冬の陽射しが橙色にあたっている。陽の色を見ていると、とても暖かそうだが、苦力たちがセッセッと洗っては、食卓の上へ重ねている食器から滴たる水が、忽ちツルツルに凍るのである。

「洗洗快快的完了《シーシーカイカイデワンラ》。快快的来罷《カイカイデライバ》！」

たたみかけるように兵六が叫ぶと、老ぼれ老雲《ローユイン》が片手にチリ箒を持ったまま、着ぶくれた丸い身体を伸ばして、皺だらけな笑顔を見せた。

「大人《タイジン》、明白了《ミンバイラ》！……我的快快的《ウオデカイカイデ》フロ、フロ、カンホージ。」

そしてペッと水甕のへりへ青痰を吐き、口のはたの不精鬚へ散りかかった唾液《つばき》を手の甲でこすった。

若い百頭《パイトウ》の奴は、むっつり黙ったまま顔も挙げない。彼等はまだ昼飯も済んでいないのである。せっかちな日本兵に後から後からと追い立てられるように働かされるのが気に喰わないのである。

兵六は彼等の不服な腹の中を承知していたが、太陽があかあかと当っているうちに、風呂を立てて入浴を済ませてしまわないと、陽がかげり始めると、急激に気温が落ちるのだ。とても呑気に、入浴なんかしていられないのだ。しかし清潔好きな日本兵は、零下二十度の気温の中でも、毎日のように入浴しないと気が済まないのである。

陽があたっているとは言え、兵隊たちはピリピリするような零下の寒気の中を、素裸で庭をつッ走って風呂場へ駈け込む。もちろん、グラグラ煮立っている熱湯を満しただけの甕風呂だから、直ぐに冷めてしまうので、ゆっくりゆだっている暇なんかない。ドブンと甕風呂の中へ飛び込むが早いか、ちょろちょろと烏の行水を済ませて、韋駄天の如く素裸のまま宿舎へ駈け戻るのだ。

手に摑んでいるタオルは勿論、頭髪に水分が残っていたりすると、庭を突っ切っている間に忽ち針金のように硬ばってしまう。こんな苦労をしてまで、日本の兵隊には、風呂がやめられないのである。

しかし入浴の習慣をもたない支那人たちには、風呂好きな日本人が、とても不思議なのである。また日本の兵隊たちは、毎朝、指先のちぎれるような、冷めたい汲み立ての水で洗面する。苦力は氷のカケラがガラガラしている水甕から、瓢箪を真二つにした柄杓で、顔を洗う兵隊の掌へ冷めたい清水を注ぎながら、あきれ返った表情で突っ立っている。

凛烈な自然の条件にひたすら恭順して生きている彼等には、日本兵が自然の威力に反抗しているようにも――あるいは難行苦行の行者のようにも見えるのである。だが、結局、日本人の潔癖性は、彼等には通用しない。日本兵の野蛮の行為には、あきれ返えってしまった――そんな表情である。

兵六は筵《むしろ》の垂れをあげて、風呂場へ這入って行った。風呂場と言っても、支那人民家の物置小屋を取り片付けて、土間に大鍋の竈と水甕を据えただけのものだ。湯が冷めないように水甕の周囲を麦藁と乾草でかこってあったが、流し水が散らかって水甕の周囲は水晶の珠数のような氷柱《つらら》で蔽われ、湯の流し口は外へ流れる筈の湯がそのまま結氷して、土間一面に水飴を流しかけたような、汚たない氷の層で盛り上がっていた。

彼が焚火の分量を検べたり、大鍋の蓋を開けたりしていると、手の先へフウフウ白い息を吐きかけながら、百頭《パイトウ》と老雲《ローユイン》が顔をのぞけた。

「アイ、大人《タイジン》、来了《ライラ》！」

二人とも毛の防寒帽をかぶり、綿入れのボロで熊のように着ぶくれて、足には先の反った戎克《ジャンク》のような布靴を穿いている。まるで極北に住むトナカイ族のような、物々しい格好である。

「よしッ、百頭《パイトウ》！　貴様は水汲みだ。それから、老頭児《ロートル》！　お前は鍋の下を焚くんだ。」

と、兵六は若い、眼付の鋭い大男の百頭《パイトウ》に水桶と天秤棒を示して、水を汲むように言附け、老雲には

マッチをする真似をして見せた。

「ほらッ、勿体ないが、これが今日の風呂焚きの駄賃だ！」

彼はポケットを探ぐって煙草を取り出し、一箱づつ二人の方へ投げてやった。百頭《パイトウ》はアカギレのした大きな掌で巧みに受け止めたが、老雲《ローユイン》は足元へ取り落した。

「大人《タイジン》、謝々《セセ》！……」

急に百頭《パイトウ》の奴めはニコニコして、箱から一本抜いて火をつけ、金具のついた天秤棒をガラガラ鳴らして、水桶をかついで支度をした。

タイジン、セーセ

カイカイデ、フロ、フロ

カンホージ

………

マンマンデ、マンマンデ

メシ、メシ

カンホージ

兵隊用語に節をつけて歌いながら、大男奴が、のっそり井戸端の方へ出てゆく。老雲《ローユイン》が歯糞だらけな口をあけて、声を立てないで笑った。彼は六十八だというのに、一本の抜け歯もなくって、馬のように頑丈な歯並だ。

マンマンデ、マンマンデ

メシ、メシ……

井戸端で、まだ百頭《パイトウ》が歌っている。腹立しいやら、おかしいやら、妙な感情が胸元へこみ上げて来る。

鍋の下を焚きつけている老頭児《ロートル》の職業は、牛殺しである。水桶をかついで出て行った百頭《パイトウ》は、泰山登山客を駕《かご》に乗せて山を案内する轎夫《チャウフウ》である。日本風に言えば、泰山の雲助――この雲助たちは籐の腰掛椅子に客を乗せて、両側に長い棒を通して二人で担ぎ、山麓から頂上まで四十支里（約二里半）を上下するのである。とても頑丈な雲助でなければつとまらない。ここの回教部落の住民たちは、殆んど牛殺しか、またはこの駕かき人足を生業にしているのである。

しかし今は日本軍に泰安の街が占拠されたばかりの時であるから、呑気な登山客などのあろう筈がない。また牛殺しの商売も、あがったりになっている。それで彼等は、兵六たちの分隊の炊事の苦力に傭われているのだ。

百頭《パイトウ》の奴は猫を被ぶって温和しくしているが、兵六はその頑丈な体格の中にひそむ沙漠の宗教のもつ残忍な暴力を想像しているのだ。いつ、どんなことで回教徒特有の惨虐性を発揮するか分らないからである。

彼等は極端に、豚を忌む習慣をもっている。「猪《チュイ》」という言葉を聞いただけで、身顫いして顔をしかめるほどだ。だから、若し登山客が昼飯がわりに豚饅頭などを携えていようものなら、断然駕は拒絶されるし、また山の中の途中でそんなものが見付かろうものなら、かまわず客を谷底へ突き落してしまうこともあるそうだ。

メッカのアルラアを信ずる回教徒は、異教徒に対しては極端に差別的で、戦闘的で、残虐的で、情け容赦もなしに生命まで奪い取ることなどは平気である。だが、コーランの教理に服したとなると、異民族であれ、外国人であれ、親切と寛恕と親睦の気魄をもって、四海兄弟の誼みを結ぶそうである。従って回教徒相互間の団結は、鉄のように強固なものらしい。

その強烈な結束力で、彼等は霊峯泰山の山麓に回教部落を形成して、漢民族からの有形無形の圧迫と侮蔑に対抗して来たのだ。最初、兵六たちの部隊が泰安占拠と同時に、城外のこの回教部落へ宿舎を設営した時には、周囲の部落の余りの汚たなさと、貧民の子供たちがウヨウヨして騒々しさに、全く呆れ返ったものである。

泥と高粱《コウリャン》の稈《から》とアンペラとだけで、出来上がったような真暗い小屋が、表通りの大きな屋敷と屋敷の間に隙間もなく建ち並び、二人と肩を並べて歩けないような巷路が、まるでアラビヤの迷路のように家々の間を縫っている。そしてこのむさくるしい部落の中に、これはまた断然素晴しい伽藍が聳えているのに、眼を瞠った。黄金の輪塔が太陽に照り映え、その背景には荒々しいタッチで投ぐり描きにしたような、霊峯泰山が雲にまかれながら、がっしりした山容を見せている。

伽藍は回教寺院「清真寺」である。その寺院に隣り合って建つ「清真小学校」も、また相当立派な建物である。寺院も学校も、日本兵の立入禁止区域になっていたので、内部の荘厳さは分らなかったが、アルラアの外に神なしと信じ、またカリフ（教主）の神政を奉づる回教のことだから、決して粗末なものではなかろう。小学校の前には、可成りな広場があり、終日そこの日だまりでは、汚たならしい服装の回教徒たちが地面にしゃがんで、日なたぼっこを決め込んでいる。広場の隅には、部落共用の石臼があり、頭に赤い布を巻いた女や老婆が、手挽きで粉をひいていることもあった。洟《はな》をたらした汚たない子供たちが、またこの広場へ寄り集って、銅幣《ドンペイ》を投げたり、石蹴りをしたりして、黄粉のような埃を立てながら、終日騒いでいるのだ。

兵六たちは最初、ぬくぬくと袖に両手を通して日なたぼっこをしている頑丈な体格の男たちを、戦争で職業をなくした失業者であろうと思っていた。失業者には違いなかったが、彼等のすべてがその職業からアブれた牛殺しと轎夫《チャオフウ》だったのだ。そして時たま軍の衣糧廠から通訳と支那人の親方が来て、彼等を引き連れて行くことがあった。

衣糧廠では、駐屯部隊に配給する牛肉を、これらの屠殺者に牛を殺させて作らせる場合もあったし、また糧秣の運搬に人手の足りないことがある。そんな時に、ここの牛殺しと駕かきの雲助が役に立つのである。平常の貯えのない彼等には、一日として遊んで暮らせる余裕がないのだから、よろこんでそんな仕事に飛びついて行く。兵六たちが最初、彼等が懐手をして呑気に日なたぼっこを決め込んでいると思ったのは、ちょうど昔の富川町で立ん坊が人夫買いの親方を待つように、彼等も終日広場にしゃがんで買手が現われるのを待っている訳であった。

百頭《パイトウ》も老雲《ローユイン》も、兵六が見つけ出すまでは、ここの広場の日だまりで腕を組んで、終日ぼんやり買手を待っていた連中である。それを彼が部隊の許可を得て、分隊の炊事の使役につれて来たのである。兵隊の残飯をあてがって、日当四十銭也——あぶれ勝ちな衣糧廠の仕事を待っているより、この方が余程ましなのである。

だが、根は砂漠のコーランを信ずる粗暴な回教徒だから、兵士は少しも二人に気を許してはいない。百頭は泰山の絶壁を攀ぢながら、駕を揺すって客に「酒手」を強請る雲助《ぐづ》だ。虫も殺せないような老ぼれの老雲は、年がら年中、牛の頭に玄能をふるって血を浴びている屠牛者だ。——いづれも気持のいい相手ではない。だから、兵士は甕風呂の湯が冷えて、差し湯をして貰いたい時には、ぢっと彼等の手元を見つめて注意を怠らない。うっかりしていて、グラグラ煮え立っている熱湯を、頭からおっ被ぶせられてしまってからでは、もう間に合わないからだ。

百頭《パイトウ》はギイギイ天秤棒をしなわせて、遠い井戸から風呂甕や大鍋へ水を汲み込んでいる。老雲《ローユイン》は大鍋の下を焚きつけて、湯が煮立つと、それを風呂甕へあける。風呂甕の湯が冷めると、またそれを汲み出して鍋で煮立てる。そんなことを何回も繰り返えして行くうちに、風呂甕が温まり、甕にあけた熱湯が急に冷めなくなると、やっと入浴できる湯加減になるのだ。

とても手の込んだ風呂焚きで、兵隊がかわるがわる入浴しだすと、もっと頻繁に大鍋の熱湯を沸《たぎ》らして置かなければならない。一人が入浴をすますまでに、最少限三度位いは差し湯をしなければならないからだ。それで苦力たちは、この面倒な風呂焚きを嫌やがるのだ。何んとかかんとか苦情を言っては、風呂焚きを逃げようとする。

天秤棒をギイギイしなわせて五六回水を汲んだと思うと、もう百頭の奴が風呂場へ水桶を投げ出して、雲助の本性を現わして愚図り始めた。

「餓了《オーラ》！……我的《ウオデ》メシメシ没有《メイユ》！　大人《タイジン》……我的《ウオデ》メシ、メシ！」

まだ飯を食っていないから、腹が減って動けないのだと、そんな恰好をして見せるのだ。兵六はむかっとしたが、ぶん殴ぐって働かせる訳にも行かないので、

「よしッ、你去《ニイツオ》！　快快的《カイカイデ》メシメシ完了《ワンラ》。你完了的《ニイワンラデ》、老頭児《ロートル》メシメシ、カンホージ！」と、出鱈目な支那語を連発した。

彼のつもりでは、お前が食事を済ませたら、老頭児《ロートル》と交替して飯を食わせてやれ、という意味なのだ。

「明白《ミンパイ》！」

百頭は何度も頷いて、機嫌よくニコニコした。日本の兵隊と暫く接触している彼等には兵隊用の支那語が、どうにか通用するのである。また彼等も兵隊に話しかける時には、兵隊だけに通用する支那語を選んで要領よく使いこなすので、万事簡単に用が足せるのである。

「大人《タイジン》、我的《ウオデ》、快決的《カイカイデ》メシメシ完了《ワンラ》。完了的《ワンラデ》フロ、フロ、カンホージ！」

百頭は兵六に媚びるような機嫌のよい笑顔をむけて、彼が頷くのを見るとサッサッと風呂場から出て行った。

老雲は、真赤にただれた瞼からポロポロ涙をこぼしながら、モウモウたる煙の渦に包まれて、大鍋の下を燃しつづけていた。兵六は、煙草をふかしながら焚木の上に腰を下ろして、老頭児の鈍いマンマンデな動作を見ていた。

すると突然——「アイヤ！　アイヤッ！……」魂消《たまげ》るような、女の子の叫び声がした。その叫び声が

忽ち、火のついたような泣き声に変って行った。

日本兵の宿舎へ支那の子供たちが、無断で入り込むようなことは殆んどなかった。門口から顔を覗けて、なかの様子を物珍しげに見る位いが精一杯である。兵六は「ハテな？」と不審に思い、風呂場の筵をめくってみると、宿舎前の庭へ汚たない身装の女の子が仰向けに倒れ、傍にはノッポウの国富上等兵が柱のように突っ立っている。百頭《パイトウ》が炊事場の入口から、大きな丼で飯をかき込みながら、突ったったままで顔を出している。ギラギラした眼を国富の方へ向けたまま、忙しげに丼の飯を掻き込んでいるのだ。

兵六は「あれッ」と小さな叫び声を挙げながら、風呂場から飛び出して行った。

「どうしたんだい？……クニさん！」

彼は直ぐ倒れている女の子を抱き起した。ボロボロの綿入れで丸々と着ぶくれている割に、鉋屑のように軽い姑娘《クーニャン》だ。

真青な瞳に一杯涙をためて、兵六から抱き起されると一層高い声を立てて泣き喚めいた。混血児の李《リー》青米《チンミイ》である。

「どうも、こうもあるかッ。この盗ッ人あいの子奴！」

国富がパッと姑娘《クーニャン》の頭から赤い頭巾をひったくると、茶色の捲毛が白い額にみだれかかった。

「おい、並川！　この餓鬼だよ。窓へ出してある缶詰がチョイチョイ行方不明になると思ったら、こいつが盗んでいやがったんだ！」

なるほど、姑娘《クーニャン》の足元には蜜柑とあづきの缶詰が二つ転がっている。兵隊たちは缶詰を凍らせるために、よく窓の外へ出して置くのである。霙《みぞれ》のように中味の凍った缶詰を、暖かいストーヴにあたりながら食べると、とても冷たくって美味いのだ。だが、チョイチョイその缶詰が失せるので、兵隊たちは不思議に思い、きびしく警戒し始めた最中であった。ところがその犯人が、この小さな李青米《リーチンミィ》であろうとは、兵六には意外であった。

「まあ、クニさん、そんなに怒らんで、俺に免じて許してやってくれ。こんな小さな合の子を懲しめてみたところで、仕方がない。俺が連れて行って、こいつのお阿母《ふくろ》によく言い含めて置くよ。こいつは合の子なもんだから、支那人の子供たちから、しょっ中、寄ってたかって苛められている可哀そうな奴なんだよ。」

「おい、並川！　貴様こそ、しょっ中、そんな風にして支那人を庇うが、てめえは一体、支那人かい？日本人かい？　そんなに支那人の味方になりたければ、今日からでも蔣介石の手下になれッ！」

「まあ、そうクニさん、絡らむなよ。いいかい、俺がこの合の子を連れて行って、もう二度と泥棒をさせないように、こいつのお阿母《ふくろ》にやかましく談じこんで置くからな。それで我慢せい……。」

「よしッ、貴様が、その餓鬼を連れて行くんなら、俺も一緒について行くぞッ。餓鬼のかわりに、その洋妾《ラシャメン》を思い切りひっ叩いてくれる。餓鬼の責任は親にあるんだ！」

国富は転がっている缶詰を拾い取って、部屋へ駈け込むが早いか、外套の上へ帯剣を吊しながら出て来た。百頭《パイトウ》は飯をすませると、庭の日なたへ出て、ゆっくり一服やっていた。兵六は彼に老頭児《ロートル》と交替して風呂を焚いて置くように言附けて、泣きじゃくっている青米《チンミィ》の頭に頭巾をかぶせ、魚のように冷めたい手を握って急き立てた。一刻も早く外へ連れ出さないと、電話線の保線に出ている分隊員がドヤドヤ帰って来たら、一層ことが面倒になると考えたからだ。

表へ出ると、忽ち薄汚たない子供たちがワイワイ騒ぎながら、兵六たちの後をつけて来た。青米《チンミィ》は泣きやんでいたが、時々兵六の手をふり解いて、リスのように素迅しこく逃げようとした。

国富上等兵は、特務兵の兵六には、一口も口を利かない。むっつり顔をしかめて、時々「こら、合の子、早く歩けッ」と、小さな青米《チンミイ》の頭を後から小突いた。

小学校前の広場から、ゴミゴミした薄暗い巷路へ入って行った。春になったらドロドロに泥濘《ぬか》る巷路だが、今は足跡や手押車の轍《わだち》の跡を残したまま、カンカンに凍えている。鼻持ちならぬ悪臭も匂いまでが、凍えて動かないのであろう。日だまりにしゃがんでいる老人や老婆が青米《チンミイ》が日本の兵隊に連れられてゆくのを眼を瞬いて不思議そうに眺めた。

青米の家が近づくと、後からつけて来た小孩児《ショウハイ》たちが、先へ駈け抜けて行って古びた門扉の前へ寄りたかって、

「大人《タイジン》、ここだ！　ここだ！」と、兵六たちに指さして見せるのだ。

青米が盗みをしたことを彼等はもう知っているのだ。そして彼女の母親に、日本の兵隊たちがどんな難題を吹っかけるだろうかと、その騒動をわくわくしながら待ち兼ねている顔付だ。同じ回教徒も異人の血のまじった混血児と、そんな子供を生んだ洋妾《ラシャメン》には激しい反感を抱いているのであろうか？

青米の家は思ったより立派だ。大きな門があり、芽出度い文句を書いた聯《れん》が古びて白くなったまま残っている門扉が、かたく閉まっていた。兵六は扉を叩いた。すると中から「ウォッー」と野太い声で答えて、ウーウー唸る犬を叱りながら、長い便衣をまとった口髯のある大男が、門を開けた。

そして青米《チンミイ》を連れた兵六と国富をジロジロ不思議そうに眺めた。ピンと衣紋竹を入れたように、恐ろしく怒り肩の男である。

「這個《チャ》《ガ》姑娘《クーニャン》你的《ニイデ》小孩《ショウハイ》？……」兵六はその大男に、青米《チンミイ》を指ざして、この姑娘《クーニャン》はお前の子供か、と怪し

い兵隊用支那語を振りまわした。まわりにいた小孩児《ショウハイ》たちが、口々に叫んだ。
「不是《ブス》！　不是的大人《ブスデタイジン》！　ほら、青米《チンミィ》の家はあっちだ！」
子供たちも兵六や国富と共に、ドヤドヤと門内へ這入り込んでいたのだ。すると、さっきの大男が、
「ノー！」と、はっきり答えて、巾の広い肩をくるッと廻わした。支那語の発音ではない。兵六が「あれッ」と思って、顔を挙げた時には、巾の広い肩を振りながら、犬をつれて、母屋の方へ歩き出していた。

米青が兵六の手を振りほどいて、逃げた。彼女が玉のようになって一散に駈け込んだのは、さっきの大男が歩み去った門内正面の母屋らしい家屋と、鍵の手になって喰っついている物置小屋を改造したらしい貧相な小部屋だった。入口のところで、女が背を向けて竈《かまど》を燃やしていた。

見窶らしく紺がさめて白くなったような衣服をまとい、寒むそうに肩をすぼめて、青米《チンミィ》がバタバタと入口から駈け込んだのに、その方へ振りむこうともしなかった。

兵六が女の後へ近づいて行って「オイ！」と、声をかけると、吃驚したように白い顔を挙げた。見苦しい服装に似合わず、形のいい耳朶に真珠まがいの耳飾りをしている。
「甚麽《ショマ》！」と、吃驚するような疳走った高い声で叫び、二重瞼の大きい黒い眼をギロッと動かした。

白粉気の失せた、荒い肌にニキビのような小さな腫物が吹いている顔だったが、若い頃には毛唐たちからチヤホヤされた美人だったに違いない。兵六が青米《チンミィ》のことを、出鱈目な兵隊支那語で話し始める前に、もうまわりの小孩児《ショウハイ》たちが、あらましの事情をベラベラ喋舌ってしまっていた。

女は突然、ひょいと門の前から腰を浮かして、バネのように勢よく立ちあがると、兵六と国富の顔をギロギロと強い視線で睨らみまわしながら、薄い口唇を早口に動かして奔るような口調で、疳高く喋舌

りはじめた。右肩を尖がらせて、腰に当てた手の甲が電流を通じたように顫えている。早口に喋舌べるための口唇の震動で手先が顫えているのかと思ったが、ふと、そんな姿勢から兵六は外国映画に出る安っぽい女を思い出した。

この洋妾《ラシャメン》め、何を捲くし立てやがるのか、兵六には何が何やら薩張りわけが分らなかった。彼が口を挟む隙も与えないで、まるで立板に水の調子で長々と一気に喋舌り立ててしまうと、トンと支那靴で地面を叩いて「去《ツオ》！」と叫んだ。その最後の「去《ツオ》！」だけが、女の流調な支那語から、兵六が理解したたった一つの言葉であった。

「ホウ！」と、宿舎を出る前には、あんなにも張り切っていた国富が眼を白黒させて、妙な表情を湛えてポカンと棒立ちになってしまった。

雄弁にまくし立てた女は、またもやヒョイと門の前の箱枕のような小さい腰掛に腰を落すと、もう兵六が何んと言葉をかけても振りむかなかった。火の燃え切ってしまった鍋の下を見つめたまま、石のように動かないのだ。若しちょっとでも指が身体に触れたら、忽ち稲妻のように狂って、何か呼び立てそうなピリピリした姿勢だった。

だが——大きな黒眼勝ちの二重瞼を蔽うている長い睫毛、品のよい高い鼻、整った横顔の輪廓——今は、見る影もなく落ちぶれ果てた容貌だが、若い頃は確かに毛唐の野性を満足させた美人だったに相違ない。

国富上等兵もさっきの元気は跡かたもなく、洋妾《ラシャメン》の廃残の美にのまれた形で冷めたい蠟のような襟首を見つめていた。

「おいッ、並川、行こう。くそ忌々しいが毛唐の淫売を殴ぐってみたところで、手の汚れだ。仕方がない、行こう！」

彼がポンと一つ、兵六の肩を敲いた。

兵六は馬小屋のように、枯れた草やボロなどが散らかっている部屋を覗いて見たが、青米《チンミイ》の姿は何処にも見えなかった。草をかぶって息を殺しながら、部屋の隅へもぐっているのかも知れない。

彼等が帰りかけると、また母屋からさっきの大男が現れて、肩を張ったキビキビした歩きかたで前に立って送って出た。そして扉に片手をかけて、ニヤッとした笑顔を浮べて、外国の士官のようにヒョイと片手を挙げた。そのちょっとした動作が、如何にも支那人離れがしていて、毛唐臭いのだ。

「あれッ？」と、兵六が益々不審を深めて振り返った途端に、小孩児《ショウハイ》たちを野良犬のように追い出して、パタンと厚い扉をしめてしまった。

矢庭に、兵六は前を行く小孩児《ショウハイ》の一人を摑かまえて、後ろを振りむかせ、今しめたばかりの扉を指ざして叫んだ。

「おいッ、こらッ、小孩児《ショウハイ》。……那辺大人甚麼人《ナベンタイジンショマレン》？」

――今の男は何者だと、訊くのだが、小孩児《ショウハイ》には意味が通じないらしく、暫らく頭を傾げていたが、ひょいと「気をつけ」の姿勢になって銃をかつぐ真似をした。そして二三歩手を振って活溌に行進して見せ、

「シアオシー！」と、ひとりで叫んで、パッと手を下ろして「休め」の姿勢をした。また――

「リーチオン！」と、叫ぶとパッと「気をつけ」の姿勢をして銃を担う格好をした。

「なにッ、こらッ、小孩児《ショウハイ》！　兵隊だ！　あいつが支那兵か？……おい、こらッ待て、国富！」

兵六が遽《にわ》かに顔色を変えて、けたたましい声で国富を呼び立てるので、ハッとした顔色で小孩児が、

彼の片肱《ひぢ》にぶら下がって来た。

「不是《プス》、大人《タイジン》！　不是《プス》！……他的不是兵《タアデプスピン》！　不是兵《プスピン》！」

と、――いや、あれは兵隊ではない、と口早に叫びながら、

「大人看々《タイジンカンカン》！　大人看々《タイジンカンカン》！」と、兵六の胸を引っ張って、ピイピイッと片手を曲げて笛を吹く真似をして見せるのだ。

「大人《タイジン》、大人《タイジン》、看々《カンカン》……他的這個的《タアデチャガデ》、他的《タアデ》……ピイピイッ。」

小孩は今は一生懸命な顔色で、狭い巷路の中央に突っ立って「ゴー・ストップ」の巡捕を演じて見せるのだった。

「ハハハハァ、野郎め、上海工部局の交通巡査上がりかッ。」

兵六は遽かに可笑しくなって、小孩児の頭を毛帽《ピイモオ》の上から撫でさすった。

「明白《ミンパイ》、明白了《ミンパイラ》！」

出典：『大陸』昭和十六年二月号（改造社）
参照：『支那の神鳴』昭和十七年一月二十日（六芸社）収載作。
解題：テキストの周縁から　Ｐ７５２

結——従軍作家

月下の前線にて

ジョホールへM部隊の先鋒部隊が突入したと聞いたのは、×日の夜行軍の最中であった。沛然たるスコールが霽《は》れて、雨が小止みになったと思った瞬間に、真白い、銀盆のような月が、ゴム林の梢にかかっていた。ジョホールへ、道標二十三哩の地点のゴム林の中であった。私たちはI部隊を追及するために、狂気のようになって自転車のペタルを踏んでいたのであるが、ついにジョホールは陥落したのである。I部隊はジョホールへ入らずに、道標五哩の地点から左折して、〇〇の方向へ転進しているという。私たちは折角の意気込みが挫けた感じで、ゴム園の中へ入って設営することにした。夜の二十三時頃である。ゴム林に風が渡るたびに木の葉の雫が滴り落ちる。私たちは水浸しになった落葉の上に防水マントを拡げて、露営の準備に取りかかった。附近には、やはりN部隊の機関銃隊が露営していたが、寂として声のない静けさである。

月だけが、気味の悪い白さで、ゴム林の梢越しに輝いている。白い月を見たのは、生れて今夜がはじめてであるが、真白い冷笑を含んだ月は、ゴム林の静けさと相俟って、何か底知れない不気味さを放っている。しかもジョホールには、七百メートルの水道を距てて、シンガポールの要塞と相対しているに不拘《かかわら》ず、砲声一つ轟かない今夜の静寂は更に不気味である。私たちは敵機に警戒しつつ、冷めたい野営の夢を結んだが、いつになく眼覚め勝ちであった。月は、いよいよ白さを増し、払暁近くには、無慈悲な白磁の皿の色となって沈んで行った。

ジョホールは陥ちた。だが、心から安心し切れない、鳥肌立つ凄惨なものを待ちかまえる不気味さである。私は、その夜の白い月の色が、いつまでも忘れ切れなかった。×月×日には、私たちは、M部隊とN部隊の先鋒が合流した〇〇の三叉路の民家に宿泊していたが、その夜もまた猛烈なスコールであった。雷雨のような烈しいスコールに打たれつつ、全身ズブ濡れの徒歩部隊が、絶え間なしに通過して行く。兵隊は疲れ切り、銃と背嚢を背負った身体が前屈みになって、全身の重量を股で支えるために、靴が前へ伸びない感じである。しかも彼等は黙々として全身濡れ鼠となって重々しく、うつむき勝ちの姿勢で行進してゆく。その疲れた部隊の上を、百千の鞭をあげて殴るようなスコール！　その無慈悲なスコールが瞬間にして霽《は》れ上がったと思う刹那に、黄金の円盤を空高く抛り上げるような美しさで、雲を破って躍り出す十五夜の満月！

　これは昨夜の白い月ではない。豊かな黄金色を湛えて、眩ゆいばかりに燦然と輝く月である。だが、月の下には三原山の噴火さながら、音なく、光りなくして燃えつづける黒煙。ドス黒い黒煙は昨日からシンガポールの上空三ケ所を、晦暝《かいめい》の闇に包んでいる。むくむくと渦になって盛り上がる黒煙はそのまま気流に飛散せずして、油のような雲の塊りとなって、空の一角を暗黒の闇に閉ざしてしまう。シンガポールの飛行場と軍港の油槽タンクが燃えつづけているのだ。この黒煙の渦巻きには、満月の光りも射さない。月の影を踏んで、素足の避難民が、今朝から絶え間なしに続いている。白い腰巻のマレー人、茶色のターバンで頭を包んだ印度人、乳呑児を抱えた華僑の女……。それは黄金の月光を背景にして、人種展覧会の影絵をみせられるようである。

　満月の光で溢れるばかりに輝く空を、敵機が二機してコウモリのように低空を掠め去る。だが、機銃掃射もなく、爆撃も行わない。こっそり友軍の布陣を覗きに来たスパイのあわただしさで、敵機二機がプロペラの爆音を残して逃げ去る。後はシーンとした静寂！　その静寂の中で、濡れた素足の音が涯てしなく続いている。月光に浮び上がった椰子林の木蔭で囁かれる印度語、マレイ語、支那語……。昨日から今日にかけて、潮のように通過して行った友軍部隊は地底深くもぐり込んでしまったように、影も見せなければ、声も立てない。

夜は更ける。月光はますます冴える。惜しげもなく放射される黄金《こがね》の月光下に、墓場の死人が起きて動き出したように、たえまなしにつづく土人と華僑のシルエット。ジョホールを中心にして三十キロ以外に、住民の立退きが布告され、それらの住民がひっきりなしに交戦圏外へ立退きつつあるのだ。しかも一発の銃砲声もない、死の沈黙である。沈黙の世界の上には、惜しげもなく十五夜の満月がバラ撒く豪華な黄金の雫――。

明くれば×日である。けたたましく払暁の夢を破って真一文字に、私たちの頭上を掠めさる敵機二つ。後には、秋の落葉のように、飛行機のあおりで落ちてくるゴムの木の青葉！　友軍も撃たず、敵機も撃たない。真昼には、海のような青空を、シンガポール上空の黒煙をめざして銀翼をきらめかす友軍機の編隊。忽ちシャンパンを抜くように唸りはじめる敵の高射砲である。黒暗々たる油煙が雲となって動かない黒い空には、忽ちに棉の花が開くような高射砲弾の白い煙の捲毛であった。急降下しつつ、巧みに投弾をつづける友軍機。――

その日、私たちはジョホールの海岸の並木路を、自転車で駛《はし》っていた。ヨット一つ浮ばないジョホール水道は、青みどろに澄んでいた。対岸のジャングルの中に構築されたトーチカ。飛行場と覚しき地上から真直ぐに天に冲する噴煙の柱二基。人影のない渡船場のオフィスのバンガローに翻える『三日月と星』のジョホール王旗も弔旗の如き寂寥をひめて首垂《うなだ》れている。仔犬一疋見あたらない、五色のペンキの色も毒々しい華僑の街・ジョホール。橋礎のみを残して水中に没した橋梁と、前後二個所、五十メートルばかりを爆破されて、白い骸骨と化し畢《おわ》った築堤風の陸橋が、盛り上がるような満潮を堰き止めている。旅客が雑沓しないクリーム色の停車場には、友軍の○○隊ばかりの兵力が、寂然として待機している。路上に散乱する砲弾の破片、コンクリートの破片。私たちがアイエル・ヒタム街道をかえりかけると、後を踵《つ》けるようにして鳴りはためく砲弾。そして忽ち、忘れたようになって鳴りをひそめてしまうのである。

その夜もまた、美しい月の出であった。一発の銃砲声もなく更けてゆく月光の下には、また今夜もひっきりなしに続く素足の列である。そして月の出を待ち兼ねていたような素早さで、頭上低く馳け去ってゆく敵機。月の出は、一日毎に遅くなり、一夜毎に欠け始めて行く。シンガポールの上空を翳げらしている油槽タンクの黒煙は、空一面にはびこり、動かない黒煙の塊雲は、幾つもの入道雲となって重なり合っている。×日の早朝から、遠雷の如き砲声が轟き始めている。避難が杜絶えてしまった道路上には、ひっきりなしに往き交う友軍のトラック、砲車の雑踏である。ゴム山の斜面を反対に下れば、そこがジョホール水道の岸壁である。七百メートルの対岸はセレタ軍港。

今日もまだ、敵味方の不気味な沈黙はつづいている。両軍の砲兵陣地が数十発の弾丸を撃ち合ったのみで、今日の日は暮れてしまい、おそい月の出は、下弦が櫛形に欠けてしまっている。その衰え、痩せ細った淡い月光をかすめて白い五位鷺が無数の群れとなって渡って行く。

出典：『時局雑誌』昭和十七年三月号（改造社）

参照：『陸軍報道班員手記　マレー電撃戦』昭和十七年六月十五日（講談社）収載作。

解題：テキストの周縁から　Ｐ７５４

歴史的会見を観たり——シンガポール最後の日を報告する

シンガポール市は、ついに断末魔の苦悶をはじめ、その蒼白な表情には冷ややかな死相が現われはじめた。二月十三日には、わが○○部隊の猛攻撃が支え切れず、東洋一を誇るパヤルバ無電台を奪われて神経中枢の不随を来たし、同じ日の午後には、避難民を合わせて二百五十万の市民と六万の英軍の生命をつなぐ水源地の給水パイプのバルブは、同じ部隊の手に握られていた。

即ち、シンガポール市二百五十万の市民と六万の英軍を、活かすとも殺すとも、それは皇軍の自由であった。だが、わが皇軍は、給水パイプの栓を左へねぢるだけの、最も簡略な手段で、二百五十万の市民と六万の英軍の首を「ひねり」はしなかった。

わが皇軍は、全世界に正義と皇道を宣揚するために、この灼熱のマレーで戦って来たのである。連日連夜の恐怖と奔命に疲れ果てて、咽喉の乾きがちな市民と民主々義の英雄たちに、わが皇軍は「鱈腹のめた上に、靴下と生命の洗濯ぐらいには」こと欠かぬだけの水を存分に、即ち人道的に供給していたのである。これは上杉謙信が、武田信玄に塩を送り届けた美談よりも、更に武士道の精華であろう。だが、相手にそれ相応の感受性と感動がなければ、美談が「美談」として成立しないのだ。相手は海賊上りの無神経なアングロサクソンである。この日本軍の正々堂々たる武士道的態度が理解できなかった。のみならず彼等は彼等の本国兵が、ダンケルクから脱走する時に、オランダとベルギーの軍隊を犠牲にしたように、またギリシャ戦線から退却した時、ギリシャの同盟軍と国民に煮湯を飲ませたのと同じ手で、またもやシンガポールからの脱走を企てたのである。彼等は、マレー兵と印度兵と、一部豪州兵を日本軍の攻撃の正面に狩り立てつつ、ダンケルクやギリシャの場合と同じ手で、海への脱走を企図したのである。

彼等の脱走は、十一日から始められている。シンガポールの最後の抵抗陣地であったブキテマの高地が、つぎつぎに屠られはじめるや、英軍陣地には不安な動揺が見え、英本国兵は印度兵とマレー兵を前線に狩り立てつつ、彼等自身はシンガポール周辺の堅固な要塞陣地へ後退をつづけた。

皇軍が機上から、雪崩を打って退却する英軍の頭上へ、降伏勧告文を撒いたのが、ちょうどその日であった。二月十一日は、紀元の佳節にあたっていた。英軍に無用な抗戦を避けさせて降伏させるために、降伏勧告文を木の箱に封じて、紅白のリボンでむすび、へんぽんと「日の丸」を翻えした箱が二十九箇、シンガポール市内へ投下されたのであった。

だが、血迷える英軍総司令官は、皇軍の勧告に応ずる意志がなかった。彼等はシンガポール島の全陣地からの敗走兵を、シンガポール周辺の高地と要塞線に集結させて、皇軍の親切な降伏勧告に対する返答とばかりに、猛烈仮借なき鋼鉄のスコールを、皇軍の頭上へ全面的に浴びせかけたのである。

私たちは、この時の砲撃をブキテマ西方約四キロの隘路上に於て体験したが、十一日の夜十時頃から翌朝の八時四十五分まで、息つく暇もない猛砲火に曝らされたのである。敵の第一弾が私たちの隊伍の側面へ落下し始めてから、翌朝の八時四十五分まで、殆んど十一時間、ぶっ通しの砲撃を受け、その時間中、ものの三分間と砲火の鳴りやんだ隙がなかった。私たちは、この砲撃間に、従軍記者中から二名の戦死者を出し、またブキテマ市街の三叉路に於て、私たちの同僚である柳重徳君を喪ったのである。私たちが浴びた、この時の十字砲火は、エンパイア・ドック高地の要塞からと、○○部隊正面の百五十及び二百高地の敵陣地から放たれた砲弾であった。この時、○○部隊と私たちが浴びた砲弾は、少くとも三千発以上であると、ある砲兵将校が物語っていた。

敵の執拗果敢な砲撃は、十三日もまた昼夜を分たず鳴りはためき、皇軍の敵陣突破は容易ではなかった。だが、勇猛果敢な○○健児の突撃、また突撃――匍匐《ほふく》、また匍匐によって、さしもの敵の砲兵陣地も潰乱に陥り、私たちの頭上へスコールの如く浴びせかけた敵砲弾も次第に鳴りをひそめ、十三日の午後一時にはエンパイヤ・ドック二百七十高地の海岸要塞に対して、総攻撃の命令が下されたのである。シンガポール包囲軍の左翼○○部隊は、パヤルバ無電台を奪取して水源地諸共確保し、シンガポール市街東端の開闊地《かいかつち》に進出していた。中央正面の○○部隊はブキテマ・ロードをひた押しに進撃して、シンガポールを距る五キロの地点へ肉薄していた。

この日から翌十四日にかけて、英軍はブラカンマチ島要塞から、全面的に皇軍の包囲陣へ四十三サンチの要塞砲を浴びせかけて、断末魔の抗戦をつづけた。シンガポール市街の各所には火災を生じ、重油とガソリン・タンクが燃えつづけて、濛々たる黒煙が天に冲し、この世の終焉が近づいたと思える凄惨な地獄風景であった。この日も、またつぎの十四日も、天に漲ぎる暗黒の黒煙を衝いて、わが○○班作成の「英軍追放」のビラが、友軍機によって撒布されたのである。皇軍は全門の砲火を開いて、敵の頭上へ殲滅弾を浴びせかける。敵の要塞砲も、終日唸りつづける。敵味方の物凄い砲声で、天地は終日終夜、鳴動し、爆裂し、断末魔の悲鳴をしぼり、いよいよシンガポール最後の日を思わせた。十三日と十四日の両日に亙って、皇軍の第一線へ白旗を掲げ、武器を捨てて投降して来る印度兵とマレー兵が、後を絶たなかった。左翼○○部隊の正面では英人指揮者が戦死したのを見澄まして一個聯隊以上の印度兵が投降しているし、また右翼○○部隊の正面では、印度独立四十五旅団が全軍投降している。

「英軍は故意に戦場を市内に求め、一般市民の生命財産を願みず抗戦を企図している。かくの如きは人道の反逆者、東亜民族の仇敵である。シンガポール市のマレー人、印度人、華僑の諸君は、起って英軍を撃て！　シンガポール市内から英軍を駆逐しろ！」

濛々たる黒煙の幕を貫いて砲弾が交叉するシンガポール上空から撒布される、わが○○班の紙の爆弾が、着々としてその威力を発揮し始めたのだ。市内の民心は極度に動揺し、支那義勇軍によって、僅かに市内の治安が保たれているという情報であった。断末魔のシンガポールを捨てて、皇軍陣地の後方へ避難するインド人、マレー人、華僑の群れは、シンガポール三方の道路上を、真白な夏姿で埋めていた。避難民の群れは、十三日以来、ひきも切らずシンガポール放射路を、白い流れの如くにつづいていた。その避難民の群れをめがけて、血迷える英軍は、ブラカンマチ島から四十三サンチ要塞砲を浴びせかけ、無辜の良民は白い夏着を朱に染めて将棋倒しに仆れ伏し、あるいは全弾を受けて粉微塵に吹き飛ばされる有様であった。これが世界の平和を呼号し、人道主義のお題目を叩いて、過去二分の一世紀に亙って人類を欺瞞しつづけた民主主義陣営の最後の正体曝露であった。

だが、皇軍は、戦場をシンガポール市内には選ばなかった。何故ならば、二百五十万市民の生命と財産を尊重したからである。皇軍の主要攻撃は、シンガポール西端のエンパイヤ・ドック要塞と、ブラカンマチ島要塞に向けられ、十四日には飛行〇団の主力と地上火力の全力を集中して、終日終夜の要塞攻撃が行われたのである。シンガポール上空は暗澹たる黒煙に蔽われ、夜ともなれば炎々たる火災であった。天地は敵味方の凄絶きわみなき猛攻撃によって、殷々として終日終夜、砲弾が唸りつづけ、吼えつづけた。

二月十五日には、わが包囲軍の右翼〇〇部隊は、敵の死守する海岸要塞を突破して、エンパイヤ・ドック百五十高地へ進出して、眼下に断末魔のシンガポール市を俯瞰する位置を占領していた。ブキテマ・ロードをひた押しに進撃していた中央軍〇〇部隊は、ヤングガール・ハイスクール百五十高地に散開して、その主力を配備し、左翼〇〇部隊の主力は、シンガポール墓地を下って一挙にタンジョンルー岬を制圧しつつ、シンガポール東端の開闊地一帯へ布陣していた。即ち、南北約五キロ、東西約八キロを追いつめて、ここに皇軍の完全包囲が成就したのである。だが、に亙るシンガポール市内へ六万の敵軍を追いつめて、ここに皇軍の完全包囲が成就したのである。だが、日本国民として銘記しなければならないことは、即ちこのシンガポール市の完全包囲が、敵要塞からの仮借なき猛攻に曝らされつつ、一歩々々に戦死者の山を築き、負傷者の絶ゆることなき呻吟を聞きつつ、歴史的なシンガポール市の包囲鉄環が完成したことである。第一線の各部隊はジョホール水道を渡河して以来、殆んど飲まず食わずであった。腹がへると、敵戦車や装甲車を手榴弾で擱座させて、英兵の食糧を奪い取り、それを貪りつつ死の突撃をくり返えして、シンガポールとブラカンマチ島要塞に——即ち東西八キロ、南北五キロの袋の中へ六万の英軍を追いつめてしまったのである。

この日には、すでに皇軍の後方陣地一帯には、シンガポール市一斉砲撃の命令を待つ○○砲兵陣地の布陣が完成し、命令一下、万雷一時に落つるが如き殲滅弾の火蓋が切られるばかりであった。砲観測の気球は、暗黒の黒煙に蔽われたシンガポール市上空遙かに、その悠揚たる姿を見せた。連日連夜、飽くなき執拗な猛砲撃をつづけたブラカンマチ島の要塞砲と高射砲陣地が、ぱったり、呼吸をつめたように鳴りやんだのは、この瞬間であった。陸の荒鷲はシンガポール市街をすれすれに飛び交い、気息奄々《えんえん》たるシンガポール市の断末魔を悠々として見守るが如くであった。

シンガポール最後の瞬間であった。すでに気息やみ、断末魔の苦悶は、死の安らけさに変らんとする一刹那であった。白旗とユニオン・ジャックの英国旗を、あるか無きかの微風になびかせて、弾痕に抉ぐられ、砂礫の如く砲弾の破片が散乱しているブキテマ・ロード——シンガポール市を距る約四キロの中央正面軍の歩哨線へ、C・H・Dワイルド少佐が丸腰のままで、わが軍門に停戦を申し出でたのであった。それが二月十五日午后二時、ワイルド少佐は、蒼白な顔面に恐怖の表情を湛え、おどおどとした震え勝ちな日本語で、停戦を申し入れたのである。

ついにシンガポールの英軍は、死の断末魔の一刹那に於いて、すべての抗戦が無意味であることを覚り、この死地から脱出するためには、無条件降伏以外に手段がないことを自覚したのである。軍からは○○参謀中佐が馳けつけ、ワイルド少佐の申込みを受諾すると共に、降伏条件協議のために、英軍総司令官及び総督、並びに参謀長の出頭を要求したのである。

私たちが英軍の降伏を聞いたのは、ブキテマの後方――フォード自動車会社附近の高地の壕の中であった。英軍総司令官一行が、わが軍司令官山下奉文中将閣下と、世紀の歴史的会見が行わるべく指示された場所は、ブキテマ三叉路の北方約二キロの三四八高地の中腹――即ちフォード自動車会社の一室であった。英軍総司令官の一行四名が、軍司令部から差し廻わされた二台の自動車に分乗し、白旗とユニオン・ジャックの英国旗を掲げて、S中佐とH通訳に先導されつつ、フォード自動車会社の高台へ到着したのは、午后六時四十分であった。自動車から静かに降り立ったワイルド少佐は白旗を捧げ、K・S・トランス参謀准将が英国旗を悲痛な顔色で、しっかり握りしめていた。白旗と英国旗の後から俯目勝ちに、とぼとぼした足取りで続くのが、英軍総司令官A・パーシバル陸軍中将と、マレー軍政部長T・A・ニュービギン准将であった。彼等は孤影悄然として、フォード自動車会社の簡素な一室へ吸われて行く。

私たちは、ついに見たのだ！　わが軍門に降伏した敵の総司令官と、純白の白旗を！　総司令官以下、全員が丸腰であった。ただ参謀准将K・S・トランスのみが、腰にピストルのサックを吊っていた。

彼等が真実、英軍の最高指揮者なのであろうか？　私には信じられなかった。顔色は紙のように青ざめ、青い眼を俯せて、私たちの顔さえ正視する気力がないのだ。総司令官以下四名の軍使たちは、淡水魚のように痩せ細り、殊に総司令官と参謀准将の如きは、白いステッキのように痩せてしまっていた。

総司令官のやつれ果てて骨の出た左頬には、暗紫色の痣があった。紛れもなく打撲傷である。私はその痣を見て、こんな風な空想が浮んだ。皇軍のマレー上陸以来、総司令官は防空壕から、一度も外へ出たことがなかった。それでそんなに顔が青ざめ、運動と日光の不足のために、まるで隠花植物のようにひょろひょろと痩せてしまったのだ。ある日、友軍機の爆弾が総司令部の近くへ落下し、防空壕にかくれていた総司令官は、爆風の猛烈なあおりを喰って、コンクリートの壁へ、いやというほど顔を叩きつけた。そして日が経つに従って、その打撲傷が暗紫色の痣に変ったのであろう。――そうとしか考えられない、生々しい痣であった。

S中佐とH通訳に導かれて、自動車会社の一室へ案内された四名の英軍の降伏使は、新聞記者のカメラを浴びつつ悄然として椅子に腰を下ろしていた。何の飾りもなくて、大きなテーブルが一つ据えてあるだけの、殺風景な部屋であった。彼等は金ピカの王冠を飾った肩章をつけていたが、その肩章がなければ、屠所の羊と変らなかった。気力の失せた青い眼をあげて、時々何か思い出したように囁き合っていた。ただひとり、爛々たる青い眼をきらめかして、慓悍なケダモノの面構えで、新聞記者のざわめきを睥睨《へいげい》している、ずばぬけて大きな男がいた。それが軍政部長T・A・ニュービギン准将であった。

間もなく、四名の降伏使は隣室へ導かれて、そこの大きな設計用の大テーブルに並んで腰を下ろした。すると、敬礼、敬礼という号令が聞えて、真ッ黒々とマレー灼けのした山下奉文将軍が、S参謀長以下十名の幕僚を従えて、タンクの如き巨体を悠然と現わし、一斉に起立して迎えた英軍降伏使に「やあ、ご苦労であった!」と、一人一人の顔を、西郷隆盛のように大きな眼を剝いて睨らみつけながら、どかッと正面の椅子へ腰を下ろした。S参謀中佐の紹介で、英軍総司令官パーシバル中将が、将軍の正面に腰を下ろし、その左隣りに通訳のワイルド少佐。英軍司令官の右隣りが、ステッキのように痩せた

K・S・トランス参謀准将、右端のテーブルの端へ、岩角にとまった禿鷲の恰好で、容貌魁偉なニュービギン軍政部長――

あらかじめ、この日を期して用意されてあったのであろう。英文でコッピーされた降伏条件が、四名の軍使に一枚づつ配布された。ワイルド少佐が、配ばられたコッピーを読みながら、おどおどと震える声で、

「私たちは、日本軍と停戦協定をむすぶために、ここへ出頭しました」と、呟くような低声で言った。途端に、山下将軍の破れ鐘のような声であった。

「ノオ！　停戦ではない。英軍が全面的に降伏するか、否か、それだけだ。私は日本の武士道にかけて、英軍の全面的降伏か、否か――即ちイエスか、ノオか？――それ以外には話をしない。あなた方に、今提出している、わが軍の降伏条件を、英軍が全面的に受諾するか、否か――即ちイエスか、ノオか、その返答を承りたいだけだ！」

「……………」

ワイルド少佐と、パーシバル中将の間には、震え戦くような低声で、暫くの間私語が交換された。ニュービギンは赤い腕章をつけた腕を拱《こま》ねいて、終始沈黙を守り、トランス参謀長は震える指先をテーブルの端へのせたまま、落ちくぼんだ眼を閉ぢていた。無髭の顔はサラダのように蒼ざめ、時々、薄い口唇に電流を通じたような痙攣が掠めた。

やがて総司令官と協議をとげたワイルド少佐は、山下将軍のタンクのような顔を怖る怖る見上げながら、たどたどしい日本語で、ところどころで言葉につまりながら、

「英軍は、英軍の全面的降伏を受諾します。それで、それから……日本軍の攻撃が中止される時間は、

いつでしょうか？」と、言った。

「日本時間午后十時！」

「只今、日本時間では、午后七時十五分であります。僅か三時間足らずの時間で、英軍の各部隊に降伏命令を徹底させることが出来ません。午后十一時三十分まで、時間を延ばして頂けないでしょうか？」

「それは出来ない。午后十時、きっかりだ。シンガポール中心の部隊から、逐次に武器を捨てさせて行けば、よいではないか」

再びワイルド少佐と、総司令官の私語であった。フォード自動車会社一帯の高地に布陣する砲兵陣地からは、この世紀の歴史的な会見がつづけられている間も、間断なく猛砲撃がつづけられていた。敵の参謀長と軍政部長は、殷々と轟く砲声を見上げるかのようにして、天井の一角をみつめていた。

「イエスか、ノオか？　英軍が若《も》し、今夜の十時に、あっさり武器を捨てて降伏しないようであったら、日本軍は今夜、シンガポールへ夜襲しますぞッ！」

顔の半面に赤い痣のある総司令官は、突然「フゥ……」と弱々しげな溜息をついて、反射的に首を左右に振ってキョロキョロとあたりを見廻わした。ワイルド少佐は、神経質な手つきで、あわてて羊皮紙に金文字を刻んだ、ぶあつい日英会話辞典の頁を繰りながら、悄然とした声で呟くように言った。

「はい。英軍は、日本時間午后十時きっかりに、一切武器と陣地を捨てて降伏します。降伏いたします。……それから、もう一度、おたづねいたしますが、英国の一般市民と婦女子は、保護して頂けるでしょうか？……」

「あなたがたが、全面的に無条件降伏をして、日木軍の提出した条件と約束をしっかり守るならば、一般の英国市民と婦女子の生命は、大丈夫、保証します」

ほっと安堵した顔色で、ワイルド少佐が、叮嚀に頭を下げた。

「有り難う存じます」

「しかし日本軍は、あなたたちの命令が英軍に通達されて、無条件降伏の約束が、今夜の十時きっかりに守られるか、どうかを、しっかり見届けるために、まことにお気の毒だとは思うが、保証のために、総司令官と軍政部長の身柄は、わが軍で預ります。そして若し、今夜の十時きっかりに、英軍が一切の武器と陣地を放棄せずして、わが軍に抵抗するようなことがあれば、わが軍は直ちに所要の兵力をシンガポール市内に突入させますぞッ！」

「わかりました！」

ここで始めて降伏調印書が、英軍総司令官の前へのべられ、総司令官以下四名の軍使が、有り合わせの粗末なペンで、震えながらサインを終ったのである。そしてこの歴史的な調印が完全に終了したのは、二月十五日、日本時間午后七時五十分であった。英軍使節がサインを終った大テーブルの上には、私が後から検べてみると、赤と青のインキが入った粗末なガラス製のインキ壺と、鉛筆が一本、ペン軸が一本転っていただけである。約一時間に亙ってつづけられた会議の間に、煙草一本、紅茶一杯の饗応がなかった。無条件降伏の調印が、滞りなく済まされると、はじめて山下将軍がやおらタンクのような巨体を起して、いきなり英軍総司令官に右手を差し出して握手した。

「やあ、大変ご苦労でした！」

敵味方の両将が握手を取りかわし、左頬に暗紫色の痣のある英軍総司令官が、山下将軍の慰労の言葉に、はじめて口をつぼめて猿のような微笑を漏したのが日本時間の午后八時ジャストであった。ちょうどこの時世紀の劇的な歴史的シーンが演ぜられている隣室の新聞記者溜りでは、軍〇〇班の〇少佐の読みあげる軍発表が朗々として、天井にこだましていた。
「マレー軍は、二月十五日——午後七時五十分、敵をして無条件に降伏せしめたり」
調印後、山下将軍以下の幕僚が、四名の英軍降伏使を囲んで紀念撮影をしたのが、フォード自動車会社の室外の広場であった。ようやく夕靄のただよい始めた薄暮の空には、日章旗をへんぽんと飜《ひるが》えした気球が、悠揚として緑色に光る鯨型の胴体を長々と横えていた。撮影が終るや否や、パーシバル総司令官とニュービギン軍政部長は、無条件降伏の保証のため「では、どうぞ……」とS中佐から促がされて、再び自動車会社の一室へ導かれて行く。ワイルド少佐とトランス参謀准将の二名が、英国旗を掲げて、一台の自動車に乗り込む。数名の日本将校が護衛のために乗込んだ自動車に先導されつつ、ワイルド少佐とトランス参謀長は、一路シンガポールへ即ち——無条件降伏の命令を英軍各部隊に伝達するために、フォード自動車会社BATDK三四八高地を、風のように辷り去って行く。来る時にはヘンポンと風に飜っていた白旗は、降伏調印後には、ぐるぐるに巻かれて、自動車の中へしまわれていた。これがわが軍門に降伏した軍使に対する、戦場の床しき礼儀なのであろうか！

——二月十六日記、シンガポール郊外にて——

出典：『現代』昭和十七年四月号（講談社）
参照：『陸軍報道班員手記　マレー電撃戦』昭和十七年六月十五日（講談社）収載作。
解題：テキストの周縁から　P754

閣下

わたしのような身の穢れたものが、閣下の殊遇をいただいたとお考えになることは、それは大変な間違いであります。もしもわたしがそんな風に考えているとしたら、それは身のほども弁《わきま》えぬ僭上沙汰であります。ただ閣下は、わたしが戦場から帰還した小説家であって、文化奉公会という帰還文化人の組織のなかで、戦場できたえられた精神で銃後の生活にかえって来ても、その同じ精神を忘れずに国家奉公を誓っている会員のなかの一員だということだけで、閣下とわたしの関係がむすばれたに過ぎません。ほんとうのことを申しますと、大勢の会員のなかにまじって、あまり目立たないわたしのことなど、閣下がご承知になっていられたか、どうか……? それはわたしには判断がつきませんし、また薄汚ない一小読家のことなど、全然お気づきになっていられなかったと申すほうが適当でしょう。

わたしは前に申し上げましたように、からだの穢れているものです。満洲事変が起きる頃まである思想のなかにいて、精神の持ち方は明らかに間違っていたものです。一億の国民が一切の生活物資を切りつめて、一台でも余分の戦車や飛行機を生産しなければならないといって一生懸命になっている今日の状況と考え合わせて、わたしたちが一昔前に、その思想の尻馬にのって、言ったりやったりした間違った行動のかずかずを反省しますと、まったく竦《ぞ》っとしてしまいます。いいえ、竦っとするという、そんな簡単な反省だけでは済みません。この身にしみついた罪の大きさと申しましょうか、穢れの深さというましょうか、まっ昼間、人なかへ出てゆくことすら遠慮しなければならないような、ひけ目を感じるのであります。しかしながら、わたしはある雑誌社から派遣されて満洲事変に従軍しましたが、まだその時にはその思想を十分に精算しきってはいませんでしたが、満洲の凍野で戦われた皇軍の勇戦ぶりや、当時の張学良政権が在留邦人に加えた圧迫や、不法にも日本の国家的権益を蹂躙した実例など、そんないろんな事実を見るにつけ、聞くにつけ、わたしの精神には非常な動揺と苦悶が生じました。満洲事変の前年の秋には、わたしは東北地方の凶作地帯を見て歩いたのですが、稔るべき稲に穂がつかず、見渡す限りの水田が、枯れ芒の原と変り、絶望して人相まで変った農民が、田の畔に立ってしょんぼり腕を拱《こまね》いているような、そんな痛々しい風景がわたしの胸にしみついていました。その頃、東北地方には連年のように冷害がつづいて、農民には貯えがなくなり、木の根や蕨の根などを掘って飢餓をしのいでいるといったような悲惨な状態でありました。その翌年、満洲事変の勃発とともに、わたしの従軍したのが、この凶作地帯の壮丁《そうてい》をあつめた多門師団でありました。そしてわたしが吃驚したり、感心させられたりしたことは、この凶作地帯を郷土とする兵隊さんたちが、郷土を襲っている冷害のことなど念頭になく、零下三十度の北満の雪原で戦った壮烈な姿でありました。わたしが迂闊《うかつ》にも東北地方の冷害の有様など不用意に洩したりすると、俺たちは国家の生命線を守るために戦っているんだ、郷里の凶作のことなど、まだまだ小さな問題だ、そんなことは今は聞きたくもないし、知りたくもない、といって非常な見幕でわたしを呶鳴りつけました。わたしは狼狽して真っ赤になり、その場にいたたまれない気持になりました。満洲事変の従軍からかえったわたしは、間もなく千葉の田舎や、わたしの郷里になっている瀬戸内海の海岸へひっこんだりして、労働しつつ、まあ大袈裟にいえば反省の生活を送っていたわけであります。そして昭和十二年の七月七日に支那事変が起きると共に、こんどはわたしは一兵卒として戦地へ召されました。またこの時の心境の変化などを話し出しますと、例の通りながったらしい愚痴になりますので簡単に申しあげますが、国家とともに戦って生きる以外には、わたし個人の生活や理想などは全然有り得ないのだということを、はっきりと自覚しました。そして昭和十四年の暮に帰還してまいりましたが、その頃、帰還文化人の有志の間で文化奉公会を組織する計画が進められていたのです。有志の方々から誘われて、わたしもその会の一員となって末席を汚すことになったのでありますが、戦場からかえったという矜《ほこ》りだけで、わたしははやくもいい気持になっていたようです。だからわたしの先輩が転向ということは、なかなかむづかしい問題で、一生涯その人に課せられた苦行であるという風な意味のことをいわれたのに対して、わたしは太々しくも転向ということを、そんなむづかしく考える必要はない、俺は日本人だという自覚に立つだけでいいんぢゃないか——という風な思いあがった放言をいたしましたが、これは今から考えても冷汗の出るような思い上がった言葉で、帰還したてのわたしは、帰還兵全体を感謝と劬《いたわ》りにみちた愛情で迎えてくれる銃後の気持に、わたしはわたしの過去の身分を忘れてしまって、忽ちにいい気持になって、思い上がってしまったからでありましょう。支那事変にひきつづいて米英撃滅の大東亜戦争に直面する日本の一大転換期——そういう大きな現実の変化のなかに身を置いて考えられることは、つくづく立派な日本人になり切ることのむづかしさであります。ほとんど満洲事変以来戦われているといってもいいような長期戦のなかで、僅か二ケ年半ばかり支那事変に応召しただけの経験で、俺は立派な日本人だと思いあがれるものではなく、転向は苦行だといった先輩の言葉がつくづく身に泌みるわけであります。

だが、わたしは戦地へ出てゆく機会にめぐまれ、戦地で二年余り苦労して来たというだけのことで、既往の罪過がすっかり世間から帳消しにされて深く咎め立てられないことは、これは日本の国柄の美しさであります。わたしが帰還兵であるという事実だけで、世間の人たちは簡単にわたしの過去の罪を許してくれたのでありますが、しかしわたし同様の転向者であって、応召する機会もなく、またその殉忠報国の精神を発揮する機会にも恵まれず、世間の疑惑を身一つに背負って、苦悩し苦行している多くの友人知己がありますが、そういう人たちこそが本当の転向者としての苦しみを嘗《な》めているのであって、わたしたちの苦行は、まだとてもとても本物だとは申されません。わたしは前にわたしの身は穢れていると申しましたが、一度骨の髄にまでしみついた穢れというものは一朝一夕に洗い落せるものではなく、転向の苦行のためにこれからの生涯がかけられているといっても間違いではありません。戦争を勝ち抜くためには前線銃後のけじめもなくなった今日の時代に身を置いてみて、俺こそは間違なく、立派な一日本人だと言い切ることのむづかしさが、はっきり理解されるのであります。

だから、わたしはまだ身も心も穢れている人間であって閣下のことなどを兎や角とお話し申しあげる筋合の身分ではないのでありますが、たってのおたづねでありますから簡単にお話し申し上げましょう。わたしが初めて閣下の御風丰《ふうぼう》に接しましたのは、文化奉公会が閣下を会長に御推戴申し上げた発会式の当日でありました。ながらく支那各地の戦線で御活躍なされました閣下は、真黒に戦場焼けのしたお顔で、きびきびとした強いお声で御挨拶をなされましたが、決して百万石のお大名らしい御様子はすこしもなく、つい近頃戦場からおかえりになったばかりらしく野戦の匂いが芬芬《ふんぷん》と聞えそうな、いかめしい将軍でありました。式後の披露宴にのぞまれた閣下は、来賓の将軍たちや櫻井副会長閣下などと、楽しげに御談笑あそばされていましたが、その日、わたしは会場の案内係をつとめていましたので、来賓の方々を宴席へ御案内申し上げるたびに閣下のお楽しげな御風丰《ふうぼう》を、よそ目ながら拝見させていただきました。閣下はわたしがご想像申し上げていたような百万石のお大名ではなく、戦場焼けのした右の顳顬《こめかみ》に黒い痣が見え、健康な白い歯並をお見せになって、眼鏡をきらきらさせながら、御闊達に御談笑遊ばされているお姿は、ほんとうに長らく野戦攻城の陣頭指揮をおとりになった頼もしい将軍でありました。そういう閣下の強いお姿を遠くから拝見しながら、一特務兵あがりのわたしが文化奉公会の一幹事として、これから屢々《しばしば》閣下のお傍近くへ伺候することもあるだろうと考え、その想像だけで、手足のさきからぶるぶると顫え出して来るような気持でありました。これは後になってから人伝《ひとづ》てにお聞きしたのですが、閣下はその発会式当日の文化奉公会員の厳格な規律態度に大へん御感銘あそばされたそうで、会長に御就任あそばされたことを深くおよろこび下さったそうであります。閣下のお考えでは、帰還文化人の集りだといっても、そういう職業的な性質からいづれ自堕落な会員ばかりが多いのであろうと御想像なさっていられたのかも知れません。ところがその日の発会式といい、閣下の御推戴式といい、それは諸先輩の指揮がよかったことにもよりますが、帰還牧野中尉の発令で行われた式次の一切は、流石《さすが》に軍人精神を失わない帰還兵ばかりの集りだと思わせる立派さでありました。閣下が一目この規律を御覧になって御感心あそばされた、その御眼識は流石に名将軍だと、かえってわたしどもの方が感激してしまいました。

だから、閣下はこの会のためにには大へんお力をお注ぎになり、会員の一人々々のことをよく承知して置きたいから会員の著わした出版物などがあったら送って貰いたい、とそんなお言葉があったので、わたしも自分の著書を二種類ばかりお送り申し上げげました。わたしはこの時、自分が無学で礼法を弁《わきま》えない下賤の生れの悲しさに、閣下宛にどうして本をお送り申し上げたらよいのかと、ひどく迷ってしまいました。閣下は時代こそ変れ、大大名のお家柄ですから、やはり昔ながらに御側用人というような役目の方があって、その方あてに送るべきものか、または閣下は軍人であるから、お邸にお住いになっていられても、やはり副官が御身辺の用をたされているのではなかろうかと、いろいろに迷った揚句、眼をつむって閣下のお名前を認めてお送り申し上げてしまいました。そして、あとでは失礼ではなかったであろうかと、いろいろと苦にやんでいますと、折返えし閣下の御自筆で大へん御鄭重な御礼状をいただいてしまいました。わたしは妻とともに閣下の御礼状を押しいただき、このお墨附が、もしも百五十年ぐらい前に頂戴したものであったら、と話し合って神棚へお供え申しました。妻は家宝にしなければならないと申しますし、わたしは有難い御代ではないか、ただ戦地から帰還した一特務兵だという関係だけで、御自筆の御親翰を賜ったのだ、とわたしは感激してしまいました。

それから間もなく、わたしたち文化奉公会の幹事が、閣下から星ケ岡茶寮へ御招待にあづかったことがあります。お邸から御鄭重な招待状がまいり、幹事たちと膝を交えて遠慮なく今後の会の方針や、また会務の状態などを聞きたいからというような、かたじけないお心のこもった御招待状でありました。当日になると、わたしはまたも困ってしまって、妻と鳩首協議のていたらくであります。閣下にお目通りする晴れの日に、着て出る衣裳がないのです。いままでに紋服の一揃えぐらいは作れぬこともなかったのですが、そんな余裕のあった時には、世俗の習慣に反抗するのだなどと、今から思い出すと冷汗の流れるような不貞腐れをいって酒をのみ、歯の浮くような気焔をあげたりした天罰で、とうとう今日まで儀式ばった席へ出られるような衣裳を持たなかったわけであります。いろいろ考えあぐねた末に、妻が、ないものは仕方がないのだから、身につく肌着だけでも一切取替えて、皺のよった背広にはアイロンをかけてあげるから、それで我慢して下さい、といってくれたので、幹事の一人でも欠席したりしては、かえって閣下に御無礼だろうと思い、わたしは出席の決心をかためました。しかしながら星ケ岡茶寮の立派やかなお座敷へ通されてみると、幹事の人たちはみんなそれぞれ礼儀にかなった立派な服装をしているのに、わたしだけが粗末な普段着の背広なのです。わたしは貧乏を恥じる気持ではなく、この時には本当に長い間の過去の生活の穢れがこびりついている自分自身の姿を、あらためて見直すようで、部屋の隅っこに坐っているわたし自身の貧しい身装を情けなく思いました。しかし閣下はわたしの服装のことなどに御頓著なく、始終磊落《らいらく》な御様子で、櫻井閣下や他の幹事の方々と御談笑になって居られました。そしてやがて幹事たちの自己紹介がはじまりましたが、順番が来てわたしが、そそっかしく自分の名前を申し上げますと、閣下は、ああ、君だったのか、とわたしの著書の題名をあげて、どうも先日はわざわざ有難う、今、読みかけているが、大変に面白いよ、と仰言って下さいました。わたしは穴でもあったら、その場へ隠れてしまいたいような恥しさ一杯の気持でありました。その本は戦記小説だとは申せ、わたしが戦地へ出て行って転向しなければならなくなった経緯を書いた自伝風なもので、決して閣下のお眼に通せるような代物ではなかったのであります。そしてまた、わたしは閣下がわたしの著書などをお読みになることなど、絶対にあるまいと思っていたので、この時のお言葉は青天の霹靂《へきれき》でありました。しかし閣下が面白いよ、と仰言られたお言葉の中にはいろいろ複雑な意味が含まれているのでしょうが、あるいはひょっとして、わたしの著書の幾ページかをお読みになって、わたしという一人の転向作家のこれからの行動という風なことに御関心をお持ちになって、わたしの名前まで御記憶になっていたのではあるまいかと、そんな風に考えられるのであります。この日の閣下は羽織袴で威儀を正していらっしゃいましたが、御料理が運ばれてくると幹事たちへは、遠慮なく膝を崩してくれ給えと仰言りながら、閣下御自身はキチンと座布団の上に膝を揃えて、会がはてるまでお座りになって居られました。わたしはこの日、閣下の御挙動を眺めていましたが、その御動作の礼儀正しいことと、その御作法に一分の隙も見出されない水際立った立派さというものは、流石に百万石のお大名さまだと感動してしまいました。そしてまた閣下は、この日の席上で、僕はいろいろの会に関係しているが、床の間の置物のような会長ならばご免だ、帰還兵中心の集りだと説明されたので、それならそういう会の性質上、自分にも大いに意見があり、是非やり遂げたいと思う計画もあるんだ、だから床の間の飾りもの扱いにされては困る、これからはどしどし委員会や幹事会に出て行って、自分の意見なり計画なりを発表したり討論したりしたいと思うから、もう今後は閣下扱いではなく、会の実質上の責任者としての扱いをして貰いたい、とそんな風に仰言られて、わたしどもは恐縮してしまいましたが、閣下がこの会に対して、どんな風に大きな御期待と御熱意をお持ちになっていられたかということは、このお言葉からでも十分に拝察されるのであります。

文化奉公会では、支那事変紀念日の毎月の七日が、靖国神社の常例参拝日と決定して居りますが、閣下は毎月、この日の定刻の八時には御軍装も凛々《りり》しく、遠い郊外の駒場のお邸からお出かけになり、会員のうちに遅参者が出たりして、まことに閣下の御精励に対して申しわけのない思いをしたこともあります。閣下が早朝の社前で拍手《かしわで》を鳴らして、閣下御自身の部下をも含めて靖国の英霊に対し奉って御拝礼あそばされる敬虔なお姿は、当日の参拝者の間にも深い感動を呼び起したらしく、わたしは幾たびか、そういう参拝者たちがつつましくお後をふりかえって、まあ、勿体ないことですね、加賀さまですよ、といって頷き合っている囁きを聞きました。九月終り頃であったと思いますが、上野松坂屋で文化奉公会の美術展覧会が催されたことがありましたが、ちょうど閣下がお出でになられる当日、わたしは都合がわるくって会場でお迎えできませんでしたが、後から会員の人たちから聞きますと、閣下は会員の筆になる戦争画を御熱心に御観賞になり、四五点の作品をお買上げになったそうであります。わたしは仕事の都合で、この展覧会後、わたしの信仰している富士山麓大石寺の御坊にこもって、ある小説を書きはじめました。そのため、その後わたしが報道班員の一人として、南方の戦線へ従軍する日まで、閣下の御風丰に接する機会がありませんでした。確実に申しますと、その年の七月頃から慌しい空気が動いて、わたしたち会員のうちからも、続々として応召者が出ました。そういう空気が、すくなくともわたしが報道班員として従軍する頃までつづき、何かの会合があると必らず一二名の会員に留守宅から電話がかかって応召を知らせて来ました。何かの会合が忽ち、壮行会や歓送会に早変りするような実例は、たびたびでありました。文化奉公会がそんな慌しい空気のなかで活動していた時、わたしはわたし自身の仕事に追われて、山の御坊に籠っていたので、閣下のお働きのことは直接には知りませんでしたが、会員が出征するたびに、会長と副会長閣下が壮行会へ御出席になり、一人一人の会員の出征者に御署名入りの日の丸の御旗を御餞別にお贈りになったと聞いています。一等兵や上等兵の会員に対して、閣下御自身で御署名入りの日の丸の御旗をお手渡しになるのです。閣下御自身では身分も階級も御超越になって、会長と会員は戦場の精神でむすばれているのだとお考えになっていられたでしょうが、受ける側の一等兵や上等兵にとっては、これは言葉や口では何んともいえない恐懼感激の極みであったと、その当時一等兵で出征した竹森一男君が、のちにマライ半島のアロルスターで警備についていた時、訪ねて行ったわたしに感激して話しました。わたしはその後になって戦地へ従軍したのですが、わたしは、わたしの周囲のいろいろな壮行会や、また留守宅の整理などに追われたために、とうとう文化奉公会にも顔を出さず、また閣下にお眼にかかることもなく、同じ会員である堺誠一郎君と共に、東京駅を出発してしまいました。

東京駅を立ったのは何時頃だったかを忘れてしまいましたが、まだ夜も明けきらない早朝だったと思います。堺君にはやっと歩きかけたばかりの赤ン坊をだいた奥さんが見送りに来ていましたし、長身の亀井勝一郎氏と岩倉政治氏の姿も見えました。改札が始まる間際に、河出書房の澄川稔氏が私を見送ってくれるために、わざわざ阿佐ケ谷からやって来てくれましたが、時間がなくてゆっくり話している暇もありませんでした。十一月の終り頃だったので、早朝の東京駅はとても寒く、ごたごたと混み合っている乗客たちが、夏の国民服を着て、物騒な日本刀をぶらさげ、がたがたと震えているような私たちを、不思議そうな顔をして眺めていました。そんな私たちを取り囲んで、亀井氏や岩倉氏や澄川君が、しっかりやって下さいと激励して下さるのでしたが、私たちはまだその時には、自分の仕事もわかっていませんでしたし、また私たちを激励する人たちも、ただ国民服を着て日本刀をさげている凛々しい格好に対して、ただそんな風に激励せずにはいられなかっただけで——つまり何にもかにも訳がわからなかったのです。だが、きびしい冬を眼の前に控えて夏姿で門出するのでしたから、漠然ながらもどこか暑い国へ行くのだということだけは、私たちもまた見送りの人たちも想像していました。岩倉氏が私に妻が徹夜で縫ったのだと言って、金比羅様のお札が入っているお守り袋をくれました。まっ赤な日の丸を縫い出している立派なお守り袋で、戦地から帰ってからもまだ私は、未だに肌身から離さずにつけています。堺君は岩倉氏から、これも何かの場合に役に立つことがあるだろうと言って、犬をつなぐ鎖を餞別に貰っていました。岩倉氏の考えでは、堺君に犬の鎖とお守り袋を贈るつもりで東京駅へやって来たのでしょうが、そこに一面識もない私がいて、堺君といっしょに出てゆくのだと聞いて、ふと考えがかわり堺君には犬の鎖で我慢して貰い、お守り袋の方は私にくれる気になったのでしょう。だから、このお守りはもともと堺君のもので、ずっと後に私たちがシンガポール総攻撃に従軍し、一夜に三千発以上の砲弾を浴び、これは若しかしたら二人とも助からないと危険を感じた時、私は自分の安全と同様に、堺君のためにも服の上からお守りにさわって、怪我がないようにと祈っていました。その時には下衣をぬいで腹帯からお守り袋を取り出して堺君に返えす暇がなかったので、私はぴったり堺君の背中に抱きついて、壕の入口へ伏せていました。お守りを肌につけている私が助かれば、同じように身体のくっついている堺君も助かるように……そんな気持だったのです。とに角、この時岩倉氏から頂戴した金比羅様のお札は、私に危険をさけさせると同時に、またどんな危険の中へでも飛び込める自信を与えてくれました。とても有難い餞別だったと思って、いまだに感謝しています。

　この朝、堺君は丸ビルの社から出て駅まで歩く途中も、また駅へ来て改札がはじまる順番を待っている列のなかでも、やっと歩けるばかりになった位いの大きさの赤ン坊を抱いていましたが、これが信幸君だったのです。白い外套に包まれて丸々と着ぶくれていましたが、堺君に似て色の白い神経質な児に見えました。しかし堺君が人前も憚らず子供を可愛がる、その没我的な愛情を眺めていて、私はその生一本な正直さと愛情に衝たれ、これは素晴しい人と友達になれたと思い、大へんによろこばしい気持になりました。その時、堺君の影のようになって附添っている奥さんにも初対面の挨拶をしましたが、洋装をした若い小柄な婦人だが、しかし生活的には強いねばり強さをもっている人だと感じただけで、その時は、いつも堺君の影にばかりなっているので、顔もはっきり見えなかったし、またゆっくり話し合っているような暇もありませんでした。だが、私が堺君と友達になれたのだから、僕の女房も堺君の奥さんと友達になれたら、これは申分のないことだがと考えました。やがて私たちは見送りの人たちと改札口の前で訣れて、大阪行きの列車へ乗りこみました。すると、たった今、改札口の人混みでわかれたばかりの奥さんの俤《おもかげ》を追うようにして、堺君が例の評論のようにはっきりした無駄のない言葉で、奥さんのことを惚けはじめました。僕は徹底的に女房に惚れている。だから、完全に頭を抑えられている。僕などが持たない生活力と意思をもっているので、その点は何度戦地へ出て行っても留守中のことは心配がない。僕がこの前北満へ兵隊で出征した留守中も、どこかへ勤めてしっかり家を守ってくれたし、こんどだって若しどんな場合になろうとも、僕は女房の生活力の強さを信じているから、絶対に安心していているんだ、と絶対的な確信をもって話しはじめました。私が他の乗客に気兼ねをしてもぢもぢし出すと、堺君は、誰に聞かされたって、惚れていることは惚れているんだから、ちっとも恥しいことぢゃないと明言して、いっそう私をまごつかせました。妻に対して、堺君のように強い愛情も信頼も持ち合わせていない私は、東京へ残して来た家庭を思い浮べて、ちょうど窓の外の秋さびた十一月の景色のように索然たる気持になってしまいました。日本晴れの秋空には、心にしみ入るような感じで、富士山の姿がはっきり見えていました。そのお山の麓には、私の信仰している大石寺があり、私はその方角を見つめながら、夏姿で日本刀を一本にぎりしめて、雲のように漠然として目的のはっきりしない徴用に応じて行く自分自身の身の上と、また留守中二冊の単行本が出して貰えるという口約束だけを置土産にして出て来た家族の上に、どうか間違いがないようにと、堺君にかくれて、私はこっそり祈りつづけました。堺君は絶対的に奥さんだけを信じて、この世の憂いというものを持たない。だが、私にはそんなわけには行かない。堺君のように妻を信じたいが、妻だけに全幅の信頼をもつわけには行かず、また日蓮聖人一点張りでも済まされない悪濁の心を感じて厭な気持になり、その厭な気持をごまかすために、私はまったく別のことを言いはじめました。それは二人がお互いに帰還兵の団体である文化奉公会に入っているのだから、こんどは他人から後指をさされないように身を慎しみ、また立派な働きもしようぢゃないかと、いう風な約束でした。どこへ行って、どんな仕事をするのか、その時はまだはっきりしていませんでしたが、私たち以外には文壇の著名な作家や詩人や、その外に写真や画家や通訳なども徴用されていました。兵隊の経験をもたない多くの文化人に混っている自分たちだけは、文化奉公会の名を穢さないように身を慎しみ、帰還兵らしく立派に働こうではないか、と私が堺君を誘ったものであります。その途端に、堺君の表情には曖昧な微笑が漂い、いつも落着いている人間が、この時にかぎってとても忙しく煙草を喫いはじめました。そして骨にこたえるような皮肉を浴びせかけられるぞッ、と私は待ちかまえていましたが、何んにも言わないで、彼はやたらに忙《せわ》しなく白い煙を吐き出しました。しかし彼の唇のまわりには、何か物言いたげな表情が動いていました。

「君が、そんな風に思っているんなら、黙って実行すれば、いいぢゃないか！」

彼はそう言いたかったに違いありません。堺君は生来真面目な人で、私とはちがって何も今更『身を慎しむ』必要も決心もいらなかったわけで、私の言葉がとても滑稽に聞えたに違いありません。……思わず余談にわたってしまいましたが、船のなかのことや、戦地のことなどは略してしまいまして、シンガポールのことに移りましょう。私たちはわけがわからないままに輸送船に乗せられましたが、香港沖で開戦の大詔を奉戴し、同時に私たちは報道班員としてマライ戦線に従軍するんだということが、はっきりいたしました。そして私たちはマライに上陸後間もなく、前線の部隊に従軍して報道任務にたづさわりましたが、シンガポールの英軍が無条件に降伏した翌日、私たちも部隊と共にシンガポールへ入城しました。私が汽車のなかで堺君に誓った言葉を忘れてしまい、だんだん素行がわるくなって来たのは、シンガポール入城から間もなくでした。戦争中はともかく他の人たちから後指をさされないだけの、また帰還兵の矜りを失墜しないだけの働きはしたと思います。またシンガポールが陥落してからというものは、私はどれだけの働きをしたでしょうか？　建設工作がどんどん進められているのに、私は英語を知らないという口実を振りまわして、そっと宣伝班の仕事から身をかわしていました。身体が暇なので、私は毎日街をほうつき歩いて、夜遅くまで酒を飲み歩いていました。ほとんど酒を一滴も口にしない、真面目な堺君は、そんな私を見て、汽車のなかの言葉を取り上げて、痛烈な皮肉をあびせかけましたが、英語を知らない俺は、マライの建設工作には、まるっきり無用な人間なんだ、そうそうやかましく責めてくれるなと、私はぶつぶつ呟きました。そして酒をのんだり、ぼんやり宿舎に閉じこもって、いのちがけでやるような仕事はないものかと、そんな空想にばかり浸りつつ、だんだん自分自身を破滅の淵へ陥入れるような身持の崩しかたをしていました。堺君はやれば何事でもやれる文化的な才能を持ちながら、無能な私に同情して、堺君自身も何事にも手を出さないという風な怠けかたで、私を劬《いた》わってくれていました。堺君が映画や新聞の方へ行ってしまえば、私が一人だけ孤立してしまうので、私を孤立させないために、作品班というような殆んど無用な部署にのこっていてくれて、無能な私をどこまでも支持してくれたのです。作品班に籍はあるが、新鮮な気持を失ってしまって、私が一行の文章も書けないでいると、堺君も同じように頭を抱えて、俺も熱帯ボケになってしまって何もかけないと言って、自分でも一行の文章も書かないというようなやり方で、私の神経と気持を劬わってくれていたのです。そして時たま見兼ねては、汽車のなかの言葉を取り上げて皮肉ることもありましたが、しかし私が街へ出てゆけば、やっぱり堺君も私について来てくれて、飲めない口で酒好きの私の相手になってくれていました。そしてそんな生活が約六ケ月ほどつづいた頃、私は私たちの属している文化奉公会の会長閣下が、ボルネオから昭南へお出でになっているという噂さを聞きこんだのです。私は飛びあがるほどに喜び、どんなことがあっても閣下にお縋りして、この泥沼のような無為の地獄から救い出して貰わなければならないと決心しました。ボルネオは未開の地で、宿舎や食物にも不自由なところだと聞いていましたが、しかしたとえどんなにボルネオが悪い場所にしたところで、私の今の心の状態から較べれば、百倍も立派なところに違いない。そうだ。閣下のお膝元へ引き取って貰って、一切合財、はじめからやり直さなければならない。私と抱合い心中のような形で泥沼地獄で喘いでいる堺君にも、立派に立直って貰う道を見つけなければならない、と私は考えました。そして堺君に相談しましたが、勿論堺君にも異存のある筈はなく、私たちのこの計画を聞きつけて、同じ文化奉公会の松下紀久雄君と、写真の石井幸之助君が参加してくれることになりました。漫画家の松下君は、第二次組としてマライへ派遣されて来た宣伝班員で、ほとんど眠る暇もないほど、ポスターや伝単の仕事に追われ、また四つ五つの現地新聞に漫画を連載しながら、その一方には、昭南画報を編輯しているというような活動家で、宣伝班では絶対に手離すことの出来ない有用な画家でありましたが、しかし私と同じ文化奉公会員だったし、また閣下のもとで、われわれ会員が一致団結してしっかりした仕事をボルネオへのこしたいという情熱から、また閣下のもボルネオ行きを志願したのです。若い石井君は戦後の昭南にやや頽廃的な風潮が見え出したのに反撥して、ボルネオのジャングルに挑みかかってみたいという、青年らしい冒険心が抑え切れなかった。そして私たちと行動を倶にしてくれることになったのです。こうして若い松下君や石井君が参加してくれることになって、私が最初に考えていたようなボルネオ行きの動機が、懺悔的なじめじめしたものから、忽ち閣下のお膝元で文化奉公会員が心を協せて、いのちがけで働くというような積極的な動機に飛躍してしまいました。

私もいつの間にか、そんな気持になってしまい、多少の後めたさを感じながら、四人の仲間とともに、シービー・ホテルへ閣下をお訪ねしました。その時、閣下は何か重要な御協議があってボルネオから飛行機で昭南へお見えになり、シービー・ホテルへお泊りになっていられたのです。出かける前には大変に意気込んでいた私も、だんだんホテルが近づくにつれて、たった一度しか星ケ岡茶寮でお目にかかったことしかない閣下が、はたして私のことを覚えていて下さるか知らん!……また、文化奉公会を名乗ったところで、それは銃後に於ては閣下が会長をなさっていられたが、今は前線の司令官閣下である。文化奉公会の会長をなさっていられた時の気軽さで、はたして私たちに御面会が許されるか、どうか?……大へんに頼りない気がしてしまい、海ぎわのホテルの玄関へ自動車が停った時には、私は黙りこんでしまいました。まっ先に自動車から飛び出した堺君が気を利かせて、受付で高級副官の部屋をたづねて呉れました。まづ副官に面会して閣下の御意向を聞いていただくというつもりだったのです。だが、副官殿は外出していられて留守——私たち四人が顔を見合わして困っていると、ボーイがお名刺をお届けしてみましょう、と言ってくれたので、私たちはホッとしてそれぞれの名刺に文化奉公会員と書きつけて、ボーイさんにことづけました。ボーイさんが間もなく引っ返えして来て、直ぐに御案内するようにとのお言葉ですからと言って、私たちを閣下のお部屋へ案内してくれました。海の見える広い、立派なお部屋でしたが、やあ、よくやって来たねえ、さあ、どうぞ……と言って、閣下御自身が椅子ですすめて下さり、身分も弁えずに強いて御面会に押しかけた私たちの無礼をもお咎めなく、大変におよろこび下さいました。その日の閣下は、凛々しい御軍装のお姿だったので、私たちは自分たちの半袖半袴の粗末な略装をかえりみて、大変にはづかしい思いをしました。きちんと軍服を召されて、色とりどりの略章で胸がかくれるほどでしたが、しかし閣下は暑苦しい御気色もなく、にこにことした微笑さえお見せになって、私たちの要件や健康のことなどをおたづね下さいました。その頃、私たちは、ボルネオ軍では新規に宣伝班をつくるために、その要員をマライ軍とジャワ軍の宣伝班から七八名づつ出して貰いたいというような交渉があったと聞いていましたので、若しそれが事実なら私たち文化奉公会のものを指名していただきたい。そして若しそれが可能ならば、自分たちは会長閣下のお膝元で働けることになるので、こんなに嬉しいことはないし、また自分たちも文化奉公会の名誉にかけても、一心不乱になってボルネオの文化建設のために働くつもりですと申し上げました。すると閣下は大変におよろこびになり、何度もにことお頷きになって、そうだ、君たちが来てくれれば願ったりかなったりだ。ボルネオの事情が内地の方へはすこしも紹介されていないから、その方面でも君たちに働いて貰いたい仕事は沢山にあるんだ。そうだ、君たち『身うち』のものに来て貰って、大いに働いて貰うことにしよう。そうなれば僕も大変に心強いわけだ……と、そんな有難いお言葉まで戴き、私は『身うち』だと言って下さったお言葉を聞いた時には、思わず涙がこぼれるようなうれしさを感じました。そしてボルネオ軍司令官としての会長閣下のもとで、本当に私は四人の同志と心を協《あ》わせて死物狂いになって働こうと決心いたしました。私はこの時には、思わず「ああッ、これで助かった！」と叫びたい気持で一杯になり、あらためて一歩々々破滅の淵へ沈みつつあった昭南の自堕落な生活を振り返って、重苦しい胸のなかに海の風が吹き抜けたような爽快さを覚えました。しかし閣下は、ボルネオは昭南のようにひらけたところではないから、宿舎にも、また食物などにも不自由をすると思うが、それを本当に覚悟してくれるなら、参謀長に命じてマライ軍の方へ話をつけさせて、君たち文化奉公会のものを、わしの手元へ呼ぶことにしよう、と仰言って下さいました。そしてその頃では、もう昭南では絶対に私たちの手に入らなくなった『スリーキャッスル』を一缶ずつ、私たちにお手づからお渡し下さいました。どうだ、昭南でもこの煙草だけは珍しいだろう……と、陽灼けのした黒いお顔に、にっこりとまっ白い歯並をお見せになって微笑されました。私は思わず泣けそうになりましたが、閣下の前で涙を見せては見苦しいと考えて我慢しました。それから間もなく私たちがお暇乞いをして立ちあがりますと、閣下が、ちょっと待ち給え、と申されて私たちを引きとめて、隣室の今村将軍——この方がジャワの軍司令官閣下ですが、そのお部屋へ私たち四人を御同伴になり、ちょうどその時、マライ軍司令官の齋藤彌平太閣下が、今村閣下と海の見えるお部屋で御対談になっていられましたが、そこへ私たちをお招きになって、お二人の軍司令官閣下に、こういって御紹介くださいました。この四人の報道班員は、僕が会長をしている文化奉公会の会員だ。その会は帰還軍人ばかりで組織されている文化団体だが、非常に規律正しく、またその会に集っている会員は、みんながみんな立派な文化人ばかりなんだ。今その『身うち』の者が四人して僕を訪ねて来て、会長の僕の下で生命を賭して一生懸命に働きたいと申し出てくれたのだが、僕はその言葉を聞いて大変に感激しているんだ、と申されました。そしてその時、私たちは堺君の号令で、お二人の軍司令官閣下に、軍隊式の申告をいたしましたが、堺君の言葉が終ると同時に、齋藤閣下が――、あれッ、その四人の者は、わしのところの宣伝班の人間ぢゃないか。わしはまた閣下が、わしの『身うち』のものだとばかり紹介されるから、ボルネオ軍の報道班の人間かと思っていたよ、……と、大きなお声でお笑いになりました。会長閣下は、私たちを文化奉公会の会員であるという理由だけで、私たちをご自分の『身うち』のものとお考え下さり、またそれを誇りにお考えになって、お二人の閣下にまで御引合わせ下さったのです。だが、閣下をお訪ねするまでの私の心の動機を反省しますと、私はいたたまれない心苦しさを感ぜずにはいられませんでした。そして閣下のお蔭でボルネオへ行けることになったら、今までの自堕落な昭南の生活を清算する意味からも、また閣下のなみなみならぬ御恩顧にむくいるためにも、本当に本気になって出直さなければならないと考えました。

だが、とうとう……この日の御面会が、閣下と私たちの最後のお別れとなってしまいました。今になって考えてみますと、その日、閣下が私たちの訪問を特別におよろこび下さり、またいろいろと親しいお言葉をいただいたりしたことなどを思い浮べますと、神か仏のお引き合わせにあづかったような、不思議な因縁を感ずるのであります。そしてその日の閣下のご様子も――窓一杯に射す海のかがやきのためだったかも知れませんが、あのお元気な、血色の豊かなお顔がひどく青白く見えたり、またあのご立派なお体格が、特別に小柄に思われたりしたような、そんなさびしい印象がはっきりと私の心の中にのこっています。しかし私たちは閣下が万が一にも御陣歿なさるようなことがあるなどとは、夢にも思いませんでしたから、閣下にお別れしてからというものは、四人の者が毎日々々顔を付き合わせては、ボルネオ行きの計画で夢中になっていました。そして閣下が私たちのことを『身うち』だと呼んで下さったお言葉を思い出しては、ほんとうにだんだんそんな気持になって来て、閣下のお膝元へ呼び寄せられる日を待ち兼ねていました。しかし、どうしたことなのか、私たち四人のものにボルネオ行きの命令が、待てど暮せど、マライ軍の方からは一向に発令されませんでした。私たちはシビレを切らしてしまって、時には絶望してしまったりして、まるまる二ケ月ほど待ちました。すると、九月五日になって突然、ボルネオ派遣軍へ転属になる命令が出ました。同時に、私たちの有頂天になれる大きな喜びが、さっと一薙ぎで打ちはらわれるような悲報を耳にしました。それは閣下が飛行機事故か、何かのために、ボルネオ附近の海上で御消息がわからなくなった――というそれは甚だ漠然たるものでしたが、しかし私たちには聞き捨てにならない、深刻な衝撃をあたえる風評だったのです。しかし私たちは胸をどきつかせながらも、それはデマだ！　と呟きつづけ、しかし一刻もはやく閣下の御安否を確めなければならないと思い、ボルネオ行きの飛行機に便乗を申込みました。しかし、とうとう待ち呆けばかりを喰わされて、待ちに待って、やっと二週間目に堺君と私だけが、飛行機へ便乗を許されました。石井君の便乗は一日遅れましたが、その時、松下君はボルネオ行きの命令が出ないのにシビレを切らして、スマトラへ旅立ったばかりでした。私と堺君は、その日、南支那海を横断して、北ボルネオのサラワクのクチンという軍司令官所在地の小さな町へ、飛行機から降ろされるや否や、軍司令部へ駈けつけて、司令官室の前へ訪ねて行きました。軍司令部の建物は、もとはサラワク王国の王宮でした。古めかしいが、しかしだだっ広いだけの殺風景な建物でした。閣下の司令官室の前には、ボルネオ材で拵えた立派な、大きな衝立《ついたて》が立っていましたが、その衝立には『不在』と書いた木札が下がっていました。その木札は九月五日以来、取りはづされた模様がなく、閣下の搭乗機が行方不明になったままだという悲しい事実を裏書していました。私は約一週間ばかりクチンに滞在していた間、日に一度は必らず司令官室の前へ行って、その衝立を覗き、あるいはひょっとして『不在』の札が『在室』とかわるようなことがありはしないかと、そんな有り得べからざる奇蹟を心だのみにしていました。しかし、それも徒労に終りました。私たちはまた私たちの上官である和泉少佐を通じて、捜索隊を志願しましたが、もうとっくに捜索隊が出発してしまった後だったので、私たちは悄気《しょげ》てしまいました。和泉少佐は、私たちのがっかりした三人の顔を見較べて、こんな風に慰めてくれたのです。——閣下は、俺が会長をしている文化奉公会の『身うち』のものが、やがて間もなくここの報道班へやってくることになっているからと申されて、大変にお待ち兼ねの御様子であった。そして君たちが来たら出来るだけの便宜を与えてボルネオを旅行させ、そして十分にボルネオの事情を内地へ紹介させるように、骨を折ってくれというようなお言葉であった。だから、ここで、いつまでも閣下の御安否を気にかけて、くよくよしていても仕方がないのだから、閣下の御意図に副うて旅行に出たらどうか?……と、そんなお話しがあったので、私はキナバタンガン河を溯江して旅行することに決め、堺君と石井君はキナバル山の麓を馬で旅行することに決めました。そして命令が出た日に、参謀長閣下のところへ申告にまいりますと、やはり閣下も、司令官閣下は、お前たちのことを話されて、大変にお待ち兼ねの御様子であった。閣下が君たちの働きには、非常に御期待をかけていられたのだから、しっかりやって来てくれと、そんな有難いお話でありました。閣下は、私たちのことを参謀長や報道班長にまで吹聴されていたのかと考えると、これからどんな働きをして閣下の御恩顧にむくいたらよいのかと、私たちはほとほと途方に暮れるような気持になってしまいました。そしてそんな重い気持を後に残しながら、私たちは、ジャングルの旅にのぼりました。堺君と石井君はミリーで下船して、その油田地を見学してブルネイの王国を訪問し、それからクニンガウを経てキナバル山の山麓を馬で旅行し、ゼッセルトンへ出てくるというような長大なコースを旅行の計画にあてていました。私と中村長次郎君とはサンダカンで独木舟を傭って、ジャングル地帯をうねうねと流れている北ボルネオ最大のキナバタンガン河を溯江して、旅をすることに決めていました。私はこの旅行中に、クチンを出帆してから間もなく、その定期船の船員から、閣下の搭乗機を操縦していた阿野操縦手の署名入りハンカチが、ミリーの海岸へ漂着していたのが発見された――そんなニュースも聞きました。また九月五日には、内地から到著したたくさんな軍政部関係のお役人が、ミリーの飛行場で閣下の査閲を受けるために、閣下の搭乗機の御到著をお待ち申し上げていた。御到著の時間は、午後一時と予定されていたが、二時になっても、四時になっても、また七時になっても、とうとう日が暮れてしまったが、ついに閣下の御到著がなかったので、みんなが諦めて解散してしまった。私はまた堺君たちと別れて、ラブアンの兵站旅館へ寄泊した時、そこのボーイから、こんな話を聞かされました。閣下の御遭難地点であったビッツル附近の土民の一人が、黒煙を吐きながら海中へ墜落する飛行機を眺めていて、日本の飛行機は偉いものだ、飛行機の火事を消すために海のなかへ飛び込んで、また直ぐに飛びあがってくるぞ、とそう思いながら見ていたが、墜落した飛行機はとうとう空へ舞いあがって来なかった――とダイヤ族の土民がその目撃談を話したそうでありますが、あるいはひょっとして、その飛行機が閣下の御搭乗機であったかも知れません。私が閣下の御遺骸が発見されて、今日、盛大な慰霊祭がクチンで執り行わせられたと聞いたのは、ボルネオ殖産のビリッツ農場でした。約一ケ月にわたるキナバタンガン河の旅行を了えて、その河口の近くにあるビリッツ農場でご厄介になった時、そこの農場の櫃淵技師から、たった今慰霊祭の模様がラジオで放送されたと聞かされました。たしか十一月の半頃だったと思いますが、間もなくその月末には、私に内地帰還の命令が出てクチンの軍司令部へかえって来ました。

そして一日早くかえって来ていた堺君に同伴されて、新任の山脇軍司令官閣下に申告をすませて、廊下から軍司令部の庭へ出ると、そこには鉛がとけてしまったように翼も胴もわからなくなってしまった遭難機が、新しい柵のなかに安置されていました。ちょうどその日には、ボルネオへ私たちより前に訪れて沢山なスケッチを描いていた清水登之画伯の『ボルネオ・スケッチ展示会』が軍司令部の一室で開かれていました。私と堺君は、静かに遭難機の前から立ち去り、展覧会場の広間の正面に掲げられている閣下の油絵の御肖像の前に起立して、また静かに頭をさげていました。この油絵の肖像画は清水画伯が描かれた傑作で、この御肖像が、閣下の最後のお姿になってしまいました。

――昭和十八年四月――

出典：(前半部)『知性』昭和十八年三月号、(後半部) 同昭和十八年六月号 (河出書房)
解題：テキストの周縁から Ｐ７５７

洪水

（『北ボルネオ紀行 河の民』抄）

十月二十六日

七時出発の予定であったが、食事や出発準備が遅れたために、出発が八時になった。これより上流は急流になるので、カダイ《(kedai＝商店)》の屋根付のプラフ舟を借入れ、四人の若い苦力を新しく傭い入れた。クワムツの土人書記《カラーニ》が、私たちを案内してくれることになった。なかなか上品な老人で、回教帽に靴を穿いていた。総勢十三人である。ちょっと、奥地旅行の形を整えた訳である。カダイの主人や使用人には大変に世話になったので、食費、宿泊料、その他の謝礼をしてカダイの階段を下った。主人のマラリヤも今日は大ぶん快方に向ったらしく、血の気のある元気な足取りで、別棟になった部屋から挨拶に出て来た。

　河の減水は、益々ひどくなるばかりである。両岸の赤土が高い断崖になって、水面が急に低くなってしまった感じだ。クワムツを出発すると、直ぐに砂洲が見えたり、黒い磧《かわら》が現われたりした。減水している証拠である。舟は二艘になって、相当舟足が軽くなっているのだが、櫂《ダイオン》が漕げないので、棹で押し上げなければならない。急流が多いので、苦力たちの苦労は大変なものであった。この調子だと、もう二艘ぐらいゴーバンを増さなければならないであろう。

　両岸の風景は、相変らず単調極まる。昨日とも、一昨日とも、三日前とも、ちっとも変化していない。ただ河が急流になって、ところどころに砂浜や中洲が多くなったことだけである。今日は幾分か涼しく、プラフの屋根の下で寝転んでいても、そんなに暑くなかった。昼頃に白い砂浜へ舟をつけさせて、砂浜の上で食事をすることにした。二艘の苦力たちが二組に分れて山刀《パラン》を抜いて枯枝を切り、棒杭を立てて、ちょうどキャンプ・ファイヤーの要領で炊事をはじめた。二組の苦力が、どうして一緒になって共同炊事をしないのかと、土人書記のカラーニに訊ねてみると、クワムツの土人たちは無宗教のドゥスンであったが、ラマグの苦力たちは回教徒であった。私は彼等に食料箱をあけて、鱒の缶詰を分配してやった。回教徒も豚は食えないが、魚なら、何んでも食べるのである。ドゥスン族の無宗教者は、豚でも牛でも、食べられるものなら、なんでも遠慮はしない。この方が、私たちには結局始末がいい。私たちはクワムツのカダイから弁当にして携行した炒飯《ナシ・ゴリン》と鶏の丸煮をひき割いて食べた。苦力たちは、このあたりを「バラス・モンガン」と呼んでいた。やはり砂浜にも名前がついているらしい。

河が減水して、いよいよ急流になり、河のまん中に、木曽川で見かけるような巨岩がそそり立っていた。満水の時には、この黒い岩も水面下に没するのであろうが、今は減水のために奇怪な形で濁流のまん中にそそり立ち、あたりの水流が泡になって渦巻いていた。ジャングルがいよいよ深くなった。ふと、私たちのプラフを漕いでいた皮膚病のタンカスが

――トアン、トアン！　ガヂャだ！

と呼んだ。ガヂャとは象のことで、彼がダイオンで指し示した水際の雑草が、くちゃくちゃに踏みにじられている。大きな食パンのような脱糞が転がり、醤油樽を押し込んだような大きな足跡が、はっきり泥の上に残っていた。もう二時間も早ければ、象が見られたかも知れない。しかしこいつは生命がけの見物だ、と狩猟通のシェヤーマンが威張って説明した。

二艘のプラフ舟は、前後になって、河岸の淀みへ出てホッとしたらしく、苦力たちは汗を拭きながらダイオンを漕いでいる。今日は上流から下ってくる土民のゴーバンも見えない。

午後六時頃に、カラガンと称する三角形の中洲に到著した。私は最初、ここが「カラガン」と呼ぶ地名かと思っていると、それは土語で「中洲」という意味であった。碁石《ごいし》を並べたような綺麗な中洲であった。中洲の上には土人たちが露営した跡があったので、私たちもここで設営することにした。苦力たちは、また二組に分かれて炊事の準備をしている。私も素っ裸になって、河の水でコブや南瓜を洗い、

鶏の羽根を挘《むし》って料理を受持った。

ちょっと、ハイキングの気持であった。太陽がジャングルの梢にかくれると、上流の谿谷に雷雲が湧いて、まっ黒に河の上流を閉ざしてしまった。私たちは大急ぎで飯を食べ、苦力たちに食事を急がせた。彼等は干鱈を肴に、陸稲《おかぼ》米の真っ黒いのを手摑みで食べている。靴を穿いているカラーニも、やっぱり同じである。雨がちょっと来そうにないので、また河へ浸かって水浴をし、後で大沼君持参のサンダカン製のウイスキーを飲んだ。これで最後である！

間もなく雨がポロポロと落ちて来た。今夜は妙にゆっくりした雨であった。こんなことは、ボルネオでは珍しかった。しかし苦力たちはあわてまくって、食器類を片づけ始めた。私はそんなものは後にして、早くキャンプを張れといって、私と中村君の携帯天幕をプラフの中から取り出してやった。私たち四人と、ラマグから来た苦力たちだけが、私たちのプラフの中に寝て、クワムツの苦力たちは土人書記と共に、中洲の上へキャンプすることにしたが、彼等はもう私たちが貸してやった天幕で小さな小屋を拵えていた。私たちのプラフは水際へつなぎっ放しにしてあったが、空のプラフは中洲の上へ引き揚げて、眠ってしまった時に流失しないように用心していた。間もなく激しい雨脚に変り、私たちは蒸し暑いとこぼしながらプラフの中の荷物を片寄せて、二人づつ細長い舟の中で頭を向い合わせにして寝た。

スコールはいよいよ激しくなって、雨の飛沫が霧になって屋根の下から吹き込む。しかし舟の動揺で快よく眠むり出した。すると、今度は舟底が砂利につかえて、ガリガリと大きな音を立てるのだ。中洲の上へ押し上げられているようだ。びっくりして飛び起きて見ると、一方の磧《かわら》の上へあげていたプラフのところが、もう水に浸っていた。もうキャンプのところあたりまで水が浸入しているのか、苦力たちが起き出して騒いでいた。

大粒の雨が叩きつけるように、恐しい勢いで降りつづけている。だんだん高まってくる水位と空具合を眺めていた皮膚病のタンカスが、突然、何事か叫んで三人の苦力を指揮しながら、私たちの意見も求めないで、水流の中央をめがけて漕ぎ出した。対岸へ舟をつけるらしい。こんな時に余計な口を利いて苦力たちを間誤つかせてはいけないと考えて、私たちは彼等の為すがままに委かせていた。急流を横ぎって対岸の木の繁みへ辿りつくと、苦力たちは着のみ着のまま水中へ飛び込みジャングルの高い枝に泳ぎついて、ロタンで身をしばりつけている。その手元を中村君が舟の上から懐中電灯で照らしてやっている。水勢は烈しい音を立てて流木を漂わし、河心には大きな渦が巻いていた。たった今さっきまで、河明りで見えていた中洲もキャンプも見えなくなり、クワムツの連中のプラフの姿も消えていた。暫くしてから、ふと対岸の方から、カラーニや苦力たちの呼び声がしたので、やっと彼等が避難している位置がわかった。彼等も私たちの苦力がしたのと同じように、河岸の淀みを見つけて、対岸へ避難しているのであった。

水嵩は刻々に増して来て、にわかに河幅が湖水のように広くなってしまった。河岸のジャングルの大木が、水に浸ってしまったのだ。苦力たちは頭からびしょ濡れになったまま、喘息のような咳を連発させながら、じっと心配そうに水勢を見つめている。

はげしいには、はげしい雨であったが、しかしこんなに突然、洪水が来るとは思わなかった。上流ではもっと猛烈な豪雨があったのかも知れない。磧《かわら》で夕飯を食べている時、上流の谿谷を真っ黒に閉ざした雲の中で盛んに稲妻が光っていたのを、今になって思い出した。この附近では雷鳴を聞かなかったが、上流地方は雷雨だったのだ。それでなければ、こんなに早く増水する筈がない。アグネス・キース夫人の『風下の国』を読むと、はげしいスコールがあると、その途端にボルネオの河は二十呎《フィート》も増水し、雨が一日なければ忽ち上流では小さなゴーバンも通えなくなるほど減水する。その増減のはげしい魔の河のことを書いていたが、それは決してキース夫人の誇張ではなかった。

私たちの忠実な苦力たちは、プラフの前後に二人づつ坐り込んで、寒さに慄えながら水を眺めている。「ガヂャおやぢ」は、絶え間なく咳をしている。スコールの中では、急激に気温が下がる。私たちも寒い。——プラフをつないでいる大木が刻々に水に浸かり、そのたびに青年のリュータサンが水の中へ飛び込んで行って、もっと高い枝へつなぎかえる。私たちのプラフは枝や蔓で舟の屋根を捲り取られながら、とうとうジャングルの繁みへ押し上げられてしまった。もうさっきの中洲は水中に没し、その水面には直径三百米もあるような大渦が、夥しい巨木を浮べて渦巻いていた。しかし私たちの舟の周囲へは、水脈《すいみゃく》の関係で流木も流れて来ず、また激しい水勢にも影響されなかった。こんな河岸の深い淀みを見つけてプラフを避難させた手並は流石《さすが》にオラン・スンガイであった。

スコールは、まだやみそうな気配がない。苦力たちは不寝番に立ったつもりで、夜明しをして水の監視に当るつもりであろう。舳《へさき》に立って、タンカスがじっとカンテラで照らして水を見守っている。水に不馴れな私たちは、一切のことを苦力たちに委かせ切って、寝てしまった。午前二時を過ぎていた。

十月二十七日

対岸のプラフからの、若い苦力たちの呼び声で眼を覚ました。雨はやんでいたが、ジャングルは白いミルク色の霧に包まれて、遠くまで見透しが利かない。濁流の色が一層濃くなって、滔々と渦巻き泡立っている水流には、私たちが今まで見たこともないような流木が乗っている。それが矢の迅さで、下流へ押し流されているのだ。こいつに衝突したら、私たちの釘付のプラフ舟などは木ッ葉微塵である。

これから直ぐに出発しよう、と対岸のプラフの中から土人吏員が呼んでいるのである。こんな洪水の中を、舟が漕げるのであろうか？　しかし水の上でぼんやり時間を消していることも出来ない。

午前六時半であった。まだ夜も明け放れてはいないし、霧が益々ひどく水の上を蔽うて来る。昨日の減水時から見ると、恐らく三十呎《フィート》以上の増水であろう。河岸に聳えていた森林の枝が、みんな水の上へ垂れて、はげしい水流になぶられている。水の中に立っている大木もある。木の屑、流木、枯枝などが浮きつ沈みつ、泡立ちながら濁流に押し流されている。私たちのプラフは、河岸の大木の間を縫うようにして、巧みに水勢を避けて漕ぎ上ってゆく。ところどころの渦巻には、大きな流木が乗って、ゴウラウンドの形で、すさまじく回転している。河水を手に掬ってみると、木の屑、腐葉土が、微細な微粒子になって混入している。

苦力たちも、私たちも昨夜から一杯のコーヒーも水も飲んでいない。今朝は朝食抜きである。しかも彼等は昨夜一睡もしなかったのだ。だが、不平も愚痴もこぼさないで、黙々として洪水と戦いつつ、困難な溯航《そこう》をつづける。彼等が櫂《ダイオン》を揃えて歌を唄いながら、急流を漕ぎのぼってゆく姿は、確かにキナバタンガンの勇士である。困難が益々、彼等の勇気を駆り立てるらしく、無口なリューファまでが汚ない髪の伸びた襟頸を見せながら、みんなの声について歌を唄っているのだ。間もなく霧が霽《は》れ、あたりが明るくなった。豪雨に洗われたジャングルの色が新鮮だ。眼が、洗われるようである。朝、出発してから凡そ四五時間ばかりの地点で、私は珍しいものを発見した。このあたりのジャングルにも地名があるのか、苦力たちは、ここを「ラッコブ」と呼んだ。

私が発見した珍しいものは、河のはげしい水勢を見下す高い岩の断崖の上に、ニッパ椰子で葺いた小さな掘立小屋があった。小屋の前には、日本と同じような形の〆縄が張ってあって、蔓草のようなものと、青い榊《さかき》のような木の枝が垂らしてあるのだ。土人の苦力たちに訊ねると、病人をここへ移して病魔を祓う御祈禱をする「マミヤム」と称する小屋だと言った。野豚《バビー》を捕えて来て、巫女が豚のまわりを呪文を唱えながらめぐり歩いて祈禱をするのだという。私が見つけたその小屋には、病人も巫女もいなかった。もっとも河の上から高い崖の上の小屋を見上げただけでは、はっきりしたことが分る筈もないが——。やがてまた、黙々とダイオンを動かしていた先頭のタンカスが、ペッと赤い汁を吐き飛ばしながら、

——トアン! ウラル・プッサールだ!

と、後ろ向きになって叫んだ。バタンバタン河の支流の入口であったが、水流の中に浸かっている闊《かっ》葉樹《ようじゅ》に、もっともはげしい水勢のためにゆらゆらと揺れ動いている木に、大人の腕の太さはたっぷりあると思えるような錦蛇が巻きついていた。広い木の葉と枝が邪魔になって、よく注意しないとはっきり見えなかったが、白い肌に黒い斑点や絣を染めたような、美しい蛇が太いロープをつぐねたようになって、木の枝のところに巻きついていた。舟の音や、私たちが騒ぎ立てる声にもビクともしない。洪水で流されて来て、水の中の大木に縋りついたものであろう。私が中村君に写真に撮してくれと頼んだが、中村君は木の葉や枝が邪魔になって駄目だという。それでは蛇のところまでプラフを近づけて、苦力に櫂《ダイオン》で殴ぐらせるから、蛇が怒って鎌首を立てたところを写して貰いたい、と私がいう。そして苦力にプラフを漕がせて近より、タンカスにダイオンで大蛇を殴ぐらせたが、舟が動揺してダイオンの尖端が広い木の葉に触れて、パシッと音を立てた。木の葉を叩いたその小さな音で、ぐっすり眠っていると思った錦蛇が、電光の素早さでパシャッと水の中へ飛び込んだ。あんなに固く巻きついていたトグロが、どんな風にして解けたのか、また蛇の頭も尻ッ尾も眼に止まらなかった。あッと思う隙もない早業で

あった。

若しあの電光石火の素早さで、人間に向って来たとしたら？――私はタンカスに蛇を殴ぐりつけさせた後で、ボンノクボが冷めたくなるような恐怖を感じた。タンカスは蛇の早業を知っていたが、トアンの命令は絶対なので、殴ぐり損ねた風をして、わざと錦蛇を殴ぐらなかったのかも知れない。私はタンカスのいぢらしい心根を感じて、彼につまらない行為をさせたものだと後悔した。勿論、中村君の腕前でも、蛇の早業は写真に撮れなかった。しかし後になってみると、木に巻きついたところでも好かったのに、大変残念なことをした。いつまでも、あの入墨をしたような美しい錦蛇の肌が、眼に残っている。

今日は珍しく、上流から二艘のゴーバンが下って来た。籾を入れた籠を一杯に積んでいた。もう目的のタンクラップが近いのであろう。苦力にあと何時間で着くかと訊くと、一時間だと答える。一時間経ってまた、あと何時間だと訊くと、やはり一時間だと答える。そんな問答を三、四回繰返した後に、やっと「順合」の桟橋が見え出した。タンクラップの周辺には、約六千の土人が住んでいると聞いていたが、カダイの建物の周囲に五六軒の土民小屋が散在しているだけである。六千の人口は恐らく何十哩四方のジャングルの中に散在しているのであろう。

カダイ「順合」の店員たちも、大変私たちに愛想がよい。やはり栄利順系《タンリースン》のカダイで、店の看牌には白い紙で×字の服喪の印が貼ってある。朝から何も食べていないのだというと、早速食事の用意をしてくれ、また今夜もここのカダイで宿をしてくれるそうである。やはり鶏のスープと、どこでも食べさせられた同じ支那料理である。鶏以外には、何も食べものがないのだから仕方がない。野菜はジャングルから採取されるサヨル・マニスと、「ケラディ」と称する六尺以上の茎になって育つ里芋の一種である。蓮の葉のような、大きな葉をしている。土人が俄雨の時には、この葉をかぶって走っている姿をよく見かける。

しかし朝と昼の二食抜きの食事であったから、とても美味かった。時計を見ると、午後四時を過ぎている。苦力たちが空き腹でよく、あの洪水の中を漕ぎ上って来たものだと、彼等の従順さに打たれる。食料箱の中から缶詰と、魚の乾物を出して与えた。中村君が、後で食料が不足したら困るぢゃないかと叱言を言う。しかしよく働いたのだから、酒手を出すかわりだと弁解する。

流石の洪水も、稍々減水の模様だ。もっとひどい洪水になると、カダイの庭先に植えてある椰子林の根元まで水浸しになるという。その庭も高い崖の上にあるし、またカダイの床の高い建物も、河ぷちから五十呎《フィート》ぐらいの高さの高台に建てられているのだ。午後四時の昼食を済ませてから、開墾地に行き、ドゥスン族の籾蒔きを見物した。木株や丸太の散乱している畑に、尖がった棒の先きで男たちが一列に並んで穴を穿って行くと、後から女の列がその穴の中へ籾を落して行くのだ。簡単な耕作法である。こうして陸稲《おかぼ》やトウモロコシをジャングルの中の僅かな地面に耕作して、まるで戦々兢々としてジャングルの暴威に脅えながら乏しい生活を営んでいる感じだ。この開墾地へ案内してくれたのが、タンクラップ駐在の巡警《マタマタ》であった。家族と共に、たった一名の巡警が駐在しているだけだ。そして上司の監督も監視も受けていないのであるが、きちんと跣足《はだし》に巻脚絆を穿き、巡警としての正式の服装をして、相当な威厳を保って土民に接していた。なかなか責任感の厚い男だと思った。

彼の事務所は、キナバタンガン河の上下が一眼に俯瞰できるような高台の上にあった。一つのテーブル、二三脚の破れ椅子、埃りのたまった戸棚には二、三冊の帳簿と古びた布告類など、それに威かしのために並べているとしか見えない古風な捕物道具と、おきまりの留置場。しかし永い間、人のはいっていた形跡がなかった。

裏の佳宅には、若いが色の真っ黒いドゥスン族の妻君とその妹らしい娘とが、私たちの視線を避けながら、椰子油で木の葉のようなものをいためていた。油が鍋にこげつく、堪まらない匂い。——

六時には、また夕食が用意された。たった今食べたばかりで欲しくなかったが、席についた。相変らずの鶏料理。若い艶々しい血色をした主人であったが、とても愛想がよくって、私たちのために何くれとなく、よく面倒を見てくれる。五、六名の店員たちも、みんな気持がよい。彼等が、私たち日本人におべっかを使う気持は理解される。併し彼等が単なるおべっかだけで私たちをもてなしてくれているのだとは思えない。日本人は私と中村君と大沼君の三人だけである。武器も何も持っていない。まるっきり無力な私たちである。若し彼等に親切な気持がなければ、私たちに洟《はな》もひっかけないで済むのだ。そして私たちが彼等の不誠意と不親切に腹を立てたにしたところで、私たちには彼等を制裁する権利も、またその実力もないのである。こんな奥地へ入って来た私たちは、彼等に生殺与奪の権利を与えたも同然なのである。サンダカンで皇軍の武威の中で守られている時には、私も日本人だ。だが、ジャングルの中へ踏み込んでしまえば、私は単なる旅行者に過ぎない。私たちが無事に旅がつづけられるのは、民族が異っていても、お互いに共通している人間的な感情の交流があるからだ。

「順合」の主人《タウケ》は、まだ若いが、とても愛嬌のいい錬れた人間である。ドゥスン族の女と結婚して、三人の幼ない子供がある。前の妻君は支那人であったが、ジャングルの中の生活を嫌らって香港へ逃げて帰ったという。サンダカンへも八年前に一度、商用で行っただけだと話していた。サンダカンへは、ここからゴーバンで下っても十日とはかからない。そんな近いサンダカンへすら、八年に一回しか行っていないのである。彼等は単身土民の中へ入り込んで来て、営々と商売に身を打ち込んでいるのである。その忍耐力と粘着力は、恐しいものである。このキナバタンガンの流域を眺めても、経済的な実権は

「栄利順《タンリースン》」の資本系統に独占されてしまっている。「労苦《ロークー》」系統もあるが、これは前者に較べると問題にならない。栄利順の支店にあたる各地のカダイが、奥地の物産を一手に買い集めているのであるが、その経営方法が、土民の日常生活と密接不離――つまり相互扶助的な関係で結ばれている。

例えば土民が開墾する期間の食糧と籾を、このカダイが支給する。そして開墾地の収穫期に、陸稲で償還せしめる訳だが、勿論、相当高率の利息がついている。しかしカダイが収穫期までの食糧を供給してくれなければ、貯蓄心のない土民には、開墾や耕作が不可能になってしまう。カダイの搾取をキナバタンガン流域から放逐するためには、土民に物や金を貯える習性をつけなければならない。しかしそれは、容易なことではない。

――食うだけあれば、それ以上どうして働く必要があるのだ。

と、彼等の諺《ことわざ》がある。またジャングルの中で着のみ着のままで暮している彼等には、金の必要がない。必要のないところには慾望がない。従って住居の移動のはげしい彼等には、籾の貯蔵などということは嘲うべきことである。少々高い利子を払っても、カダイから籾と食糧を借りて、収穫のあった時に返還する方が、手間がかからない。また森の中でダマール(天然樹脂)や獣皮を獲た時に、必要な品物と直ぐ交換してくれるカダイは、彼等にはこの上なく便利な存在である。またカダイの側では、土民が持参した品物は、たとえ今欲しくないものでも引き取らなければならない。そんな義務があるのである。また一方には、このカダイ組織が一種の行政機関のようなものになっている。政府の徴税、布告の伝達、人口調べ等は、みんなこのカダイを通じて連絡されているのだ。またカダイからカダイを伝って、それが交通機関にもなっている。私たちがこの旅行中に屢々《しばしば》驚いたことは、私たちの来たことが、行かない先に上流のカンボンまで知れ渡っていることであった。それはカダイからカダイを連絡しているゴーバンが、一種の駅通の役目をして伝えているからであった。

今夜も、すでに私たちの到著を知って、二十人余りの同勢を引率して、附近のカンボンからカバラ・カンボンがやって来た。白い布を両肩に垂らしている回教僧《イマム》もやって来た。言葉はスルー語であったから、私たちには分らなかった。シェヤーマンが、大いに活躍して大沼君の宣撫演説を通訳している。ドゥスン族の土民たちは、やたらにキンマの汁を吐き散らす。歯が真黒に染ってしまって、口の中が気味のわるいほど真っ赤だ。

私はその日疲れていたので、早く寝てしまったが、大沼君がいつまでも演説をしていた。口髭を立て始めて、それがどうやら本物になったので、トアン・プッサールの衝動に駆られたのかも知れない。中村君も髭を伸ばしている。口髭を立てなければ、土民たちがトアン・プッサールの扱いをしてくれないからだ。

出典：『北ボルネオ紀行 河の民《オランスンガイ》』昭和十八年十一月二十五日（有光社）から「洪水」の章を抽出。
解題：テキストの周縁から P759

ミナミノ　ヒカル　ムシ

ワタクシノ　オカアサンガ　ウマレタトコロハ、オカヤマケンノ　ヤマオクノ　アル　小サナ　ムラデス。ソコハ　ナギサンカラ　ナガレデル　ヨシイガワノ　ミナモトニ　アタル　トコロ　デス。キレイナ　ミヅガ　ナガレテ　イル　タニガワ　デスカラ、イワナヤ　ウグイヤ　アユナドガ　タクサンニ　トレマス。

オカアサンハ、ムギノ　ミノルコロヤ、タウエジブンニ　ナルト、マイトシノヨウニ　ワタクシヲツレテ、オヂイサント　オバアサンノ　トコロヘ　オテツダイニ　カエリマシタ。

ムギノ　トリイレガ　スンデ、タウエジブンニ　ナルト、キレイナ　ミヅノ　イッパイ　アル　タノ　ウエヤ　カワノ　ソバデ、タクサンノ　ホタルガ　アツマッテ、ホタルガッセンヲ　ハジメルヨウニ　ナリマス。

アオジロク　ヒカッテ　イル　ホタルガ、ナンマント　ナク　イリミダレテ、オイツ　オワレツ　シテ　イマス。アオジロイ　ヒカリガ　モツレアッテ、チョウド　ホタルノ　グンタイガ　ヒカル　カタナヲ　ヌイテ　キリアッテ　イルヨウ　デス。マタ　ナンゼント　イウ　ホタルガ　カラミアッテ、ソレガ　大キナ　ヒカル　テマリノヨウニ　ナッテ、ミヅノ　ウエヲ　フワリ　フワリト　シヅカニ　ナガレテ　イクコトモ　アリマス。ツユジブン　デスカラ、ソラガ　クモッテイテ、ホシ　一ツ　ミエマセン。スミヲ　ナガシタヨウナ　クラヤミノ　ナカデ、ホタルノ　ヒカリガ　イリミダレテ、ヒカルカタナヤ　ヤリヲ　カザシテ、カッセンシテ　イルノ　デスカラ、ソレハ　ソレハ　ウツクシイ　ナガメ　デシタ。

コノ　ホタルハ、ゲンジボタルト　イッテ、ミナサンノ　コユビノ　ユビサキホドモ　アル、大キナホタル　デシタ。

大トウアセンソウニ　ナッテ、ワタクシガ、マライヘ　イク　フネニ　ノッテ　イル　トキ　デシタ。ワタクシガ　カンパンニ　デテ、ミナミノ　ヨルノ　ウツクシイ　ホシゾラヲ　ナガメテ　イルト、カンパンノ　テスリニ　ツカマッテ、クライ　ウミヲ　ミテ　イタ　ヘイタイサンタチガ、

「アレッ、ウミヘビ　ダ。ウミヘビ　ダ……。」

ト　サワギダシマシタ。ワタクシハ、

「ヨルノ　ウミデハ　ナイカ。ウミヘビガ　ミエル　モノカ。」ト　オモイマシタガ、ツイ　カンパンノ　ハシヘ　アルイテ　イッテ、ウミヲ　ミオロシマスト、ドウ　デショウ。

フネガ　ナミヲ　キッテ　ススンデ　イマス。ソノ　ナミガ、スキトオッタ　アオジロサデ　ヒカリカガヤイテ　イルデハ　アリマセンカ。ソノ　スキトオッタ　ヒカリノ　ナカデ、ウミヘビガ　フネノイキオイニ　オドロイテ　ウキアガッテ　クルノ　デス。

「ホウ……。」ワタクシハ、オドロイテ　シマイマシタ。ミナミノ　ウミニハ、メ　ニ　ミエナイ　小サナ　ヒカル　ムシガ　スンデ　イテ、ウミノ　ミヅガ　ウゴクト、コンナ　フウニ　ナミガ　ヒカルノデス。

アル　ヨルノ　コトデシタ。ワタクシハ　ヘイタイサンニ　ツイテ、マックラナ　ジャングルノ　ナカヲ　コウグン　シマシタ。ソノ　トキ　デシタ。ジャングルノ　タカイ　タカイ　木ノ　ウエヤ、モリノ　オクノ　ホウデ、トキドキ　ピカッ　ピカッ　ト　ヒカル　モノガ　アリマス。ワタクシハビックリシテ、ウシロノ　ヘイタイサンニ　タヅネマシタ。

「アレハ、テキガ　アイヅヲ　シテ　イル、カイチュウデントウノ　ヒカリデハ　アリマセンカ。」

「アハハハハ…シンパイ　スルナ。アレハ　ホタル　ダヨ。」

ヘイタイサンタチハ　オオゴエヲ　タテテ　ワライダシマシタ。

「ホホウ、アレガ　ホタル　デスカ。」

ワタクシハ、マタ　オドロイテ　シマイマシタ。ワタクシガ　チイサイ　トキニ　ミタ　ホタルハ、ナンゼン　ナンマント　アツマッテ、ホタルガッセンヲ　シテ　イマシタガ、マライデハ、一ピキ　二ヒキ……　トキニハ　三、四ヒキノ　ホタルガ、カイチュウデントウノヨウナ　ヒカリヲ　フリマイテトンデ　イルダケ　デス。

アルトキ、「コレガ　マライノ　ホタル　ダヨ。」ト　イッテ、ヘイタイサンガ、テ　ノ　ヒラヘ　ノセテ　イル　ホタルヲ　ミセテ　クレマシタ。カナブンブンホドモ　アル　大キナ　ホタルデ、ツマムト　グニャグニャシテ、日本ノ　ゲンジボタルノ　ヨウナ　カタイ　テゴタエガ　アリマセンデシタ。日本ノ　ホタルノヨウニ　カゴヘ　イレテ　タノシムヨウナ　キモチニハ　ナリマセン　デシタ。

出典：『良い子の友』昭和十九年六月号（小学館）
解題：テキストの周縁から　P760

北辺の皇土

北千島の涯には、たくさんな軍属さんの人夫や大工さんが来て、一生懸命に飛行場建設に働いている。漁場には、北海道や東北から、若い娘さんたちが出稼ぎに来て、ゴム手套《てぶくろ》をはき、ゴムの前掛けをしめ、ゴム長靴をはいて、水揚げされる鱈《たら》や鮭《さけ》や蟹などを処理している。

鱈は腹を裂いて干鱈にし、鮭や鱒は塩蔵されるのである。みんな二十歳前くらいの若い血気のいい娘さんたちで、そんな娘さんたちが、敵機と潜水艦の危険を冒して、はるばると北千島の涯まで出稼ぎに来ているのである。面白そうに流行歌をうたいながら、粗末なバラック建の工場や、風の強い海岸に出て働いている。

津軽林檎のような赤い頬をして、白手拭《しろてぬぐい》を姉さんかぶりにして働いているのだが、紺の絣縞《かすりじま》のモンペがとても好く似合って、健康な美しさだ。澄んだ眼には、苦労の陰などは微塵も射していない。朗らかな顔で流行歌を唄い、聞き取りにくいズウズウ弁で何か喋っては、笑い合っている。

私は九月十二日の空襲のあった翌日にこの〇〇湾の鱈工場を訪ねたのだが、敵機の爆音と、あの物凄い高射砲の音を聞きながら、工場の中で平気な顔をして働いていたという彼女たちである。

工場の窓から首を出して眺めていた娘さんもあったが、海が深く切れ込んで谷底のようになった地形の関係から、敵機の姿が見えなかった。だが、ピュンピュンと曳光弾《えいこうだん》が工場の中へ飛び込んで来て、天井のガラスをこわし、梁《はり》を撃ち貫いた。

「敵も見えんのに、どこサから、弾《たま》コ来るンだベンな?……」

そんな風に言って、平気で天井を眺めていたという。

「弾の位置が高いんだから、あわてなくってもいい。下へしゃがんどれ、しゃがんどれ!……」

と、宮崎政治さんが、弾着の位置を確めてから、女工さんたちを制止した。出漁した場合もそうであるが、女工さんたちは上の人たちの指図に絶対に服従する習慣を持っているので、弾がピュンピュンと来ている時でも、宮崎さんの一言で静まってしまった。

宮崎さんは、その○○湾へ親子二代十九年間に亙って、出漁をつづけて来た人物である。いわば○○湾の、鱈場を開拓した恩人である。お父さんは粂次郎《くめじろう》と言った。函館の人であった。しかし宮崎さんは、穏かな農夫のような淳朴な人柄で、十九年間も北洋の霧と怒濤に揉まれた偉丈夫には見えなかった。

工場の柱や破目板の到るところに、○○産業報国会の伝単が貼ってあった。

——出漁へ示せ、八日のあの決意。

——漁撈で樹てよ北洋殊勲甲。

——熱田鳴神我等を招く、今北洋の総進軍。

ビラの一枚には、敵機の徹甲弾が貫通して、上の方がささくれていた。私はそのビラを眺めながら、はち切れそうなほど血色のいい、よく肥った娘さんをつかまえて、

「空襲されたり、潜水艦の出没する危険な海を渡って、こんな遠いところまで、まことにご苦労さまですが……怖いような気持にもなることがあるでしょうねえ……」

と、たづねた。すると言下に、その娘さんが傍らの友達をかえり見ながら

「敵の飛行機や潜水艦が、怖いてか?……なんと、そんなもの怖くて、ここサ来られないだべ。死ぬる時に死ねば、よかったたべ……」

と答えた。わかり難い方言であったが、私はその——死ぬる時に死ぬる覚悟さえあれば、何物も怖ろしくないという、名僧でもなかなか入れない境地に到達している娘さんの気高い覚悟のほどに、感動してしまった。

そんな若い娘さんたちに、どのようにして、そんな崇高な覚悟が出来たのであろうか？ それが、私には不思議に思えた。そして霧と怒涛の荒海を横ぎって、毎年々々、漁期になるとカムチャッカの方面まで出稼ぎに行く彼女たちの健気《けなげ》な生活のことを考えた。

○

私はある日、〇〇という海岸に住んでいる別所二郎藏氏を訪ねるために、建設中の海軍飛行場を横ぎって歩いていた。海軍の兵隊さんたちにまじって、真黒になるほどの人夫が集って飛行場の盛り土をしたり、リヤカーで土を搬《はこ》んだりしていた。

風の強い日で、じっと立っているだけでゾクゾクとする寒気に襲われたが、モッコを担ついだり、シャベルを揮《ふる》っている人たちは、油をひたしたように顔や首から汗をたらしていた。海軍の兵隊さんが、黒い脚絆《きゃはん》をつけて、後ろに垂れのついた水兵服を着て、モッコを担いだり、リヤカーを押したりしている光景は、何んだか涙ぐましくって、見ていられなかった。海の精兵に、陸上の飛行場工事に働いて貰うのは、何んとしても相済まない気持であった。

命令一下、今夜にも北溟《ほくめい》の海上で壮烈な戦死を遂げるかも知れない水兵さんたちだ！

水兵さん以外の人たちは、みんな海軍軍属の人夫さんたちかと思ったら、漁業会社の勤労報国隊であった。鱒、鱈、蟹、鮭など、みんなそれぞれ漁期が別になっているので、その漁場の漁期が満了した人たちが、勤労報国隊となって、つぎつぎに飛行場の建設に奉仕しているのであった。従って契約期限を延ばして、雪が来るまで働くわけであった。

若い人たちもいたが、もう老年の漁夫や船頭が、だいぶんに混っていた。親子づれの船頭や漁夫などは珍しくなく、なかにはお爺さんと息子と孫との三人連れの船頭も混っているとのことであった。歩哨《ほしょう》に立っている水兵さんに、探して貰ったが、だだっ広い飛行場のことで、どこで働いているのか場所がわからなかった。

飛行場から〇〇の海岸へ抜けられる自動車道路が建設されていたが、その道路工事で働いているのは〇〇組の募集人夫であった。昔、監獄部屋のタコといわれた人たちが、遠く千島の涯まで来て、道路建設に汗を流しているのである。ツンドラをはがし、這松を抜根して、熊と雷鳥がいるだけの島に、自動車道路をつけているのであった。

汗を拭きふき、黙々として鶴嘴《つるはし》をふるっている人たちの表情には、何かはげしい気魄が漲《みなぎ》っている。人夫として働いているが、その人たちに課せられている条件は、兵隊とすこしも変っていない。アッツやキスカで、たくさんな同僚や仲間を喪っている人たちだ。若しも北千島の一角が戦場と化せば、アッツやキスカの仲間と同じに、銃を執り、手榴弾を抛《ほう》って戦わなければならない。

その気魄が鶴嘴をふるう腕先にも、表情にも、凛として籠っている。私は脱帽して腰をかがめながら、道路工事に働いている人たちの傍らを通り抜けた。

開かれたばかりの道路が、這松とツンドラ地帯の中を、二三日前の降雨のためにドロドロにぬかりながら、涯しなく遠くまで通じている。

美しい景色だ。やわらかい稜線の起伏が、緑色の這松林に蔽われて、刷毛《はけ》で撫でたようである。水上機の基地になっている、お椀に水を湛えたような静かな、黒い湖水が見える。シーンとした静けさの中で耳を澄ますと、オホーツク海の海鳴りが聞える。

幾つかの坂道をのぼり下りして、私は薄日の射している海岸へ出た。眼にしみるような白浜には、まっ黒になって昆布やカジキが打ち寄せている。嚙みつくような怒涛が飛沫をあげるたびに、海草の藻屑を海岸へ打ち上げる。カムチャッカ富士が、手を伸ばせば届く位いな近さで聳え、屈折の多いカムチャッカの海岸線が、夢のように霞んでいる。

荒い波の上で一艘の漁船が木の葉のように揉まれていた。船を岸へ引き上げて、ザクザクと砂浜の上へあがって来たのを見ると、みんな兵隊さんたちであった。銀色に光る、びっくりするほど活きのいい鮭をさげていた。部隊の漁撈班の人たちであろう。

冷たい海には、もう鮭の漁期が近づいているのだ。

その海岸の砂丘に囲まれた凹地の草原に、別所二郎藏氏の掘立小屋のような住宅が見えた。さっき見た水上機の基地になっている湖水とつづいている浅い川が、小屋の前を流れていた。家の前には板囲いをして、陽当りのいい一角でタイ菜や大根が青々と育っていた。鶏も豚も飼われていて、魚油の匂いが、鼻持ならぬ強さで、あたりに立罩《たちこ》めていた。

細工物のような板敷きの部屋に、平っぺたいストーヴが流木をくべられて、燃えのわるい音を立てていた。別所氏は赧ら顔の平凡な人で、髪のほつれた奥さんも、前歯が抜けてしまって、田舎でよく見受ける型の質素な婦人である。ストーヴのまわりで遊んでいる三人の子供たちも、垢でピカピカしているボロを纏《まと》っていた。長男の一夫さんが八歳、長女の雪子さんが六歳、次男の夫二君が四歳。別所さんは爺々むさい顔に似合わず、まだ三十七歳の壮年で、奥さんの和子さんは三十三歳であった。

和子さんは、郡司大尉未亡人のお世話で北千島のはづれへ嫁いで来られたのだが、若い身空で今日まで無人島の生活を堪え忍ばれて来た、その健気《けなげ》な忍耐を思うと、自然に頭が下がる思いであった。

「ながい間の歳月には、淋しいと思うこと、辛いと思うこともあったでしょう?」と不躾《ぶしつけ》な質問を発す

ると、

「淋しいと思ってみても、ここより外には、どこにも行きどころがないと、はじめから覚悟していましたから……」

と、慎《つつま》しげに話されただけである。和子さんは、山梨県の出身であった。

別所二郎藏氏は、別所佐吉翁の次男であった。長男は夭折され、たった一人の妹さんは、逓信省の官吏に嫁がれて、東京の葛飾区に在住されている。佐吉翁は、郡司大尉の北千島開拓移民団報効義会の幹部の一人で、母のタキさんを伴って北千島の〇〇湾へ定住されるようになり、はじめて北千島で生れたのが二郎藏氏であった。二郎藏氏の代になってから戸籍も北千島へ移し、北千島に原籍をもっているのは、日本広しと雖も別所二郎藏さん一人である。学齢に達するので、七歳の時に房州館山へやられた事があったが、それも半歳ばかりで、直ぐに北千島へ帰ってしまった。内地の生活は、後にも先にも、この半年間だけであった。

その頃まで報効義会の同志が、郡司大尉の遺志を継いで北千島の開拓に従事していたが、大部分の人たちは死没し、初志を枉《ま》げて内地へ引揚げる人たちが出て、結局最後に残ったのが、北千島生れの二郎藏さん一人であった。

〇〇湾を見下す丘の墓地には三十数名の同志の碑があり、その麓の高台には郡司大尉が事務所と学校に使われていた粗末な家屋が記念に保存されている。その地には、郡司大尉の壮挙を記念する『永鎮北陲』の碑と、地蔵堂が建立されているが、その地蔵様は、郡司大尉が内地から持参されたもので、どういう訳かその地蔵様が永らく〇〇湾に埋《うづも》れていた。その後、〇〇湾は漁場になっていたが、夜な夜な地蔵様が漁師の夢枕に立つので不思議に思って、海の底を浚《さら》ってみると、その地蔵様が現れたのだった。

また反対側の丘には、郡司大尉が建立された、ささやかな神社が、漁業会社の人たちの手で白木の鳥居や手洗鉢が寄進されて、神社らしい形を整えて遺されている。道一つを距てて、〇〇湾開拓の恩人別所佐吉翁の碑が建てられ、海峡の対岸の〇〇の丘には、和田平八翁の碑が、その居住地の跡へ、小林俊一大佐の手で、最近になって建立されている。いづれも郡司大尉の同志の人達で、その先覚者たちの遺跡を訪れるたびに、私は悲憤の思いを禁じ得ない。北門の先覚者の遺志を顧みることなく、今日迄この国防の第一線が捨てて顧みられなかったのだ。

だからこそ、銃を執って戦うべき兵隊さんが、鶴嘴をふるい、モッコをかついで、道路と飛行場と港湾の建設工事に働かなければならないのである。食糧確保の第一線に立つべき、漁夫や船頭さんまでが、その工事を助けなければならない状態である。

私は最初、別所さんという人は仙人のような人物だと聞かされていた。霧と吹雪の孤島で三十七年間、云うに云われぬ苦労をした人であるから、私もそれは当り前だと考えていた。しかし会ってみると、仙人のような裟婆気の抜けてしまった人物ではなかった。静かな、ゆっくりゆっくりした口調であったが、その言葉には、はげしい怒りと涙が籠もっていた。

道庁の役人でさえ、北千島は、人間の居住には適さないというが、自分は三十七年間病気一つせずに暮して来ている。温床を作って、不可能視されていた牛蒡《ごぼう》や人参などの根菜類の栽培にも成功しているし、キャベツも白菜も結球させた。醤油や味噌のかわりに、魚を漬けて搾ったサンペイ汁で、十分間に合わせる事が出来る。燕麦の試作も行っているが、成功する確信がある。漁撈の片手間に農業をやれば、この北千島の涯でも立派に自活してゆける。漁獲物を漁業会社の出漁船と交換して、米、味噌、醤油、塩等の供給を受けて、別所さんは三十七年間、この無人島を守り通されたのである。

私は別所さんが栽培したキャベツの結球と馬鈴薯を見せられたが、キャベツは稍々小粒であったが、馬鈴薯は握り拳を二つ重ねたほどの大きさであった。

「北海道産の種薯《たねいも》を取り寄せて毎年連作していますが、最初はだんだん形が小さいものになるかと思って心配していたが、決してそうではない。ただ水分を多く含むので、腐り易く冬季の貯蔵には向かないようです。それが、まあ、欠点でしょうか。……」

静かな口調で、ぽつりぽつりと語られる別所さんの言葉には、嗚咽《おえつ》のひびきがあった。このように開拓の苦労を重ねて来られた人のどこに、仙人だとか、哲学者だとかいわれるような諦観がみられよう！別所さんは、身を以って、世間の無関心と戦って来たのだ！

「北千島へ視察に来たり、探検に来る人たちが、みんな自分のところへ立寄って、名物扱いにしてくれますが、自分は何も郡司大尉殿や父の遺志を継いで、この北千島の涯で頑張っているのではない。北千島で生れて、ここを故郷としている自分には、もうここより外に行く所がない。辛抱するも、しないもない。自分の生れ故郷なんですから……」またストーヴの周りで遊んでいる三人の子供たちの頭を撫でながら、ふと和子さんと顔を見合わせて、淋しげな微笑を洩らされた。

「いろいろな人が、物好きに自分の家庭を訪問されるが、それが子供のために善くないと心配していま す。私は自分が育ったのと同じようにして、子供を育てたいと思っています。いろいろな人が出入しているうちに、知らず識らず子供に内地の生活を憧れさすようになるでしょうからねえ。……」

北千島の涯で埋《うず》もれる決心の人にして、はじめて洩らせる言葉である。

カムチャッカと相対している砂丘の上には、明治二十九年に山階宮殿下がこの地を御視察遊ばされた時の碑が、風雨に朽ちたまま残っている。

出典：『建設青年』昭和十九年一月号（旺文社）
解題：テキストの周縁から　Ｐ７６２

アッツ島挿話

小林工兵隊は、部隊本部から離れて、遠くアッツ島へ挺進していた。五月十二日に米軍が上陸して、その二十九日の壮烈な玉砕をとげるまでの凄烈な戦闘の経過は、簡単な電波によって、わづかに想像されるだけであった。電波によって刻々にアッツ部隊の死闘が伝えられるたびに、部隊本部の将兵は悲憤の涙を流した。

救援に赴く手立がなかったからである。海上遙か距てているとは言え、戦友や部下を見殺しにしなければならない苦しみは、私にも十分に想像が出来る。この瞬間のことを話し出すと、部隊の将兵は一人残らず、苦悶に堪えない顔付をして、急にぽろぽろと涙を流すのであった。なかには憤りのために、口が利けなくなってしまう兵隊もいた。私たちが北千島の前線基地へ工兵部隊を訪ねたのは、アッツ部隊の玉砕から約四ケ月を経過していたが、その顔にも眼の色にも、まるで昨日のことを話しているような悲憤の生々しさが漲ぎっていた。

これから幾たび、幾十たびとなくアッツのことが語られるであろうが、アッツの復讐をとげる日までは、同じ表情で、同じ悲憤の涙が流されるであろう。部隊将兵の悲憤と苦悩は、アッツの復讐がとげられる日までは解決がつかないのだ。私は将兵の涙を見ながら、誠実で、しかも生一本な戦友愛のうるわしさを感じていた。同時に、それは苦しい立場から発せられる軍人の苦悩とも、嗚咽《おえつ》の声とも聞かれる言葉であった。

私は軍人のもつきびしい精神について、考えないわけには行かなかった。……

アッツ島で玉砕した小林工兵隊は、小林徳雄少佐以下であった。将校は小林少佐以下六名である。藤原武大尉、中元大八中尉、金子寛貞中尉、杉村録三郎中尉、辛島軍医少尉の以上の六名。藤原大尉はボルネオ作戦で戦死をとげた北村大尉と同期で、この工兵隊で最初の現役将校であった。つまりこの工兵隊が編成された時からの構成要員で、敵前上陸作戦の権威家であった。研究心が深く、舟艇の陸上運搬に関しては、独得の研究を重ねていた。有明湾の演習の時には部隊長から表彰されているし、マライ作戦では、大尉の研究が見事な成功を収めた。

マライ半島東海岸で使用した舟艇を、マラッカ海に運送する陸上運搬で、はじめて藤原大尉の研究の結果が採用されて、マラッカ海の舟艇機動作戦の展開という見事な成功を収めた。その方法技術は発表のかぎりではないが、ジョホール水道の敵前上陸にも、やはり藤原大尉の苦心研究の結果が採用されている。マラッカ海に使用した尨大な舟艇群を、今度はわづか三日間でジョホール水道まで陸上運搬して、泛水《はんすい》を完了せしめたのだった。

思索家肌の極く温和な人柄で、出征前には北村大尉の下宿先に厄介になっていたが、出発の時には立派な写真機を記念に残して行った。その写真機を家人から見せられたのが、その後で同じ家に厄介になった坂中尉であった。藤原大尉は僅か一週間ほど世話になっただけであるが、その僅かな期間の家人の親切な心尽しに対してすら、何か酬いずには気の済まないような、やさしい心の持主であった。

また少尉時代であったが、柳井津附近沖合の演習の時に、にわかな時化《しけ》に遭遇して、藤原大尉の乗っていた舟艇が顛覆した。乗っていた兵隊たちは全部救助されたが、藤原大尉の姿だけが行方不明であった。部隊では海上捜索などをして大騒ぎをしていると、三日目になって突然、海軍で救助したという電話がかかって来た。身柄を引取りに行ったのが坂中尉であったが、藤原大尉は寝台の上へ起直って平然としていた。

救命胴衣をつけて、時化の海上で丸二日間漂流しているところを海軍の舟艇に救助されたのだが、その前から救命胴衣の研究に没頭していたことを知っていた坂中尉は、思わず藤原大尉の手を握りしめて泣いてしまった。無二な、やさしい大尉であったが、いざとなると捨身になる剛毅な一面を持っていた。

金子寛貞中尉は、豪放磊落な将校で、不思議に腹を立てない円満洒脱な人物であった。明朗な性格に似合わず言葉数が尠く、他人の話を聞いては、いつもニコニコとした笑顔を湛えているような将校であった。どこの戦闘であったか、場所を聞き洩らしてしまったが、金子中尉について、××少佐がこんな挿話を話した。

支那事変中のことであった。部隊は出発準備をして、糧秣の到著を待ちかねていた。その糧秣受領の舟艇を指揮して、後方の兵站基地へ帰っていったのが金子中尉であった。兵站基地からは、すでに当地を出発したという電報が入っていたが、待てど暮せど金子中尉の舟艇が到著しなかった。

舟艇が通過するコースの両岸は、敵の匪賊が出没する危険区域であった。少佐は、金子小隊が匪賊に襲撃されていると考えないわけにはゆかなかった。歩兵部隊では出発の時間を気にして、いらいらしていた。ついに意を決した少佐は、部下と舟艇を指揮して、暮色の漂いはじめた河を下って行った。間もなく河下の堤防上ではげしい銃声が聞え、左岸の蘆のなかに秘匿してある金子小隊の舟艇を発見した。

「間に合って、よかった！」

とばかりに戦闘準備をして部下と共に上陸して見ると、金子中尉が糧秣受領の歩兵と、舟艇の工兵を全部上陸させて、堤防下の開濶地《かいかつち》で敵の敗残兵と激戦を交えていた。金子中尉が軍刀を抜き放って地上戦闘を指揮している姿は、舟艇の上陸作戦の場合とは、較べものにならない颯爽たる気合に満ちていた。敵は増援部隊が現われたと勘違いして、にわかに隊伍を紊《みだ》して、われ勝ちに潰乱した。追撃しようとする金子中尉を、少佐が制止した。

「深入りをしては、いかん！　舟艇部隊の任務は別にあるのだから、匪賊や敗残兵を相手にしてはいけない……。」

「往きがけにも堤防上から、執拗《うるさ》く攻撃されたので腹に据えかねていました。また帰りを擁して攻撃してくるものですから、こんどは堪忍袋の緒が切れてしまいました。全滅させなかったのが残念です。」

腹を立てたことのない中尉であったが、こんな場合には、大きな擲襘玉を破裂させるのであった。

アッツの場合は、……それは書くまでもないことである。中尉は地上戦闘が得意で、自分でも歩兵科を望んでいられたようであった。

苫小牧沖の演習の時には、杉村録三郎中尉が艇隊長であった。夜明け前の高い波のうねりのなかで、見事な艇隊を組んで鮮かな上陸を行った中尉の姿が、いまだに眼に残っていると、これも坂中尉の談話であった。部隊には杉村中尉から訓練を受けた将校が多かった。坪郷中尉もその一人であったが、その日は巻波が特別に高くって、波をかぶると、舟艇から振り落されそうであった。そんな風浪の中で、舟艇の間隔を規則通りに保つことは困難で、その技術にはよほどの熟練を要するわけであった。

中尉は、やはり温和な人柄で、男惚れのするような美青年であったという。歌が好きで、また声もよかった。

辛島軍医少尉のことは、転任されたばかりで、部隊の将校との馴染がすくなく、北大の出身者で、碁も好き、酒も好きだったという以外には、あまり逸話が残っていなかった。

「小林少佐は、ちょっと見た眼には、怖いような感じのする人でした。私が最初、小林少佐の指揮下に入った時も、第一印象でそんな感じを受けましたが、どうして、どうして気のやさしい、穏やかな隊長殿でした。滅多に部下を叱りつけるようなことも有りませんでした。何かの用事で部下の部屋を訪ねられて、帰りがけには、きまって、そっとテーブルの端へ、紙に包んだ菓子や果物などを置いて行かれました。親切で、細かなことにもよく気のつく、襟度《きんど》のひろい隊長殿でした。……」

岡増少尉の言葉であった。コタバルの敵前上陸で、その上陸舟艇を指揮したのが小林徳雄少佐であった。敵雷撃機の空爆下で行われた上陸作戦で、コタバル海岸を鮮血に染めて凄烈な激戦を展開した。岡増少尉は、この時の激戦で負傷して後送されたが、後のキスカ部隊撤収作戦には、陸軍の舟艇部隊の指揮者として、海軍艦艇に乗組んで、その時の撤収作戦に従事した青年将校であった。

小林少佐は、マライ作戦後、ジャワとビルマへ転戦されている。そしてビルマ戡定《かんてい》後には、たちまち北のアリューシャン作戦に参加されて、ついにアッツ島で玉砕されたのであった。

筆まめな隊長で、事細かに陣中日誌を綴り、輸送船の著否、物資輸送の連絡、アッツ島の戦況などを、詳細に部隊本部に報告していた。頭脳の緻密な隊長であった。部下の手紙にも返事を欠されたことがなかった。

村中部隊長が軍艦に搭乗して、玉砕のちょっと前にアッツ島の小林隊へ連絡に行かれたことがあった。その時は折悪しく海が時化《しけ》て、アッツ島を眼前に望みながら、湾内へ入ることが出来なかった。猛烈な時化で、氷点下の海が煮え沸ぎるように荒れていた。

すると、その荒天の怒濤を冒して、小林少佐の乗っている小舟艇が、勇敢にも軍艦の位置へ接近して来た。軍艦も舟艇も巻波をかぶって、舷側に立っていることが出来ないほどな荒れかたであった。舟艇を軍艦に接触させれば、両船とも沈没しなければならなかった。

お互いの顔を眼の前に見ながら、風と怒濤の音で、小林少佐の声が聞き取れなかった。口をあけて、何か必死で叫んでいることだけがわかった。ふと、村中部隊長は一計を案じて、肩にさげている大革胴《どう》乱《らん》をはづすと、舟艇を目がけて小林少佐の足許へ投げ込んだ。カバンの中には、こんなこともあろうかと思って、連絡の要項を書き入れた紙片が入っていた。小林少佐も突嗟に、自分の大革胴乱をはづすと、軍艦のデッキを目がけて投げ返えした。連絡がついたのを見届けると、たちまち軍艦が、小林少佐の舟艇をひき離した。舟艇の舳《へさき》に突立ったまま、遊動円木のはげしさで身体を揺すりながら手を振っている少佐の姿が、だんだん小さくなって、ついに見えなくなってしまった。

この日の村中部隊長との別れがついに最後となって、間もなくしてアッツ島の激戦であった。小林少佐の大革胴乱には、来襲敵機の機数、種別、地上の損害、輸送物資の著否などを綿密に書き留めた書類が入っていた。その一部を抜萃してみよう。最後の遺書となった報告であった。

○月○○日六・○○
コンソリ一機、海上哨戒ニ来ル。
九・二○
同三機来襲投弾セルモ地上ノ損害ナシ。
○月○○日七・○○
コンソリ一機来襲シテ機銃掃射ヲ加ウ。負傷下士官一。
九・○○
DBY飛行艇一機、海上哨戒ニ来ル。
○月○日七・○○
ボーイングB17三機来襲。湾内水上機ニ対シ銃撃、焼夷弾投下ニヨリ水上機一機焼失セリ。

○月○日八・三〇
コンソリ一機来襲、機銃掃射、焼夷弾ヲ投下セルモ、我方損害ナシ。
一一・二五
ロッキードP33七機来襲、我ガ方水上機四機焼損、末浦湾ニ於テ天幕一ヲ焼損ス。
○月○日九・三〇
敵機十二機来襲、熾烈ナル空爆ニヨリ碇泊中ノ〇〇〇〇丸撃沈サル。中元少尉、徳永軍曹ハ船上係ニテ勇敢ニ任務ヲ果セリ。
部隊ノ損害戦死四（負傷後戦死二）舟艇ノ損害二。
地上部隊ノ損害、戦死十五、重傷八、軽傷二十二ナリ。中元少尉ハコノ空爆ニヨリ軽傷ヲ受ケタルモ勤務ニ差支エナシ。

中元大八中尉は、小林少佐の部下としてマライ半島のコタバルから、ジャワ、ビルマへと転戦していた。剣道の達人で、若いが腹の据った豪胆な青年将校であった。マンダレーから潰走した英印軍を、皇軍がマニワ附近で包囲殲滅した。その時の戦闘中のことだが、中元中尉以下五名が、イラワジ河の支流を溯って水路偵察の斥候に出た。

敵の空軍は、そんなに身近かに皇軍の第一線が接近していると思っていないものだから、わが軍の頭上へどしどしと糧秣を投下した。落下傘に吊られて落ちてくる物料箱を解いてみると、贅沢な缶詰やミルクやチョコレートやウイスキーなどが入っていた。しまいには日本軍と気がついて爆弾を落し出したが、中元中尉たちは、そんな状況のなかで斥候に出たのだった。

両岸は鬱蒼たる熱帯植物の繁みであった。蘆や歯朶《シダ》が茫々と生い繁り、びっくりするほど大きなシャボテンが生えていたりした。ゆるやかな流れの上を、装甲艇が軽快なエンジンの音を立てていた。ジャングルの中は、シーンとするほどの静けさであった。

喰い入るような眼付をして両岸の繁みを偵察していた中尉が、突然、敵の戦車だと低い声で囁《ささや》いた。英軍の将校が戦車の砲塔をひらいて首を突き出して、眼鏡で空を見ていた。戦車を樹林のなかへ待避させたまま空を見ていたが、枝が差しかわしていて、よく空が見えないらしく、やがて戦車から降りて来た。

装甲艇のエンジンの音を、敵機の爆音と間違えているらしかった。中元中尉が、敵の動静を窺いながら、山川兵長に「そっと舟を岸へつけろ……。」と命じた。

舟が蘆の繁みへ首を突っ込むと同時に、中尉は抜き身をひっさげて岸へ飛び上がった。つづいて百合野上等兵、安田軍曹、高田上等兵が……飛び出した。そしてそっと木の繁みに身体を隠くしながら、そっと敵の戦車に近寄って行った。戦車の傍らに突立って空を見ていた将校が、葉ずれの音にギクッとして振りかえり、眼鏡を捨ててピストルを突きつけようとした腕を、すかさず中元中尉が「エイッ！」と叫んで斬り捨てていた。その時、百合野上等兵が戦車のドアをひき開けて、銃剣を突っ込み、安田軍曹が砲塔の上へ躍りあがって、頭を出したり、拳銃を突きつけたりする敵兵を、片っ端しから銃剣で刺し殺ろしていた。鮮血を振りまきながら逃げ出す敵将校を、高田上等兵が追いすがって捻ぢ伏せて捕虜にしていた。ロンドン生れの戦車大尉であった。……

この時の中元斥候隊の五名のうち、中元中尉、百合野上等兵、安田軍曹の三名がアッツ島で玉砕している。高田上等兵は九月十二日、其の後敵機の空爆を受けて戦死してしまい、その後部隊本部附になっていた山川兵長だけが生き残っている。

またアッツ島で玉砕した小林隊の六名の将校中、小林少佐と金子中尉の二人だけが妻帯者で、あとの四名はすべて独身の青年将校であった。

ビルマ戡定《かんてい》後、小林隊は部隊本部と共に、北方基地へ集結を命ぜられた。部隊主力は、各中隊毎に分散して、マライ、フィリピン、ボルネオ、ジャワ、ビルマ等に転戦していた。南方の戦線から、ひきつづき北方の基地へ集結を命ぜられた工兵隊には、ほとんど休養の暇など見出されなかった。コレヒドールの敵前上陸、バタビヤ沖の海戦、ボルネオのダトウ岬沖の海戦などの激戦を経て来た部隊である。多くの戦友を喪っていた。

しかも常夏の戦線から、こんどはまるっきり気候風土の正反対な北方へ移動を命ぜられたのである。南方の穏かな海とは違って、怒濤逆巻く北海であった。海中に落ちたら五分間と生きていられないという、零下の海流であった。霧と突風と、冬になると吹雪の荒れ狂う孤島である。演習訓練はもとより、作戦が根本的にちがっていた。

アリューシャン作戦の開始と共に、小林隊はアッツへ挺進し、永尾中尉以下がキスカへ前進した。アリューシャンの孤島へ挺進した舟艇部隊の任務は、局地輸送であった。輸送船で運ばれて来た資材、弾薬、食糧などを海岸伝いに各部隊へ輸送するのである。火山岩で形成された島は、断崖であった。島の上には道などある筈がなく、各部隊の糧秣弾薬は、舟艇部隊の局地輸送に俟《ま》たなければならなかった。

飛行場と道路の建設が、まっしぐらに行われていたために、その建設に要する尨大な資材を、ほとんど沖仲仕同様の労働に服して、海岸伝いに運搬するのであった。海岸線は断崖絶壁になっていて、波が荒れ出すと舟が近寄れなかった。濃霧がかかると、方向を迷うこともあった。突然の烈風に見舞われることもあった。敵機と潜水艦の危険があった。湾内に繋留している舟艇が、つぎつぎに敵機の空爆を受けて損傷した。

そのような状況の中で、小林隊の将兵は黙々として、アッツ島の局地輸送に任じていたのである。南方の作戦とは較べものにならないほどの、地味で苛烈な任務であった。

八月二十九日、山崎軍神部隊の玉砕者の氏名が発表になった。その朝のことであった。私たちが宿泊していた旅館の女中さんの一人が帳場の机に凭《もた》れて、涙をぽろぽろこぼしながら、新聞紙の発表者氏名の小さな活字の中から、誰かの名前を探し出すのに血眼になっていた。煙草を貰うために二階から下りて来ていた私は、ふとその娘さんの真剣な眼差しを見て足をとめた。

私たちは北千島行の輸送船を待ち合わせるために、この宿で三日間厄介になっていたのだが、その娘さんが私たちの部屋の係で、大変に気立のやさしい、親切な女中さんであった。はっと胸を塞さがれるような思いで、私は帳場の中へはいって行った。そして、

「兄さんですか？……」と、出し抜けに声をかけていた。娘さんは涙でぬれた白い顔を上げて、首をふった。

「いいえ……。」

羞しげに顔を伏せて、泣きじゃくりながら声をふるわせた。「アッツ島へ行かれる前に、ここへ一週間ほど泊っていられた兵隊さんなの……。二人連れでしたけれど、とても気立のよい、さっぱりした兵隊さんでしたわ。」

「その兵隊さんたちの名前が、やっぱり発表になっているのかね？」

「ええ、……見つかりましたわ！　お気の毒で、何んとも言えませんわ。南方で負傷されて退院されてみると、その兵隊さんの中隊がアッツ島へ進駐されていたので、この宿で輸送船を待ち合わして、この三月に発たれたんですの……。」

「よく今日まで、その兵隊さんの名前を覚えていて上げたねえ。やっぱり君は、親切な娘さんだね。」

「向うから、お手紙を下さいましたから……。そのお手紙をいただくと直ぐに、アッツ島の激戦が放送されました。」

「差支えがなかったら、その手紙を拝見させてくれませんか？」

「何度も読み返して、クチャクチャになっていますけれど……。」

娘さんは帯の間から、四枚の軍事郵便葉書を取り出した。何度も折り畳んで帯の間へ挟んでいたために、クチャクチャに皺ばんでいた。万年筆で小さく丹念に書かれた葉書であった。几帳面で、潔癖な兵隊さんの性格がわかるような、きれいな書体であった。

その一――
拝啓、御地滞在中は一方ならぬ御世話に成りました。貴女様の御親切な御厚誼には深く感謝して居ります。いづれ帰還がかなえられた場合には、お目もじの上厚くお礼申述べます。御地出発以来、早くも一ケ月を経過いたしました。しかし何しろ敵機の来襲に忙しく目のまわる思いをして居ります。あの四発のコンソリデーテッドやボーイング、また胴体二つのロッキードなどがワンワンとやって来ます。それでも案外被害のないのにホッとして居ります。生きて還ればなかなか血なまぐさいお土産を持ってゆけるのですが、どうなることでしょうか。併《しか》し御安心下さい。防備は強固であり、兵の士気は益々旺盛です。気候は御地より遥かに高温に感じられます。北緯五十三度に位して居て、雪は降っては融け、融けては降る程度であります。アリューシャンの孤島より、遥かに貴女様の御健祥を祈り上げます。

その二——

当地もいよいよ春らしく成って来ました。高山植物も黄いろい芽を出し、小鳥も愉快そうに鳴いて居ります。当地の小鳥もやはり米国の小鳥で、内地の鳥とは啼き方がちがいます。海岸の砂も青く、棲む狐も青く、みんな毛唐にそっくりです。しかしやはり内地の景色は忘れられません。敵機が来襲しない日は、当地も実に静かなところです。日曜だとか、大風の日とか、海が荒れている時には、みんな大喜びです。先日も海岸に行き、コンソリデーテッド三機、ロッキードハドソン二機に追いかけられました。ロッキードは双胴の形の変った奴で速力の出る実に早い奴です。大きな爆弾を目の前に落され、黒煙と火柱が立って実にニュース映画以上でした。後で聞くと十七機も来て居たそうです。此の時地上砲火でコンソリデーテッド一機を落しました。

その三——

その後お変りは御座いませんか。三村君共々小兵も元気一杯にて服務して居りますから他事ながら御安心下さい。朝早くから色々の小鳥や雲雀がさえづるのを聞いていると、うっとりして外征を忘れてしまうこともあります。内地も益々緊張して大東亜戦争完遂のために戦っていられる事と存じます。

小兵たちも此の最前線アリューシャンにて色々な点から物資を大切に致し、よく困苦に堪えて居ります。しかも将兵の士気は益々旺盛にして既に戦わずして敵を呑むの概《おもむき》があります。どうぞ小兵たちのことには少しも御心配なく願上げます。ツンドラ地帯にも、ようやく春が訪れて、黄いろい芽を出し初めました。どこから来たのか渡り鳥が可愛いい声で啼いて居ります。ツンドラの若芽を見るにつけ、小鳥の啼声を聞くにつけ、懐しい故郷が思い出されます。敵機は毎日やって来てドンドンバリバリやって行きます。先日建築材料を運搬中突然戦爆連合の編隊にやって来られ、爆弾を見舞われました。耳の鼓膜は破れそうになるし、眼玉は飛び出そうになるし、その時はいささか肝を冷しました。しかし我が皇軍には、全然毛唐の弾は当りませんから、どうぞ御安心下さい。

その四――

小兵御蔭様にて益々元気旺盛、必勝の信念の下に軍務に邁進して居りますれば他事ながら御休心下さい。銃後の生活も戦地のそれにも増して命がけでしょう。まったく御苦労様に存じ上げます。間もなくツンドラ地帯には、高山植物が咲きみだれる候となるでしょう。夏になるのを待ちかねていますが、当地は時々物凄い突風が吹くところで、橋を渡る時には四ツ這いで渡るほどです。幕舎の支柱などは訳なしに折れてしまいます。此の間海岸でアザラシが一頭遊泳しているのを見ました。河には鱒が沢山に居ります。みんな手づかみです。海岸では二間ばかりの棒の先へ五寸釘をつけて突き刺すと、鰈《かれい》が沢山に取れます。ブタ鰈と言って一尺四五寸位の大きい奴ばかりで、味のまずい魚です。山はアルプスの連峰を思わせるような見事な山ばかりです。渓谷を歩いたりしていると、たまに青狐を見かけます。今日はもう敵機も帰ったらしいのでボツボツ陣地作業にかからなければならないので、これで失礼します。御主人様をはじめ宿の皆様方によろしく申上げて下さい。

「どうも有難う……」

私は軍事郵便を押し戴いて、娘さんに返した。娘さんは膝の上へ新聞紙をひろげて、さし俯向いていた。涙を押し拭った眼元が、まっ赤になっていた。

「葉書の文面を読まして戴いてもわかるが、本当に気立のやさしい立派な兵隊さんだったんだねえ。……」

「南方の病院を退院されてから、二月もかかって、ここまで来られたんです。お話を聞いて、本当にお気の毒に思ったものですから、洗濯をして上げたり、寒いところで必要な肌著などをお買いになるのにも、衣料切符がなくって不自由されていましたから、少しばかりでしたが切符を融通して上げたりしましたの。そんなことを恩に著て下さって、向うへいらしてから、輸送船が著くたびにお便りを戴いていましたの……。」

二日後に、私たちはこの娘さんに別れて、北千島行の輸送船に便乗していた。そしてオーツク（ママ）海を横ぎり、北千島の基地を訪ねていた。私たちの宿舎に当てられたのが工兵隊本部であった。村中部隊長はすでに某要職に転出されて、後任の部隊長が赴任されていた。しかし私たちが便乗して来た同じ輸送船で、私たちが上陸した日に、部隊長は内地の演習地へ出発されていた。北方の基地ではお目にかかることが出来なかったが、私たちがその部隊へお世話になることになったのは同じ輸送船に乗り合わせていた副官の御斡旋と御慫慂《ごしょうよう》のためであった。そしてその滞在中の一夜部隊の座談会が催されて、小林少佐以下のアッツの奮戦を聞かせていただく機会に恵まれたのであった。

その席上ではからずも、合田幸祐兵長と定井武則上等兵の話が出たのであった。二人の兵隊は小林少佐の部下であった。ビルマ作戦中に両名はマラリヤに罹り、ラングーンの陸軍病院へ収容されていた。

小隊長が中元中尉であった。二人の兵隊が退院してみると、すでに小林隊は移動していた。中元中尉からも信頼され、小林隊長からも愛されている兵隊たちであった。病気になって戦線から後退したことすら、申訳なく感じている真面目な兵隊たちであった。一日も速かに原隊を追及して、小林隊長と中元中尉の指揮下に入らなければならないと考えた。まさか北方のアリューシャンへ転進しているとは、夢にも考えられなかった。

二人がラングーンの兵站へ出頭すると、海路を昭南までの旅行券を発給された。輸送船でマラッカまで運ばれ、マラッカから昭南までが汽車であった。昭南の兵站宿舎で二週間滞在して、ようやく二人は、輸送船の便乗が許されて、海路はるばると懐しい故国に上陸して内地の土地を踏んだ。兵站へ出頭して連絡すると、行先は北辺部隊で連絡せよという命令であった。

内地は十一月であった。南方から帰還した二人には、晩秋の冷気が身にこたえた。しかし豊かな稲の稔りが黄金の波を立てるのを見、また秋寂びた内地の風景に身心を浸していると、湧き立つような郷愁を感じた。二人は帰還したのでも、除隊になったのでもなかった。退院して原隊に復帰する途中であった。

瀬戸内海の沿岸は、どこと言わず二人に取っては、思い出の深い演習地であった。一つ海を越えれば、生れ故郷の四国であった。二人はやみ難い郷愁を胸に呑み下しながら、原隊の戦友のことや、上官の顔を思い浮べた。懐しかった。戦友や原隊を離れて入院した患者が誰でも感じる、淋しさと侘びしさを振り返って考えて見た。

またこれから先きの旅の不自由や不便を考えた。一日でも早く原隊に追及して、戦友の言葉で劬われ、上官の懐へ飛び込みたいと焦燥《あせ》る気持に唆《そその》かされた。しかし北辺の部隊まで辿りついてみなければ、それから先の行動がわからなかった。汽車の旅の後に、二人はやっと北辺のある港へ到著した。旅疲れのために蹌踉《そうろう》としていたし、北辺の十一月半ばの気候は、南方帰りの二人には惨烈であった。指定された宿舎へ落ちついて、北千島行の輸送船を待ち合わせることになった。

部隊は北方の基地へ移動しているのであった。二人は出発して来たビルマ戦線と北方の行先との距離を考えて、立竦《すく》むような心持であった。この長途の距離を武装しただけの手ぶらで追及してさえ、へとへとになるような旅疲れを覚えるのに、部隊の戦友たちは尨大な資材や兵器になっている舟艇を運搬しながら、この距離を移動して行ったのである。部隊の将兵のその苦労を考えると、二人の退院患者は、申訳なさに胸が痛むのであった。

やがて彼等は輸送船で出発した。オーツク《(ママ)》海は結氷をはじめる間際であった。デッキに襲いかかる波の飛沫は、そのまま飴を流したような氷になってしまう。輸送船のデッキやブリッヂは、たちまち氷の花で飾られてしまった。到著した北方基地は、吹雪で荒れていた。海岸線には薄氷が張りつめ、桟橋には無数の氷柱が紐になって絡らみ合っていた。吹雪と戦いながら、小さな舟艇から揚陸される糧秣も木材も、氷の延棒と雪の塊りに変っていた。また揚陸に働いている兵隊たちの姿は、ひょっとして北洋の白熊と間違えるほどであった。吐く息がそのまま、顎髭と口髭へ粘りついて、アイスクリームになってしまう。

合田幸祐兵長と定井武則上等兵は、北方基地の部隊本部へ到著した。だが、二人の追及すべき小林隊は、部隊本部の位置から離れて、更にアリューシャン列島のアッツ島へ挺進していた。部隊長室へ申告に現われた二人の姿を眺めた時、副官は、彼等が辿って来た南方からの長途の足取りとその苦労を思って、思わず涙をほとばしらせてしまった。漆黒の頰髭に蔽われている豪勇の部隊長の眼にも、涙が滲んでいた。二人の兵隊も直立不動の姿勢で部隊長の顔を見つめたまま、唇をわななかせていた。

「先きでは戦闘をしているわけではないんだから、ゆっくりここで正月をして行け。そんなに急ぐ必要はないから……」

と、部隊長と副官が交々に二人を劬わったが、彼等は一日も早く原隊を追及して、元気な隊長殿や小隊長殿のお顔を見て安心したいと答えた。正月だけは、是非とも戦友と一緒にさせて戴きたいとも言った。そして二日間、もとの戦友の山川兵長と高田上等兵と語り合って、尽きぬ名残りを惜んだ。山川兵長と高田上等兵とは、ビルマからの転戦後の編成替で部隊本部付になって、北方の基地に残っていたのである。その高田上等兵も、アッツ玉砕後の九月十二日の空爆で、敵機の爆撃を浴びて北方基地の部隊本部の位置で戦死してしまった。

輸送船K丸がアッツ島へ向けて、北方基地を出港する日であった。出発の申告に出頭した合田兵長と定井上等兵に、副官は再び部隊本部で正月をしてゆくように繰り返えした。しかし二人の決心が飜えせないことを知ると、海上の危険を説いて親切な注意を与えた。二人はこの航海さえ済めば、夢にまで見ていた隊長殿や戦友に会えるんだと言って、勇気凛々として勇み立っていた。

「空爆ならビルマで散々に経験して来ましたし、敵潜水艦の出没する海面を八千キロ以上に亙って、ここまで原隊復帰して来た自分たちであります。覚悟はついていますし、小林大尉殿と中元少尉殿の直属上官をはじめ、戦友たちの顔を見ないうちは、むざむざ海の藻屑にはなりません！」

二人は断乎として叫び、山川兵長と高田上等兵に送り出されて、部隊本部を出て行った。十二月二十六日であった。

出港の汽笛が、珍しく晴れ渡った冬空に鳴り渡った時、部隊長と副官が部隊本部の丘の上の吹きだまりの雪の中に立って、海峡を出てゆく輸送船を見送っていた。輸送船は北方基地からアッツ島防備強化の資材を満載して出港したのだが、凍結するばかりになっている海面を泡立てながら残されてゆく白い航跡。その白い航跡を遙々と、南方の海面から曳いて来ている二人の兵隊が、その輸送船に便乗しているのであった。

部隊長と副官は、瞬きもせずに、海峡の海面に白い航跡を残してゆく輸送船が、煙の一点になるまで見送っていた。


私は北海道の旅館で見せられた軍事郵便の、四枚の葉書を思い出していた。親切者の女中さんの泣き顔が浮び、その葉書の主人公がてっきり、この時の合田兵長と、連れの定井上等兵だと考えていた。差出人の兵隊さんの姓名を覚えていなかったが、私はてっきりその二人に決めていた。

——だが、その翌日、二人を乗せた輸送船は北太平洋上で、連絡が絶えてしまった。北方の基地では必死となってK丸を呼び出したが、無電の反応がなかった。

副官が、震えわななく指先で分厚な書類の綴りを繰りながら、一通の書翰を読み出した。アッツ島の小林少佐が軍艦に托して、副官に宛てた書翰であった。

謹啓仕り候。寒気凛烈の折柄、部隊長殿をはじめ奉り貴官御一統の御精励と御健祥の程、遙かに祈念仕り候。当方面部隊に対する万端の手配、準備、補給など多忙を極め居られる御様子や御苦心の程を遙かに想察して、只々感謝感激の他に余念無之候。只々万謝申上げ候。

当地に来襲の敵機も日毎に頻繁の度を加え候も、さしたる損傷も無く、部隊将兵一同勇躍任務に邁進し居る状況につき、何卒御放念遊ばされ度く願上候。

陳者去月輸送船K丸の消息杜絶に就きては、痛憤の極みに御座候。多数の将兵と貴重なる物資、並びに掛替えなき貴重なる船舶船員を海底に葬るの余儀なきに到らしめたる敵機の跳梁に対しては、無念骨髄に徹するの痛憤を覚え、敵撃滅せずんば已まじの決意を愈々牢固たらしめ候。

扨て唐突ながら白木の遺骨二個を本船の連絡便に托して送り届け申候に付、部隊本部にて鄭重なる御供養の上、国許へ御発送被下度願上げ候。

故合田幸祐兵長
故定井武則上等兵
右両名の遺骨に御座候。両名はビルマ作戦中、不幸病魔に犯され入院加療中の者に有之候。病気快癒の上、遙々退院を命ぜられ原隊復帰中、輸送船K丸上にて遭難せしものと存ぜられ候、両名は恪勤《かくごん》精励、明朗闊達なる性格にて、小官の部下中に於ける模範兵として上下より信頼せられ居候。過日、中隊指揮班の徳永軍曹が舟艇点検の為に海岸に赴きたる際、計らずも右両名の漂著体を発見仕候。鉄兜をかぶり、武装をつけ、銃剣を携え、救命胴衣をつけたままの姿にて、寸分の隙もなき身拵《こしら》えにて、凍結の海岸に漂著したるものに御座候。

身は死してアッツ島の海岸に漂流せしものに相違なけれど、死の寸前までの両名の信念は、アッツ島をめがけて泳ぎ着かんとせしものに相違無之候。輸送船と覚しき一片の漂流物も漂著せざる海岸に、右両名の遺骸のみが打上げられたるも不思議に存ぜられ候。尚、両名の遺骸が殆ど手を取り合わんばかりにして、中元小隊の碇泊場へ打ち上げられたる事実も、奇蹟以上の奇蹟と存ぜられ候。両名が小官と中元少尉の指揮下に復帰せんものと希いたる熾烈なる信念が、斯くの如き奇蹟を生みたるものと感銘仕候。両名の熱烈なる信念は魂魄となって、小官の指揮下に復帰せしものに御座候。小官はもとより、中元少尉以下の戦友は、冷やかなる凍結体と化し果てたる両名の遺骸を擁して慟哭仕候。小官は両名の原隊復帰を確認すると共に、彼等が魂魄と化して尚、小官をはじめ中元少尉の指揮下に復帰せる壮烈悲痛なる精神に万斛《ばんこく》の感涙を禁じ得申さず、両名の魂魄は、小官の指揮下に聢《しか》と掌握仕候ことをここに謹んで御報告申上候。……

「俺には、もうこれ以上読みつづけられない。……その二人は、部隊長と自分とが、この部隊の丘の上から見送ったことがあるのだが……。顔を覚えているだけに苦しい。元気溌溂たる兵隊で、小林少佐と中元中尉の様子ばかりを聞きたがっていた。……」

副官は、眼鏡をはづして、五分板をならべた、食堂のテーブルの上へ顔を伏せてしまった。小林少佐以下の全員も、山崎部隊と共に、その後の五月二十九日に玉砕をとげてしまったのであった。副官と部隊の将兵は、そのままシーンと黙り込んでしまい、コトンと物音を立てる者もいなかった。私は深刻な沈黙の中で、部隊将兵の悲痛な暗涙をかんじていた。……

旅館で読んだ葉書が、私の心の眼を掠めた。その葉書の主は、合田兵長と定井上等兵の二人ではなかったが、やはり同じような経路を辿って、アッツ島で玉砕した兵隊に違いなかった。

青い狐と青い砂浜のアッツ島が、ふと、眼に浮んでくるのであった。

出典：『現代』昭和十九年三月号（講談社）
解題：テキストの周縁から　Ｐ７６３

大空の斥候

極楽浄土

「人間の世界は、せいぜい地上から二千米ぐらいまでである。敵愾心《てきがいしん》に燃え立ってあらゆる秘術をつくしながら空中戦闘が出来るのも、せいぜい二、三千米の高度である。それから八千米——一万米という風な高々度になると、まるで死の世界——いや、いや、極楽か天国のように、のびのびとして無私無欲、まるで自分の身体さえ真空管のように透き輝くような気持がする。」

と、私はある新司偵《しんしてい》の操縦者から、不思議な世界の感触を聞かされたことがあった。人間の世界は、地上からせいぜい二、三千米位までだという言葉は、私の感銘を唆《そそ》った。私たちが本能だとか、本質だとかいって、まるで絶対不変のもののように信じていることさえ、決して絶対のものではなく、空気の圧力や、気温や、酸素などの関係に支配されることを知らされて、私は驚いてしまった。

永遠に光り輝く寂光土——そのような世界が、亜成層圏の世界だといった。もちろん無色無臭にして、ただ熱のない太陽の光線がサンサンと漲りわたっている世界である。音もなければ、動くものもない。

雲や雨などは、遙かな下界である。私は雲などは天上のものと考えていたが、飛行兵の説明によると、そんなものは地上のものだと、あっさりけなしつけてしまった。普通に、私たちが自然の威力だと思って慴伏《しょうふく》させられている暴風雨、雷鳴、四季の変化なども、ことごとく下界に「配属」している現象だといっていた。

「配属」という言葉を使うところなども、空の兵隊らしくて面白かった。

それならば、天上に「配属」しているものは、どのようなものですか？　とたづねてみると、いかつい顔の飛行兵が、急に眼を細めて夢をみるような顔をした。そしてしばらく考えながら

「太陽と月と星と瑠璃色の世界だけだ……」

と、いった。その世界のことを思い出すと、いつまでもその世界のやわらかい感触が忘れられないらしく、夢心地にひたっている表情を崩さなかった。

私たちは漢口へ行く途中で、敵機の空爆をさけるために、安慶で下船して兵站へ退避した。兵站は廟のような古めかしい建物で、中庭に古い池と亭があった。私はその亭に腰を下して、古い池を見渡しながら、その飛行兵の話を聞いていたのである。何んという名前か聞き忘れてしまったが、まだ二十歳《はたち》前の初心な顔をしている伍長だった。

病院から退院して、飛行隊へかえる途中だといった。いま病院から出たての兵隊とは思えないほど、がっしりとした大きな体格で、左の耳が椎茸のようにつぶれていた。柔剣道の猛練習のためだと、私は想像した。鼻の穴が天井を睨らみつけているような、ひと目見て利かぬ気の兵隊であることがわかる。その負けじ魂のみなぎりわたった強気の顔の兵隊が、ひとたび超高空の世界のことを話し出すと、まるで何んともいえないような、やわらかい表情に変るのだった。

兵隊の服を着ている、大きな菩薩様のようであった。あるいは菩薩様が兵隊の服を着て伍長の襟章をつけて下界へ下られているのではないかと、ひょっと、私にそんな錯覚を起させるほどのやわらかい表情であった。私はその顔にほれぼれと見入りながら

「あなたは、さっき無色無臭の世界だといわれましたが……?」

と、たづねた。すると、無念無想の境地にひたっていた飛行兵が

「ええ、そういいましたか!……そうですね、やっぱり瑠璃色に光り輝いている世界だったかも、わかりませんなあ。よろしい、今度は、よく確かめて来ましょう」

と、答えた。そして手近かに飛行機でもあったら、すぐにハンドルを握って飛びあがりたいというような、たまらない気持をこめた、あこがれの眼をした。俗世間の穢れをとどめない、きれいな眼であった。

「そうですなあ……やっぱり瑠璃色でしょうかなあ。その空の色の澄んだ美しさは、この地上には譬えるものがありません。空といいましたが、どうしてどうして、絶対に空の感じぢゃありませんよ。何んというたら説明がつくでしょうか？　地上にいて見上げたら空という感じがありますが、そこには、もうそんな制限されたような感じがありません。サンサンと万遍なく降りそそぐ光を浴びながら、瑠璃色の虚空に漂うている感じ……。そう、ただ大海原に漂うている海月《くらげ》の感じですなあ……」

それからまた、眼を細めた。

「それから、さっきサンサンと降りそそぐ光といいましたが、そんな動く感じぢゃありませんよ。熱も、強さも、影もなく、宇宙全体に万遍なく静止のままでみなぎり、充ちあふれている光の世界ですよ」

私は仏教でいわれる「寂光土」とか「遍照金光」という言葉を思い出していた。そしてお釈迦さまの説いた世界が、決して空想でないことを知って、新らしい驚異にうたれた。そしてまた、そのような世界を自由に翔びまわっている飛行兵が、神々しいものに思えてならなかった。

飛行兵は、軍服の胸をはだけて腋の下の汗を拭いていた。たった一遍拭いただけで小さなハンカチが、汗でしぼるほど濡れていた。かすかに腋臭《わきが》の匂いがした。飛行兵がそのきたないハンカチを落すか、忘れるかしたら、私はそっと拾って置こうと思ったが、彼はキチョウメンにたたんで軍袴の物入へしまってしまった。私は悲観した。

すると、彼はつづけて「影のない世界」のことを話し出した。

「影というものがあるのも、やっぱり地上二、三千米ぐらいなところまでですよ。機体が傾いたりすると、スーッと計器の表面へくろぐろとした翼の影が入って来たり、突然、幕をひろげたように雲の影が操縦席へ入って来たりしますが、もう一万米以上の高々度になってしまうと、影というものは、どこにもありませんよ。地図をのぞいても頭の影がうつらないし、機体などもぴったり静止してしまって、自分で身体をゆすってみても、まるで動揺というものが、全然皆目ですな。動も静もない世界、ちょっと、あなたがたには想像が出来ないでしょうねえ。それでいて、自分の飛行機は走っているんですよ。酸素が稀薄な関係で、ガソリンの燃焼が若干微弱になって速力が落ちますが、それでも時速〇〇キロの快速で、流星のように飛翔をつづけているわけなんですよ……」

少年飛行兵は、ここで学校で習ってきたばかりのような口調で、高度による「出速」の差について、数字をまじえながら説明してくれたが、私には理解ができなかった。私はポカンとして、思わず別のことを聞いてしまった。

「その天上の世界は、寒いですか？」

「寒いとか、暑いとか、そんな感覚は、まるでありませんねえ……」

「怖くはないですか？　いや、いや、そんな静止の世界で、ぢっと動かないで漂っているような感じでいるのは、孤独な、寂しい気持になりはしませんか？」

「寂しいとか、苦しいとか、そんな人間的な気持も、まるで起きやあしません。何となく楽しくって、やわらかなもので身体が擽ぐられるようで、ひとりでに笑い出してくるような気持ですよ。しかも自分では笑っている気持さえしないんですが、きっと鏡に映したら、たえずニコニコとエビス顔をして笑っているかも知れませんねえ。」

「あなたは、さっきそんな高々度の世界では、闘争心がなくなって、空中戦闘がやれないというようなことをいわれましたが、それも実際ですか？」

「そうですねえ。……よほど精神力が、しっかりしていないと、なごやかな、極楽のような甘い感じに、とろけてしまいますねえ。そのような世界で戦争をするには、何物にも影響されない強い精神力が必要ですなあ……。

そうです。僕がいつか西安の飛行場で一万の高度で突っ込んだ時のことですが、下に雲があってうまく偵察できないので、偵察将校が、もう一周しようというので、飛行場を二周しました。そしてやはり同じ高度でかえりかけたのですが、しばらくするとやがて、その真空の世界で、どこからともなく微妙な音楽が聞えるのです。僕も瞬間、その音楽に聞き惚れるような気持に誘われかけたので、ハッとして反射鏡を見ると、ピイコロ（Ｐ40）の奴めが一機、俺の後を追尾していやがるんです。こんな奴に食われてはつまらないので、速力を出そうとするんだが、それがエンジン一杯の速力なんですねえ。今に機関銃をあびせかけてくるかと思って反射鏡を見つめていると、敵の奴めが、えへら、えへらと馬鹿みたいな顔をして笑いながら、防寒手套をはめた大きな手を振って手招きをしている。この野郎、ふざけた奴だ！　こっちが旋回して行って、あべこべに機関銃をお見舞いしてやる気で、隙をみているうちに、馬鹿な敵の奴めは、いっそう大きく手をふって手招きをしたと思うと、にわかに機首を落して急降下してしまいました。頭がしびれてしまって、馬鹿になってしまっているんですねえ。しかし後から考えてみますと、敵の奴めは、極楽のような世界では戦争にならないから、下へ出ろッ、と手招きで合図をしていたのかも知れませんよ……」

「しかし、笑っていたのが、おかしいぢゃありませんか！」

「いやあ、あすこの世界では、眦《まなじり》が裂けるほど腹が立っていても、ひとりでにえへら、えへらと笑い出してしまいますよ……」

私は仏教で説かれている「寂光土」や「極楽」の実在を、やはり信用しなければならなかった。私は飛行兵の言葉に深い感銘をそそられ、もっと天上の世界のことを聞き出したいと思っていたのであるが、ちょうどその時乗船時刻になって集合の号令がかかった。そしてそれっきり、行き違いになってしまったのか、船のなかでも、またつぎの上陸地でも、その飛行兵の姿を見かけることが出来なかった。

新司偵基地

七月の漢口は猛暑であった。「落雀の暑さ」――雀が軒端から落ちるほどの暑さだといわれていたが、万《(満)》更の誇張ではなかった。雀ではなかったが、私は街を散歩していて、赤煉瓦のアパートの屋根から落ちて来た蝙蝠《こうもり》を拾ったことがあった。暑さにうだって、半死半生の仮死状態になっていた。日中はガンガンと焙りつけられるような暑さであるが、夜は夜でトルコ風呂で蒸されるような寝苦しさだ。びっしょり汗をかいて眠っていると、朝食を運んで来た女中が、手早く寝台の蚊帳をはづして丸めてしまった。

「いつまでも呑気に朝寝坊をしている場合ぢゃありませんよ。大変ぢゃありませんか！　また北九州が空襲されたんですよ！」

「ええッ！」

と、柴田賢次郎君がさきへ飛び起きた。

「本当かい！　戦果（禍）を聞いたかい？」

「たった今、ラジオを聞いていたお客さまに教えられて、びっくりしているところなんですもの……」

私たちは別室に寝ていた画家の栗原信氏を誘って、朝食もそこそこにホテルを飛び出した。そして毎日新聞社の支局から自動車を出してもらい、あたふたと飛行場へ駈けつけた。航空隊の本部でも、まだ内地の戦果がわかっていなかった。航空隊配属になっている毎日新聞社の田代継男氏が、私たち三人を、石田隊の控所へ案内してくれた。まだ九時そこそこだのに、草蓬々《ぼうぼう》の飛行場には一面に強い太陽が照りわたって、目のくらむような草いきれであった。

支那家屋を改造しただけの粗末な控所であった。ワンワンと蝿の唸るアンペラ敷きの板の間で、ほとんど重なり合うばかりになって、荒鷲たちが、顔の上に読みかけの雑誌や新聞をのせて、窮屈なげに眠っていた。寝顔からは、たらたらと汗の雫が落ち、茹でられているように、はだけた胸のあたりから湯気が出ていた。戦友の足の裏へ唇を押しつけて眠むっておるもの、他人の腕を枕にして、気持よげにスヤスヤと寝息を立てている稚い寝顔……みんなシャツ一枚ひっかけて眠っているだけなので、誰が将校やら下士官やら見分けがつかなかった。

田代氏が隊長の名を呼んだ。すると、一人の荒鷲が、股の間へ割り込んでいた頭を無雑作に抱えあげて、隣りの隊員の足を押しのけながら、そこへ抱えていた頭をそっと下した。そして起きあがれるだけの隙を作って、起き直りながら「寝入りばなを起すのは、誰かッ！」と、とてつもなく、大きな声を出して、くるッと巾のひろい顔を振りむけた。その荒鷲が隊長であった。肉づきのよい、大柄な体格であった。

内地の戦果のことは、まだこの控所でもわかっていなかった。

「何に糞ッ、大丈夫だよ。たとえ内地で戦果があがらなくったって、この大陸で幾らでも確実に仕止めてやるよ。いるよ、いるよ。帰って来ていやがるんだよ！」

隊長と田代氏の会話を聞いていて、私には何んのことか見当がなかったが、しばらく耳をすましているうちに、大体の真相がつかめた。隊長の闊達な大声で眼をさました荒鷲たちもいたが、私たちの腕章を見て「何んだ、報道班か……」と、呟いて直ぐバタバタに仰向けになってしまった。北九州の空襲が伝えられると、この基地の荒鷲たちは未明のうちに飛び立って、たった今、偵察を済ませて帰って来たばかりだということであった。支那大陸には、敵の飛行場が大小取りまぜて四百以上もある。その飛行場を悉くというわけにはいかないが、B29が着陸していそうな飛行場を選んで、その流星のような快速を利用して、素早く偵察して来るのが「新司偵」の任務であった。

私は新司偵の素早い仕事ぶりに、あきれた感じであった。私はいつか聞かされたことのある天上の極楽の世界のことを思い出し、閃影の如く、一万米の高々度を掠める新司偵の姿を描いた。彼等は未明のうちに一万米の高度で支那大陸の隅から隅まで翔け歩いて来て、もう地上の朝の光のなかで汗をかきながら、そ知らぬ顔をして寝ているのであった。

「六月十六日にやはり北九州を爆撃したB29が一機、内郷へ下りて翼を休めている奴を見つけたのが、ほら、あすこにいる菰淵輝彦少尉ですよ。見つけると直ぐ無電で軽爆を呼んで、痛快に叩いてしまいましたがねえ……おい、菰淵ッ！」

隊長が手を伸ばして揺すり起したのが、菰淵少尉であった。一目で秀才を思わせる若い将校で、鼻筋の通った色白な容貌であった。羞しがって、なあに偶然の運ですよ、と小声でいって、キリッとした口元を綻ばせた。二十三歳だといいながら肩先をすぼめた。そして赤い顔になって、食卓の下に寝ていた仔犬を呼んで抱きあげた。

「もうあまり苛めないで下さい。聞くことがあったら、根津にたづねて下さい。隊長殿の歌にもあるでしょう。

海山越えて幾千里、単機虎穴に躍り込む貴様と俺と新司偵……

ほら、その貴様が、この根津清志曹長ですよ。おい、こらッ、眼を覚ませよ。お客さんだよ……」

そういって頬ずりをしていた仔犬の口を根津曹長の寝顔へ押しつけた。曹長はびっくりして飛び起き、

こいつめ、とばかりに指先でパチンと仔犬の頭を弾いた。田代氏が笑いながら訊ねた。

「今朝は、どちらですか？」

「遂川……」

「いましたか？」

「いたとも！　四機いましたよ。しかし湿度が高くって、はっきり、機種が確められなかったが、大型

爆撃機には間違いありませんよ。〇〇キロほど往復して戻ったばかりで眠いんですから、もうこのへん

で勘弁して下さい。遂川、上空、七時二十五分……高度〇〇。それでいいでしょう」

偵察の孤淵少尉と同年位な若い曹長は、早口な口調で叫ぶと、すぐゴロッと仰向けにひっくり返り、

顔の上に新聞紙を引き寄せたと思うと忽ち寝息を立てていた。孤淵少尉は仔犬をほうり出して、誰かの

腕の下へ頭を突っ込んで、形のよい鼻の頭に汗を浮かせて眠入っていた。

私はとりつく島がないので、そっと隣の部屋へ這入ってみた。カンカンと陽の当っている狭い部屋で、

ひとりは大の字になって眠っていたが、もう一人の若い兵隊が、耳に挿し込むレシーバーを、鉛筆の先

でいじくっていた。二十一歳になる少年飛行兵出身の春田秀夫伍長であった。何をしているのかと訊ね

ると、蜂がこの管の中へ巣をつくっていたのだといった。

「今朝は、あわてましたよ。黒川中尉の声がさっぱり聞えない。おかしいと思ったので、耳から抜いて振ってみると、コロンコロンと音がする。調べようかと思いましたけれど、西安の上空だったのでねえ……」

「いましたか？」

「いや、駄目々々。雲が深くって駄目でしたよ。」

私はここの部隊を訪ねた時から、安慶で天上の世界の不思議さを話してくれた飛行兵伍長のことが気になっていた。勘というものであろう。その飛行兵がここの部隊付でなければならないと思っていた。それでたづねてみた。

「十日ほど前に、南京から退院して来た少年飛行兵出身の伍長さんは、ここにいませんか？」

「南京から？　……ああ、いますよ。神島のことでしょう。あいつは、今朝は、足をのして成都へ翔んでいますよ。まだ帰っていませんか？　もう、追っつけ、かえる時分ですがねえ……」

と、春田伍長が時計を出して見ながら、答えた。その時、となりの部屋が、にわかに騒がしくなって
「出来て来たか！」

「どら、見せろ……あれッ畜生、入っちゃいないぢゃないか！」

「あッ、いるいる！　きれいに入っていやがるわい……」

そんな声がした。私は何事であろうかとそっとその部屋へ引っかえしてみると、いままで眠っていた荒鷲たちが、まだ濡れてヘナヘナしているような写真を、一枚づつ取り上げて眺めていた。〇〇米の高々度で敵地深くへ侵入して、精巧なレンズで捉えて来た敵飛行場基地の写真であった。私も差し出さ

れた写真の一枚を受取って眺めたが、地上の世界は、こんなにも溷濁《こんだく》して、汚いものかと、呆れるほどであった。これが格納庫、これが滑走路だという風に、指で差して説明を受けなければ、私には、まったく訳のわからない写真であった。よほど注意しないと見落してしまうほどの白い斑点であったが、小さいながらもづんぐりした憎らしさで翼を憩《やす》めている爆撃機の姿が眼についた。北九州の空襲から帰り、ホッとして一息ついている安らかさが感じられた。

「こいつですね!」

「そう、てっきりB29ですねえ……」

迎えの自動車が来て、私たちの乗車を急き立てていた。

「残念ですねえ……。もう暫くすると戦果がわかるんですがねえ。戦闘機が爆弾を抱えて攻撃に出ていますから、今頃は、ドカンドカンと必中弾を浴びせられて、敵さんがあわてまくっていますよ!」

と、隊長がいった。私たちは名残りを惜しみながら、新司偵の荒鷲たちに別れを告げた。

出典:『航空文化』昭和十九年十二月号(文芸春秋社)

解題:テキストの周縁から P766

美しき戦死

村田中尉は、快活明朗な青年将校だ。報道班が急に前進することになったので、私は残留組の兵隊さんたち数名と共に、村田中尉の指揮下に入って、そこの宿舎で一夜ご厄介になることになった。宿舎といっても荒廃を極めた破家であった。あたりは草原の丘が波のように起伏していて、敵機の眼から遮蔽するには余り適当な地形ではなかった。二・三百米の丘陵のことごとくが散兵壕となりトーチカとなっていて、ここの屈強な地形が敵の陣地に利用されていたことがわかる。

部隊が草河を渡河する前に、このあたりの敵を鎧袖一触《がいしゅういっしょく》して蹴散らしたところだ。いわば衡陽《こうよう》防衛の第一線陣地だ。廟や農家はことごとく敵の兵舎になっていたらしく、村田中尉の宿舎になっている農家にも、敵の被服類や弾薬類が夥しく遺棄されていた。新しい靴跡のついていないところを歩くのは危険だと、私はたびたび注意されていた。草原のいたるところには、未だに地雷が残っているのである。しかし私は幾たびも地雷の危険を忘れて、草原の丘をうろつき廻りたい誘惑に駆られたことであろうか。緑色の雑草に蔽われた丘陵地帯が、波状型のやわらかな線を描いている。雑草の丘には、すでに薄《すすき》の穂波が白く靡いている。

どこか信州あたりの高原を想わせる風景だ。だが、この内地的な風景の上空に、ひとたび敵機の爆音が轟き渡ると、私のそのような甘い感傷は一瞬にケシ飛んでしまう。私は眼を蔽い、耳を塞いで、大地に獅噛みつく。大地の鼓動が、はげしい電波となって私の身体に戦慄をつたえる。やはり祖国の大地ではない。敵機の銃爆撃から、私を守り通してくれる大地とは思えない。草を分けると、毒々しい赭土泥の地肌が現われる。親しみのある土の色ではない。いちどなど、私が草を分けて伏せた指の先に、黒い蛇がトグロを巻いていたことがあった。場所を変えようと思ったが、直ぐ頭の上に憎々しいP40が一機、旋回していた。起つと敵機に見つかる。鋭い爆音が、心臓を冷やすようであった。私は慄える手で草を捲った。そして、それを振りまわしながら、私は蛇に頼んだ。

「おい、済まないが、そこを退いてくれ。私から見えないところまで、直ぐ逃げて呉れないか！」

しかし蛇は、弱虫の嘆願を嘲うように、スッと鎌首をもたげただけであった。しかもその蛇の鎌首をもたげた恰好が、何んと敵機の頭そっくりではないか！　ぬるぬると動き出した胴体に、アメリカの星条旗と同じ斑点と模様があるではないか。蛇は逃げてくれるために動き出したのではなく、もっと高く鎌首をもたげるためにトグロの輪を締めていたのだ。

私はゾッとした。

敵機の爆音が去ると、私はかばと起ち上った。しかしあやまって赭土に靴を滑らせて崖から転げ落ちた。その時、手に摑んで滑り落ちた草が、白い花をつけた鋭い棘のある草だった。内地には、このような意地のわるい草があるとは思えなかった。その時右手の親指と小指に棘が刺さって、そこが化膿したために二三日悩み通した。

村田中尉の宿舎へ引揚げた日にも、私たちは七回敵機に見舞われている。農家の裏には、崖を穿って堅固な防空壕が拵《こしら》えてあった。稲刈りの暇々を見て、中尉の部下の兵隊さんたちが掘り抜いた壕である。敵機の奴は、皇軍の遮蔽が巧みなために部隊や兵隊の姿が発見できないと、口惜し紛れにそこらあたりへ落下傘付の時限爆弾をバラまいて去る。爆音が遠くの雲間へ消え去った後になって、草原のあちこちへバラまいた時限爆弾が爆発して、白い煙をあげているのを、私はたびたび見かけることがあった。魔法罎だと思って草のなかから拾いあげるといきなり爆発した。道ばたに落ちている万年筆や『スリーキャッスル《（英国製たばこの銘柄）》』の缶も油断が出来なかった。私はその日、たびたびの空襲に脅かされながら、村田中尉から笹川新一中尉のことを伺っていた。

敵機の爆音が聞えると壕のなかに坐り、爆音が去ると農家の藁を敷きつめきた土間でアグラをかきながら、髭っ面の村田中尉がしみじみ語る言葉に耳を澄していた。

支那大陸でながらく戦って来た将兵で、誰ひとりとして支那事変の解決ということで心を痛めないものがあるだろうか？　支那派遣軍の将兵の悩みは、そこにある。戦いのたびに皇軍は重慶軍を撃破している。戦えば必ず勝ち、攻めて陥せない戦区はなかった。しかも戦いは無限につづき、平和の曙光すら見出せない。

考えざるを得ないではないか！

この悩みを最も強く抱いていたのが、笹川中尉だったという。京都嵐山の豪農のひとり息子で、京都帝大出身の文学士であった。大学では東洋史を専攻されていたそうであるから、人一倍支那問題には関心が深く、且つまた支那の人情風俗にも通じていた。戦歴は長かった。大陸五年間の戦場生活を通じて、支那に対する中尉の理解と知識とは、どれだけ深められているか知れなかった。

村田中尉は、軍務の暇を見ては中尉から支那の歴史と知識を聞かされることが一番の楽しみであったと洩らしていた。資産家の父母の慈愛をひとり占めにして育てられた一人息子らしく、心の素直な美青年であった。そののびのびとして素直な美しい心と同じように、背丈もすらりとして、男の眼にも惚れ惚れとする美貌の青年将校であったという。戦場の蠟燭の灯影に照される美貌の横顔を眺めながら、幾度び笹川中尉から支那の古い文化と歴史について聞かされたことであろうか……。

嵐山に生れて、学生時代を京都で暮した中尉である。京都の古い文化には、支那の伝統とつながりを持つものがあるであろう。支那の文化と、文化的な施設を最も尊重していたのも中尉であった。部下の兵に廟や寺院などへ宿舎を設営することを禁じ、戦場の荒廃した家屋内に古い書籍類が散乱しているのを見ても、涙を流すほどであった。

文化の交流というか、文化的な提携というか、そういう努力なしには支那事変を解決することが出来ない。作戦の不便を忍んでも、文化的な施設を行い、文化的な努力を傾けて民心の把握に努めなければ、支那事変の解決には見透しが立たないというのが、中尉の意見であった。わかり易く言葉をかえて言えば、支那の民衆に徳をほどこし、誠をもって接するのでなければ、決して民心が摑めず、民心の把握なしに支那事変の解決はあり得ないということなのであろう。

愚かな私にも中尉の意見には理解が持てる。京都嵐山の良家に育って東洋史を専攻し、戦場とはいえ五年間、この大陸で幾戦闘の苦しみを経た上に、幾多の支那人とも接触をもっていた青年将校である。高い教養を身につけ、しかも良家の古い伝統と躾けの中に育てられた人の純潔な悩みが、私の心にも惻々と通じるようであった。部隊が揚子江岸の安慶に駐屯していた時にも、中日文化協会の設立に骨を折り、つとめて支那側の文化人と接触して、よろこんで彼等の意見を傾聴していたのも中尉であった。若い将校ではあるが落着きのある態度であった。

村田中尉がここまで話している時、また「……ばくおんッ……爆音！」という呼び声であった。炊事場の方では「火を消さんか！……水をぶっかけてしまえ！」と叫んでいた。あわただしい靴音が乱れた。ブーンと私の鼓膜にも爆音が伝わって来た。私は鉄兜をかぶっていた。

「さあ、防空壕へはいって下さい。一機ではない、爆撃隊の編隊らしい……。」

破れ窓から髭ッ面を突き出すようにして、空の爆音に聴き耳を立てていた中尉が私を押しやるように叫んだ。爆撃機とすればコンソリーであろうか、ノース・アメリカンであろうか？　私は戸惑いをしながら、急いで火を消したために濛々と白い煙が立罩めている炊事場を抜けて防空壕へ飛び込んだ。同時にブルルーン……と一挙に地上を制圧するような爆音であった。壕の掩体《えんたい》を透して、直ぐ頭の上から抑えつけるような爆音がひびいた。

「……六機だ。ノース・アメリカンだ、畜生!!」

村田中尉と、炊事にいた兵隊たちが飛び込んで来た。はじめは壕の入口にいた兵隊が「右、旋回……。三機は西南方向の部落上空を北東に向けて飛翔中、後三機は左旋回中……」などと一々報告していた。立去ったと思うと、直ぐまた私たちの壕の上へかえって来た。憎々しいほどの超低空で、農家の屋根スレスレに飛んでいるらしかった。

「おいおい、ここの家が臭いと思っているんだぜ。お前らが煙を出すから……。」

「畜生！　鮒のフライの匂いでも嗅ぎつけやがったのかな？」

暗闇で兵隊の笑い声がした。湿った壕のなかでシビレが切れるほどの、長い時間であった。鮒というのは、私たちにご馳走をしてくれるために、中尉の命令で池の水を干して捕えたものだった。それをフライにしてくれているのだ。私は急に空腹を感じて敵機の立去るのが待遠しかった。壕を出ると、遙かな丘陵越しに白い煙が二ケ所から噴き上っていた。

「畜生奴！　餌物が見つからないもので、また渡河点を爆撃しやがったんだよ！」

「飛行機が欲しいなあ!……いつか俺たちの中隊でも二百八十円三十銭也を取り纏めて献金したことがあるのだ。まだ日本には、飛行機が足らないのだろうか?……」

食堂に当てられている土間の戸板の上へ食事を並べている当番兵たちの声がした。私は胸のつまる思いであった。夕食は小鮒のカラ揚げだった。支那茶碗に盛られた玄米飯は、兵隊が敵機の空襲の暇々に、水田の稲を刈取って脱穀したものだった。汁の実は、サツマ薯の葉である。漬物は、青いヘチマの実を切り刻んで塩で揉んだものだった。

「兵隊の創意工夫には驚くでしょう。青いものなら、工夫さえすれば殆んど、何でも食べられるものらしいですね。」

村田中尉が髭ッ面でニコニコ笑いながら、竹箸で汁の実をつまみ上げた。夕食が済むと、私たちは椅子を庭先へ持ち出した。真夏だというのに、もう肌に冷々とする夜風だった。満月に近い月が登っていた。中隊の兵隊さん達が敵機の心配をしないで、のびのびと雑談に花を咲かせるのは、夕食後のこのひとときであった。月の光がだんだんに冴えて、庭先が真昼のように明るくなった。村田中尉のどんなに細かい表情でもわかるほどの明るさであった。村田中尉がとつぜん鼻にかかったような声で話しかけた。

「……笹川中尉がねえ……。常徳作戦の赫々《かくかく》たる戦勝のあとで、俺に呟いた言葉が忘れられないんだよ。敵の第六戦区を撃滅したのだから、それは作戦的には大勝利だが、部落は破壊される。良民は逃避する。田園は荒廃してしまう。……そのような現状を見ると、俺は絶対に勝利の快感に酔うことが出来ないと洩して、ひどく沈んでいたことがあったねえ。しかし後からよく考えてみると、その気持は、決して笹川中尉だけの悩みではなかった。心ある将兵は、みんなその悩みをもっていたんだ。君は軍司令官の『将兵に告ぐ』という諭告を読みましたか？」

「沿道の辻々に貼られているのを見ました。美しい文章なので暗記しているほどです。……諸子が日夜進撃を続けている湖南の沃野に目を止めてみよ。山川の景色、農村の習俗といい悉く諸子が故山の風物に相似たるものがあるではないか。諸子が故山を偲び、家郷を思うの心は、湖南の民衆がその故郷を愛する心と目と同じである。諸子は今中国の戦野にあって聖業完遂に身を捧げ尽しているが、諸子は必ず故山を愛し隣人と親しむ心をもって湖南の郷村と民衆に接することと信ずる。また心に顧み苟《いやしく》も皇軍の面目を汚すが如き行為のないよう相戒めることであろう。……」

「そうだ。その心ですよ。それは軍司令官のお言葉ですが、派遣軍の将兵は八年間支那大陸で戦って来て、幾多の苦しい戦闘を通じて、はじめてその大愛と道義に目醒めたというべきでしょう。心ある将兵は、みんなその心持でいたんだ。笹川がこの諭告を見た時の、うれしげな顔が忘れられない。彼は美しい顔を少年のように紅潮させながら、胸を叩いて叫んだものだ。これだ、これだ、……これで俺の悩みも一遍に解消した！　こんどは、やる。こんどの作戦こそは、やり甲斐があるぞッ！」

しかし作戦の半ばで、残念にも笹川中尉は米空軍の銃撃の犠牲となってしまった。『クロ高地』は占領していたが、まだ『ワニ高地』では激闘が続いていた。『イカ高地』へは部隊が突入していたが、その方面も苦戦だった。衡陽攻略戦の最も苦しい瞬間であった。部隊長が戦線視察に出られることになった。笹川中尉は部隊長の専属副官であったから、勿論、部隊長の後から随行していた。部隊長が衡陽西站の広場を突っ切られて『クロ高地』へ馬を進められていた途端であった。「敵機！」と叫ぶ暇もなかった。左前方の丘陵の蔭から、爆音を消した米機Ｐ40が超低空のまま礫《つぶて》のように襲いかかった。バリッ、バリッ！　と肝《きも》の縮むような銃撃を真向から浴びせた。乗馬が乱れた。

瞬間、笹川中尉が部隊長の正面へ馬を乗り進めて、敵機の銃撃から部隊長を庇うように両手をひろげた。旋回して、再び襲いかかる敵機を護衛小隊が下馬して撃ちあげた。敵機が去ると、護衛小隊のうちの伝騎が二名と、石田少佐が重傷していた。部隊長も肩先に軽傷を受けられていたが、案ずるほどの負傷ではなかった。

村田中尉が、落馬したまま倒れていた笹川中尉を抱きあげた。胸部の貫通銃創であった。

「おい、しっかりせいッ！」

「部隊長は?……」

「おい、しっかりしろ、おい!……部隊長は大丈夫だ!」

頷くようにして、目を瞑った。それが最期であった。

村田中尉は笹川中尉を膝に抱きあげていた。何んという神々しい死顔であろうか。どんなに苦しい戦闘の場合にも、身だしなみを忘れる中尉ではなかった。顔には剃刀を当て、軍服の襟布も真新しかった。靴も革脚絆も光るように磨かれていた。美しい、この上なく神々しい戦死の姿であった。

「もう少し生きていて貰いたかったのに、惜しい将校を戦死させてしまった。残念だッ……。」

部隊長が膝まづいて、笹川中尉の死体に合掌されていた。思わず村田中尉が、部隊長に答えていた。

「部隊長の馬前で、しかもこんな美しい戦死をとげたのですから、笹川は満足でしょう。村田は羨ましいと思います。……」

笹川中尉の戦死の姿は、ほんとうにみんなから羨まれるほどの美しさであった。美貌で、しかも長身の若い中尉が、キチンと身だしなみを整えて、村田中尉に抱かれていたのだ。山紫水明の嵐山に生れて、しかも名望の良家に育てられた青年将校の美しき戦死の有様を、私も十分に想像することが出来る。その葬儀の夜もまた今夜のような明るい月夜であった。戦場の空には一片の雲翳《くもかげ》もなかった。従軍僧を招いて、しめやかな葬儀が執り行われていた。『ワニ高地』の銃声は豆を煎るように激しかった。そのさなかであった。ふと、読経の声を圧し潰すような鋭い爆音であった。月光を掠めて、憎々しい敵機が、祭壇の灯明をめがけて、まっしぐらに急降下した。「しまった!」と思ったが、僧侶の読経は続いていた。部隊長をはじめ、誰一人として列を離れる者はいなかった。シーンとした息詰まるような光景であった。バリッ、バリッ!……と四五発の銃撃を浴びせたまま、敵機は、何を思ったのか急に機首をあげて上昇した。そして祭場一杯に大きな円周を描きながら、超低空のまま旋回した。月の光ではっきり見えるほど、その機体に『サメ』の眼玉を大きく描いているP51だった。機首が『サメ』の頭に似てそり上がっている。『サメ』とそっくりな米空軍の新鋭戦闘機であった。その貪慾な『サメ』もついに、祭壇の神々しさには挑戦を憚《はばか》ったのであろうか？　口惜し紛れにあらぬ方角の蓮池のなかへ銃撃を加えながら飛び去った。

昼をあざむくような明るい月光の中で、読経の声がしめやかに続いていた。

出典：『月刊毎日』昭和十九年十一月号＝創刊号（月刊毎日社）

解題：テキストの周縁から　P767

いのち燃ゆ

糞真面目すぎるくらいに、正直一点張りで、しかも押しの強いのにかかったら、何んともいえない圧迫と反撥を感じるもんだ。問題が理屈や言葉の上では解決していても、相手の強い意思で押し切られたという風な、後味のわるさが、いつまでも気持の上に残っていて、どうにもさっぱりした感じになれない。

須藤兵長というのが、ちょうど、そんな風な兵隊だったよ。

妥協とはいわないが、もう少し気持の上に余裕をもって、物事を臨機応変に軽くさばけないものかと、俺もたびたびそう思ったことがある。どう思っても、心残りのする惜しい兵隊だった。もうちょっと、気持の上に余裕をもって、物事が軽くさばけるという風な性質だったら、どこへ出しても申分のない、押しも押されもせぬ、立派な下士官候補者だったよ。しかし、俺がそんな風に考えていたのも、小隊長という立場から須藤を見ての慾目だったかも知れないんだ。

やっぱり須藤兵長は、須藤兵長のままで好かったのかも知れない。それがありのままの須藤兵長だったんだ。概ね己れのはげしい信念に殉じる型の人物には、はたから見たらどこかに狷介《けんかい》だと思われる性質をひそめているものだが、やっぱり須藤も堅苦しいくらいに糞真面目で、意地っぱりだった。融通をきかすという要領などは、みぢんもなかったようである。現役をつとめ終ったばかりの若さだったから、俺の註文のほうが無理だったかも知れないんだ。

その若さだったから、人ずれがしないで、あの生一本な真面目さと、真剣さが持てたのだと思う。しかし、なみの兵隊とは、一癖も二癖も変ったところがあったよ。現役の期限が切れるという真際になって、須藤がめづらしく俺の部屋へやって来て、

「小隊長殿、自分はもう直きに予備役に編入されますが、ひきつづき現役で置いて貰えんでしょう

か？」

と、真顔になって相談を持ちかけるんだ。その頃、部隊では現役が終ったら、大体、除隊になるという風な噂が飛んでいたんだ。

「現役といえば、下士官志願をしたいのか？」

「はッ、そうでもありません。下士官候補者にして下されば、なお更、結構でありますが、このままの兵隊で置いていただいても差支えないんであります」

というんだ。

「お前にその気持があったら、何故、初年兵の時から下士官志願をして置かないんだ。今からでは、二年も三年も遅れてしまっているぢゃないか！」

「小隊長殿も、そうお考えでありますか？　自分は残念であります！」

「ぢゃ、お前にどんな考えがあるんだ？」

思はずキッとして須藤の顔を見た。すると、彼は入って来た時のままの不動の姿勢を、すこしも崩さないで、例のねつい意思を顔いっぱいに漲らせて答えるんだ。

「自分は損得を考えて、再役を志願するのぢゃありません。いまの苦しい戦局のことを考えて、自分はもう少し兵隊で置いて貰いたいと決心したのであります……」

と、こういうんだ。俺には返す言葉がなかった。

「よしッ、わかった。お前の決心に、俺は頭を下げるぞッ。もう安心しとれ。すぐに下士官候補者の手続をして置くから……」

と、答えた。たしかにその頃の戦局は、どこを眺めわたしても思わしくなかったんだ。タラワ、マキン島の全員戦死にひきつづいて、テニヤンと大宮島《グアム島》も危ぶまれていた。インパールの戦局は、最初に予期されたのとは反対に、敵を包囲したまま戦線の膠着状態をきたしていた。欧州の戦局も、決して思わしくはなかった。そのような戦局の苦しさが反映して、現地の支那人の間にも、眼にあまるような暴慢不遜の態度が目立って来た。俺でさえ地団駄をふむような口惜しさを感じていた時であるから、若い須藤の覚悟のほどが、俺の気持にグッと来たんだ。彼の言葉を聞いた瞬間に、思わず、

「ありがとう！」

と、叫ぶところだったよ。

しかし須藤が立ち去った後になって、心静かに考えてみると、どうも彼を下士官候補者として推薦するには、大きな欠点があるように思えて来たんだ。学科や訓練や実科についてではない。つまり人物についてであるが、軍隊で最も大切なことは団結だ。中隊よりは小隊、小隊よりは分隊、分隊の団結が軍隊では肝心かなめの要素であることは、俺が今更説明するまでもないことであろう。

そこで須藤兵長の人物ということが、俺の疑問になって来たんだ。彼があの糞真面目な、堅苦しいまでに窮屈な気持で分隊を指揮するとしたら、はたして分隊内が円滑に処理され、鞏固な団結が立派に保持されるかどうか――？　初年兵当時から長い眼で、彼の軍隊生活の一挙一動を見て来ている俺には、やはりその点が疑問になったんだ。真面目すぎるということが、決して悪徳でも、非難すべきことでもないんだが、そこが軍隊にかぎらずどこの社会でも、上に立つものの苦心を要するところだ。いろいろ考えてみたが、結局うまい結論も見つからなかった。しかし、あれだけ真剣になっている須藤に、お前にはその資格がないんだといって、再役志願を思い止まらせるわけにはいかなかった。

だが、よくよく考えつめてみると、やはり彼のようなのが、ほんとうに軍人精神に徹し切っている兵

隊ではないかと考えられて来たんだ。最初に上等兵候補者を選抜する場合にも、まっ先に俺の頭に浮んだのが須藤であった。そして今度の場合と同様に、ああでもない、こうでもないと色々に考えあぐんだ末に、上等兵候補者を物色するとすれば、真っ先に彼を推薦する以外にはなかった。人物に若干の難色が認められるだけで、模範的な兵隊として、どこにも一点、非の打ちどころがないんだ。人物に若干の難色というたが、それも最初にいうた通り、あまりに生真面目すぎるという、なみの兵隊にづば抜けた特長なんだ。兵長に抜擢する時にも、やはり同じ悩みを経験したものだ。

結局、今になってしみじみと考えられることは、須藤兵長こそが本当に、まっとうな軍紀の遵奉者だったと考えられることだ。軍紀には微塵の妥協や弛みがあってはならない。それをきびしく身をもって示してくれたのが、須藤兵長だったと思うんだ。

須藤を下士官候補者に推薦して間もなく、突然に、こんどの湖南作戦の開始であった。彼はこつこつと、下士官候補者隊への入隊準備をすすめていた。現役兵の満期除隊も延期になっていた。にわかに部隊は色めき立って、兵器、被服の受領交換、部隊荷物の梱包発送などで目のまわるような忙しさだった。須藤兵長も朝から夜は遅くまで、汗だらけになって駈けまわっていた。彼が何かの用事で俺の部屋へ姿を見せた時に、ふと、慰め顔になって、こんなことをいった。

「お前は、折角、はり切って入隊準備をすすめていたのに、突然の作戦開始で、ほんとうにお前には気の毒だ。しかし、まあ、作戦終了まで待てよ……」

すると、須藤兵長がいつもに似気《にげ》なく、にこにこした笑顔で答えた。

「はッ、ありがとう存じます。……しかし、もう小隊長殿は、須藤のことを心配しないで下さい。自分は下士官になるのが目標ではないんですから、作戦に出していただけることの方が、自分には本望であります！」

こんどの作戦には米空軍の出撃も予想され、またその行軍行程が極めて長大なものだから、いろいろの困難や障碍が感じられた。しかし兵隊の士気は、この上なく昂揚していた。南方の戦局は、日に日に不利に傾くようだし、せめて大陸の戦闘だけは、どのような苦しみがあろうとも赫々たる戦果をあげて、銃後の愁眉をひらきたいという希望に燃えていた。それに在支米空軍が日に日に増強されて、武漢地区のみならず、揚子江沿岸にまで頻々と出没していた。

ニミッツの支那大陸接岸作戦のことを、ここに更めて説明するまでのこともないだろう。兵隊の勘というものは鋭敏なもので、米空軍を大陸でのさばらせて置いたら、ほんとうに日本が危ないと考えていた。兵隊の気持には真剣なものがあった。

また兵隊のその気持に、いっそう強い煽りをかける情勢は、現地住民の暴慢不遜な、目にあまる侮日的態度であった。それもつまるところは、日本とドイツの戦局に不安な形勢が漂い出したところへ、在支米空軍の動きが相当に活発になって来たためであった。兵隊たちは、腹の底から締めあげられるような、憤りを感じていた。

「戦争には、絶対に勝って、勝って、勝ち抜かなければならぬ！」

兵隊たちは腹の底ふかくに、その信念をたたみ込んでいた。俺たちの部隊は、これまで一度もまだ会心の作戦には参加せず、中支那の草深い小都会で訓練と演習ばかりを励んでいた。そして兵隊が接触していたのは、現地の住民ばかりであった。愛民の徹底ということが、部隊の方針になっていた。支那事変以来のあらゆる苦しい戦闘と宣撫の経験が、支那民衆の心をつかまずしては、絶対に聖戦の目的を完遂し得るものではないことを教えていた。兵隊にも、その気持は、いわず語らずのうちに、肚《はら》にまで浸み込んでいたんだ。だから、部隊の対民衆軍紀の規律は、この上なく立派なものであった。兵隊が住民に接している態度には、ときには歯痒い思いをさせられる位であった。

「名誉ある戦勝の皇軍が、占領地帯の住民に対して、何んでこうまで腰をひくくして、謙遜し、譲歩しなければならないんだ！」

と、口惜しい思いをさせられることも、たびたびであった。

ある日だった。俺たちの辺鄙な駐屯地へ、めづらしく慰問団がやって来てくれたことがある。わざわざ敵情のわるい地区をトラックで揺られて、辺鄙な駐屯地を訪ねていただいた親切とご苦労には感謝したが、慰問が終った後で、団長が俺に囁いた言葉が、俺の癇にギクッとさわった。

団長が、こういうんだ。

「どうもここの兵隊さんには、元気がありませんね。温和しいというか、虔《つつ》ましいというか……二三年前の兵隊さんとは、まるっきり変ってしまいました。やっぱり環境でしょうね。少々は辺鄙なところですが、しかしこんな平和境で平和な民衆に接触して暮していると、心の荒さがなくなって、長閑な気分になってしまうのでしょうかね。ここへ来る途中で、支那人に接している兵隊さんの態度を見かけましても、そう思いましたし、またそんな落着いた気分が、はっきり兵隊さんの態度の上にも現われているようですねえ……」

その言葉を聞いた瞬間に、俺の癇癪が破裂してしまったんだ。いきなり椅子から起ちあがると、前にあったテーブルを叩いて、哮《ほ》えたよ。すこし大人げのない軽率な態度であったけれど、腹の底から声を絞って哮え立てたよ。

「何をぬかすか、貴様ッ！　うわべばかりを見て軽々しい口を利くな。貴様は、俺の部下を侮辱するつもりかッ！……兵隊は華々しい戦闘こそはしていないが、日夜、第一線の将兵にもまさる苦しい、はげしい精神の戦いをしているんだぞ。ちょっとばかり、この地へ足を入れたお前たちに分る筈もないが、また分ってもらいたくもない。すぐ、かえれッ！」

俺の権幕が、あまりにはげしかったもので、団長が手をついて、

「私の認識不足でした……」

といって、あやまったので、それで䲷《けり》がついたがねえ。いやあ、この団長をわるくいうんではないが、大陸の警備とか守備とかいえば、大抵のものがこの団長程度の理解しか持っていないんだ。

警備や守備についているが、半歳に一度も弾を撃たないこともある。しかし何年間も附合って、馴々しく手を組んで歩いている支那人だって、気が許せない。彼等の心は、決して単純なものではない。しっかり彼等の心を握っていると思っても、雲をつかんでいるように頼りないものだ。俺たちが彼等の心に這入りこむのには、なかなか容易なことではないが、敵のためには無条件に心の扉をあけっぴろげているのが住民の態度だ。

だから、敵は彼等の心を棲家にして、自由に出入りしているんだ。つまり、俺たちは住民の心のなかに住む敵と戦っているわけなんだ。そこには口でも、筆にもいい現わし難い苦労があるんだ。何年間も信用して使っている使用人が、極めて巧妙に敵の密偵に情報を提供していたり、またこれならばと信用して武器を供与していた自衛団が、いつの間にか敵側へ寝返っていたりするんだ。そんな実例を挙げていたら際限もないことだが、兵隊たちがそのような住民と接しながらの苦労には、なみなみならぬものがあったんだ。

その兵隊たちが、こんどの湖南作戦に参加できるんだということを知った時のよろこびかたは、また大変なものだった。現役満期の夢が、はかない糠《ぬか》よろこびに終ったことなどにも、さして気にとめていなかった。

「よしッ、こんどこそは、やって、やって、やりまくるぞッ。戦争だけは、どんなことがあっても、勝って、勝って、勝ちまくらにゃあ、支那人《ニイコ》の眼がさめ足りん……」

といっていた。はじめての作戦ということもあったが、決してそれだけではなかったと思う。兵隊というものは、楊枝のさきで重箱をせせくるような細かい詮索をしたがらないものであるが、民心をつかむためには、愛民のまごころで民衆に接すると同時に、一方では強大な武力が揮われなければならないことを——つまり大戦果をあげなければならないことを、彼等が遭遇した幾多の苦難な経験を通じて直感していたんだ。戦果のあるなしが、ただちに物価の上にも敏感に反映する大陸だ。物価の動きを見ていたら、支那人の心の動きがわかると、兵隊がいうているほどだ。ここ一年の間に、どれだけ物価の昂騰を見たであろうか。大陸の物価の昂騰は、決して日本やドイツの戦況だけでは左右されているとは考えられないのであるが、しかし幾らかの副作用になっていることも事実だ。河南作戦の圧倒的な大勝利が伝わると、にわかに物価が下がりはじめた。ところがテニヤンと大宮島《(グアム島)》の壮烈な全員戦死のことが伝えられると、こんどは反対に物価が一ぺんにはね上がるのだ。

このような情況のなかで兵隊たちの舐めた苦悩の深刻さというものは、なみ大抵のものではなかった。だから、作戦開始の大号令が伝わると、兵隊たちは躍りあがってよろこんだ。

「ようし来た！　こんどこそは徹底的な大戦果を挙げて、しぶといニイコらの目を一ぺんに醒ましてくれるぞッ！……」

兵隊たちは心の重荷を小気味よくカッ飛ばしたような朗らかさで、よろこんでいたが、しかし俺には一つの杞憂があったんだ。前にもいうたように今度の作戦には、米空軍の出撃も予想されている。気候は六月の猛夏だ。作戦が展開されると、ほぼ予想される地域は、湖南省中央部の水田地帯だから、膝を没する泥濘を覚悟しなければならない。しかも最初の大会戦が予想される地点までには、現在地から起算して、約千キロ未満の行軍道程が横たわっている。

　俺の部下は現地できびしい訓練を受けた現役兵であったが、しかしこれまでにまだ一度も大作戦に参加した経験を持たなかった。部下の軒昂たる士気には敬服していたが、やはり戦闘の駈引にも馴れているということが大切だ。そこまで考えてゆくと、やはり一抹の不安がないわけではなかった。

　今日までは誰にも打明けることをしなかったが、俺も兵隊と同じ怒りと憤りを痛感して、こんどの作戦こそはと、心秘かに生命を賭けていたんだ。そのような決心をたたんで出陣するという場合には、人間の弱味というのであろうか、それとも修養のいたらなさのためでもあろうか？　部下を信頼しないというわけでは、毛頭ないが、しらずしらずのうちに、

「この男なら大丈夫だ。いや、この兵隊も最後のドタン場になった場合には、絶対に信頼の出来る組だ。いや、この兵隊も、俺のためになら、潔よく生命を投げ出してくれるだろう……」

などと、あらぬ思いに駆られがちのものだ。そんな時いつもまっ先に思い出されるのが、須藤兵長であった。彼なら、どのような困難な行軍にも苦戦にも堪え、またいつ後を振りかえってみても、すぐ俺の後から、あの真面目くさった、真剣な顔付をして跟《つ》いて来てくれる部下が、須藤兵長でなければならないと思った。その思いは確信にちかいものだった。行動開始になってみると、果してそうであった。

揚子江沿いのデルタ地帯の行軍のくるしさは、いいようのないものだった。雨が降りつづいたために道は泥濘と変り、夜昼なく泥地獄のなかでのた打ちまわった揚句に、地図ではかってみると、一日の行軍距離が五キロにも達していないことがあった。しかも俺たちは重機関銃隊だったから、駄馬編成であった。馬の苦しみも兵隊には劣らないが、その馬をはげまし劬わりながら、泥の行軍をつづける兵隊の苦労は容易なものではない。

馬には責任観念がない。ちょっとした障碍にも立ちすくんでしまうし、苦しい行軍がつづくと、兵隊より先に参ってしまうのが馬だ。蹄鉄が落ちたのを知らないで、無理に歩かせていると、たちまち蹄葉炎という風な病気を起して使いものにならなくなってしまう。皮膚は、雨で濡れて乾く暇がないものだから、鞣皮《なめしがわ》のように柔かくなっている。悪路の行軍だから積載器材の動揺と重量のために、鞍傷を起し易い。行軍中で手当が行き届かないものだから、たちまち鞍傷が化膿してしまう。鞍傷というても、簡単な傷ではないんだ。駄鞍《だあん》のあたっている部分が柘榴《ざくろ》のように爛れて、それが化膿したとなると、顔もむけられないほどの腐臭を放つ。馬だから、その臭味もひどいよ。

馬は大きなからだをしている割に、カラ意気地のないものなんだ。馬の弱さには、長い行軍をしていると、ほんとうに情けなく思われることがある。そしてそんな弱い馬を、腰から下を泥のなかへ埋めながら、なだめ、すかし、劬わりながら、行軍をつづける兵隊の姿には、まったく頭が下がってしまう。

そのような苦しい行軍を強行していると、どんなに訓練をつんでいる兵隊でも落ちるのがいる。いつの間にか須藤兵長が、馭兵を交代していた。彼の任務は重機の射手だから、馬を曳くのが役目ではないんだが、馭兵のひとりが落伍したために彼が交代したのであろう。黙々として、すぐ俺の後を、俺の馬の尻に鼻面をこすりつけるようにして跟《つ》いて来ている。もうこの泥の深さでは、大ぶん引き離されたであろうと思って振りかえってみると、いつでも俺のすぐ後に、須藤が泥まみれな姿と顔をして馬の手綱を握っているんだ。

彼の頑張りには、涙が出るほど嬉しかった。俺の確信は、決して間違いではなかった。

「須藤だけは、どんな場合にも、きっと俺から離れずに跟いて来てくれる！」と、思った。やはり精神力だよ。身上調査でみると、彼は都会育ちの植木職であった。その職業柄、相当の体力にも恵まれていたが、なかには彼以上に体格の立派な沖仲仕もいたし、土木稼業のものもいた。しかし体力や体格だけでは、判断のつかないものがある。いつ見ても、俺から離れずに行軍の先登を切っていたのが、須藤であった。

俺たちは九日目に、部隊の作戦開始の地点に集結した。その九日間の行軍で、二頭の馬が斃れ、三人の兵隊が落伍していた。二日間の休養があったので、その間に兵器の手入れを済まし、三人の落伍者が出たので編成を替えて、つぎの行動開始を待った。予期していた米空軍の戦闘機が現われたのは、俺たちが出発準備のために湖畔の部落へ整列している時であった。雲間から忽然と現われたP40が二機、超低空のまま俺たちの頭上を掠めながら、二回ほど旋回して俺たちを驚かした揚句、海のようなひろがりで濁流を湛えている洞庭湖《どうていこ》の彼方へ飛び去った。偵察だったのであろう。俺たちの頭上を飛びながら、一発の銃撃も加えなかった。あわただしい速力を出して、あっと思う間に洞庭湖の彼方へ爆音を消していた。

「いよいよ、出はじめたわい……」

と、兵隊たちが、まだ一度も爆撃のはげしさを経験しない呑気さで、空を見上げていた。「敵機などというても、呆気ないほど他愛のないもんぢゃなあ……」と、笑っているのもいた。俺も兵隊同様に、まだ一度も敵機の襲撃を経験していなかったので、対空措置については上からきびしく下達されていたが、兵隊の規律をやかましく取締るほどの実感が持てなかった。

俺たちは、やがて行軍に移った。相変らず湖畔の湿地帯だ。海のようにひろびろとした湖面には太陽が照り輝き、赭土色の濁りを帯びている水は、大鍋にたたえられてフツフツと煮え沸っている油を思わせた。人気のない部落はシーンとして静まり返っていた。湖畔の楊柳は、ぐったりと枝を垂れて、葉先を水面へなびかせたままだ。

たまらなく暑苦しさを喚る風景で、これからの行軍の苦しさを思うと、やにわに眼暈《めまい》を覚えるような気持であった。兵隊も馬も燃えるように汗をかいて、湿地帯のニチャニチャした泥のなかを歩いた。思わぬところに湖の入江が深く食い込んでいて、二時間も三時間も迂回しなければならないことがあった。揚子江が増水して、湖水の水位が高くなったために、陸地の低い部分が水に浸されて、地図にもない湖が出現しているのだった。

日暮前に小さな部落へたどりついたので、そこで宿営することになった。馬から鞍を卸して飼葉をあてがったり、炊事の準備などでごった返していると、突然、爆音だという兵隊たちの叫び声だった。たちまち、大空いっぱいに鳴りわたる編隊爆音が、キーンと鼓膜にひびいた。馬が心配になったが、処置している暇がなかった。だが、敵機の編隊は、俺たちの部落を無視して、悠々と上空を通り過ぎた。間もなく蒸暑い湿気を含んだ空気をゆるがせて、ドドド……ドーンというような鈍い地響が伝わった。兵隊たちが庭で叫んでいた。

「やりやあがった、畜生！」

「○○ぢゃないかッ……?」

部屋から出てみると、なるほど今朝の出発地点の市街とおぼしきあたりが、黒煙に包まれ、ところどころから火の手があがっていた。飛行機なら眼瞬《まばた》きする暇もないほどの距離であるが、たったそれだけの距離を、俺たちは汗を流し、泥にまみれて十時間以上も行軍して来ている。火の手のあかりで、建物の輪郭が眼にいたいほど、はっきり見えていた。

「やりやあがったなあ!」という口惜しさはあったが、しかし直接にグッと爆撃の凄惨さが、胸にこたえるほどではなかった。距離の関係もあって、わるいとは知りながら好奇心の動きを抑えかねる気持であった。俺のかたわらで、兵隊が呟いていた。

「汗を流しながら、一日中、くたくたになって歩いて、あの火の手のところから、たったこれくらいしか行軍していないのかな……」

たしかに、七キロとは歩いていなかった。その時、俺までが後方の火の手に好奇心を動かして兵隊たちと、ぼんやり庭先にたたずんでいたが、俺のその姿には眼もくれないで、須藤が馬を部落わきの空濠のなかへ退避させていた。俺ははじめて爆音を聞いた時に、まっ先に馬の処置を兵隊たちに命令したのであるが、空いっぱいに轟く編隊爆音のすさまじさに圧倒されて、俺の声が兵隊たちの耳に入っていないらしかった。爆音が去ると、壕や地隙のなかから姿勢を伸ばして、○○の火の手を眺めているんだ。ところが須藤兵長だけが俺の命令を聞いていて、馬繋場《ばけいじょう》を空濠のなかへ移しているのであった。

普段から真面目すぎる位な兵隊であるから、同じ行軍をしても、連絡や落伍兵の世話や馬の飼付などで、彼は他の兵隊とは較べものにならないほど身体を動かしていた。行軍が終ると同時に設営のために他部隊との連絡、設営場所の偵察、選定などで、身体がいくつあっても足りないほど駈けまわっていた。

俺にしても分隊長にしても、部下がくたくたに疲れているような時に、命令一つで、不平顔もせずに生真面目に立ち働いてくれる須藤兵長だったから、ついそんな場合には彼ばかりを使う結果になるのだった。俺は文句もいわずに、こつこつと俺の命令を守って馬繋場を移転している須藤兵長の姿を見て、「須藤なら大丈夫だ。彼なら絶対に間違いがない！」と信頼の気持を、いっそうに強めた。小さなことだが、涙の出るほど有難い気持だったんだ。

それからの行軍の毎日は、相変らずの湿地帯で、しかも頭の上からは灼熱の太陽で照りつけられるのだから、いいようのない苦しみの連続だった。折角、地図に載っている道路へ出たと思っても、その道はずたずたに破壊され、水田の水が流しこまれているもだから、湿地帯の泥濘と同じに始末がわるかった。毎日が、そのような悪路の強行軍であったから、馬も兵隊もだんだんに弱り出した。「弱肉強食」という言葉があるが、それがこんな場合になると反対に「強肉弱食」——つまり強いものが、弱い者に食われることになるんだ。強い馬ほど、弱い馬の荷物を余計に引受けさせられて、苦しい上に更に余分の苦しみを負担させられる。兵隊だって、同じである。俺は後をふり返るたびに、真面目一点張りの須藤兵長が、戦友の装具までかつぎ、また時には疲れた馭兵と交代して馬の手綱を曳きながら、火のような呼吸づかいをして俺の後からつけてくる姿を見て、たびたび胸の煮え返るような腹立しさを感じた。しかし行軍中だったから、弱り切っている馬や兵隊を処置する方法がなかった。やはり強い兵隊と馬にまかして、見て見ぬ振りをしているより仕方がなかったんだ。

連日が、そのような難行軍の連続であった。その日も未明のうちに行動を起したが、くわしい情況は省略するが、夜のあけないうちに第一線の歩兵部隊は敵の警戒陣地と衝突して、相当な激戦を交えていた。俺たちの小隊は◯◯部隊に配属して、一挙に敵陣地の一角を突き破って、陣地の背後に出ていたが、突然、前方の堆土の蔭から、「機関銃前へッ！……」という歩兵の怒鳴り声だった。そんなところに、まだ敵が残っていたとは思いがけなかった。手榴弾がつづけざまに破裂した。俺は声の方へ走りながら、「須藤、前へ！」と、叫んでいた。堆土の上から草叢《くさむら》のなかへすべりこむ敵の姿が見えた。前と横から一個分隊ほどの歩兵が取巻いていたが、起ちあがって進むと、敵が手榴弾を投げつけた。須藤たちが重機をかつぎあげて、俺の後から躍進して来たが、堆土の背面へまわって脚《きゃく》を据えると、たちまち草のなかの敵に照準をつけた。手榴弾をふりかぶった敵兵が三名、やにわに草のなかから躍り出したが、眼の前の機関銃を見て瞬間、立竦んだ形になった。ひとりはその軍服や顔立の上品さから見て、あきらかに若い将校であった。

「須藤ッ、何をしているかッ、撃て！」と叫んだが、彼は俺の声が耳へはいらないもののように、重機の引鉄に指をあてたまま、

「馬鹿ッ、手を挙げろ。手を挙げるんだ、この馬鹿ッ！」と怒鳴っていた。敵の将校はギラギラと飛び出すような眼で須藤を睨みつけていたが、何事か大声で叫んだと思うと、ふりかぶっていた柄付手榴弾を胸前へ抱えこむようにして、パッと紐をひきちぎった。かたわらにいた二人の支那兵が、それに見倣うて、ひとりは後手に手榴弾を持ちかえて、パッと紐をひいた。同時に、轟然たる爆裂だった。まだ草のなかに残っていた敵兵が二人、真青な顔を顫わせながら、手を挙げて駈け出して来た。

捕虜になった二人はともかくも、後の将校以下の三名は、のがれるすべがなかったとはいえ、敵ながらも天晴れな最期であった。敵将校の壮烈な死体を見つめたまま、須藤兵長は、しばらくその前から動かなかった。強い感銘にうたれていたらしかったが、彼らしくひと言もその感動を洩らさなかった。

その夜から汨水《ベキスイ》の渡河作戦の準備であった。俺たちの部隊は山砲《さんぽう》陣地の前面へ展開して、河岸の敵陣地へ、息つく暇もなく射撃を加えた。重機と山砲の援護を受けながら、工兵隊が河畔の草叢から地雷を掘り出して処理した。工兵隊はその作業を「薯掘り」だと呼んでいた。捕虜の言葉によると、その地帯に一千個以上の地雷が、埋設されているということであった。暗闇のなかですさまじい爆音がとどろくと、パッと闇を照らす焔の中から、担架を呼ぶ声が聞えたりした。◯◯挺進隊が、まどろしがって、何度か飛び出しかけたが、そのたびに地雷を踏みつけて、犠牲者を出した。工兵隊から約七百個の地雷を処理したという連絡があると、挺進隊はたまりかねて河畔のトーチカ陣地へ突撃した。

俺たちも重機を前進させた。まだ処理されない地雷が、あちこちで破裂した。汨水は巾五百米にも足りない流れであったが、河岸の陣地で猛烈な白兵戦が交えられている時に、すでに第一線の決死隊は銃剣を水の上に掲げながら強引に対岸の砲火をめがけて、水流のなかを泳ぎわたっていた。水底は膝頭まででぬかるような泥だった。水面をすれすれに敵の銃火がそそいだ。敵は友軍の渡河を予想して、水面すれすれに銃眼を作っていたのだ。

俺たちの小隊も、河岸の渚に重機をならべて決死隊の渡河を援護するために、銃身が赤くなるまで射撃をつづけた。

「挙がったッ！」

渡河成功の煙幕が、みるみる対岸をどす黒く塗りつぶしてしまった。夜が明けかかっていた。前進ッ、前進ッ！……兵隊は軽装だった。銃剣をふりかざして、腰には薬盒と手榴弾をむすびつけているだけだった。

「機関銃隊、前へッ！……前へッ！……」

部下は重機関銃を四人づつで担ぎあげて、歩兵中隊の兵隊たちと肩をぶつけ合いながら、流れのなかを押し渡った。空身でも膝頭までのめり込む、泥の深さだった。重機の重みで首まで浸ってしまうことがあった。射弾はピュンピュンと空気を切って、盲滅法に身のまわりを掠めていた。流れの深いところは、機関銃を腕の丈いっぱいに捧げて、眼をつむりながら水の中を走った。弾薬班もあとをつけて来ていたが、これは一人で重たい弾薬匣を背負っているのだから、勝手がわるかった。重味で泥のなか深くへ沈んでしまうと、戦友の手を借りなければ水の上へ浮び上がれなかった。手をつなぎ合ったまま、どちらも水の上へ浮き上がれないこともあった。

渡河したと思うと、機関銃隊は堤防上右側の独立家屋の右へ展開……という命令であった。まだ重機は二挺しか渡河していなかった。そのうちの一挺は、まだ渚で射手以下のものが、腹這いになって倒れたままだった。情況はせかれていた。俺は前へッと叫んで、堤防上の藁葺小屋をめがけて走った。地雷などに、かまっていられなかった。鉄条網で軍袴を鉤裂きにしたまま、軍刀を抜きはらって、幾つもの壕を飛び越した。ふり返ると、須藤がたった一人で、重機をかついだまま後を追うて来ていた。一人の兵隊が物に躓きながら須藤の後をよろよろして追いかけていたが、後の二人の姿は見えなかった。

須藤は堤防上の敵の壕へ飛び下りて、重機を据えた。そこへやっと、連絡兵と弾薬手が呼吸を切らしながら、壕のなかへ転げ落ちて来た。堤防下の蓮池の向うを、支那兵が揉み合うようにして退却していた。須藤がいきなり掃射を浴びせかけた。俺は薬莢のはぜている狭い壕のなかで、連絡兵に所要の命令を伝えた。○○軍曹に、後の兵力を掌握して、この地点へ集結を命じたのだ。連絡兵は跛《びっこ》をひきながら、後へ退がって行った。

「小隊長ッ、駄目です。機関銃をあの地点へ前進させます。……」

叫んだと思うと、もう須藤が重機を担ぎあげて、堤防の斜面を辷べり下りていた。いつの間にそんな用意をしていたのか、弾帯を腰から胸元へかけてぐるぐる巻きにしていた。蓮池をぐるッとまわって、五百米ほど水田の畦道をどんどん躍進して行った。堆土の蔭に機関銃を据えて、敵が逃げて来る三叉路を撃ち出したが、たちまち十数名の死傷者が出たのを見ると、敵は友軍の歩兵が攻撃している正面へ逆戻りして、こんどは部落沿いの裏路から遁走をはじめた。俺も夢中だった。「須藤ッ、前へッ！」と叫びながら、遁げ出してくる敵の正面へ先廻わりをして機関銃で抑えなければと思った。走った。畦道に倒れ伏している稲の葉に足元がもつれて、見事に田の中へころがり落ちた。その隙に、須藤が俺を追い越して躍進した。

道へ出た。彼は道路わきの水たまりに伏せて、楡のような大木の幹を盾に機関銃を据えた。水たまりの泥をはね散らして、すばやく両足を伸して、引鉄に手をかけたと思ったが、弾が出なかった。機関銃の正面間近くへ押し出されて来ていた敵は、動揺を起しながら左右の水田へ駆け込んだ。俺が後から追いつきながら、

「須藤ッ、何故、撃たないんだッ！」

と叫び、須藤とならんで、そこへぴたッと伏せた。びちゃッと、泥水がはねた。

「須藤ッ……」

返事がない。

「おいッ、どうしたんだ！　おいッ……」

彼の肱をゆすぶると、ポロッと力なく引鉄から手がはなれた。俺は片膝を立てて、須藤に蔽いかぶさるようにして、

「おいッ、どうしたんだッ！」

と、立てつづけに肩先をゆすりまくった。左手の肱を枕にして、うつぶせになっていた顔が、ねぢれて向きをかえた。俺はあッと叫んだ。眼は半ば閉ぢられていたが、泥のこびりついた顔が、ぽかンと口をあけていた。手をあててみたが、呼吸がなかった。弾薬手が「小隊長……」と叫びながら匐《は》いよって来た。敵は水田の稲の穂波のなかへ身体をひそめて、じりじりと、機関銃の銃口をさけて迂回しているようであった。手榴弾を投げられたら処置がなかった。俺は弾薬手に射撃を命ずると、須藤を抱えあげて道路下の稲田へ下りた。緊張しているためばかりではなかった。普段は六十キロを欠けない体重の須藤だったが、それがびっくりするほど手答えのない軽さだった。思わず俺は顔色の変る心持がした。稲の葉末からはキラキラする朝露が落ちている時刻だ。

重機がすばらしい威力を発揮して、うなり出した。好調だった。須藤は狙撃弾でやられたのだと思っていたが、どこにも血がついていなかった。えつ病かとも思ってみたが、夜が明けはなれたばかりで、

俺は須藤の胸元をはだけて人工呼吸をこころみてみたが、さっぱり効果がない。肺にも内臓にも、まるっきり空気が留められていないらしく、無抵抗な柔軟さだけが、たよりなく掌のうちに残った。白さではなかった。炭火が燃え切って白い灰にかわった時の、あの脆ろさの感じられるむなしい白さであろうか。その顔には、表情の翳りさえ、跡をとどめていなかった。口と眼を半ばひらいたまま、どこを見つめるでもなく、何を話しかけるでもなく、ただぽかンとして仰向いていた。

俺は須藤の顔に、むづかしい形容をかりれば、生命の完全燃焼を感じたのだ。俺はふと、須藤が馬や戦友の苦しみまで買って出て、よくもあんなに堪えられたであろうと思う苦しい難行軍の日々を考えた。また昨夜から今朝にかけての、はげしい渡河作戦の戦闘を描いた。重機関銃といえば、六十キロを越え

る重量である。彼はその重量にも堪えて水流を押しわたり、対岸へわたると、その重機を一人でひっかついで、素腰の俺と同じように陣地や堤防を飛び歩いた。俺はその時、誰でもが情況のせかれている場合に経験する昂奮と緊張で、須藤の苦しみをかえり見る余裕をもっていなかったんだ。

「須藤ッ、須藤ッ……」

と、怒鳴りつづけて、彼をひきずりまわしたものだ。それらの情景の一つ一つが、いき苦しく俺の胸元を締めつけた。そして彼は、いのちの最後の一雫もあまさずに、きれいさっぱりに燃え切ってしまったのだ。――きれいに燃え切ってしまったという以外には、言葉ではいい現わしようもない死に方であった……。

「ばかッ、ばかッ……馬鹿正直なのにも、ほどがあるぞッ。この馬鹿野郎め！　貴様は、そんなにまで思いつめて、俺の意のままになってくれなくっても好かったんだッ。ほんとに、よかったんだよ。この、ばかッ！」

俺は、夢中になって、須藤の身体をゆすぶりつづけた。涙があふれた。彼は踏みたおされた青稲の株を枕に、ぽかンとした顔を仰向けて、澄みわたった虚空を無心に見つめていた。その眼差は見つめているというよりは、虚空のひろがりに溶けこんでしまっているむなしさであった。無にちかい須藤兵長の死顔を見つめていると、ふと、俺は襟を正すような厳粛なものにシーンと胸をみたされて来た。

「よくも、それまでにやってくれた……」

須藤兵長の死体に、頭を垂れて額づく以外には、言葉がなかった。いろいろな死に方がある。だが、須藤兵長のように、いのちの最後の一滴まで燃しつくして斃れたという風な戦死があるであろうか！

俺は彼の戦死こそ、この上なく立派なものだと思うんだ。……

――十一月二十日――

出典：『征旗』昭和二十年一月号（日本報道社）
解題：テキストの周縁から　P769

テキストの周縁から——解題に代えて

作品を楽しむ一助になればと思い、テキストの周縁のあれこれを書き出してみました。敬称を略した箇所がありますが、お許しください。はじめに作家里村欣三の経歴について紹介しておきます。詳細な人生の軌跡については拙著『里村欣三の旗』（二〇一一年五月、論創社）を、略年譜については『里村欣三の眼差し』（里村欣三顕彰会、二〇一三年二月、吉備人出版）所載の「里村欣三人生の歩み」が写真入りで紹介しており便利かと思います。

〈大家眞悟〉

里村欣三の本名は前川二享《にきょう》。明治三十五（一九〇二）年三月十三日、父前川作太郎、母金《きん》の次男として、現在の岡山県備前市日生《ひなせ》町寒河《そうご》で出生、幼少期を広島市の太田川の河口近くで過ごした。五歳の時、母が死去、寒河の祖母と伯母（父の姉）の下で尋常小学校時代を過ごす。十三歳で旧制関西《かんぜい》中学校に入学。大正七年、十六歳の時、校長擁護のストライキを首謀して退学処分となり、転入学した金川中学校も通学せず除名。大正九年初め頃、東京に出て市電車掌となり、中西伊之助が指導する日本交通労働組合（東京市電）で労働運動に参加、同年末に成立した日本社会主義同盟の創立発起人の一人となる。大正十年神戸市電に潜入、大正十一年労働運動上の傷害事件を起こす。同年徴兵を忌避（入営忌避）し満洲を放浪。大正十三年、『文芸戦線』派の作家として登場、葉山嘉樹、前田河廣一郎らと共にプロレタリア文学運動の一翼を担ったが、運動は昭和八年末には潰滅。昭和十年徴兵忌避を自首、昭和十二年七月から十四年十一月まで姫路十聯隊通信隊輜重兵《しちょうへい》として日中戦争に従軍、その体験を『第二の人生』三部作などに書いた。昭和十六年十一月、太平洋戦争開戦を前に宣伝班員（報道班員）として徴用され、堺誠一郎、井伏鱒二らと共にマレー戦線に従軍、昭和十七年九月ボルネオ派遣軍報道部に転属、『河の民』を書く。十七年末帰国、十八年九月には北千島、十九年には中国の河南・湖南作戦に報道従軍した。

昭和十九年十二月、今日出海と共にフィリピン戦線に報道派遣され、ルソン島中部バギオの山中で米軍の投下した爆弾により被爆、昭和二十年二月二十三日、四十二歳の波乱の人生を閉じた。

変転する時代の中に自身の境涯を描き出した里村欣三の作品は、作中人物の息遣いが、時を越えて目の前のリアルとして、今ここに躍動している。過ぎ去った時代の豊かな息吹が、文字列の中から形象を伴い立ち現れ、私達に語りかける。

起——出発

村男と組んだ日

本作が掲載された雑誌『交通労働』（創刊号）は、大正八年九月に結成された日本交通労働組合（東京市電）の機関誌として、大正九年五月一日に発行された。組合の沿革や綱領、要求項目、東京市電当局との交渉経緯などが記された本文一一二頁の厚冊で、このうち小説は中西伊之助の「少鉄道労働者」という短編と、里村欣三の本作「村男《むらお》と組んだ日」の二篇のみで、後日の二人の関係（徴兵忌避に至る経緯）を知る者にとっては象徴的な出来事となっている。「村男と組んだ日」は、十八歳になったばかりの里村欣三の最初期の作品で、作者名はまだ本名の「前川二享」のままである。これ以前の作品としては、岡山の旧制関西中学校四年のときに、校友会誌『会報』第四十一号（大正七年七月）に載せた習作「土器のかけら」が知られている。

作中主人公の市電車掌「前享君」は、「専横と惨虐を目前にみせ付けられてはどうしても黙っていることが出来な」い正義感の持ち主である。『交通労働』創刊号の表紙裏には「雑誌『交通労働』は労働祭《メーデー》を以て生れたり！」と大書されているが、主人公のアナーキーな、正義感あふれる行動には、日本初のメーデー（上野公園、大正九年五月二日）を前にした高揚感が反映している。初期の創作としては心理描写もなかなか上手い。

本作や、大原社研蔵の「日本社会主義同盟名簿ノート」等の資料から、この間の里村欣三（前川二享）の消息については次のように推測される。即ち、大正九年初め頃上京した里村は、東京市電の車掌（推定＝青山地区所属）となり、交通労働組合の執行部に近い位置（本部実行委員）に居て、大正九年四月の待遇改善争議に参加。三二八名の馘首者の一人となったが、入獄中の組合理事長中西伊之助に代り、大正九年九月、日本交通労働組合を代表して堺利彦、荒畑寒村、大杉栄らとともに日本社会主義同盟の創立発起人となり（結成は同年十二月）、労働運動史上に足跡を残した。

富川町から

「立ン坊」の生態を辛辣でフレンドリーに描いた本作は、自身も富川町の立ン坊として過ごした大正十二年前後三年ほどの体験（「東京暗黒街探訪記」『改造』昭和六年十一月号）に基づいている。雑誌『文芸戦線』（大正十三年十一月〜十四年九月）に間隔を置いて掲載されたが、この時期までに徴兵忌避（入営忌避）による最初の満洲への逃亡が行われており、本作の掲載期間中には第二回目の満洲放浪や信州・北海道への国内放浪が行われていたと思われる。

作品中には与太話も多く、それがまた魅力ともなっている。最底辺の労働者、立ン坊の間においても、気風や労働習慣、食習慣の違いから民族的差別、朝鮮人差別が起こることが指摘されている。また

「夢・ヨタ・誇大妄想」中の金鉱山の話は、後の秀作「佐渡の唄」（昭和三年）のキーワードとなっている。なお、「富川町の立ン坊街は、実に東洋の雑人種街をなして居る趣がある。ヨボ、琉球、支那、台湾――こう云った人種が」と、「人種」表現を繰り返しているが、今日では「民族」または「人々」と置き換えるべき表現である。

この作品で使われているペンネーム「里村欣三」は、中西伊之助が当時編集長だった『文芸戦線』大正十三年八月号に「輿論と電車罷業」「真夏の昼と夜」の二篇を発表した時から使い始めたもので、中西伊之助の「奪還」（『早稲田文学』大正十二年四月号）という小説の登場人物「里村欣造」に由来している。本作の時点で既に徴兵忌避者となっていた里村欣三は、大正十二年九月一日の関東大震災で戸籍（前川二享）を喪失したことにし、実生活でも（昭和十年の徴兵忌避自首まで）「里村欣三」の名で生きることにしたのである。しかし本作「富川町から」には、慎重に秘匿されて徴兵忌避の影は見られない。

思い出す朴烈君の顔

本作は二つの時間から成り立っている。本文末尾の日付「一九二六、三、二五」は、朴烈氏、金子文子さんの大逆事件に死刑判決の出た日付、大正十五年三月二十五日である。何気なく見た電車の隣席の男の新聞から書き起こされ、もう一つの時間＝関東大震災の直前、大正十二年四月～七月頃の自身と朴烈氏、金子文子さんとの瑞々しい交流が回想されている。里村が見た死刑判決を伝える新聞は『東京朝日新聞』大正十五年三月二十六日夕刊ではないだろうか。その紙面内容が本作の記述とよく一致している。末尾の擱筆日付は判決のあった日を記憶するために一日溯って書かれていると推測する。

里村欣三と朴烈らを結びつけたのは中西伊之助だった。山田清三郎は「日本帝国主義の、朝鮮侵略の実体をえぐったその大作『赭土にめぐむ《(芽)》もの』をかいた中西は、朝鮮人のあいだに友人をつくっていた」(『プロレタリア文学風土記』昭和二十九年十二月、青木書店)と書いており、本作においても金子文子さんが中西の著作『汝等の背後より』(大正十二年二月、改造社)を手にしている。

中西は大正八年九月、日本交通労働組合(東京市電)を組織し理事長(委員長)に就任、里村とは大正九年四月の東京市電ストライキを闘い、大正十一年三月の西部交通労働同盟(大阪市電)の創立時には当時神戸市電にいた里村とともに応援演説を行った(『交通労働運動の過現』大正十五年六月、クラルテ社)。里村はこの後神戸市電で労働運動上の傷害事件を起こし入獄、徴兵(入営)を忌避して満洲に逃亡(大正十一年十月末頃~翌十二年三月頃)した。本作品で回想されている朴烈氏、金子文子さんとの交流は、この満洲逃亡から帰国した直後の時期に当たる。大正十二年当時、金子文子さんは一九〇三年生まれの二十歳、朴烈氏は里村欣三と同じ一九〇二(明治三十五)年生まれで二十一歳、死刑判決のあった大正十五年三月二十五日時点では二十四歳である。

朴烈らが不逞社を組織したのは大正十二年四月頃で、場所は東京府豊多摩郡代々幡町代々木富ケ谷の木造家屋の二階である。その二階の壁には、本作では「血のたれる心臓を短刀で貫いた落書」、栗原一男氏の「第二回調書」(『続・現代史資料3　アナーキズム』一九八八年七月、みすず書房)では「赤インキで書かれたハートの絵」が描かれていたとある。不逞社の第四回例会は大正十二年六月二十八日に「中西伊之助出獄歓迎会」として開かれた。本作に名前が挙がる「鄭」は鄭泰成、「栗原」は栗原一男氏で、治安警察法違反(秘密結社=不逞社に加入)で検挙され、釈放後は朴烈らの救援に奔走、金子文子さんの遺著『何が私をかう《こ》させたか』を今日に残された方である。里村欣三も、このフレームアップされた大逆事件の周縁の紙一重のところに居たのである。

朴烈氏と金子文子さんの二人が「英雄的」に死を撰び取ろうとしているのに、自身はその死刑の判決にどこか畏怖している。日和見的な態度に陥り、満洲や国内の放浪を繰り返している。その自己卑下が呻吟となって本作に横溢しており、里村の作品を振り返る場合、欠かせない一文と言えよう。ここで味わった挫折感が、のちに従軍作家として戦場を駆け回るような立場になったとき、その心境に影響していたと思う。人の心はナイーヴである。朴烈氏と金子文子さんの二人の生き方に対する屈折感、自己卑下こそ里村欣三終生の心の傷であったのではないだろうか、と編者（大家）は想像する。

承――放浪

放浪病者の手記

本作の第一章「放浪の貧児よ」では、病的に放浪を希求する原因の一つとして、幼少時の家庭環境を挙げている。しかし事実は作品とは少し異なっている。里村が五歳の時母金《きん》が死去（産後の肥立ちが原因と言われる）、父前川朔太郎は再婚、里村は妹華子さんとともに父の実家（旧岡山県和気郡日生町寒河）の祖母と伯母（父の姉）に預けられて成長した。その屈折がこの章に映り込んでいる。

第二章の「婆さんの握り飯」は、里村十六歳の頃、時には霜をみる落寞の秋に備後路を流浪した話である。これは大正七（一九一八）年米騒動の年の十一月三十日に、岡山市の母校旧制関西中学校で起こした山内佐太郎校長擁護のストライキに敗北し、同年十二月末に退学処分となるその時期に行った放浪で、福山から軽便鉄道の支線に沿って鞆の港（鞆の浦）に至り、弁天島を臨む福禅寺対潮楼辺りで自殺を考えた話ではないかと推測する。

第三章「若草山の麓にて」では、「駅前の旅館」「遊廓のある裏通り」「図書館」などと何気なく表現されているが、やや古い奈良市を知る者にとっては、偽りのない、実感に訴える情景描写である。大正八年の暮か、九年の極々早い時期を回想しているのではないかと思う。里村はここから東京へ、大正デモクラシーの潮流渦巻く労働運動のただ中へと飛び出して行く。

第四章「修理婦」は、満洲放浪譚の一つで、ハルビンのトルゴワヤ街で修理婦をたぶらかし、自室に連れ込んで姦淫行為に及ぶ話である。露悪的な、ストレートな描写の異色作であるが、許される行為ではない。性に関しては里村はあまり抑制が効かなかったようである。

トルゴワヤ街はハルビン随一の繁華街キタイスカヤ街に平行する商店街で、「売買街」と呼ばれ、大正十二年頃、ハルビン全体で約一千戸、三千五百人の日本人のうち二百戸、五百人（『哈爾賓日本商業会議所時報』二巻六号）がここに住んでいた。

第一章冒頭の「天刑病」という言葉は、ハンセン氏病（らい病）を、神仏の下した刑罰と見做して使われた差別語である。「業病」の「業」というのも同主旨の言葉で、今日では許されない表現である。もちろん「不治の病根」ではない。

シベリヤに近く

大正時代はひと口にデモクラシーの時代と言われるが、第一次世界大戦、ロシア革命、シベリヤ出兵、米騒動、関東大震災、治安維持法の成立等、なかなかにつらい、多難な時代であった。

日本のシベリヤ出兵は一九一八（大正七）年八月〜一九二二（大正十一）年十月の間に行われた。作中で、シベリヤ派遣の部隊長は語る。「的のない戦争に、来る日も来る日も引きずり廻されて」「一体、何のために、かような奥地にまで踏みこむのだ」「彼は少しも司令部の作戦が腑に落ちなかった」

行軍の最中、日給の増額を要求しサボタージュする苦力。支那浪人の高村は要求の矛先をすり替えて「ボルシェビキイの手先が藻ぐり込んでいる」と言いつつ、苦力への非道な暴虐を行う。「遁走する奴は撃て！　撃ち殺すんだ！」

どこか劇画的なドタバタ風にも見えるが、「一体、何のために」という部隊長の言葉は、日本のシベリヤ出兵の目的の曖昧さを突いている。ボルシェビキイ（レーニンが率いたロシア社会民主労働党の左派＝「多数派」＝のちロシア共産党）の幻影に怯える姿は、満鉄沿線や関東州、朝鮮に共産主義革命が波及することを怖れる日本国家の写し絵であった。

シベリヤ出兵中の大正八年二月、パルチザン（共産主義に同調する別働隊、非正規軍の遊撃隊）により田中支隊三五〇人が全滅、大正九年五月にはアムール河（黒竜江）の海への出口ニコラエフスクで日本軍守備隊、居留民七百数十名を含む現地住民約六千人が虐殺された「尼港事件」が起こっている。

里村欣三が満洲を放浪した時期は、大正十一年十月末頃から翌年の三月頃、二回目の放浪は大正十三年秋から翌十四年秋にかけて行われたと私（編者）は推測するが、その放浪の中心地ハルビンには、どこか慌ただしいシベリヤ出兵の余韻が残っていたのではないか。母国の共産主義を嫌い満洲に逃げてきた白系ロシア人はエミグラントと呼ばれ、国際都市ハルビンの異国情緒を形成していた。

なお、初出誌（『騒人』昭和二年九月号）および『戦争ニ対スル戦争』（昭和三年五月、南宋書院）収載作に従い本書では「シベリヤ」と表記したが、『苦力頭の表情』（昭和二年十月、春陽堂）収載作では「シベリア」表記となっている。

河畔の一夜

本作は里村欣三の満洲放浪譚のうち、一番最初に発表された作品（『文芸戦線』大正十四年十一月号）である。だが、「金のない私は常に支那人に欺むかれる剛腹《(業)》から、女であれ、馬車であれ、包子《パオツ》であれ、買わない先にまづ「幾何だ？」と、きめてかかるのが習慣になっていた」や「掌櫃《ジャングイ》！　掌櫃！　快々的来」等の言葉から考えると、既に幾らかの満洲放浪の経験があるように見える。

作品の舞台になっている安東《アントウ》は、朝鮮半島の新義州から鴨緑江《おうりょくこう》を越えて鉄路で満洲に入ったその最初の都市である。新市街には日本領事館など日本人街が形成され、大正十三年十二月現在で日本人一万人、朝鮮人五千人、中国人は安東の沙河鎮と呼ばれる旧市街を中心に十万人がいた街である（外務省亜細亜局『関東州並満洲在留本邦人及外国人人口統計表（第十七回）』）。

「支那ピイ」（中国人淫売婦）を買い漁る行動は倫理道徳的ではないが、「私」の感情の動きが屈託なく描かれていて瑞々しい。私の心を悩ましいまでに惹付けた彼女の「ふくよかな股の線と盛り上った臀部の肉が露わに袴子《クーツ》の上に躍動している肉感美」。ぬぎ捨ててある私の上衣のポケットから財布をつかみ出した時の、哀れみを乞うような彼女の瞳。掌櫃《ジャングイ》＝売春宿の親方と女のやりとりがなまなましい。

何か売春宿のヨタ話のように見えながら、この時点で里村欣三が既に徴兵忌避者であったことを考え合わせると、青春とはそういう危機的な状況の中でもなお純粋に心が躍動することなんだ、と感じさせる作品である。

苦力頭の表情

静岡県駿東郡小山町の冨士霊園に作家約八百名の合祀文学碑があり、その碑には各人の代表作名と死去した年月日が刻まれている。里村の碑文は「苦力頭の表情　一九四五・二・二三　四二才」となっており、一般には「苦力頭の表情」が里村欣三の代表作とされている。この作で『文芸戦線』派の主要な書き手として認められた里村は、翌昭和二年十月、初の単独著作集『苦力頭の表情』を春陽堂から刊行した。

お牧婆に地蔵堂の下で拾われた「俺」の出生譚は、実際の里村の人生とは異なる。平林たい子も「この小説を雑誌で読んだ時、その部分のあまりな不自然さを私は夫（＝小堀甚二）に指摘した。すると夫が、その時、初めて「実はこれこれだ」と作者里村の一身上の秘密（＝徴兵忌避者）を私に話してきかせた」と『自伝的交友録・実感的作家論』（昭和三十五年十二月、文芸春秋新社）に書いている。

ロシア人の淫売婦と「俺」の、性を「売る、買う」の関係、「媚」を売って生きている淫売婦と「俺」との同一性、女に「母親の慈愛」を見る幻想、葉山嘉樹の作品「淫売婦」との比較、「バラバラした味気のないマントウ」＝食習慣をめぐる民族差別の問題、「労働者には国境はない」のか＝インターナショナリズムの質の問題など、本作をめぐって様々な論点がある。また、作中の「緑の曠野は血のような落日を浴びていた。（中略）俺の魂は落日の曠野を目蒐けて飛躍した。どこかで豚の啼き声がした」という詩的な表現にはアルツィバーシェフ『サーニン』のラストシーンの影響を指摘することができる。

しかし、本作のキーポイントは、作中の「俺」が、なぜ飢餓と野垂死に直面するような苦惨な放浪を行うのかというところにあるように思われる。テキストではその理由が幼少時の成育環境と、「人にコキ使われて、自己の魂を売ること」に耐えられず放浪に希望を見い出す「俺の性分」として説明されている。それで判ったような気になるが、「言葉ができない俺には宿屋は勿論、ろくすっぽ一椀の飯にもありつけない」土地＝満洲へ放浪する理由としては十分な説明ではない。北満への苦惨な放浪は、外形的には大正十一年の徴兵忌避（入営忌避）による追及から逃れるための「逃亡」そのものであり、単に「放浪の自由」や「魂を売る」労働を忌避するためではない。だがテキストとして作品に対峙するとき、この「捨て身の行動」をどう理解していけばいいのだろうか。古くは津田孝氏が一九八五年刊の『日本プロレタリア文学集・10「文芸戦線」作家集1』（新日本出版社）の解題で、近年では前田角藏氏が「里村欣三「苦力頭の表情」論」（『里村欣三の眼差し』二〇一三年二月、吉備人出版）で論じておられる。

　作品の舞台はハルビンと推定される。ロシアが東支鉄道（東清鉄道）の起点として起工式を行った一八九七年当時のハルビンは、松花江右岸の一寒村であった。統計により大きく異なるが、里村が初めて満洲を放浪したと推定される大正十一年には、ロシア人十五万人、中国人十八万人、日本人三千八百人（『哈爾濱乃概念１９２６』）の北満一の大都市で、ロシア風の寺院や建物が建ち並び、外国人の居住が認められた開市場（国際都市）であった。中国人は傅家甸《フージャディエン》に、白系ロシア人は埠頭区や新市街、細民化したロシア人はナハロフカに、日本人は埠頭区の一角に集中して住んでいた。

　作中「俺」が引き入れられた淫売屋で女達が弾いていた「三角なヴァイオリンに似た楽器」は、バラライカというロシアの弦楽器である。ハルビンは流入ロシア人がもたらした音楽が盛んに行われた街で、埠頭区の公園には常にロシア音楽が流れていた（『ハルビンの想い出』昭和四十八年、京都ハルビン会）。現在、黒龍江省の省都となっているハルビンでもその伝統を受け継いで、「老街音楽祭（夏の音楽祭）」などが催され、「音楽都市」をアッピールしているようである。

放浪の宿

本作の舞台は、文中に明示されていないが、おそらくハルビンである。

コテとコテ板の商売道具を入れた小さな風呂敷を肩に担いで奉天から歩いて来た詰襟の黒っぽい洋服の埃りまびれの若者（左官屋）、短刀で犬を切り裂く支那服の男、それに支那服と親しい間柄の、無期徒刑を喰ったことのある逞しい体格の黒眼鏡の男、この二人は大陸浪人だ。虱をひねり潰していた髭の濃い四十男で、ひどいトラホームを患っている男（時計屋）、それから大連から歩いて来た、女の臀に見惚れるようにロシア人に憧れる無口な青年、この五人が主要な登場人物だ。一読しただけでは、奉天から歩いて来た左官屋の若者と、大連から来たロシアに首ったけの青年を混同しがちだが、ここを読み分ければ、人物構成はしっかりと描かれていて、里村の満洲関連作品の中ではもっとも秀逸な作品である。里村の視線は奉天から歩いてきた埃りまびれの若者（左官屋）に託して語られ、「大陸浪人」が活写されている。

ロシア酒場の業慾そうな猶太《ユダヤ》系の赧ら顔の主人、ボロ綿みたいな髪の毛のその小娘。無料宿泊所「正念寺」の無精髭の伸びた坊主、黒眼鏡に宿泊所に連れ込まれ輪姦される修理婦などが作品にリアリティを与えている。殊に支那服の男が野犬を解体するシーンの描写は凄まじい迫力である。

大連から来た青年はロシア酒場で酔いつぶれオダをあげて密告され、領事（館）警察に引っぱられた。支那服の男と黒眼鏡の男は宿泊所を出たまま帰って来なかった。街一流の薬種商の日本人商館が、二人組の強盗に襲われた。あげくに領事（館）警察が捕まえたのは、無料宿泊所で乾干になって今にも死にそうになっている、奉天から来た左官屋の若者と、脂《やに》っぽい眼付の時計屋だった。

「薬種商」は裏でモルヒネを扱うことがあり、里村の「モヒ中毒の日本女」（『文芸戦線』大正十五年二月号）では三人組の日本人強盗に襲われている。「ここらの「白」は皆んなスパイだ」「網んなかで跳ね廻るようなもんぢゃねえか」など、本作の領事（館）警察の描き方にはどこか徴兵忌避者としての思慮、経験が働いているように感じられる。

旅順

ごく短い作品ながら、本作は「苦力頭の表情」とともに里村の代表作の一つと見做されることがある。この作品を読むと、一つの疑問に行き当たる。私（里村）が、地下室でポンプを汲み続ける老苦力に、「一体お前は、此処で何をしているんだい？」と聞いた時には「私の額へ吸いつくように口唇を押しつけ」「にやッと、そのまっ青な顔で笑っ」て、ある種の親近感を示したその老苦力が、「おかみさんはあるかね……？」と私（里村）が「何の気なしに、こう尋ねると、老人は不意に猛り立って、垢だらけな瘠せた腕を猿のように伸ばして私の胸倉へ摑みかかった」「あの陰気な老苦力が、妻のことを訊くと、何故あんなにも激憤したのか？」私（里村）の疑問は、同時に読者への問いかけである。

里村は自答する。「私はその理由を知らない。しかし、私は言える。あの老苦力は××を×っているのだ！――と」。伏字は「戦争」または「日本」を「呪っている」と読める。老苦力は戦争で「おかみさん」を亡くしたのかも知れない。その戦争を起こした日本人のお前が、なぜ無知、無責任にも「おかみさんはあるかね……？」と問えるのか、という怒り。

しかし、老苦力の怒りの根源は、また別のところにあるのかも知れない。「おかみさん」を持つ金（経済力）もなく、薄暗い、不潔な、地下室の中で腐って行くお前の人生に何ほどの価値があるのか。

三十年来のポンプ汲みのお前の労働に何の意味があるのか。何気ない問いかけが、老苦力の生そのものを否定する言葉に聞こえたのかも知れない。労働内容に優劣はあるのか。それが人間の優劣とイコールに結びつくものなのだろうか？　依って立つ自尊心を傷つける言葉＝行為への反発が老苦力の怒りの根源に激しく渦巻いていたのかも知れない。

作題の「旅順」は遼東半島の最南端に位置する軍港の街である。一八九八年、旅順、大連の租借権を得たロシアは、太平洋艦隊の基地として多くの砲台、堡塁を築き要塞化を進めた。このため、日露戦争（一九〇四―一九〇五）の旅順攻囲戦では、日本軍の戦死者約一万六千名、戦傷者約四万四千名、ロシア軍もそれに匹敵する多数の戦死傷者を出した地である。日露戦争後、その権益を引き継いだ日本は、旅順の高知町に関東陸軍倉庫を置いた。その倉庫は「帝制ロシヤの侵略主義が残した」広大な遺物を引き継いだもので、「赤いロシヤ式の朽ちた煉瓦建の重苦しい建物」であった。それが本作の舞台である。

倉庫の地下室で老苦力が汲み続ける「蒼黒い油のような水」は、「旅順××戦の××（旅順攻囲戦の砲弾）で破壊された壁の亀裂から、日夜こんこんと湧いて来る水」であり、「永遠に湧いて尽きない地下室の水が、××の××（兵士の血潮、血糊）のように真赤に見える」水である。

作品の冒頭は「××の惨禍にかこまれて、喪服を着たような旅順の街がある」という一文で始まる。結びは、旅順港口閉塞作戦で死んだ水兵の「生霊を呑んだ海の波音に、陰惨なうめき声がきこえる」「死霊が音もなく海の上へ立ち塞がって、旅順の街の灯を睨んで押し寄せるような気がする」で終わる。ともすれば差別をめぐる異形の物語の方に引きつけられ勝ちであるが、戦争の惨禍の記憶がループしながら繰り返し、執拗に作中に刻み込まれており、特異な反戦小説として読み返すことが必要ではないかと思われる。あたかも日露戦争から四半世紀の節目に書かれた作品である。

国境の手前

安東《アントウ》という街について、『全国飲食料業界大鑑満鮮の部』という昭和八年の本に、「一度満洲の奥地に於て事業を廃し日本内地に引揚ぐるために朝鮮へと向う人々も、此地に到れば暫く足を駐めて再起を計る等の特殊の雰囲気もあって、安東は朝鮮から満洲への第一玄関口として、又満洲開発者の休息所として、一般に親しみ深い市街である」という記述がある。安東は満洲の玄関口として期待を掻き立てる安奉線の起点であるが、満洲から朝鮮半島に戻る場合には出口となる国境の街であった。本作はこの「特殊の雰囲気」を背景に展開する。安東は鴨緑江《おうりょくこう》が黄海に注ぐ河口近くに位置し、対岸の朝鮮側には新義州の市街が開けていた。大正八、九年頃から流行したと言われる「鴨緑江節」に「朝鮮と支那の境のあの鴨緑江、流す筏はありゃ良けれども」と歌われているが、安東、新義州とも上流の松や檜、モミ等の木材の一大集積地で、大正六年には新義州に王子製紙朝鮮工場が設けられた。安東と新義州の間には鴨緑江大鉄橋が架けられ、鉄路の左右に歩道が設けられて河幅一キロほどの対岸との行き来に利用されていた。鉄橋の中央部は九〇度に回転し、大型船が通行できる機能を持っていた。この鉄橋は朝鮮戦争の際に破壊されたが、その一部は「断橋」として現在も残っているという。

馴染みの平康里《ピーカンリ》（妓楼）の女が登場する里村の作品に、「苦力監督の手記」（『文学評論』昭和十年七月号）というのがあるが、里村の作品に出てくる女は、たとえ身が社会の底辺に喘いでいてもみな自律していて力強い。メソメソしない。男に対して卑屈ではない。言うべきことは言う。本作においても「（悩みや苦しみが）あったって、なくったって仕方がねえぢゃないか、淫売で顔が腐りゃ乞食をするばかりさ。たったそれだけの覚悟があるだけさ」といって男をやりこめる安酒場の女の覚悟がすがすがしい。

本筋から離れるが、「その日は恰度日躍日だったので夕刊がなかった。それで配達夫は全部その日一杯、受持区域の集金を命ぜられたのだった。それが幸であるか不幸であったか……？　いまも時々、新二は人生の苦難に当面する毎に、その日を思い出すのである。――」という箴言じみた言葉がこころに沁みる。人生はしばしば偶然の出来事により変転する。里村の人生もそうであったのだろう。こうした苦い感慨は順調な人生を生きている者の上には訪れない。

濃霧《ガス》

本作は大正十三年頃の北海道放浪に材を取った作品であると思う。長万部の駅で「私」は、これまでの禁欲の人生を一気に精算するかのようにすさまじい食欲を見せる松原善作という老土方と道連れになった。

松原は「監獄《タコ》部屋の脱走者としか見えない老土方」と形容されているが、里村には別に「監獄部屋」（『大衆文芸』昭和六年二月〜八月号、のち「光の方へ」と改題）という長編作品がある。こちらの方は室蘭の労働宿（仕事を斡旋し、宿泊料を回収する宿屋＝追い込み部屋）大黒屋で、借金に追い込まれて、釧網本線建設の監獄部屋に行く福久寛次と、彼に救いを求める宿の女中お松の物語だ。室蘭市の情景描写も具体的で適確に描かれている。本作の「濃霧」とは異なり、もっとシリアスな、奥地での出来事を描いた内容ではあるが、やはり同じ頃の北海道放浪体験から生まれた作品だと思う。

濃霧の長万部で出会い、濃霧の函館で姿を消した本作の老土方松原善作。その行状は荒唐無稽なでたらめなものに見えるが、老人が姿を消したとき、「私」は、「老人の深い絶望を再びこの社会に呼び戻す愚」を瞬時に悟るのであった。濃霧と濃霧の間に一瞬だけ姿を見せた老土方の「絶望」を描いた極めて優れた作品である。

本作冒頭の十数行に書かれている自虐的な文章は、作品「思い出す朴烈君の顔」の項で紹介したように、大正十二年春～初夏の頃、不逞社の朴烈氏や金子文子さんらと親しく交わったのに、自分は彼等のように叛逆的にも戦闘的にもなれず、放浪に流れている。そういう自己を嫌悪しているのである。もちろんその裏には里村自身がすでに徴兵忌避者であったという隠れた事情を抱えているのであるが……。

痣

「痣《あざ》」も、北海道での放浪譚の一つである。「私」がヘトナイの鉄道工事から解放され、苫小牧から長輪線を経て函館に舞い戻り、木賃宿の追い込み部屋で体験した話が描かれている。その老人は土方稼業の男で、「一種の無言癖に取りつかれた人間」＝「黙狂」「黙助」であったが、人の寝呆けた隙を狙って猿股を脱がしにかかる癖があった。この「黙狂」の老土方は、実は子供がまだ幼なかった時に行方をくらましたその親父で、二十数年を経た今では耄碌《もうろく》し、ただ我が子の股に「痣」があった記憶を頼りに、同年代の若者の股ぐらを探り、人違いしては若者に殴りつけられている。息子（子供）は「明治三十五年生れの長男川北徹夫」という設定だが、「明治三十五年」は里村自身の生年である。

北海道の放浪譚とは別に、大正十三年始めの厳冬期から早春にかけて行われたと推測される信州放浪に材を取った作品がある。糸魚川で道連れになった「権爺さん」と一緒に大糸線の線路伝いに信州へ放浪し、犀川の護岸工事で働く「息子」（『新興文学』昭和三年三月号）という作品は、「権爺さん」が家族や生国についてあれこれ出鱈目のホラ話を繰り出すが、最後には病み疲れ、「私」に背負われて「深川の富」の「備中屋」に送り届けられる話である。「備中屋」は里村の母金《きん》の出身地＝備中高梁に因んでいる。「深川の富」はかつてドヤ街があった深川富川町（現在の東京都江東区森下辺り）で、大正九年の資料では百十軒の木賃宿があり、部屋数千七百、一日約三千五百人の「自由労働者」が利用していた一大寄せ場である（『自由労働の研究』大正十年九月、東京日日新聞社）。木賃宿での出来事を描いた秀作には本書収載の「佐渡の唄」があり、もの言わぬ土方＝「黙狂」「黙助」を描いた作品には同じく本書収載の「十銭白銅」がある。

信州放浪譚には他に、信濃川の堤防工事に従事する職人（トロ車を曳く軽便機関車の機関手）の自負心を描いた随筆「職人魂――芸術」（『戦車』大正十五年九月号）があり、興趣尽きない作品群を成している。

展――プロレタリア作家

疥癬

「彼女の髪と白粉と香料との女の匂いが、トランプの手札をはたきつけるたびに、匂わしく煽られて、如何にも艶めいた情景をかもし出した。そして勝負ごとに、熱狂し興奮した座の上一杯に、これも上気した彼女の微笑が、白い歯並とともに滴り落ちた。そして歓笑が、その下に湧きあがるのだった」福寿堂の娘お時への儚い片思い、「三十一《サーティーワン》」をやる時の心のときめき。まるで行間から「髪と白粉と香料」の匂いが紙面に舞い上り、歓笑が聞こえてくるような艶めいた描写である。

「そんなことは私自身の身の上から言って」や「それ以上の要求も欲求も私にはもてない事情があっ

た」等の文は、「徴兵忌避者」である自身の身上を隠然と語っているのだが、里村にとってそれは隠し通すべき秘密では勿論あったけれども、アナーキーな心性のままに、鬱屈せず、青春の生命の躍動を見せていて、高ぶった興奮が心地良く読み手にも伝わってくる。

本作は文末の擱筆日付や中国の国民党による北伐の記述などから、大正十五（一九二六）年十、十一月、里村欣三、二十四歳の出来事と思われる。「石田」というのは、のち『文芸戦線』の編集者にもなった詩人の石井安一氏であり（平林たい子「二人の里村欣三」『別冊文藝春秋46』昭和三十年六月）、「S・M・Uという俸給者組合をやっているS氏」は、大正九年四月の東京市電争議のとき、収監中の中西伊之助に代り日本交通労働組合の理事長代理を務めた杉原正夫氏だと思う。文中「当年の意気猶衰えない叱声を加え」て三人の渡支を激励している。「渡部」については未詳、中国の知人を紹介した「K君」は小牧近江氏の可能性があるが、これも未詳。

「金熙明氏の野獣群文芸漫談会に行っての帰り」という文があるが、雑誌『野獣群』の昭和二年一月号には同人として里村欣三の名前があり、「けだもの」という三ページの小戯曲を載せている。

前田河廣一郎の「福本イズムと疥癬」（『十年間』昭和五年五月、大衆公論社）という一文に、里村の疥癬に関した記述がある。本作は事実をケレン味なく書き記した作品だと思われる。

なお、文末の檄文『上海市民的出路』の主意は、「中国共産党は未だ公然化していないが、組織はすでに全国に広がっている。不断に革命的奮闘をしよう。」というほどのものである。

動乱

里村欣三が小牧近江とともに汎太平洋反帝会議に参加するため上海に渡ったのは昭和二年四月のこと

である。『文芸戦線』昭和二年六月号の「青天白日の国へ」や「新軍閥蔣介石の正体?」は、里村と小牧によるその報告である。上海では訪問直前の四月十二日に蔣介石による「反共クーデター」が起きていた。だが本作に描かれているのは、「反共クーデター」後の国民党と共産党の内戦ではなく、国民革命軍が上海に入る直前の昭和二年三月二十一日、上海総工会のゼネストと武装工人糾察隊の蜂起により北洋軍閥の山東軍を上海から駆逐した闘いである。作中では「旗」がキーワードになっている。終盤、民衆が自然発生的に高潮する中で歌った「高擎赤旗　生死其下」の歌(高く掲げよ赤旗を、生死はその下。卑怯者はとっとと失せろ。我らの旗よ、我らは守る)の「赤旗」は、上海総工会の組合旗なのだろうか、それとも死んだ洪張の母親が秘密裡に縫っていた国民党の青天白日満地紅旗なのだろうか。

作中に「尿毒症にかかって失明した」お花というキャバレーの女や、黒田という「上海××新聞記者」が登場するが、同主旨の設定に「仮面」(『福岡日日新聞』昭和四年七月十六日〜同八月十六日)および『支那から手を引け』(昭和五年十一月、日本評論社)という二作の長編がある。作者名はともに前田河廣一郎であるが、里村との共作であることが『支那から手を引け』の序文に書かれている。

他国の動乱の全体を同時代的に描き切ることは難しい。本作も、作家としての視線、モチーフと、「動乱」の現場で右往左往する素の「私」個人とがギクシャクと作中でぶつかり合い、読みづらい作品となっている。構成としては、船大工の朱敬鎮とその女房、ひとりッ子の洪張とその死に焦点を合わせ、他は捨象したほうが訴求力があるのではないかと思うが、しかしそうも行かない事情、時代であった。

本作が発表された前後の、昭和二年から三年にかけては、プロレタリア文学運動が最も激しく対立し、分裂した時代である。簡略化して言えば、プロレタリア文学運動は現実の政治に対しどのような役割を果たすべきなのか、非合法の日本共産党を支持するのか、合法の社会民主主義政党(労働農民党)を支持するのか。また今日では容易には想像し難いことだが、コミンテルン（共産主義インターナショナル）という国際的なつながりの中で、「二七年テーゼ」など情勢分析と闘争方針の決定、実践が求められた時代であった。

『無産者新聞』に発表された鹿地亘の論考「所謂社会主義文芸を克服せよ」（昭和二年二月五日）は、「芸術の役割は其の特殊の感動的性質に依って、政治的暴露によって組織されて行く大衆への進軍ラッパとなること」であるとした。この論考を巡り、昭和二年六月に「日本プロレタリア芸術聯盟」（中野重治、久板栄二郎など）から労農党系の「労農芸術家聯盟」（葉山嘉樹、里村、前田河など）が分裂、十一月には「労農芸術家聯盟」から「前衛芸術家同盟」（蔵原惟人、橋本英吉など）が分裂、鼎立した。昭和三年三月十五日には、二月の第一回普通選挙の結果を危惧した田中義一内閣が、非合法の日本共産党を中心に一六〇〇人を治安維持法違反で検挙、「日本プロレタリア芸術聯盟」と「前衛芸術家同盟」はこの弾圧に対抗するため「全日本無産者芸術聯盟」（ナップ、機関誌『戦旗』）を結成した。政治面では蔣介石の北伐軍に干渉する数次に亙る山東出兵が行われている。このように本作「動乱」は、文学的情緒の問題だけでは完結しない、政治的暴露が一層求められた時代の作品であり、作中に長々と引用されている上海総工会の異質な「宣言」文の採録もこうした情況を反映している。

娘の時代

本作に先行する「村の老嬢」（『文芸戦線』大正十五年一月号）という小品は、母親の死、父親の「顔腫」、「ほんの半年そこそこに娘気のなくなっ」ていく「おとき」の痛ましい変化を描いている。「荒男のように牝牛を使って」田を漉き、ナリフリ関わず重い肥桶を担ぐ「おとき」。

「村の老嬢」から一年余、本作「娘の時代」も母親の死、父親の「顔腫」を設定し、「半歳そこそこのうちに生活とその環境に打砕かれたお君の青春」「急激に娘気を失ってゆく彼女を」見つめているが、丁寧な場面設定と心情の描写により、前作よりも格段に優れたリアリティを獲得している。

作中の「筒っぽ」は、着物の袂《たもと》がない筒形の袖で、労働着として使われてきた。脇下に切れ目が入り、袂が長くなれば留袖、振袖になっていくが、こうした「筒っぽ」の設定なども旨い。

「私はすくすくと、伸びてゆく青麦のような青春を感じた」という一文で始まる本作は、それに相応しい早春の自然描写から展開する。鶯の鳴く梅林で、出し抜けに「お君さん……」と囁いて、はじめて自分の恋心を自覚した「私」。藪の裏で彼女の家と私の家は向い合っていた。「それが反って苦痛」なほどに恋心は嵩じていた。お君と「私」は同い年の、満十五歳である。

青年団の入団式と餅つき、それに続く報恩講のエピソードが、反骨心にまみれた「私」の視点で語られる。肺病で寝込んでいる住職に代り報恩講を仕切る「どこの風来坊か解らない客僧」の「足袋の裏が真黒だった」という描写などは余りにリアル過ぎて、作者の実体験か、ある種の史実の存在を類推させる。

顔の癌腫で苦しむお君の父親は、「俺は百姓だ、祖先からの田地を潰して、もとの体になったところで、もう二度と一たん手放した田地を買戻す力がないことを、よう知っとる。それよりも祖先から伝《つたわ》った大事な田地にキヅをつけずに、子孫に譲るのが道理ぢゃ……それがこの俺にできる唯ったひとつの路だ。……こう云って訊かない」。それに対して「私」は、「生きるか死ぬかの瀬戸際にまで来ていながら先祖の田地を、どうあっても手放すことが出来ないなんて云う訳のものではない、と思った。それは単に先祖代々の財産を守る番人でしかない、そしてそう云うことであれば決して先祖代々の財産が、その人間にとっては有難いものでも、仕合せな存在でもない」と考える。

和田崇氏は、「里村欣三「娘の時代」試論」（『里村欣三の眼差し』二〇一三年二月、吉備人出版）で本作を評し、「労働の過酷さは専ら彼女（お君）の「身体の変化」によって表現されている」「無益な労働によって人間の「生の時間」が剝奪されることを、里村はリアルな身体描写によって告発しました」とし、「プロレタリア作品の多くが、政治的命題や社会的素材を重視し、教条的で読みづらく、暗鬱な気分にさせる傾向にある中、「娘の時代」が持つこの文学性は、（現代も含めた）読者を獲得する上で極めて重要な要素であります」としている。抒情性豊かな青春小説として、古びない普遍性を持った作品である。

暴風

地主山政は、「弟のお蔭で、自分は百姓から泥草鞋を脱ぎ捨てて、すっかり田地を一切彼に委せ切って、金を貸付けたり、質屋を営んだり、保険の勧誘に出歩いたり、肥料の売買に手を出すなど、抜け目なくしこたまに儲け込むことが出来た」。山政の実弟「藤さん」は「せむし」であり、納屋の屋根裏に寝起きして「全くの農奴」のように扱われており、また女中の「お兼」は「斜視」で「扁平足《偏》」、「小作料のカタにとられて」「女奴隷のようにも侮辱され、牛よりもひどくポイ使われ」ている。

中国地方の農村での封建的な搾取、差別を描いた佳作であるが、この作品にはいくつかの批判がある。まず、本作の結末部分＝堤防の決壊が迫る暴風雨の夜、山政の木小屋に放火した（らしい）「お兼」に対し、「逃げるんだ！　逃げるより途はないんだ！」という「私」の解決策のあっけなさが作品の弱点になっているという批判。あるいはまた、語り部たる「私」の設定が、「もう四五ケ月も仕事にあぶれつづけて、喰うか喰わずでこの地方を放浪」していて、ようやく地主山政に拾われた「下男奉公」という半ば部外者的立場であり、これでは農村の封建的な諸矛盾の解決を担う人物=視点としては弱い設定である、という批判である。

確かに本作の結末部分には不満を感じることがある。仮に木小屋に火をつけたのが「お兼」だとすれば、「お父《とう》が可哀そうだ。お母《かあ》に済まん……。わしは逃げることがならねえがな」という語りもどこか矛盾を含んでいる。いっそ「お兼」を(アナーキーに)逃亡させる結末の方がよかったのでは、とも思える。

だが、「視点」を担う「私」の人物設定を、勇敢で不屈な農民運動の闘士として創造すれば良かったのか、といえばそうとも思えない。むしろ「私」の立場が、「せむし」の「藤さん」や「斜視」で「扁平足」の「お兼」と同じ支配される側の「下男奉公」者であったからこそ、一筋縄では行かぬ差別をめぐる物語を作り出すことができたのではないだろうか、と思う。

それにしても、冒頭に近い部分で、「お兼」の容貌を「色艶の悪い南瓜のようにへちゃげている」などとあげつらう数行の文章には、不謹慎ながら思わず笑いを誘われる。「お兼」がそれを聞けば、どう言うであろうか。地団太踏んで悔しがるのか、「まあ、えげつないことを……」と言いつつ許すのか。たった一言であっても、その人を悲しませ、打ちのめす言葉があるのに、差別語、侮蔑語のオンパレードである例えばこの箇所をどう評価すべきなのだろうか。

「藤さん」は「お兼」に好意を持っているが、「お兼」は受け入れない。「私」は「お兼」に同情心を持っているが、「時たま彼女を私の淫らな欲望の対象に考えること」がある。妄想の中で「私」もまた、人格を抜きにした性の対象として「お兼」に差別を行っている。

差別のもつ様相は複雑だ。支配・被支配の関係の中にだけ起こるのではない。むしろ支配されている者同士の中に、いびつな形をとって現れる。

「私」と「藤さん」とは「枕を並べて寝」る関係で、「私」は「藤さん」に親近感を持っている。「私たちは仲よく肩を並べて、――多分昼飯に帰る路であったかと思う。私は調子よく何処か、藤さんには珍らしい旅の話を聞かせていた」「その日も私は彼に何か、珍らしい話を聞かせていた。それで私は夢中になって、彼の肩に私の体をすりつけるようにして、話かけていたのだろう。私と藤さんが並ぶと、彼の頭が丁度私の肩のところにやっと届く位である。すると彼は、私が話に事寄せて丈比べをでもしているものと感違いしたのであろうか。いきなり私を泥田の中へ突き転がして、自分も泥だらけになって、私に組みついて来たのだ。私は余りに突嗟な出来事なので、すっかり面喰ってしまった。そして何故に、彼が私を泥田の中へ出し抜けに突き転がしたのであるか――その原因を考える余裕がなかった。私も怒った。二人は泥田の中で、烈しい組打ちを始めた」

「私」は無意識の裡に「藤さん」を差別したのだろうか。「私」に突きかかる「藤さん」の怒りは正当なものなのだろうか。「体をすりつけるよう」な「私」の親近感を、被害者意識にかられて「藤さん」は誤解しているのではないのか……。「突嗟な出来事」であり、その時は「原因を考える余裕」がなくて「烈しい組打ち」になってしまったが、作中の「私」は心の中で「藤さん」の怒りを認め、そのアナーキーな行動を受容しているように読み取れる。

今日では農村も変貌してしまった。この作品が発表された当初の、封建的な搾取に対する告発という側面は、その対象となる悪徳地主自体が雲散霧消して今では存在しない（ように見える）。

差別語、侮蔑語の向こうに生起する極めて人間的な、ビビットな情念の描写こそ本作の色あせぬ魅力である。差別、差別語は、相互の関係性の中に姿を現す。何度も立ち戻り振り返りたい魅力ある作品だ。

佐渡の唄

一九二八年三月十五日の左翼、共産党に対する治安維持法違反容疑一斉検挙の直後、『文芸戦線』の昭和三年五月号には黒島伝治の反軍小説「穴」、山本勝治の「十姉妹《じゅうしまつ》」、里村の「佐渡の唄」と、優れた小説が一挙して並んでいる。逆説的だが、プロレタリア文学運動が最も精彩を放ったのは、前年からこの年にかけてではないかと思う。

木賃宿のコミ部屋（相部屋）には「落合と云う左官屋の手伝いと、川内と呼ぶ土方の立ん坊と、青物市場の車力引きの岡田」、それに川内と一緒に洲崎の埋立に働く「私」、そこへいつの頃からか得体のしれない白い頤髯《あごひげ》の易者風の老人が割り込んでいた。

「金さえあれば、人生が変わる」という底辺労働者のはかない願望が、テンポのよい会話文となってはじけ飛んでいる。まるでよくできた落語のように、金をめぐる夢・ヨタ・誇大妄想の「マクラ」があり、欲望につけ込まれて詐欺常習犯の老人に手玉に取られる「本題」が心地よいスピードで展開される。「オチ」には「車力引きの岡田」と恋人の「お君」の悲劇が待っている。

「佐渡たあ、あの老ぼれ奴！　旨い狂言を仕組んだものさな」

「佐渡の金山」という歌の詞《ことば》が、幻想を誘発し、埋蔵金詐欺をまことしやかなものに見せる。

楜沢健氏は「ここでは佐渡の民謡「佐渡おけさ」が大きな意味と役割を演じる。煽動や熱狂には唄が欠かせない」「佐渡を満州に置き換えて読めば、この作品の意味がさらに明らかになるだろう」（『アンソロジー・プロレタリア文学1　貧困』二〇一三年九月、森話社）とし、「旧満州国は、「王道楽土」「五族協和」なる美辞麗句で塗り固められた、近代日本が作り出したもっとも大がかりな詐欺にほかならなかった」（「草木も靡く、詐欺の歌」『里村欣三の眼差し』二〇一三年二月、吉備人出版）と指摘されている。

本作では、詐欺の被害者「車力引きの岡田」の恋人の名が「お君」となっている。どのような意味もないのかも知れないが、「娘の時代」の娘も「お君」、里村が愛着した作品「十銭白銅」の薄幸な娘も「お君」という名である。

なお、「金に対する人間の心の微妙な働きというものは、まるで癲癇病《てんかんやみ》みたいに予想外に度外れた結果を引き起し勝ちなものだ」という文章が「マクラ」部分にあるが、今日では差別的表現である。突然に引き起こされることの例に癲癇病を挙げる必要がないことは、被差別者の痛みを考えれば明らかである。

十銭白銅

「十銭白銅」は里村の執着した作品で、『新興文学全集』第七巻（昭和四年七月、平凡社）及び『兵乱』（昭和五年五月、鹽川書房）さらに『光の方へ』（昭和十七年六月、有光社）に繰り返し収載されている。別に初出誌があるように思うが、現時点では未詳である。黒島伝治の「二銭銅貨」や江戸川乱歩の処女作「二銭銅貨」などと同様、貨幣を題名にした本作も印象に残る佳作である。

太平洋戦争の直前に（遺著的に）刊行された『光の方へ』の序文では、「今日の戦時体制下のきびしい現実から、かつての旧体制的な機構と生活から、一歩づつでも喘えぎ出ようとして、もがき苦しむ自由労働者の苦悩と、そのはかなき希望とを再吟味することは、今日の新しき時代の確認のためにも、それ相応の意義が存するのではないか、と思い、あえてこの作品を選択した」とある。マレー戦線に従軍する直前においても、里村はこの作品に登場するような底辺労働者に同情の眼差しを持ち続けていたことがわかる。

どのような経緯で「お君」の盗癖が生じてきたのか、「お君」の人生の変転がリアリティ豊かに描かれている。同情心だけで生きている「お君」は、行き倒れの乞食婆に同情し、店の「十銭玉」をくすねる。また別の或る日には「寒さに打ち顫えている乞食娘を夜店の帰りに見つけて、その娘に身ぐるみ着物をぬいで呉れてしまった。そして自分は襦袢一枚になって帰宅」した。

「お君」に愛情の眼差しを注ぐ老土方は、「〔黙り屋」で無駄口一つ利かない、炭団《たどん》のように憂欝な土方」で「不思議な偏屈者」である。だから、「黙」「黙狂」「黙助」と人からは呼ばれていた。「彼は言葉のかわりに身体を動かした。それで不自由がなかった。ぽかッと殴ぐった。言われれば穴を掘った。石を運んだ。請負人には、最も都合のいいロボットであった。その物言わぬ憂欝な変質者が、お君を愛していたのだ。（まるで自分の子供のように！）」

アナーキーな行動によってしか自己を表現できない「黙」。それゆえにというべきか、「私」（里村）は「黙」と呼ばれる老土方に畏敬の念を持っている。「私は彼に麗わしい人生の「寂寥」を見出すことが出来る」「私なんかは、彼の秘めている人生経験に較ぶれば実に問題にならない青二歳である」。

同情心豊かな「お君」だが、乞食娘に身ぐるみ着物をぬいで呉れてしまった時、主人に「恐ろしい朝鮮人にふんづかまって、着物を剝がれてしまった」と嘘をつく。この表現をどのように理解したらいいのだろうか。朝鮮人に対する当時の差別的な社会意識が無自覚に表出したものなのか、あるいは虐げられた者にしてなお他者への差別があるという警告なのだろうか。

売り得ない女（「東京暗黒街探訪記」第十章）

本稿は、葉山嘉樹との「共同調査及制作」として雑誌『改造』昭和六年十一、十二月号に掲載された「東京暗黒街探訪記」から、最終章の第十章を抽出した。当時の二人を知る広野八郎氏は次のように述べている（「里村欣三氏の追憶」、『遺言』第十四号、一九七九年九月、黒痴社）。

「昭和六年（一九三二）の「改造」の、たしか一〇《ママ》月と一一《ママ》月号だったと思う、葉山嘉樹、里村欣三連名の、「東京暗黒街探訪《ママ》」というのが載っている。（この探訪で両人とも淋病にかかり、しばらく苦しんでいた）これは里村氏が執筆したのに、一部葉山氏が筆を加えたのだときいている。当時の東京の暗黒街をあばいた、めずらしい記録だと思うが、連名であるため、宙にういて消えてしまうことは惜しい」

いま「東京暗黒街探訪記」を振り返ってみると、第一章「どてのお金《カネ》」から第三章「街娼」までは、東京市社会局主事草間八十雄氏の案内による夜の貧民街探訪で、探訪する主体（主語）は「私達」「葉山」「里村」「草間氏」である。第四章「初心な玉ノ井の女」から第七章「公達と貧民窟」は夜から昼の情景に変り、探訪者は、草間氏が抜けて「私」「私達」「葉山」「私と葉山」「里村」である。だが、第八章「バタ屋街」から最終第十章「売り得ない女」までの探訪者（主語）は、ただ「私」一人である。「バタ屋街」の変遷、逸話は里村の得意とするところであり、第八章の「千住大橋の古物市場は、満洲の「ショウトル《小盗》市場」にそっくりだ」とか、第九章の「私はこの荒茫とした、満洲の平原を思わすような、放水路土手を彷徨して見た」という表現には、里村の満洲体験が透けて見える（この時点では、葉山にはまだ満州体験がない）。詳述は省くが、第八章からの行動と感性は、まったく里村欣三のものである。

採録した第十章は、題材も朝鮮人の経営する労働者相手のカルボ（蝎甫＝朝鮮の私娼）という特異なもので、感情の描写も優れているように思う。

ここでも「彼女の捨鉢なところ」に惹かれる「私」がいる。彼女（徐鏡月）の「アリラン」の歌を聞いていると、かつて鴨緑江の川っぷちでその歌を歌っていた狂女のことを思い出す。「徐鏡月も私も、ぐでんぐでんになるほど酔っ払っていた。私は彼女からあらゆる言葉で罵倒されて、私達が無意識に背負わされている「優越感」に、唸るような強い鞭を加えて貰い度いと思った」この朝鮮人差別に関わる「私」の自意識に留意しておきたい。

最後の、徐鏡月の亭主の行動なども、どう理解するのか。その地団太を踏む形相の凄まじさに、「私」は「逃げるように」して「表へ飛び出」す。

「探訪記」の範疇を超えた、里村欣三にしか書けない、印象に残る作品である。

古い同志

本作の時代背景は、大正八年夏の「官業のB工場」、即ち東京砲兵工廠の官業組合「小石川労働会」による増給、臨時手当支給を求めた同盟罷工に仮託されているように見える。

しかし、復職を求める「哀訴嘆願派」＝「微温な妥協派は、日蓮の狂信者で、有名な大ヤマカンの本田千代太郎に縋りついて、退職陸軍大将大勢戸将軍を団長とする「救世団」の袖に泣きついた。そして彼等はここで「悔悟の状」が現われるまで、明治神宮の外苑工事に労働奉仕した」という作品の内容は、「官業のB工場」の争議ではなく、里村欣三が経験した大正九年四月の日本交通労働組合（東京市電）のストライキとそれに続く後退期の確執なのである。「本田千代太郎」は本田仙太郎で東京砲兵工廠の罷業にも斡旋役として登場するが、「救世団」の「大勢戸将軍」（大迫尚道大将）や「明治神宮の外苑工事に労働奉仕した」等の記述は、日本交通労働組合をめぐる史実に一致する（『東京交通労働組合史』昭和三十三年二月、東交史編纂委員会）。

「その当時の吉岡は、まだ若かった。十八才になったばかりの青年であった」「吉岡は大阪へ走った。そして彼は再び、労働運動の渦中に飛び込んだ。そしてA電気の争議で入獄した。彼が二年の後に上京して来た時には、「哀訴嘆願派」の運動は成功して一年前に元通りにB工場に復職していた」という「吉岡」の年齢と経歴は、里村欣三の年齢と経歴に一致する。即ち大正九年の東京市電争議に敗れ、十年神戸市電に潜入、徴兵検査の年の十一年四月馘首されて再入職を要求し、担当課長を刺傷させて入獄、同年秋入営を嫌って満洲に逃亡（徴兵忌避）、「二年の後」即ち大正十二年初夏に里村は再び東京に戻った。やや唐突に書かれている一文「ね、吉岡君、君が×××へ行って消息を絶った時、僕の嬶や芳子がどれほど心配したか知れないぜ。もう殺されたものと諦めて、十月三十日、君から最後の消息があった日を命日にして、位牌をまつっていた位だ」は、大正十一年秋の満洲逃亡の時期を示唆しているのではないかと考えられる。

この作で、「私（吉岡）」の尊敬する黒川は「昔のままの「直接行動派」——アナルコ・サンヂカリストであった」として、批判の対象となっている。

里村は資質的には束縛を嫌い、純情、捨て鉢、直情径行のアナーキストタイプであるが、政治的には合法無産政党の労農党を支持した。「アナルコ」とは無政府共産主義のことで、自由を奪う政治権力や中央集権、法律を嫌い、選挙や議会にも否定的、ロシア革命に対しても単に支配者がボルシェビキに変っただけで「自由の解放」ではないとして評価しない。「サンヂカリズム」は労働組合を社会の中心的組織として生産と分配を行い、他団体とはゆるやかな連合を目指す。

無政府共産主義は、原始共産制や牧歌的な村落共同体としてイメージすることはできる。だが、今日のようなグローバルな競争社会、高度な分業体制の中では、無政府共産の生産様式を具体的に想像することは難しい。チトー亡き後のユーゴスラビアで、労働者による工場の自主管理が行われた時期があったが、結局資本の競争原理の中で疲弊し、民族ナショナリズムに粉砕されて、内戦へとつながっていったのである。社会主義や共産主義が資本主義に対抗する思想として信じられた幸せな時代は去り、今日では無政府共産主義はその原理の純粋性ゆえに命脈を保っているように見える。

襟番百十号

『労働週報』大正十一年七月十九日号は、里村欣三の入獄について、次のように伝えている。(おそらく)神戸刑務所に服役したのではないかと思われる(圏点引用者)。

「懲役六ケ月　神戸前川二亭君　四月廿五日下獄　十月廿五日出獄　前川君が何故投獄されたかといふに、神戸の市電を馘首されたので運輸課長に抗議をし再入職を要求したが其ゴマカシ的謝絶を聞くや何だ此野郎と、其横ツ腹を刺し、殺人未遂で起訴されたが、結局脅迫罪と宣告されたのであるさうな」

里村の入獄体験は、この他、昭和四年八月、国立中野療養所の看護婦の待遇改善闘争を支援して杉並署に一時拘束されたり(『木瓜の実』石井雪枝、一九九〇年六月、ドメス出版)、昭和八年九月二日、江口渙宅で「極東平和の友の会」のことで雑談中、田無署に召喚された(『葉山嘉樹日記』昭和四十六年二月、筑摩書房)ことがある。

本作は、入獄体験を戯画化して笑いを誘うが、直接に神戸刑務所を指し示す言葉はどこにもない。減食処分中の食い意地、半白の鰌髭から涎をたらして居眠りする老看守。天窓から見える風船広告には

「大河内傅次郎主演上州七人男」の文字が見える。大河内の「上州七人男」ならぬ「上州七人嵐」は日活太秦の制作、昭和八年三月末の上映だそうだから、単に本作の発表時期（『労農文学』昭和八年五月号）を表しているだけである。この作品にはむしろ神戸より東京の臭いが感じられる気もする。

転——動揺

北満の戦場を横切る
戦乱の満洲から

昭和六年九月十八日に勃発した満洲事変の取材のため、里村欣三が改造社から特派されたのは昭和六年十一月下旬から十二月中旬に掛けてであった。その報告が「北満の戦場を横切る」（『改造』昭和七年一月号）と「戦乱の満洲から」（同二月号）の二つのルポルタージュである。

このルポに対して、中条（宮本）百合子は「黄色い特派員——里村欣三の満蒙通信——」という見出しで「ファッシズムの報告文学」と決めつけて批判を加えている（『東京朝日新聞』昭和七年一月三十日）。「作者が大いに視察記録しようと出かけた意気込みは、ほのかに分る。が、いざ実際、組織強固な帝国主義侵略軍の間にもまれて見ると、彼がどんなに内心びっくりし、臆病になり、完全にファッシズムに降参してしまっているかが文章の間からうかがわれる」「中国人、正しくは中国のプロレタリアート・農民に対して、筆者をこめての武力的侵害者の一団が、どういう関係にあるかということは、一言もふれられていない。そこまで問題を切りこむ作家の人間的省察も階級的責任感もない。それどころか、そもそも彼をして馬賊に面会させるに至った満蒙事件の、日本の帝国主義の経済的・政治的原因については一言の感想も説明も加えられていない。第三の満鉄讃美にいたっては、笑止千万である。この社会ファシストの代表は、満鉄が不明の活動を援助しているというようなさかさまごとを臆面なく披瀝して軍事活動を合理化している」

これに対し、当時の里村を知る広野八郎氏は、「満洲事変がはじまってしばらくしてから、里村氏は「改造」の特派員として渡満した。葉山氏の推せんによるものだった。里村氏は満洲で苦力となって働いた経験をもっていたのだ。中条百合子氏が「黄色い特派員」ときめつけた、里村氏の文章は、相当好評だったように思う。その証拠に、帰ってからただちに、また「改造」から、東北地方の飢饉の実態踏査に派遣されているのである。あの時代に、軍部の行動を記事にするのに、ことに営業雑誌に発表するのに、「赤」とか「黄色」とか、そんな色わけなど出来るはずはなかった」（『遺言』第十四号、一九七九年九月、黒痴社）としている。

橋川文三氏は、『昭和戦争文学全集1　戦火満洲に挙がる』（昭和三十九年十一月、集英社）の解説で次のように述べている。「里村が事変を関東軍の計画と判断していたかどうかはわからない。しかし、事変直後における満鉄の軍隊輸送が一糸乱れず行なわれたことは一般にも驚異の的であり、（中略）当時の共産党機関紙『赤旗』もまた、列車運行の分析を基礎として、事件の謀略性を抉っていた。そうした点からも、里村のこのルポルタージュはかなり興味ぶかいものがある。また、このルポルタージュの中に、東北農村の一兵士を点綴したことも、折りからの未曾有の農村不況と事変勃発の関連を暗示するものとして、印象的である」

それにしても生々しい戦場跡の描写である。ルポルタージュに対する評価は色々にあるが、この満洲事変への報道特派は、里村の内心＝徴兵忌避者であることの現実に激しい動揺をあたえる契機となった。

凶作地帯レポート

本作は、葉山嘉樹の推薦で改造社から派遣された東北凶作地（秋田、青森）のルポルタージュで、『改造』昭和七年八月号、九月号に分載された。昭和七年六月十日、土崎港《つちざきみなと》（現秋田市）を起点に奥羽本線を北上、能代市、大館市に至り、現在の大館市北部にあたる矢立村、長木村、岱野《たいの》村を踏査、続けて小坂銅山の煙害地、現在の鹿角市小坂町にあたる牛馬長根《うしうまながね》、上向《うわむき》、鳥越、鴇《ときと》、藤原の部落を見る。そこから十和田湖畔の村々へ。続いて現在の平川市にあたる葛川村、竹館村、山形村から黒石市、五所川原市、さらに津軽半島を海岸線に沿って北上、踏査した。約二週間の旅だったかと思う。

ここに報告されている農村の疲弊は、直接には昭和四年の米国市場における株価大暴落から始まる世界恐慌の影響を受け、貿易の縮小、緊縮財政により、米価、繭価が半値に暴落、農家経済は破綻の危機に直面した。土地の狭小、高額な小作料、小作料引き下げ闘争と地主の小作地引揚げ回収、鋏型といわれる化成肥料の昂騰と米価の低迷の相剋、台湾米・朝鮮米の輸入、農村救済事業にひそむ偽善、積もりに積もった借金地獄、娘の身売りなど、昭和五年、六年を底にする農村恐慌がそのまま本作に描き出されている。昭和五年は豊作であったが、米価はかえって低落した。

本作に「ファッショ請願運動」が取り上げられているが、これは昭和七年の五・一五事件（内閣総理大臣犬養毅殺害）に連座した愛郷塾橘孝三郎らによる「自治農民協議会」の農村救済請願運動で、その請願内容は「一、農家負債三ケ年据置、二、肥料資金反当一円補助、三、満蒙移住費五千万円補助」が挙げられ、早くも昭和十一年の「満洲農業移民百万戸計画」「第一期五カ年十万戸計画」に繋がる請願が見える。その後に全国的に取り組まれた「農村自力更生運動」の出口が満洲移民であり、開拓団員八万人を含む二十万人が犠牲となった敗戦時の無惨な満洲棄民が、こうした農村恐慌に源を発して産み出されていったのである。たしかに「戦争とファシズムの昭和」ではあるが、とりわけ昭和初年代は第一回普通選挙、治安維持法、農村恐慌、軍部のテロなど様々な事象が複雑に絡み合う、最も厳しい激動の時代であった。

里村欣三にはこの他に、昭和六年一月埼玉県熊谷市から入り、深谷市を経て、現在の群馬県太田市、桐生市、前橋市、富岡市などにあたる村々を踏査したルポルタージュ「暗澹たる農村を歩く」（『文戦』昭和六年三月号）がある。小説としては、白根山の見える山村での小作地取上げ反対闘争を描いた「被害地域」「被害地域（二）」（『文戦』昭和六年四月、五月号）という作品があり、よく書けた作品だと思うが、争議のぶつかり合う直前の場面で「次号完結」として未完成のまま放棄されている。

満洲から帰った花嫁

昭和七（大同元）年三月一日の「満洲国建国宣言」に続き、同九日、執政溥儀は次のような「宣示王道立国之要旨（執政宣言）」を発した。「人類必重道徳、然有種族之見、則抑人揚己、而道徳薄矣、人類必重仁愛、然有国際之争、則損人利己、而仁愛薄矣、今立吾国、以道徳仁愛為主、除去種族之見、国際之争、王道楽土、当可見諸実事、凡我国人、望共勉之」。書き下し文では「人類ハ必ス道徳ヲ重ンス然ルニ種族ノ見有レハ即チ人ヲ抑ヘ己ヲ揚ク而シテ道徳薄シ矣人類ハ必ス仁愛ヲ重ンス然ルニ国際ノ争有レハ即チ人ヲ損シ己ヲ利ス而シテ仁愛薄シ矣今吾国ヲ立ツ道徳仁愛ヲ以テ主ト為シ種族ノ見国際ノ争ヲ除去シ王道楽土当ニ諸ヲ実事ニ見ル可シ凡ソ我国人望ムラクハ共ニ之ヲ勉メヨ」となる（『満洲帝国協和会現勢概要』康徳六年版)。日本・満洲・朝鮮・蒙古・漢(支那)の「五族協和」「王道楽土」建設の理想が格調高く謳われている。だが、このスローガンは現実を糊塗するための欺瞞としてしばしば機能してきた。本作「満洲から帰った花嫁」は、その欺瞞の虚を突いた作品とも言える。

幼少時に両親を亡くし、支那人の乳母に育てられていた彼女は、日露戦争の機運が急迫した時、引揚げ準備に忙殺される在留邦人に忘れられ、支那人の娘として成長した。偶然彼女の境涯を聞いた若旦那が、支那人の手から彼女を引き取り結婚した。彼女を伴い、満洲から実家の商家に引き揚げた若旦那。その「善行」を新聞に「感動の同胞愛」と書き立てられて、舞い上がる実家の人々。しかしそこから、言語、所作・行儀作法、食習慣の違いが表面化する。急速に日本人に同化させようとして折檻に見舞われる彼女。

履物問屋の小僧・松公=「私」の好奇心に満ちた眼が状況を浮き彫りにする。

若奥さんの「小さくて可愛」い踵のない支那靴、「狐のように、心持ち吊りあがった長い眼尻」は「いつか見たことのある支那人の女奇術師に似ている」。主婦は若奥さんに「行儀作法を仕込むのに夢中」で、若旦那は「奥さんに日本語を教えてい」る。若奥さんは「一生懸命に、日本語を修得しようとして焦っている」が、「短期間に日本人並みに喋れる筈がなかった」「アタシ、アタマ、イタイ!……タメ、タメヨ!」折檻が加速する。女中のお清は、若奥さんの吐痰や、足を洗った洗面器で水も変えずに洗顔する風習を挙げつらう。「店の空気は、僅か三ケ月ばかりの間に、陰気な、トゲトゲしいものに一変」し、「曲芸を仕込まれる猿のように、不愍な若奥さまは、一そう不愍で、いぢらしいものになった。だが、もう誰も親切にいたわろうとはしなかった」「支那遊廓の娼妓上り」など、口さがない陰口が露骨に囁かれ出す。

だが、「私」（松公）の眼は、若奥さんのもう一つの側面を見ている。

「作法が済むと忽ち立膝をして、金紗か何かの着物の袖を、うるさがって男のように捲くり上げる。そして緋鯉が泳いでいる泉水の上まで、プップと手ぎわよく唊唾を飛ばすのだった」

「若奥さまがサッソウとして、この上なく美しいものに思えたのは、支那人の物売りが店へ来て、しつこく金網細工だとか、反物などを押し売りする時だった。彼女は奥から駈け出して来て、口に溢れるような声量で、流れるような支那語を、立てつづけに浴びせかけるのだった」

諍いの末に、再び彼女を連れて満洲に帰ろうとする若旦那。「黒い支那服にサッソウたる美しさを加えた若奥さんが、手巾を嚙み、なよなよと肩を震わせて泣くのだったが、私は何故かその姿に、不愍とも、いぢらしいとも感じなかった。反対に、非常に気高い美しさを感じたのである。――彼女は自由な故郷へ放たれるのだ！」

日本に定着できなかった彼女に対し、「私」（松公）は、不愍や同情の思いを感じない。むしろ反対に、本然の姿に立ち返ろうとする彼女に畏敬の眼差しを向けている。サッソウとした「非常に気高い美しさ」を彼女に感じ、「自由な故郷へ放たれる」彼女を恍惚として見惚れていたのである。

昭和六年九月の満洲事変、昭和七年（大同元年）三月一日満洲国成立。そして昭和九年一月の里村欣三のこの認識。執政溥儀が望んだ五族の「協和」とは「物尺や鏝」でピシピシと行儀作法を仕込んで、他者を我意に従属させることではあるまい。「王道楽土」「自由な故郷」。「満洲国」「偽満洲国」。若旦那と若奥さんはどこに消えていったのだろうか。血、出自、言葉、習俗、風土。「民族」のアイデンティティは何に依拠して成立しているのだろうか……。

こうした問いを孕みながら、今日の排外主義者たちの、偏狭な自己満足、侮蔑の言説を嘲笑うかのように、かつての満洲放浪体験で得た豊かな知見と、習熟した筆力で描き出された本作は、他者への尊厳の眼差しが瑞々しく躍動しており、いつまでも伝え続けていきたい秀作である。

支那ソバ屋開業記

生活雑記風な作品ではあるが、ストレートに表現された言葉がこころに残る。

「鴉にさえ一日の終りには、平安な休息があるのだ。だのに、この私は、地獄の階段を下りて行くように、これから真暗い街の底へ出て行かなければならないのだ。——これが、生活というものだろうか？と疑い始める。人間一匹が虫ケラのように、ただ咬って、一日一日と生き延びて行くだけのものならば、生活というものは、まるっきり無意義なものぢゃないか」

本作が発表された昭和八年末には、プロレタリア文学運動はほとんど解体に近い状態であった。二月二十日の小林多喜二の死は一つの象徴である。里村らの依ったプロレタリア作家クラブの機関誌『労農文学』は文庫版サイズ六四ページであったが、それも昭和八年九月を最後に終刊していた。その『労農文学』最終号に「病中のたわごと」と題する本作と同様の生活雑記を寄せて、次のように里村は書いている。

「せめて子供たちだけは伸び伸びと育ててやり度い——少くとも子供だけでも安心して育てられるような、健実な生活方法を考えなければならない——と、そんな風に益々考えが、ぢぢむさく、陰気に滅入り込むのだった」「同志の殆んどは飢餓線上にあるし、社会の情勢は日々に悪い。うっかり、今まで通り甘ったれた考えでいると、文字通りに腹を乾してしまうかも知れない気がするのである」

生まれたばかりの長女、四歳の長男を前に、生活と思想に行き悩む姿がせつない。生活の困難は極限に達し、人生の転機は否応なしに迫って来ている。

『葉山嘉樹日記』（前述）昭和八年十月八日の項。「八時半頃、里村の支那ソバのチャルメラ下の街道に聞える。こんな雨の夜に同志が支那ソバの屋台を引っ張って歩くのを聞き感慨に堪えず。まづい笛が遠ざかって行く。売れないのならん。昨夜は、菊枝が子供の着物を質に持って行った金で一杯食ったれど、今日は、冷雨しとど降り、金さえも無く、哀れ二階に笛の音を聞き送れり。何たる世なるぞ！　九時、里村の笛の音愈々遠ざかりて聞こえなくなりぬ。雨、トタン屋根に冷たくシトシトと降る」

苦力監督の手記

昭和十年四月末、里村欣三は妻子を妻の実家（福岡）に帰し、一人岡山に出て徴兵忌避を自首して出た。大正十一年以来十三年余、作家生活の破綻（作品発表の場がない）と長男の就学問題（戸籍の回復に直面したことが徴兵忌避自首の理由である。その苦衷の心境を記した昭和十年五月一日付葉山嘉樹宛の手紙には、「あらゆる嘘と偽りでカモフラージした生活では、本当の文学は生れないし、第一に子供たちに対する責任が済まない」（『葉山嘉樹』浦西和彦、昭和四十八年六月、桜楓社）とある。昭和十年五月失踪宣告の取り消し、七月徴兵再検査（第二乙種合格）、八月十二日輜重特務兵として二ケ月間入営した。本作「苦力監督の手記」はこの渦中に発表された作品である。里村は昭和三年に妻（藤村）ます枝さんと結婚しているが、「婚姻届」の提出もこの徴兵忌避自首後の昭和十年五月二十七日に行われた。

何もかも投げ出して、人生をリセットしようとした徴兵忌避の自首。本作は、昭和六年末に改造社から満洲事変のルポルタージュに派遣された体験をもとに、奉天郊外に勃発した満洲事変直後の人々の動きをリアリティ豊かに描いている。決起する同僚の在郷軍人たち、「今、（戦争を）中止されて堪まるかい」と嘯く江口のおやじ。主人公の「俺」＝水谷は、おやじに不満を持ちながらも苦力を使役し、雪中の労働を強制する。車中で中国人避難民の子連れ女に同情しパンと砂糖水を与えようとしたが、手厳しく拒否される「俺」。終いには信頼する平康里の金鳳蘭にも「お前のような碌でなしは、日本人の社会では大手をふって威張れないものだから、自分たちより弱い、貧乏な支那人の中へまざり込んで、虚勢をはりたがるんぢゃないか」と罵られる。支配者の立場にも、被支配者の援助者にもなれない「俺」。「俺は、何か抗弁しようとして口を動かしたが、唇だけがふわふわと痙攣《けいれん》して、一口も言葉にならなかった」という結びの言葉は、生活の中の生きがい（＝作品発表の機関誌）を失い、徴兵忌避自首の渦中を漂流している里村欣三自身の、地に足がつかない危うい状況そのものを現しているのではないだろうか。

「俺は生れて始めて、ふるいつくような嬉しさで、日本語の発音を聞いた。救われたと思った」「俺は日本人だから、責任と義務があるんだ」という兵隊に対する信頼、状況への親和性。一見現状を肯定しているように見える表現である。だがそれは手放しの肯定ではない。車中の老百姓の作り笑い、乳飲み子をかかえた百姓女の拒絶、金鳳蘭の「俺」に対する変化。人生の過渡期に揺れる姿を、「ふわふわと痙攣」する自分として自覚的に描き切ったところにこの作品の意義がある。本作を読み返すたびに、私は、里村欣三が人生の最も苦しい時に最もすぐれた作品を書いた偉大な作家である、と繰り返し思うのである。

なお本作では、余韻を表わす「……」とは別に、伏せ字に該当する箇所にも「……」が使われているが、その部分にはルビ位置に（××）を施し、注意を促すように処理した。

輾——中国戦線

第二の人生（抄）

中国戦線の転戦体験を描いた『第二の人生』（三部作）は版を重ね、第一部は第十一回芥川賞の候補（昭和十五年上期）に、また第二部を併せて第四回新潮社文芸賞（昭和十六年二月）の候補にもなった。本書に抽出した部分は亀井勝一郎に「月並な小説かきの筆法」（『芸術の運命』昭和十六年二月、実業之日本社）と批判された箇所だが、里村の直面した苦悩がよく描かれている。ある意味、『第二の人生』（三部作）の中でも面白い、最も重要な箇所であるようにも思われる。里村自身を表す主人公「並川兵六」はもと徴兵忌避者、三十五歳の老輜重兵であり、思想的な転向者であるが、他の兵はみな二十代前半の屈託のない現役兵である。将校による新兵の下検分。じっとりと全身の毛穴から噴き出る脂汗。この居心地の悪さは、体験したものにしかわからないだろう。例えば、同学年の級友がすでに卒業してそこに誰も居ないのに自分一人が留年して取り残されている感覚に似ている。取り繕ってはいるが、居場所がない。

若い日のはげしい理想と気概。だが、それらは二十年間のうちに失われ、「彼等はそんな日を回顧するのさえまどろしいのであった。すでに彼等の肉体には、喘息やリウマチの徴候さえ現われ、若いままに老い朽ちているのであった」「だが、一体「この俺はどうなのだ！」——と考えた時、兵六は慄然たらざるを得ないのであった」

深い挫折感のなかで、中国戦線に出征しようとする並川兵六（里村）。その感性は二つに引き裂かれている。軍隊生活に適応するためには、「立派な兵隊」になろうとする意思、努力が不可欠である。助け合わなければ生きていけない。だが並川兵六（里村）は、彼の外（＝中）のもう一人の並川兵六＝プロレタリア的なものの見方をする自己、しかもその思想が破産し、挫折感に打ちのめされている自己を抱えている。その葛藤のリアリティが本抽出部分の魅力である。

前田河廣一郎は「里村欣三」と題する遺稿で、軍により大幅な検閲が行われた結果、この作は「中支の大平原を、よぼよぼと馬と一緒にどこかへむかってよろめく姿だけが読者の胸に訴える」作品となってしまった（『全線』昭和三十五年四月創刊号、全線社）と評し、向坂逸郎は戦後「今日この作品は、立派な反戦小説」（『戦士の碑』昭和四十五年十二月、労働大学）と言った。いろいろな読み方ができる作品である。東京市電での労働運動や神戸市電での事件、朴烈・金子文子さんとの交友など、里村の人生で最も緊要な部分は注意深く秘匿されており、その意味で最高傑作ではないかも知れないが、里村欣三の一冊を推すとすれば、私（編者）はこの『第二の人生』（三部作）を推したい。

怪我の功名

「おんびき」（がま蛙）と揶揄される春日森蔵特務兵。ぶよぶよと太り、内股で、いつも小首を傾げる癖があった。どこか不健康な顔色をしており、眼や眉毛、顎、鼻など顔の造作が皆んな下の方へずれてしまったような顔立ちで、動作の緩慢な男であった。

この小説は、特務兵春日森蔵が起こした「怪我」＝野菜・穀物の貯蔵穴に馬を落として死なせた「失敗・過失」、その転結として敵兵の前に飛び出して馬を手に入れようとした春日の行動＝「功名」、という戦場譚の形を取っている。しかしその戦場譚を追いかけながら、春日の容貌、動作、人間関係を通して差別がどのようにして成立して行くのか、本作はその成り立ちをもう一方のテーマとしているように見える。

自分とは違うもの＝他者の容貌、動作、社会的習慣、あるいは思想などを奇異に思い、マジマジと見つめることは、他者に関心を寄せる行為であり、それ自身は差別ではない。そこから、理解し連帯する、無視する、あからさまに排撃する、そうした行為が選択されていく。

駐留期間が長くなると、日課として教練、演習が課せられる。整列、行進。その度に春日の身体的特徴に帰因する上官からの注意や教練のやり直しが起こる。「春日にお相伴させられてカンカンと天ン日の灼きつく広場で、同じことを時間一杯繰り返えさせられるんでは、兵隊たちも堪まったものではなかった」

「そんなに、やかましく言われたって、どうにもならあへん。生れつきぢゃもん……」という春日の主張は正しい。身体、容貌は、嬉しくも、悲しくも、元来は当の個人に属する特性だ。それが社会の関係性の中に置かれると、たちまち毀誉褒貶、差別の対象となって現れる。ましてここは軍隊だ。規格にかなう兵士を作り出すために、あらゆる掣肘が加えられる。個人的な属性が社会関係の中で差別の対象に転化する。生産に寄与する能力、効率性によって、人を評価し、差別する今日の競争社会のヒエラルヒーは、この軍隊における階級性とどこか通じているようにも見える。そうしたことを感じさせる物語の展開である。

戦場譚は続く。だが、差別をめぐる物語は突然に終わる。

「身の上話なら、こんどにしてくれ。こん夜は遅いし、もう疲れてヘトヘトだ」「ぢゃ、こんど、いつか一升買って行くから、ほんまに相談に乗っておくれ」「だが、この時の約束は、この後しばらく経ってから春日が脚気で入院し、私たちが帰還するまで原隊復帰をしなかったので、お流れになってしまった」

ここがこの小説の残念なところで、読み返すたび、いつも不全感を感じてしまう。

「大阪に十五ケ年も住み、兵隊になってから一ケ年も経っているのに、過去の生活の流儀を頑固に固守して少しも変化しない春日の性格を不思議に思うのだった。他人の思惑などを一切無視して、自分の生活だけを脇目もふらずに守りつづけなければならなかった、その苦惨な環境に、彼の秘密の全部が潜んでいるのではあるまいか？」

里村自身が指摘しているように、これこそ本作品のテーマになるべき課題だったのではないだろうか。春日に対する差別は、軍隊内における忌避のみではなく、春日の生きてきた個人史の上に積み重なっている差別だ。春日の苦惨な十五年を無理にでも想像し、創造して書いて欲しかった作品である。

獺

紺青のリボンを結んだようなあやめが美しい。逃げ遅れたのか、部落の池のあやめの陰に、獺《かわうそ》のように身を潜める若い女がいた。夕凪時のあやめの池は幻覚を呼び起こす。妻が、百姓でもないのに鍬を振るい、その背中では赤ン坊が笑っている。「そんな風景を、彼は学生時代に或る古い城下町へ旅行した時に見たことがあった」

その「記憶」とは、本書収載の「放浪病者の手記」の第二章「婆さんの握り飯」に出てくる「十七八の頃」の備後路、すなわち城下町福山方面を放浪した記憶である、と思う。関西中学校で校長擁護のストライキに敗れ、傷心のまま放浪した学生時代の記憶が、大陸の夕凪の気圧に圧されたあやめの池に触発され、呼び覚まされる。「眼を開けたまま、こんこんとして深い夢を見てい」るような、「夢と現実の見境いがつかなくなってしまった時の」不思議な感覚。眼の前のあやめの池だけではない、人生の過去そのものが幻覚であるかのようにも見え始める。本作は里村欣三の作品中、最も叙情にあふれた作品である。

動哨を押しつけられた夜更け、池の端に出た時、彼はジャブン、ジャブンと動くカワウソのような黒い影を見た。全身泥まみれな、むかつくような泥の匂いを放つ女の首筋にはあやめの葩《はなびら》が一つはりついていた。若い女の恐怖が想像される。

「血を鱈腹吸うて伸び縮みの出来なくなった山蚯蚓のような蛭が一匹、半乾きの泥のかたまりの上を匍っていた」という末尾部分のリアリティある描写さえ、幻覚の中の一コマにも見える。

伊藤桂一の「蛍の河」（直木賞）は戦後（昭和三十六年）の作品だが、同じ中国の戦線で、戦闘の帰途クリークに落とした擲弾筒をおぼろげな記憶のままに捜す場面で「百メートルばかり進んだ岸に、一叢のアヤメが咲いていた。黄色い花がいくつかまじっている。「ここだ。この辺だ。あの黄色い花をみたような気がする」」として、やはりアヤメの花が印象的に描かれている。

戦争が、しばしば戦場の小さな自然描写に象徴されて表現されることがある。田中英光の「黒い蟻と白い雲」の、敵前の塹壕でこぼれ落ちた柘榴の一粒に群がる黒蟻、戦友の遺骸を焼き終わったとき眼にした白雲なども同様だと思う。石川達三の『生きている兵隊』のように、戦場の兵士を真正面から描き切った優れた作品もあるが、戦場の一場面が叙情的、情緒的に描かれて記憶されることは悪いことではない。

本作は、あやめの花叢の描写から、イメージとしては尾形光琳の「燕子花図屏風」「八橋図屏風」などをどを連想するが、物の本にはアヤメは乾地に咲き、水辺に咲くのはカキツバタとある。だが、本作の象徴である「あやめ」は、その音の響きから「妖し」「あやかし」、あるいは「おとめ」の語を呼び起こしており、ここは詮索せずに「あやめ」のまま読んでいきたい。

マラリヤ患者

本作は、里村欣三の中国戦線戦場譚のうちで、最もリアリティを以って戦場の中国民衆を描いた作品だと思う。同時に、里村の故郷・備前市日生町寒河の顕彰文学碑にも刻まれた有名な言葉＝「この世の中のすべてが嘘であっても、私は人を信じて生きて行きたい。人を信ぜずに、己れの生存はないからである」が記された作品である。

作品はマラリヤ（今日ではマラリアと表記）を舞台回しにして展開する。

マラリアはハマダラ蚊の吸血により、人の体内にマラリア原虫が侵入して発症する。熱帯熱、三日熱、四日熱、卵型マラリアと種類があり、熱発作の間隔が異なる。熱帯熱（熱帯性）マラリアは一～二時間の悪寒の後、四～五時間の発熱、その後発汗して解熱する。これを三六～四八時間の周期で繰り返し、その間に錯乱などの意識障害や腎不全などの症状が出るという。里村の罹ったマラリアは、作中に「熱帯性という、特別に悪性のマラリヤである」とあり、先に記した悪寒、発熱、頻尿等の腎機能の障害、意識の錯乱などが作中で丁寧に描き出されている。

だが、里村が錯乱の中で見た夢、幻影とは何だったのだろうか。作品で明かされていない以上推測する術もないが、「苦しい現実の世界が」「奔放に描き出されるのだ」という本文の記述から、戦場のトラウマ、自分自身でも「思わずぎょッと」する、カニバリズムのような破壊衝動を含む残酷な幻覚であったかも知れない。

僅かな報酬のために、洗濯物を求めて来る百姓女。その女の左手の指が二本、根元から欠けている。それは「秣《まぐさ》を切る押切りか何かで、人差指と中指を切り落したものであろうが、やはりこの女たちは、ありふれた淫売ではないのだ。戦争前まではレッキとした百姓のおかみさんだったのだ」。「ありふれた淫売ではない」というのは、「宿営に入り込む淫売も居た」ということの裏返しかも知れないが、どちらにしても戦火に追われる中国民衆を、リアルにかつ同情の眼差しで見ている。

寝藁を束にして持って行こうとする老婆。その老婆を打擲《ちょうちゃく》する同僚の谷川。「老婆は打ち倒されたままの姿勢で肱をつき、上眼使いに私たちをジロジロと眺めながら、どうにでも勝手にしろ、と言わぬばかりの太々しさ」である。私（里村）が前に経験した少年小園の場合も、「食物がないんだから、仕方がないぢゃないか。馬の馬糧を盗んだって当り前ぢゃないか、といったような意味の言葉を叫んで」打擲に身を任せ、「毅然として小さな肩を聳かしてい」た。この表現は、彼らに対する畏敬の眼差しと言ってもいい観察である。部隊で使役している少年培雲《ペィユン》や、「ポウトウ」と呼ばれている若い苦力たちの必死な生き方にも畏敬を含んだ眼差しが注がれている。

だが、彼ら中国民衆に対しすぐに暴力を振るう谷川には、「私たちより一年も遅れて、補充で配属になった若い特務兵である。彼は兵隊になってもまだ、昔の癖で首にまきつけた黒絹の首冠巻をはづそうとはしない、おしゃれな、生野銀山の鉱夫上りであった」「五分刈頭のボンのクボに刃物疵の禿のある鉱夫上りの兵隊」「あの鉱夫上りのごろつき奴」と手厳しい。「黒絹の首冠巻」は繰り返し否定的な感情を含んで使われている。「おしゃれな」という言葉にさえ慳《けん》を含んでいる。こうした同僚兵士に対する否定的な感情や、作品冒頭の木炭自動車、巡査の草鞋穿きなどのマイナスイメージの表現は、太平洋戦争開始期にはもはや殆んど許されない表現となっていく。

回教部落にて

本作は里村欣三の『徐州戦』(=『第二の人生』第三部、昭和十六年五月、河出書房)の冒頭、第一篇第一章を抽出し、字句、表現を調整して単独作品として書き出したもので、末尾部分の「矢庭に、兵六は前を行く小孩児の一人を摑かまえて」以降の十数行が新たに加筆されている。本作の発表時期は昭和十六年二月で『徐州戦』に先行しているが、『徐州戦』の擱筆日付は「二千六百一年紀元節」とあり、その冒頭部分を切り出して雑誌『大陸』に発表したものと考えられる。

泰山は中国山東省泰安市にある標高千五百メートル余の山で、道教の聖地。麓から山頂へ七千を超える石の階段が続く。世界遺産の観光地として今、中腹までは専用バス、そこから山頂の南天門までロープウェイが架けられており、稀に駕籠を利用して参詣する老人もあるらしい。

里村たちの通信隊が泰山の麓、泰安に進駐したのは昭和十三年の一月初めであった。「元日から三日目の夕方に、撤収班の兵隊たちは泰安の町へ入った。雪のチラチラしている薄曇りの空に、岩肌のゴツゴツした泰山が真黒い姿を見せている。(中略)各小隊の宿舎は、清真寺という回教の寺院と小学校を中心にして、附近の民家に設営していた。泰山の威容が直ぐ眼の上に見上げられる位置だった」(『第二の人生』第二部)。

イスラム教(回教)は、唐代に中国に伝播し、清真教あるいは天方教と呼ばれた。本作中の「清真寺」は寺院の固有名ではなく、イスラムの礼拝堂である「モスク」を指す言葉である。

「メッカのアルラアを信ずる回教徒は、異教徒に対しては極端に差別的で、戦闘的で、残虐的で、情け容赦もなしに生命まで奪い取ることなどは平気である。だが、コーランの教理に服したとなると、異民族であれ、外国人であれ、親切と寛恕と親睦の気魄をもって、四海兄弟の誼みを結ぶそうである。従って回教徒相互間の団結は、鉄のように強固なものらしい。その強烈な結束力で、彼等は霊峯泰山の山麓に回教部落を形成して、漢民族からの有形無形の圧迫と侮蔑に対抗して来たのだ」(『回教部落にて』)

イスラムに対する里村の認識が端的に披瀝されているが、コーランの教理に服した者に対する寛容性、また新疆ウイグル族が漢族の浸透に抵抗しているような、今日に相通じる社会状況までを正しく指摘する一方で、「異教徒に対しては極端に差別的で、戦闘的で、残虐的で、情け容赦もなしに生命まで奪い取る」云々という、ある種ステレオタイプの差別的なイスラム認識が記されている。

だが、イスラムのどういう行為や歴史を念頭に、異教徒に対する「戦闘的で、残虐」という偏見的認識が生み出されてきているのか、その認識の根拠、出どころが不明である。イスラムの厳格な戒律や生活習慣、いわば異文化への警戒心、緊張感が生み出す誤解なのであろうか。改宗しない異教徒の捕虜は処刑できるとする「イスラム戦争法」の記述に影響されているのだろうか。

満洲事変が起こった昭和六年当時、中国各地には五千万人のイスラム教徒が居た(『支那回教徒に就いて』昭和十三年四月、イスラム文化協会)。わが国では反共、反漢民族工作の観点からイスラム教への関心が高まり、太平洋戦争期にはマレーシアやインドネシア、フィリピンのモロ族などのイスラム圏地域に侵攻、軍部や特務機関による宣撫、啓蒙、日本文化の紹介が行われた。昭和十三年九月に設立された大日本回教協会は、外務省の外郭団体として中東イスラム圏諸国との文化的交流を担ったと言われる。

「回教徒は豚肉を食わず、しかも、回教徒の手で呪文を唱えて屠殺したものでないと食ってはならない戒律があるため、(中略)支那の回教徒に、屠殺者が多いのは宗教的生活に起因するためであろう」(『回

教圏早わかり』昭和十四年十一月、大日本回教協会）

本作「回教部落にて」中には、「駕かきの雲助」「牛殺し」等、言いたい放題の、いちいち但し書きを付け加えたいような侮蔑的語句があるが、作品全体が差別小説でないことは自明である。彼ら泰山の回教徒は、戦争のために仕事をなくして「買い手が現われるのを待」っている失業労働者である。それは「ちょうど昔の富川町で立ん坊が人夫買いの親方を待つ」かつての自分自身の姿であった。同僚の兵士の缶詰を盗んで折檻される幼い李青米《リーチンミイ》。その子を助け起こした時に「鉋屑のように軽い姑娘《クーニャン》だ」と感じた何気ない言葉にも、里村の貧しいものへの本能的な同情が感じられる。青米の家は物置小屋を改造したような貧相な小部屋だった。「洋妾《ラシャメン》」と蔑称を被せられている青米の母だが、その凛とした気迫が殊に丁寧に描写されている。戦場にあっても、表面的な侮蔑語とは異なった他者への尊敬、存在を認める里村の視線が随所に感じられる作品である。

結――従軍作家

月下の前線にて
歴史的会見を見たり

昭和十六年十一月中旬、「国民徴用令」により徴用された里村欣三は、十二月二日、宣伝班員（報道班員）として大阪天保山港から輸送船「あふりか丸」で出航、のちマレー戦線に投入されることが判明する。同僚の徴員には、井伏鱒二、海音寺潮五郎、小栗虫太郎、堺誠一郎、寺崎浩、中村地平、画家の栗原信、カメラマン石井幸之助などが居た。輸送船の中で、栗原信画伯と堺誠一郎、里村欣三はいつの間にか「前線へ出ることを約束して了っていた」（栗原信『六人の報道小隊』昭和十七年十二月、陸軍美術協会）。カメラマン石井幸之助を加えて「四人の報道小隊」、新聞記者松本直治、音楽家長屋操を加えて「六人の報道小隊」の結成である。十二月二十八日、タイ領シンゴラに上陸、司令部を追及し、同三十一日タイピンにて山下奉文司令官の指揮下に入った。

里村ら「四人の報道小隊」がマレー半島の最南端ジョホールバルに到達したのは昭和十七年二月一日、牟田口廉也中将の第十八師団がシンガポール島への敵前渡河を開始したのは二月八日の夜八時半である。この間に、ウビン島を経て上陸するように見せかける陽動作戦と、シンガポール島北西部対岸への隠密裡の兵力結集が行われた。本作「月下の前線にて」における「不気味な沈黙」の緊迫感は、この隠密渡河準備作戦と、上陸後に待ち受ける「鳥肌立つ凄惨な」死闘の予感を背景としている。シンガポール島に上陸後ブキテマ三叉路の激戦で多数の兵士が死傷し、報道班の同僚柳重徳氏や他の従軍記者も被爆死、里村自身も混乱に巻き込まれ一時行方不明となった。このように兵士も驚くほどの最前線に近い位置で取材を続けた里村らは、その「功績」が認められ、昭和十七年二月十五日夕刻、シンガポール・ブキテマロードのフォード会社における山下奉文中将とイギリス極東軍司令官パーシバル中将の降伏会見の場に召集された。山下中将と敵将パーシバルの降伏会見の「冒頭撮影がすむと、従軍特派員の記者・カメラマンたちは退場を命ぜられ、軍報道班員として徴用されていた私たち数人のP・Kだけが、その場の始終の取材を許されたのであった」（石井幸之助写真集『戦後の顔』昭和五十九年二月、東京新聞出版局）。

もちろん里村欣三もP・K（Propaganda Kompanie = 宣伝班）の中の選ばれた一人として、会見場の窓枠の外からこの会見を見ていたのである。そのルポとして「歴史的会見を見たり」が書かれた。

本作では、会見の冒頭から山下が「イエスか、ノウか」をパーシバルに迫っているが、山下が「イエスか、ノウか」と言って敗将を「威嚇した」というのは誤解だ、と山下本人も嘆いていたと言う話がある。パーシバルが停戦の条件や発効の時間などを持ち出すことに山下がイラ立ち、先に無条件降伏を受け入れるのか、ノウなのか、それを確認してくれと通訳に迫ったのが真相だとされている。しかし、流布されている写真や宮本三郎の「山下、パーシバル両司令官会見図」に描かれているように、軍刀の柄の上に左手肘を置いて交渉に臨む姿には誤解を生じる余地もあったかと思う。

本作「歴史的会見を見たり」では、中国戦線に材を採った戦場譚、戦争文学とは異なり、あからさまな公式的態度＝「わが皇軍は、全世界に正義と皇道を宣揚するために、この灼熱のマレーで戦って来たのである」「これが世界の平和を呼号し、人道主義のお題目を叩いて、過去二分の一世紀に亙って人類を欺瞞しつづけた民主主義陣営の最後の正体曝露であった」「彼等が真実、英軍の最高指揮者なのであろうか？　私には信じられなかった。顔色は紙のように青ざめ、青い眼を俯せて、私たちの顔さえ正視する気力がないのだ」等、以前には少なかった「皇国日本」を賛美し、敵を非難する公式的態度が目につきはじめる。

これだけの内容の戦記を、戦場の中でたった一日で書き上げるためには、いかに里村のルポルタージュ能力がスゴいとは言っても、軍報道部中枢から全般的な戦況や降伏使節の情報提供を受けなければ書けるものではない。よい戦記を書くためにはより深く軍報道部の一員に成り切らなければならず、戦争に対しても真剣に真摯に取り組まなければならない。その逆説の関係が怖い。

文章自体はさほど特異でもないが、改行箇所の極端に少ない本作は、四角い紙面に文字が整列し、視覚的にも何か身を謹んで書かれた印象を与える。昭和十六年八月二十一日、前田利為《としなり》中将（陣没後大将）を文化奉公会会長に推戴する式典で、里村欣三が案内係を務めたのは本作にある通りだが、それ以前、文化奉公会を発足させるため、日比野士朗や石浜金作たちと入会勧誘状の印刷や封筒書きを行なっている（「里村欣三と私」日比野士朗、『日比野士朗と涌谷』一九七七年六月）。文化奉公会は『文芸年鑑二六〇三年版』（日本文学報国会編、昭和十八年八月）によると、「（組織）＝帰還将兵軍属の同志に拠り結成せられたる会、文芸部、美術部、少国民部、芸能部より成る（事業）＝軍事思想普及に関する講演、映画、音楽会、美術展覧会、絵画移動展、少国民の会等」とある。

本作では、その前田利為「閣下」に独白懺悔する形をとって、前半部では、里村欣三がプロレタリア文学作家としての立場から転向する経緯と心境が満洲事変報道従軍に溯って問い返されている。二年半を輜重兵として過ごした中国戦線から昭和十四年末に帰還してからも、「わたしの先輩」＝林房雄が『転向に就いて』（昭和十六年三月、湘風会）で、「転向とは、単に前非を悔ゆるということだけではない。（中略）一切を捨てて我が国体への信仰と献身に到達することを意味する」と責め苛んでくる。そうして里村は「転向の苦行のためにこれからの生涯がかけられている」という悲惨な認識に徐々に追い込まれていく。その辺りの記述が重く、痛々しい。

「わたしの信仰している富士山麓大石寺の御坊にこもって、ある小説を書き始めました」とあるのは、里村の『兵の道』（昭和十六年十月、六芸社）のことで、信仰（日蓮正宗）への傾斜が告白されている。里村は会員数わずか三千人の、最初期の創価教育学会の会員となっている。

後半部は、堺誠一郎氏（作家、中央公論編集者）との関係を軸に、報道班員としてのマレー戦線従軍、そこからボルネオ派遣軍報道部への転属の具体的な経緯が明らかにされている。マレー戦線従軍中の行動経緯は、画家栗原信の従軍記『六人の報道小隊』（昭和十七年十二月、陸軍美術協会出版部）に詳しいが、ボルネオ軍への転属の事情は本作以上に詳細なものはない。

一つ疑問なのは、「戦争中はともかく他の人たちから後指をさされないだけの、また帰還兵の矜りを失墜しないだけの働きはした」筈なのに、シンガポールが陥落してからの建設工作には、「英語を知らないという口実を振りまわして」何故「宣伝班の仕事から身をかわして」いたのだろうか。何故「いのちがけでやるような仕事はないものかと、そんな空想にばかり浸りつつ、だんだん自分自身を破滅の淵へ陥入れるような身持の崩しかたをして」いたのだろうか、と思う。

里村は帰還兵士であるから、マレーの戦場では規律を持って勇敢に行動できたが、占領後にはいわば「燃え尽き症候群」のように「新鮮な気持を失って」しまったのだろうか。「戦後の昭南にやや退廃的な風潮が見え出したのに反撥」した、とは何なのか。「建設工作」なるものの欺瞞性を直感的に感じていたのだろうか。あるいはシンガポール華僑の虐殺を見たのか。詳述されていないので里村のこの時の心境を理解することはなかなか難しいが、他のマレー戦線戦記における規範性と、次作『北ボルネオ紀行河の民』における他者への純粋な視線との落差を考えるとき、ここに大きな鍵があるように思われる。

里村たちが「北ボルネオ灘九八〇一部隊報道部」に転属命令を受けたのは昭和十七年九月五日、奇しくも北部ボルネオ方面陸軍最高指揮官、文化奉公会会長前田利為中将が飛行機事故で陣没したその日であった。前田利為氏の人となりについては『梅華餘芳』（昭和十八年九月、縣人社）に詳しいが、簡単に紹介すると、金沢藩初代前田利家の血を引く十六代の当主で、明治十八年六月五日生まれ、陸軍大学卒、ドイツ、イギリス、フランス等、留学や駐在武官として十三年余の滞欧経験があった。享年五十八歳。

洪水（『北ボルネオ紀行　河の民』抄）

『北ボルネオ紀行　河の民』は全七章構成で、第一章の「サンダカンにて」は昭和十七年十月十五日の記述から始まり、終章「ムルット部落へ」の最後は十一月四日の記述で終わっている。「河」には「オラン」、「民」には「スンガイ」のルビが振られている。

里村と中村長次郎（東京日日新聞カメラマン）ら一行がキナバタンガン河を溯江する事情は、本書収載の「閣下」に詳しく書かれているが、里村の『河の民』（昭和十八年十一月）、堺誠一郎の『キナバルの民』（昭和十八年十二月）の内扉には「本書をボルネオに陣歿せられたる故陸軍大将侯爵前田利為閣下の霊に捧ぐ」という同一の文言が記されている。ともに有光社刊、二人の友情に相応しい姉妹本である。

本書に収載した第四章「洪水」は、全七章構成の『河の民』のちょうど中頃、十月二十六日と二十七日の記述である。「サンダカンで皇軍の武威の中で守られている時には、私も日本人だ。だが、ジャングルの中へ踏み込んでしまえば、私は単なる旅行者に過ぎない。私たちが無事に旅がつづけられるのは、民族が異っていても、お互いに共通している人間的な感情の交流があるからだ」という記述は、同行の仲間から苦力の扱い方について批判されたことに対して反論した次の言葉に照応している。

「彼曰く、私があまり苦力の取扱いに親切すぎるというのだ。西洋人は決して里村のようには、苦力たちを親切にかまってやらない。何故なら、あまり必要以上の親切は、却って苦力をつけあがらせる結果になるというのだ。私が苦力たちの食事や寝場所のことを心配したり、食糧をわけてやったり、また途々品物を買うのに金を払いすぎるというのだ。（中略）しかし私には私なりの考えがあって、やっているこことなのである。（中略）私は武力の背景を持たず、また征服者の誇りを捨ててしまって、一放浪者として人間的に交際し、友達になってみたいと考えて、こんどの旅行に出て来たのである。私のそんな考えが通用するかどうかを試みて見るのも、この旅行の目的の一つであった。彼等がつけ上がってもいいいし、時と場合によっては、私たちが彼等の苦力になってもいい、私はそんな風に考えている」（『河の民』第五章「キナバタンガンの伝説とドゥスン族の結婚式」）

昨夜は一睡もせず、一杯のコーヒーも飲んでいないのに、不平も愚痴もこぼさず、洪水の急流を黙々と溯航する苦力の若者に対する信頼、まさに「オラン・スンガイ」＝「河の民」である彼らへの畏敬の感情がすがすがしい。

ミナミノ　ヒカル　ムシ

戦前の尋常小学校、国民学校では、曲線的なひらがなよりも直線的なカタカナの方が初学の児童に理解されやすいと考えたのか、国語読本は「サイタ　サイタ　サクラ　ガ　サイタ」や「アカイ　アカイ　アサヒ」等、カタカナの学習から始められた。本作「ミナミノ　ヒカル　ムシ」も低学年向けのカタカナ表記であるが、今日では多少読みづらさを感じる。

本文の一節を漢字ひらかな表記に直してみると、「お母さんは、麦の稔る頃や、田植え時分になると、毎年のように私を連れて、お祖父さんとお祖母さんのところへお手伝いに帰りました」ということが書かれている。里村の母金さんは里村が五歳のとき亡くなっているが、本作の蛍合戦の思い出には郷愁（＝母への思慕）が籠っている。

里村欣三の母方の曽祖父は、備中松山藩で旗奉行をつとめた谷三治郎供行《ともゆき》で、その子が新選組「谷三兄弟」として知られる谷三十郎、万太郎、正武（昌武）である。三十郎はなんらかの事情で藩主板倉主膳正勝職《かつのり》から「永ノ暇」を出され脱藩、大坂に奔りやがて新選組に入った。末弟正武は一時近藤勇の養子となり、近藤周平を名乗った。この後、里村の曽祖父谷三治郎供行のもとに養子に入った蔵田義之進が谷供美《ともよし》を名乗り、黒野一郎太夫の次女志計《しげ》を娶って谷家を継いだ。この谷供美と志計の次女が、里村欣三の母金さんである。里村欣三と新選組「谷三兄弟」との間には直接の血のつながりはない。

祖父谷供美は里村が生まれる以前の明治三十三年一月に死去、その直後に、慌ただしく里村欣三の母金と父前川作太郎の結婚が行われている。祖母志計は岡山県高梁市成羽町で逼塞の生活を送っていた。

「蛍」の逸話は、今日出海の『山中放浪』（昭和二十四年十一月、日比谷出版社）にも出てくる。戦局も押し詰まった昭和二十年一月、フィリピンの首都マニラから軍司令部のあるバギオの山中へ向かう報道班の逃避行。連日の米軍機の銃撃に車も荷物も焼かれ、睡眠もままならない日々。一月九日、小一時間休んで夜中の一時にサンミゲルを出発したときのエピソード。

「合歓の木に群れとぶ蛍のぽッと蒼い光を眺めながら、もうそれが美しいとも思わず、『後車来てるか』を反復していると、里村君が眠そうな声で、『蛍の国だなァ』と呟いた」

この時、里村は戦争の現実を離れて、母との故郷行で見た蛍の乱舞をふと思い出していたのかも知れない。死去する二ケ月前の話である。

本作「ミナミノ　ヒカル　ムシ」は小学館の雑誌『良い子の友』（昭和十九年二月号）に掲載された短編だが、幼少年向けの作品としてはこれ以前に「ハッシマ一トウヘイ」「ケイリヤク」「北の海の兵たいさん」「カミノクニノ　サムラヒ」などがあり、同じ小学館の『青少年の友』には「武装工場」という、岡山の農村から東京の軍需工場に出て行く青年を描いた連載（昭和十九年一月号〜六月号）がある。長編作品には、中国戦線に材をとった『センチノオウマ』（昭和十七年三月、学芸社）がある。これはマレー戦線に徴用された里村が留守中の家族の生活に資するため遺していったものの一つで、早くに刊行されている。ボルネオ派遣軍報道部の徴用を解かれて帰国（昭和十七年十二月）した後は、『静かなる敵前』（成徳書院）、『マライの戦い』（岡本ノート）、『ボルネオ物語』（成徳書院）などを刊行した。

北辺の皇土

里村欣三が軍報道班員として北千島の幌筵島《ぱらむしろとう》・占守島《しゅむしゅとう》へ派遣されたのは昭和十八年九月のことである。キスカ撤収部隊への取材が目的で、同行は里村、柴田賢次郎、日比野士朗、写真家の小柳次一、信濃毎日新聞池辺女史の五人。小柳次一は『従軍カメラマンの戦争』（文・構成石川保昌、平成五年八月、新潮社）で、「報道部から北千島へ行ってくれということで小樽に行きまして。もう輸送船がずいぶん潜水艦でやられていた時期でしたから、渡る船がなくてひと月くらい待機させられて、やっと来た船が進水したばかりの砕氷船宗谷でした。戦後、南極観測船になった宗谷です。（中略）行きましたのは幌筵島と占守島です。めったに報道班なんか行きませんから、守備隊から大歓迎されまして。私たちが訪ねたころは、守備隊のほかにも塩鮭の工場なんかがまだ操業してまして民間の女の人も働いてました。でも、やっぱり最前線ですから危機一髪ということがありましたね」と述べている。

「北千島」は一般に択捉島《えとろふとう》の北の得撫島《うるっぷとう》より以北を指すと言う。占守島と幌筵島はその「北千島」の最北端にあり、カムチャッカ半島の南の先端に接続するような位置にある。カムチャッカ半島を超えるとアリューシャン列島が米領アラスカに向かって続いていく。キスカ島やアッツ島はアリューシャン列島のやや西寄り、キスカ島の方がアラスカに、アッツ島の方がカムチャッカ半島に近い。本作「北辺の皇土」は北千島の占守島を舞台にしているが、キスカ撤収部隊を直接に取り上げた作品ではなく、島の鱈工場で働く女工さんや道路建設に奉仕する人々、島の定住者である別所二郎藏氏訪問記などをケレン味なく描いている。里村は幌筵島、占守島への報道従軍から多くの作品を生み出したが、「北千島に定住する人々」(『週刊毎日』昭和十九年一月十六日号)という作品は、北千島の歴史を描き、幕末以来の北方領土日露交渉史ともいうべき充実した内容である。

幌筵島・占守島では、昭和二十年八月十五日の終戦時点で二万数千人の日本軍守備隊を擁していたが、戦後に侵攻してきたソ連軍との間で占守島及び幌筵海峡において戦闘(八月十八日~二十一日)が行われ、戦死傷者一千人、生き残った兵士はシベリヤに抑留されて行った。本作に登場する漁業関係の女子工員五百人は八月十九日独航船にて本土に脱出したが、取り残された漁業関係者や建設作業員、別所二郎藏氏などの民間人一千七百人は当地で強制労働に服し、本土への帰還は昭和二十二年九月であった。

アッツ島挿話

米軍がアッツ島に上陸したのが昭和十八年五月十二日、山崎保代大佐指揮のアッツ島守備隊が玉砕したのは、本作にもある通り五月二十九日である。その後、より米本土に近いキスカ島守備隊(約五千二百人)の撤収作戦が、木村昌福少将指揮のもと同年七月二十九日奇跡的に成功、同月末から八月一日にかけて全艦が無事幌筵島に帰投した。里村たちは陸軍報道部の要請で同年九月、幌筵島にこのキスカ島撤収部隊を訪ねた。

本作「アッツ島挿話」には、アッツ島で玉砕した小林工兵隊の、将校それぞれの人柄、戦歴、兵士たちの苦闘が記録されている。戦歴のうち、小隊長中元中尉のビルマ（ミャンマー）における威力斥候の際の戦闘描写などは他作品には見られないリアルな筆致で描かれている。舟艇の運用を主任務にしていたため、南方の戦線から無理にアリューシャンの孤島アッツに転進を命ぜられ玉砕する小林工兵隊。アッツ島守備隊とキスカ島守備隊は同じ北方軍北海守備隊に属し、人的交流も盛んだったため、回想は具体性を帯びる。里村はキスカ撤収将兵から、その回想を泣きながら訊き出している（柴田賢次郎『霧の基地』昭和十九年六月、晴南社）。

北千島行きの輸送船を待ち合わせて居た旅館＝小樽のことであろうか、アッツ島の戦死者名を報じる新聞を見ながら涙を流す宿の娘さん。その娘さんが涙した兵士と同様の境涯の裡に水死した二人の兵士＝合田幸祐兵長と定井武則上等兵のことが、はからずもキスカ撤収部隊の座談会の席上で出た。アッツ島で玉砕した小林少佐の書簡に二人の苦闘が書き残されていた。ビルマでマラリヤに罹り入院後、南方からアリューシャンの果てに移動した原隊小林工兵隊を追及する合田、定井二人の兵士。その逸話は哀切を帯びる。帰還でもなく除隊でもない、故郷を望みながらただ通過する他ない二人。転戦の果てに、膨大な距離を南から北に移動し、最後に二人は北の海で水死する。アッツ島守備隊の玉砕は、命令下戦場で使役され、全力を出しきり、疲労困憊しつつなお矜持を失わないまま死んでいった人々の記録でもある。宿の娘さんが交流し、涙を流した兵士からの手紙も、哀切な叙情に満ちている。

本作における将兵の戦歴描写は詳細で、一瞬、検閲規制がゆるんだのであろうかと疑わせるものがある。「玉砕」という言葉が使われたのはこのアッツ島が最初である。このように詳しい戦歴描写が許容されたのは、「玉砕」したが故の追悼の意味があった為かも知れない。本作はたしかに兵士を賛美する「きれいごと」を描いている。しかし今日では、むしろ反戦的にも読める作品である。特に玉砕戦以前に、アッツ島守備隊が米軍の空爆圧力により徐々に戦力を消耗して行く様子など、文底に何か無意識の抗議が内在しているようにも思える。

アッツ島の戦闘経過を描いた戦後の作品はいくつかあるが、こうした兵士個人を描いた作品は、リアルタイムな報道従軍によってしか描き出すことができなかった記録である。戦争はしばしば「戦史」となって普遍化され、戦死者はしばしば「数」として抽象化されていく。戦死者数二、六三八名。しかしここには、そうした抽象化にあらがうかのように、死んでもの言わなくなった固有名の兵士が描かれている。

戦争は軍事力で敵を撃滅し、自国に有利な条件で講和を結ぶための政治の延長、継続である。軍事は政治に従属し、政治目的を貫徹する手段である。「文民統制」は政治が軍事をコントロールすることを言うハズだ。しかし一旦戦争が始まると、敵を打倒することが自己目的化し、軍事が必然的に政治に取って代わる。曰く高度国防国家。曰く統帥権干犯。私はこの作品を読み返す時、しばしば戦争の無惨を感じる。戦争は既に「無理筋」の段階に至っているが、やめられない。「最後に至らば潔く玉砕し皇国軍人精神の精華を発揮するの覚悟」を求める電文が札幌の北方軍司令部からアッツ島守備隊に打たれている。人の命がかくも無惨に打ち捨てられる。戦争の目的は忘却され、ただ戦術、戦略のために将兵の命が失われていく。だからこそ、普段から軍事に抑制的な政治体制、政策が求められる。

キスカ島から幌筵島に撤収帰投した兵士は、その後さらに樺太や千島の防衛、また南方戦線に再投入され、無事終戦を迎えられた人は幸運な少数者であった。

大空の斥候

里村は毎日新聞社から特派され、前年キスカ撤収部隊訪問にも同道した作家柴田賢次郎、マレー戦線以来の親しい画家栗原信の三人で昭和十九年六月から十月にかけて、中国の河南・湖南戦線に報道従軍した。

小さなコラム記事であるが、前田河廣一郎が「里村欣三の笑い」というタイトルで本作に触れて、「地上をみれば、どこもかしこも渋い面だけの戦争のさ中にやっとさがしあてた笑い場所と云えば、天空はるかな成層圏だけであった、ということが、無上のユーモアとして、我々にアッピールする」と書いている（『社会主義文学』第八号、昭和三十三年一月、社会主義文学クラブ）。本作前半部の「極楽浄土」では、まだ二十歳前の若い新司偵操縦者の言葉＝「人間の世界は、せいぜい地上から二千米ぐらいまでである。敵愾心に燃え立ってあらゆる秘術をつくしながら空中戦闘が出来るのも、せいぜい二、三千米の高度である」。この言葉を聞き、書き留める里村の心中には、戦争という人間の争いも「せいぜい地上から二千米ぐらいまで」の、（相対的には）卑小なものであるという、反戦の気持ちさえ読み取れる気がする。何かフッと突き抜けた、大空で禅問答をしているような透明な空気感が作品に漂っている。

後半部の「新司偵基地」には、昭和十九年六月十六日のB29による北九州（八幡、小倉、門司、戸畑、若松）への爆撃のことが書かれている。B29は四川省成都基地から飛来、同八月二十日には八幡地区が二度目の空襲を受けた。本作「大空の斥候」は比較的穏やかな作品だが、中国大陸における制空権はすでに米軍に握られており、作品「執拗な米空軍の暴爆ぶり」（『週刊毎日』昭和十九年八月二十七日号）には、「昼間は敵機の跳梁のために行動ができなかった。夜間の星明りを頼りに、洞庭湖を横切って湘江《しょうこう》に曝されて日中はほとんど進軍できない湖南戦線の苦境ぶりが描き出されている。

美しき戦死

本作が掲載された『月刊毎日』は、「北京発、幻の「月刊毎日」発掘の衝撃」と題し、立教大学の石川巧先生が『新潮』二〇一六年二月号で初めてその詳細を明らかにされた雑誌である。昭和二十年八月号まで、全十号が刊行された。発行所は毎日新聞北京支局内「月刊毎日社」で、本作はその創刊号（昭和十九年十月二十日刊、十一月号）に掲載された。

里村欣三は、毎日新聞社から派遣され、昭和十九年六月から十月まで、作家柴田賢次郎、画家の栗原信とともに河南・湖南作戦と呼ばれる戦域に報道従軍した。始めに河北の洛陽界隈を見た後、南京に出て揚子江を溯航して漢口に至り、その対岸の武昌（武漢）から岳州までを列車で移動、ヤンマー船に便乗して洞庭湖と湘江の水路を渡った。長沙から衡陽《こうよう》へ入ったのは八月八日の衡陽陥落の直前であった。

長沙の南に位置する衡陽は、「大陸打通作戦」（正式名・一号作戦）の中で最も激しい戦いが行われた地である。「大陸打通作戦」は、昭和十九年四月から同年十二月にかけて中国大陸で行われた日本陸軍史上最大の動員作戦（五〇万人）であった。北京から漢口へ至る京漢線、その揚子江対岸の武昌から洞庭湖畔を経て広州に至る粤漢線《えつかんせん》へ戦線を広げ、鉄道沿線を占領支配する。作戦目的は中国の内陸部から長距離爆撃を敢行する在支米軍の空軍基地を占領し、九州や台湾、太平洋上の艦船への空襲を阻止すること、また米軍による日本の南方からの海上輸送ルートの遮断に対抗し、日本の勢力下にあった仏領印度支那からの陸上輸送ルートを確保することにあった。

衡陽攻撃に参加した日本の師団は、当初第六八師団と京都編成の第一一六師団であった。中国第一〇軍司令官方先覚は、丘陵の地形を利用してトーチカを築き頑強に抵抗、戦闘は六月二十六日から八月八日まで続いた。日本軍の戦死傷者は一万九千人を超え、士官クラスの戦死傷者も千人近くに上っている。本作「美しき戦死」は、この衡陽の激戦を背景にしている。

主人公笹川新一中尉の、文化を愛する人となりは十分に美しいが、その死がなぜ「美しき戦死」なのか、村田中尉からの伝聞による所為もあろうが、やや概念的な描写のようにも感じられる。

笹川中尉が「京都嵐山の豪農のひとり息子」であるのは衡陽攻撃の主力師団の一つが京都編成の第一一六師団だったためであり、また「支那茶碗に盛られた玄米飯は、兵隊が敵機の空襲の暇々に、水田の稲を刈取って脱穀したものだった」という表現の裏には、二日分の糧食しか持たずに攻撃に入ったための略奪行為が隠されている。

北支那方面軍司令官岡村寧次大将（河南作戦を指揮）による「焼くな」「殺すな」「犯すな」の諭告（＝昭和十九年六月二十日付「将兵に告ぐ」）は戦場の三戒としてよく知られているが、本作では戦死した笹川中尉が我が意を得て感動する形で、諭告の核心部分（家郷を思うのは日本人も中国人も同じだ、等）が書き写されている。「湖南戦線より帰りて」（『週刊毎日』昭和十九年十月二十二日号）という湖南戦線従軍の概括的報告においても、里村は、諭告を守りつつ戦おうとする兵士の苦衷、矛盾を書き、さらに「大陸新戦場――河南戦線従軍報告――」（『征旗』昭和十九年十二月号）というルポルタージュでは、「近来の大文章」と賞賛して岡村司令官の諭告の全文を収載している。

いのち燃ゆ

本作も湖南戦線における洞庭湖の東の汨水《ベキスイ》（汨羅江）＝揚子江沿いの水田地帯の戦いを背景にしている。時は衡陽攻略戦直前の、昭和十九年六月の猛夏。

本作を仔細に見ていけば、里村欣三の戦況、状況の認識がきわめて的確であることがよく分かる。作戦を開始するまでの長大な距離の移動、「強肉弱食」となる行軍、「カラ意気地のない」馬、増水したデルタ地帯の難行軍、敷設された機雷、米軍機の「編隊爆撃」。「戦果のあるなしが、ただちに物価の上にも敏感に反映する大陸」の物価変動、「戦局の苦しさが反映して、現地の支那人の間にも、眼にあまるような暴慢不遜の態度」が見られる。「ときには歯痒い思いをさせられる」愛民規範。戦局についても「タラワ、マキン島の全員戦死にひきつづいて、テニヤンと大宮島《グアム島》も危ぶまれていた。インパールの戦局は、最初に予期されたのとは反対に、敵を包囲したまま戦線の膠着状態」であり、中国戦線における兵士たちは「南方の戦局は、日に日に不利に傾くようだし、せめて大陸の戦闘だけは、どのような苦しみがあろうとも赫々たる戦果をあげて、銃後の愁眉をひらきたいという希望に燃えていた」としている。

『少女の友』昭和二十年一月号（實業之日本社）の「湖南戦線」という里村の作品に、本作「いのち燃ゆ」の原型となった須藤兵長の記録（戦記）がある。

「よく、やってくれた。いのちの最後のひと雫までしぼり果たして、よくここまで働いてくれた。有難う。弾こそ受けていないが、お前の戦死は、誰にも劣らず立派だぞッ！」（「湖南戦線」）

「「よくも、それまでにやってくれた……」須藤兵長の死体に、頭を垂れて額づく以外には、言葉がなかった。いろいろな死に方がある。だが、須藤兵長のように、いのちの最後の一滴まで燃しつくして斃れたという風な戦死があるであろうか！　俺は彼の戦死こそ、この上なく立派なものだと思うんだ」（本作「いのち燃ゆ」）

一方が戦闘の記録であるのに対して、本作「いのち燃ゆ」には明瞭な文学的昇華が見られる。小隊長の須藤兵長への眼差し、須藤兵長の現役続行志願の動機、敵兵との遭遇戦でとった行動などが積み重なり、作品に深みを与える。里村が得意としたルポルタージュの能力（側面）が、小説構造の中に破綻なく融合した作品とも言えよう。

「彼（＝須藤兵長）は踏みたおされた青稲の株を枕に、ぽかンとした顔を仰向けて、澄みわたった虚空を無心に見つめていた。その眼差は見つめているというよりは、虚空のひろがりに溶けこんでしまっているむなしさであった」

ここで使われている「虚空」という言葉は、大空、蒼穹、あるいは何もない無限の宇宙というほどの意味であろうが、例えば般若心経にある「色不異空、空不異色、色即是空、空即是色」の「空」という観念を考え合わせるとどうだろうか。「色」は「空」の和合であり、常ならぬ世界、生々流転する世界、一期一会、二度とは訪れない世界である。だからこそ、いのちを燃やし尽くすような須藤兵長の生き方（死に方）が愛おしい。いわば「一途な生」＝「色」を愛惜する表現として読むことができるかも知れない。しかし、この作が書かれた昭和十九年秋の里村欣三自身の状況を考えると、「ぽかンとした顔を仰向けて」「虚空のひろがりに溶けこんでしまっているむなしさ」という言葉には、「生死一如」「色不異空」というような観念を超えて、もっと突き詰めた思い＝「死はただ生の形に過ぎない」「一途な生こそ大切」というような、戦場に臨む透徹した死生観が込められているようにも思われる。湖南戦線報道従軍から十月に帰国したばかりの里村ではあったが、末尾の擱筆日付である昭和十九年「十一月二十日」の時点では、今日出海らとともに死地フィリピンへの報道派遣が決まっていた。

実際の、フィリピン・バギオ最前線における里村の死も、この須藤兵長の死と極めてよく似たものであった。「報道部へ着いた翌日から、炎天下、しかも激しい砲爆撃の続くなかで、壕掘りや土運びに一人で汗を流している。だれに命令されたわけでもないのに、どうして危険なことを平気でやるのか、むしろその行動は異常とすら思えた。やがて米軍が上陸を始めると、報道部長に前線行きを志願し、バギオを離れていった」(船戸光雄「北サンの里村欣三氏」『集録「ルソン」』第二十八号、比島文庫)「大本営派遣の作家里村欣三は今日出海と別れ、山野十一日を歩きてわが許に来たる。前線に出るほど日本人の純粋さに打たれる、早く出して下さいという。(彼は間もなく前線にて被爆、バギオの病院に死せり)」(秋山牧車(=邦雄、元比島派遣軍報道部長)『山岳州』昭和四十九年三月、「寒雷」暖響会出版部)「今の日本で「戦争」位、大きな問題はないぢゃないか。この深刻な現実から、何故眼が逸らされるのであろうか? 僕には、不思議である」(「帰還兵の「侘びしさ」に就いて」『文学者』昭和十五年三月号)こう言い切った里村欣三の、事実上の遺作に相応しい、戦争文学の到達点を示す優れた作品だと思う。

なお付記すれば、里村がフィリピンのバギオ郊外で被爆死(昭和二十年二月二十三日)した後の昭和二十年七月、文芸春秋社が主催する財団法人日本文学振興会は、里村の「報道戦における殊勲とその壮烈な戦死に対して」第一回「戦記文学賞」を贈っている(第二回以降は賞が消滅)。

あとがき

まずはじめに、本書のような厚冊の、ある意味マイナーな書籍を、何らの制約も加えず刊行してくださった論創社の森下紀夫社長さま、編集を助けてくださった同社の永井佳乃さま、衷心からありがたく、感謝しております。

里村欣三の人生の軌跡を追った私の前著『里村欣三の旗』（二〇一一年五月、論創社）に続き、再び仲介の労をとって刊行に結びつけてくださった畏友酒井勇樹さま、いつもながら本当にありがとうございます。本書に収載した里村の「美しき戦死」（『月刊毎日』昭和十九年十一月創刊号）を都立多摩図書館の蔵書から「発掘」されたのも酒井さんです。

近代文学研究者の秦重雄先生（中西伊之助研究会）には、本書に収載した「村男と組んだ日」「国境の手前」「古い同志」などキーポイントとなる作品の紹介や、「シベリヤに近く」の初出誌情報など多くのご教示をいただいてきました。いつも変わらぬご指導、ありがとうございます。

もとより多くの先達、諸先生方の研究、ご教示、励ましがあってはじめて私の里村欣三に対する認識が形作られてきたわけですが、「社会主義同盟名簿」ノート等の資料をご教示くださった大和田茂先生、里村欣三（前川二享）の入獄記事の発見（『労働週報』大正十一年七月十九日号）、石巻文化センター所蔵のリーフレット『暁鐘』（大正十年二月二十五日創刊号）に里村の本名である前川二享の名前があることなど、決定的に重要な情報をご教示くださった小正路淑泰先生（堺利彦・葉山嘉樹・鶴田知也三人の偉業を顕彰する会事務局長）。ありがとうございます。

里村欣三の出生地、岡山県備前市日生町で里村欣三顕彰会を組織し、文学碑の建立や講演会、里村の母校小学校への支援活動など、継続的な活動を続けておられる顕彰会会長の田原隆雄先生。ふるさとを愛する田原先生の活動に、本書が多少でもお役に立てるならこれに過ぐる喜びはありません。

備前市加子浦歴史文化館元学芸員の村上節子さま、里村欣三のご長女石墨夏子さま、里村の妹華子さんの縁戚前川澄子さま。私の尊敬する心やすき先輩＝日本ライトハウスで点字訳の奉仕活動を続けておられる平石孝生氏。マレー戦線で山下奉文とパーシバル中将の降伏会談で通訳を勤めた菱刈隆文氏の縁で知り合った坂井和氏は、里村の作品への賛意を示してくださり、私が入力・編集作業を継続する密かな自信となってきました。みな私の懐かしい方々です。

お名前を挙げていけば際限もありません。縁あってお世話になったみなさま方へ、本書の刊行をもってお礼に代えさせていただきます。ありがとうございました。

本書の表題を『里村欣三の風骨《ふうこつ》』、サブタイトルを「小説・ルポルタージュ選集 全一巻」としました。「風骨」は風貌骨格、作品に表れた作家精神の生気躍動と、それを支える骨法、文章表現の意で用いました。総じて『里村欣三の文学』というほどのものですが、冒頭の「はじめに」にも書きましたように、本書は里村欣三の「傑作選集」ではなく、作家を形作る「骨格」となる作品を拾遺したものです。「風骨」の中に「作家生活の風雪から生まれた骨格作品」というニュアンスが幾分か入り混じっていたとしても、許していただけるのではないかと思います。「風」は人生、「骨」はその行きつくところ。「風骨は継ぐべし春の泥跳ぶべし」という千田百里《ちだももり》さんの句（『沖』平成二十七年四月号）は、語の本来の意で使われているのでしょうが、言葉の純粋なひびきが心地よく感じられます。

本書編集の企図は、「里村欣三の作家的相貌をただ一冊の本で示す」ところにあります。目的はほぼ過不足なく達成できたと思いますが、せっかくテキストを入力しながら収載しなかった作品があります。例を挙げてみますと、「土器のかけら」（関西中学校校友会誌『会報』第四十一号、大正七年七月）＝旧制中学校四年生の時の習作。「貧民の世界――三河島のトンネル長屋について」（『改造』昭和四年十一月号）は三河島千軒長屋のルポルタージュです。「暗澹たる農村を歩く」（『文戦』昭和六年三月号）は本書に収載の「凶作地帯レポート」と同様の農村ルポで、埼玉県熊谷市、新田郡等の惨状を報告しています。「日本社会運動スパイ物語」（『中央公論』昭和四年四月号）は、無産階級運動上のスパイを取り上げた異色の論考で、里村欣三の作家的な「幅」の広さを示すものですが、長文であるため採録を断念しました。「英魂記」（『冨士』昭和十六年三月号）は、女学校教師・飯塚文学士の中国戦線における苦闘と死を描いた作品で、本書収載の「怪我の功名」に似たタッチの作品です。「北千島にて」（『中央公論』昭和十八年十一月号）、「キスカ撤収作戦」（『文学界』昭和十八年十二月号）、「嗚咽」（『満州良男』康徳十一（昭和十九）年三月号）はいずれも昭和十八年九月の北千島・幌筵島、占守島への報道従軍にもとづく作品ですが、本書には「アッツ島挿話」（『現代』昭和十九年三月号）を収載しました。

いま編集を終わって、里村欣三の文学について思うことがあります。それは本質において、里村欣三の文学は「時代」を超える「希望の文学」である、ということです。

その人が属する国や民族、また自然環境や社会、人間の関係、階級や階層、これらを仮に「時代」という言葉で概括して考えてみると、「時代」はしばしば人智を超えて人々の前に立ちはだかって来ます。飢饉、戦争、災害、社会的風潮など、人々はこの「時代」の中に捕えられ、翻弄されて生きています。里村欣三の文学がときに「プロレタリア文学」であったり、「戦争文学」であったりと概括されるのも、それぞれの「時代」を色濃く映し出しているためではないだろうかと自問することがあります。そして「時代」を超える文学、未来につながる文学の、その契機は奈辺にあるのだろうかと考えます。

里村欣三の文学は、二つの意味で「時代」を超え、未来に受け継がれていく文学であると思います。

一つは、徴兵忌避（入営忌避）による満洲への逃亡・放浪、輜重兵として応召した中国大陸の転戦、マレー、ボルネオ、北千島への報道従軍など、自発的であったり強制されたものであったりしますが、これらの中国やアジアでの体験から生まれた視座、視線は、今日の我々が「海外旅行」により外在的に他国を見るのとは異なる、内側から発する視座であり、当時においても、今日においても、やはり「時代」を突き抜ける普遍性を持った眼差しなのではないだろうかと思います。

もう一つは、どのような位置から、どういう眼差しで他者を見ていたのかということです。社会の底辺に生きる人々に心惹かれ、同情し、連帯の感情を示し続けた里村欣三の視座、視線は、朽ちることのない大切な眼差しであり、それ自体、「時代」の桎梏を突き抜ける普遍性を持っていると思います。

この二つの意味において、里村欣三の文学は、今日の我々にとっても、未来の人々にとっても、「時代」を超えて受け継がれ、励まし続けてくれる文学＝「希望の文学」ではないだろうかと思います。

最後にこの機会を借りて、里村欣三の「発表作品リスト」の補遺を次ページに掲載させていただきます。拙著『里村欣三の旗』（二〇一一年五月、論創社）刊行以後に新たに発見された里村欣三の作品リストで、本書に収載した「村男と組んだ日」「襟番百十号」「獺」「美しき戦死」などの情報もあります。補遺ですので、これだけでは役に立ちませんが、『里村欣三の旗』収載の「発表作品リスト」および「著作リスト」を合わせて見ていただければ、現時点での書誌情報が明らかになると思います。

〈大家眞悟〉

里村欣三発表作品リスト補遺

「村男と組んだ日」〈小説〉『交通労働』創刊号　大正九年五月一日　五三〜五七頁　日本交通労働組合出版部（備考）本名の「前川二享」名で発表した作品。

「飢」〈小説〉『続社会主義随論集（一九二六年後半期版）』六三〜六八頁　昭和二年一月十四日　解放社

「ゴルフ倶楽部」〈小説〉『春秋』昭和二年四月号（一巻四号）一一一〜一二四頁　春秋書院

「シベリヤに近く」〈小説〉『騒人』昭和二年九月号（二巻九号）三四〜四二頁　騒人社

「土に張り行く闘争性」〈農民文学論〉『農業世界』昭和二年十月号（二二巻一三号）一五三〜一五九頁　博文館

「蹂躙」〈小説〉『グロテスク』（梅原北明編）昭和六年四月号（四巻一号）二三〇〜二三四頁　グロテスク社
（備考）伏字が極端に多く、文意が判読できない。

「文壇諸家の近況（里村欣三氏から）」〈近況〉『文学時代』昭和四年五月創刊号（一巻一号）一五三〜一五四頁　新潮社

「不景気時代の挿話」〈コント〉『福岡日日新聞』昭和六年八月三十一日、九月六日（計二回）福岡日日新聞社（備考）『河北新報』昭和六年六月二日号と同一内容。

「ルンペン時代への手紙」〈手紙〉『プロレタリア新浪漫派』昭和七年四月号（第六集）九〜一〇頁　プロレタリア新浪漫派社（備考）中本彌三郎『ルンペン時代』贈呈への謝辞。

「満洲で拾った話」〈随筆〉『東京朝日新聞』（一）売られる軍服（昭和七年二月十日）（二）飛んだお土産（同十一日）（三）失業者のいない失業都市（同十二日）（四）失業者を探す（同十三日）第五面　朝日新聞社

「襟番百十号」〈小説〉『労農文学』昭和八年五月号（一巻五号）五〇〜六〇頁　プロレタリア作家クラブ

「無茶苦茶に殴られる」〈随筆〉『相談』昭和九年二月号（二巻二号）二〇七〜二〇九頁　平凡社

「異常なる風俗」〈随筆〉『大陸』昭和十五年八月号（三巻八号）一一三〜一一五頁　改造社

「獺」〈小説〉『若草』昭和十六年七月号（十七巻五号）二一〜二七頁　宝文館

「支那大陸の夏」〈戦場譚〉『軍人援護』昭和十六年七月号（三巻七号）三〇・三一頁　軍人援護会

「正月無期延期」〈戦場譚〉『婦人日本』昭和十七年一月一日　東京日日新聞社・大阪毎日新聞社

「火箭の如く（マレー南下記）」〈戦場譚〉『写真週報』昭和十七年二月二十五日号　一二〜一五頁　情報局

「マライ従軍座談会」〈座談会〉『新天地』昭和十八年二月号（一四巻二号） 三六～四五頁 早稲田大学出版部 （備考）栗原信、里村欣三、堺誠一郎による座談会。

「躑躅の丘」〈戦場譚〉『陸軍画報』昭和十八年三月号 六二～六四頁 陸軍画報社 （備考）マレー戦線従軍記。

「戦場で見た皇軍魂」〈戦場譚〉『放送』昭和十八年三月号（三巻三号） 三六～三九頁 日本放送出版協会 （備考）十八年一月八日放送の採録。

「捕虜の「大政・小政」」〈戦場譚〉『経済マガジン』昭和十八年四月号（七巻四号） 二〇・二一頁 ダイヤモンド社

「閣下」〈随筆〉『知性』昭和十八年六月号（六巻六号） 五五～六三頁 河出書房 （備考）三月号「閣下」の続編。

「海の見える工場」〈小説〉『機械化』昭和十八年九月号（六巻九号） 三六～四一頁 山海堂出版

「馬来人と豪州兵」〈戦場譚〉『少年保護』昭和十八年九月号（八巻九号） 三一～三四頁 司法保護協会

「弾雨の中に聞く元旦の歌（馬来）」〈従軍随筆〉『鉄鋼統制』昭和十九年一月号（四巻一号） 二四頁 鉄鋼統制会

「オーツク海にて」〈訪問記〉『海運報国』昭和十九年一月号（四巻一号） 三四～三六頁 日本海運報国団

「租界通過」〈戦記〉『機械化』昭和十九年三月号（七巻三号） 六〇～六四頁 山海堂出版

「初詣」〈随筆〉『あきつ』昭和十九年四月号（七巻四号） 四六～五三頁 起山房 （備考）初詣先は富士山麓大石寺。

「嗚咽」〈戦記〉『満洲良男』別冊第一四九号＝康徳十一（一九四四）年三月号 一八～二三頁 新京・満洲雑誌社 （備考）キスカ撤収部隊の幌筵島帰投の表情。

「河南戦線を征く」〈従軍記〉『週刊毎日』昭和十九年七月九日号（二三巻二七号） 一六・一七頁 毎日新聞社

「アジアは一つ」〈小説〉『陣中読物』昭和十九年十一月号（第一号） 二～一四頁 陸軍恤兵部

「美しき戦死」〈小説〉『月刊毎日』昭和十九年十一月創刊号（一巻一号） 八四～八七頁 月刊毎日社

「大陸画信」〈随筆〉『月刊毎日』昭和十九年十一月創刊号（一巻一号） 四二・四三頁 月刊毎日社 （備考）文＝柴田賢次郎、里村の連名、画＝栗原信

「北のつはもの」〈随筆〉『新映画』昭和十九年十二月号（一巻一二号） 一八・一九頁 日本映画出版

「輜重兵の少年（上）」〈戦場譚〉『週刊少国民』昭和十九年十二月十七日号（三巻五〇号） 九・一〇頁 朝日新聞社

「輜重兵の少年（下）」〈戦場譚〉『週刊少国民』昭和十九年十二月二十四日号（三巻五一号） 一二・一三頁 朝日新聞社

編著者紹介

大家眞悟（おおや・しんご）

1947年12月、和歌山県生まれ。奈良教育大学卒業。建築労働組合事務局勤務後、印刷関連会社の現場オペレーターとして生活。定年退職後、障がい者のガイドヘルパーに従事している。
著書に、里村欣三の人生の変転を追った評伝『里村欣三の旗』（2011年５月、論創社）、共著に『葉山嘉樹・真実を語る文学』（2012年５月、花乱社）、『里村欣三の眼差し』（2013年２月、吉備人出版）がある。

里村欣三の風骨
——小説・ルポルタージュ選集　全一巻

2019年３月10日　初版第１刷印刷
2019年３月13日　初版第１刷発行

著　　者　里村欣三
編 著 者　大家眞悟
発 行 者　森下紀夫
発 行 所　論 創 社
〒101－0051
東京都千代田区神田神保町２－23　北井ビル
tel. 03（3264）5254　fax. 03（3264）5232
web. http://www.ronso.co.jp/
振替口座　00160－1－155266
装　　幀　宗利淳一
組　　版　永井佳乃・フレックスアート
印刷・製本　中央精版印刷
ISBN978-4-8460-1726-2